ÖZGÜRLÜĞÜN ELLİ TONU

Pegasus Yayınlari: 588
Bestseller Roman: 242

ÖZGÜRLÜĞÜN ELLİ TONU
E L James
Özgün Adı: FIFTY SHADES FREED

Yayın Koordinatörü: Yusuf Tan
Editör: Aycan Ak
Düzelti: Kemal Küçükgedik
Sayfa Tasarımı: Cansu Gümüş
Kapak Baskı: Zirve Ofset
Film-Grafik: Mat Grafik

Baskı-Cilt: Alioğlu Matbaacılık
Orta Mah. Fatin Rüştü Sok. No: 1/3-A
Bayrampaşa/İstanbul
Tel: 0212 612 95 59

1. Baskı: Kasım 2012

ISBN: 978-605-343-017-9

Yazar, bu hikâyedeki olay örgüsünü, farklı karakter isimleri ve Snowqueen's Icedragon mahlasıyla "Benliğimin Hâkimi" adı altında tefrikalar halinde yayımlamıştır.

Yayıncı Sertifika No: 12177
Pegasus Yayıncılık San. Tic. Ltd. Şti.
Gümüşsuyu Mah. Osmanlı Sk. Alara Han
No: 27/9 Taksim / İSTANBUL
Tel: 0212 244 23 50 (pbx) Faks: 0212 244 23 46
www.pegasusyayinlari.com / info@pegasusyayinlari.com

E L JAMES

ÖZGÜRLÜĞÜN ELLİ TONU

İngilizceden Çeviren:
SEVİNÇ SEYLA TEZCAN

PEGASUS YAYINLARI

UYARI:

Kitabın içeriği yetişkin okurlara uygundur. Cinsel sahneler barındırır.

Tüm sevgi ve şükranlarımla anneme,

Ve sevgili babama,

Babacığım, seni özlüyorum...

TEŞEKKÜR

Öncelikle en büyük dayanağım Niall'a teşekkürler.

Bana yazdıklarımla ilgili fikirlerini sunan teknoloji dâhisi dostum ve sırdaşım Kathleen'e,

Sonsuz moral desteği için Bee'ye,

Bana güzel anlar yaşatan Taylor (kendisi de bir teknoloji dâhisidir), Susi, Pam ve Nora'ya teşekkürlerimi sunarım.

Ayrıca aşağıda adı geçen kişilere incelikleri ve destekleri için teşekkürü borç bilirim:

Tıbbi konularla ilgili bana yardımcı olan Dr. Raina Sluder'e, sağladığı mali destek için Anne Forlines'a, Amerika'daki evlat edinme sistemiyle ilgili beni bilgilendiren Elizabeth de Vos'a teşekkürler.

Maddie Blandino'ya mükemmel ve ilham verici sanat eserleri için teşekkür ediyorum.

Cumartesi sabahı kahveleriyle beni tekrar gerçek hayata döndüren Pam ve Gillian'a,

Editör ekibimden Andre, Shay ve her zaman sevimli, ara sıra da öfkeli olan, benim köpürmelerime de sabır, metanet ve mükemmel bir mizah duygusuyla tahammül eden Janine'e teşekkürler.

Son olarak Amanda'ya, The Writer's Coffee Shop Yayınevi'ndekilere ve en çok da Vintage'daki herkese teşekkürlerimi sunuyorum.

GİRİŞ

Anne! Anne! Annem yerde uyuyordu. Uzun zamandır uykudaydı. Saçlarını fırçaladım; çünkü bunu severdi. Uyanmadı. Sarstım. Anne! Karnım ağrıyordu. Açlık yüzündendi. Adam yoktu. Susamıştım. Mutfakta, lavaboya bir sandalye çekip su aldım. Su, mavi kazağıma sıçradı. Annem hâlâ uyuyordu. Anne uyan! Hareketsiz yatıyordu. Soğuktu. Battaniyemi getirip annemin üstünü örttüm ve yanına, yapış yapış yeşil halıya uzandım. Annem hâlâ uyuyordu. İki oyuncak arabam vardı. Annem uyurken onları yerde yarıştırdım. Annemin hasta olduğunu düşündüm. Yiyecek bir şey aradım. Buzlukta bezelye buldum. Soğuktular. Yavaş yavaş yedim. Karnımı acıttılar. Annemin yanına uzandım. Bezelyeler bitti. Buzlukta bir şey vardı. Acayip kokuyordu. Yaladım, dilim yapıştı. Yavaş yavaş yedim. Pis bir tadı vardı. Biraz su içtim. Arabalarımla oynadım ve annemin yanında uyudum. Annem çok soğuktu ve uyanmıyordu. Kapı hızla açıldı. Annemi battaniyeyle örttüm. O gelmişti. *Siktir. Burada ne oldu böyle? Ah, rezil kaltak. Kahretsin. Siktir. Yolumdan çekil seni küçük pislik.* Beni tekmeleyince başımı yere vurdum. Başım acıdı. Adam birini aradı ve gitti. Kapıyı kilitledi. Annemin yanına uzandım. Başım acıyordu. Polis memuresi geldi. Hayır. Hayır. Hayır. Bana dokunma. Bana dokunma. Annemin yanında kaldım. Hayır. Benden uzak durun. Polis memuresi battaniyemi aldı ve beni kucakladı. Çığlık attım. Anne! Anne! Annemi istiyorum. Kelimeler gitti. Kelimeleri söyleyemiyordum. Annem beni duyamıyordu. Hiç kelimem kalmamıştı.

"Christian! Christian!" Onu kâbusunun ve çaresizliğinin derinliklerinden çekip çıkaran sesi telaşlıydı. "Buradayım. Yanındayım."

Uyandığında üzerine eğilmişti. Onu omuzlarından tutup sarsarken yüzü endişe doluydu; mavi gözleri gözyaşlarıyla parlıyordu.

"Ana." Adamın sesi nefes nefese bir fısıltıyı andırıyordu. Korku ağzında metal tadı bırakmıştı. "Buradasın."

"Elbette, buradayım."

"Bir rüya gördüm."

"Biliyorum. Buradayım. Yanındayım."

"Ana." Adını soludu. O ad vücudunu kuşatan siyah, boğucu paniğe karşı bir tılsımdan farksızdı.

"Şişşt. Buradayım." Kadın ona arkadan sarıldı ve uzuvlarıyla onu bir koza gibi sarıp gölgeleri ve korkuyu savuşturarak, sıcaklığını bedenine akıttı. O güneş ışığıydı, ışıktı. Onundu.

"Lütfen kavga etmeyelim." Kollarını ona dolarken, adamın sesi boğuktu.

"Tamam."

"Evlenelim. İtaat yok. Bunu yapabilirim. Bir yolunu buluruz." Ve kelimeler ağzından bir duygu, karmaşa ve kaygı yumağı halinde dökülüvermişti.

"Evet. Buluruz. Her zaman bir yolunu bulacağız," diye fısıldadı kadın ve dudakları Christian'ın dudaklarının üstüne kapanıp onu susturdu ve şimdiki zamana döndürdü.

BÖLÜM BİR

Saz şemsiyenin aralıklarından göklerin en mavisine, yaz mavisine, Akdeniz mavisine hoşnut bir şekilde iç geçirerek baktım. Christian yanımdaki bir şezlonga uzanmıştı. Kocam –tişörtsüz ve paçaları kesik kot pantolonu içinde seksi, güzel kocam– Batılı bankacılık sisteminin çöküşünü öngören bir kitap okuyordu. Kitabın sürükleyici olduğuna hiç şüphe yoktu. Christian'ı hiç bu kadar hareketsiz otururken görmemiştim. Amerika'nın önde gelen özel şirketlerinden birinin seksi CEO'sundan çok bir öğrenciye benziyordu.

Balayımızın son ayağında, orada kalmasak da, Monaco'daki Beach Plaza Monte Carlo Oteli'nin kumsalında öğleden sonra tembelliği yapıyorduk. Gözlerimi açtım ve koya demir atmış durumdaki *Fair Lady*'ye baktım. Elbette lüks bir yatta kalıyorduk. 1928'de inşa edilen ve limandaki bütün yatların kraliçesi olan *Fair Lady*, suda bütün heybetiyle süzülüyordu. Bir çocuğun kumandayla çalışan oyuncağına benziyordu. Christian yata âşık olmuştu ve satın almak için can attığından emindim. Bu erkekler ve oyuncakları yok mu?

Arkama yaslanmış, yeni iPod'umdan Christian Grey'in hazırladığı listeyi dinleyerek öğleden sonra güneşinde şekerleme yaparken, evlenme teklifini hatırladım. Ah, kayıkhanedeki rüya gibi teklifini... Çayır çiçeklerinin kokusunu yeniden duyar gibiydim.

Christian kulağıma usulca, "Yarın evlenebilir miyiz?" diye fısıldadı. Kayıkhanenin çiçekli çardağında, tutkulu sevişmemizle doyuma ulaşmış halde, göğsünde yatıyordum.

"Hımm."

"Bu bir evet mi?" Umut dolu şaşkınlığını duydum.

"Hımm."

"Hayır mı?"

"Hımm."

Sırıttığını hissettim. "Bayan Steele, yoksa siz tutarsız bir insan mısınız?"

Sırıttım. "Hımm."

Güldü ve bana sıkıca sarılıp kafamı öptü.

"O zaman yarın, Vegas'ta."

Uyku mahmuru, başımı kaldırdım. "Annemle babamın çok mutlu olacaklarını sanmam."

Parmak uçlarını sırtımda bir aşağı bir yukarı dolaştırarak beni usul usul okşadı.

"Ne istersin, Ana? Vegas mı? Bütün ıvır zıvırıyla büyük bir düğün mü? Söyle bana."

"Büyük olmasın. Sadece dostlar ve aile." Kafamı kaldırınca parlayan gri gözlerindeki sessiz yakarışla karşılaştım. *O ne istiyordu?*

"Tamam." Başıyla onayladı. "Nerede?"

Omuz silktim.

Çekinerek, "Burada yapabilir miyiz?" diye sordu.

"Annenlerin evinde mi? Onlar için bir sakıncası olmaz mı?"

Bir homurtu çıkardı. "Annem havalara uçar."

"Tamam, o zaman burada olsun. Annem ve babamın da bunu tercih edeceklerinden eminim."

Saçlarımı okşadı. Daha mutlu olabilir miydim?

"O zaman nerede olacağına karar verdik. Sadece ne zaman olacağına karar vermek kaldı."

"Herhalde annene sorsan daha iyi olur."

"Hımm." Christian'ın dudakları sarktı. "En çok bir ay verebilirim. O kadar. Seni daha fazla bekleyemeyecek kadar çok istiyorum."

"Christian, zaten seninim. Bir süredir seninim. Ama tamam, bir ay olabilir." Göğsüne, yumuşacık, masum bir öpücük kondurdum ve ona gülümsedim.

Christian kulağıma, "Yanacaksın," diye mırıldanarak beni şekerlememden sıçrattı.

"Sadece senin için yanarım ben." Ona en tatlı gülümsememle baktım. Akşamüstü güneşi yer değiştirmişti; tam üzerimde dikiliyordu. Sırıttı ve şezlongumu tek bir hamleyle şemsiyenin gölgesine çekti.

"Sizi Akdeniz güneşinden çıkaralım, Bayan Grey."

"İyilikseverliğiniz için teşekkürler, Bay Grey."

"Benim için zevk, Bayan Grey ve iyilik ettiğim falan yok. Yanarsan sana dokunamam." Tek kaşını kaldırdı; gözleri neşeyle parlarken yüreğim şişip kocaman oldu. "Ama senin bunu zaten bildiğinden ve benimle dalga geçtiğinden şüpheleniyorum."

Masum rolü yaparak, "Yapar mıyım hiç?" dedim.

"Evet, yaparsın ve yapıyorsun da. Sık sık. Sende sevdiğim pek çok şeyden biri de bu." Eğildi ve beni alt dudağımı ısırarak öptü.

Dudaklarımı dudaklarından uzaklaştırmadan, "Bana biraz güneş kremi sürersin diye umuyordum," dedim.

"Bayan Grey, bu pis bir iş ama reddedemeyeceğim bir teklif. Dik otur," diye emrederken, sesi boğuktu. İsteğini yerine getirdim.

Güçlü fakat esnek parmaklarının ağır ve titiz darbeleriyle, beni güneş kremiyle kapladı.

Parmakları losyonu yayarak göğüslerimi sıyırıp geçtiğinde, "Gerçekten çok güzelsin. Ben şanslı bir adamım," diye mırıldandı.

"Evet, öylesiniz, Bay Grey." Kirpiklerimin arasından ona nazlı nazlı baktım.

"Mütevazılık size çok yakışıyor, Bayan Grey. Yüz üstü dön. Arkana da sürmek istiyorum."

Ben gülümseyerek dönünce, acayip pahalı bikini üstümün arkasını açtı.

"Kumsaldaki diğer kadınlar gibi üstsüz güneşlensem ne hissederdin?" diye sordum.

"Hoşuma gitmezdi," dedi tereddütsüz. "Zaten şu anda üstünde bu kadar az şey olması konusunda da pek mutlu olduğum söylenemez." Eğildi ve kulağıma fısıldadı. "Şansını zorlama."

"Bu bir meydan okuma mı, Bay Grey?"

"Hayır, bu gerçeğin ortaya konulması, Bayan Grey."

İç geçirerek kafamı salladım. *Ah, Christian... Benim sahiplenici, kıskanç, kontrol manyağı Christian'ım.*

İşi bitince popoma bir şaplak indirdi.

"Tamamsın, eksik etek."

Yanından hiç ayırmadığı ve hiç susmayan BlackBerry'si çaldı. Ben kaşlarımı çatınca, Christian sırıttı.

"Gözüm üzerinizde Bayan Grey." Şakadan bir uyarıyla popoma bir kez daha vurdu ve telefonu açmak için şezlongunda arkasına yaslandı.

İçimdeki tanrıça mırladı. Belki bu akşam, Bay Grey'in gözlerine özel bir gösteri sunabilirdik. İçimdeki tanrıça tek kaşını kaldırarak, bilmiş bilmiş sırıttı. Bu düşünceyle sırıttım ve *siesta*'ma geri döndüm.

"Mam'selle? Un Perrier pour moi, un Coca Cola light pour ma femme, s'il vout plait. Et quelque chose à manger... laissez mois voir la carte."[1]

Hımm. Uykumdan su gibi Fransızca konuşan bir Christian'la uyandım. Kirpiklerimi güneşin göz alıcı parlaklığında kırpıştırarak açınca, Christian'ı beni izlerken buldum. Üniformalı genç bir kadın, elinde tuttuğu tepsisi ve kışkırtıcı bir şekilde salınan atkuyruğuyla uzaklaşıyordu.

"Susadın mı?" diye sordu Christian.

Uykulu bir sesle, "Evet," diye mırıldandım.

"Seni gün boyu seyredebilirim. Yorgun musun?"

Kızardım. "Dün gece çok fazla uyuyamadım."

"Ben de öyle." Sırıttı, BlackBerry'sini bırakıp ayağa kalktı. Kalçasından düşecek gibi duran şortu, içindeki mayosunu gösterecek şekilde aşağı sarkıyordu. Şortunu çıkarıp terliklerinden kurtuldu. Düşüncelerim bir anda allak bulak oldu.

"Benimle yüzmeye gel." Ben büyülenmiş gözlerle ona bakarken, elini uzattı. Başını yana yatırarak, keyifli bir ifadeyle bir kez daha, "Yüzelim," dedi. Ben karşılık vermeyince kafasını salladı.

"Bence senin uyandırılmaya ihtiyacın var." Birden üzerime atıldı ve ben telaştan çok şaşkınlık çığlıkları atarken beni kucaklayıp kaldırdı.

"Christian! Beni yere bırak!" diye haykırdım.

Kıkırdadı. "Denize atacağım, bebeğim."

Christian beni kahkahalar atarak denize taşırken ve bütün enerjisiyle suya girerken, kumsalda güneş banyosu yapan pek çok kişi, artık Fransızlara has olduğunu bildiğim şaşkın bir kayıtsızlıkla bizi izliyordu.

Kollarımı boynuna doladım. Nefes nefese, "Bunu yapamazsın," derken kıkırtımı bastırmaya çalışıyordum.

---

1 (Fr.) Hanımefendi? Benim için bir Perrier, eşim için de bir Coca Cola light, lütfen. Ve yiyecek bir şeyler istiyoruz. Mönüye bir bakayım. (ç. n.)

Sırıttı. "Ah, Ana, birbirimizi tanıdığımız şu kısacık zamanda hiç mi bir şey öğrenmedin?" Beni öptü ve ben de fırsattan istifade, parmaklarımı arasından geçirip saçlarını sıkıca kavradım ve onu, dilimle ağzını istila ederek öptüm. Derin bir nefes alıp geri çekildiğinde gözleri dumanlı ama temkinliydi.

"Ne yapmaya çalıştığını biliyorum," diye fısıldadı ve dudakları dudaklarımı bir kez daha bulurken, beni de yanında götürerek ağır ağır serin, berrak suya girdi. Akdeniz'in serinliğine, vücudumu kocama sımsıkı sardığım için kısa sürede alışmıştım.

Ağzımı ağzından ayırmadan, "Yüzmek istediğini sanıyordum," diye mırıldandım.

"Çok dikkat dağıtıcısın." Christian dişlerini alt dudağıma sürttü. "Ama Monte Carlo'nun iyi insanlarının karımı tutkudan kıvranırken görmelerini istemem."

Monte Carlo'nun iyi insanlarına zerre aldırmadan, dişlerimi çenesine sürterken, sakallarının dilimi gıdıkladığını hissettim.

"Ana," diye inledi. Atkuyruğumu bileğine dolayıp yavaşça çekerek başımı arkaya yatırdı. Kulağımdan boynuma bir dizi öpücük kondurdu.

"Denizde sevişelim mi?" diye soludu.

"Evet," diye fısıldadım.

Christian geri çekildi ve bana arzu ve keyifle aydınlanmış gözlerle baktı. "Bayan Grey, doymak nedir bilmiyorsunuz ve arsızsınız. Ben nasıl bir canavar yarattım?"

"Sana uygun bir canavar. Başka türlü olmamı ister miydin?"

"Seni mümkün olan her şekilde isteyeceğimi biliyorsun. Ama şu anda olmaz. İzleyicilerimiz var." Başıyla sahili işaret etti.

Ne?

Gerçekten de kumsalda güneş banyosu yapan pek çok kişi kayıtsızlıklarından sıyrılmış, ilgiyle bizi izliyordu. Christian beni bileğimden yakalayıp havaya fırlattı ve dalgaların altındaki yumuşacık kuma çarpmama neden oldu. Öksürerek, su püskürterek ve kıkırdayarak geri çıktım.

Onu azarladım. "Christian!" Denizde sevişeceğimizi ve bir ilki daha yaşayacağımızı sanmıştım. Ne kadar eğlendiğini gizlemek için alt dudağını dişliyordu. Ona su attım, o da beni su içinde bıraktı.

Bir aptal gibi sırıtarak, "Bütün gece bizim," dedi. "Kaçtım, bebek." Suyun dibine daldı ve bir metre öteden çıktı. Ardından zarif kulaçlarla kıyıdan ve benden uzağa yüzdü.

Bak sen! Oyuncu, baştan çıkarıcı Elli! Gidişini izlerken, elimi gözüme siper ettim. Tam bir baş belası! İntikam almak için ne yapabilirdim? Kıyıya yüzerken seçeneklerimi değerlendirdim. İçeceklerimiz gelmişti. Kolamdan hızlı bir yudum aldım. Christian uzakta cılız bir noktaya dönüşmüştü.

Hımm... Yüzüstü uzandım ve bikinimin üstünü el yordamıyla açıp rahat bir tavırla Christian'ın şezlonguna attım. İşte... Ne kadar arsız olabileceğimi bilmiyorsunuz, Bay Grey. Alın size arsızlık. Gözlerimi yumdum ve güneşin tenimi yıkamasına... kemiklerimi ısıtmasına izin verdim. Sıcağın altında ağır ağır uykuya dalarken, düğün günüme geri döndüm.

Peder Walsh, "Gelini öpebilirsin," dedi.

Kocama mutlulukla gülümsedim.

"Sonunda benimsin," diye fısıldadı ve beni kollarının arasına çekip dudaklarıma masum bir öpücük kondurdu.

Evlenmiştim. Bayan Christian Grey'dim artık. Sevinçten başım dönüyordu.

"Çok güzel görünüyorsun, Ana," diye mırıldanarak gülümserken, gözleri aşkla ve daha karanlık, daha ateşli bir şeyle parlıyordu. "O elbiseyi benden başkasının çıkarmasına izin vermeyeceksin, anlaşıldı mı?" Parmak uçları yanağımda dolaşıp kanımı tutuşturmuş, gülümsemesi de kanımı kaynatmıştı.

Lanet olsun... Burada, bu kadar insan bize bakarken bile nasıl başarıyordu?

Ses çıkarmadan, başımı salladım. Tanrım, bizi kimsenin duymadığını umdum. Neyse ki Peder Walsh sessizce geri çekilmişti. Düğün şıklığına bürünmüş kalabalığa baktım. Annem, Ray, Bob ve Greyler alkışlıyorlardı. Christian'ın sağdıcı ve kardeşi Elliot'un yanında, uçuk pembeler içinde göz kamaştıran baş nedimem Kate de elbette. Elliot'un bu kadar şık giyineceği kimin aklına gelirdi? Beyaz enfes bir mendile zarif gözyaşları döken Grace dışında, hepsinin yüzünde, kocaman, neşeli gülümsemeler vardı.

Christian utangaç bir gülümseme eşliğinde, "Kutlamaya hazır mısınız, Bayan Grey?" diye mırıldandı. Eridim. Gümüş rengi yelek ve kravatla tamamlanmış sade siyah smokini içinde muhteşem bir görüntüsü vardı. O kadar... *havalıydı* ki.

"Daha fazla hazır olamam." Tamamen aptalca bir gülümsemeyle sırıttım.

Bir süre sonra, düğün eğlencenin zirvesine ulaşmıştı... Carrick ve Grace çok çalışmışlardı. Yanları açık çadırı yine körfeze karşı kurdurmuş, pembe, gümüş ve fildişi renklerle süsletmişlerdi. Hava bizden yanaydı ve akşamüstü güneşi suda parlıyordu. Çadırın bir ucunda bir dans pisti, diğer ucunda israfa kaçan bir açık büfe vardı.

Ray ve annem dans ederken birlikte gülüyordu. Onları buruk bir mutlulukla izledim. Christian ve benim daha uzun ömürlü olacağımızı umdum. Beni terk etse ne yapardım, bilmiyordum. *Acele kalkan pişmanlıkla oturur.* Bu söz aklımdan çıkmıyordu.

Kate yanımdaydı ve uzun, ipek tuvaleti içinde çok güzel görünüyordu. Bana kaşlarını çatarak baktı. "Hey, bunun hayatının en güzel günü olması gerekiyor," diye çıkıştı.

"Öyle," diye fısıldadım.

"Ah, Ana, sorun ne? Yoksa annen ve Ray'i mi izliyorsun?"

Hüzünle başımı salladım.

"Mutlular."

"Ayrıyken daha mutlular."

Kate telaşlanmıştı. "Yoksa şüpheye mi düştün?"

"Hayır, alakası yok. Sadece... onu çok seviyorum." Korkularımı söze dökemeyerek ve dökmeyi istemeyerek sustum.

"Ana, sana taptığı her halinden belli. İlişkinize sıra dışı bir başlangıç yaptığınızı biliyorum ama son bir aydır ne kadar mutlu olduğunuzu görebiliyorum." Ellerimi tutup sıktı. Sırıtarak, "Ayrıca, artık çok geç," diye ekledi.

Kıkırdadım. Zaten bariz olanı işaret etmek tam Kate'lik işti. Bana Katherine Kavanagh Özel Kucaklaması'yla sarıldı. "Ana, her şey yolunda gidecek. Ayrıca saçının tek bir teline zarar verirse bana hesap vermesi gerekecek." Beni bırakırken, arkamda duran birine gülümsedi.

"Merhaba, bebeğim." Christian arkadan sarılarak beni şaşırttı ve şakağımı öptü. "Kate," dedi. Aradan geçen altı haftaya rağmen, ona karşı hâlâ mesafeliydi.

"Merhaba, Christian. Sağdıcını bulmaya gidiyorum." İkimize de gülümsedikten sonra, erkek kardeşi Ethan ve dostumuz José'yle içki içmekte olan Elliott'a doğru yürüdü.

Christian, "Gitme zamanı," diye mırıldandı.

"Bu kadar çabuk mu? Bu, katıldığım ve ilgi odağı olmaktan hiç rahatsız olmadığım ilk parti." Kollarının arasında dönüp yüzüne baktım.

"Tüm ilgiyi hak ediyorsun. Göz kamaştırıyorsun, Anastasia."

"Sen de öyle."

Gülümserken, ifadesi ısınmaya başlamıştı. "Bu güzel elbise sana o kadar yakıştı ki."

Kate'in annesinin benim için tasarladığı sade ve vücuda oturan gelinliğin ince dantel süslemesini çekerek, mahcup bir tavırla, "Bu eski şey mi?" dedim.

Eğilip beni öptü. "Haydi gidelim. Seni bütün bu insanlarla daha fazla paylaşmak istemiyorum."

"Kendi düğünümüzü bırakıp gidebilir miyiz?"

"Bebeğim, parti bizim. Canımız ne isterse yapabiliriz. Ve şu anda, seni alıp götürmeyi ve sadece bana kalmanı istiyorum."

Kıkırdadım. "Bir ömür boyu sizinim, Bay Grey."

"Bunu duyduğuma çok memnun oldum, Bayan Grey."

"Ah, demek buradasınız. Sizi aşk kuşları."

Grace'in annesi bizi bulmuştu.

"Christian, hayatım. Büyükannenle bir dans daha eder misin?"

Christian dudaklarını büzdü. "Elbette, büyükanne."

"Ve sen, güzel Anastasia. Git, yaşlı bir adamı sevindir. Theo'yla dans et."

"Theo mu, Bayan Trevelyan?"

"Büyükbaba Trevelyan. Ve sanırım artık bana büyükanne diyebilirsin. Siz ikiniz çocuk yapmak için acele etseniz iyi olur. Çok uzun süre buralarda olmayacağım." İkimize bir gülümseme gönderdi.

Christian dehşet içinde gözlerini kırpıştırdı. "Gel, büyükanne," dedi ve onu elinden tutup dans pistine çekti. Arkasına dönüp bana baktığında suratını asmıştı. Gözlerini devirdi. "Kaçtım, bebek."

Büyükbaba Trevelyan'a doğru ilerlerken, José yoluma çıktı.

"Senden bir dans daha istemeyeceğim. Sanırım bana fazlasıyla zaman ayırdın bu gece. Seni mutlu gördüğüm için seviniyorum, ama ciddiyim, Ana. Burada olacağım... bana ihtiyacın olursa."

"José, teşekkürler. Sen iyi bir dostsun."

"Ben ciddiyim," derken, gözleri samimiyetle parlıyordu.

"Öyle olduğunu biliyorum. Teşekkürler, José. Şimdi izin verirsen, yaşlı bir adamla randevum var."

Aklı karışmış gibi kaşlarını çattı.

"Christian'ın büyükbabası," diye açıkladım.

Sırıttı. "İyi şanslar, Annie. Her konuda iyi şanslar."

"Teşekkürler, José."

Christian'ın her zaman büyüleyici olan büyükbabasıyla dansımın ardından, Fransız kapıların yanında durdum ve güneşin, körfeze parlak turuncu ve camgöbeği gölgeler yansıtarak batmasını izledim.

Christian, "Haydi gidelim," diye ısrar etti.

"Üstümü değiştirmem gerek." Onu Fransız kapılardan dışarı, üst kata sürüklemek niyetiyle elimi uzattım. Anlamayarak kaşlarını çattı ve elimi yavaşça çekerek beni durdurdu.

"Bu elbiseyi çıkaracak kişi olmak istediğini sanıyordum," diye açıkladım. Gözleri aydınlandı.

"Doğru." Bana şehvet dolu bir gülümsemeyle baktı. "Ama seni burada soymayacağım. Yoksa buradan... Bilmiyorum." Cümlesini yarıda bırakarak uzun parmaklı elini havada salladı ama ne demek istediği ortadaydı.

Kızararak elini bıraktım.

Gizemli bir sesle, "Ve saçlarını da açma," diye mırıldandı.

"Ama..."

"Aması yok, Anastasia. Çok güzel görünüyorsun ve seni kendi ellerimle soymak istiyorum."

Ah. Kaşlarımı çattım.

"Kıyafetlerini de yanına al," diye talimat verdi. "Onlara ihtiyacın olacak. Asıl valizin Taylor'da."

"Tamam." Ne planlamıştı? Nereye gideceğimizi bana söylememişti. Aslında nereye gideceğimizi kimsenin bildiğini sanmıyordum. Ne Mia ne de Kate bu bilgiyi ondan koparmayı başaramamışlardı. Annem ve Kate'in durdukları yere doğru yürüdüm.

"Üstümü değiştirmeyeceğim."

"Ne?" dedi annem.

"Christian istemiyor." Her şeyi açıklamaya yetmesi gerekirmiş gibi omuz silktim. Annemin kaşları çatıldı.

Annem ölçülü bir tavırla, "İtaat sözü vermedin," dedi. Kate çıkardığı homurtuyu öksürükle gizlemeye çalıştı. Gözlerimi kıstım. Ne onun ne de annemin bu konuda ettiğimiz kavgadan haberleri yoktu. *Ve o tartışmaları tekrar yaşamak istemiyordum. Tanrım, Elli Ton'um üzülebilir... ve kâbuslar görebilirdi.* Hatırlaması bile tatsızdı.

"Biliyorum, anne ama gelinliğimi sevdi ve onu memnun etmek istiyorum."

Annemin ifadesi yumuşadı. Kate gözlerini devirdi ve bizi baş başa bırakmak için, belli etmeden uzaklaştı.

"Çok hoş görünüyorsun, hayatım." Carla yüzüme düşen bukleyi yavaşça çekti ve çenemi okşadı. "Seninle o kadar çok gurur duyuyorum ki, tatlım. Christian'ı çok mutlu edeceksin." Beni sıkı sıkı kucakladı.

Ah, anne!

"Şu anda ne kadar büyümüş göründüğüne inanamıyorum. Yeni bir hayata başlıyorsun... Erkeklerin farklı bir gezegenden geldiğini unutmazsan her şey yolunda gider."

Kıkırdadım. Christian'ın bambaşka bir gezegenden geldiğini bir bilseydi.

"Teşekkürler, anne."

Ray anneme ve bana tatlı tatlı gülümseyerek bize katıldı.

"Çok güzel bir kız bebek büyüttün, Carla," derken gözleri gururla parlıyordu. Siyah smokini ve uçuk pembe yeleği içinde çok şık görünüyordu. Gözlerimde yaşların biriktiğini hissettim. Ah, hayır... Şu ana kadar ağlamamayı başarmıştım.

"Ve sen de bana yardım ettin, Ray." Carla'nın sesi hüzünlüydü.

"Ve her anından keyif aldım. Muhteşem bir gelin oldun, Annie." Ray serbest kalan bir saç tutamını kulağımın arkasına itti.

"Ah, baba..." Hıçkırığımı bastırmaya çalışırken, Ray beni kısa ve tuhaf bir şekilde kucakladı.

"Harika bir eş olacaksın," diye fısıldarken sesi boğuktu.

Ray beni bıraktığında, Christian yeniden yanımdaydı.

Ray sevecen bir tavırla elini sıktı. "Kızıma iyi bak, Christian."

"Benim niyetim de bu, Ray." Christian üvey babamı başıyla selamladı, annemi öptü.

Davetlilerinin geri kalan kısmı bizi uğurlamak için evin ön tarafına uzanan, uzun bir insan tüneli oluşturmuşlardı.

Christian, "Hazır mısın?" dedi.

"Evet."

Elimi tuttu ve beni misafirlerimizin uzattıkları ellerin, mutluluk dileklerinin, tebriklerinin ve pirinç yağmurunun arasından geçirdi. Tünelin diğer ucunda Grace ve Carrick bekliyordu. İkimizi sırayla kucaklayıp öptüler. Kısa vedamızı ederken, Grace yeniden duygusallaşmıştı.

Taylor bizi Audi SUV'yle alıp götürmek üzere hazır bekliyordu. Christian araba kapısını benim için açarken döndüm, beyaz ve pembe güllerden oluşan buketimi bir araya toplanan genç bayanlara fırlattım. Mia bir kulağından diğerine kadar uzanan bir sırıtış ve muzaffer bir edayla buketi havaya kaldırdı.

Mia'nın yakalayışına gülerek arabaya binerken, Christian gelinliğimin etek uçlarını toplamak üzere eğildi. Ben yerleşince el sallamak için kalabalığa döndü.

Taylor arabanın kapısını açık tutuyordu. "Tebrikler."

Christian yanımdaki yerini alırken, "Teşekkürler, Taylor," dedi.

Taylor harekete geçerken, düğün konuklarımız arabayı pirinç yağmuruna tuttular. Christian elimi tutup parmak boğumlarımı öptü.

"Şu ana kadar her şey yolundaydı, değil mi, Bayan Grey?"

"Şu ana kadar her şey harikaydı, Bay Grey. Nereye gidiyoruz?"

Gizemli bir gülümseme eşliğinde, "Sea-Tac," demekle yetindi.

Hımm... Ne planlıyordu acaba?

Taylor, beklediğimin aksine, gidiş terminali yerine bir güvenlik kapısından geçip doğrudan piste girdi. *Ne?* Ve sonra onu gördüm: Christian'ın özel jetini. Gövdesinde, büyük mavi harflerle, boydan boya *Grey Şirketler Topluluğu* yazıyordu.

"Lütfen yine şirket malını kötüye kullanacağımızı söyleme!"

Christian sırıttı. "Umarım öyle olur, Anastasia."

Taylor, Audi'yi uçağa çıkan basamakların önünde durdurdu ve Christian'ın kapısını açmak üzere dışarı fırladı. Kısa bir konuşma yaptılar. Ardından Christian benim kapımı açtı ve geri çekilmek yerine, eğilip beni kucakladı.

Vay canına! "Ne yapıyorsun?" diye cırladım.

"Seni eşikten geçiriyorum," dedi.

"Ah?" *Bunun eve girerken yapılması gerekmez miydi?*

Beni basamaklardan yukarı hiç zorlanmadan taşıdı ve Taylor da küçük valizimi taşıyarak arkamızdan geldi. Audi'ye dönmeden önce, valizi eşiğe bıraktı. Kabinde bekleyen Stephan'ı görür görmez tanıdım. Christian'ın pilotu bu kez üniformalıydı.

"Uçağa hoş geldiniz, Bayan Grey." Sırıtıyordu.

Christian beni yere bırakıp Stephan'ın elini sıktı. Stephan'ın yanında koyu renk saçlı, yine üniformalı bir kadın duruyordu? Kaç yaşlarındaydı? Otuz herhalde. O da üniforma giyiyordu.

Stephan sözlerini, "İkinizi de tebrik ederim," diye sürdürdü.

"Teşekkürler, Stephan. Anastasia, Stephan'ı tanıyorsun. Bugün kaptanımız o olacak. Bu bayan da Yardımcı Pilot Beighley."

Kadın, Christian onu takdim ederken kızardı ve gözlerini kırpıştırdı. Gözlerimi devirme isteğiyle doldum. Gereğinden fazla yakışıklı kocamın etkisine kapılan bir dişi daha.

Beighley coşkuyla, "Tanıştığımıza memnun oldum," dedi. Ona kibarca gülümsedim. Ne de olsa Christian tamamen benimdi.

Ben kabinde etrafıma bakınırken, Christian onlara, "Bütün hazırlıklar tamamlandı mı?" diye sordu. Uçağın içi baştan aşağı açık renk akçaağaç ve soluk krem rengi deriyle kaplıydı. Çok hoştu. Kabinin ucunda, üniformalı genç bir kadın daha duruyordu. Çok hoş bir esmer.

"Her şey ayarlandı. Buradan Boston'a kadar hava da çok iyi."

Boston mu?

"Türbülans?"

"Boston'dan önce yok. Shannon'un üzerinde, yolculuğumuzu biraz zorlayabilecek bir hava cephesi mevcut."

Shannon? İrlanda mı?

Christian aldırmaz bir tavırla, "Anlıyorum. Pekâlâ, ben yol boyunca uyumayı planlıyorum," dedi.

Uyumak mı?

"Yola koyulalım, efendim," dedi Stephan. "Sizi, hostesiniz Natalia'nın becerikli ellerine emanet ediyoruz." Christian kızdan yana kaşlarını çatarak baktı ama Stephan'a döndüğünde gülümsüyordu.

"Mükemmel," dedi. Elimi tutup beni şaşaalı deri koltuklardan birine götürdü. Toplamda on iki taneydiler sanırım.

Ceketini çıkarıp brokar yeleğinin düğmelerini çözerken, "Otur," dedi. Birbirine bakan, aralarında küçük ve hayli cilalı bir sehpanın durduğu iki koltuğa yerleştik.

"Uçağa hoş geldiniz, efendim, hanımefendi ve tebrikler." Natalia yanımızdaydı ve ikimize birer kadeh pembe şampanya ikram ediyordu.

Christian, "Teşekkürler," dedi. Natalia nazik bir gülümsemenin ardından uçağın mutfak kısmına çekildi.

"Mutlu bir evlilik hayatına içiyorum, Anastasia." Christian kaldırdığı kadehi benimkine değdirdi. Şampanya enfesti.

"Bollinger mi?" diye sordum.

"Ta kendisi."

"İlk Bollinger'imi çay fincanından içmiştim." Sırıttım.

"O günü iyi hatırlıyorum. Mezuniyet günündü."

Merakımı daha fazla dizginleyemedim. "Nereye gidiyoruz?"

Christian, gözleri küçük bir oğlan çocuğununki gibi parlayarak, "Shannon," dedi.

"İrlanda'daki Shannon mı?" İrlanda'ya gidiyorduk!

Alay eder gibi, "Yakıt ikmali için," diye ekledi.

"Sonra?" diye ısrar ettim.

Gülümsemesi bütün yüzüne yayılırken kafasını salladı.

"Christian!"

Tepkimi ölçmek için bana dikkatle bakarak, "Londra," dedi.

İç geçirdim. *Aman Tanrım.* Belki New York'a, Aspen'e ya da Karayipler'e gideriz sanıyordum. İnanamıyordum. İngiltere'ye gitmek her zaman hayatta en çok istediğim şeylerden biri olmuştu. Mutluluktan parlamaya başlamıştım.

"Sonra da Paris'e."

Ne?

"Ardından da Güney Fransa'ya."

Vay canına!

"Avrupa'ya gitmenin hayalini kurduğunu biliyorum," dedi usulca. "Rüyalarını gerçekleştirmek istiyorum, Anastasia."

"Sen benim gerçekleşen rüyamsın, Christian."

"Siz de benim, Bayan Grey," diye fısıldadı.

Ah Tanrım...

"Kemerini bağla."

Talimatını sırıtarak yerine getirdim.

Uçak piste doğru yol alırken, birbirimize anlamsızca sırıtarak şampanyamızı yudumladık. Buna inanamıyordum. Yirmi iki yaşımda, nihayet Amerika Birleşik Devletleri'nden çıkıyor ve Avrupa'ya, hem de *Londra*'ya gidiyordum.

Havalanınca, Natalia bize biraz daha şampanya ikram etti ve düğün ziyafetimizi hazırladı. Ne ziyafetti ama... Somon füme, ardından yeşil fasulye salatası ve fırında pişmiş kremalı patatesle servis edilmiş kızarmış keklik. Hepsi becerikli Natalia tarafından pişirilip sunulmuştu.

"Tatlı alır mısınız, Bay Grey?" diye sordu.

Christian kafasını salladı ve yüzünde karanlık ve okunaksız bir ifade ve soran gözlerle bana bakarken, parmağını alt dudağında dolaştırdı.

Onunla göz temasını bir türlü kesemeyerek, "Hayır, teşekkürler," diye mırıldandım. Christian'ın dudakları küçük, gizli bir gülümsemeyle bükülürken, Natalia, çekildi.

"İyi," diye mırıldandı. "Tatlı niyetine seninle sevişmeyi tercih ederim."

Ah... Burada mı?

Yerinden kalktı ve bana elini uzatırken, "Gel," dedi. Beni kabinin arka tarafına götürdü.

"Burada bir banyo var." Küçük bir kapıyı işaret ettikten sonra, beni kısa bir koridordan geçirip koridorun sonundaki kapıya götürdü.

Tanrım... Bir yatak odası. Kabin baştan aşağı krem rengi deri ve akçaağaç kaplıydı ve çift kişilik küçük yatak altın ve bordo rengi yastıklarla süslüydü. Çok rahat görünüyordu.

Christian döndü ve gözlerime bakarak beni kollarının arasına çekti.

"Düğün gecemizi yerden otuz beş bin fit yüksekte geçirmek istedim. Daha önce hiç yapmadığım bir şey."

Bir ilk daha. Ona ağzım açık, kalbim gümbür gümbür çarparak baktım... Mile High Kulübü.[2] Bunu daha önce de duymuştum.

"Ama önce seni şu muhteşem elbiseden kurtarmam gerek." Gözleri aşk ve daha karanlık bir şeyle parlıyordu. Sevdiğim ve içimdeki tanrıçayı heyecanlandıran bir şeyle. Nefesimi kesiyordu.

"Arkanı dön. Sesi alçak, otoriter ve müthiş seksiydi. Bu iki kelimeye bu kadar çok vaat katmayı nasıl başarıyordu? İstekle itaat ettim. Elleri saçlarıma kaydı. Kafamdaki firketeleri tek tek, usta parmaklarıyla hiç zorluk yaşamadan çıkardı. Saçlarım, dalgalar halinde omuzlarıma dökülerek sırtımı ve göğüslerimi örttü. Kıpırdamadan durmaya ve kıvranmamaya gayret ediyordum ama bana dokunması için ölüyordum. Uzun, yorucu ama heyecan verici günümüzün ardından, onu... her şeyini istiyordum...

"Saçların o kadar güzel ki, Ana." Ağzı kulağıma yakındı; dudakları bana hiç değmese de nefesini hissedebiliyordum. Tokaları çıkarınca, nazik hareketlerle kafa derime masaj yapmaya başladı. *Ah Tanrım...* Gözlerimi yumdum ve kendimi bu hissin tadını çıkarmaya bıraktım. Parmakları aşağı doğru kaydı ve saçlarımı çekerek başımı, boynumu açıkta bırakacak şekilde arkaya yatırdı.

"Benimsin," diye soluyarak dişleriyle kulak memem çekiştirdi.

İnledim.

---

2 Uçakta cinsel ilişki yaşayanlar için kullanılan bir tabir. (ç. n.)

"Şışşt," diye azarladı. Saçlarımı omzuma topladı ve parmağını, elbisemin dantel kenarı boyunca bir omzumdan diğerine kaydırdı. Beklentiyle kıpırdandım. Elbisemin ilk düğmesinin hemen üstüne bir öpücük kondurdu.

İlk düğmeyi maharetle çözerken, "O kadar güzelsin ki," dedi. "Bugün beni yaşayan en mutlu erkek yaptın." Düğmeleri, muazzam bir ağırlıkla, tek tek açarak aşağı kadar indi. "Seni çok seviyorum." Ensemden omzuma kadar, öpücüklerden yol çizerek ilerledi. Her öpüşün arasında, "Seni... o... kadar... çok... istiyorum... ki... İçinde... olmak... istiyorum... Sen... benimsin," diye mırıldandı.

Her kelimesi baş döndürücüydü. Gözlerimi yumdum, başımı arkaya yatırarak boynuma daha kolay ulaşmasını sağladım ve kendimi Christian Grey'in, kocamın, sihrine teslim ettim.

Bir kez daha, "Benim," diye fısıldadı. Elbisemi kollarımdan sıyırıp fildişi bir ipek ve dantel bulutu halinde ayaklarımın dibine yığılmasını sağladı.

"Arkanı dön," diye fısıldarken, sesi birden boğuklaşmıştı. İstediğini yerine getirince, inledi.

Üzerimde uçuk pembe satenden korse jartiyer, aynı renk dantel bir külot ve beyaz ipek çoraplar vardı. Christian'ın gözleri büyük bir açlıkla bedenimde dolaştı ama hiçbir şey demedi. Sadece arzuyla irileşmiş gözlerle bana bakıyordu.

Mahcup bir kızarıklığın yanaklarıma yayıldığının bilinciyle, "Beğendin mi?" diye fısıldadım.

"Beğenmek ne kelime, bebeğim. Muhteşem görünüyorsun. Gel." Uzattığı eli tutup elbisemin içinden çıktım.

"Kıpırdama," diye mırıldandı ve koyu gözlerini benden ayırmadan, orta parmağını korsenin üst sınırını takip ederek,memelerimin üstünde dolaştırdı. Nefesim sıklaşırken, baştan çıkarıcı parmaklarının göğüslerimin üstündeki yolculuğu bel kemiğime ürpertiler göndererek bir kez daha tekrar etti. Durdu, işaret parmağını havada çevirerek dönmemi işaret etti.

Şu anda, onun için her şeyi yapardım.

"Dur," dedi. Sırtım ona, yüzüm yatağa dönüktü. Kolunu belime dolayıp beni kendine çekti ve burnunu boynuma gömdü. Memelerimi usulca avuçlayarak oynamaya başladı. Başparmaklarıyla daireler çizdiği meme uçlarım, korsemin kumaşını zorluyordu.

"Benim," diye fısıldadı.

"Senin," diye soludum.

Memelerimi yoksun bırakarak ellerini önce karnıma, göbeğime, oradan da cinsel organımın üstünden kaydırarak bacaklarıma indirdi. İnlememi bastırdım. Parmakları her iki jartiyerin üstünden kaydı ve her zamanki el çabukluğuyla iki kancayı çoraplarımdan aynı anda çıkardı. Eli arkama kaydı.

Avuçlarını popomun üstüne, parmak uçları cinsel organıma sürtünecek şekilde açarken, "Benim," diye fısıldadı.

"Ah."

"Şışşt." Elleri bacaklarımın arka tarafına indi ve bu kez jartiyerlerimin arka kancalarını açtı.

Eğilip yatak örtüsünü açtı. "Otur."

Esaretine kapılarak isteğini yerine getirdim. Ayaklarımın dibinde diz çöktü ve beyaz Jimmy Choo'larımı sırayla çıkardı. Sol çorabımın üst kenarını kavrayıp başparmaklarını bacağıma sürterek ağır ağır soydu. Aynı işlemi diğer çorabımda da tekrarladı.

"Noel hediyesi açmak gibi." Uzun koyu renk kirpiklerinin arasından gülümseyerek bakıyordu.

"Çoktan senin olan bir hediye..."

Azarlar gibi kaşlarını çattı. "Ah, hayır, bebek. Bu kez gerçekten benim oldu."

"Christian, ben evet dediğim andan beri seninim." Öne uzandım ve güzel yüzünü ellerimin arasına aldım. "Seninim. Her zaman senin olacağım, kocacım. Şimdi, bence fazla giyiniksin." Onu öpmek için eğildim. Aniden yukarı doğru uzandı ve başımı elleriyle sıkıca kavrayarak, parmaklarını saçlarımın arasına gömerek, arzuyla dudaklarımı öptü.

"Ana," diye soludu. "Benim Ana'm." Dudakları dudaklarımı esir alırken, dili gerçekten de ikna ediciydi.

"Kıyafetlerin," diye fısıldadım. Nefeslerimiz birbirine karışırken, arkaya doğru ittiğim yeleğinden beni sadece bir an için bırakarak sıyrıldı. Duraksadı ve iri iri açılmış, arzulayan gözlerle bana baktı.

"İzin ver ben yapayım, lütfen," derken sesim yumuşacık ve ikna ediciydi. Kocamı, Elli'mi kendi ellerimle soymak istiyordum.

Dizlerinin üstünde oturuyordu ve ben gümüş grisi kravatını –en sevdiğim– kavrayıp ağır ağır çözerken, bana doğru eğildi. Kravatı boynundan kurtarmamın ardından, gömleğinin üst düğmesini açabilmem için çenesini yukarı kaldırdı. Gömleğinin manşetlerine uzandım. Birbirine dolanmış A ve C harflerinin süslediği, benim düğün hediyem olan platin kol düğmelerini takmıştı. Düğmeleri elimden aldı, yumruğunun içinde sıktı. Sonra yumruğunu öptü ve düğmeleri cebine attı.

"Bay Grey, çok romantiksiniz."

"Sizin için, Bayan Grey. Kalpler ve çiçekler. Her zaman."

Elini tuttum ve kirpiklerimin arasından ona bakarak, platin alyansını öptüm. İnleyerek gözlerini yumdu.

"Ana." Adım dilinde bir duaya dönüşmüştü sanki.

Gömleğinin ikinci düğmesine uzandım ve Christian'ın biraz önceki hareketini taklit ederek, çözdüğüm her düğmenin ardından göğsüne yumuşacık bir öpücük kondurdum ve her öpücüğün arasına bir kelime serpiştirdim. "Sen... beni... çok... mutlu... ediyorsun."

İnledi ve seri bir hareketle belimi kavrayıp beni yatağın üstüne kaldırdı ve kendisi de ardımdan geldi. Dudakları dudaklarımı bulurken, ellerini başımın iki yanına yerleştirdi ve dillerimiz birbirine tapınırken, beni olduğum yere sabitledi. Birden doğruldu ve beni nefes nefese ve daha fazlasını arzular halde bıraktı.

"Çok güzelsin... Karım benim..." Ellerini bacaklarımdan aşağı kaydırıp sol ayağımı kavradı. "O kadar güzel bacakların var ki. Her santimini öpmek istiyorum. Buradan başlayarak." Dudaklarını ayak başparmağıma bastırdı ve dişlerini tabanımda dolaştırdı. Belimden aşağıda ne varsa sarsıldı. Dili, ayak çukurumdan yukarı kaydı, dişleri topuğuma sürtünüp bileğime tırmandı. Baldırımın iç kısmına yumuşacık, ıslak öpücüklerden bir yol çizdi. Altında âdeta kıvranıyordum.

"Kıpırdamayın, Bayan Grey," diye uyardı ve beklemediğim bir anda beni yüzüstü çevirip dudaklarının telaşsız yolculuğunu bacağımın arka kısmında sürdürdü. Bacaklarımın üst kısmına ve popoma tırmandı ve durdu. İnledi.

"Lütfen..."

"Çıplak olmanı istiyorum," diye mırıldandı ve korsemin kopçalarını tek tek, hiç acele etmeden açmaya başladı. Korse dümdüz bir halde iki yanıma uzanınca, dilini bel kemiğimden yukarı kaydırdı.

"Christian, lütfen..."

"Ne istiyorsunuz, Bayan Grey?" Kelimeler yumuşacık ve kulağımın dibindeydi. Neredeyse üzerimde yatıyordu... Ereksiyonunu kalçamda hissediyordum.

"Seni."

"Ben de seni, aşkım, hayatım," diye fısıldadı ve daha ben ne olduğunu anlamadan beni sırtüstü çeviriverdi. Hızla ayağa kalktı ve pantolonunu ve baksırını becerikli bir hareketle çıkarıp muhteşem çıplaklığı, irileşmiş ve hazır haliyle karşıma dikildi. Küçük kabin göz alıcı güzelliği, bana duyduğu arzu ve ihtiyaca teslim olmuştu. Eğilip külodumu sıyırırken bana baktı.

Dudaklarını, "Benim," der gibi oynattı.

"Lütfen," diye yalvardım. Sırıttı. Şehvetli, ahlaksız, ayartıcı, tam bir Elli sırıtışı.

Yatağa çıktı ve bu kez sağ bacağıma öpücüklerden bir yol çizdi. Bacak arama ulaşana kadar... Bacaklarımı iki yana ayırdı.

"Ah, karım benim..." diye mırıldandı ve sonra ağzını üzerime örttü. Gözlerimi yumdum ve kendimi hünerli diline teslim ettim. Kalçalarım, onun ritmine köle olarak sallandı ve küçük yataktan havalandı; saçlarına sıkı sıkı yapıştım. Beni sabitlemek için kalçalarımı sıkıca tuttu ama enfes işkencesine ara vermedi. Yaklaşmıştım, çok yaklaşmıştım.

"Christian," diye inledim.

"Henüz değil," diye soludu ve üzerimde yukarı kayarak dilini göbek deliğime bastırdı.

"Hayır!" *Lanet olsun!* Yukarı doğru yolculuğunu sürdürürken, göbeğimin üstünde gülümsediğini hissedebiliyordum.

"Çok sabırsızsınız, Bayan Grey. Zümrüt Ada'ya inene kadar bol bol vaktimiz var." Memelerimi taparcasına öptükten sonra, sol meme ucumu dudaklarının arasına alıp çekti. Bana baktı, gözleri tropik bir fırtına gibi kopkoyuydu.

Ah, Tanrım... Unutmuştum. *Avrupa.*

"Kocacığım, seni istiyorum. Lütfen."

Ağırlığını dirseklerine vererek üzerime abandı. Burnunu burnuma sürttü. Ellerimi güçlü ve esnek sırtından, güzel, çok güzel poposuna indirdim.

"Bayan Grey... Karım benim... Amacım size hizmet etmek." Dudaklarını dudaklarıma sürttü. "Seni seviyorum."

"Ben de seni seviyorum."

"Gözlerini aç. Seni görmek istiyorum."

Yavaşça içime gömülürken, "Christian... Ah..." diye inledim.

"Ana, ah..." diye soludu ve hareket etmeye başladı.

"Sen ne halt ettiğini sanıyorsun?" Christian'ın bağırışıyla hoş rüyamdan uyandım. Şezlongumun ayakucunda ıpıslak halde durmuş, bana bakıyordu.

Ne yapmıştım ki? *Ah, hayır... Sırtüstü yatıyordum.* Kahretsin, kahretsin, kahretsin ve deliye dönmüştü. Lanet olsun. Gerçekten çok kızmıştı.

BÖLÜM İKİ

Birden fazlasıyla uyanmıştım; erotik rüyam unutulmuştu bile. Kendimi savunmak için, cılız bir sesle, "Yüzüstü yatıyordum. Uykumda dönmüş olmalıyım," diye fısıldadım.

Gözleri öfkeyle yanıyordu. Eğildi, kendi şezlongundan bikini üstümü alıp bana fırlattı.

"Giy şunu!" diye tısladı.

"Christian, kimse bakmıyor."

"Bana güven. Bakıyorlar. Taylor'ın ve güvenlik ekibinin, gösterinin tadını çıkardıklarından eminim!" diye hırladı.

Lanet olsun! Varlıklarını neden sürekli unutup duruyordum ki? Panik içinde elimi memelerime örttüm. *Charlie Tango*'nun sabote edilerek kullanılmaz hale gelmesinden bu yana, lanet olası güvenlik her an peşimizdeydi.

Christian, "Evet," diye hırladı. "Ayrıca lanet olası bir paparazzi de fotoğrafını çekebilir. *Star* dergisine kapak olmak ister misin? Bu kez çıplak olarak!"

Lanet olsun! Paparazziler. Siktir! Bikini üstümü telaşlı, beceriksiz hareketlerle üzerime geçirirken, yüzümün rengi atmıştı. Ürperdim. Nişan haberimizin sızdırılmasının ardından, Seattle Bağımsız Yayıncılık'ın önünde etrafımın paparazziler tarafından sarılmasının tatsız anısı aklıma davetsizce süzüldü. Hepsi Christian Grey paketinin parçasıydı.

"L'addition!"[3] Christian geçen garsona çıkışır gibi seslendi. Bana dönüp, "Gidiyoruz," dedi.

"Şimdi mi?"

"Evet. Şimdi."

Ah, kahretsin. Tartışılacak durumda değildi.

Mayosundan suların damlamasına aldırmadan önce şortunu, sonra gri tişörtünü giydi. Garson bir iki saniye içinde kredi kartı ve hesapla geri gelmişti.

Turkuaz rengi elbisemi ve parmak arası terliklerimi hiç istemeyerek giydim. Garson uzaklaşırken, Christian kitabını ve BlackBerry'sini kaptı ve öfkesini aynalı pilot gözlüklerinin arkasına gizledi. Gerilim ve öfkeden tüylerim diken diken olmuştu. Yüreğime bir ağırlık çöktü. Kumsaldaki bütün kadınlar üstsüzdü. Bu o kadar büyük bir suç değildi. Aslında, bikini üstümle tuhaf görünen bendim. Bütün tadım kaçmıştı. Belli etmeden iç geçirdim. Christian'ın işin komik yanını görebileceğini sanmıştım... Belki yüz üstü kalsaydım öyle olurdu ama mizah anlayışı buharlaşmıştı sanki.

Kitabını ve BlackBerry'sini elinden alıp çantama koyarken, "Lütfen bana kızma," diye fısıldadım.

"Bunun için çok geç," dedi yavaşça. Fazla yavaşça. "Gel." Elimi tuttu ve Taylor'a ve iki yardımcısına, Fransız güvenlik memurları Philippe ve Gaston'a işaret etti. İşin tuhaf yanı, ikizdiler. Verandadan sabırla bizi ve kumsaldaki herkesi izliyorlardı. Onları neden unutup durduğumu bilmiyordum. Nasıl? Taylor'ın koyu renk gözlüklerinin arkasında taş gibi bir ifadesi vardı. Lanet olsun, o da bana kızmıştı. Onu böyle rahat bir kılık içinde, şort ve siyah polo tişörtle görmeye hâlâ alışamamıştım.

3 (Fr.) Hesap! (ç. n.)

Christian beni otele soktu ve lobiden geçirip sokağa çıkardı. Sessiz, asık suratlı ve öfkeli hali sürüyordu ve hepsi benim suçumdu. Taylor ve ekibi hemen arkamızdaydılar.

Çekinerek ve Christian'a bakarak, "Nereye gidiyoruz," diye sordum.

"Tekneye." Benden tarafa bakmadı bile.

Saatin kaç olduğu konusunda hiçbir fikrim yoktu. Öğleden sonra dört ya da beş olsa gerekti. Marinaya varınca, Christian beni *Fair Lady*'ye ait botun ve *Jet Ski*'nin durduğu iskeleye yönlendirdi. Christian *Jet Ski*'yi çözerken, sırt çantamı Taylor'a verdim. Ona gergin bir bakış attım ama tıpkı Christian gibi, onun ifadesi de düşüncelerini ele vermiyordu. Kumsalda gördüklerini düşününce kıpkırmızı oldum.

"Alın, Bayan Grey." Taylor bana bottan aldığı can yeleğini uzattı. Yeleği itaatkâr bir tavırla giydim. Neden bir tek ben can yeleği giymek zorundaydım? Christian ve Taylor birbirlerine baktılar. Tanrım! Christian, Taylor'a da mı kızmıştı yoksa? Sonra Christian can yeleğimin kemerlerini kontrol etti ve ortadakini iyice sıktı.

Asık bir suratla, "İdare eder," derken bana hâlâ bakmıyordu. *Kahretsin.*

Zarif hareketlerle *Jet Ski*'ye bindi ve ona katılmam için bana elini uzattı. Taylor ve ikizler bota binerlerken, elini sıkıca tutarak, suya düşmeden bacağımı arkasındaki oturma yerinin üstünden atmayı başardım. Christian, *Jet Ski*'yi ayağıyla iterek iskeleden uzaklaşırdı ve marinada usulca süzülmeye başladı.

"Sıkı tutun," diye emredince, kollarımı ona doladım. *Jet Ski*'yle dolaşmanın en sevdiğim yanı buydu. Ona sıkıca, burnumu sırtına sürterek sarılırken, bu şekilde dokunmama izin vermediği bir dönem olmasına hayret ettim. Çok hoş kokuyordu... Christian ve deniz gibi. *Affet beni Christian, lütfen.*

Kasıldı. "Kıpırdama," derken, ses tonu biraz yumuşamıştı. Sırtını öptüm ve çenemi ona yaslayarak birkaç tatilcinin gösteriyi izlemek için toplandıkları rıhtıma baktım.

Christian kontağı çevirince, motor kükreyerek çalışmaya başladı. Gaz kolunu tek bir çevirişiyle, *Jet Ski* öne atıldı ve serin karanlık suda hızla yol almaya başladı. Marinadan çıkıp limanın merkezine, *Fair Lady*'ye doğru yöneldi. Ona daha da sıkı sarıldım. Buna bayılıyordum; o kadar heyecan vericiydi ki. Ona sıkı sıkı tutunduğumda, Christian'ın sırım gibi cüssesindeki her kası hissedebiliyordum.

Taylor sürat motoruyla yanımızdaydı. Christian ona baktıktan sonra yeniden hızlandı ve suyun üstünde, ustalıkla fırlatılmış çakıl taşları gibi sekerek ileri atıldık. Taylor yenilgiyi kabul etmiş bir kızgınlıkla kafasını salladı ve Christian, *Fair Lady*'yi pas geçip açık denize doğru yönelirken, o istikametini yata çevirdi.

Denizden püsküren sular üzerimize sıçrıyor, sıcak rüzgâr tenimi yalıyor ve at kuyruğumun deli gibi savrulmasına neden oluyordu. Çok eğlenceliydi. Belki bu yolculuğun mutluluğu Christian'in kötü ruh halini alıp götürürdü. Yüzünü göremesem de keyif aldığını biliyordum; tasasızdı ve her zamankinin aksine, yaşına göre davranıyordu.

Christian kocaman bir yarım daire çizerken, kıyıyı inceledim. Marinadaki tekneleri, ofislerin ve dairelerin oluşturduğu sarı, beyaz ve kum rengi mozaiği ve arkadaki sarp dağları. O kadar düzensiz görünüyorlardı ki –alışık olduğum belli bir düzen içindeki bina bloklarından çok farklı– tablo gibiydiler. Christian omzunun üstünden bana baktı ve işte, belli belirsiz gülümseme dudaklarında dans ediyordu.

Motorun gürültüsünü bastırmak için, "Bir daha?" diye bağırdı.

Hevesle başımı salladım. Bana cevaben sırıtışı göz kamaştırıcıydı. Gazı kökledi ve Fair Lady'nin etrafından dolaşıp bir kez daha denize açıldı... Sanırım affedilmiştim.

Christian can yeleğimi çözerken, "Yanmışsın," dedi. Kaygıyla ruh halini değerlendirmeye çalıştım. Yatın güvertesindeydik ve kamarotlardan biri can yeleğini almak için yanımızda bekliyordu. Christian yeleği ona uzattı.

Genç adam, "Başka bir arzunuz, efendim?" diye sordu. Fransız aksanına bayılıyordum. Christian bana baktı, gözlüklerini çıkarıp tişörtünün yakasına tutturdu.

"İçecek bir şey ister misin?" diye sordu.

"İhtiyacım var mı?"

Kafasını yana yatırdı. "Neden böyle dedin?" Sesi yumuşaktı.

"Nedenini biliyorsun."

Zihninde bir şeyi tartar gibi kaşlarını çattı.

Ah, aklından neler geçiyordu?

"İki cin tonik, lütfen. Ve biraz çerez ve zeytin." Kamarot onu başıyla selamladı ve hızla gözden kayboldu.

"Seni cezalandıracağımı mı düşünüyorsun?" Christian'ın sesi ipeksiydi.

"Cezalandırmak istiyor musun?"

"Evet."

"Nasıl?"

"Bir şey düşünürüm. Belki içkini içtikten sonra." Bu, şehvetli bir tehditti. Yutkundum. İçimdeki tanrıça güneşlenmekte olduğu şezlongda kıpırdandı.

Christian'ın kaşları bir kez daha çatıldı.

"Cezalandırılmak istiyor musun?"

Nasıl anlıyordu? Yanaklarım kızararak, "Duruma bağlı," dedim.

"Hangi duruma?" Gülümsemesini gizledi.

"Canımı yakmak isteyip istemediğine."

Ağzı düz bir çizgi halini alırken, keyfi kaçmıştı. Öne eğilip alnımı öptü.

"Anastasia, sen benim itaatkârım değil, karımsın. Canını yakmayı asla istemiyorum. Bunu artık anlamış olman gerekirdi. Sadece... sadece insanların arasında kıyafetlerini çıkarma. Gazetelerde boy

boy çıplak fotoğrafların olsun istemiyorum. Bunu sen de istemezsin. Annenin ve Ray'in de istemeyeceklerinden eminim."

Ah! Ray! Lanet olsun. Kalp krizi geçirirdi. Aklım neredeydi acaba? Kendime için için kızdım.

Kamarot içkilerimiz ve çerezlerimizle geri geldi ve hepsini tık masaya bıraktı.

Christian, "Otur," diye emretti. Söylediğini yaptım ve yönetmen koltuklarından birine yerleştim. Christian da yanıma oturdu ve bana bir cin tonik uzattı.

"Şerefe, Bayan Grey."

"Şerefe, Bay Grey." İçkimden keyifli bir yudum aldım. Ferahlatıcı, soğuk ve lezzetliydi. Christian'a bakınca onu anlaşılmaz bir ruh haliyle beni izlerken buldum. Çok bunaltıcıydı... Bana hâlâ kızgın mıydı, bilmiyordum. Patentli dikkat dağıtma tekniğimi devreye soktum.

"Bu yat kimin?" diye sordum.

"Bir İngiliz şövalyesinin. Sör Bilmem Kim. Büyük büyükbabası bir market kurmuş. Kızı Avrupa'nın veliaht prenslerinden biriyle evli."

Ah. "Süper zengin yani?"

Christian birden temkinli bir hale bürünmüştü. "Evet."

"Senin gibi," diye mırıldandım."

"Evet."

Ah.

Christian, "Ve senin gibi," diye mırıldandı ve ağzına bir zeytin attı. Hızla gözlerimi kırpıştırdım. Gözümün önünde smokinli ve gümüş rengi yelekli hali belirdi... Düğün törenimizde bana bakarken gözleri samimiyetle parlıyordu.

Yeminlerimizi ederken, "*Benim olan her şey senin,*" demişti; sesi hâlâ kulağımda çınlıyordu.

Her şey benim mi? "Çok tuhaf. Hiçbir şeyden..." Gösterişli ortamımızı işaret etmek için elimi salladım. "Her şeye geçmek."

"Alışırsın."

"Alışacağımı hiç sanmıyorum."

Taylor güvertede belirdi. "Efendim, bir telefonunuz var." Christian kaşlarını çatsa da Taylor'ın uzattığı BlackBerry'yi aldı.

Sert bir sesle, "Grey," diyerek koltuğundan kalktı ve yatın baş kısmında durdu.

Ros'la –sağ koluyla– yaptığını tahmin ettiğim konuşmaya kulaklarımı kapatarak denize baktım. Zengindim... İnanılmaz zengin. Bu parayı kazanmak için hiçbir şey yapmamıştım... Tek yaptığım, zengin bir adamla evlenmekti. Evlilik öncesi anlaşmayla ilgili yaptığımız konuşmayı hatırlayarak ürperdim. Doğum gününden sonraki pazardı ve mutfak masasında telaşsız bir kahvaltının keyfini sürüyorduk... Hep birlikte... Elliot, Kate, Grace ve ben jambon mu yoksa sosis mi daha lezzetlidir diye tartışırken, Carrick ve Christian pazar gazetelerini okuyorlardı...

Mia *netbook*'unu mutfak masasına koyarken, "Şuna bir bakın," diye haykırdı. "Seattle Nooze Web'de nişanlanmanızla ilgili bir dedikodu var, Christian."

Grace şaşkınlık içinde, "Bu kadar çabuk mu?" dedi. Sonra, aklından nahoş bir düşünce geçmiş gibi dudaklarını büzdü. Christian kaşlarını çattı.

Mia köşe yazısını yüksek sesle okumaya başladı. "Kulağımıza gözde bekâr Christian Grey'in sonunda kafalandığı ve düğün çanlarının yakın olduğuna dair bir haber çalındı. Ama kim bu şanslı, çok şanslı hanımefendi? Nooz iz peşinde. Her iddiasına gireriz, aday şu anda korkunç bir evlilik öncesi anlaşmasını okumakla meşguldür."

Mia kıkırdadı ama Christian'ın dik dik bakmasıyla bir anda sustu. Masaya derin bir sessizlik çökerken, Grey'lerin mutfağındaki sıcaklık sıfırın altına düşüvermişti.

Ah hayır! Evlilik öncesi anlaşma mı? Hiç aklıma gelmemişti. Yüzümdeki bütün kanın çekildiğini hissederek yutkundum. *Lütfen, hemen yer yarılsın ve beni içine çeksin.* Ben endişeyle ona bakarken, Christian sandalyesinde kıpırdandı.

Bana doğru, "Hayır," der gibi dudaklarını kıpırdattı.

Carrick kibarca, "Christian," dedi.

Christian, "Bunu bir daha tartışmayacağım," diye çıkışınca, Carrick bana gergin bir bakış attı ve bir şey söylemek üzere ağzını açtı.

"Anlaşma falan yok!" Christian neredeyse bağırdı ve masadaki diğer herkesi yok sayarak, asık bir suratla gazetesine döndü. Herkes önce ona, sonra bana ve sonra da ikimiz dışında her yere baktı.

"Christian," diye mırıldandım, "sen ve Bay Grey'in istediğiniz her şeyi imzalarım." Tanrım, bu bana imzalattığı ilk şey olmayacaktı. Christian kafasını kaldırıp bana baktı.

"Hayır," diye çıkıştı. Rengim biraz daha attı.

"Seni korumak için."

Grace, "Christian, Ana, bence bunu baş başayken konuşmalısınız," diye azarladı. Carrick ve Mia'ya dik dik baktı. Ah, Tanrım. Onların da başı belada gibi görünüyordu.

Carrick güven vermek ister gibi, "Ana, bunun seninle ilgisi yok," diye mırıldandı. "Ve lütfen bana Carrick de."

Christian babasına soğuk gözlerini kısarak bakınca, yüreğime bir ağırlık çöktü. *Tanrım... Gerçekten kızmıştı.*

Herkes hararetli bir sohbete tutuşurken, Mia ile Kate masayı toplamak için ayağa fırladılar.

Elliot, "Ben kesinlikle sosisi tercih ediyorum," dedi.

Bense birbirine kenetlediğim parmaklarıma bakıyordum. Kahretsin. Bay ve Bayan Grey'in bir tür servet avcısı olduğumu düşünmediklerini umdum. Christian uzandı ve tek eliyle iki elimi birden tuttu.

"Kes şunu."

Ne düşündüğümü nereden biliyordu?

Sadece benim duyabileceğim bir sesle, "Babamın söylediklerini boş ver," dedi. "Elena konusunda gerçekten öfkeli. Az önceki hedefi sadece bendim. Keşke annem çenesini tutabilseydi."

Christian'ın dün gece Carrick'le yaptığı Elena "konuşması" yüzünden hâlâ acı çektiğini biliyordum.

"Haklılık payı var, Christian. Sen çok varlıklısın ve ben evliliğimize öğrenci kredisi borçlarımdan başka bir şey getirmiyorum."

Christian bana kasvetli gözlerle baktı. "Anastasia, beni terk edersen her şeyimi yanında götürebilirsin. Beni bir kez bıraktın ve ben bunun nasıl bir his olduğunu biliyorum."

Lanet olsun. Yoğunluğundan etkilenerek, "O farklıydı," dedim. "Ama... sen de beni bırakmak isteyebilirsin." Düşüncesi bile beni hasta etmek için yeterliydi.

Bir homurtu çıkardı ve yapmacık bir tiksintiyle kafasını salladı.

"Christian, benim olağanüstü aptalca bir şey yapabileceğimi biliyorsun ve sen..." Bakışlarımı birbirine doladığım parmaklarıma indirirken, içimi yakan acı yüzünden cümlemi tamamlayamadım. Christian'ı kaybetmek... *siktir.*

"Kes. Hemen şimdi. Konu kapandı, Ana. Bunu daha fazla tartışmayacağız. Anlaşma olmayacak. Ne şimdi ne de daha sonra." Bana susmama neden olan, keskin bir unut-gitsin bakışı attı. Ardından Grace'e döndü. "Anne," dedi, "düğünü burada yapabilir miyiz?"

Ve konuyu bir daha açmadı. Aslında beni her fırsatta serveti ve o servetin benim de olduğu konusunda rahatlatmaya çalışıyordu. Christian'ın balayına hazırlık olarak Caroline Acton'la –Nieman Marcus'taki özel alışveriş görevlisi– birlikte yapmamda ısrar ettiği alışverişi düşündükçe ürperiyordum. Sadece bikinim beş yüz kırk dolardı. Demek istediğim, evet, hoş bir bikiniydi ama dört üçgen kumaş parçası için saçma bir miktardı.

"Alışacaksın." Christian masadaki yerine dönerken, beni daldığım düşüncelerden uyandırdı.

"Alışmak derken?"

"Paraya," dedi gözlerini çevirerek.

Ah, Elli, belki zamanla. Tuzlu badem ve kaju tabağını ona doğru ittim.

Karanlık düşüncelerimin ve bikini gafımın ardından sohbetimize biraz mizah katmak için, elimden geldiğince ifadesiz bir yüzle, "Çerezleriniz, efendim," dedim.

Pis pis sırıttı. "Benim çerezim sensin." Bir badem aldı. Küçük esprimin tadını çıkarırken, gözlerinde haylaz bir ışıltı vardı. Dudaklarını yaladı. "İçkini bitir. Yatağa gidiyoruz."

Ne?

Gözleri gittikçe koyulaşırken dudaklarını oynattı. "İç."

Ah, Tanrım. Bana bakışı öyle ateşliydi ki, küresel ısınmanın tek sorumlusu o olabilirdi. Cinimi dudaklarıma götürüp bir seferde içerken, gözlerimi ondan ayırmadım. Ağzı aralandı ve bir an, dişlerinin arasında dilinin ucunu gördüm. Bana çapkın çapkın gülümsedi. Rahat bir hareketle ayağa kalktı ve ellerini sandalyemin iki koluna dayayarak üzerime eğildi.

Kulağıma, "Seni ibret için cezalandıracağım. Gel. Sakın işeme," diye fısıldadı.

İç geçirdim. *İşeme mi? Ne kadar kaba.* Bilinçaltım kafasını kitabından *–Charles Dickens'ın Bütün Eserleri, Cilt I–* telaşla kaldırdı.

Christian elini uzatırken, sırıtarak, "Düşündüğün gibi değil," dedi. "Bana güven." Çok seksi ve samimi görünüyordu. Nasıl karşı koyabilirdim ki?

"Tamam." Elimi avucuna koydum çünkü en basit ifadeyle, ona her şeyimi emanet edebilirdim. Ne planlamıştı? Heyecandan kalp atışlarım hızlandı.

Beni güverteden geçirip gösterişli ve güzel döşenmiş ana salona soktu. Dar bir koridor boyunca yürüyüp yemek salonunu geçtik ve merdivenlerden ana kamaraya indik.

Kamara bu sabah temizlenmiş, yatak toplanmıştı. Hoş bir odaydı. Sancak tarafında ve iskele tarafında iki lomboz vardı. Koyu renk ceviz mobilyalar, krem rengi duvarlar altın rengi ve kırmızı kumaşlarla dekore edilmişti.

Christian elimi bıraktı, tişörtünü kafasından çıkarıp bir sandalyeye attı. Parmakarası terliklerini çıkardı, şortunu ve mayosunu tek bir hareketle sıyırdı. *Ah, Tanrım, onu çıplak görmekten bir gün bıkacak mıydım acaba?* Kelimenin tam anlamıyla muhteşemdi ve benimdi. Teni parlıyordu; o da yanmıştı ve uzayan saçları alnına dökülüyordu. Ben şanslı, çok şanslı bir kızdım.

Çenemi tuttu ve alt dudağımı ısırmayı bırakmam için hafifçe çekip parmağını dudağımda dolaştırdı.

"Böylesi daha iyi." Dönüp kıyafetlerinin durduğu heybetli gardıroba yürüdü. En alttaki çekmeceden iki çift metal kelepçe ve uçaklarda kullanılan cinsten bir göz bandı çıkardı.

Kelepçeler. Daha önce hiç kelepçe kullanmamıştık. Yatağa gergin ve hızlı bir bakış attım. Onları nereye takacaktı ki? Döndü ve bana karanlık ve ışıltılı gözlerini bir an ayırmadan baktı.

"Bunlar biraz acı verici olabilirler. Çok sert çekersen bileklerini sıkabilirler." Bir çifti havaya kaldırdı. "Ama şu anda onları sende kullanmayı gerçekten istiyorum."

Lanet olsun. Dilim damağım kurudu.

"Gel." Ağır adımlar ve büyük bir zarafetle bana doğru yaklaştı ve kelepçelerden birini uzattı. "Önce denemek ister misin?"

Sağlam görünüyorlardı; metal soğuktu. Bunları gerçek hayatta takmak zorunda kalmayacağımı umdum.

Christian beni dikkatle izliyordu.

"Anahtarlar nerede?" Sesim titredi.

Avucunu açarak küçük metal anahtarı gösterdi. "Bu iki kelepçeye de uyuyor. Aslında, bütün kelepçelere uygun."

Kaç kelepçesi vardı acaba? Oyun odasındaki şifonyerde kelepçe gördüğümü hiç sanmıyordum.

Çenemi okşadığı işaret parmağını ağzımdan aşağı kaydırdı. Beni öpmek ister gibi öne eğildi.

Alçak sesle, "Oynamak istiyor musun?" diye sorunca arzu karnımın derinliklerine yayıldı ve vücudumdaki tüm sinirler uyarıldı.

"Evet," diye soludum.

Gülümsedi. "İyi." Alnıma kuş tüyü kadar hafif bir öpücük kondurdu. "Bir parolaya ihtiyacımız olacak."

Ne?

"*Dur*' büyük olasılıkla yetmeyecek çünkü muhtemelen söyleyecek ama ciddi olmayacaksın." Burnunu burnuma sürttü. Aramızdaki tek temas buydu.

Kalbim gümbürdemeye başladı. *Kahretsin.* Sadece kelimelerle bunu nasıl başarabiliyordu?

"Canın acımayacak. Yoğun olacak. Çok yoğun. Çünkü kıpırdamana izin vermeyeceğim. Tamam mı?"

Ah Tanrım. Kulağa çok seksi geliyordu. Nefes alıp verişim fazla gürültülüydü. *Siktir*. Daha şimdiden nefes nefeseydim. Tanrıya şükür, bu adamla evliydim yoksa utanç verici olurdu. Gözlerim tahrik olmuş organına kaydı.

"Tamam." Sesim güçlükle duyuluyordu.

"Bir kelime seç, Ana."

Ah.

"Parola," dedi usulca.

"Lolipop," dedim, nefes nefese.

"Lolipop mu?" Keyiflenmişti.

"Evet."

Bana bakmak için arkaya doğru kaykılırken sırıtıyordu. "İlginç bir seçim. Kollarını kaldır."

Kaldırdım. Christian elbisemin etek uçlarını tutup başımdan çekti ve yere attı. Elini uzatınca, kelepçeyi geri verdim. Onu ve elindeki diğer kelepçeyi başucu komodininin üstüne, göz bandının yanına koydu ve yatak örtüsünü hızla çekti.

"Arkanı dön."

Döndüm. Bikini üstümü çözüp yere düşmesini sağladı.

"Yarın, bu şeyi üstüne zımbalayacağım," diye mırıldanarak saç tokamı çekti ve saçlarımı özgür bıraktı. Saçlarımın tamamını tek eline toplayıp beni geri çekince, arkaya doğru bir adım atmak zorunda kaldım. Sertleşmiş organına yaslanmıştım. Başımı yana yatırıp boynumu öperken, zevkle inledim.

Kulağıma, "Çok asisin." diye mırıldanışı içime enfes ürpertiler saldı.

"Evet," diye fısıldadım.

"Hımm... Bu konuda ne yapacağız?"

"Asiliğimle yaşamayı mı öğreneceğiz," diye soludum. Aheste öpücükleri beni delirtiyordu. Boynuma doğru sırıttı.

“Ah, Bayan Grey. Her zaman iyimsersiniz.”

Doğruldu. Saçlarımı alıp üç tutama ayırdı ve ağır ağır ördükten sonra, ucuna tokamı taktı. Saç örgümü yavaşça çekerek kulağıma eğildi. “Sana bir ders vereceğim,” diye mırıldandı.

Ani bir hareketle, beni bileğimden yakaladı, yatağa oturdu ve beni, ereksiyonunu karnımda hissedebileceğim şekilde, dizlerine uzattı. Popoma bir kez sertçe vurdu. İç geçirdim ve hemen ardından, kendimi yeniden sırt üstü halde buldum. Christian gri gözleriyle bana bakıyordu. Tutuşacak kıvamdaydım.

“Ne kadar güzel olduğunu biliyor musun?” Parmak ucunu bacağımın üst kısmında dolaştırırken, her tarafım... karıncalanmaya başladı. Yataktan gözlerini benden ayırmadan kalkıp kelepçeleri aldı. Sol bacağımı tutup kelepçelerden birini ayak bileğime geçirdi.

Ah!

Sağ bacağımı kaldırarak aynı işlemi tekrarladı. Böylece her iki ayak bileğime birer kelepçe takılmış oldu. Kelepçeleri nereye tutturacağı konusunda hâlâ hiçbir fikrim yoktu.

“Dik otur,” diye emredince, derhal itaat ettim.

“Şimdi dizlerine sarıl.”

Ona gözlerimi kırpıştırarak baktıktan sonra, bacaklarımı kendime çekip tam önümde büktüm ve kollarımı dizlerime sardım. Uzanıp çenemi kavradı ve bandı gözlerime geçirmeden önce, dudaklarıma yumuşak, ıslak bir öpücük kondurdu. Hiçbir şey göremez oldum. Tek duyabildiğim, kendi hızlanmış nefesim ve suyun üstünde usul usul sallanan yatın yanlarına vuran suyun sesiydi.

Ah, Tanrım. Öylesine tahrik olmuştum ki... Şimdiden.

“Parola neydi, Ana?”

“Lolipop.”

“İyi.” Sol elimi tuttu ve kelepçelerden birini bileğime geçirdi. Aynı işlemi sağ elimde tekrar etti. Sol elim sol ayak bileğime, sağ elim de sağ ayak bileğime bağlanmıştı. Bacaklarımı düzeltemiyordum. *Lanet olsun.*

"Şimdi," diye soludu. "Seni çığlık atana kadar becereceğim."

Ne? Vücudumdaki bütün hava beni terk etti.

İki topuğumu tutup beni arkaya devirince, geriye doğru sırt üstü düştüm. Bacaklarımı kıvrık tutmaktan başka seçeneğim yoktu. Zorladığım zaman, kelepçeler sıkıyordu. Haklıydı; etime, neredeyse acı verecek şekilde oturuyorlardı. Çok tuhaf bir duyguydu. Bir teknede, bağlı ve çaresiz durumda olmak. Ayak bileklerimi iki yana açınca, inledim.

Bacağımın iç kısmını öpünce, altında kıvranmak istedim ama yapamadım. Kalçalarımı oynatma imkânım yoktu. Ayaklarım havadaydı. Hareket edemiyordum.

Bikini altımın kenarlarını öperek, vücudumdan yukarı doğru tırmanırken, "Bütün zevki emmen gerekecek, Anastasia. Kıpırdamak yok," diye mırıldandı. Bikinimin iki yanındaki ipleri çözdü ve kumaşın açılıp düşmesini sağladı. Artık çıplak ve Christian'ın insafına terk edilmiş durumdaydım. Göbeğimi öptü ve göbek deliğimi hahif hafif ısırdı.

"Ah," diye iç çektim. Zor olacaktı... Hiç tahmin etmemiştim. Öpücükler ve küçük ısırıklardan göğüslerime doğru çıkan yumuşacık bir yol çizdi.

Beni sakinleştirmek için, "Şışşt," dedi. "O kadar güzelsin ki, Ana."

Yaşadığım yoğunluğun etkisiyle, inledim. Normalde, kalçalarımı sürter ve dokunuşuna kendi ritmimle karşılık verirdim ama kıpırdayamıyordum. İnleyerek, bileklerimdeki bağlara asıldım. Metal, tenime battı.

"Ahh," diye haykırdım. Ama aslında umurumda değildi.

"Beni delirtiyorsun," diye fısıldadı. "Bu yüzden ben de seni delirteceğim." Şimdi artık, ağırlığını bileklerine vererek üzerime uzanmıştı. Dikkatini memelerime çevirdi. Uçlarını ısırarak, emerek ve parmaklarının arasında yuvarlayarak beni delirtiyordu. Durmuyordu. Delirticiydi. *Ah. Lütfen.* Ereksiyonu etime saplanıyordu.

"Christian," diye yalvardım ve zafer gülümsemesini tenimde hissettim.

"Seni böyle boşaltayım mı?" Meme ucuma doğru mırıldanarak, daha fazla sertleşmesine neden olmuştu. "Biliyorsun, yapabilirim." Beni sertçe emince, göğsümden mızrak gibi, dosdoğru kasıklarıma fırlayan bir hazla haykırdım. Tamamen duyumsadıklarımız esaretinde, çaresizlikle kelepçeleri çekiştirdim.

"Evet," diye sızlandım.

"Ah, bebeğim, bu çok kolay olurdu."

"Ah... lütfen."

"Şışşt." Dudaklarını ağzıma kaydırarak dişlerime ve çeneme sürttü; inledim. Beni öptü. Hünerli ağzı benimkini tadarak, keşfederek, hükmederek âdeta istila ediyordu ama dilim bu meydan okumaya kıvranarak cevap veriyordu. Ağzında cin ve Christian Grey tadı vardı ve deniz kokuyordu. Çenemi sıkıca tutup başımı sabitledi.

Yine ağzımın içine, "Kıpırdama bebek. Hareketsiz durmanı istiyorum," diye fısıldadı.

"Seni görmek istiyorum."

"Ah, hayır, Ana. Bu şekilde beni daha çok hissedeceksin." Ve acı verecek bir yavaşlıkla, kalçasını kastı ve kendini kısmen içime itti. Normalde onu karşılamak için kalçamı kaldırırdım ama kıpırdayamıyordum. Geri çekildi.

"Ah! Christian, lütfen!"

"Bir kez daha?" diye takılırken, sesi boğuktu.

"Christian!"

Kendini bir kez daha kısmen içime itti ve bir yandan beni öperek, bir yandan meme ucumla oynayarak geri çekildi. Bunun adı aşırı zevk yüklemesiydi.

"Hayır!"

"Beni istiyor musun, Anastasia?"

"Evet," diye yalvardım.

"Söyle bana," diye mırıldanırken, soluğu sertleşmişti. Ve bir kez daha beni yokladı. Bir içimde, bir dışarıdaydı.

"Seni istiyorum," diye sızlandım. "Lütfen."

Yumuşak iç çekişini kulağımda duydum.

"Ve beni alacaksın, Anastasia."

Geri çekilip kendini içime çarptı. En tatlı noktama isabet ederken, başımı arkaya atarak ve kelepçelerimi zorlayarak haykırdım. Artık sadece histen ibarettim, tatlı, çok tatlı bir eziyetti bu ve ben kıpırdayamıyordum. Hareketsizleşti. Kalçasıyla bir daire çizdi ve hareketinin yankısını içimde, derinlerde duydum.

"Bana neden kafa tutuyorsun, Ana?"

"Christian, dur..."

Yakarışımı duymazdan gelerek içimde bir daire daha çizdi. Ağır ağır geri çekildi ve sonra kendini bir kez daha içime vurdu.

"Söylesene. Neden?" diye tıslarken, sıkılı dişlerinin arasından konuştuğunu fark ettim.

Anlaşılmaz bir haykırış koyverdim... Bu kadarı çok fazlaydı.

"Söyle."

"Christian."

"Ana, bilmem gerek."

Kendini bir kez daha içime, bu kez çok daha derine itti ve artık tırmanışa geçmiştim. Bu öyle yoğun bir histi ki... Beni içine çekiyor, karnımın derinliklerinden helezonlar çizerek tek tek bütün uzuvlarıma, canımı acıtan metal bağlara kadar ulaşıyordu.

"Bilmiyorum!" diye haykırdım. "Çünkü tutabiliyorum. Çünkü seni seviyorum. Lütfen, Christian."

Gürültülü bir inlemeyle kendini tekrar tekrar derinliklerime itti. Bense hissettiğim zevkle baş etmeye çalışırken, kaybolmuştum. Aklım uçmuştu... Ve bedenim... Bacaklarımı uzatmak, yaklaşan orgazmımı kontrol edebilmek istiyor ama yapamıyordum... Çaresizdim. Onundum, sadece onun. Onun isteklerini yerine getirmekle yükümlüydüm... Gözlerim yaşlarla doldu. Bu fazla yoğundu. Onu durduramıyordum. Onu durdurmak istemiyordum. İstediğim... İstediğim... ah, hayır, ah hayır... bu çok fazla...

Christian, "İşte bu," diye gürledi. "Hisset bebeğim."

Orgazmım beni paramparça ederken, içimi bir orman yangını gibi, her şeyi tüketerek dağlarken, Christian'ın erkekliğinin etrafında tekrar tekrar infilak ettim. Tamamen altüst olmuştum. Gözyaşlarım yanaklarımdan akarken vücudum zonkluyor ve titriyordu.

Christian'ın dizlerinin üstünde ve hâlâ içimde olduğunun farkındaydım; beni çekip kucağına kaldırdı. Bir eliyle başımı, diğeriyle kalçamı sıkıca kavradı ve içim, artçı şokların etkisiyle sarsılmaya devam ederken, içimde şiddetle boşaldı. Tüketici, bitirici bir şeydi... Cehennemdi. Cennetti. Kontrolden çıkmış hedonizmdi.

Christian göz bandını hızla çekip çıkardı ve beni öptü. Gözlerimi, burnumu, yanaklarımı öptü. Yüzümü ellerinin arasında tutarak, gözyaşlarımı öpücükleriyle sildi.

"Seni seviyorum, Bayan Grey," diye soludu. "Beni delirtsen de seninle yaşadığımı hissediyorum." Ne gözlerimi ne de ağzımı açacak enerjim kalmıştı. Beni çok yavaşça yatağa yatırıp içimden çıktı.

Sözsüz bir itiraz koyverdim. Yataktan inip kelepçeleri çözdü. Özgür kalınca, el ve ayak bileklerimi ovaladı. Sonra yanıma uzanıp beni kollarının arasına çekti. Bacaklarımı uzattım. Ah, Tanrım. O kadar iyi gelmişti ki. Kendimi harika hissediyordum. Bu, hiç şüphesiz, yaşadığım en yoğun orgazm olmuştu. Hımm... bir Christian Grey Elli Ton ceza sikişmesi.

Gerçekten daha sık yaramazlık yapmalıydım.

İdrar kesemde bir baskıyla uyandım. Gözlerimi açınca nerede olduğumu çıkaramadım. Dışarısı karanlıktı. *Neredeydim*? Londra? Paris. Ah, yat. Sallandığını hissediyor, motor homurtusunu duyuyordum. Hareket halindeydik. *Ne tuhaf.* Christian yanımdaydı. Üstünde beyaz keten gömleği, bej keten pantolonu ve çıplak ayaklarıyla, dizüstü bilgisayarının başında çalışıyordu. Saçları hâlâ ıslaktı ve Christian kokusuna karışmış, duştan kalma vücut şampuanının kokusunu alabiliyordum. Hımm...

Bana sıcacık gözleriyle bakarak, "Merhaba," diye mırıldandı.

Birden utanarak, "Merhaba," dedim. "Ne zamandır uyuyorum?"

"Sadece bir saat kadar oldu."

"Hareket ediyoruz."

"Dün gece yemeği dışarıda yediğimiz, bale ve casinoya gittiğimiz için, bu gece teknede yeriz diye düşündüm. Baş başa, sakin bir akşam yemeği."

Sırıttım. "Nereye gidiyoruz?"

"Cannes'a."

"Tamam." Kaslarımı açmak için gerindim. Claude bana ne kadar antrenman yaptırırsa yaptırsın, bu öğleden sonraya hazırlayamazdı.

Banyoya gitme ihtiyacıyla dikkatle kalktım. İpek sabahlığımı alıp aceleyle giyindim. Neden bu kadar utanıyordum ki? Christian'ın gözlerini üstümde hissettim. Ona bakınca, kaşları çatık halde dizüstü bilgisayarına döndü.

Tuvalette, dalgın dalgın casinodaki akşamı düşünerek ellerimi yıkarken, sabahlığımın önü açıldı. Şoka uğrayarak aynadaki görüntüme baktım.

Lanet olsun! Bana ne yapmıştı böyle?

BÖLÜM ÜÇ

Göğsümü kaplayan kırmızı izlere dehşetle baktım. Morluklar! Morluklarım vardı. Amerika'nın en saygın iş adamlarından biriyle evlenmiştim ve her yanımı lanet olası morluklar içinde bırakmıştı. Bana bunu yaptığını nasıl hissedememiştim. Kızardım. İşin aslı, nedenini tam olarak biliyordum. Bay Orgazmik, motor gibi seks becerilerini üzerimde kullanmıştı.

Bilinçaltım yarım ay biçimindeki gözlüklerinin üstünden bakıp onaylamayarak kafasını sallarken, içimdeki tanrıça yığıldığı şezlongunda derin uykudaydı. Aynadaki yansımama baktım. Bileklerimde kelepçelerin neden olduğu kırmızı izler vardı. Moraracaklarına hiç şüphe yoktu. Ayak bileklerime baktım; onlar da morluklar içindeydi. Tanrı aşkına, kaza geçirmiş gibi görünüyordum. Görüntümü sindirmeye çalışarak kendime baktım. Bugünlerde vücudum o kadar farklıydı ki. Onu tanıdığımdan beri farkında olmadan bir değişiklikten geçmiştim. Daha ince ve daha fit görünüyordum. Saçım parlıyordu ve kesimi hoştu. Ellerim manikürlü, ayaklarım pedikürlüydü; kaşlarım alınmış ve güzel bir biçim verilmişti. Hayatımda ilk kez –şu korkunç aşk ısırıkları dışında– bakımlıydım.

Şu anda bakımı düşünmek istemiyordum. Çok kızmıştım. Hangi cüretle, beni böyle bir yeni yetme gibi iz içinde bırakırdı? Birbirimizi tanıdığımız kısa süre içinde daha önce bir yerimi morarttığı olmamıştı. Berbat görünüyordum. Bunu neden yaptığını biliyordum. Lanet olası kontrol manyağı. Pekâlâ! Bilinçaltım kollarını küçük göğüslerinin altında birleştirdi. Christian bu kez fazla ileri gitmişti. Ondan tarafa bakmamaya özen göstererek, banyodan çıkıp küçük dolaba geçtim. Sabahlığımı çıkarıp bir eşofman altı ve askılı bir tişört giydim. Örgümü çözdüm ve küçük tuvalet masasından bir fırça alıp saçımı fırçaladım.

Christian, "Anastasia?" diye seslendi. Endişesi sesine yansımıştı. "İyi misin?"

Onu duymazdan geldim. *İyi miydim? Hayır, iyi değildim.* Bana yaptığı şeyden sonra, balayımızın kalanında, acayip pahalılıktaki bikinilerimi bırakın, mayo giyebileceğimden bile şüpheliydim. Bu düşünce birden çıldırtıcı geldi. Hangi *cüretle* bunu yapardı? Ona *iyi misin*'i gösterecektim. Öfkeden köpürüyordum. Ben de ergen gibi davranabilirdim. Yatak odasına girip saç fırçasını ona fırlattım ve dönüp çıktım. Gerçi çıkmadan önce şok olmuş ifadesini ve ışık hızında bir tepkiyle yüzünü korumak için elini kaldırdığını ve fırçanın etkisiz bir şekilde kolundan sekip yatağa düştüğünü görecek zamanım oldu.

Kamaramızdan hışımla çıkıp üst kata, güverteye fırladım ve pruvaya yürüdüm. Sakinleşmek için yalnız kalmaya ihtiyacım vardı. Dışarısı karanlık, hava mis gibiydi. Ilık rüzgâr Akdeniz'in, kıyıdaki yasemin ve begonyaların kokusunu taşıyordu. *Fair Lady* suyun sakin kobalt yüzeyinde zorlanmadan süzülürken, kollarımı ahşap tırabzana yasladım ve uzakta göz kırpan minik ışıklara baktım. Derin, şifa dolu bir nefes aldım ve ağır ağır sakinleşmeye başladım. Arkamda olduğunu daha sesini duymadan fark etmiştim.

"Bana kızdın," diye fısıldadı.

"Senden hiçbir şey kaçmıyor, Sherlock."

"Ne kadar kızdın?"

"Birden ona kadar bir değer verecek olursak, ellideyim. Uygun mu?"

"O kadar kızdın demek." Aynı anda hem şaşırmış hem de etkilenmişti.

Ben yavaşça ve suratımı asarak dönerken, sessiz kaldı ve beni iri iri açılmış, ihtiyatlı gözlerle süzdü. Yüz ifadesinden ve bana dokunmak için hamle yapmamasından, boyunu aşan sularda olduğunu anladım.

"Christian beni hizaya sokmaya çalışmaktan vazgeçmelisin. Kumsalda mesajını verdin. Hem de hatırladığım kadarıyla çok etkin biçimde."

Düşünür gibi omuz silkti. "Pekâlâ, bikini üstünü bir daha çıkarmazsın."

Bu bana yaptığı şeyi mazur mu gösteriyordu? Ona dik dik baktım. "Üzerimde iz bırakmandan hoşlanmıyorum. En azından bu kadar çok. Bu sınırlarımdam biri!" diye tısladım.

"Ben de herkesin gözü önünde kıyafetlerini çıkarmandan hoşlanmıyorum. O da benim için bir sınır," diye homurdandı

Dişlerimin arasından, "Bence bu konuda anlaşmıştık," diye tısladım. "Şu halime bir bak!" Göğüslerimin üst kısmını açığa çıkarmak için tişörtümü aşağı çektim. Christian bana gözlerini bir an ayırmadan, temkinli ve şüpheli bir ifadeyle baktı. Beni bu kadar kızgın görmeye alışık değildi. Ne yaptığını göremiyor muydu? Ne kadar saçmaladığını? Ona bağırmak istiyor ama kendimi tutuyordum. Onu çok fazla zorlamak istemiyordum. Ne yapacağını Tanrı bilirdi. Bir süre sonra iç geçirdi ve ellerini kaldırdı.

"Tamam," derken sesi sakinleştiriciydi. "Anladım."

Çok şükür!

"İyi!"

Parmaklarını saçlarının arasından kaydırdı. "Üzgünüm. Lütfen bana kızma." Benim sözcüklerimi bana karşı kullanırken, sonunda pişman olmuşa benziyordu.

İnatçı bir tavırla, "Bazen tam bir ergen gibi davranıyorsun," diye söylendim ama sesimdeki kavgacılık gitmişti ve o da bunun farkındaydı. Bir adım yaklaştı ve çekinerek, saçımı kulağımın arkasına itti.

"Biliyorum," dedi yavaşça. "Öğrenecek çok şeyim var."

Dr. Flynn'in sözlerini hatırladım. *Duygusal anlamda, Christian bir ergen, Ana. Hayatının o safhasını tamamen atlamış. Bütün enerjisini iş dünyasında başarılı olmaya akıtmış ve beklentilerin çok ötesinde bir başarı elde etmiş. Duygusal anlamda bu yüzden geriden geliyor.*

Kalbim biraz eridi.

"İkimizin de," dedim ve elimi dikkatle kaldırıp kalbinin üstüne yerleştirdim. Eskisi gibi irkilmedi ama kasıldı. Ellini benimkinin üstüne yerleştirip mahcup gülümsemesini takındı.

"Güçlü bir kolunuzun olduğunu ve hedefi şaşırmadığınızı öğrendim, Bayan Grey. Bunu asla tahmin etmezdim ama zaten sizi sürekli hafife alıyorum. Beni her zaman şaşırtıyorsun."

Tek kaşımı kaldırdım. "Ray'le atış talimi yaptım. Atışlarım da vuruşlarım da isabetlidir, Bay Grey ve bunu hatırlarsanız iyi olur."

"Hatırlamaya gayret edeceğim, Bayan Grey. Ya da potansiyel olarak atılabilir bütün nesnelerin çivilendiğinden ve sizin bir silaha erişemeyeceğinizden emin olacağım." Sırıttı.

Ben de gözlerimi kısarak sırıttım. "Becerikliyimdir."

"Öyle olduğunuza hiç şüphe yok," diye fısıldadı ve elimi bırakıp kollarıyla beni sardı. Beni kendine doğru çekerek, burnunu saçlarımın arasına gömdü. Ben de ona sımsıkı sarıldım ve burnu boynumda dolaşırken, gerilimin vücudunu terk ettiğini hissettim.

"Affedildim mi?"

"Ben edildim mi?"

Gülümsediğini hissettim. "Evet," diye yanıtladı.

"Al benden de o kadar."

Birbirimize sarılmış halde dururken, dargınlığımı unuttun. Ergen ya da değil, çok güzel kokuyordu. Ona nasıl karşı koyabilirdim ki?

Bir süre sonra, "Aç mısın?" diye sordu. Gözlerim kapalı, başım göğsüne dayalıydı.

"Evet. Açlıktan ölüyorum. Bütün o... hareketlilik... iştahımı açtı. Ama akşam yemeğine uygun bir kılıkta değilim." Eşofmanımın ve askılı tişörtümün yemek salonunda hoş görülmeyeceğinden emindim.

"Bana gayet hoş görünüyorsun, Anastasia. Hem yat bu hafta boyunca bizim. İstediğimiz gibi giyinebiliriz. Cote d'Azur'da serbest kıyafet günü olduğunu düşün. Ayrıca, yemeği güvertede yeriz diye düşünmüştüm."

"Evet, çok hoşuma gider."

Beni özür dilercesine öptü ve el ele *gazpacho*'muzun[4] beklediği pruvaya doğru yürüdük.

Kamarot *crème brulée*'mizin[5] servisini yaptıktan sonra, sessizce çekildi.

Merakımı gidermek için, "Neden saçımı hep örüyorsun?"diye sordum. Masada, benim bacağımın alt kısmı Christian'ınkine dolanmış halde, yan yana oturuyorduk. Tatlı kaşığını almak üzereyken kaşlarını çatarak duraksadı.

Usulca, "Saçlarının bir şeye takılmasını istemiyorum," dedi ve bir an için bana, derin bir düşünceye dalmış gibi geldi. "Alışkanlık sanırım," diye mırıldandı. Birden kaşları çatıldı, gözleri irileşti ve gözbebekleri telaşla büyüdü.

Ne hatırlamıştı? Acı verici bir şey olsa gerekti, ilk çocukluk yıllarından kalma bir anıydı sanırım. Ona bunu hatırlatmak istememiştim. İşaret parmağımı dudaklarına bastırdım.

"Hayır, önemli değil. Bilmek istemiyorum. Sadece merak etmiştim." Ona sıcak, güven veren bir gülümsemeyle baktım. Bakışı temkinliydi

4 Soğuk servis edilen, domates ağırlıklı, sebzeli bir İspanyol çorbası (ç. n.)

5 Soğuk servis edilen, yumuşak bir muhallebi ve sert bir karamel tabakasından oluşan bir tatlı. (ç. n.)

ama bir an sonra, göze görülür biçimde gevşedi. Rahatladığı belli oluyordu. Ağzının köşesini öpmek için eğildim.

"Seni seviyorum," diye mırıldandım. Bana kalbimi acıtacak kadar utangaç bir gülümsemeyle baktı. "Seni her zaman seveceğim, Christian."

"Ben de seni," dedi yavaşça.

"İtaatsizliğime rağmen mi?" Kaşımı kaldırdım.

"İtaatsizliğin yüzünden, Anastasia." Sırıttı.

Kaşığımla tatlının yüzeyindeki yanık şeker tabakasını çatlattım. Bu adamı bir gün anlayabilecek miydim acaba? Hımm... *Crème brulée* enfesti.

Kamarot tatlı tabaklarımızı toplayınca, Christian roze şişesini alıp kadehimi tazeledi. Yalnız olduğumuzdan emin olunca, "Tuvalete gitmeme olayı neydi?" diye sordum.

"Gerçekten bilmek istiyor musun?" Gözlerinde şehvetli bir ışıltıyla gülümsüyordu.

"Hem de nasıl." Şarabımdan bir yudum alırken, kirpiklerimin arasından ona baktım.

"Mesanen ne kadar dolu olursa orgazmın da o kadar yoğun olur, Ana."

Kızardım. "Ah, anladım." Tanrı aşkına, bu çok şeyi açıklıyordu.

Çok bilmiş bir tavırla, sırıttı. Bay Seks Uzmanı'nın yanında her zaman bir adım geride mi kalacaktım?

"Evet. Şey..." Çaresizlik içinde konuyu değiştirmenin yolunu aradım. Christian halime acıdı.

"Akşamın kalan kısmında ne yapmak istersin?" diye sordu. Yüzünde çarpık bir gülümsemeyle, kafasını yana yatırmıştı.

Sen ne istersen, Christian. Teorini bir testten daha geçirmeye ne dersin? Omuz silktim.

"Ne yapmak istediğimi biliyorum," diye fısıldadı. Şarap kadehini aldı ve ayağa kalkarken, elini bana uzattı. "Gel."

Elini tuttum. Beni ana salona götürdü.

iPod'u konsolun üstündeki yuvasında duruyordu. Bir düğmeye basıp bir şarkı seçti.

"Dans et benimle." Beni kollarının arasına çekti.

"Madem ısrar ediyorsun."

"Ediyorum, Bayan Grey."

Hareketli ve basit bir melodi başladı. Bir Latin ritmi miydi? Christian sırıttı ve ayaklarımı yerden kesip salonun içinde kendi etrafında döndürerek hareket etmeye başladı.

Şarkıyı sesi sıcak, erimiş karamele benzeyen bir adam söylüyordu. Bildiğim ama çıkaramadığım bir şarkıydı. Christian beni arkaya yatırınca, şaşkınlıkla iç geçirip kıkırdadım. Gözlerinde keyifli ışıltılar vardı ve gülümsüyordu. Beni doğrultup kolunun altından geçirerek çevirdi.

"Çok güzel dans ediyorsun," dedim. "Kendimi dans edebiliyormuşum gibi hissediyorum."

Bana gizemli bir gülümsemeyle baktı ama hiçbir şey söylemedi. Acaba onu düşündüğü için mi, diye merak ettim. Onu, ona dans etmeyi ve sevişmeyi öğreten Bayan Robinson'u. Bir süredir hiç aklıma gelmemişti. Christian doğum gününden bu yana ondan hiç bahsetmemişti; iş ilişkileri de son bulmuştu. Yine de, istemeyerek de olsa, iyi bir öğretmen olduğunu itiraf etmeliydim.

Beni bir kez daha arkaya doğru yatırdı ve dudaklarıma hızlı bir öpücük kondurdu.

Şarkının sözlerini tekrar ederek, "Aşkını özlerdim," dedim.

"Ben aşkını özlemenin ötesine geçerdim," dedi ve beni bir kez daha çevirdi. Sonra şarkıyı kulağıma fısıldayarak başımı döndürdü.

Şarkı bitti ve muzipliğin kaybolduğu ışıltılı gözleriyle bana baktı ve birden, nefesim kesildi.

"Benimle yatağa gelmeye ne dersin?" diye fısıldadı. Bu, kalbimi yerinden oynatan, içten bir yakarıydı.

Christian, beni iki buçuk hafta önce, "Evet," dediğimde elde etmiştin zaten. Ama bunun bir özür dileme ve kavgamızdan sonra, aramızda her şeyin yolunda olduğundan emin olma şekli olduğunu biliyordum.

Uyandığımda, güneş lombozların arasından parlıyor, su, kamaranın tavanına ışıltılı desenler yansıtıyordu. Christian ortalıkta görünmüyordu. Gülümseyerek gerindim. Hımm... Barışma seksinin takip edeceği ceza becerilmesini her gün isteyebilirdim. İki farklı erkekle yatağa girmek böyle bir şey olsa gerekti. Kızgın Christian ve tatlı, izin-ver-hatamı-elimden-gelen-her-şekilde-telafi-edeyim Christian. Hangisinden daha çok hoşlandığıma karar vermek zor işti.

Kalkıp banyoya yöneldim. Kapıyı açınca, Christian'ı belinde sadece bir havlu sarılı halde tıraş olurken buldum. Dönüp neşeyle gülümserken, pat diye girmemden hiç etkilenmemişe benziyordu. Christian'ın odada tek başına olduğu zaman, kapıyı asla kilitlemediğini keşfetmiştim. Nedeni sarsıcıydı ve kurcalamak isteyeceğim türden değildi.

İyi ruh halini buram buram yayarak, "Günaydın, Bayan Grey," dedi.

"Size de günaydın." Tıraş olmasını sırıtarak izledim. Onu tıraş olurken seyretmeye bayılıyordum. Çenesini kaldırdı, incelikli hareketlerle çenesinin altını tıraş etti. Kendimi hiç farkında olmadan hareketlerini tekrarlarken buldum. Onun, dudak üstünü tıraş edebilmek için yaptığı gibi, üst dudağımı aşağı çekerken. Dönüp bana gülümserken yüzünün yarısı hâlâ tıraş sabunuyla kaplıydı.

"Gösteri hoşuna gidiyor mu?" diye sordu.

Ah, Christian, seni saatlerce seyredebilirdim. "Gelmiş geçmiş en sevdiğim gösterilerden biri," diye mırıldanınca eğildi ve yüzüme tıraş köpüğü bulaştırarak beni çabucak öptü.

Tıraş bıçağını havaya kaldırarak muzip bir sesle, "Yine yapmamı ister misin?" diye fısıldadı.

Dudaklarımı büzdüm ve suratımı asar gibi yaparak, "Hayır," diye mırıldandım. "Bir dahaki sefere ağda yapacağım." Londra'da, Christian bir toplantıya katıldığı sırada, meraktan kasık kıllarımı tıraş etmiştim; bunu keşfedince yaşadığı sevinci hatırladım. Elbette, Bay Heyecan Verici'nin yüksek standartlarını karşılayacak şekilde yapmamıştım.

"Sen ne yaptın böyle?" diye çığlık attı. Dehşetli neşesini kendine saklayamıyordu. Piccadilly yakınındaki Brown Hotel'deki süitimizde yatakta doğruldu, başucu lambasını yaktı ve bana şaşkınlıktan "O" biçimini almış bir ağızla baktı. Yüzüm oyun odasındaki çarşafların rengini alırken, göremesin diye saten geceliğimi aşağı çektim. Beni durdurmak için elimi yakaladı.

"Ana!"

"Ben... şey... tıraş ettim..."

"Bunu görebiliyorum. Neden?" Ağzı kulaklarına varıyordu.

Yüzümü ellerimle örttüm. Neden bu kadar utanmıştım ki?

Yumuşacık bir sesle, "Hey," dedi ve elimi çekti. "Saklanma." Gülmemek için dudağını ısırıyordu. "Söylesene. Neden?" Gözleri neşeyle ışıldıyordu. Neden bu kadar komik bulmuştu?

"Bana gülmeyi bırak."

"Sana gülmüyorum. Ben... hoşuma gitti," dedi.

"Ah..."

"Söyle haydi. Neden yaptın?"

Derin bir nefes aldım. "Bu sabah, sen toplantına katılmak için çıktıktan sonra, duş alıyordum ve kurallarını hatırladım."

Gözlerini kırpıştırdı. Yüzündeki eğlenceli ifade kaybolmuştu; bana ihtiyatla bakıyordu.

"Kuralları ve bana hissettirdiklerini bir bir tekrar düşünürken aklıma güzellik salonu maddesi geldi. Düşündüm ki... Bunun hoşuna gideceğini düşündüm. Ağda yaptıracak kadar cesur değildim." Sesim fısıltıya dönüştü.

Bana gözleri bu kez çılgınlığımın neden olduğu sevinçle değil, sevgiyle parlayarak baktı.

"Ah, Ana," diye soludu. Eğildi ve beni şefkatle öptü. Dudaklarıma, "Beni büyülüyorsun," diye fısıldadı ve elleriyle yüzümü sımsıkı kavrayarak beni bir kez daha öptü.

Nefessiz bir anın sonunda geri çekildi ve tek dirseğine yaslandı.

Muzipliği geri gelmişti.

"Sanırım el işçiliğinizi kapsamlı olarak denetlemeliyim, Bayan Grey?"

"Ne? Hayır." *Şaka yapıyor olmalıydı!* Yakın zamanda kırpılan alanımı korumak için üzerimi örttüm.

"Ah, hayır, sakın, Anastasia." Ellerimi tutup yukarı kaldırdı ve çevik bir hareketle bacaklarımın arasına yerleşip ellerimi iki yanıma sabitledi. Bana kuru ahşabı durduğu yerde tutuşturacak kadar yakıcı bir bakış attıktan sonra eğilip dudaklarını göbeğimden, dosdoğru cinsel organıma kaydırdı. Kaderime razı olarak altında kıvrandım.

"Bakalım burada ne varmış." Christian bu sabaha kadar, kasık kıllarımın olduğu yere bir öpücük kondurduktan sonra sakallı çenesini tenime sürttü.

"Ah," diye inledim. *Vay canına... Çok hassastı*

Christian'ın şehvetli bir özlemle dolu gözleri bana çevrildi. "Sanırım bir kısmını atlamışsın," diye mırıldandı ve tam altını, yavaşça çekti.

Bunun sırnaşık incelemesine son vereceğini umarak, "Ah, lanet olsun..." diye mırıldandım.

"Bir fikrim var." Çıplak halde yataktan fırlayıp banyoya yöneldi. *Tanrı aşkına, ne yapıyordu?* Birkaç saniye sonra, bir bardak su, bir fincan, benim tıraş bıçağım, onun tıraş fırçası, sabun ve bir havluyla geri geldi. Suyu, fırçayı, sabunu ve tıraş bıçağını başucu komodinine bıraktı ve elinde havluyla bana baktı.

Ah, hayır! Bilinçaltım *Charles Dickens'ın Bütün Eserleri*'nin kapağını çarparak kapattı ve koltuğundan fırlayıp ellerini kalçasına yerleştirdi.

"Hayır, hayır, hayır," diye ciyakladım.

"Bayan Grey, bir işi yapacaksak tam yapmalıyız. Kalçalarını kaldır." Gözleri bir yaz fırtınasının griliğini saçıyordu.

"Christian! Beni tıraş etmeyeceksin."

Başını yana yatırdı. "İyi de neden?"

Kızardım... Zaten belli değil miydi? "Çünkü... bu çok fazla..."

"Mahrem mi?" diye fısıldadı. "Ana, seninle her tür mahremiyeti yaşamak için kıvrandığımı biliyorsun. Ayrıca, yaptığımız onca şeyden sonra şimdi böyle hassas davranma. Ve vücudunun bu kısmını senden daha iyi tanıyorum."

Ağzım açık kalmıştı. Söylenebilecek onca küstah şey arasında... tamam, tanıyordu ama yine de. "Bu yanlış bir şey!" Sesim fazla iffetli ve ağlamaklı çıkmıştı.

"Yanlış değil. Seksi."

Seksi mi? Gerçekten mi? "Bu seni tahrik mi ediyor?" Hayretimin sesime yansımasına engel olamamıştım.

Bir homurtu çıkardı. "Belli olmuyor mu?" Uyanmış organına baktı. "Seni tıraş etmek istiyorum," diye fısıldadı.

Ah, hadi bakalım. Arkama uzandım ve izlemek zorunda kalmamak için kolumu gözlerimin üstüne attım.

Kalçalarımı kaldırıp havluyu altıma kaydırmasına izin verirken, "Seni mutlu edecekse durma, Christian. Çok acayipsin," diye mırıldandım. Bacağımın iç kısmını öptü.

"Ah, bebeğim, ne kadar haklısın."

Tıraş fırçasını su bardağına daldırırdığında önce suyun şırıltısını, ardında da fırçanın fincanın içinde döndüğünü duydum. Sol ayak bileğimi tutup bacaklarımı araladı ve bacaklarımız arasında açılan boşluğa oturduğunda yatak çöktü. "Şu anda seni bağlamayı gerçekten isterdim," diye mırıldandı.

"Kıpırdamadan duracağıma söz veriyorum."

"İyi."

Köpürmüş fırçayı kasık kemiğimin üstünde dolaştırırken iç geçirdim. Ilıktı. Bardaktaki su sıcak olmalıydı. Biraz kıpırdandım. Gıdıklıyordu... ama hoş bir gıdıklanmaydı.

Christian, "Kıpırdama," diye azarladı ve fırçayı tekrar sürttü. "Yoksa seni bağlarım," diye ekledi ve belkemiğimden aşağı narin bir ürperti indi.

Tıraş bıçağına uzanırken, çekinerek, "Bunu daha önce yaptın mı?" diye sordum.

"Hayır."

"Ah, iyi." Sırıttım.

"Bir ilk daha, Bayan Grey."

"Hımm... İlkleri severim."

"Ben de. Başlıyoruz." Ve beni şaşırtan bir kibarlıkla, tıraş bıçağını, hassas tenimde kaydırdı. Dalgın bir sesle, "Kıpırdama," deyince, iyice konsantre olduğunu anladım.

Havluyu alıp üzerimdeki köpük kalıntılarını temizlemesi sadece birkaç dakika sürdü.

"İşte, şimdi daha iyi oldu," diye mırıldandı ve Christian eserine hayranlıkla bakmak için geri çekilince, nihayet kolumu gözlerimden çektim.

Boğuk bir sesle, "Mutlu musun?" diye sordum.

"Hem de çok," diye sırıttı ve bir parmağını usulca içime kaydırdı.

"Ama eğlenceliydi," dedi gözlerinde inceden bir alayla.

"Senin için belki." Surat asmaya çalıştım ama haklıydı... tahrik ediciydi.

"Sonrasının çok tatmin edici olduğunu hatırlar gibiyim." Christian tıraşını tamamlamak için döndü. Hızla parmaklarıma baktım. Evet, öyleydi. Kasık kıllarının olmamasının bu kadar fark yaratacağını bilmezdim.

"Hey, sadece takılıyorum. Eşlerine umutsuzca âşık kocalar böyle yapmazlar mı?" Christian çenemi kaldırıp yüzüme baktı. İfademi okumaya çalışırken gözleri aniden kaygıyla doldu.

Hımm... intikam zamanıydı.

"Otur," diye mırıldandım.

Anlamayarak baktı. Onu yavaşça geri itip banyodaki beyaz tabureye oturttum. Kafası karışmış bir halde oturunca tıraş bıçağını elinden aldım.

Niyetimi fark edince, "Ana," diye uyardı. Eğilip onu öptüm.

"Baş arkaya," diye fısıldadım.

Tereddüt etti.

"Kısasa kısas, Bay Grey."

Bana temkinle ve keyifle karışık bir hayretle bakıyordu. Alçak sesle, "Ne yaptığını biliyor musun?" diye sordu. Olabildiğince ciddi görünmeye çalışarak, başımı kasten ağır ağır salladım. Gözlerini yumup önce kafasını salladı ve sonra da teslim olarak arkaya yatırdı.

Lanet olsun, onu tıraş etmeme izin verecekti. Çekinerek elimi alnındaki nemli saçların arasına geçirdim ve onu yerine sabitlemek için sıkıca tuttum. Gözlerini sımsıkı yumdu ve derin bir nefes alarak dudaklarını araladı. Çok yavaş bir şekilde tıraş bıçağını boynundan çenesine kaydırdım ve köpüğün üzerinde bir yol açtım. Christian nefesini bıraktı.

"Canını yakacağımı mı sandın?"

"Ne yapacağını asla bilemiyorum, Ana ama hayır, kasten canımı yakmazsın."

Bıçağı bir kez daha boynundan yukarı kaydırıp köpükte daha geniş bir yol açtım.

"Canını hiçbir zaman isteyerek yakmam, Christian."

Gözlerini açtı ve ben bıçağı favorisinin altından yanağına doğru çok nazik bir hareketle çekerken, kollarını bana sardı.

Yanağının geri kalan kısmını tıraş edebilmek için başını yatırırken, "Biliyorum," dedi. Aynı hareketi iki sefer daha tekrarladım ve işim bitti.

"Hepsi tamam ve bir damla bile kan dökülmedi," dedim gururla.

Elini bacağımdan yukarı kaydırarak geceliğimi sıyırdı ve beni, bacaklarım iki yana açık halde kucağına oturttu. Ellerimi kolunun üst kısmına yerleştirip dengemi sağladım. Gerçekten çok kaslıydı.

"Bugün seni bir yere götürebilir miyim?"

"Güneşlenmek yok mu?" Kaşımı iğneleyici bir ifadeyle kaldırdım.

Gergin bir tavırla dudaklarını yaladı. "Hayır. Bugün güneşlenmek yok. Başka bir şeyi tercih edebilirsin diye düşündüm."

"Şey, vücudumu morluklarla kaplayıp o planı bozduğuna göre tabii, neden olmasın?"

Akıllılık ederek sesimdeki iğnelemeyi duymazdan geldi. "Arabayla gitmemiz gerekecek ama duyduğuma göre yolu çekmeye değermiş. Babam ziyaret etmemizi önerdi. Saint-Paul-de-Vence adında bir dağ köyü. Orada bir takım galeriler var. Hoşumuza gidecek bir şeyler bulursak, yeni ev için birkaç tablo ve heykel seçeriz diye düşündüm."

Geri çekilip ona baktım. Sanat... Sanat eseri almak istiyordu. *Ben nasıl olur da sanat eseri alabilirdim ki?*

"Ne?" diye sordu.

"Ben sanattan anlamam, Christian."

Omuz silkti ve bana anlayışla gülümsedi. "Sadece hoşumuza giden şeyleri alacağız. Amacımız yatırım yapmak değil."

Yatırım mı? Tanrım.

"Ne?" dedi bir kez daha.

Kafamı salladım.

"Bak, mimarın çizimlerini daha geçen gün aldığımızı biliyorum ama bakmaktan zarar gelmez. Hem eski, ortaçağdan kalma bir kasabaymış."

Ah, mimar. Bana *o kadını* hatırlatması şarttı sanki... Elliot'un bir arkadaşı olan ve Christian'ın Aspen'deki evinin yapımında da birlikte çalıştıkları Gia Matteo. Toplantılarımız sırasında, Christian'ın ağzının içine düşmediği kalmıştı.

"Şimdi ne oldu?" diye çıkıştı. Başımı salladım. "Haydi, söyle," diye üsteledi.

Ona Gia'dan hoşlanmadığımı nasıl söyleyebilirdim? Tepkim mantıksızdı. Kıskanç bir eş görüntüsü çizmek istemiyordum.

"Dün yaptığım şey için hâlâ kızgın değilsin ya?" İç geçirerek yüzünü memelerimin arasına sürttü.

Dikkatini dağıtacak şeyin bu olduğunu iyi bildiğim için, "Hayır. Acıktım," diye mırıldandım.

"Neden söylemedin?" Beni kucağından indirdi ve ayağa kalktı.

Saint-Paul-de-Vence ortaçağdan kalma, kalesi olan bir dağ köyü ve gördüğüm en görülesi yerlerden biriydi. Parke taşlı daracık sokaklarda, Christian'la kol kola, elim şortunun arka cebinde yürüyordum. Taylor ve Gaston ya da Philippe –ikisini ayırt edemiyordum– bizi takip ediyorlardı. Sıcağa rağmen geleneksel bereler takmış üç yaşlı adamın "boules" oynadıkları, ağaçlık bir meydandan geçtik. Turistler sayesinde hayli kalabalıktı ama Christian'ın kolları altında kendimi rahat hissediyordum. Görülecek o kadar çok şey vardı ki. Daracık sokak araları ve oymalı taş çeşmeler, eski ve modern heykellerin olduğu avlulara çıkan geçitler, büyüleyici butikler ve dükkânlar.

İlk galeride, Christian, pilot gözlüğünün sapını emerek, dalgın gözlerle önümüzdeki erotik fotoğrafları süzdü. Florence D'elle'in çıplak kadınları çeşitli pozlarda görüntülediği eserlerdi.

Hoşnutsuz bir sesle, "Aklımdan geçen tam olarak bu değildi," diye mırıldandım. Bana dolabında, bizim dolabımızda bulduğum fotoğraf kutusunu hatırlatmışlardı. Onları yok edip etmediğini merak ediyordum.

Christian bana sırıtarak, "Benim de," dedi. Elimi tuttu ve birlikte bir sonraki ressama geçtik. Acaba benim fotoğraflarımı çekmesine izin vermeli miyim, diye düşündüm.

Sıradaki sergi, natürmort konusunda uzmanlaşmış bir kadın ressama aitti. Çok yakından ve zengin, göz alıcı renklerle çizilmiş meyve ve sebze resimleri.

"Bunlar hoşuma gitti." Üç biber resmini işaret ettim. "Benim evde sebze doğrayışımı hatırlattı." Kıkırdadım. Christian keyiflendiğini boş yere gizlemeye çalışarak ağzını büktü.

"Bana sorarsan gayet iyi iş çıkarmıştım," diye mırıldandı. "Sadece biraz yavaştım ve her neyse..." Beni kollarının arasına çekti. "Sen dikkatimi dağıtıyordun. Bunları nereye koyardın?"

"Ne?"

Christian burnunu kulağıma sürttü. "Bu tabloları nereye koyardın?" Kulak mememi ısırınca etkisini ta kasıklarımda hissettim.

"Mutfağa," diye mırıldandım.

"Hımm... İyi fikir, Bayan Grey."

Fiyat karşısında kaşlarımı çattım. Her biri beş bin avroydu. Tanrı aşkına!

"Gerçekten pahalılar!" diye iç geçirdim.

"Yani?" Burnunu bir kez daha sürttü. "Alış artık, Ana." Beni bıraktı ve baştan ayağa beyazlar içindeki bir kadının onu ağzı bir karış açık izlediği tezgâha yürüdü. Gözlerimi devirmek istedim ama dikkatim tekrar tablolara çevrildi. Beş bin avro... Tanrım.

Öğle yemeğimizi yemiştik ve Hotel Le Saint Paul'de kahve eşliğinde dinleniyorduk. Etrafımızı çevreleyen kırlık alanın görüntüsü göz alıcıydı. Küçük ve düzgün Fransız çiftlik evlerinin aralara serpiştirildiği üzüm bağları ve ayçiçeği tarlaları ovada yamalı bohça görüntüsü yaratıyordu. Öylesine aydınlık ve güzel bir gündü ki ufukta belli belirsiz parıldayan denize kadar her şeyi görebiliyorduk. Christian beni daldığım derin düşüncelerden sıyırdı.

"Bana neden saçlarını ördüğümü sormuştun," diye mırıldandı. Ses tonu beni endişelendirmişti. Suçlu görünüyordu.

"Evet." *Ah, Tanrım.*

"Uyuşturucu bağımlısı fahişe, saçlarıyla oynamama izin veriyordu sanırım. Bu bir anı mı yoksa rüya mı emin değilim."

Vay canına! Biyolojik annesi.

Bana, anlaşılmaz bir ifadeyle baktı. Yüreğim ağzıma gelmişti. Bana böyle şeyler söylediğinde ne cevap vermeliydim?

"Saçlarımla oynaman hoşuma gidiyor." Sesim tereddütlüydü.

Bana şüpheyle baktı. "Öyle mi?"

"Evet." Gerçek buydu. Elini tuttum. "Bence sen biyolojik anneni seviyormuşsun, Christian." Gözleri iri iri açıldı ve bana tek kelime etmeden, ifadesiz bir yüzle baktı.

Kahretsin. Çok mu ileri gitmiştim? *Bir şeyler söyle, Elli, lütfen.* Ama aramızdaki sessizlik uzayıp giderken, bana anlaşılmaz gri gözleriyle bakarak, kararlı suskunluğunu korudu. Kafası karışık görünüyordu.

Elinin üstüne yerleştirdiğim elime kaşlarını çatarak baktı.

"Bir şey söyle," diye fısıldadım; çünkü sessizliğe daha fazla dayanamayacaktım.

Kafasını sallayarak nefesini bıraktı.

"Haydi gidelim." Elimi bırakıp ayağa kalkarken ifadesi belirsizdi. Sınırı aşmıştım sanırım. Nasıl davranmam gerektiğine dair hiçbir fikrim yoktu. Yüreğime bir ağırlık çöktü. Başka bir şey söylesem mi, yoksa oluruna mı bıraksam, bilmiyordum. Tercihimi ikinciden yana kullandım ve itaatkâr bir tavırla peşinden giderek restorandan çıktım.

Şirin, dar sokakta elimi tuttu.

"Nereye gitmek istersin?"

Konuşmuştu! Ve bana kızgın değildi, Tanrıya şükür. Rahatlayarak nefesimi bıraktım ve omuz silktim. "Benimle hâlâ konuşuyor olman yeterli."

"Bütün o zırvalıklardan bahsetmeyi sevmediğimi biliyorsun. Oldu, bitti," dedi usulca.

Hayır, Christian, olup bitmedi. Bu düşünce beni hüzünlendirmişti ve ilk kez, bir gün gerçekten tüm bunlar gerimizde kalacak mı diye merak ettim. Her zaman Elli Ton kalacaktı... benim Elli Ton'um. Değişmesini istiyor muydum? Hayır, istemiyordum. Sadece sevildiğini hissedebileceği kadar değişmesini istiyordum. Ona kaçamak bir bakış attım ve büyüleyici güzelliğini hayranlıkla süzdüm... ve *benimdi.* Aklımı başımdan alan, sadece hoş, çok hoş yüzü ve vücudu değildi. Beni asıl çeken, bana asıl hitap eden, o kusursuzluğun arkasında yatan şeydi. Kırılgan, yaralı ruhu.

Bana burnunun üstünden, o yarı keyifli yarı temkinli ve tamamen seksi bakışını attıktan sonra, beni koltuğunun altına kıstırdı ve turistlerin arasından, Philippe/Gaston'un büyük Mercedes'i park ettiği noktaya yürüdük. Kızgın olmamasına şükrederek, elimi tekrar Christian'ın cebine attım. Ama dürüst olmak gerekirse, dört yaşındaki hangi çocuk, annesini sevmezdi ki? İç geçirdim ve ona daha da sıkı sarıldım. Güvenlik ekibinin arkamızda olduğunu biliyordum ve bir an için bir şeyler yiyip yemediklerini merak ettim.

Christian şık mücevherler satan bir dükkânın önünde durdu ve önce vitrine, sonra bana baktı. Boşta kalan elimi tuttu ve başparmağını kelepçeden arta kalan soluk kırmızı çizgide dolaştırarak, dikkatle baktı.

Onu rahatlatmak için, "Acımıyor," dedim. Diğer elimi tutup cebinden çıkardı. O elimi de tuttu ve bileğimi incelemek için yavaşça çevirdi. Londra'daki ilk kahvaltımızda bana hediye ettiği platin Omega saat, kırmızı çizgiyi kapatıyordu. Saatin arkasındaki yazı hâlâ başımı döndürüyordu.

Anastasia

Benim İçin Daha Fazlasısın

Aşkımsın, Hayatımsın

Christian

Her şeye, bütün Elli'liğine rağmen, kocam romantik olabiliyordu. Bileğimdeki cılız izlere baktım. Zaman zaman vahşi de olabiliyordu. Sol elimi bıraktı, parmaklarıyla çenemi kaldırıp sıkkın bir bakışla ifademi inceledi.

"Acımıyorlar," diye tekrar ettim. Elimi dudaklarına götürdü ve bileğimin iç tarafına bir özür öpücüğü kondurdu.

"Gel," dedi ve beni dükkândan içeri soktu.

"Al bakalım." Christian biraz önce satın aldığı platin bilekliği tutuyordu. Muhteşemdi; o kadar narin bir şekilde işlenmişti ki, ortalarında küçük pırlantaların durduğu minik çiçek filigranlarından oluşuyordu. Bileğime taktı. Kalın bir bileklikti ve kırmızı izleri gizliyordu. Her ne kadar satış asistanıyla Fransızca sürdürdüğü konuşmayı tam olarak takip edememiş olsam da, *Ayrıca otuz bin avro değerinde,* diye düşündüm. Hiç bu kadar pahalı bir şey takmamıştım.

"İşte, böyle daha iyi," diye mırıldandı.

Çıta gibi incecik satış asistanının bizi kıskanç ve onaylamayan bir bakışla izlediğinin bilinciyle, Christian'ın ışık saçan gri gözlerine baktım. "Daha mı iyi?"

"Nedenini biliyorsun," dedi şüpheyle.

"Buna ihtiyacım yok." Bileğimi sallayınca bileklik kıpırdadı. Butiğin penceresinden süzülen öğleden sonra ışığı bileklikten yansıdı ve dükkânın duvarlarında boydan boya küçük ışıltılı gökkuşakları dans etmeye başladı.

Mutlak bir samimiyetle, "Benim var," dedi.

Neden? Buna neden ihtiyacı vardı? Suçlu mu hissediyordu? Ne için? İzler için mi? Biyolojik annesi için mi? Bana açılmadığı için mi? *Ah, Elli.*

"Hayır, Christian, yok. Bana zaten o kadar çok şey verdin ki? Sihirli bir balayı, Londra, Paris, Cote d'Azur... ve kendini. Ben çok şanslı bir kızım," diye fısıldayınca, gözleri parladı.

"Hayır, Anastasia. Şanslı olan benim."

"Teşekkürler." Parmak uçlarımda yükselerek kollarımı boynuna sardım ve onu öptüm. Bana bilekliği aldığı için değil, benim olduğu için.

Arabada giderken içine kapanmıştı sanki. Gözlerini öğleden sonra güneşini takip ederek başlarını eğen parlak ayçiçeği tarlalarına dikmişti. İkizlerden biri –sanırım Gaston'du– direksiyonda, Taylor da yanındaki koltuktaydı. Christian derin düşüncelere dalmıştı. Elini tuttum ve güven vermek ister gibi sıktım. Elimi bırakıp dizimi okşamadan önce bana baktı. Belden bollaşan, kısa, mavili beyazlı bir etek ve üzerime oturan, mavi, kolsuz bir gömlek giymiştim. Christian tereddüt etti; elini bacağımdan yukarı mı yoksa aşağı mı kaydıracağını bilemedim. Parmaklarının narin dokunuşunun yarattığı heyecanla gerilince, nefesim kesildi. *Ne yapacaktı?* Aşağıyı seçti ve ani bir hareketle bileğimi yakalayıp ayağımı kucağına yerleştirdi. Sırtımı yüz yüze bakacağımız şekilde çevirdim.

"Diğerini de istiyorum."

Gözlerini yola dikmiş olan Taylor ve Gaston'dan tarafa gergin bir bakış attıktan sonra diğer ayağımı da kucağına yerleştirdim. Serinkanlı bakışlarla, uzanıp kapısındaki bir düğmeye bastı. Önümüzdeki panelden hafifçe renklendirilmiş cam bir paravan yükseldi ve on saniye sonra, tamamen baş başa kalmıştık. Vay canına. Bu arabanın arka tarafının bu kadar geniş olmasına şaşmamalıydı.

Christian sakin bir tavırla açıkladı. "Ayak bileklerine bakmak istiyorum." Bakışı kaygılıydı. Kelepçe izleri mi? *Tanrım*... Bu meseleyi hallettiğimizi sanıyordum. İzler varsa da sandaletlerimin kayışları altında görünmüyordu. Bu sabah bir şey gördüğümü hatırlamıyordum. Başparmağını sağ ayağımın girintisinde dolaştırarak gıdıklanmama neden oldu. Dudaklarında bir gülümseme belirirken kayışı hünerli parmaklarla çözdü ama daha koyu renkli kırmızı izler ortaya çıkınca gülüşü soldu.

"Acımıyor," diye mırıldandım. Bana bakarken ifadesi hüzünlü, ağzı düz bir çizgi halindeydi. Ben yere düşmesi için sandaleti sallarken, sözüme güvenmiş gibi başını bir kez eğdi ama onu kaybettiğimi biliyordum. Dikkati dağılmış ve tekrar derin düşüncelere dalmıştı. Gözlerini bir kez daha pencereden dışarı çevirirken, ayağımı mekanik hareketlerle okşuyordu.

"Hey, ne bekliyordun?" diye sordum. Bana bakıp omuz silkti.

"Bu izlere bakarken hissettiklerimi hissetmeyi beklemiyordum," dedi.

Ah. Bir an içe dönük, bir sonrakinde dobra... *Nasıl da... Elli!* Ona nasıl ayak uydurabilirdim ki?

"Nasıl hissediyorsun?"

Hüzünlü gözleri bana çevrildi. "Rahatsız," diye mırıldandı.

Ah hayır. Emniyet kemerimi çözdüm ve ayaklarımı kucağından çekmeden ona iyice sokuldum. Kucağına kıvrılmak ve sarılmak istiyordum ve önde sadece Taylor olsa, yapardım da. Ama Gaston'un orada olduğunu bilmek, aradaki bölmeye rağmen, havamı bozuyordu. Biraz daha karanlık olsaydı. Ellerini tuttum.

"Ben morluklardan hoşlanmıyorum," diye fısıldadım. "Onun dışındaki her şey... Kelepçelerle..." sesimi daha da alçalttım, "yaptıklarından çok keyif aldım. Aslında keyif almaktan da fazlası. Aklım başımdan gitti. İstediğin zaman yine yapabilirsin."

Koltuğunda kıpırdandı. "Aklını başından mı aldı?" İçimdeki tanrıça, irkilerek Jackie Collins kitabından doğrulmuştu.

"Evet," diye sırıttım. Ayak parmaklarımı sertleşen kasığına bastırdım ve keskin nefesini duydum ve dudaklarının aralandığını gördüm."

"Gerçekten emniyet kemerinizi takıyor olmanız gerek, Bayan Grey." Sesi iyice alçalmıştı. Bir sesli nefes daha aldı. Gözleri kararırken, uyarı olarak ayak bileğimi kavradı. Durmamı mı istiyordu yoksa devam etmemi mi? Duraksadı, yüzünü buruşturdu ve saatine göz atarak, hiç eksik olmayan BlackBerry'sini cebinden çıkarıp cevapladı. Kaş çatışı daha da derinleşmişti.

"Barney," dedi sertçe.

Lanet olsun. İş yine araya girmişti. Ayağımı çekmeye yeltendim ama parmaklarını bileğime daha sıkı sardı.

"Sunucu odasında mı?" dedi şaşırarak. "Yangın söndürme sistemi devreye girdi mi?"

Yangın! Ayağımı kucağından çekmeme bu kez izin verdi. Koltuğumda arkama yaslandım, emniyet kemerimi bağladım ve gergin bir tavırla otuz bin avroluk bileklikle oynamaya başladım. Christian kapının kolçağındaki düğmeye bir kez daha basınca, aradaki paravan aşağı kaydı.

"Yaralanan oldu mu? Hasar? Anlıyorum... Ne zaman?" Christian saatine bir kez daha baktı ve parmaklarını saçlarının arasından kaydırdı. "Hayır. Ne itfaiyeye ne de polise. En azından henüz değil."

Yangın mı? Christian'ın ofisinde mi? Ona ağzım açık bakarken, zihnim son hızla çalışıyordu. Taylor, Christian'ın konuşmasını duyabilmek için hafifçe yan döndü.

"Öyle mi? İyi... Tamam. Detaylı bir hasar raporu istiyorum. Ve son beş günde, temizlik personeli de dâhil olmak üzere, içeri ulaşma imkânı olan herkesin eksiksiz listesini... Andrea'ya ulaş ve beni aramasını sağla... Evet, argon yeterince etkili olmuş; altın değerinde olmasına şaşmamak gerek."

Hasar raporu mu? Argon mu? Uzaklardan, kimya dersinden bazı anılar canlanmaya başlamıştı.

"Erken olduğunun farkındayım... Bana iki saat içinde e-posta atarsın... Hayır, bilmem gerek. Aradığın için sağ ol." Christian telefonu kapattı ve derhal bir numara tuşladı.

"Welch... İyi... Ne zaman?" Christian saatine bir kez daha baktı. "O zaman bir saat sonra. Evet... Dışarıdaki veri deposunda yedi gün yirmi dört saat... İyi." Telefonu kapattı.

"Philippe, bir saat içinde teknede olmam gerekiyor."

"Monsieur."

Kahretsin, Gaston değil, Philippe'miş. Araba öne doğru sarsıldı.

Christian anlaşılmaz bir ifadeyle bana baktı.

Usulca, "Kimseye bir şey olmuş mu?" diye sordum.

Christian kafasını salladı. "Çok az hasar var." Uzanıp elimi tuttu ve güven vermek ister gibi sıktı. "Bunun için endişelenme. Ekibim üstünde çalışıyor." Ve işte, yine her şeyi kontrol altında tutan CEO haline bürünmüştü ve en ufak bir telaşı yoktu.

"Yangın neredeymiş?"

"Sunucu odasında."

"Grey Evi'nde mi?"

"Evet."

Cevapları kısaydı; bu yüzden konuşmak istemediğini anladım.

"Neden çok az hasar var?"

"Sunucu odası son teknoloji bir yangın söndürme sistemiyle donatıldı."

Tabii ki.

"Ana, lütfen endişelenme..."

"Endişelenmiyorum," diye yalan söyledim.

"Kundaklama olduğundan kesin olarak emin değiliz," dedi. Elim korkuyla boğazıma gitti. Önce *Charlie Tango*, şimdi de bu.

Sırada ne vardı?

BÖLÜM DÖRT

Huzursuzdum. Christian bir saatten uzun süredir teknedeki çalışma odasındaydı. Bir şeyler okumayı, TV seyretmeyi, güneşlenmeyi –tamamen giyinik halde– denedim ama bir türlü gevşeyemiyor ve kendimi bu gerginlik hissinden kurtaramıyordum. Üzerime bir şort ve tişört geçirdikten ve saçmalık derecesinde pahalı bilekliği çıkardıktan sonra, Taylor'ı bulmaya gittim.

"Bayan Grey." Anthony Burgess romanından irkilerek doğruldu. Christian'ın çalışma odasının önündeki küçük salonda oturuyordu.

"Alışverişe gitmek istiyorum."

"Evet, efendim." Ayağa kalktı.

"*Jet Ski*'yi almak istiyorum."

Ağzı açık kaldı. "Ben..." Ne diyeceğini bilemeyerek kaşlarını çattı.

"Bunun için Christian'ı rahatsız etmek istemiyorum."

İç geçirmesini bastırdı. "Bayan Grey... şey... Bay Grey'in bu konuda çok rahat olabileceğini sanmıyorum ve işimi kaybetmek istemem."

Ah, Tanrı aşkına! Gözlerimi devirmek istedim ama kısmakla yetindim, derin bir iç çekerek, kendi kaderimin efendisi olamamaktan duyduğum öfkeyi ölçülü bir şekilde –sanırım– ifade ettim. Hem zaten, Christian'ın Taylor'a ya da bana kızmasını istemezdim. Özgüvenli adımlarla yanından geçip çalışma odasının kapısını tıklattım ve içeri girdim.

Christian, BlackBerry'sindeydi ve maun masasına yaslanmıştı. Kafasını kaldırıp bana baktı. Ciddi bir ifadeyle, "Andrea, bekle lütfen," diye mırıldandı. Bakışı kibar bir beklentiyle doluydu. Lanet olsun. Neden kendimi okul müdürünün odasına girmiş gibi hissediyordum? Bu adam dün beni kelepçelemişti. Sinirimi bozmasına izin vermeyi reddettim. Tanrı aşkına, bu adam benim kocamdı. Omuzlarımı dikleştirdim ve kocaman bir gülümseme takındım.

"Alışverişe gidiyorum. Güvenliği de yanıma alacağım."

"Elbette. İkizlerden birini ve Taylor'ı da al," dedi ve o zaman, her ne oluyorsa ciddi olduğunu anladım çünkü bana daha fazla soru sormamıştı. Ona, bir yardımım olabilir mi acaba diye düşünerek dik dik baktım.

"Başka?" diye sordu. Gitmemi istiyordu.

"Sana bir şey getirebilir miyim?" diye sordum. Tatlı, mahcup gülümsemesiyle baktı.

"Hayır, bebeğim, ben iyiyim," dedi. "Mürettebat bana bakar."

"Tamam." Onu öpmek istiyordum. Tanrım öpebilirdim de, o benim kocamdı. Kararlı adımlarla ona yaklaştım ve dudaklarına bir öpücük kondurarak onu şaşırttım.

"Andrea, seni daha sonra arayacağım," diye mırıldandı. BlackBerry'yi arkasına, masanın üstüne bıraktı, beni kollarının arasına çekip tutkuyla öptü. Bıraktığında nefessiz kalmıştım. Gözleri koyu ve ihtiyaç doluydu.

"Dikkatimi dağıtıyorsun. Balayıma dönebilmem için bu meseleyi çözmem gerek." İşaret parmağını yüzümde dolaştırdı ve çenemi okşayıp yüzümü havaya kaldırdı.

"Tamam. Özür dilerim."

"Lütfen özür dilemeyin, Bayan Grey. Dikkatimi dağıtmanızı seviyorum." Dudaklarımın kenarına bir öpücük kondurdu.

"Git biraz para harca." Kollarını çözdü.

"Öyle yapacağım." Çalışma odasından çıkarken sırıtıyordum. Bilinçaltım dudaklarını büzmüş, kafasını sallıyordu. Beni monoton sesiyle, *Ona* Jet Ski*'yle gideceğini söylemedin*, diye azarladı. Duymazdan geldim... *Acımasız kadın.*

Taylor sabırla bekliyordu.

Alaycılığımın sesime yansımasına engel olmaya çalışarak, "Kumandanla her şeyi hallettim... Gidebilir miyiz?" dedim. Taylor hayranlık dolu gülümsemesini gizlemedi.

"Önden buyurun, Bayan Grey."

Taylor, *Jet Ski* üzerindeki kontrol düğmelerini ve nasıl kullanacağımı bana büyük bir sabırla anlattı. Sakin ve nazik bir otoritesi vardı ve iyi bir öğretmendi. İskelede, *Fair Lady*'nin yanında, sakin sularda salınan motorbottaydık. Gaston, ifadesini gizleyen güneş gözlüklerinin arkasından bizi izliyordu ve *Fair Lady* mürettebatından biri de motorbotun başındaydı. Tanrım, sırf alışverişe gitmek istiyorum diye, üç kişi birden yanımdaydı. Saçmalık.

Can yeleğimin fermuarını çekerken, Taylor'a neşeyle gülümsedim. *Jet Ski*'ye binmeme yardım etmek için elini uzattı.

"Kontak anahtarının bandını bileğinize tutturun, Bayan Grey. Düşerseniz, motor otomatik olarak kapanır," diye açıkladı.

"Tamam."

"Hazır mısınız?"

Hevesle başımı salladım.

"Tekneden bir buçuk metre kadar uzağa sürüklenince, kontak düğmesine basın. Biz arkanızda olacağız."

"Tamam."

İterek bottan uzaklaştırdığı *Jet Ski*, ana limana doğru süzülmeye başladı. Bana tamam işaretini verince kontak düğmesine bastım ve motor çalışmaya başladı.

"Tamam, Bayan Grey, acele etmeyin!" diye seslendi. Vitesi sıktım. *Jet Ski* ileri doğru atıldı, sonra duraksadı. *Lanet olsun!* Christian o kadar kolay görünmesini nasıl sağlıyordu? Bir kez daha denedim ve yine takıldı. *Hay ben...*

Taylor, "Bayan Grey, gaza sabit ayarda basmanız yeterli," diye seslendi.

"Evet, evet, evet," diye mırıldandım. Bir kez daha, levyeyi çok yavaş sıkarak tekrar denedim. *Evet!* Biraz daha gitti. *Ha ha! Hâlâ gitmeye devam ediyordu!* Heyecan içinde bağırmak ve çığlık atmak istiyordum ama karşı koydum. Yattan ana limana doğru yavaşça yol almaya başladım. Arkamdan gelen motorbotun homurtusunu duyabiliyordum. Gazı biraz daha sıkınca, *Jet Ski* öne atılıp suyun üstünde süzülmeye başladı. Saçlarımdaki ılık esinti ve her iki yanımdan püsküren suyla kendimi özgür hissettim. Müthiş bir şeydi! Christian'ın bana hiç kullandırmamasına şaşmamak gerekirdi.

Kıyıya yönelmek yerine, eğlenceyi uzatmak için heybetli *Fair Lady*'nin etrafında bir tur atmaya karar verdim. Vay canına, çok eğlenceliydi. Arkamdaki Taylor ve mürettebatı yok sayarak bir tur daha attım. Turu tamamlarken, güvertedeki Christian'ı fark ettim. Ayırt etmesi zor olsa da, sanırım bana ağzı açık bakıyordu. Büyük bir cesaretle, direksiyondaki ellerimden birini kaldırıp heyecanla el salladım. Taştan yapılmış gibi duruyordu ama sonunda kaskatı bir el sallamayı andıran bir hareket yaptı. İfadesini çözemiyordum ve içimden bir ses, çözmek istemeyeceğimi söylüyordu. Böylece, Akdeniz'in akşamüstü güneşinde ışıldayan mavi sularını yararak, marinaya doğru hızla ilerledim.

Rıhtımda Taylor'ın önüme geçmesini bekledim. İfadesinin donukluğu keyfimi kaçırdı ama Gaston eğlenir gibiydi. Kısa bir an için aralarında Fransız-Amerikan ilişkilerini soğutacak bir şey geçmiş olabilir mi diye merak ettim ama için için sorunun benden kaynaklandığını biliyordum. Gaston atlayıp motorbotu palamarlara bağlarken,

Taylor bana yanına yanaşmamı işaret etti. Çok yavaşça, *Jet Ski*'yi botun hizasına çektim. İfadesi biraz olsun yumuşamıştı.

Jet Ski'nin direksiyonunu tutup motorbota geçmeme yardım etmek için elini uzatırken, sakin bir sesle, "Motoru kapatın, Bayan Grey," dedi. Düşmememe şaşırarak çevik bir hareketle bota geçtim.

"Bayan Grey," derken, sesi gergin, yanakları bir kez daha pembeydi. "Bay Grey *Jet Ski*'yi kullanmanız konusunda rahat değil." Neredeyse mahcubiyetten kıvranıyordu ve o zaman, Christian'dan can sıkıcı bir telefon aldığını anladım. *Ah, zavallı ve hastalık derecesinde aşırı korumacı kocam, ben seninle ne yapacağım?*

Taylor'a sakin bir gülümsemeyle baktım. "Anlıyorum. Pekâlâ, Taylor, Bay Grey burada değil ve eğer *rahat değilse*, bunu tekneye döndüğümde bana bizzat söyleme nezaketini gösterecektir."

Taylor yüzünü buruşturdu. Çantamı bana uzatırken, "Elbette, Bayan Grey," dedi usulca.

Bottan inerken, isteksiz gülümsemesini gördüm ve bende de gülümseme isteği uyandı. Taylor'ı çok seviyordum ama onun tarafından azarlanmak gerçekten hiç hoşuma gitmiyordu. Ne babam ne de kocamdı.

İç geçirdim. Christian kızmıştı. Üstelik şu anda endişelenmesini gerektiren yeterince şey vardı. Ne düşünüyordum ki? Rıhtımda Taylor'ın inmesini beklerken, BlackBerry'min titrediğini hissedip çantamdan çıkardım. Sade'in Your Love Is King şarkısı Christian'a özel zil sesimdi.

"Merhaba," diye mırıldandım.

"Merhaba," dedi.

"Botla döneceğim. Kızma."

Kısa bir şaşkınlık iç çekişi duydum. "Hımm..."

"Ama çok eğlenceliydi," diye fısıldadım.

İç geçirdi. "Tadınızı kaçırmak istemiyorum, Bayan Grey. Sadece dikkatli olun. Lütfen."

Ah Tanrım! Eğlence izni çıkmıştı! "Olacağım. Kasabadan bir şey istiyor musun?"

"Sadece tek parça halinde geri dönmeni."

"İtaat etmek için elimden geleni yapacağım, Bay Grey."

"Bunu duyduğuma sevindim, Bayan Grey."

"Amacımız size zevk vermek." Bir kıkırtıyla karşılık verdim.

Gülümsemesini sesinde duyar gibiydim. "Biri arıyor. Kaçtım, bebek."

"Görüşürüz, Christian."

Telefonu kapattı. Jet Ski *krizi aşıldı,* diye düşündüm. Araba bekliyor, Taylor benim için kapıyı açık tutuyordu. Binerken ona göz kırptım. Keyifle başını salladı.

Arabaya girince, BlackBerry'min e-postasını açtım.

Kimden: Anastasia Grey

Konu: Teşekkürler

Tarih: 17 Ağustos 2011 16:55

Kime: Christian Grey

Çok huysuzluk etmediğin için.

Seni seven karın.

xxx

Kimden: Christian Grey

Konu: Sükûnetimi Korumaya Çalışıyorum

Tarih: 17 Ağustos 2011 16:59

Kime: Anastasia Grey

Rica ederim.

Tek parça halinde dön.

Bu bir rica değil...

x

Christian Grey
CEO&Aşırı Korumacı Koca, Grey Şirketler Topluluğu

Cevabı beni gülümsetti. Kontrol manyağım benim.

Alışverişe çıkmayı neden istemiştim? Alışverişten nefret ederdim. Ama için için nedenini biliyordum; Chanel, Gucci, Dior ve diğer tasarım butiklerinin önünden kararlı adımlarla geçtim ve sonunda beni rahatsız eden şeyin panzehirini, küçük, tıkış tıkış bir turistik eşya dükkânında buldum. Bu, üzerinde küçük kalpler ve küçük çanlar olan gümüş bir bileklikti. Tatlı tatlı şıngırdıyordu ve sadece beş avroydu. Satın alır almaz taktım. Bu bendim, sevdiğim şey buydu. Kendimi bir anda daha rahat hissetmiştim. Bunları seven kızla bağımı asla koparmak istemiyordum. İçin için Christian'ın sadece kendisinden değil, servetinden de etkilendiğimi biliyordum. Bir gün alışacak mıydım acaba?

Taylor ve Gaston sorumluluk bilinciyle, akşamüstü kalabalığında beni takip ediyorlardı ve kısa süre içinde orada olduklarını unutmuştum. Christian için, aklını Seattle'da olanlardan uzaklaştıracak bir şey almak istiyordum. Ama her şeyi olan bir adama ne alabilirdim ki? Mağazalarla çevrili, küçük modern meydanda durdum ve sırayla tüm vitrinlere baktım. Bir elektronik mağazasına bakarken, aklıma bugün uğradığımız galeri ve Louvre müzesi ziyaretimiz geldi. *Milo*

Venüsü'ne bakıyorduk. Christian'ın sözleri zihnimde yankılandı. "*Herkes kadın bedenine hayranlık duyar. Mermer, yağlı boya, alçı ya da film formunda olması fark etmez, ona bakmayı severiz.*"

Aklıma bir fikir gelmişti; cüretkâr bir fikir. Sadece doğru olanı seçmek için yardıma ihtiyacım vardı ve bana yardım edebilecek tek bir kişi vardı. BlackBerry'mi çantamdan bulup José'yi aradım.

Uyku mahmuru, "Kimsiniz?" diye mırıldandı.

"José, benim Ana."

"Ana, selam! Neredesin? İyi misin?" Şimdi sesi daha telaşlı ve kaygılı çıkıyordu.

"Güney Fransa'da, Cannes'dayım ve iyiyim."

"Güney Fransa ha? Şık bir otelde misiniz?"

"Şey... hayır. Teknede kalıyoruz."

"Teknede mi?"

İç geçirerek, "Büyük bir tekne," diye açıkladım.

"Anladım." Sesi birden soğudu... Kahretsin, onu aramamalıydım. Şu anda buna ihtiyacım yoktu.

"José, tavsiyene ihtiyacım var."

"Tavsiyeme mi?" Şaşırmış gibiydi. "Elbette," dedi ve bu kez daha sevecen bir sesle konuşmuştu. Ona planımı anlattım.

İki saat sonra, Taylor motorbottan inmeme ve güvertenin basamaklarını tırmanmama yardım ediyordu. Gaston da güverte görevlisiyle birlikte *Jet Ski*'yle ilgileniyordu. Christian ortalıkta yoktu. Çocuksu bir sevinç ve telaşlı adımlarla, hediyesini paketlemek için kamaramıza indim.

"Bayağı uzun sürdü." Tam son bantı yapıştırırken, Christian'ın sesiyle irkildim. Dönüp bakınca onu kamaranın kapısında, beni dikkatle izlerken buldum. *Başım* Jet Ski *yüzünden hâlâ belada mıydı?* Yoksa sorun, ofisindeki yangın mıydı?

Çekinerek, "Ofiste her şey yolunda mı?" diye sordum.

Sıkkın bir ifadeyle kaşlarını çatarak, "Aşağı yukarı," dedi.

Keyfini yerine getirmeyi ve sıkkın halinin benimle ilgili olmadığını umarak, "Biraz alışveriş yaptım," diye mırıldandım. Yüzü sıcak bir gülümsemeyle aydınlanınca, aramızın iyi olduğunu anladım.

"Ne aldın?"

"Bunu."

Ayağımı yatağın üstüne kaldırıp halhalımı gösterdim.

"Çok hoş," dedi. Yanıma sokuldu ve küçük çanları okşayıp tatlı tatlı şıngırdamalarını sağladı. Tekrar kaşlarını çattı ve parmağını usulca iz boyunca dolaştırarak bacağımdan yukarı bir ürperti gönderdi.

"Ve bunu." Dikkatini dağıtmayı umarak kutuyu uzattım.

Şaşkınlıkla, "Benim için mi?" dedi. Mahcup bir tavırla başımı salladım. Kutuyu alıp yavaşça salladı. Çocuksu, göz alıcı gülümsemesiyle sırıtarak yatağın kenarına oturdu. Eğilip çenemi tuttu ve beni öptü.

Utangaç bir neşeyle, "Teşekkürler," dedi.

"Daha açmadın bile."

"Her neyse çok seveceğim." Bana bakarken gözleri parlıyordu. "Çok fazla hediye almam."

"Sana bir şeyler almak çok zor. Her şeyin var."

"Sen de benimsin artık."

"Evet." Sırıttım. *Hem de nasıl, Christian.*

Paket kâğıdını bir çırpıda yırttı. "Bir Nikon mu?" Bana kafası karışmış gibi baktı.

"Dijital fotoğraf makinen olduğunu biliyorum ama bu portreler ve onun gibi şeyler için. İki lensi var."

Anlamayarak gözlerini kırpıştırdı.

"Bugün galeride, Florence D'elle'in fotoğraflarını beğendin. Ve Louvre'da söylediklerini de hatırlıyorum. Tabii bir de şu diğer fotoğraflar var." Dolabında bulduğum görüntüleri hatırlamamak için çaba sarf ederek yutkundum.

Soluğu kesildi, ne demek istediğimi anlayınca gözleri iri iri açıldı. Cesaretimi kaybetmeden, aceleyle devam ettim.

"Düşündüm de... ııı... belki benim de fotoğraflarımı çekmek istersin..."

"Fotoğraflarını çekmek isteyeceğimi mi düşündün?" Kucağındaki kutuya değil doğrudan bana bakıyordu.

Tepkisini ölçmek için umutsuzca çabalayarak başımı salladım. Sonunda tekrar kutuya baktı ve büyülenmiş gibi parmaklarını ön taraftaki fotoğraf makinesi resminin üstünde dolaştırdı.

Ne düşünüyordu? Ah, beklediğim tepki bu değildi. Christian *hiçbir zaman* beklediğim gibi tepki vermiyordu. Başını kaldırdı. O bakışlarda ne vardı? Acı mı?

Şaşırmış gibi, "Bunu isteyeceğimi neden düşündün?" diye sordu.

Hayır, hayır, hayır! Hoşuna gideceğini söylemiştin...

Bir insanın benim erotik fotoğraflarımı neden isteyeceğini sorgulayan bilinçaltımla gözgöze gelmeyi reddederek, "İstemiyor musun?" diye sordum. Christian yutkundu ve elini saçlarının arasından geçirdi. Öylesine şaşkın ve kafası karışmış görünüyordu ki. Derin bir nefes aldı.

"Benim için o fotoğraflar bir sigorta poliçesiydi, Ana. Kadınları uzun süre nesneleştirdiğimi biliyorum," dedi ve duraksadı.

"Ve fotoğraflarımı çekmenin beni nesneleştirmek olacağını mı düşünüyorsun?" Yüzümdeki kan çekilmişti.

Gözlerini sıkı sıkı yumdu. "Aklım çok karışık," diye fısıldadı. İri ve ihtiyatlı gözlerini yeniden açtığında çok kırılgan bir bakışı vardı.

Lanet olsun. Benim yüzümden miydi? Annesiyle ilgili sorularım yüzünden miydi? Yoksa ofisindeki yangın mıydı sebep?

"Neden böyle söyledin?" diye fısıldarken, sesimin panik içinde çıktığını hissediyordum. Mutlu olduğunu sanıyordum. Mutlu olduğumuzu. Onu mutlu ettiğimi sanıyordum. Aklını *karıştırmak* istemiyordum. Karıştırıyor muydum? Zihnim son hızla çalışmaya başladı. Yaklaşık üç haftadır Dr. Flynn'i görmüyordu. Sebep bu muydu? Dağılmaya başlamasının nedeni bu muydu? Kahretsin, Flynn'i aramalı mıydım? Ve eşsiz bir netlik anında, birden, anlayıverdim. Yangın, *Charlie Tango*, *Jet Ski*... Korkuyordu. Benim için korkuyordu ve o izleri tenimde görmek, bu duyguları canlandırmış olsa gerekti. Bütün bir günü o izleri düşünerek ve aklı karışarak geçirmişti çünkü acı vermekten rahatsızlık duymaya alışık değildi. Bu düşünce içimi dondurdu.

Omuz silkti ve gözleri bir kez daha bileğime, bu öğleden sonra satın aldığı bilekliğin olması gereken yere çevrildi.

"Christian, bunların bir önemi yok." Bileğimi havaya kaldırıp rengi solmaya yüz tutan izi ortaya serdim. "Bana bir parola söylemiştin. Lanet olsun, dün çok eğlenceliydi. Çok keyif aldım. Bunu düşünmekten vazgeç. Sert seksi seviyorum, bunu sana daha önce de söyledim." Gittikçe artan panik duygumu bastırmaya çalışırken kıpkırmızı kesildim.

Bana dikkatle bakıyordu. Ne düşündüğü konusunda hiçbir fikrim yoktu. Belki de sözlerimi tartıyordu. Konuşmayı sürdürdüm.

"Mesele yangın mı? Bir şekilde *Charlie Tango*'yla bağlantılı olduğunu mu düşünüyorsun? Bu yüzden mi endişelisin? Konuş benimle, Christian, lütfen."

Bana hiçbir şey söylemeden bakmayı sürdürdü ve sessizlik, öğleden sonranın kendisi gibi, uzayıp gitti. *Lanet olası.* Benimle konuşmuyordu, biliyordum.

"Bu işe gereğinden fazla kafa yorma, Christian," diye azarladım ve sözcükler yakın geçmişten bir anı hatırlamama sebep oldu. Christian da aptal kontrata gereğinden fazla kafa yormamamı söylemişti. Uzandım, kutuyu elinden alıp açtım. Beni uzaydan gelmiş bir yaratıkmışım gibi ifadesiz gözlerle izliyordu. Fotoğraf makinesinin, mağazadaki gereğinden fazla yardımsever satıcı tarafından çalışmaya hazır hale getirildiğini bildiğim için, kutudan çıkardığım gibi lens kapağını açtım. Objektifi ona çevirince güzel ve kaygılı yüzü çerçeveyi doldurdu. Düğmeye bastım, bir süre basılı tuttum ve Christian'ın telaşlı ifadesinin on fotoğrafı gelecek nesiller için kaydedilmiş oldu.

"O zaman ben seni nesneleştiririm," dedim ve deklanşöre bir kez daha bastım. Son pozda, dudakları neredeyse belli belirsiz büküldü. Tekrar bastım, bu defa gülümsedi... Minik bir gülümsemeydi ama sonuçta bir gülümsemeydi. Deklanşöre bir kez daha bastım ve fiziksel olarak gevşediğini ve saçma sapan bir Blue Steel[6] pozuyla dudaklarını büzdüğünü görünce kıkırdadım. *Ah, Tanrıya şükür.* Bay Değişken geri dönmüştü ve ben onu gördüğüme hiç bu kadar sevinmemiştim.

Asık bir suratla, "Benim hediyem olduğunu sanıyordum," dedi.

"Evet, eğlenceli olması gerekiyordu ama görünüşe bakılırsa, kadınların tahakküm altına alınmasının sembolüymüş." Fotoğraflarını çekmeyi sürdürdüm ve yüzündeki keyfin artışını süper yakın planda izledim. Sonra gözleri koyulaştı ve ifadesi yırtıcı bir hal aldı.

İpeksi bir sesle, "Tahakküm altına alınmayı mı istiyorsun?" diye mırıldandı.

"Tahakküm altına alınmayı değil. Hayır," diye mırıldanarak deklanşöre tekrar bastım.

"Size hükmedebilirim, Bayan Grey," diye tehdit ederken sesi boğuktu.

"Yapabileceğinizi biliyorum, Bay Grey. Ve sık sık yapıyorsunuz da."

Yüzü düştü. *Kahretsin.* Fotoğraf makinesini indirip ona baktım.

"Sorun ne Christian?" Sesim sıkıntılıydı. *Konuş benimle!*

Hiçbir şey söylemedi. *Peh!* O kadar sinir bozucuydu ki. Fotoğraf makinesi tekrar kaldırdım.

---

6 (İng.) Mavi Çelik. Ben Stiller'ın *Zırtapoz* filmindeki bir pozunun adı. (yay. n.)

"Anlat," diye ısrar ettim.

"Hiç," dedi ve birden kareden çıktı. Hızlıca fotoğraf makinesinin kutusunu kamaranın zeminine koydu ve beni tutup yatağa itti. Bacaklarını iki yana açıp üzerime oturdu.

"Hey!" diye haykırdım ve muzip bir ifadeyle bana gülümserken birkaç poz daha yakaladım. Fotoğraf makinesini lensinden tuttu ve bana çevirip deklanşöre bastı, fotoğrafçı bir anda fotoğrafın konusuna dönüştü.

"Demek fotoğraflarınızı çekmemi istiyorsunuz, Bayan Grey," derken çok eğleniyordu. Makineden dolayı görebildiğim tek şey karışık saçları ve biçimli ağzındaki kocaman sırıtıştı. "Pekâlâ, ilk olarak, sanırım gülmeniz gerekiyor," dedi ve beni amansızca gıdıklayarak çığlıklar atmama, kıkırdamama ve altında kıvranmama neden oldu. Ta ki ümitsiz bir girişimle onu durdurmak için bileğini yakalayana kadar. Sırıtışı daha da büyüdü ve fotoğraflarımı çekerken girişimlerini tekrarladı.

"Hayır! Dur!" diye çığlık attım.

"Şaka mı yapıyorsun?" diye homurdandı ve bana iki eliyle birden işkence edebilmek için fotoğraf makinesini yanımıza bıraktı.

"Christian!" Tükürükler saçarak, nefesim kesilerek ve kahkahalar atarak karşı koymaya çalışıyordum. Beni daha önce hiç gıdıklamamıştı. *Siktir, dur!* Kafamı iki yana sallayarak altından kurtulmak için kıvranırken kıkırdıyor, ellerini itmeye çalışıyordum ama pes etmek nedir bilmeden, işkencenin tadını çıkarıyordu.

"Christian, dur!" diye yalvardım ve aniden durdu. İki elimi sıkıca tuttu ve başımın iki yanına koyup üzerime eğildi. Soluk soluğa kalmıştım ve gülmekten nefesim kesilmişti. Onun nefesi de benimkinden farksızdı. Bana... Bakışlarını nasıl tarif edebilirdim? Ciğerlerim çalışmayı kesmişti. Hayret mi? Aşk mı? Saygı mı? *Lanet olsun! O bakış!*

"O... kadar... güzelsin... ki," diye soludu.

Bakışının yoğunluyla değişen yüzüne bakıyordum. Beni ilk kez görüyor gibi bakıyordu. Eğildi, gözlerini yumdu ve beni kendinden geçerek öptü. Tahrik olmuştum. Onu böyle, sayemde dağılmış halde görmek... *Ah, Tanrım.* Ellerimi bıraktı ve parmaklarını saçlarımın arasına sokup beni olduğum yere sabitledi. Bedenim, öpüşüne tepki olarak yükseldi. Ve birden öpüşü değişti; tatlı, sevgi ve hayranlık dolu olmaktan çıkıp şehvetli, derin ve tüketici bir hal aldı. Dili ağzımı istila ediyordu. Öpüşünde sahiplenici, çaresiz bir yan vardı. Arzu bedenimde çağlıyor, her kasımı ve sinir ucumu uyandırıyordu. Bir telaş ürpertisi hissetim.

Ah, Elli, sorun ne?

Derin bir nefes aldı ve inledi. "Ah, bana neler yapıyorsun," diye mırıldanırken, sesi şaşkın ve yaralıydı. Ani bir hareketle üzerime uzanıp beni yatağa bastırdı. Bir eliyle çenemi tutuyor, diğerini vücudumda, göğsümde, belimde ve kalçamda dolaştırıyordu. Kendini bacaklarımın arasına iterek beni bir kez daha öptü, giyinik olmamıza rağmen ereksiyonunu cinsel organımda hissettim. Dudaklarının altında inleyerek iç geçirdim ve kendimi tutkusuna teslim ettim. Beni istediğinin, bana ihtiyaç duyduğunun ve bunun en sevdiği kendini ifade etme biçimi olduğunun bilinciyle, endişeleri zihnimin gerisine ittim. Parmaklarımı saçlarının arasından geçirdim ve saçlarını kavrayıp çekerek öptüm. Tadı çok güzeldi ve Christian kokuyordu. Benim Christian'ım.

Birden durdu, yataktan fırlayıp beni de çekerek ayağa kaldırdı. Şortumun düğmesini çözüp külotumla birlikte aşağı çekti ve dizlerinin üstüne indi. Nefes alma fırsatını bulamadan, kendimi yeniden yatakta ve onun altında buldum. Fermuarını indiriyordu. *Vay canına!* Ne kendi kıyafetlerini ne benim tişörtümü çıkarmıştı. Başımı tuttu ve herhangi bir uyarıya gerek duymadan kendini içime iterek şaşkınlıktan haykırmama neden oldu. Sıkılı dişlerinin arasından tıslayan nefesini duyabiliyordum.

Kulağımın yakınında, "Evetttt," diye tısladı. Durdu, kalçalarını çekti ve kendini içime tekrar ittiğinde yeniden inledim.

Alçak ve boğuk bir sesle, "Sana ihtiyacım var," diye homurdandı. Çenemi hafifçe ısırıp emdi ve sonra beni tekrar, sert bir şekilde öpmeye başladı. Bacaklarımı ve kollarımı ona dolayıp, ona endişe veren her neyse silip atmayı kafama koyarak onu iyice kendime çektim. Ve hareket etmeye başladı... Kendimi bu delice ritim ve süratte kaybetmeden önce, kısa bir an için onu neyin endişelendirdiğini düşündüm. Ama vücudum kontrolü ele geçirdi ve bu düşünceyi tamamen silerek kendimi hazza bıraktım. Bir his denizinde kaybolmuştum, onun her itişine kendimi ona iterek karşılık veriyordum. Soluk soluğa, yüksek sesle inledim. Arzusu o kadar tahrik ediciydi ki. Az kalmıştı... Çok az... Artık onundum ve bunu istiyordum. Bunu o kadar çok istiyordum ki. Hem onun için hem kendim için...

"Benimle boşal," diye inledi ve üzerimde doğrulunca, ona doladığım kollarımı çözmek zorunda kaldım.

"Gözlerini aç," diye emretti. "Seni görmem gerek." Gözlerimi kırpıştırarak açtım ve üzerimdeki görüntüsü... Yüzü arzuyla doluydu ve gözleri şehvetle parlıyordu. Tutkusu ve aşkı çözülmeme sebep oldu; başımı arkaya atarak boşaldım.

"Ah, Ana," diye haykırdı. Son kez içime gömülerek üzerime yığıldı ve orgazmıma katıldı. Beni üstüne çekerek yatakta yuvarlandı ama hâlâ içimdeydi. Orgazmın etkisi dağılırken nesneleştirilmek ve hükmetmekle ilgili bir espri yapmak istedim ama ruh halinden emin olamadığım için çenemi tuttum. Yüzünü incelemek için yukarı doğru baktım. Gözleri kapalıydı ve beni kollarıyla sımsıkı sarmıştı. Keten gömleğinin ince kumaşının üstünden, göğsünü öptüm.

Usulca, "Anlat bana, Christian, sorun ne?" diye sordum. Kollarının beni daha sıkı sardığını hissettim ama tek tepkisi bu oldu. Konuşmayacaktı. Aklıma bir fikir geldi.

"Hastalıkta ve sağlıkta sadık eşin olacağıma, iyi günde, kötü günde yanında olup hüznün kadar neşeni de paylaşacağıma yemin ediyorum," diye mırıldandım.

Donup kaldı. Tek hareketi, anlaşılmaz gözlerini iyice açmak ve ben evlilik yeminimi söylemeye devam ederken bana bakmak oldu.

"Seni şartsız seveceğime, hayallerin konusunda sana destek olacağıma, seni onurlandırıp sana saygı duyacağıma, seninle gülüp seninle ağlayacağıma, umutlarımı ve hayallerimi seninle paylaşacağıma ve ihtiyaç duyduğunda sana teselli sağlayacağıma söz veriyorum." Benimle konuşmasını sağlamak için duraksadım. Aralık dudaklarla beni izliyordu ama hiçbir şey demedi.

"Ve yaşadığımız sürece üzerine titreyeceğime." İç geçirdim.

"Ah, Ana," diye fısıldadı ve içimden çıktı. Artık yan yana yatıyorduk. Yüzümü okşadı.

"Seni koruyacağıma, evliliğimizi ve seni kalbimin derinliklerinde tutacağıma yemin ediyorum," diye fısıldarken sesi boğuktu. "Hayat bizi nereye götürürse götürsün, seni herkesten vazgeçerek, iyi günde ve kötü günde, hastalıkta ve sağlıkta, sadakatle seveceğime söz veriyorum. Seni koruyacak, sana güvenecek ve saygı duyacağım. Sevinçlerini ve kederlerini paylaşacak, ihtiyaç duyduğunda seni teselli edeceğim. Üzerine titreyeceğime, umut ve hayallerini savunacağıma, seni yanımda güvende tutacağıma söz veriyorum. Benim olan her şey senindir. Bu andan itibaren, ikimiz de hayatta olduğumuz sürece, sana elimi, kalbimi ve aşkımı veriyorum."

Gözlerim yaşlarla doldu. Bana bakarken yüzü yumuşadı.

Başparmağı bir gözyaşı damlasını yakalayıp dağıtırken, "Ağlama," diye mırıldandı.

"Neden bana anlatmıyorsun? Lütfen, Christian."

Acı çeker gibi gözlerini yumdu.

"Sana ihtiyaç duyduğunda teselli vereceğime yemin ettim. Lütfen bana yeminimi çiğnetme," diye yalvardım.

İç geçirdi ve gözlerini açtı. İfadesi kasvetliydi. "Kundaklamaymış," dedi. Birden o kadar genç ve savunmasız görünmüştü ki.

Ah, siktir.

"Ve benim peşimde olduklarından şüpheleniyorum. Ve hedefleri bensem..." Devamını getiremeyerek durdu.

"... bana da zarar verebilirler," diye fısıldadım. Benzi attı ve o zaman kaygısının sebebini nihayet ortaya çıkardığımı anladım. Yüzünü okşadım.

"Teşekkürler," diye mırıldandım.

Kaşlarını çattı. "Ne için."

"Bana söylediğin için."

Kafasını sallarken, dudaklarından belli belirsiz bir gülümseme geçti. "Çok ikna edici olabiliyorsunuz, Bayan Grey."

"Ve siz de derin düşüncelere dalabiliyor, bütün duygularınızı kendinize saklayıp kendinizi ölümüne kaygılandırabiliyorsunuz. Büyük olasılıkla kırk yaşına basmadan kalp krizinden öleceksin ve seni çok daha uzun süre yanımda istiyorum."

"*Benim ölümüm senin elinden olacak.* Seni o *Jet Ski*'nin üstünde görünce, az kalsın kalp krizi geçiriyordum." Kendini sırt üstü yatağa bıraktı ve kolunu gözlerinin üstüne örttü.

"Christian, bir *Jet Ski*'den bahsediyoruz. Çocuklar bile *Jet Ski* kullanıyor. Aspen'deki evine gittiğimizde ve ben ilk kez kayak yaptığımda nasıl olacaksın acaba?"

İç geçirerek yüzünü bana çevirdi. Yüzündeki dehşeti görünce gülümsedim.

Sonra, "Evimize," dedi.

Onu duymazdan geldim. "Ben bir yetişkinim, Christian ve göründüğümden daha dayanıklıyımdır. Bunu ne zaman öğreneceksin?"

Omuz silkti. Ağzı çizgi halini aldı. Konuyu değiştirmeye karar verdim.

"Polisin kundaklamadan haberi var mı?"

"Evet." İfadesi ciddiydi.

"İyi."

"Güvenlik sıkılaştırılacak," dedi rahat bir tavırla.

"Anlıyorum." Vücuduna baktım. Üzerinde şortu ve gömleği vardı ve benim tişörtüm de üstümdeydi. *Tanrım.* Bu düşünce kıkırdamama neden oldu.

Christian şaşırmış gibi, "Ne var?" diye sordu.

"Sana gülüyorum."

"Bana mı?"

"Evet. Sana. Hâlâ giyiniksin."

"Ah." Kafasını eğip önce kendine, sonra bana baktı ve yüzünde kocaman bir gülümseme belirdi.

"Pekâlâ, ellerimi sizden uzak tutmanın benim için ne kadar zor olduğunu biliyorsunuz, Bayan Grey. Özellikle de liseli bir kız gibi kıkırdadığınız zamanlarda."

Ah, evet, gıdıklama olayı. Hızlı hareket ederek, at biner gibi üstüne çıktım ama şeytani niyetimi derhal anlayarak iki bileğimi birden kavradı.

"Hayır," dedi ve ciddiydi.

Suratımı astım ama buna hazır olmadığını anladım.

"Lütfen, yapma," diye fısıldadı. "Dayanamam. Çocukken hiç gıdıklanmadım." Durdu ve bana karşı koymak zorunda kalmasın diye ellerimi gevşettim.

"Carrick'i, Elliot ve Mia'yı gıdıklarken izlerdim ve çok eğlenceli görünürdü ama ben..."

İşaret parmağımı dudaklarına yerleştirdim.

"Şışşt, biliyorum," diye mırıldandım ve az önce parmaklarımın durduğu yere yumuşacık bir öpücük kondurduktan sonra, göğsüne kıvrıldım. O tanıdık, acı verici sızının içimde büyüdüğünü hissettim ve çocuk Christian için taşıdığım o derin hüzün bir kez daha kalbimi sardı. Bu adam için her şeyi yapabileceğimi biliyordum; çünkü onu çok seviyordum.

Beni kollarının arasına aldı ve sırtımı okşarken, burnunu saçlarıma bastırıp derin bir nefes aldı. Orada ne kadar yattığımızı bilmiyorum ama bir süre sonra aramızdaki sessizliği bozan ben oldum.

"Dr. Flynn'i görmeden geçirdiğin en uzun süre ne kadar?"

"İki hafta. Neden? Yoksa beni gıdıklamak için iflah olmaz bir istek mi duyuyorsun?"

"Hayır." Kıkırdadım. "Bence sana iyi geliyor."

Christian bir homurtu çıkardı. "Umarım öyledir, ona bir sürü para ödüyorum." Saçımı yavaşça çekerek, yüzümü kendisininkine doğru çevirdi. Kafamı kaldırıp gözlerine baktım.

Yumuşacık bir sesle, "Yoksa iyi olmadığımı mı düşünüyorsunuz, Bayan Grey," diye sordu.

"Her iyi eş, biricik kocasının iyi olup olmadığını merak eder," diye şaka yollu azarladım.

"Biricik mi?" diye fısıldadı.

"Hem de fazlasıyla biricik." Onu öpmek için uzanınca, dudaklarında mahcup gülümsemesi belirdi.

"Yemek için kıyıya çıkmak ister misin?"

"Sen nerede en mutlu olacaksan orada yemek isterim."

"İyi." Sırıttı. "Teknede güvenliğini sağlayabilirim. Hediyem için teşekkürler." Uzanıp fotoğraf makinesini aldı ve kolunu kaldırıp gıdıklanma, birleşme ve itiraf sonrası kucaklaşmamızı görüntüledi.

"O zevk bana ait." Gülümsedim; gözleri aydınlandı.

On sekizinci yüzyıldan kalma Versailles Sarayı'nın gösterişli ve yaldızlı ihtişamında dolaşıyorduk. Bir zamanlar mütevazı bir av sarayıyken, Roi Soleil[7] tarafından inanılmaz müsrif bir makama dönüştürülmüş ama daha on sekizinci yüzyıl sona ermeden, o mutlak monarşilerin sonunu görmüştü.

Şu ana kadarki en göz alıcı oda, Aynalar Salonu'ydu. Öğleden sonranın ilk saatlerinin ışığı batı yönündeki pencerelerden içeri süzülüp doğu duvarındaki aynaları aydınlatıyor ve altın yaprak dekoru ile devasa kristal avizelerde parlıyordu. Nefes kesiciydi.

Yanımda duran Christian'a, "Kendini böylesi bir ihtişamla izole eden despot bir megalomanyağın başına neler geldiğini görmek ilginç," diye mırıldandım. Başını yana yatırdı ve gülümseyerek bana baktı.

"Söylemeye çalıştığınız nedir, Bayan Grey?"

"Ah, sadece gözlemimi paylaşıyorum, Bay Grey." Elimi havada sallayarak etrafımızı işaret ettim. Christian sırıtarak beni odanın ortasına kadar takip etti, ağzım bir karış açık etrafıma bakıyordum. Aynalara bahçeler ve aydınlık, cesur bakışlı kocam Christian Grey yansıyordu.

"Bunu senin için inşa ederdim," diye fısıldadı. "Sırf ışığın tam şu anda saçlarına bu şekilde yansıdığını ve onları kızıla boyadığını görmek için." Bir saç tutamını kulağımın arkasına itti. "Bir meleğe benziyorsun." Tam kulak mememin altını öptü, elimi avucuna aldı

7 (Fr.) Güneş Kralı. XIV. Louis'ye Fransızlar tarafından verilen ad. (ç. n.)

ve, "Biz despotlar, sevdiğimiz kadınlar için böyle şeyler yaparız," diye mırıldandı.

İltifatı karşısında kızardım ve mahcup bir gülümsemeyle, geniş odada onu takip ettim.

Christian akşam yemeği sonrası kahvesinden bir yudum alarak, "Ne düşünüyorsun?" diye sordu.

"Versailles'ı."

"Azametliydi, değil mi?" Sırıttı. Fair Lady'nin yemek salonunun, olduğundan hafif görünen ihtişamına bakarak dudaklarımı büzdüm.

Christian savunmaya geçer gibi, "Buraya azametli denemez," dedi.

"Biliyorum. Çok hoş. Bir kızın isteyebileceği en iyi balayı."

"Gerçekten mi?" derken, samimi bir şaşkınlık içindeydi. Ve yine mahcup gülümsemesini takındı.

"Elbette öyle."

"Sadece iki günümüz kaldı. Görmek ya da yapmak istediğin bir şey var mı?"

"Sadece seninle olmak istiyorum," diye mırıldandım. Masadan kalktı, yanıma geldi ve alnıma bir öpücük kondurdu.

"Pekâlâ, bensiz bir saat idare edebilir misin? E-postalarımı kontrol etmem ve evde neler olduğunu öğrenmem gerek."

Bir saati onsuz geçirecek olmanın hayal kırıklığını saklamaya çalışarak, neşeli bir sesle, "Elbette," dedim. Sürekli onunla olmak istemem acayip miydi?

"Fotoğraf makinesi için teşekkürler," diye mırıldandı ve çalışma odasına yöneldi.

Kamaramıza dönünce ben de e-postalarıma bakmaya karar verdim ve dizüstü bilgisayarımı açtım. Annemden ve Kate'den evdeki dedikoduları anlatan ve balayımızın nasıl gittiğini soran e-postalar vardı. Şey, harika, tabii birileri Grey Şirketler Topluluğu'nu yakmaya karar verene kadar. Anneme yazdığım cevabımı bitirmek üzereyken, Kate'den gelen bir e-posta gelen kutuma düştü.

Kimden: Katherine L. Kavanagh

Tarih: 17 Ağustos 2011 11:45

Kime: Anastasia Grey

Konu: Aman Tanrım!!!!

Ana, Christian'ın ofisindeki yangını daha yeni duydum.

Sence kundaklama mı?

K xox

Kate çevrimiçiydi! Yeni bulduğum oyuncağımın –Skype Mesaj– üstüne atladım ve Kate'in müsait olduğunu gördüm. Hemen bir mesaj yazdım.

Ana: Hey orada mısın?

Kate: EVET, Ana! Nasılsın? Balayı nasıl? E-postamı gördün mü? Christian'ın yangından haberi var mı?

Ana: Ben iyiyim. Balayı harika. Evet, e-postanı gördüm. Evet, Christian biliyor.

Kate: Bileceğini tahmin etmiştim. Olanlar konusunda doğru düzgün bir haber yok. Ve Elliot da bir şey anlatmıyor.

Ana: Yoksa kendine bir hikâye mi arıyorsun?

Kate: Beni fazla iyi tanıyorsun.

Ana: Christian bana pek bir şey anlatmadı.

Kate: Elliot, Grace'ten duymuş!

Ah, hayır. Eminim Christian bunun bütün Seattle'a yayınlanmasını istemiyordu. İnatçı Kavanagh'ın dikkatini dağıtma konusunda patentli tekniğimi denedim.

Ana: Elliot ve Ethan nasıllar ?

Kate: Ethan yükseklisans için Seattle'da bir psikoloji bölümüne kabul edildi. Elliot muhteşem.

Ana: Aferin Ethan'a.

Kate: En sevdiğin eski-Hâkim'in nasıl?

Ana: Kate!

Kate: Ne?

Ana: NE OLDUĞUNU BİLİYORSUN!

Kate: Tamam. Özür.

Ana: O iyi. Hatta iyiden de iyi :)

Kate: Sen mutlu olduğun sürece ben de mutluyum.

Ana: Cennette gibiyim.

Kate: :) Gitmeliyim. Sonra konuşabilir miyiz?

Ana: Emin değilim. Burada olup olmadığıma bakarsın. Bu saat farkı berbat bir şey!

Kate: Öyle. Seni seviyorum, Ana.

Ana: Ben de seni. Kaçtım. x

Kate: Sonra görüşürüz <3

Kate'in hikâye peşinde olduğundan emindim. Gözlerimi devirdim ve Christian sohbeti görmeden Skype'ı kapattım. Eski-Hâkim yorumundan hoşlanmazdı ve tam anlamıyla "eski" olduğundan emin değildim.

Sesli olarak iç geçirdim. Düğünden üç hafta önce, Kavanagh sorgusuna en sonunda teslim olduğum o çakırkeyif gecemizden beri Kate her şeyi biliyordu. Sonunda biriyle konuşmak büyük rahatlama olmuştu.

Saatime baktım. Akşam yemeğinden beri neredeyse bir saat geçmişti ve kocamı özlüyordum. İşini bitirip bitirmediğine bakmak için güverteye yöneldim.

Aynalar Salonu'ndayım ve Christian yanımda durmuş, bana sevgi ve şefkatle gülümsüyor. *Bir meleğe benziyorsun.* Ben de ona gülümsüyorum ama aynaya yeniden baktığımda yalnızım ve oda gri ve donuk bir kahverengi. *Hayır!* Başımı hızla yüzüne çevirdiğimde gülümsemesini hüzünlü ve efkârlı buluyorum. Saçımı kulağımın arkasına sıkıştırıyor. Sonra tek kelime etmeden dönüyor, ayak sesleri aynalara çarpıp yankılanarak ağır adımlarla devasa odanın ucundaki oymalı, çift kanatlı kapıya yürüyor. Yalnız ve yansıması olmayan bir adam... Yüreğime oturan bir panik duygusuyla, nefes nefese uyandım.

Karanlıkta arkamdan, "Hey," diye fısıldadı. Sesi endişeyle doluydu.

Ah, burada. Güvende. Büyük bir rahatlama duydum.

Gümbürdeyen kalbimi kontrol altına almaya çalışarak, "Ah, Christian," diye mırıldandım. Beni kollarıyla sımsıkı sardı ve yüzümden süzülen yaşları ancak o zaman fark ettim.

"Ana, ne oldu?" Yanağımı okşayarak, gözyaşlarımı sildi. Sesindeki kaygıyı duyabilmiştim.

"Hiç. Saçma sapan bir kâbus."

Alnımı ve yaş içindeki yanaklarımı öperek beni rahatlattı. "Sadece kötü bir rüya, bebek," diye mırıldandı. "Yanındayım. Seni koruyacağım."

Kokusunu içime çekerek ve rüyamda hissettiğim kaybı ve yıkımı yok saymaya çalışarak ona sarıldım ve o anda en derin ve en karanlık korkumun onu kaybetmek olduğunu anladım.

BÖLÜM BEŞ

Kıpırdandım ve Christian'a uzandım ama tek hissettiğim yokluğu oldu. Kahretsin! Hemen uyandım ve kamarada kaygıyla etrafıma bakındım. Christian yatağın yanındaki küçük ve kumaş kaplamalı koltuktan beni izliyordu. Eğildi, yere bir şey bıraktı ve sonra harekete geçip yatağa, yanıma uzandı. Paçaları kesilmiş şortunu ve gri tişörtünü giymişti.

"Hey, paniğe kapılma. Her şey yolunda," derken sesi, köşeye sıkıştırılmış vahşi bir hayvanla konuşur gibi, yumuşacık ve rahatlatıcıydı. Şefkatle saçlarımı yüzümden çekti ve hemen sakinleştim. Onun da kendi endişesini gizlemeye çalıştığını görebiliyordum.

İri iri açılmış gözler ve ciddi bir ifadeyle, "Son birkaç gündür çok gerginsin," diye mırıldandı.

"Ben iyiyim, Christian." Ona en neşeli gülümsememle baktım çünkü kundaklama olayı yüzünden ne kadar endişelendiğimi bilmesini istemiyordum. *Charlie Tango* sabote edildiği ve Christian ortadan kaybolduğu zaman hissettiklerim –o boşluk ve tarifi imkânsız acı– zaman zaman yüzeye çıkıyordu; o günün anısı beni sürekli rahatsız ediyor, içimi kemiriyordu. Yüzüme yerleştirdiğim gülümsemeyi koruyarak sıkıntılarımı bastırmaya çalıştım.

"Uyurken beni mi izliyordun?"

"Evet," dedi bakışlarını bir an ayırmadan beni süzerek. "Konuşuyordun."

"Ah?" *Kahretsin! Ne diyordum acaba?*

Gözlerinde kaygıyla, "Endişelisin," diye ekledi. Bu adamdan saklayabileceğim hiçbir şey yok muydu? Öne eğildi ve iki kaşımın arasını öptü.

"Kaşlarını çatınca orada V şeklinde bir kırışıklık oluşuyor. Öpünce insana yumuşacık geliyor. Endişelenme bebeğim, ben seni koruyacağım."

"Ben kendim için endişelenmiyorum, sana bir şey olmasından korkuyorum," diye homurdandım. "Seni kim koruycak?"

Bana anlayışla gülümsedi. "Ben kendime bakacak kadar büyük ve çirkinim. Gel. Haydi, kalk. Eve dönmeden önce yapmak istediğim bir şey var." Bana kocaman bir evet-gerçekten-sadece-yirmi-sekiz-yaşındayım sırıtışıyla bakarak popoma vurdu. İrkilerek iç geçirdim ve bugün Seattle'a döneceğimizi fark edince, melankolim iyice büyüdü. Gitmek istemiyordum. 7/24 Christian'la birlikte olmanın tadına varmıştım ve onu şirketi ve ailesiyle paylaşmaya hazır değildim. Rüya gibi bir balayı yaşamıştık. Birkaç iniş çıkış olduğunu kabul ediyordum ama yeni evli bir çift için herhalde normaldi, değil mi?

Ama Christian çocuksu heyecanını saklayamıyordu ve karanlık düşüncelerime rağmen, heyecanı bulaşıcıydı. Zarif hareketlerle yataktan kalkınca, merakla peşinden gittim. Aklından neler geçiyordu?

Christian anahtarı bileğime tutturdu.

"Benim kullanmamı mı istiyorsun?"

"Evet." Christian sırıttı. "Çok sıkı olmadı, değil mi?"

"Gayet iyi. Bu yüzden mi can yeleği giydin?" Kaşımı kaldırdım.

"Evet."

Kendimi kıkırdamaktan alamadım. "Araç kullanma becerilerime ne çok güveniyorsunuz böyle, Bay Grey?"

"Her zaman, Bayan Grey."

"Pekâlâ, sakın vaaz verme."

Christian savunmaya geçer gibi, ellerini havaya kaldırdı ama gülümsüyordu. "Cüret eder miyim hiç?"

"Evet, edersin ve ediyorsun da ama burada kenara çekip kaldırımda tartışamayız."

"İyi bir noktaya parmak bastınız, Bayan Grey. Bütün günü bu platformda araç kullanma becerilerinizi tartışarak mı geçireceğiz, yoksa biraz eğlenecek miyiz?"

"İyi bir noktaya parmak bastınız, Bay Grey." *Jet Ski*'nin gidonunu tutup üzerine çıktım. Christian da arkama yerleşti ve ayağıyla iterek bizi yattan uzaklaştırdı. Taylor ve iki güverte görevlisi bizi eğlenerek izliyorlardı. Christian öne doğru kayarak beni kollarıyla sıkıca sardı ve bacaklarını bacaklarıma iyice yasladı. Evet, bu ulaşım biçiminde en çok hoşuma giden buydu işte! Kontak anahtarını taktım, çalıştırma düğmesine bastım ve motor hayata geçti.

Gürültünün arasında Christian'a, "Hazır mısın?" diye seslendim.

Ağzını kulağıma yaklaştırıp, "Daha hazır olamam," dedi.

Levyeyi yavaşça çektim ve *Jet Ski* bana göre fazla sakin bir şekilde *Fair Lady*'den uzaklaştı. Christian kollarını daha sıkı sardı. Ben gaza biraz daha yüklendim, ileri doğru atıldık ve sarsılarak durmayınca neşelendim.

Christian arkadan, "Vay canına!" diye seslendi, sesindeki neşe neredeyse elle tutulur gibiydi. *Fair Lady*'yi hızla geçip açık denize yöneldim. Saint-Laurent-du-Var'ın dışına demirlemiştik ve Nice Côte d'Azur Havaalanı, âdeta Akdeniz'in içine inşa edilmiş gibi –en azından öyle görünüyordu– karşımızda kalıyordu. Buraya geldiğimizden beri inen uçakların seslerini duyuyordum. Daha yakından bakmamız gerektiğine karar verdim.

Dalgaların üstünden hızla kayarak o yöne doğru atıldık. Buna bayılıyordum ve Christian'ın benim kullanmama izin vermesiyle sevinçten çılgına dönmüştüm. Havaalanına doğru hızla yol alırken, son iki gündür hissettiğim bütün endişe eriyip gitti.

Christian, "Bunu bir dahaki yapışımızda, iki *Jet Ski*'miz olacak," diye bağırdı. Sırıttım çünkü onunla yarışma düşüncesi heyecan vericiydi.

Serin mavi suların üstünden, bir pistin ucuna benzeyen yere doğru yaklaşırken, tepemizde inişe geçen bir jetin kulakları sağır eden gümbürtüsüyle aniden irkildim. Ses o kadar yüksekti ki paniğe kapıldım ve dönerken, karıştırarak, fren yerine gaz koluna asıldım.

Christian, "Ana!" diye bağırdı ama çok geçti. *Jet Ski*'nin yan tarafından fırladım ve kollarım ve bacaklarım savrularak ve Christian'ı da yanımda götürerek görülmeye değer bir bir şekilde suya uçtum.

Bir çığlık eşliğinde kristal mavisi suya düştüm ve bir ağız dolusu Akdeniz suyu yuttum. Kıyıdan bu kadar uzakta olduğumuz için su soğuktu ama can yeleğim sağ olsun, bir saniye içinde sudan çıkmıştım. Öksürerek ve sular püskürterek gözlerimdeki deniz suyunu sildim ve etrafımda Christian'ı aradım. Bana doğru yüzmeye başlamıştı bile. *Jet Ski* birkaç metre ötede sakin sakin süzülüyordu; motoru durmuştu.

"İyi misin?" Bana ulaştığında Christian'ın gözleri panikle doluydu.

Tuhaf bir sesle, "Evet," dedim ama sevincimi de bastıramıyordum. *Gördün mü, Christian?* Jet Ski*'de olabilecek en kötü şey bu!* Beni kollarının arasına çekti, sonra başımı ellerinin arasına alıp yüzümü yakından inceledi.

Suyun üstünde dururken, "Gördün mü, o kadar da kötü değildi," diye sırıttım.

Bir süre sonra bariz bir rahatlamayla sırıttı. "Sanırım değildi. Islanmam dışında tabii," diye homurdandı ama sesi muzipti.

"Ben de ıslandım."

Pis pis sırıtarak, "Islak halini seviyorum," dedi.

Yapay bir utançla, "Christian!" diye azarladım. Muhteşem bir şekilde sırıttı ve eğilip beni öptü. Geri çekildiğinde nefessiz kalmıştım.

"Gel. Geri dönelim. Artık duş yapmamız gerek. Ben kullanacağım."

Londra dışındaki Heathrow'da, İngiliz Havayolları'nın birinci sınıf salonunda, Seattle uçuşumuzu beklerken tembellik ediyorduk. Christian kendini *Financial Times*'a kaptırmıştı. Birkaç fotoğrafını çekme isteğiyle fotoğraf makinesini çıkardım. Alamet-i farikası beyaz keten gömleği ve kot pantolonu içinde, açık yakasının V'sine tutturduğu pilot gözlükleriyle çok seksi görünüyordu. Flaş onu rahatsız etti. Bana gözlerini kırpıştırarak baktı ve mahcup bir ifadeyle gülümsedi.

"Nasılsınız, Bayan Grey?" diye sordu.

"Eve döndüğümüz için üzgün," diye mırıldandım. "Sadece benim olman hoşuma gidiyor."

Elimi sıkıca tuttu ve dudaklarına götürüp boğumlarıma tatlı bir öpücük kondurdu. "Benim de."

"Ama?" Basit beyanının sonundaki dile getirilmemiş küçük cümleyi duymuştum.

Kaşlarını çattı. Kurnazca, "Ne aması?" diye tekrarladı. Başımı yana yatırdım ve ona son birkaç gündür ustalaştığım *söyle hadi* bakışını attım. İç geçirerek gazetesini bıraktı. "Kundakçının yakalanmasını ve hayatımızdan çıkmasını istiyorum," dedi.

"Ah." Gayet mantıklı duyulsa da dobralığı beni şaşırtmıştı.

"Böyle bir şeyin tekrar yaşanmasına izin verirse, Welch'in canına okuyacağım." Tehditkâr tonu ensemden bir ürpertinin geçmesine neden olmuştu. Bana ifadesiz gözlerle bakıyordu ve küstahlık etme cüretini göstermem için meydan mı okuyordu, emin olamadım. Aramızdaki ani gerilimi yatıştırmak için aklıma gelen tek şeyi yaptım ve fotoğraf makinesini kaldırıp bir fotoğrafını daha çektim.

"Hey, uykucu, eve geldik," diye mırıldandı.

Christian'la Kew Gardens'ta bir piknik battaniyesini paylaştığımız kışkırtıcı rüyamı terk etmeye gönülsüz, "Hımm," dedim. O kadar yorulmuştum ki. Birinci sınıfta bile olsa, seyahat etmek insanı tüketiyordu. Sanırım neredeyse on sekiz saattir ayaktaydık; yorgunluk yüzünden zaman kavramını kaybetmiştim. Kapının açıldığını, Christian'ın üzerime eğildiğini duydum. Emniyet kemerimi çözdü ve beni kucaklayarak uyanmama neden oldu.

Uyku mahmuru, "Hey, yürüyebilirim," diye itiraz ettim.

Homurdandı. "Seni eşikten benim geçirmem gerek."

Kollarımı boyuna doladım. "Otuz kat çıkaracak mısın?" Meydan okurcasına gülümsedim.

"Bayan Grey, biraz kilo aldığınızı ilan etmekten büyük memnuniyet duyuyorum."

"Ne?"

Sırıttı. "Bu yüzden, sizin için de sakıncası yoksa asansörü kullanacağız." Bana takılmak için yaptığını çok iyi bilsem de, gözlerini kısarak bakıyordu.

Taylor, Escala'nın lobi kapısını açarken gülümsedi. "Eve hoş geldiniz, Bay Grey, Bayan Grey."

"Teşekkürler, Taylor," dedi Christian.

Taylor'a minicik bir gülümseme gönderdim ve Sawyer'ın direksiyon başında beklediği Audi'ye dönmesini izledim.

Christian'a dik dik bakarak, "Kilo almışsın derken ne demek istedin?"

Sırıtışı bütün yüzünü kapladı ve lobiyi geçerken, beni göğsüne iyice bastırdı.

"Çok fazla değil," diye güvence verirken yüzü bir anda karardı.

"Ne oldu?" Sesimdeki telaşı kontrol altında tutmaya çalıştım.

Asansörü çağırırken usulca, "Beni terk ettiğin zaman verdiğin kiloların bir kısmını aldın," dedi. Yüzünden hüzünlü bir ifade geçti.

Ani, şaşırtıcı hüznü içime dokundu. "Hey." Parmaklarımla önce yüzünü sonra saçlarını tuttum ve onu kendime doğru çektim. "Gitmeseydim şu anda burada böyle duruyor olur muydun?"

Gözleri, bir fırtına bulutunun rengine dönerken, dudaklarında en sevdiğim mahcup gülümsemesi belirdi. "Hayır," dedi ve beni kucağında taşıyarak asansöre bindi. Başını eğip beni yavaşça öptü. "Hayır, Bayan Grey, olmazdım. Ama seni koruyabileceğimi bilirdim çünkü bana kafa tutmazdın."

Kısmen pişman görünüyordu... *Kahretsin.*

"Sana kafa tutmayı seviyorum." Onu yokluyordum.

"Biliyorum. Ve bu beni... çok mutlu etti." Bana gülümsedi.

Ah, Tanrıya şükür. "Şişko olsam da mı? diye fısıldadım.

Güldü. "Şişko olsan da..." Beni bir kez daha, bu kez daha büyük bir hararetle öptü. Saçlarını avuçlarımın arasına alıp onu kendime çektim. Dillerimiz şehvetli bir dansa tutuştular. Asansör çatı katında durduğunda, ikimiz de nefessiz kalmıştık.

"Çok mutlu," diye mırıldandı. Gülümsemesi kaybolmuş, şehvetli bir vaatle dolan gözleri yarı örtülmüştü. Kendini toplamak ister gibi başını salladı ve beni holden içeri taşıdı.

"Evinize hoş geldiniz, Bayan Grey." Beni bir kez daha ama bu kez çok daha masum bir şekilde öptü ve bana gözlerinde neşe ve patentli milyar-vatlık-Christian-Grey gülümsemesiyle baktı.

"Evinize hoş geldiniz, Bay Grey." Kalbim çağrısına karşılık verirken içimden taşan sevinçle gülümsedim.

Christian'ın beni yere bırakacağını sandım ama bırakmadı. Beni girişten içeri taşıdı, koridordan geçirdi, geniş salona dek taşıdı ve mutfaktaki ada tezgâhın üstüne, ayaklarım aşağı sarkar halde oturttu. Mutfak dolabından iki şampanya kadehi, buzdolabından soğutulmuş bir şişe şampanya –en sevdiğimizden, Bollinger– çıkardı. Şişeyi ustalıkla, tek bir damlasını dökmeden açtı ve uçuk pembe renkli şampanyayla doldurduğu kadehlerden birini bana uzattı. Diğerini eline alırken, bacaklarımı iki yana açıp aralarına girdi.

"Bize içiyorum, Bayan Grey."

Mahcup gülümsememin bilinciyle, "Bize, Bay Grey," diye fısıldadım. Kadehlerimizi tokuşturup birer yudum aldık.

Burnunu benimkine sürterek, "Yorgun olduğunu biliyorum," diye fısıldadı. "Ama gerçekten yatağa girmek... ve uyumamak istiyorum." Ağzımın köşesini öptü. "Buradaki ilk gecemiz ve sen gerçekten benimsin." Boynumdan aşağı yumuşacık öpücükler kondururken, sesi duyulmaz oldu. Seattle'da akşamın ilk saatleriydi ve pilim bitmişti ama arzu, kasıklarımda çiçeklenmişti bile.

Ben yeni doğan günün geniş pencerelerden içeri süzülen pembe ve altın hüzmelerine gözlerimi ayırmadan bakarken, Christian yanımda huzur içinde uyuyordu. Kolu gevşek biçimde göğüslerimin üstüne düşmüştü. Tekrar uyuyabilmek için nefesine ayak uydurmaya çalıştım ama durum umutsuzdu. Zıpkın gibi uyanıktım ve vücut saatim Greenwich zamanına ayarlıydı ve zihnimde düşünceler cirit atıyordu.

Son üç haftada çok şey olmuştu. Kimi kandırıyordum, son üç aydır ayaklarım yere değmemiş gibi hissediyordum. Ve işte, bir kadının tanışabileceği en enfes, seksi, yardımsever ve saçmalık derecesinde varlıklı, başarılı iş adamıyla evlenip Bayan Christian Grey olmuştum. Bütün bunlar nasıl bu kadar çabuk olabilmişti?

Ona bakmak için yan döndüm. Beni uyurken izlediğini biliyordum ama bu jeste karşılık verme şansını nadiren buluyordum. Uykusunda genç ve tasasız görünüyordu. Uzun kirpikleri yanağına kadar iniyordu, çenesinde ince bir sakal tabakası vardı ve derin derin nefes alırken gevşeyen biçimli dudakları hafifçe aralıktı. Onu öpmek, dilimi dudaklarının arasına sokmak, parmaklarımı yumuşacık sakallarında dolaştırmak istiyordum. Ona dokunmamak, onu rahatsız etmemek için içimdeki arzuyla gerçek anlamda savaşmam gerekti. Hımm... Kulak memesini hafifçe ısırabilirdim. Dikkati, okuduğu *Charles Dickens'ın Bütün Eserleri Cilt İki*'den uzaklaşan bilinçaltım, yarım ay biçimindeki gözlüklerinin üstünden bana bakıyor ve içinden beni azarlıyordu. *Adamı rahat bırak, Ana.*

Pazartesi günü işe dönecektim. Rutinimize geri dönmek için bir tek bugünümüz vardı. Son üç hafta boyunca hemen her dakikayı birlikte geçirdikten sonra, Christian'ı koca bir gün boyunca görmemek tuhaf olacaktı. Sırt üstü yattığım yerde gözlerimi tavana diktim. İnsan birlikte bu kadar çok zaman geçirmenin bunaltıcı olacağını düşünür ama öyle olmamıştı. Her anından zevk almıştım; kavgalarımızdan bile. Her anından... Grey Evi'ndeki yangın haberi dışında.

Kanım dondu. Christian'a kim zarar vermek isterdi ki? Bu merak zihnimi bir kez daha kemirmeye başlamıştı. İşinden biri miydi? Eski bir sevgilisi miydi? Yoksa canı sıkkın bir çalışanı mı? Hiçbir fikrim yoktu ve Christian bu konuda ketumluğunu koruyor ve beni koruma dürtüsüyle olabildiğince az bilgi veriyordu. İç geçirdim. Beyaz atlı prensim beni her zaman korumaya çalışıyordu. İçini daha fazla açmasını nasıl sağlayacaktım?

Christian kıpırdanınca, onu uyandırmak istemediğim için olduğum yerde kıpırdamadan durdum ama tam ters etki yarattı. *Lanet olsun!* İki parlak göz bana bakıyordu.

"Sorun ne?"

"Hiç. Sen uyu." Güven verici gülümsememi takınmayı denedim. Gerindi, yüzünü ovaladı ve bana sırıttı.

"Jet lag mi?" diye sordu.

"Öyle midir dersin? Uyuyamıyorum."

"Bende onun çaresi var, bebeğim." Küçük bir çocuk gibi sırıtarak aynı anda hem gözlerimi devirmeme hem de kıkırdamama neden oldu. Ve bir anda, bütün endişelerim bir yana itilirken, dişlerim kulak memesini buldu.

Christian ve ben, Audi R8'le, I-15 üzerinden 520 köprüsüne doğru yol alıyorduk. Anne ve babasının evinde öğle yemeği yiyecektik. Eve hoş geldiniz temalı bir pazar yemeği. Bütün aile ve bir de Kate ile Ethan orada olacaktı. Bunca zaman başbaşa kaldıktan sonra insanların arasında olmak tuhaf gelecekti. Sabahın büyük kısmında Christian'la konuşma fırsatını yakalayamamıştım. Ben valizleri boşaltırken o çalışma odasına kapanmıştı. Eşyalarımı boşaltmama gerek olmadığını, o işi Bayan Jones'un halledeceğini söyledi. Evde yardımcı olması alışmam gereken şeylerden bir başkasıydı. Kafamı karmakarışık düşüncelerimden uzaklaştırmak için parmağımı dalgın bir tavırla kapının deri iç döşemesinde dolaştırıyordum. Keyifsiz hissediyordum. Nedeni jet lag miydi? Yoksa kundaklama mı?

Bu sözcükleri yüksek sesle dile getirdiğime kendim de şaşırarak, "Bunu kullanmama izin verir miydin?" diye sordum.

Christian gülümseyerek, "Elbette," diye yanıtladı. "Benim olan senindir. Gerçi ufacık bir çizik oluşmasına bile sebep olursan seni Kırmızı Acı Odası'nda cezalandırırım." Şeytani bir sırıtış eşliğinde, yan gözle bana baktı.

Kahretsin! Ağzım açık bakakalmıştım. Şaka mıydı bu?

"Şaka yapıyorsun? Arabanı çizdim diye beni cezalandıracak mısın? Arabanı benden çok mu seviyorsun yani?" diye takıldım.

"Sayılır," dedi ve dizimi sıkmak için uzandı. "Ama o beni geceleri ısıtmıyor."

"Sanırım bu da ayarlanabilir. İçinde uyumalısın," diye yanıtladım.

Christian bir kahkaha attı. "Eve döneli bir gün oldu ve beni şimdiden kapının önüne koyuyorsun, öyle mi?" Keyiflenmişe benziyordu. Ona baktım, yüzünü ortadan ikiye bölen bir sırıtışla karşılık verdi. Ona kızmak istiyordum ama bu ruh halinde olduğu zaman, imkânsızdı. Bu sabah çalışma odasından çıktığından beri keyfi daha iyiydi sanki. Gerçekliğe dönmemiz gerekiyordu ve balayı öncesinin içe kapalı Christian'ı haline geri dönmesinden, ilerleme kaydetmiş yeni halini sürdürememesinden korktuğum için bu kadar keyifsiz olduğumu fark etti.

"Neden bu kadar keyiflisin?" diye sordum.

Bir kez daha sırıttı. "Çünkü bu konuşma o kadar... normal ki."

"Normal!" Bir homurtu çıkardım. "Üç haftalık evlilikten sonra bu o kadar da iyi bir şey değil."

Gülümsemesi bozuldu.

Neşesini kaçırmayı istemeyerek, çabucak, "Şaka yapıyorum Christian," diye mırıldandım. Bazen bu kadar çabuk alınganlaşması beni şaşırtıyordu. Her zaman böyle olduğunu ama güvensizliğini ürkütücü tavırlarıyla örttüğünü düşünüyordum. Ona takılmak çok kolaydı; belki de sadece alışık olmadığı içindi. Bu yeni bir keşifti ve birbirimiz hakkında öğrenecek ne çok şeyimiz olduğunu düşünüp şaşırdım.

"Merak etme. Saab'dan şaşmam," diye mırıldandım ve kötü ruh halimden silkelenmeye çalışarak bakışlarımı pencereden dışarı çevirdim.

"Hey. Sorun ne?"

"Hiç."

"Bazen çok bunaltıcı oluyorsun, Ana. Söyle bana."

Dönüp ona pis pis sırıttım. "Alın sizden de o kadar, Grey."

Kaşlarını çattı. "Elimden geleni yapıyorum," dedi usulca.

"Biliyorum. Ben de öyle," diye gülümsedim ve keyfim biraz yerine geldi.

Carrick aşçı şapkası ve üzerinde "Mangal Görevlisi" yazan önlüğüyle komik görünüyordu. Ona her bakışımda gülümsememe neden oluyordu. Aslında keyfim gözle görülür biçimde artmıştı. Hepimiz Grey'lerin aile evinin terasında, bir masanın etrafında oturmuş, yaz sonu güneşinin tadını çıkarıyorduk. Grace ve Mia masayı çeşit çeşit salatalarla donatırken, Elliot ve Christian bir yandan atışarak yeni evin planlarını tartışıyorlar, Ethan ve Kate de bana balayımızı anlattırıyorlardı. Christian elimi hiç bırakmıyor, parmağıyla alyansım ve nişan yüzüğümle oynuyordu.

Elliot gerinip elini Kate'in omzuna atar ve onu gülümsetirken, "Gia'yla planlara son halini verebilirseniz iyi olur, Eylül'den Kasım ortasına kadar bir boşluğum var," dedi. "Bütün ekibi işe koşabilirim."

Christian, "Gia planları tartışmak için yarın akşam gelecek," diye yanıtladı. "Umarım her şeyi tamamlayabiliriz." Döndü ve beklentiyle bana baktı.

Hiç haberim yoktu.

"Elbette." Daha çok ailesinin hatırına gülümsemiştim ama keyfim yine hızla inişe geçmişti. Bu kararları neden bana söylemeden alıyordu? Yoksa tadımı kaçıran kocama gereğinden kışkırtıcı bir şekilde gülümseyen Gia –kavisli kalçaları, dolgun memeleri, pahalı tasarımcı kıyafetleri ve parfümü– fikri miydi? Bilinçaltım bana dik dik baktı. *Christian seni kıskandıracak bir şey yapmadı.* Lanet olsun, bugün bir iyi bir kötüydüm. Neyim vardı böyle?

"Ana." Kate'in ani çıkışı beni daldığım düşüncelerden uyandırdı. "Hâlâ Güney Fransa'da mısın yoksa?"

Gülümseyerek, "Evet," dedim.

Bunu söylerken kaşları çatılsa da, "Çok iyi görünüyorsun," dedi.

Elliot kadehlerimizi tazelerken, Grace, "İkiniz de öyle," dedi.

"Mutlu çifte." Carrick sırıtarak kadehini kaldırınca masanın etrafındaki herkes kadehini kaldırarak bizi selamladı.

Mia gururla, "Ve Seattle'daki psikoloji programına kabul edildiği için Ethan'a da tebrikler," diye şakıdı. Hayranlık dolu gülümsemesi,

Ethan'ın sırıtışıyla karşılık buldu. Ethan konusunda ilerleme kaydetmiş olup olmadığını merak ettim. Anlamak güçtü.

Masanın etrafındaki sohbete kulak verdim. Christian son üç haftamızı, yer yer süsleyerek aktarıyordu. Gevşemiş bir hali vardı; kundakçı endişesi unutulmuşa benziyordu. Öte yandan ben, tatsız ruh halimden bir türlü silkinemiyordum. Yemeğimi didikledim. Christian dün şişmanladığımı söylemişti. *Şaka yapıyordu!* Bilinçaltım bana dik dik baktı. Elliot kazayla kadehini devirerek herkesi irkiltti ve etrafın temizlenmesi için ani bir hareketlilik oluştu.

Christian kulağıma, "Şu halinden çıkmazsan seni kayıkhaneye götürüp bir güzel pataklayacağım," diye fısıldadı.

Şaşkınlıkla iç geçirdim ve dönüp ona baktım. *Ne?* Bana takılıyor muydu?

"Buna cüret edemezsin!" diye homurdanırken, içimde, ta derinlerde, tanıdık ve hoş bir heyecan hissettim. Tek kaşını kaldırdı. Elbette ederdi. Masanın karşısındaki Kate'e hızlı bir bakış attım. Bizi ilgiyle seyrediyordu. Gözlerimi kısarak tekrar Christian'a döndüm.

"Önce beni yakalaman gerekecek. Üstelik ayağımda düz pabuçlarım var," diye tısladım.

Çapkın bir sırıtışla, "Yakalamaya çalışırken çok eğleneceğimden eminim," diye fısıldadı ve *sanırım* şaka yapıyordu.

Kızardım. Daha iyi hissetmeye başlamıştım.

Çilek ve kremadan oluşan tatlılarımızın sonuna gelirken yağmur yağmaya başladı. Hepimiz masadan tabakları ve bardakları toplayıp kendimizi mutfağa atmak için ayağa fırladık. Hep birlikte arka odaya geçerken, Grace hoşnut bir sesle, "Havanın biz yemeğimizi bitirene kadar beklemesi iyi oldu," dedi. Christian parlak siyah piyanonun başına geçti, ses kısma pedalına bastı ve ilk başta çıkaramadığım tanıdık bir melodiyi çalmaya koyuldu.

Grace, Saint-Paul-de-Vence'la ilgili izlenimlerimi sordu. O ve Carrick seneler önce balayı için oraya gitmişlerdi; şimdi ne kadar mutlu olduklarını ve bunun iyiye işaret olduğunu düşündüm. Kate ve Elliot büyük, kabarık kanepelerden birinde sarmaş dolaş otururlarken, Ethan, Mia ve Carrick de sanırım psikoloji üzerine derin bir sohbete dalmışlardı.

Bir anda, bütün Greyler konuşmayı kesip Christian'a baktılar.

Ne?

Christian piyano başında kendi kendine, usul usul şarkı söylüyordu. Yumuşacık, ezgili sesini ve, *Wherever You Go*'nun[8] sözlerini duyabilmek için hepimiz sessizliğe gömülmüştük. Ben daha önce şarkı söylediğini duymuştum. Onlar duymamışlar mıydı yoksa? Christian odaya çöken derin sessizliği fark ederek birden durdu. Kate soran gözlerle bana bakınca omuz silktim. Christian taburede döndü ve dikkatlerin odağı olmaktan utanarak kaşlarını çattı.

Grace usulca, "Devam et," diye üsteledi. "Şarkı söylediğini hiç duymamıştık, Christian, hiç." Ona hayretle bakıyordu. Christian piyano taburesinden dalgın gözlerle annesine baktı ve bir an sonra omuz silkti. Gergin bakışları bir an için bana, sonra da Fransız kapılara kaydı. Odanın geri kalan kısmı yeniden sohbete gömülürken, ben sevgili kocamı seyretmeyi sürdürdüm.

Grace beni ellerimden tutup aniden kollarının arasına alarak dikkatimi dağıttı.

Sadece benim duyabileceğim bir sesle, "Ah, canım kızım. Teşekkürler, teşekkürler," diye fısıldadı. Gırtlağıma bir yumru oturdu.

"Ben..." Neden teşekkür edildiğimden emin olamayarak ben de onu kucakladım. Grace gözleri parlayarak gülümsedi ve yanağımı öptü. *Ne yapmıştım ki?*

"Biraz çay yapacağım," derken, sesi tutmaya çalıştığı gözyaşları yüzünden boğuklaşmıştı.

---

8 (İng.) Her Nereye Gidersen Git. (ç. n.)

Ayağa kalkıp pencereden dışarıya bakmakta olan Christian'ın yanına sokuldum.

"Selam," diye mırıldandım.

"Selam." Kolunu belime atıp beni kendine çekince, ben de elimi kot pantolonunun arka cebine soktum. Birlikte yağmura baktık.

"Daha iyi hissediyor musun?"

Başımla onayladım.

"İyi."

"Bir odayı nasıl susturacağını iyi biliyorsun."

"Bunu her zaman yaparım," diyerek sırıttı.

"İşte evet ama burada değil."

"Doğru, burada değil."

"Kimse seni şarkı söylerken duymamış mıydı? Hiç mi?"

"Görünüşe bakılırsa, hayır," dedi kuru bir sesle. "Gidelim mi?"

Ruh halini anlamaya çalışarak ona baktım. Bakışları yumuşacık, sıcacık ve biraz şaşkındı. Konuyu değiştirmeye karar verdim.

"Beni pataklayacak mısın?" diye fısıldadım. Birden midemde kelebekler uçuşmaya başlamıştı. Belki de ihtiyaç duyduğum şey buydu... Ve özlediğim.

Bana bakarken gözleri karardı.

"Canını yakmak istemiyorum ama oynamak beni çok mutlu eder."

Gergin bir tavırla etrafıma bakındım ama kimsenin duyamayacağı bir mesafedeydik.

"Sadece yaramazlık ederseniz, Bayan Grey." Eğilip kulağıma mırıldandı.

Beş kelimeye böyle şehvetli bir vaadi nasıl sığdırabiliyordu?

"Elimden geleni yapacağım." Sırıttım.

Herkesle vedalaştıktan sonra arabamıza yürüdük.

"Al bakalım." Christian, R8'in anahtarlarını bana attı. "Sakın çarpma." Bütün ciddiyetiyle ekledi: "Yoksa fena olur."

Ağzım kuruyuverdi. Arabasını kullanmama izin mi veriyordu? İçimdeki tanrıça deri sürücü eldivenlerini ve düz ayakkabılarını giyiverdi. *Ah evet,* diye haykırdı.

Afallamış bir halde, "Emin misin?" diye sordum.

"Evet, ben fikrimi değiştirmeden binsen iyi olur."

Hiç bu kadar sırıttığımı sanmıyordum. Gözlerini devirdi ve binebilmem için sürücü kapısını açtı. O daha yolcu tarafına ulaşamadan, motoru çalıştırmıştım bile. Hızla içeri atladı.

"Çok hevesliyiz, Bayan Grey," dedi çarpık bir gülümsemeyle.

"Çok."

Çok yavaş, geri geri giderek, araç yoluna çıktım. Motoru tekletmeyerek kendimi şaşırttım. Tanrım, yol tutuşu gerçekten iyiydi. Araç yolunda dikkatle ilerlerken dikiz aynasına baktım, Sawyer ve Ryan'ın Audi SUV'e bindiklerini gördüm. Güvenliğin bizi takip ettiğini fark etmemiştim. Ana yola çıkmadan önce duraksadım.

"Bundan emin misin?"

"Evet," derkenki gerginliği, bundan hiç de emin olmadığını habercisiydi. *Ah, benim zavallı, zavallı Elli'm.* Hem ona hem kendime gülmek istiyordum çünkü ben de gergin ve heyecanlıydım. Bir yanım, sırf heyecan olsun diye, Sawyer ve Ryan'ı kaybetmek istiyordu. Trafiği kontrol ettikten sonra R8'i yola çıkardım. Christian gerginlikten yerinde duramıyordu ve daha fazla karşı koyamadım. Yol açıktı. Ayağımı gaz pedalına bastırdım ve ileri doğru fırladık.

"Vay canına! Ana!" diye bağırdı Christian. "Yavaşla, ikimizi birden öldüreceksin."

Hemen gazı kestim. Vay canına, bu araba gerçekten iyi gidiyordu.

Pişman görünmeye çalışarak ve başaramayarak, "Özür dilerim," diye mırıldandım. Christian da sanırım rahatladığını saklamak için sırıttı.

"Pekâlâ, bu yaramazlıktan sayılır," dedi rahat bir tavırla. Hemen yavaşladım.

Dikiz aynasından baktım. SUV ortalıkta görünmüyordu. Arkamızda camları film kaplı, koyu renk bir arabadan başkası yoktu. Sawyer ve Ryan'ın kan ter içinde, deli gibi bize yetişmeye çalıştıklarını hayal edebiliyordum ve nedense büyük bir heyecana kapıldım. Ama biricik kocama kalp krizi geçirtmek istemediğim için, gittikçe artan bir güvenle 520 köprüsüne doğru yol alırken, uslu durmaya, arabayı sakin kullanmaya karar verdim.

Birden, Christian bir küfür savurdu ve kot pantolonun cebindeki BlackBerry'i çıkarmak için uğraşmaya başladı.

Hattın diğer ucundaki kişiye, "Ne?" diye çıkıştı. "Hayır," diyerek arkamıza baktı. "Evet. Öyle," dedi.

Dikiz aynasından kısa bir bakış attım ama arkamızdaki birkaç araba dışında, sıra dışı bir şey göremedim. SUV yaklaşık dört araba gerideydi ve hepimiz sabit bir hızla ilerliyorduk.

"Anlıyorum." Derin bir iç çekerek alnını ovalarken gerilim yayıyordu. *Yolunda olmayan bir şey vardı.*

"Evet... Bilmiyorum." Bana baktı ve telefonu kulağından indirdi. Gözlerine ulaşmayan bir gülümseme ve sakin bir sesle, "Her şey yolunda. Sürmeye devam et," dedi. *Kahretsin!* Vücudum adrenalin hücumuna uğradı. Telefonu tekrar kulağına götürdü.

"520'de, tamam. Çıkar çıkmaz. Evet... Hallederim."

Telefonu hoparlör yuvasına yerleştirip eline almadan konuşmak için hazırlık yaptı.

"Sorun ne, Christian?"

"Sen yola bak, bebeğim," dedi yumuşak bir sesle.

Seattle istikametinde, 520'ye çıkan yolda ilerliyordum. Christian'a baktığımda, gözlerini dümdüz karşıya sabitlemiş olduğunu gördüm.

"Paniğe kapılmanı istemiyorum," dedi sakince. "Ama 520'ye vardığımız anda gaza basmanı istiyorum. Takip ediliyoruz."

Takip mi ediliyoruz? Kahretsin! Yüreğim ağzıma geldi ve gümbür gümbür atmaya başladı. Kafa derim karıncalanıyor, panikten gırtlağım sıkışıyordu. Kim takip ediyordu? Gözlerimi dikiz aynasına çevirdim, biraz önce arkamızda olan koyu renk araba hâlâ peşimizdeydi. *Siktir. O araba mıydı?* Arabayı kimin kullandığını görebilmek için gözlerimi kıstım ama koyu renk film kaplı camlardan hiçbir şey göremedim.

"Gözlerini yoldan ayırma, bebek," dedi Christian yavaşça. Araba kullanmam söz konusu olduğunda normalde kullandığı kavgacı ses tonundan eser yoktu.

Topla kendini! Beni içine çekmekle tehdit eden korkuyu bastırmak için kendimi zihnen tokatladım. Ya bizi takip eden kişi silahlıysa? Silahlı ve Christian'ın peşinde! *Kahretsin!* Bir mide bulantısıyla sarsıldım.

"Takip edildiğimizi nereden biliyorsun?" Sesim nefes nefese, cırtlak bir fısıltıdan farksızdı.

"Arkamızdaki Dodge'un plakası sahte."

Bunu nereden biliyordu?

520'ye bağlantı noktasına yaklaşırken sinyal verdim. Akşamüstü saatleriydi ve yağmur durmuş olsa da yol ıslaktı. Neyse ki trafik yoğun değildi.

Ray'in sayısız kendini savunma derslerinden birindeki sesi zihnimde yankılandı. *Seni öldüren ya da ciddi bir şekilde yaralanmana neden olan şey paniktir, Annie.* Soluk alıp verişimi kontrol altına almaya çalışarak derin bir nefes aldım. Bizi her kim takip ediyorsa, Christian'ın peşindeydi. Sakinleştirici bir nefes daha alırken, zihnim açılmaya, midem durulmaya başladı. Christian'ı korumak zorundaydım. *İşte, elime bir fırsat geçmişti.* Bu arabayı kullanmak, hem de süratli kullanmak istemiştim. Direksiyonu sımsıkı kavradım ve dikiz aynasına son bir kez daha baktım. Dodge aradaki mesafeyi kapatıyordu.

Christian'ın panik dolu bakışını yok sayarak yavaşladım ve 520'ye girişimi, Dodge'un yavaşlamak ve trafiğin açılmasını beklemek zorunda kalacağı şekilde ayarladım. Vitesi yükseltip gazı kökledim. R8 her ikimizi de koltuklarımızın arkasına iterek öne fırladı. Hız sayacı bir anda saatte 120 km'ye fırladı.

Yavaşça, "Sakin ol, bebeğim," derken, kendisinin hiç de öyle olmadığından emindim.

Dama oyunundaki siyah bir taş gibi, iki şerit arasında mekik dokumaya, arabaları ve kamyonları başarıyla geçmeye başladım. Köprünün üstündeyken göle, sanki suyun üstünden gidiyormuş kadar yakındık. Diğer sürücülerin öfkeli ve onaylamayan bakışlarını inatla yok sayıyordum. Christian ellerini kucağında birleştirmiş, olabildiğince hareketsiz durmaya çalışıyordu ve telaşıma rağmen kendimi acaba dikkatimi dağıtmamak için mi böyle diye düşünmekten alamadım.

Cesaret vermek için, "Aferin kızıma," dedi. Arkasına baktı. "Dodge'u göremiyorum."

"Bay Grey, Ş. Ş.'nin hemen arkasındayız." Hoparlörden Sawyer'ın sesi yükseldi. "Size yetişmeye çalışıyor, efendim. Yanınıza gelmeye ve Dodge'la aranıza girmeye çalışacağız."

Ş. Ş. mi? Bu da ne demekti?

"İyi. Bayan Grey gayet iyi gidiyor. Bu hızla, trafiğin yoğunlaşmaması durumunda –ki görebildiğim kadarıyla öyle olmayacak– köprüden birkaç dakika içinde çıkmış oluruz."

"Efendim."

Köprü kontrol kulesinin yanından geçtik ve Washington Gölü'nün yarısını arkada bıraktığımızı anladım. Hız göstergesine baktığımda hâlâ 120 km'de olduğunu gördüm.

Christian R8'in arkasına bakarken, "Gerçekten iyi iş çıkarıyorsun, Ana," dedi. Sesi bir an için, oyun odasındaki ilk sahnemizde beni sabırla cesaretlendirişini hatırlattı. Dikkat dağıtıcı bir düşünceydi ve kafamdan hızla uzaklaştırdım.

"Nereye gidiyorum?" diye sorarken bir nebze daha sakindim. Artık arabayı benimsemiştim. Kullanması büyük keyifti; o kadar sessiz ve idaresi öyle kolaydı ki bu kadar hızlı olduğumuza inanmak güçtü. Bu arabada hızlı gitmek çocuk oyuncağıydı.

Sawyer hoparlörden, "Bayan Grey, I-5'e ve sonra da güneye sapın. Dodge sizi takip edecek mi diye bakmak istiyoruz," dedi. Köprüdeki trafik lambaları yeşildi –tanrıya şükür– ve hızla devam ettim.

Christian'a gergin bir bakış attım. Bana güven veren bir gülümsemeyle baktı ama sonra yüzü düştü.

Usulca, "Kahretsin," diye küfretti.

Köprüden çıkarken, önümüzde bir sıkışıklık oluşmuştu. Aynadan arkaya kaygılı bir bakış daha atınca Dodge'u gördüğümü sandım.

"On araba kadar geride mi?"

"Evet, görüyorum," dedi Christian dikiz aynasından bakarak. "Kimin nesi olduğunu merak ediyorum."

"Ben de öyle." Yuvasında duran BlackBerry'ye doğru, "Kullananın bir erkek olduğundan emin miyiz?" diye sordum.

"Hayır, Bayan Grey. Erkek de olabilir, kadın da. Camlardan görünmüyor."

"Kadın mı?" dedi Christian.

Omuz silktim. Gözlerimi yoldan ayırmadan, "Senin Bayan Robinson olmasın," diye akıl yürüttüm.

Christian kasıldı ve BlackBerry'yi yuvasından aldı. "O benim Bayan Robinsom'un falan değil. Doğumgünümden beri de konuşmadım. Ve Elena böyle bir şey yapmaz. Tarzı değil."

"Ya Leila?"

"Connecticut'ta ailesinin yanında. Sana söylemiştim."

"Emin misin?"

Duraksadı. "Hayır. Ama eğer kaçmış olsaydı, ailesi Flynn'i haberdar ederdi. Bunu eve gidince tartışalım. Sen yaptığın şeye konsantre ol."

"Ama rastgele bir araba da olabilir."

"Risk alacak değilim. Hele sen söz konusuyken," diye çıkıştı. Güvenlik ekibimizle bağlantımızı yeniden sağlamak için BlackBerry'yi yuvasına yerleştirdi.

Ah, kahretsin. Şu anda Christian'la didişmek istemiyordum... Belki daha sonra. Dilimi tuttum. Neyse ki trafik biraz hafifliyordu. Yine arabaların arasında mekik dokuyarak, Mountlake kavşağından I-5'e doğru giderken gaza basabildim.

"Ya polis tarafından durdurulursak?" diye sordum.

"İyi olur."

"Ehliyetim için olmaz."

"O konuda endişelenme." Sesinde beklenmedik bir keyif vardı.

Ayağımı yeniden gaza bastırıp 120'yi buldum. Tanrım, bu araba çok iyi gidiyordu. Bayılmıştım. O kadar kolaydı ki. 135'e çıktım. Hiç bu kadar hızlı gittiğimi sanmıyordum. Benim Kaplumbağa 80 km'ye çıksa kendimi şanslı sayardım.

"Trafikten sıyrılıp hızlandı." Sawyer'ın telefondan süzülen sesi sakin ve bilgi verici tondaydı. "140 yapıyor."

Kahretsin! Daha hızlı gitmeliyim! Gaza asıldım ve I-5 kavşağına yaklaşırken, araba saatte 140 km'ye yaklaştı.

Christian, "Böyle devam et, Ana," diye mırıldandı.

I-5'e kayarken bir an için yavaşladım. Eyaletler arası otoyol hayli sakindi ve bir saniye içinde, doğrudan en sol şeride geçmeyi başardım. Ayağımı gaz pedalına iyice bastırınca, muhteşem R8 öne atıldı ve sol şeridi yararak ilerlediğimiz sırada, bizden daha az önemli ölümlüler, geçmemiz için sağa çekildiler. Bu kadar korkuyor olmasam, gerçekten keyif alabilirdim.

"Saatte 160 km'ye çıktı, efendim."

Christian, Sawyer'a kükredi: "Onunla kal, Luke!"

Luke mu?

Bir kamyon sol şeride sapınca *–Kahretsin!–* frene asılmak zorunda kaldım.

"Siktiğimin salağı!" Koltuklarımızda öne doğru savrulurken, Christian şoföre küfretti. Emniyet kemerlerimiz takılı olduğu için şükrettim.

Sıkılı dişlerinin arasından, "Etrafını dolaş, bebeğim," dedi. Aynalarımı kontrol ettim ve sağa doğru üç şeridi yarıp geçtim. Daha yavaş araçları son hızla geçip yeniden sol şeride daldık.

Christian beğeniyle mırıldandı. "İyi hamle, Bayan Grey. Tam ihtiyaç duyduğumuz anda polisler neredeler acaba?"

Önümdeki otoyola konsantre olarak, "Hız cezası istemiyorum, Christian," diye mırıldandım. "Böyle kullanırken hiç ceza yedin mi?"

"Hayır," dedi ama yan gözle bakınca, sırıttığını gördüm.

"Hiç durduruldun mu?"

"Evet."

"Ah."

"Cazibe. İş cazibede bitiyor. Şimdi konsantre ol. Dodge nerede Sawyer?"

"175 basıyor, efendim," dedi Sawyer.

Lanet olsun! Yüreğim bir kez daha ağzıma geldi. Daha hızlı gitmem mümkün müydü? Gazı bir kez daha kökledim ve trafiği hızla aştım.

Bir Ford Mustang çekilmeyince, Christian, "Farları yak söndür," diye emretti.

"Ama pisliğin teki olurum."

"O zaman pislik ol!" diye çıkıştı.

Tanrım, tamam! "Şey, farlar nerede?"

"Göstergeyi kendine doğru çek."

Çektim ve Mustang kenara çekildi. Gerçi sürücü çekilmeden önce bana hiç de nazik sayılmayacak bir tavırla parmağını salladı. Yanından hızla geçtim.

"Pislik olan o," dedi Christian ağzının içinde. Ve ardından "Stewart'tan çık," diye haykırdı.

Emredersiniz, efendim!

"Stewart Sokağı çıkışından giriyoruz," dedi Sawyer'a.

"Doğruca Escala'ya gidin efendim."

Aynaları kontrol ederek yavaşladım, sinyal verdim ve şaşırtıcı bir kolaylıkla, otobanın dört şeridini aşıp çıkıştan ilerledim. Yol Stewart Sokağı'yla birleşip güneye saptı. Sokak birkaç araç dışında sakindi. Herkes nerelerdeydi?

"Trafikte şansımız bayağı yaver gitti. Ama Dodge konusunda aynı şeyi söyleyemeyeceğim. Sakın yavaşlama, Ana. Bizi eve ulaştır."

Dodge hâlâ peşimizde olduğu için paniğe kapılarak, "Yolu hatırlayamıyorum," diye mırıldandım.

"Güneye devam et. Ben sana söyleyene kadar gitmeyi sürdür." Christian'ın sesi yine kaygılıydı. Üç bloğu hızla geçtim ama Yale Caddesi'nde ışıklar sarıya döndü.

"Geç, Ana," diye bağırdı Christian. Öyle bir sıçradım ki gaz pedalını kökleyerek ikimizin de koltuklarımıza yapışmamıza neden oldum ve kırmızıya dönen ışığı hızla geçtim.

"Stewart'a saptı," dedi Sawyer.

"Onunla kal, Luke."

"Luke mu?"

"Adı bu."

Kaçamak bir bakış attım ve Christian'ın bana deliymişim gibi baktığını gördüm. "Gözünü yoldan ayırma!" diye çıkıştı.

Ses tonunu duymazdan geldim. "Luke Sawyer."

"Evet!" Sesi öfkeliydi.

"Ah." Bunu nasıl bilmezdim? Adam son altı hafta boyunca beni işe kadar takip etmişti ve daha ilk adını bile bilmiyordum.

Sawyer her zamanki sakin ve monoton sesini kullansa da, "Ta kendisi, efendim," diyerek irkilmeme neden oldu. "Ş. Ş. Stewart'tan aşağı ilerliyor, efendim. Gerçekten hız kazanıyor."

Christian, "Devam, Ana. Bu kadar gevezelik yeter," diye homurdandı.

Sawyer, "Stewart'taki ilk ışıklarda durdurulduk," diye bildi verdi.

Christian, Boren Caddesi'nin güney tarafındaki bir park alanını işaret ederek, "Ana, çabuk, buradan," diye bağırdı. Döndüm, ben kalabalık park alanına saparken lastikler ciyaklayarak protesto ettiler.

"Arkaya dolan. Çabuk." Elimden geldiğince hızla arka tarafa, sokaktan görülemeyeceğimiz bir yere çektim. "Şurası." Christian bir boşluğu işaret etti. *Kahretsin!* Park etmemi istiyordu. *Lanet olsun!*

"Dediğimi yap!" dedi. Ben de yaptım... Kusursuz bir şekilde hem de. Büyük olasılıkla, kusursuz park ettiğim tek seferdi.

"Stewart ve Boren'ın arasındaki park alanına saklandık," dedi BlackBerry'ye.

"Tamam, efendim." Sawyer rahatsız olmuşa benziyordu. "Olduğunuz yerde kalın, biz Ş. Ş.'yi takip edeceğiz."

Christian bana döndü ve yüzümü dikkatle inceleyerek, "İyi misin?" diye sordu.

"Elbette," diye fısıldadım.

Christian sırıttı. "Dodge'u her kim kullanıyorsa, bizi duyamaz, biliyorsun."

Ve güldüm.

"Şu anda Stewart ve Boren'ı geçiyoruz, efendim. Park alanını görüyorum. Yanınızdan dümdüz geçip gitti, efendim."

İkimiz aynı anda rahatlayarak koltuklarımıza yığıldık.

"Aferin size, Bayan Grey. Sıkı bir yolculuktu." Christian parmak uçlarıyla usulca yanağımı okşayınca temasla yerimden sıçradım ve derin bir nefes aldım. Nefesimi tuttuğumu fark etmemiştim.

"Bu araba kullanışımdan yakınmayı keseceğin anlamına mı geliyor?" diye sordum. Yüksek, içimi ferahlatan bir kahkahayla güldü.

"Ben olsam o kadar ileri gitmezdim."

"Arabanı kullanmama izin verdiğin için teşekkürler. Hem de böyle heyecan verici şartlar altında." Sesimin rahatlığını korumak için umutsuzca çaba harcıyordum.

"Belki de artık ben kullansam iyi olacak."

"Dürüst olmak gerekirse, buraya senin oturabilmen için inebileceğimden bile emin değilim. Bacaklarım tutmuyor." Birden titremeye ve sarsılmaya başlamıştım.

"Adrenalin yüzünden bebeğim," dedi. "Her zamanki gibi müthiş bir iş çıkardın. Aklımı başımdan alıyorsun, Ana. Beni asla yarı yolda bırakmıyorsun." Elinin arkasıyla yanağıma dokunurken, yüzü sevgi, korku, pişmanlık –aynı anda pek çok hisle doluydu– ve sözleri beni çözdü. Olanların etkisiyle gırtlağımdan boğuk bir hıçkırık yükseldi ve ağlamaya başladım.

"Hayır, bebeğim, hayır. Lütfen ağlama." Uzandı ve yerimizin darlığına rağmen beni el freni konsolunun üstünden kucağına çekti. Saçlarımı yüzümden çekerek, gözlerimi ve yanaklarımı öptü. Kollarımı ona doladım ve boynuna doğru, sessizce hıçkırdım. Burnunu saçlarıma gömdü ve bana sımsıkı sarıldı. İkimiz de tek kelime etmeden, sarmaş dolaş halde, oturduk.

Sawyer'ın sesiyle irkildik. "Ş. Ş. Escala'nın önünde yavaşladı. Kavşağı gözetliyor."

Christian, "Peşinden gidin," diye çıkıştı.

Burnumu elimin üstüne sildim ve yatışmak için derin bir nefes aldım.

"Gömleğimi kullan," dedi Christian şakağımı öperek.

Ağladığım için utanarak "Üzgünüm," diye mırıldandım.

"Ne için? Üzülme."

Burnumu tekrar sildim. Çenemi kaldırdı ve dudaklarıma nazik bir öpücük kondurdu. "Ağladığın zaman dudakların öyle yumuşak oluyor ki benim güzel, cesur bebeğim," diye fısıldadı.

"Beni tekrar öp."

Christian bir eli sırtımda, diğeri popomda hareketsiz durdu.

"Öp beni," diye soludum ve derin bir iç çekerken, dudaklarının aralanmasını izledim. Üzerimden eğilip BlackBerry'yi yuvasından aldı ve şoför koltuğuna, sandaletli ayaklarımın yanına attı. Sağ elini saçlarımın arasına kaydırıp beni yerime sabitlerken, sol eliyle yüzümü tuttu. Dilinin ağzımı istila etmesine mutlulukla karşılık verdim. Adrenalin şehvete dönüşüp vücudumda çağlamaya başladı. Yüzünü sıkıca tuttum, parmaklarımı favorilerinin arasına kaydırıp tadını çıkardım. Ateşli tepkim karşısında, gırtlağından alçak ve derinden gelen bir inilti yükseldi ve kasıklarının arzuyla gerildiğini ve sertleştiğini hissettim. Eli aşağı kayıp memelerimde ve belimde dolaştıktan sonra kalçama doğru indi. Hafifçe kaydım.

"Ah," dedi ve nefes nefese geri çekildi.

Dudaklarına, "Ne?" diye mırıldandım.

"Ana, Seattle'da bir otoparktayız."

"Ne olmuş?"

"Seni şu anda becermek istiyorum ve üzerimde kıpırdanıp duruyorsun... Çok rahatsız..."

Sözleri karşısında, arzum kontrolden çıktı ve belimden aşağıda kalan bütün kasları bir kez daha gerdi.

"O zaman sen de beni becer." Ağzının köşesini öptüm. Onu istiyordum. Şimdi. Arabalı kovalamaca heyecan vericiydi. Fazla heyecan verici... Ürkütücü... Ve korku libidomu hareket geçirmişti. Bana bakmak için geri çekilirken, gözleri karanlık ve yarı örtülüydü.

Boğuk bir sesle, "Burada mı?" dedi.

Dilim damağım kurudu. Beni tek bir kelimeyle nasıl böyle tahrik edebiliyordu? "Evet. Seni istiyorum. Şimdi."

Başını yana yatırdı ve birkaç saniye boyunca bana baktı.

"Bayan Grey çok azgınsınız," diye fısıldadı ve geçen zaman bana sonsuzluk gibi geldi. Saçımı ve ensemi tutuşu iyice sıkılaşarak beni yerime sabitledi ve ağzını, bir kez daha, bu kez daha sert bir şekilde ağzıma örttü. Diğer eli vücudumda, sırtımda ve daha aşağıda, kalçamın bacak aramla birleştiği yerde dolaşıyordu. Parmaklarım uzamış saçlarının arasına gömüldü.

Bacaklarımı okşamak için elini mavi beyaz desenli eteğimin altına kaydırırken, "Etek giymene çok memnun oldum," dedi. Kucağında bir kez daha kıpırdanırken dişlerinin arasında tıslayan havayı duydum.

"Kıpırdama," diye homurdandı. Cinsel organımı avuçlayınca hemen duruldum. Başparmağı klitorisime sürtünüyordu ve haz içimde, derinlerde, çok derinlerde elektrik misali çakarken, nefesim gırtlağımda takılı kaldı.

"Dur," diye fısıldadı. Başparmağı tasarımcı elinden çıkma çamaşırımın incecik dantelinin üstünde dolaşırken, beni bir kez daha öptü. İnledim ve kalçamı eline doğru bastırdım.

"Lütfen," diye fısıldadım.

"Ah, o kadar hazırsın ki," diyerek parmaklarını işkence misali bir yavaşlıkla, bir içeri bir dışarı kaydırdı. "Araba takipleri seni tahrik mi ediyor?"

"Beni tahrik eden sensin."

Kurnaz bir gülümsemeyle parmağını geri çekerek beni arzu içinde bıraktı. Kolunu dizimin altından geçirerek beni hazırlıksız yakaladı ve kaldırıp yüzüm ön cama bakacak şekilde çevirdi.

Bacaklarını bitiştirerek, "Bacaklarını aç," diye emretti. Söylediğini yaptım ve ayaklarımı onunkilerin yanına, yere koydum. Ellerini önce bacaklarımdan aşağı kaydırdı, sonra geri çekerek, eteğimle birlikte yukarı kaldırdı.

"Ellerini dizlerime koy, bebek. Öne eğil. O muhteşem poponu havaya kaldır. Başına dikkat et."

Kahretsin. Bunu gerçekten yapacaktık. Halka açık bir park alanında. Önümüzdeki alanı hızla taradım ve kimseyi göremedim ama içim heyecanla dolmuştu. Bir otoparktaydım. *Bu çok seksi!* Christian altımda kıpırdandı ve fermuarının indiğini haber veren sesi duydum. Bir kolunu belime sarıp diğeriyle dantel külotumu yana çekerek, bir hamleyle içime kaydı.

"Ah!" diye inleyerek kucağına oturdum ve dişlerinin arasından nefesinin tıslamasını duydum. Beni koluyla boynuma kadar sarıp çenemin tam altından sıkıca tuttu. Elini iyice açıp boynuma sardı ve beni geriye çekerken, boğazımı öpebilmek için de başımı yana yatırdı. Diğer eliyle kalçamı tuttu ve birlikte hareket etmeye koyulduk.

Ayaklarımla kendimi yukarı ittim ve o da içime girip çıkmaya başladı. Bu öyle bir histi ki... Yüksek sesle inledim. Bu şekilde çok derine kadar ulaşabiliyordu. Sol elim el frenin üstüne kapanırken, diğer elimi kapıya yasladım. Dişleri kulak mememe sürtündü ve neredeyse acı vererek ısırdı. Tekrar tekrar içime gömülüyordu. Bir inip bir kalkıyordum ve bir ritim yakalarken, elini eteğimin altına, bacak arama uzattı ve parmakları külotumun ince kumaşı üstünden klitorisimle oynamaya başladı.

"Ah."

"Çabuk... ol." Sıkılı dişlerinin arasından kulağıma fısıldarken, eli çenemin tam altından boynumu sarıyordu. "Bunu çok çabuk yapmalıyız, Ana." Ve parmaklarının cinsel organıma baskısını arttırdı.

"Ah!" O tanıdık hazzın içimde birikerek çoğaldığını hissettim.

Kulağıma, "Haydi, bebeğim," diye tısladı. "Seni duymak istiyorum."

Gözlerim sımsıkı kapalı halde bir kez daha inledim ve artık sadece histen ibarettim. Sesi kulağımda, nefesi boynumdaydı ve parmaklarının okşadığı ve kendini içime çarptığı yerden buram buram haz yükseliyordu ve ben kaybolmuştum. Boşalmak için kıvranan bedenim kontrolü ele geçirdi.

"Evet." Christian kulağımın dibinde tıslayınca, gözlerimi kısa bir an için açıp kendimden geçmiş halde, R8'in kumaş kaplı tavanına baktım ve ereksiyonunun etrafında boşalırken, gözlerimi tekrar, sımsıkı yumdum.

Hayranlıkla, "Ah, Ana," diye mırıldandı; kollarını bana iyice sararak kendini içime bir kez daha vurdu ve içimde, derinlerdeki o yerde orgazma ulaşıp artık kıpırdamaz oldu.

Burnunu çeneme sürttü ve ben kendimi üzerine bırakıp başımı boynuna yaslarken, boynuma, yanağıma ve şakaklarıma yumuşacık öpücükler kondurdu.

"Gerginliğinizi atabildiniz mi, Bayan Grey?" Christian dişlerini bir kez daha kulak mememe örtüp çekiştirdi. Bedenim tükenmiş, tamamen bitmişti ve mırıldadım. Gülümsemesini tenimde duydum.

"Ben atabildim," diye ekleyerek beni üzerinden kaldırdı. "Sesin çıkmıyor mu?"

"Hayır," diye mırıldandım.

"Pekâlâ, sen çok azgın bir yaratıksın. Böyle teşhirci bir yanın olduğunu hiç bilmiyordum."

Telaşla derhal doğruldum. Gerildi. Park alanına kaygıyla baktım. "Kimse izlemiyor, değil mi?"

"Sence karımın boşalmasını kimsenin seyretmesine izin verir miyim?" Güven veren elini sırtımda dolaştırdı ama ses tonu içimi ürpertmişti. Ona bakmak için arkama döndüm ve afacan bir çocuk gibi sırıttım

"Araba seksi!" diye haykırdım.

O da sırıttı ve bir tutam saçımı kulağımın arkasına sıkıştırdı. "Haydi, dönelim. Ben kullanırım."

Arabanın kapısını açtı. Fermuarını hızla çekmişti. O da arkamdan indi ve geri binmem için kapıyı açık tuttu. Hızlı adımlarla sürücü tarafına yürüyüp yanıma bindi ve BlackBerry'sini alıp birini aradı.

"Sawyer nerede?" diye çıkıştı. "Peki Dodge? Sawyer nasıl seninle olmaz?"

Pür dikkat dinlediği kişinin Ryan olduğunu tahmin ettim.

"Kadın mı?" diye iç geçirdi. "Yanında kal." Telefonu kapatıp bana baktı.

Kadın mı? Arabanın sürücüsünden mi bahsetmişti? Kim olabilirdi ki? Elena? Leila?

"Dodge'un sürücüsü kadın mıymış?"

Usulca, "Öyle görünüyor," dedi. Ağzı, öfkeli bir çizgiye dönüşmüştü. "Haydi seni eve götürelim," diye mırıldandı. R8'i homurtuyla çalıştırdı ve kolay bir manevrayla park yerinden çıktı.

"Şey... neredeymiş? Ş. Ş.? Bu arada Ş. Ş. ne demek? Kulağa fazla sado-mazo geliyor."

Christian park alanından Stewart Sokağı'na inerken gülümsedi. "Şüpheli Şahıs anlamına geliyor. Ryan eskiden FBI'daydı."

"Eskiden FBI'da mıydı?"

"Sorma." Christian kafasını salladı. Derin düşüncelere daldığı her halinden belliydi.

"Pekâlâ, Ş.Ş. nerede?"

"I-5'te güneye doğru gidiyormuş." Bana bakarken, bakışları ciddiydi.

Vay canına. Birkaç dakika içinde tutkulu halden sakine, sakinden kaygılıya geçiş yapmıştı. Keyfini yerine getirmeyi umarak uzanıp bacağını okşadım ve parmağımı pantolonun iç dikişinde dolaştırdım. Elini direksiyondan indirdi ve elimin aheste tırmanışını durdurdu.

"Hayır," dedi. "Buraya kadar geldik. Eve üç blok kala kaza yapmamı istemezsin." Elimi dudaklarına götürdü ve azarının can yakıcılığını azaltmak için işaret parmağıma serinkanlı bir öpücük kondurdu. Serinkanlı, sakin, otoriter... Benim Ellim. Ve bir süredir ilk kez, kendimi asi bir çocuk gibi hissetmeme neden oldu.

"Kadın mı?"

"Öyle görünüyor." İç geçirerek Escala'nın yer altı garajına saptı ve girişteki güvenlik klavyesinde kodu tuşladı. Kapı açılınca, içeri girdi ve R8'i pürüzsüz hareketlerle, ona ayrılan yere park etti.

"Bu arabayı gerçekten seviyorum," diye mırıldandım.

"Ben de öyle. Ve idare edebilmen ve çarpmamayı başarman da çok hoşuma gitti."

"Doğum günüm için bana da bir tane alabilirsin." Sırıttım.

Ben arabadan inerken, Christian'ın ağzı bir karış açılmıştı.

"Sanırım, beyaz isterim," diye ekledim ve sırıtarak arabaya eğildim.

Gülümsedi. "Anastasia Grey, beni hayrete düşürmekten bir an bile vazgeçmiyorsun."

Kapıyı kapattım ve yürüdüm. Zarif hareketlerle arabadan inerken beni yüzünde o bakışla, içimde bir şeyleri uyandıran o bakışla izliyordu. Bu bakışı iyi tanıyordum. Önüme geçince eğildi ve, "Sen arabayı seviyorsun," dedi. "Ben de seviyorum. Seni içinde becermiş oldum... Belki de üzerinde de becermeliyim."

İç geçirdim. Aynı anda son model gri bir BMW garajdan içeri girdi. Christian arabaya önce kaygı, sonra rahatsızlıkla baktıktan sonra bana mahcup bir ifadeyle gülümsedi.

"Görünüşe bakılırsa yalnız değiliz. Gel." Elimi tutup garaj asansörüne yöneldi. Çağırma düğmesine bastı ve biz beklerken, BMW'nin sürücüsü de bize katıldı. Genç, rahat giyimli, uzun koyu renk saçları kat kat kesilmiş bir erkekti. Medyada çalışan birine benziyordu.

Sıcacık bir gülümsemeyle, "Merhaba," dedi.

Christian kolunu bana sardı ve nazik bir tavırla başını eğdi.

"Yeni taşındım. Daire on altı."

"Merhaba." Gülümsemesine karşılık verdim. Nazik, yumuşacık kahverengi gözleri vardı.

Asansör geldi ve hep birlikte bindik. Christian bana anlaşılmaz bir ifadeyle bakıyordu.

Genç adam, "Siz Christian Grey olmalısınız," dedi.

Christian gergin bir gülümsemeyle cevap verdi.

"Noah Logan." Christian genç adamın uzattığı eli gönülsüz tuttu. Noah, "Kaçıncı kat?" diye sordu.

"Bir kod girmem gerek."

"Ah."

"Çatı dairesi."

"Ah." Noah gülümsedi. "Elbette." Sekizinci katın düğmesine bastı ve kapılar kapandı. "Sanırım siz de Bayan Grey'siniz."

"Evet." Nezaketle gülümsedim, el sıkıştık. Noah bana olması gerekenden biraz daha uzun süre baktı ve hafifçe kızardı. Benim de yanaklarım pembeleşti ve o anda Christian'ın kolu beni daha sıkı sardı.

"Ne zaman taşındınız?" diye sordum.

"Geçen hafta sonu. Burayı sevdim."

Asansör Noah'ın katında durmadan önce tuhaf bir sessizlik oldu.

"İkinizle de tanıştığıma sevindim," diyerek inerken rahatlamış gibiydi. Kapı arkasından sessizce kapandı. Christian güvenlik kodunu girdi ve asansör tekrar çıkmaya başladı.

"Hoş birine benziyordu," diye mırıldandım. "Daha önce komşulardan biriyle karşılaşmamıştım."

Christian yüzünü astı. "Ben öyle olmasını tercih ediyorum."

"Çünkü sen münzevinin tekisin. Bence hoş biriydi."

"Münzevi mi?"

"Münzevi. Fildişi kulene tıkılıp kalmışsın," dedim aldırmaz bir tavırla. Christian'ın dudakları muzip bir ifadeyle kıvrıldı.

"Bizim fildişi kulemize. Ve sanırım hayran listenize yeni bir isim eklendi, Bayan Grey."

Gözlerimi devirdim. "Christian sen herkesi bana hayran sanıyorsun."

"Yoksa sen bana gözlerini mi devirdin?"

Nabzım hızlandı. "Kesinlikle devirdim," diye fısıldarken sesim boğuktu.

Yüzünde o dumanı tüten, küstah ve keyifli ifadeyle, başını yana yatırdı. "Bu konuda ne yapsak acaba?"

"Sert bir şeyler."

Şaşkınlığını gizlemek için gözlerini kırpıştırdı. "Sert mi?"

"Lütfen."

"Daha fazla mı istiyorsun?"

Başımı yavaşça eğdim. Asansör kapıları açıldı ve evdeydik.

Gözleri koyulaşarak, "Ne kadar sert?" diye soludu.

Ona hiçbir şey demeden baktım. Gözlerini kısa bir an için yumduktan sonra elimi tuttu ve beni hole çekti.

Çift kanatlı kapıdan hızla girdiğimizde, Sawyer beklenti dolu gözlerle karşımızda duruyordu.

"Sawyer, bir saat sonra bilgilendirilmek istiyorum," dedi Christian.

"Evet, efendim." Sawyer dönüp Taylor'ın ofisine yöneldi.

Bir saatimiz vardı!

Christian bana baktı. "Sert?"

Başımla onayladım.

"Pekâlâ, Bayan Grey, çok şanslısınız. Bugün ricaları kabul ediyorum."

BÖLÜM ALTI

Christian cesur bakışlarını bana dikerek, "Aklında herhangi bir şey var mı?" diye mırıldandı. Birden nefessiz kalmış ve heyecanlanmıştım. Omzumu silktim. Kovalamaca yüzünden mi, adrenalin yüzünden mi yoksa öğleden sonraki keyifsizliğim yüzünden mi anlamamıştım, ama bunu istiyordum. Hem de çok. Christian'ın yüzünde şaşkın bir ifade belirdi. "Sapkın düzüşme?" diye sorarken, sözleri yumuşacık bir okşamadan farksızdı.

Yüzümün alev alev yandığını hissederek başımı eğdim. Neden utanıyordum ki? Bu adamla her tür sapkın düzüşmeyi yaşamıştım. *O benim kocamdı, Tanrı aşkına!* Bunu istediğim ve itiraf etmekten çekindiğim için mi utanıyordum? Bilinçaltım bana dik dik bakıyordu. *Gereğinden fazla düşünmeyi bırak artık.*

"Carte blanche?" Soruyu zihnimi okumaya çalışır gibi, beni dikkatle süzerek fısıldamıştı.

Carte blanche mı? Tanrı aşkına, bu da ne demekti? Gergin bir tavırla, "Evet," diye mırıldanırken, heyecan içimde çiçek açıyordu. Dudakları seksi bir gülümsemeyle kıvrıldı.

"Gel," dedi ve beni merdivenlere doğru çekti. Niyeti açıktı. *Oyun odası!*

Merdivenlerin başında, elimi bırakıp oyun odasının kilidini açtı. Anahtar, ona kısa bir süre önce verdiğim *Evet Seattle* anahtarlığında takılıydı.

Kapıyı iterken, "Önden buyurun, Bayan Grey," dedi.

Oyun odasının deri, ahşap ve taze cila karışımı, tanıdık, güven veren bir kokusu vardı. Biz balayındayken Bayan Jones'un odayı temizlemek için içeri girmiş olduğunu düşününce yanaklarım kızardı. İçeri girince, Christian ışıkları yaktı ve koyu kırmızı duvarlar yumuşacık ışıkla aydınlandı. Damarlarımda ağır ve koyu kıvamda dolaşan heyecanla ona baktım. Ne yapacaktı? Kapıyı kilitleyip döndü. Başını yana yatırdı, düşünceli gözlerle bana baktı ve keyiflenmiş gibi kafasını salladı.

Yavaşça, "Ne istersin, Anastasia?" diye sordu.

"Seni." Cevabım bir nefes gibi sessiz çıkmıştı.

Sırıttı. "Bana zaten sahipsin. Ofisime düştüğün andan beri seninim."

"O zaman beni şaşırtın, Bay Grey."

Ağzı bastırmaya çalıştığı bir keyif ve şehvetli bir vaatle çarpıldı. "Nasıl isterseniz, Bayan Grey." Kollarını kavuşturdu ve beni süzerken, işaret parmağını dudaklarına götürdü. "Sanırım işe seni kıyafetlerinden kurtarmakla başlayacağız." Bir adım öne çıktı. Kısa kot ceketimin ön tarafını tutup açtı ve omuzlarımdan sıyırıp yere düşürdü. Siyah, askılı bluzumun etek ucunu tuttu.

"Kollarını kaldır."

İtaat ettim ve bluzu başımdan çekip çıkardı. Eğildi, gözlerinde cezbedici bir şehvet ve aşk karışımıyla dudaklarıma yumuşak bir öpücük kondurdu. Bluz, yerdeki ceketimle buluştu.

"Al." Bileğimdeki saç tokasını çıkarıp uzatırken, ona gergin bir ifadeyle baktım. Kıpırdamadan durdu ve gözleri hafifçe irileşse de ne hissettiğini ele vermiyordu. Sonunda küçük tokayı aldı.

"Arkanı dön," diye emretti.

Rahatlayarak gülümsedim ve hemen itaat ettim. O küçük engeli aşmışız gibi görünüyordu. Saçlarımı toplayıp çabucak ve beceriyle ördü ve ucunu tokayla tutturdu. Örgüyü çekerek başımı arkaya yatırdı.

Kulağıma, "İyi düşündünüz, Bayan Grey," diye fısıldayarak, kulak mememi ısırdı. "Şimdi dön ve eteğini çıkar. Bırak, yere düşsün." Beni bıraktı ve ben yüzümü ona çevirirken bir adım geri çekildi. Gözlerimi gözlerinden ayırmadan eteğimin düğmesini çözüp fermuarını indirdim. Kloş etek havalandı ve yere düşüp ayaklarımın dibine yığıldı.

"Eteğinin içinden çık," diye emretti. Ben ona doğru bir adım atınca, önümde hızla diz çöktü ve sağ bileğimi tuttu. O, becerikli hareketlerle sandaletlerimi tek tek çözerken, öne eğildim ve dengemi sağlamak için elimi, eskiden kamçıların, kırbaçların ve küreklerin durduğu askının altına, duvara yasladım. Geriye sadece binici kamçısı ve diğer kırbaç kalmıştı. Meraklı bakışlarımı kırbaçların üzerinde dolaştırdım. *Onları kullanacak mıydı acaba?*

Ayakkabılarımı çıkarıp beni sadece dantel sutyenim ve külotumla bıraktıktan sonra, oturup bana baktı. "Müthiş görünüyorsunuz, Bayan Grey." Ani bir hareketle dizlerinin üstünde doğruldu ve beni öne çekip burnunu bacak arama soktu. Derin bir nefes alarak, "Ve ben ve seks kokuyorsunuz," dedi. "Baş döndürücü." Beni dantel çamaşırımın üstünden öperken, sarf ettiği sözler karşısında içimin eridiğini hissettim. Öylesine... yaramazdı ki. Kıyafetlerimi ve sandaletlerimi toplayıp bir sporcudan beklenecek çevik ve zarif bir hareketle doğruldu.

Çenesiyle işaret ederek, sakin bir sesle, "Git, masanın yanında dur," dedi. Döndü ve harikalar konsoluna doğru yürüdü.

Arkasına baktı ve sırıtarak, "Yüzünü duvara çevir," dedi. "Böylece ne planladığımı bilmeyeceksin. Amacımız size zevk vermek, Bayan Grey ve istediğiniz bir sürprizdi."

Arkamı döndüm ve kulak kesildim: Kulaklarım en hafif sese bile duyarlı hale gelmişti. Bu konuda –beklentilerimi arttırmak, arzumu güçlendirmek, beni bekletmek konusunda– çok iyiydi. Ayakkabılarımı yere ve kıyafetlerimi –sanırım– konsolun üstüne bıraktığını duydum. Arkasından ayakkabılarının tek tek yere düşme sesi geldi. Hımm...

Çıplak ayaklı Christian'ı seviyordum. Bir dakika sonra bir çekmeceyi açtığını duydum.

Oyuncaklar! Ah bu heyecana bayılıyordum, bayılıyordum, bayılıyordum. Çekmece kapanırken nefesim iyice hızlandı. Bir çekmece sesi beni nasıl böyle titrek bir yıkıntıya dönüştürebiliyordu? Hiç mantıklı değildi. Çalışmaya başlayan müzik setinin hafif hışırtısı, müzikal bir sevişme olacağının habercisiydi. Kısık ve yumuşak bir piyano sesi duyuldu ve hemen ardından hüzünlü akortlar odayı kapladı. Bildiğim bir melodiydi. Piyanoya bir elektro gitar katıldı. *Neydi bu?* Bir erkek konuşuyordu ve sözcükleri güçlükle duyabiliyordum. Ölümden korkmamakla ilgili bir şeylerdi.

Christian ahşap zeminde yankılanan ayak sesleriyle aheste adımlarla bana yaklaştı. Bir kadın şarkıya... sızlanmaya... şarkı söylemeye başlarken, onu arkamda hissettim.

Sol kulağıma fısıldadı. "Sert mi demiştiniz, Bayan Grey?"

"Hımm..."

"Fazla gelirse, durmamı söylemelisin. Dur dediğin anda hemen duracağım. Anlıyor musun?"

"Evet."

"Söz vermen gerek."

Keskin bir nefes aldım. *Lanet olsun. Ne yapacaktı?* Daha önceden yaptığımız konuşmayı hatırlayarak, nefes nefese, "Söz veriyorum," diye mırıldandım. *Canını yakmak istemiyorum ama oynamak beni çok mutlu eder.*

"Aferin kızıma." Eğildi, çıplak omzuma bir öpücük kondurduktan sonra, parmağını sutyen askımın altına geçirdi ve askının altından, sırtıma boydan boya bir çizgi çekti. İnlemek istiyordum. En ufacık bir dokunuşu bile bu kadar erotik kılmayı nasıl başarıyordu?

Kulağıma, "Çıkar," diye fısıldayınca, telaşla itaat ettim ve sutyenimin yere düşmesine izin verdim.

Eli sırtımdan aşağı kaydı ve bu kez, her iki başparmağını külotuma geçirdi. Popoma bir öpücük kondurup ayağa kalktı.

"Tüm bunların daha yoğun olması için gözlerini bağlayacağım." Gözlerimin üstüne bir uyku maskesi geçirince dünyam karanlığa gömüldü. Şarkı söyleyen kadın, sesini bir yükseltip bir alçaltarak inliyordu... insanın içine işleyen, dokunaklı bir melodiydi.

"Eğil ve masanın üstüne uzan." Sözcükler yumuşacık bir tınıyla söylenmişti. "Şimdi."

Hiç tereddütsüz, masaya eğildim ve gövdemi cilalı ahşaba uzatıp, yüzümü sert yüzeye yasladım. Tenimde masanın serinliğini, burnumdaysa hafif bir limon ve balmumu kokusu duydum.

"Kollarını yukarı uzat ve masanın kenarına tutun."

Tamam... Öne eğilip masanın karşı kenarını tuttum. Masa bayağı geniş olduğu için, kollarım tamamen uzanmıştı.

"Bırakırsan şaplağı yersin. Anlıyor musun?"

"Evet."

"Sana şaplak atmamı istiyor musun, Anastasia."

Belimden aşağıda kalan her yer enfes bir şekilde kasıldı. Bunu, beni öğle yemeğinde tehdit ettiği andan beri istediğimi fark ettim. Ne araba kovalamacası ne de onu takip eden mahrem birleşmemiz bu ihtiyacı doyurmamıştı.

"Evet." Sesim boğuk bir fısıltıydı.

"Neden?"

Ah... bir nedenim olmalı mıydı? Omuz silktim.

"Söyle bana," diye üsteledi.

"Iıı..."

Ve hiç yoktan sert bir şaplak indirdi.

"Ah!" diye bağırdım.

"Sessiz ol."

Popoma vurduğu noktayı usulca ovaladı. Sonra üzerime eğildi ve kasıklarını popoma bastırarak kürek kemiklerimin arasına bir öpücük kondurduktan sonra öpücüklerden popoma kadar inen bir yol çizdi. Gömleğini çıkardığı için göğüs kılları popomu gıdıklıyordu ve ereksiyonu kot pantolonunun sert kumaşının altından hissediliyordu.

"Bacaklarını aç," diye emretti.

Bacaklarımı araladım.

"Daha geniş."

İnledim ve bacaklarımı daha da açtım.

"Aferin," diye soludu. Parmağı sırtımdan aşağı, kalçalarımın arasındaki yarıktan, dokunuşuyla küçülen anüsümün üstüne kaydı.

"Bununla biraz eğleneceğiz," diye fısıldadı.

Siktir!

Parmağı anüsümle vajinam arasında yoluna devam etti ve yavaşça içime kaydı.

"Çok ıslak olduğunu görüyorum, Anastasia. Daha önceden mi kalma, şimdi mi oldu?"

İnledim. Parmağını tekrar tekrar içime itip geri çekti. Bu girişin tadını çıkararak, kendimi eline doğru ittim.

"Ah, Ana, bence her ikisi de. Bence burada olmak ve bu yaptığım hoşuna gidiyor. Benimsin."

Evet, gidiyordu. Ah, evet. Parmağını çekti ve bana bir kez daha sertçe vurdu.

"Söyle," diye fısıldarken sesi boğuk ve telaşlıydı.

"Evet, gidiyor," dedim.

Bir kez daha, bu kez haykırmama neden olacak bir şaplak indirdi. Sonra iki parmağını birden içime itti. Hemen geri çekip nemi yukarı, anüsümün üstüne ve etrafına yaydı.

"Ne yapacaksın?" diye sorarken nefes nefeseydim. *Ah, Tanrım... kıçımı mı becerecekti?*

"Düşündüğün gibi değil," diye mırıldandı. "Sana söylemiştim, yavaş yavaş, bebeğim." Tahminen bir tüpten akan sıvının cılız sesini duydum ve sonra parmakları oraya masaj yapmaya başladı. Beni yağlıyordu... *Oramı!* Korkum, bilinmeyene dair duyduğum heyecanla çarpışırken yüzümü buruşturdum. Bu kez daha aşağıya bir şaplak daha indirdi. İnledim... O kadar... hoş bir histi ki.

"Kıpırdama," dedi. "Ve sakın kendini bırakma."

"Ah."

"Bu yağ." Üzerime biraz daha yağ yaydı. Altında kıpırdanmamaya çalışıyordum ama kalbim deli gibi atıyordu ve içime arzu ve kaygı dolarken nabzım kontrolden çıkmıştı.

"Bunu sana yapmayı uzun zamandır istiyordum, Ana."

İnledim. Ve metalimsi soğuk bir şeyin, bel kemiğimden aşağı kaydığını hissettim.

"Senin için küçük bir hediyem var," diye fısıldadı.

Aklıma yaptığı küçük sunum geldi. *Tanrı aşkına.* Bir kıç tıkacı. Christian, tıkacı popomun iki kıvrımının aralığından aşağı kaydırdı.

Ah, Tanrım.

"Bunu çok yavaşça içine iteceğim."

İçimde biriken beklenti ve kaygıyla iç geçirdim.

"Acıyacak mı?"

"Hayır, bebeğim. Küçük bir şey. İçine yerleşince de seni çok fena becereceğim."

Neredeyse kıvranıyordum. Üzerime eğildi ve kürek kemiklerimin arasını bir kez daha öptü.

"Hazır mısın?" diye fısıldadı.

Hazır mıyım? Buna hazır mıydım?

Usulca, "Evet," diye mırıldanırken, dilim damağım kupkuru olmuştu. Bir parmağını kalçamda, anüsümden vajinama giden aralığın üstünde dolaştırdı ve içime kaydırdı. Siktir, bu, başparmağıydı. Cinsel organımı avuçladı ve parmaklarıyla cinsel organımı usul usul okşamaya başladı. İnledim... Harika bir histi bu. Ve parmakları sihirlerini konuştururken, soğuk tıkacı yavaşça içime itti.

Kaslarımın protesto ettiği bu girişin neden olduğu yabancı his karşısında, "Ah," diye inledim. Parmağını içimde çevirerek, tıkacı daha da ileri itti. Çok tahrik olduğum için miydi yoksa usta parmaklarıyla dikkatimi dağıttığı için mi, emin olamıyordum ama vücudum tıkacı kabul etmişe benziyordu. Ağır ve tuhaftı... *ve orada!*

"Ah, bebeğim."

Ve hissedebiliyordum... Parmağının içimde döndüğü... ve tıkacın basınç uyguladığı yeri... ah... Tıkacı usulca çevirerek, uzun bir inleme koyvermeme neden oldu.

"Christian," diye mırıldandım. Yaşadığım hisse uyum sağlarken, adı boğuk bir mantraya dönüşmüştü.

"Aferin kızıma," diye mırıldandı. Boştaki elini kalçama kadar kaydırdı. Başparmağını ağır ağır çekerken, fermuarının indiğini haber veren sesi duydum. Kalçamı sıkıca kavrayarak beni geri çekti, bacaklarımı iyice aralayarak ayağını benimkine bastırdı. "Masayı sakın bırakma, Ana," diye uyardı.

"Hayır..." İç geçirdim.

"Sert ha? Çok sert olursam bana söyleyeceksin. Anladın mı?"

"Evet," diye fısıldadım ve kendini içime vururken aynı anda beni de kendine doğru çekerek, tıkacı daha derine bastırdı.

"Siktir!" diye haykırdım.

Durdu. Nefesi hızlanmıştı. Benimkinin de ondan aşağı kalır yanı yoktu. Bütün bu hisleri –enfes doluluk hissini, yasak bir şey yapıyor olmanın baş döndürücülüğünü, içimden, derinlerden dönerek yükselen erotik hazzı– benimsemeye çabalıyordum. Tıkacı yavaşça çekti.

Ah, tanrım... İnlerken Christian'ın saf, katıksız hazzın karıştığı derin nefes alışını duydum. Kanım ısındı. Kendimi bu kadar yoldan çıkmış hissettiğim olmuş muydu hiç? Bu kadar...

"Tekrar?" diye fısıldadı.

"Evet."

"Düz dur," diye emretti. İçimden çıktı ve kendini bir kez daha içime gömdü.

Ah... Bunu istiyordum. "Evet," diye tısladım.

Ve hızını arttırdı. Hızla içime girip çıkarken, nefesi en az benimki kadar hızlanmıştı.

"Ah, Ana," diye inledi. Ellerinden birini kalçamdan kaldırdı. Tıkacı bir kez daha çevirerek yavaşça çekti ve tekrar içime itti. Tarifsiz bir duyguydu; masanın üstünde bayılacağımı sandım. Hiç teklemiyordu; tekrar tekrar, sert ve güçlü girip çıkarken, içimin kasıldığını ve titrediğini hissettim.

"Ah, siktir," diye inledim. Bu beni mahvedecekti.

"Evet, bebeğim," diye tısladı.

Ne için yalvardığımı bilmeden, "Lütfen," diye yalvardım. Durması, hiç durmaması, tıkacı bir kez daha döndürmesi. Onun ve tıkacın etrafında kasıldım.

"İşte böyle," diye soludu ve sağ kalçama sert bir şaplak indirdi ve boşaldım, peş peşe, düşerek, yuvarlanarak, organının etrafında zonklayarak... Ve Christian, tıkacı yavaşça çekti.

"Siktir!" diye haykırdım ve Christian kıpırdamamam için kalçalarımı sımsıkı kavrayarak yüksek sesle boşaldı.

Kadın hâlâ şarkı söylüyordu. Christian bu odadayken şarkıları her zaman tekrara alıyordu. Tuhaf. Kucağında, bacaklarımız birbirine dolanmış halde kollarının arasına kıvrılmış, başımı göğsüne yaslamıştım. Oyun odasında, masanın yanında, yerdeydik.

Göz bandımı açarken, "Tekrar hoş geldin," dedi. Loş ışığa alışmak için gözlerimi kırpıştırdım. Çenemi arkaya atarak dudaklarıma yumuşacık bir öpücük kondurdu. Gözlerime odaklanan gözleriyle, sanki bir şeyler arar gibiydi. Yüzünü okşamak için elimi uzattım. Gülümsedi.

"Pekâlâ, talimatını yerine getirdim mi?" diye sorarken, keyifliydi.

Kaşlarımı çattım. "Talimatım mı?"

"Sertlik istemiştin," dedi nazik bir sesle.

Sırıttım çünkü sırıtmamak elimde değildi. "Evet, sanırım, getirdin."

Kaşlarını kaldırdı ve sırıtarak, "Bunu duyduğuma memnun oldum," dedi. "Şu anda fena halde becerilmiş ve çok güzel görünüyorsun." Parmaklarını yanağımda dolaştırarak yüzümü okşadı.

"Öyle hissediyorum," diye mırıldandım.

Eğildi ve yumuşacık dudaklarıyla beni şefkatle öptü. "Beni hiçbir zaman hayal kırıklığına uğratmıyorsun." Bana bakmak için geri çekildi. "Nasıl hissediyorsun?" Endişe sesini yumuşatmıştı.

"İyi," diye mırıldanırken, yanaklarımın kızardığını hissettim. "Fena halde becerilmiş." Utangaç bir ifadeyle gülümsedim.

"Çok pis bir ağzınız var, Bayan Grey." Ayıplar gibi bir ifade takınsa da ne kadar keyifli olduğunu görebiliyordum.

"Nedeni çok, çok kötü bir oğlanla evli olmam, Bay Grey."

Suratında beliren aptalca gülümseme bulaşıcıydı. "O oğlanla evlenmene çok memnunum." Saç örgümü yavaşça kaldırıp dudaklarına götürdü; ucunu saygıyla öperken gözleri aşkla parlıyordu. Ah, Tanrım... Bu adama karşı koyabilir miydim?

Sol eline uzandım ve benimkinin eşi, dümdüz platin bir halkadan ibaret olan alyansını öptüm. "Benimsin," diye fısıldadım.

"Seninim," diye cevapladı. Kollarını bana sardı ve burnunu saçlarıma gömdü. "Küveti doldurmamı ister misin?"

"Hımm... Sen de bana eşlik edeceksen..."

"Tamam," dedi. Beni ayağa kaldırıp yanımda durdu. Kot pantolonu hâlâ üzerindeydi.

"Hani şu diğer... kotlarını giyecek misin?"

Kaşları çatıldı. "Diğer kotlar?"

"Burada giydiklerin."

Şaşkınlıkla gözlerini kırpıştırdı. "O kotlar mı?"

"Onlarla çok seksi görünüyorsun."

"Öyle mi?"

"Evet... Demek istediğim, gerçekten seksi."

Utangaç bir gülümsemeyle, "Pekâlâ, sizin için belki giyerim, Bayan Grey." Beni öpmek için eğildi. Sonra kıç tıkacının durduğu küçük kâseyi, yağ tüpünü, göz bandını ve külotumu aldı.

Peşinden konsola doğru yürürken, "Bu oyuncakları kim temizliyor?" diye sordum.

Bana soruyu anlamamış gibi kaşlarını çatarak baktı. "Ben. Bayan Jones."

"Ne?"

Sanırım hem keyiflenerek hem de utanarak başını salladı. Müziği kapattı. "Şey, ıı..."

Cümlesini onun yerine ben tamamladım. "Eskiden itaatkârların mı temizliyorlardı?" Özür diler gibi omuz silkti.

"Al." Bana uzattığı gömleğini üzerime geçirip önümü kapattım. Kokusu kumaşa sinmişti ve kıç tıkacının yıkanmasıyla ilgili endişelerimi bir anda unuttum. Eşyaları konsolun üstüne bıraktı. Elimi tuttu, oyun odasının kilidini çevirdi ve beni dışarı çıkardı. Onu uysal bir tavırla takip ettim.

Araba kovalamacasından kalma kaygı, tatsızlık, korku ve heyecan tamamen kaybolmuştu. Gevşemiştim. Nihayet doyuma ulaşmış, sakinleşmiştim. Banyoya girerken yüksek sesle esneyerek gerindim. Her zamankinin aksine, kendimle barışıktım.

Christian musluğu çevirirken, "Ne oldu?" diye sordu.

Başımı salladım.

"Söyle," dedi usulca. Akan suya yaseminli banyo yağı döktü. Banyo tatlı ve şehvetli kokusuyla kaplandı.

Kızardım. "Sadece kendimi daha iyi hissediyorum, o kadar."

Gülümsedi. "Evet, bugün tuhaf bir ruh halindeydiniz, Bayan Grey." Ayağa kalktı ve beni kollarının arasına çekti. "Bu son olaylar yüzünden endişelendiğini biliyorum. Bunları yaşamak zorunda kaldığın için üzgünüm. İntikam almak isteyen biri mi, eski bir çalışan mı yoksa bir rakip mi bilmiyorum. Benim yüzümden sana bir şey olursa..." Sesi acı dolu bir fısıltıya dönüştü. Ona sımsıkı sarıldım.

Korkumu dile getirdim. "Ya sana bir şey olursa, Christian?"

Bana baktı. "Bu işi çözeceğiz. Şimdi seni şu gömlekten kurtarıp küvete sokalım."

"Sawyer'la konuşman gerekmiyor mu?"

"Bekleyebilir." Ağzı gerildi ve Sawyer için üzüldüm. Christian'ı kızdıracak ne yapmıştı acaba?

Christian gömleğini çıkarmama yardım etti ve yüzümü ona çevirince kaşlarını çattı. Göğüslerim hâlâ balayındaki ısırıklarının morluklarını taşıyordu ama bu konuda şaka yapmamaya karar verdim.

"Acaba Ryan, Dodge'a yetişmiş midir?"

"Banyodan sonra öğreneceğiz. Gir bakalım." Bana elini uzattı. Sıcak, hoş kokulu suya girip çekinerek oturdum.

"Ay..." Popom hassaslaşmıştı ve sıcak su canımın yanmasına neden oldu.

Christian, "Yavaş, bebeğim," diye uyardı ama konuşmaya başladığı an rahatsızlık hissi eriyip gitmişti.

Christian soyunup küvete girdi ve beni göğsüne çekti. Bacaklarının arasına yerleştim; sıcak suyun içinde tembel ve halimizden hoşnut halde yattık. Parmaklarımı bacaklarında dolaştırıyordum. O ise saç örgümü eline alıp parmaklarının arasında bükmeye başladı.

"Yeni evin planlarını gözden geçirmemiz gerek. Bu akşam olur mu?"

"Elbette." O kadın yine geliyordu. Bilinçaltım *Charles Dickens'ın Bütün Eserleri Cilt 3*'ten kafasını kaldırıp dik dik baktı. Bilinçaltıma katılıyordum. İç geçirdim. Ne yazık ki Gia Matteo'nun tasarımları nefes kesiciydi.

"İş için eşyalarımı hazırlamam gerek," diye fısıldadım.

Durdu. "İşe dönmen gerekmediğini biliyorsun," diye mırıldandı.

Ah, hayır, yine aynı konu. "Christian, bunu konuştuk. Lütfen o tartışmayı yeniden açma."

Saç örgümü çekip yüzümü yukarı kaldırdı. "Ben sadece söylüyorum." Dudaklarıma yumuşacık bir öpücük kondurdu.

Eşofman altımı ve askılı tişörtümü üzerime geçirip oyun odasındaki kıyafetlerimi almaya karar verdim. Holden geçerken, Christian'ın çalışma odasından yükselen sesini duydum. Donakaldım.

"Hangi cehennemdeydin?"

Ah, lanet olsun. Sawyer'a bağırıyordu. Korkudan sinerek hızla üst kata, oyun odasına gittim. Ona ne söyleyeceğini duymayı gerçekten istemiyordum. Bağıran Christian'ı hâlâ sinir bozucu buluyordum. Zavallı Sawyer. En azından ben ona karşılık verebiliyordum.

Kıyafetlerimi ve Christian'ın ayakkabılarını topladım ve sonra kıç tıkacı kâsesinin hâlâ konsolun üstünde olduğunu gördüm. *Şey, sanırım temizlesem iyi olacaktı.* Onu da yığına ekleyip alt kata indim. Salondan içeri gergin bir bakış attım ama ortalık sakindi. Tanrı'ya şükür.

Taylor yarın akşam dönmüş olacaktı ve o varken, Christian genellikle daha sakin oluyordu. Taylor bugün ve yarın kızıyla baş başa zaman geçiriyor olacaktı. Kızıyla bir gün tanışır mıyım acaba, diye merak ettim.

Bayan Jones malzeme odasından çıktı. İkimiz de birbirimizi hazırlıksız yakalamıştık.

"Bayan Grey. Sizi görmedim." *Ah, Tanrım, artık Bayan Grey'dim!*

"Merhaba, Bayan Jones."

"Evinize hoş geldiniz ve tebrikler." Gülümsedi.

"Lütfen bana Ana deyin."

"Bayan Grey, bunu yaparsam kendimi rahat hissetmem."

Ah! Sırf parmağımda bir yüzük var diye, neden her şey değişmek zorunda?

Bana beklentiyle bakarak, "Bu haftanın mönülerini gözden geçirmek ister misiniz?" diye sordu.

Mönülerini mi?

"Şey..." Bu bir gün karşılaşmayı beklediğim bir soru değildi.

Gülümsedi. "Bay Grey'in yanında çalışmaya başladığımda, her pazar akşamı bir sonraki haftanın mönüsünü onunla gözden geçirir ve marketten ihtiyaç duyabileceği şeyleri listelerdik."

"Anlıyorum."

"Elinizdekileri alayım mı?"

Kıyafetleri almak için elini uzattı.

"Ah... şey... Aslında henüz bunlarla işim bitmedi." *Ve aralarında, içinde bir kıç tıkacı olan bir kâse saklı!* Kıpkırmızı oldum. Bayan Jones'un gözünün içine bakabilmem mucizeydi. Ne yaptığımızı biliyordu; odayı o temizliyordu. Tanrım, insanın hiç mahremiyetinin olmaması tuhaf bir histi.

"Siz ne zaman müsait olursanız, Bayan Grey. İşleri sizinle gözden geçirmekten mutluluk duyarım."

"Teşekkürler." Christian'ın ofisinden çıkan ve salonu hızla geçen, kül rengi suratlı bir Sawyer konuşmamızı yarıda kesti. Bizi kısaca ama ikimizin de gözlerine bakmadan selamladı ve Taylor'ın çalışma odasına daldı. Konuşmamızı kestiğine memnun olmuştum çünkü şu anda Bayan Jones'la ne listeleri ne de kıç tıkaçlarını konuşmak istemiyordum. Ona kısaca gülümsedikten sonra, telaşlı adımlarla yatak odasına yöneldim. Emirlerime amade ev personelinin olmasına bir gün alışabilecek miydim? Başımı salladım... Belki bir gün.

Chritian'ın ayakkabılarını yere, kıyafetlerimi yatağın üstüne bıraktım ve tıkacın olduğu kâseyi banyoya taşıdım. Şüpheyle inceledim. Yeterince zararsız ve şaşırtıcı derecede temiz görünüyordu. Bu konuya çok fazla kafa yormak istemediğim için sabun ve suyla çabucak yıkadım. Yeterli miydi? Sterilize edilmesinin gerekip gerekmediğini Bay Seks Uzmanı'na sormam gerekecekti. Bu düşünceyle irkildim.

Christian'ın kütüphaneyi bana bırakması çok hoşuma gitmişti. İçine çalışabileceğim ahşap bir masa konmuştu. Dizüstü bilgisayarımı çıkardım ve balayımızda okuduğum beş taslakla ilgili notlarımı açtım.

Evet, ihtiyaç duyduğum her şey yanımdaydı. Bir yandan işe dönmeye korkuyordum ama bunu Christian'a asla söyleyemezdim. Fırsattan istifade istifa etmemi isterdi. Roach'un evleneceğimi ve müstakbel damadın kim olduğunu söylediğim zaman neredeyse inme geçirdiğini ve hemen akabinde şirketteki pozisyonumun onaylandığını hatırlıyordum. Nedeninin patronla evlenmem olduğunun farkındaydım. Hoş bir düşünce değildi. Artık yardımcı editör değil editör Anastasia Steele'dim.

Christian'a iş yerinde adımı değiştirmeyeceğimi söyleme cesaretini henüz bulamamıştım. Bana göre mantıklı nedenlerim vardı. Aramıza biraz mesafe koymam gerekiyordu ama bunu fark ettiği zaman kavga çıkacağını da biliyordum. Belki de konuyu onunla bu akşam tartışsam iyi olurdu.

Arkama yaslandım ve günün son angaryasına soyundum. Dizüstü bilgisayarımdaki dijital saate göre saat akşamın yedisiydi. Christian henüz çalışma odasından çıkmadığı için, vaktim vardı. Nikon fotoğraf makinesinin hafıza kartını çıkardım ve fotoğrafları yüklemek için bilgisayara taktım. Fotoğraflar yüklenirken, günü düşündüm. Ryan dönmüş müydü acaba? Yoksa hâlâ Portland yolunda mıydı? Esrarengiz kadına yetişebilmiş miydi? Christian ondan haber almış mıydı? Bazı cevaplara ihtiyacım vardı. Christian'ın meşgul olması umurumda değildi. Neler olduğunu bilmek istiyordum ve birden, benden bir şeyler gizlediği için az da olsa öfke duydum. Çalışma odasına gidip onunla yüzleşmek için ayağa kalktım ama aynı anda, balayımızın son birkaç gününe ait fotoğraflar ekranda belirdi.

Aman Tanrım!

Peş peşe çekilmiş resimlerim. Uyurken. Saçım yüzümün üstünde, yastığa saçılmış, dudaklarım aralık... Lanet olsun. Başparmağımı emerken. Senelerdir parmağımı emmiyordum. O kadar çok fotoğraf vardı ki. Bunları ne zaman çektiği konusunda hiçbir fikrim yoktu. Yatın parmaklığına yaslanmış, dalgın gözlerle uzaklara bakarken yakalandığım da dâhil olmak üzere, uzaktan çekilmiş birkaç gizli poz bile vardı. Bunu çektiğini nasıl fark edememiştim? Altında kıvrıldığım ve güldüğüm fotoğrafa gülümsedim. Boğuşurken, gıdıklayan ve eziyet eden parmaklarıyla savaşırken havada uçuşan saçlarım. Ve ana kamaradaki yatakta bir kolunu havaya kaldırarak çektiği fotoğrafımız. Ben göğsüne sokulmuşum, o genç ve iri iri açılmış... âşık gözlerle fotoğraf makinesine bakıyor. Diğer eliyle başımı tutmuş ve ben sevdalı bir aptal gibi gülümsüyorum. Ama asıl gözlerimi ayıramadığım, Christian'dı. Ah, benim güzel erkeğim. Dağınık, azönce-seviştik saçları, ışık saçan gri gözleri, aralık ve gülümseyen dudakları. Gıdıklanmaya tahammül edemeyen, çok yakın zamana kadar dokunulmaya da dayanamayan ama artık benim dokunuşuma izin veren güzel adamım. Ona dokunmam hoşuna gidiyor mu yoksa kendinden çok benim zevkim için mi katlanıyor bilmiyordum, ona sormalıydım.

Fotoğrafına bakarken, birden ona duyduğum hislerin altında ezilerek kaşlarımı çattım. Dışarıda bir yerde birileri ona zarar vermek istiyordu. Önce *Charlie Tango*, ardından Grey Evi'ndeki yangın ve o lanet olası araba takibi. Aradan istemdışı bir hıçkırık kaçmasına engel olamadan elimi ağzıma götürerek iç geçirdim. Bilgisayarımı bırakıp onu bulmak için –bu kez yüzleşmek için değil, sadece güvende olduğundan emin olmak için– ayağa kalktım.

Kapıyı tıklatmaya gerek duymadan, içeri daldım. Christian masasının başında oturuyor ve telefonda konuşuyordu. Şaşkın bir hoşnutsuzlukla bana baktı ama beni görünce, yüzündeki rahatsızlık kayboldu.

Gözlerini benden ayırmadan konuşmasını sürdürdü, "Yani daha ileri götüremiyor musun?" Hiç tereddütsüz, masanın arkasına dolaştım, o da kaşlarını çatarak koltuğunu bana çevirdi. *Ne istiyor*, diye düşündüğünü görebiliyordum. Kucağına tırmanınca, kaşları şaşkınlıkla havalandı. Kolumu boynuna dolayıp göğsüne sokuldum. İhtiyatla, kolunu bana sardı.

"Iıı... evet, Barney. Bir dakika bekleyebilir misin?" Telefonu omzuna kapattı.

"Ana, sorun ne?"

Başımı salladım. Çenemi kaldırarak gözlerimin içine baktı, başımı elinden kurtarıp çenesinin altına soktum ve kucağında iyice küçüldüm. Şaşırarak, boştaki koluyla beni daha sıkı sardı ve başımı öptü.

"Tamam, Barney, ne diyordun?" Telefonu kulağı ile omzunun arasına sıkıştırdı ve dizüstü bilgisayarında bir tuşa bastı. Ekranda puslu, siyah beyaz bir güvenlik kamerası görüntüsü belirdi. Görüntüye, açık renk tulum giymiş, koyu renk saçlı bir erkek girdi. Christian bir tuşa daha bastı. Bu kez adam kameraya doğru yürüdü ama başı öne eğikti. Adam iyice yaklaşınca, Christian görüntüyü dondurdu. Sol tarafında bir dizi yüksek, siyah dosya dolabına benzer şeyin olduğu aydınlık, beyaz bir odadaydı. Burası Grey Evi'nin sunucu odası olsa gerekti.

"Tamam Barney. Bir daha."

Film akmaya başladı. Güvenlik kamerası görüntüsünde adamın kafasının etrafında bir kutu belirdi ve birden iyice yaklaştık. Büyülenerek, oturduğum yerde doğruldum.

Alçak sesle, "Bunu Barney mi yapıyor?" diye sordum.

"Evet," dedi Christian. Barney'e, "Fotoğrafı hiç netleştiremiyor musun?"

Görüntü bulanıklaştı ve ardından bir nebze daha netleşerek, özellikle yere bakan ve kameradan kaçınan adamın üzerine yeniden odaklandı. Adama bakarken, bel kemiğimden yukarı bir ürperti tırmandı. Çene hatlarında bana tanıdık gelen bir şey vardı. Tuhaf ve bakımsız görünen, kısacık siyah saçları vardı. Ve netleşen fotoğrafta bir küpe görmüştüm. Minik bir halka.

Lanet olsun! Kim olduğunu biliyordum.

"Christian," diye fısıldadım. "Jack Hyde bu."

BÖLÜM YEDİ

"Öyle mi dersin?" Christian şaşırmıştı.

"Onunkiyle aynı çene hatları." Ekranı işaret ettim. "Ve küpeler ve omuzlarının şekli. Üstelik aynı cüsseye sahip. Peruk takmış olmalı. Ya da saçlarını kestirip boyatmış."

"Barney, duyuyor musun?" Christian telefonu masasının üstüne bırakıp hoparlörü devreye soktu. Fazla hoşnutsuz bir sesle, "Eski patronunuzu hayli detaylı incelemiş olmalısınız, Bayan Grey," diye mırıldandı. Yüzümü buruşturdum ama Barney imdadıma yetişti.

"Evet, efendim. Bayan Grey'i duydum. Şu ana kadarki dijitalleştirilmiş bütün kapalı devre çekimlerini yüz tanıma programından geçiriyorum. Bu pisliğin –özür dilerim, hanımefendi– bu adamın başka nerelerde olduğuna bakıyorum."

Barney'nin açıklayıcı sözlerini duymazdan gelen Christian'a kaygıyla baktım. Güvenlik videosu görüntüsünü büyük bir dikkatle inceliyordu.

"Bunu neden yapsın?" diye sordum.

Omuz silkti. "Belki intikam için. Bilmiyorum. Bazı insanların neden öyle davrandıklarını anlayamazsın. Ben sadece bu adamla yakın çalışmış olmana öfkeliyim." Koluyla belimi sararken, Christian'ın ağzı düz bir çizgiye dönüştü.

Barney, "Sabit diskinin içeriği de elimizde efendim," diye ekledi.

Christian net bir tavırla, “Evet, hatırlıyorum. Bay Hyde için elinizde bir adres var mı?” dedi.

“Evet, efendim, var.”

“Welch'i haberdar et.”

“Elbette edeceğim. Ayrıca hareketlerinin izini sürüp süremeyeceğime bakmak için şehrin güvenlik kameralarını da tarayacağım.”

“Ne tür bir araç kullandığını da öğren.”

“Evet, efendim.”

“Barney bütün bunları yapabiliyor mu?” diye fısıldadım.

Christian başıyla onaylarken bana kibirle gülümsedi.

“Sabit diskte neler vardı?” diye fısıldadım.

Yüzü sertleşti ve kafasını salladı. Gergin dudaklarla, “Çok fazla bir şey yoktu,” derken suratı asıldı.

“Söyle.”

“Hayır.”

“Seninle mi ilgiliydi benimle mi?”

“Benimle.” İç geçirdi.

“Ne tür şeylerdi? Hayat tarzınla mı ilgili?”

Christian kafasını salladı ve beni susturmak için işaret parmağını dudağına götürdü. Ona suratımı astım. Ama gözlerini kısması, dilimi tutmam konusunda net bir uyarıydı.

Barney telefondan heyecanla, “2006 Camaro. Ruhsat detaylarını Welch'e de gönderirim,” dedi.

“İyi. Bu serserinin binamda başka nerelere girdiğini de bana bildir. Ve bu görüntüyü, SBY personel dosyasındaki fotoğrafıyla karşılaştır.” Christian bana şüpheli bir bakış attı. “Eşleştiğinden emin olmak istiyorum.”

“Karşılaştırdım bile, efendim. Bayan Grey haklı. Bu adam Jack Hyde.”

Sırıttım. *Gördün mü?* Ben de işe yarayabilirdim. Christian sırtımı sıvazladı.

"Aferin size, Bayan Grey." Gülümserken, biraz önceki hıncından eser kalmamıştı. Barney'e, "Genel merkezdeki bütün hareketlerinin izini sürdüğünde bana haber ver. Ayrıca giriş yaptığı diğer GŞT mülklerini de kontrol et ve güvenlik ekiplerini bu binalarda yeni bir arama yapabilmeleri için bilgilendir."

"Evet, efendim."

"Teşekkürler, Barney." Christian telefonu kapattı.

"Pekâlâ, Bayan Grey, görünüşe bakılırsa sadece dekoratif değil, aynı zamanda faydalıymışsınız da." Christian'ın gözleri muzip bir ışıltıyla parlıyordu. Beni kızdırmaya çalıştığını biliyordum.

Ben de ona takılmak için, "Dekoratif mi?" diye surat astım.

"Fazlasıyla," dedi ve dudaklarıma yumuşacık, tatlı bir öpücük kondurdu.

"Siz benden çok daha dekoratifsiniz, Bay Grey."

Sırıttı ve saç örgümü bileğine dolayarak ve kollarını bana sarak, daha güçlü öptü. Nefes almak için ayrıldığımızda kalbim deli gibi çarpıyordu.

"Aç mısın?" diye sordu.

"Hayır."

"Ben açım."

"Neye?"

"Şey aslında, yemeğe."

"Ben bir şeyler hazırlarım." Kıkırdadım.

"Bunu duymayı seviyorum."

"Sana bir şeyler hazırlayacağımı duymayı mı?"

"Senin kıkırdamanı." Saçlarımı öptü ve ayağa kalktım.

Tatlı tatlı, "Ne yemek istersiniz, efendim?" diye sordum.

Gözlerini kıstı. "Şirinlik mi yapıyorsunuz, Bayan Grey."

"Her zaman, Bay Grey... Efendim."

Kurnaz bir gülümseme ve baştan çıkarıcı bir sesle, "Seni hâlâ dizime yatırabilirim," diye mırıldandı.

"Biliyorum." Sırıttım. Ellerimi ofis koltuğunun kollarına yerleştirdim ve onu öpmek için eğildim. "Sende sevdiğim şeylerden biri de bu. Ama kaşınan avucunu şimdilik bir yere sakla. Karnın aç."

Mahcup gülümsemesi dudaklarında belirince, kalbim yerinden oynadı. "Ah, Bayan Grey. Ben sizinle ne yapacağım?"

"Soruma cevap vereceksin. Ne yemek istersin?"

"Hafif bir şeyler." Oyun odasındaki sözlerimi taklit ederek ekledi: "Şaşırt beni."

"Neler yapabileceğime bir bakayım." Kalçalarımı sallayarak çalışma odasından çıkıp mutfağa yürüdüm. Bayan Jones'u orada bulunca bütün keyfim kaçtı.

"Merhaba, Bayan Jones."

"Bayan Grey. Bir şeyler yemeye hazır mısınız?"

"Şey..."

Ocağın üstünde, bir tencerede enfes kokular saçan bir şey karıştırıyordu.

"Bay Grey ve kendim için birer sandviç hazırlayacaktım."

Bir an duraksadı. "Elbette," dedi. "Bay Grey Fransız ekmeği sever. Buzlukta uygun uzunlukta kesilmiş ekmek var. Sizin için zevkle hazırlarım, efendim."

"Biliyorum. Ama kendim yapmak istiyorum."

"Anlıyorum. Size yer açayım."

"Ne pişiriyorsunuz?"

"Bu bir Bolonez sosu. Her zaman yenebilir, dondururum." Sıcak bir gülümsemeyle ocağın altını kıstı.

"Şey... Christian sandviçinde nelerin olmasından hoşlanır?"

"Bayan Grey, sandviçe istediğinizi koyabilirsiniz. Fransız ekmeği olduğu sürece, her şeyi yiyecektir." Birbirimize sırıttık.

"Tamam, teşekkürler." Dondurucuya gittim ve uygun boyda kesilip kilitli naylon torbalara konmuş Fransız ekmeklerini buldum. İki tanesini çıkarıp bir tabağa yerleştirdim, mikro dalgaya attım ve çözülmeye ayarladım.

Bayan Jones ortadan kaybolmuştu. Malzeme almak için buzdolabına dönerken, kaşlarımı çattım. Sanırım, Bayan Jones'la benim birlikte hareket etme parametrelerimizi belirlemek bana kalacaktı. Hafta sonları Christian için bir şeyler pişirme fikri hoşuma gidiyordu. Bayan Jones'un hafta içi başımın üstünde yeri vardı. İşten eve gelince, yapmak isteyeceğim son şey yemek pişirmekti. Hımm... Bu, bir anlamda, Christian'ın itaatkârlarıyla rutinine benziyordu. Başımı salladım. Buna gereğinden fazla kafa yormamalıydım. Buzdolabında biraz jambon, sebzelikte kusursuz olgunlukta bir avokado buldum.

Ezilmiş avokadoya bir tutam tuz ve limon eklerken, Christian elinde yeni evin planlarıyla çalışma odasından çıktı. Planları kahvaltı masasına bıraktı, ağır adımlarla bana yaklaştı ve kollarını bana dolayıp boynumu öptü.

"Çıplak ayaklı ve mutfakta," diye mırıldandı.

"Doğrusu çıplak ayaklı, hamile ve mutfakta olmayacak mıydı?" Sırıttım.

Durdu, bana yaslı duran vücudu kaskatı kesilmişti. "Hemen değil," derken, sesindeki kaygı aşikârdı.

"Hayır! Hemen değil."

Gevşedi. "Bu konuda hemfikir miyiz, Bayan Grey?"

"Yine de çocuk istiyorsun, değil mi,"

"Elbette, evet. Günün birinde. Ama henüz seni paylaşmaya hazır değilim." Bir kez daha boynumu öptü.

Ah... *paylaşmak mı?*

"Ne yapıyorsun? Harika görünüyor." Kulağımın arkasını öptü ve bunu dikkatimi dağıtmak için yaptığını anladım. Bel kemiğimden aşağı enfes bir ürperti indi.

"Sandviç." Muzipliğimi geri kazanarak sırıttım.

Boynuma doğru gülümserken, kulak mememi dişlerinin arasına aldı. "En sevdiğim."

Onu dirseğimle dürttüm.

"Bayan Grey, canımı yaktınız." Canı acımış gibi, yan tarafını tuttu.

Kınar gibi, "Pısırık," dedim.

Kulaklarına inanamayarak, "Pısırık ha?" diye mırıldandı. Popoma bir şaplak indirip küçük bir çığlık atmama neden oldu. "Yemeğimi bir an önce hazır et, seni eksik etek. Daha ne kadar pısırık olabileceğimi sana sonra gösteririm." Şaka yollu bir şaplak daha indirdi ve buzdolabına gitti.

"Bir kadeh şarap ister misin?"

"Lütfen."

Christian, Gia'nın planlarını kahvaltı barına yaydı. Kadının gerçekten görülmeye değer fikirleri vardı.

"Alt katın arka duvarını tamamen camdan yapma teklifine bayıldım ama..."

Christian, "Ama?" diye üsteledi.

İç geçirdim. "Evin karakterini tamamen yok etmek istemiyorum."

"Karakter mi?"

"Evet. Gia'nın önerisi hayli radikal, ama... şey... Ben eve bu haliyle vuruldum... Bu defolu haline."

Bu onun için bir lanetmiş gibi, alnı kırıştı.

"Bir anlamda, evi olduğu gibi seviyorum," diye fısıldadım. Bu onu kızdırır mıydı?

Gözlerini bana sabitledi. "Bu evin senin istediğin şekilde olmasını istiyorum. Sen ne istersen. Ev senin."

"Ben senin de beğenmeni istiyorum. İçinde senin de mutlu olmanı."

"Ben senin olduğun her yerde mutlu olurum. Bu kadar basit, Ana." Gözlerini gözlerimden ayırmıyordu. Tamamen ve gerçekten samimiydi. Yüreğim genişlerken ona gözlerimi kırpıştırdım. *Tanrım, beni gerçekten seviyordu.*

"Pekâlâ..." Gırtlağıma oturan küçük duygu düğümünden kurtulmak için yutkundum. "Cam duvarı seviyorum. Belki de eve biraz daha sempatik bir şekilde uygulamasını rica edebiliriz."

Christian sırıttı. "Elbette. Sen nasıl istersen. Ya üst katın ve bodrumun planları?"

"Onlarla sorunum yok."

"İyi."

Pekâlâ... Milyon dolarlık soru için bütün cesaretimi topladım. "Oyun odası koymak istiyor musun?" Sorarken o çok tanıdık kızarıklığın yanaklarımı kapladığını hissettim. Christian'ın kaşları havaya kalktı.

Hem şaşkın, hem keyifli, "Sen istiyor musun?" diye sordu.

Omuz silktim. "Şey... sen istiyorsan."

Bir an, bana baktı. "Şimdilik olasılıkları açık bırakalım. Sonuçta, bu bir aile evi olacak."

Hissettiğim hayal kırıklığına kendim de şaşırdım. Sanırım, haklıydı... Gerçi, ne zaman bir aile olacaktık ki? Seneler alabilirdi.

"Ayrıca, doğaçlama da yapabiliriz."

"Doğaçlama yapmayı seviyorum," diye fısıldadım.

Sırıttı. "Konuşmak istediğim bir şey var." Christian ana yatak odasını işaret etti ve banyolar ve ayrı giyinme odaları üzerine detaylı bir tartışmaya girdik.

İşimiz bittiğinde, saat akşamın dokuz buçuğuydu.

Christian'a, "İşe dönecek misin?" diye sordum. Planları kıvırmakla meşguldü.

"İstemiyorsan, dönmem." Gülümsedi. "Ne yapmak istersin?"

"TV izleyebiliriz." Kitap okumak ya da yatmak istemiyordum... Henüz.

"Tamam." Christian teklifimi gönüllü kabul etti ve o önde, ben arkada TV odasına girdik.

Burada toplamda üç ya da dört kez oturmuştuk ve Christian genelde kitap okurdu. Televizyona en ufak ilgisi yoktu. Ayaklarımı altıma toplayıp kanepeye yanına kıvrıldım ve başımı göğsüne yasladım. Uzaktan kumandayla düz ekran TV'yi açtı ve otomatik olarak kanalları gezmeye başladı.

"İzlemek istediğin özel bir zırvalık var mı?"

Küçümseyen bir tavırla, "TV'den pek hoşlanmıyorsun, değil mi?" dedim.

Başını salladı. "Vakit kaybı. Ama seninle bir şeyler izlerim."

"Öpüşüp koklaşırız diye düşünmüştüm."

Yüzünü hızla bana çevirdi. "Öpüşüp koklaşmak mı?" Bana iki başlı bir canavara bakar gibi bakıyordu. Sonu gelmeyen zaplama olayını birden kesince, ekranda fazla aydınlık bir İspanyol pembe dizisi açık kaldı.

"Evet." *Neden böyle dehşete kapılmıştı ki?*

"Yatağa gidip orada öpüşüp koklaşabiliriz."

"Onu her zaman yapıyoruz. Televizyon karşısında en son ne zaman öpüşüp koklaştın?" Bunu aynı zamanda hem utangaç hem de alaycı bir sesle sormuştum.

Omuz silkerek başını salladı. Uzaktan kumandaya bastı ve *X-Files*'ın eski bir bölümünde karar kılmadan önce birkaç kanal daha gezdi.

"Christian?"

"Bunu hiç yapmadım," dedi usulca.

"Hiç mi?"

"Hayır."

"Bayan Robinson'la bile mi?"

Bir homurtu çıkardı. "Bebeğim, Bayan Robinson'la pek çok şey yaptım. Öpüşüp koklaşmak onlardan biri değildi." Bana sırıttı ve keyifli bir merakla gözlerini kıstı. "Sen yaptın mı?"

Kızardım. "Elbette." Yani, sayılırdı...

"Ne! Kiminle?"

Ah, hayır. Bu tartışmaya girmek istemiyordum.

"Anlat bana," diye ısrar etti.

Birbirine kenetlenmiş parmaklarıma baktım. Elini elimin üstüne örttü. Kafamı kaldırdığımda, bana gülümsüyordu.

"Bilmek istiyorum. Çünkü o zaman her kimse onu posası çıkana kadar pataklayabilirim."

Kıkırdadım. "Pekâlâ, ilk kez..."

"İlk kez mi? Bir serseriden daha fazlası mı var?" Homurdandı.

Yine kıkırdadım. "Neden bu kadar şaşırdınız, Bay Grey?"

Kaşlarını bir an çattı, elini saçlarının arasında geçirdi ve hiç görmediği bir yönümü görür gibi baktı. Omuz silkerek, "Şaşırdım işte," dedi. "Demek istediğim, tecrübesizliğini göz önüne alınca."

Kızardım. "Seninle tanıştığımdan beri, telafi ettiğim kesin."

"Öyle." Sırıttı. "Anlat. Bilmek istiyorum."

Ruh halini tartmak için, sabırlı gri gözlere baktım. Bu onu delirtecek miydi, yoksa samimiyetle bilmek mi istiyordu? Surat assın istemiyordum. Surat astığı zaman, çekilmez biri oluyordu.

"Gerçekten anlatmamı istiyor musun?"

Başını bir kez, yavaşça eğdi. Dudakları eğlenir gibi, küstah bir gülümsemeyle büküldü.

"Annem ve Üç Numaralı Koca'yla kısa bir süre Teksas'ta yaşadım. Onuncu sınıftaydım. Adı Bradley'di ve fizik dersinde, laboratuar partnerimdi."

"Kaç yaşındaydın?"

"On beş?"

"O şimdi ne yapıyor?"

"Bilmem."

"Hangi aşamaya geldi?"

"Christian!" diye azarladım ve bir anda beni önce dizlerimden sonra ayak bileklerimden yakalayıp sırtı üstü kanepeye düşürdü. Kayarcasına üzerime uzanıp tek bacağını benimkilerin arasına sıkıştırarak, beni altına hapsetti. O kadar ani olmuştu ki şaşkınlıkla bir çığlık koyverdim. Ellerimi tutup başımın üstüne kaldırdı.

"Yani, bu Bradley, birinci aşamaya ulaşabildi mi?" diye mırıldanarak, burnunu boylu boyunca burnuma sürttü. Ağzımın köşesine minicik öpücükler kondurdu.

Dudaklarım dudaklarında, "Evet," diye mırıldandım. Çenemi sıkıca tutabilmek ve dili ağzımı istila ederken, beni kıpırdamamak için, ellerinden birini çözdü ve ben de coşkulu öpüşüne teslim oldum.

Christian nefes almak için geri çekilince, "Böyle mi?" diye sordu.

Vücudumdaki bütün kan aşağılara hücum ederken, "Hayır... hiç alakası yok," demeyi başardım.

Çenemi bıraktı ve elini vücudumun aşağılarına ve sonra tekrar yukarı memelerime kaydırdı.

"Bunu yaptı mı? Sana böyle dokundu mu?" Başparmağı bluzumun üstünden yumuşacık bir dokunuşla kayınca, defalarca okşadığı meme ucum, usta parmaklarının altında sertleşti.

Altında kıvranarak, "Hayır," dedim.

"İkinci aşamaya ulaştı mı?" diye mırıldandı. Elini kaburgalarımdan aşağı, belimden kalçama kaydırdı. Meme ucumu dişlerinin arasına alıp yavaşça çekti.

"Hayır," diye soludum.

Mulder, televizyonda FBI'ın en az arananları konusunda bir şeyler söylüyordu.

Christian duraksadı, doğrulup kumandadaki "sessiz" tuşuna bastı. Bana baktı.

"Ya iki numaralı Joe Bilmemne? O ikinci aşamaya geçti mi?"

Gözleri çakmak çakmaktı... Kızgın mıydı? Tahrik mi olmuştu? Ayırt etmek güçtü. Yanıma kaydı ve elini eşofmanımın altına kaydırdı.

Şehvetli bakışlarına esir olmuş halde, "Hayır," diye fısıldadım. Christian bana muzip bir gülümsemeyle baktı.

"İyi." Cinsel organımı avuçladı. "İç çamaşırı giymemişsiniz, Bayan Grey. Onaylıyorum." Parmakları sihirlerini konuşturmayı sürdürürken ve başparmağı, binbir vaatle klitorisimin üstünde dolaşırken beni tekrar öptü ve işaret parmağını enfes bir yavaşlıkla içime itti.

"Öpüşüp koklaşıyor olmamız gerekiyordu," diye inledim.

Christian durdu. "Ben öyle yaptığımızı sanıyordum."

"Hayır. Sekssiz."

"Ne?"

"Sekssiz..."

"Sekssiz ha?" Elini eşofmanımdan çıkardı. "Al bakalım." İşaret parmağını dudaklarımda dolaştırınca, yapış yapış tuzumun tadını aldım. Parmağını ağzımın içine itip birkaç saniye önce aşağıda yaptığı şeyi tekrarladı. Sonra kendisi bacaklarımın arasına girecek şekilde kaydı. Ereksiyonu bana yaslanmıştı. Bir defa, iki defa ve tekrar kendini bastırdı. Eşofmanımın kumaşı tam olması gerektiği gibi sürtünürken, iç geçirdim. Kendini bir kez daha itip, içime doğru bastırdı.

"İstediğin bu mu?" diye mırıldandı ve kalçalarının ritmik hareketleriyle, üzerimde gelip gitmeye başladı.

"Evet," diye inledim.

Eli bir kez daha meme ucuma konsantre olmaya dönerken, dişleri çeneme sürtünüyordu. "Ne kadar seksi olduğunu biliyor musun, Ana?" Gittikçe daha hızlı hareket ederken, sesi boğuktu. Bir cevap vermek için ağzımı açtım ve sefil bir şekilde, sadece yüksek sesle inlemeyi başardım. Ağzımı bir kez daha ele geçirdi ve dilini yeniden ağzıma itmeden önce, dişleriyle alt dudağımı çekiştirdi. Diğer bileğimi serbest bırakınca, o beni öperken, ellerim açlıkla önce omuzlarına sonra da saçlarının arasına kaydı. Saçlarını çekince, inledi ve gözlerini gözlerime çevirdi.

"Ah..."

"Sana dokunmamdan hoşlanıyor musun?" diye fısıldadım.

Kaşları, soruyu anlamamış gibi, kısacık bir an çatıldı. Bana sürtünmeyi kesti. "Elbette. Bana dokunmana bayılıyorum, Ana. Senin dokunuşun söz konusu olduğu zaman, açık büfede açlıktan ölmek üzere olan bir adama dönüyorum." Sesi tutkulu bir samimiyetle doluydu.

Tanrım...

Bacaklarımın arasında dizlerinin üstünde doğruldu ve bluzumu çıkarmak için beni yukarı çekti. İçimde bir şey yoktu. Tişörtünün etek ucunu tutup başından yukarı çekti ve yere fırlattı. Sonra beni kucağına alıp, ellerini tam popomun üstünde kavuşturdu.

"Dokun bana," diye soludu.

Ah, Tanrım... Çekinerek uzandım ve parmak uçlarımı göğüs kemiğinin üstüne saçılmış kılların arasında, yanık izlerinin üstünde dolaştırdım. Keskin bir nefes aldı; göz bebekleri büyüdü ve nedeni korku değildi. Dokunuşuma şehvetli bir tepkiydi bu. Parmaklarım teninin üstünde, bir göğüs ucundan diğerine doğru usulca süzülürken beni dikkatle izledi. Göğüsleri dokunuşumla sertleşip dikilmişti. Öne doğru eğilip göğsüne yumuşacık öpücükler kondurdum ve elim kiriş ve kaslarının biçimli ve sert hatlarını hissederek, omuzlarına doğru kaydı. Vay canına... çok formdaydı.

"Seni istiyorum," diye mırıldanarak libidoma yeşil ışık yaktı. Parmaklarımı saçlarının arasına kaydırıp başını, ağzını esir alacağım şekilde arkaya yatırırken, kasıklarımı alev elev yakan ateşi hissettim. İnleyerek beni sırt üstü kanepeye itti. Doğruldu, eşofmanı tek bir hamlede çıkarırken aynı anda fermuarını indirdi.

"Maç sayısı," diye fısıldadı ve hızlı bir hareketle içimi doldurdu.

"Ah..." diye inledim. Yüzümü ellerinin arasına alarak, hareket etmeden durdu.

"Sizi seviyorum, Bayan Grey," diye mırıldandı ve benimle çok yavaş, çok nazik sevişti. Ta ki ben darmadağın olup adını haykırarak, elimden gelse hiç bırakmamak üzere, bedenimi bedenine sarana dek.

Göğsünde yatıyordum. TV odasının yerindeydik.

"Biliyorsun, üçüncü aşamayı tamamen atladık." Parmaklarım göğüs kaslarının çizgisinde dolaşıyordu.

Güldü. "Bir dahaki sefere." Başımın tepesini öptü.

Kafamı kaldırıp ekrana baktığımda, *X-Files*'ın son jeneriği geçiyordu. Christian kumandaya uzanıp sesi geri açtı.

"Bu diziyi sever miydin?" diye sordum.

"Çocukken."

Ah... Çocuk Christian... kickbox, *X Files* ve sıfır dokunma.

"Sen?" diye sordu.

"Benden eski."

"Çok gençsin," dedi Christian sevecen bir gülümsemeyle. "Sizinle öpüşüp koklaşmayı seviyorum, Bayan Grey."

"Alın benden de o kadar, Bay Grey." Göğsünü öptüm ve bir süre sessizlik içinde, *X Files*'ın sona ermesini ve reklamların başlamasını izledik.

Hülyalı bir sesle mırıldandım. "Cennet gibi üç haftaydı. Araba takipleri ve yangınlar ve sapık eski müdürleri saymazsak. Kendi özel baloncuğumuzun içinde gibiydik."

"Hımmm..." Christian gırtlağının derinliğinden gelen bir mırıltıyla karşılık verdi. "Seni dünyanın geri kalanıyla paylaşmaya henüz hazır olduğumu sanmıyorum."

Sesimin hüzünlü olmaması için çaba harcayarak, "Yarın gerçekliğe dönüyoruz," diye mırıldandım.

Christian iç geçirdi ve diğer elini saçlarının arasından kaydırdı. "Sıkı güvelik önlemleri olacak..." Parmağımı dudaklarına yerleştirdim. Bu söylevi bir daha duymak istemiyordum.

"Biliyorum. Uslu duracağım, söz veriyorum," derken birden hatırladım. Onu daha iyi görmek için dirseklerimin üstünde doğruldum. "Sawyer'a neden bağırıyordun?"

Daha o anda kasıldı. Ah, kahretsin.

"Çünkü takip ediliyorduk."

"Sawyer'ın hatası değildi ki."

Bana duygularını belli etmeyen bir bakış gönderdi. "Arayı o kadar açmana izin vermemeleri gerekirdi. Bunu biliyorlar."

Suçlulukla kızardım ve eski konumuma dönüp göğsüne yattım. Benim hatamdı. Onlardan uzaklaşmak istemiştim.

"Ama bu..."

"Yeter!" Christian birden tersleşmişti. "Bu tartışmaya açık bir konu değil, Anastasia. Bu değişmez bir gerçek ve bir daha olmasına izin vermeyecekler."

Anastasia! Tıpkı evde annemle olduğu gibi, başım belaya girince, Anastasia oluyordum.

Onu yatıştırmak için, "Tamam," diye mırıldandım. Kavga etmek istemiyordum. "Ryan, Dodge'daki kadına yetişebilmiş mi?"

"Hayır. Ve kadın olduğuna ikna olmuş değilim."

"Ah?" Tekrar kafamı kaldırdım.

"Sawyer saçları arkada toplanmış birini görmüş ama sadece kısa bir an için. Kadın olduğu sonucunu o çıkardı. Şimdi sen o pisliği teşhis ettiğine göre, belki de Hyde'dı. O da saçlarını öyle yapardı." Christian'ın sesindeki tiksinti elle tutulur cinstendi.

Bu haberden nasıl bir sonuç çıkarmam gerektiğini bilmiyordum. Christian elini çıplak sırtımda dolaştırarak dikkatimi dağıttı.

"Sana bir şey olsaydı..." diye mırıldanırken, gözleri iri iri ve ciddiydi.

"Biliyorum," diye fısıldadım. "Ben de senin için aynı şeyi hissediyorum." Bu düşünceyle ürperdim.

"Gel. Üşümeye başladın," diyerek doğruldu. "Yatağa gidelim. Üçüncü aşamayı orada ele alabiliriz." Her zamanki değişkenliğiyle, şehvetli bir gülümsemeyle bakıyordu. Benim tutkulu öfkeli, kaygılı ve seksi Elli Ton'um. Elini tuttum, beni çekip ayağa kaldırdı ve tamamen çırılçıplak halde, peşinden büyük salondan geçip yatak odasına yürüdüm.

Ertesi sabah, SBY'nin önüne yanaşırken, Christian elimi sıktı. Koyu lacivert takım elbisesi ve aynı renk kravatıyla fazlasıyla güçlü bir üst düzey yönetici gibi görünüyordu. Gülümsedim. Monte Carlo'daki balodan bu yana hiç bu kadar resmî giyinmemişti.

"Bunu yapmak zorunda olmadığını biliyorsun," diye mırıldandı. Ona gözlerimi devirmemek için kendimi zor tuttum.

Sawyer ve Ryan'ın Audi'nin ön koltuğundan beni duymalarını istemediğim için, fısıltıyla, "Biliyorum," dedim. Christian kaşlarını çattı, bense gülümsedim.

"Ama istiyorum," diye devam ettim. "Bunu biliyorsun." Başımı uzatıp onu öptüm. Çatık kaşları düzelmedi. "Sorun ne?"

Sawyer arabadan inerken, Christian, Ryan'a kararsızlıkla baktı. "Sadece benim olmanı özleyeceğim."

Yüzünü okşamak için uzandım. "Ben de." Onu öptüm. "Harika bir balayıydı. Teşekkür ederim."

"İşinizin başına gidin, Bayan Grey."

"Siz de öyle, Bay Grey."

Sawyer kapıyı açtı. Kaldırıma inmeden önce, Christian'ın elini son bir kez sıktım. Binaya doğru yürürken, usulca el salladım. Sawyer kapıyı açtı ve peşimden içeri girdi.

"Merhaba, Ana." Claire resepsiyon bankosunun arkasından gülümsüyordu.

"Claire, merhaba." Ben de gülümsedim.

"Harika görünüyorsun. Balayı iyi miydi?"

"En iyisi, teşekkürler. Burası nasıldı?"

"Yaşlı Roach bildiğin gibi ama güvenlik arttırıldı ve sunucu odamız elden geçiriliyor. Ama Hannah sana anlatır zaten."

Elbette anlatırdı. Claire'e sevecen bir gülümseme gönderdikten sonra, ofisime yürüdüm.

Hannah asistanımdı. Uzun boylu, ince ve zaman zaman sinir bozucu bulacağım derecede, insafsızca becerikliydi. Ama benden birkaç yaş büyük olmasına rağmen, bana karşı tatlıydı. Latte'mi çoktan hazır etmişti. Benim için hazırlamasına izin verdiğim tek kahve buydu.

"Merhaba, Hannah," dedim sevecen bir sesle.

"Ana, balayın nasıldı?"

Muhteşem. Al, bu senin." Onun için aldığım küçük parfüm şişesini masasına bıraktım. Neşeyle el çırptı.

"Ah, teşekkürler," dedi heyecanla. "Acil yazışmaların masanın üstünde ve Roach saat onda seni görmek istiyor. Şimdilik rapor etmem gerekenler bu kadar."

"İyi. Teşekkürler. Ve kahve için de sağ ol." Ofisime girdim, evrak çantamı masanın üstüne bırakıp birikmiş mektuplara göz attım. Yapacak çok işim vardı.

Saat ona doğru kapım nazikçe vuruldu.

"İçeri gelin."

Elizabeth kapıdan kafasını uzattı. "Merhaba, Ana. Sadece hoş geldin demek istedim."

"Hey. Bütün bu yazışmaları okurken, hâlâ Güney Fransa'da olmayı dilediğimi itiraf etmeliyim."

Elizabeth güldü ama bu biraz tuhaf, zorlama bir gülüştü. Başımı yana eğdim ve ona Christian'ın bana baktığı gibi baktım.

"Sapasağlam dönmene sevindim," dedi. "Birkaç dakika içinde, Roach'la toplantıda görüşürüz."

"Tamam," diye mırıldandım. Kapıyı arkasından kapattı. Kapalı kapıya çatık kaşlarla baktım. *Bu da neydi böyle?* Aldırış etmemeye karar verdim. E-postamın uyarı sinyali duyuldu. Christian'dan mesaj gelmişti.

Kimden: Christian Grey

Konu: Söz Dinlemeyen Eşler

Tarih: 22 Ağustos 2011 09:56

Kime: Anastasia Steele

Karım

Aşağıdaki e-postayı gönderdim ama iletilmedi ve nedeni senin adını değiştirmemiş olman.
Bana söylemek istediğin bir şey var mı?

Christian Grey

CEO, Grey Şirketler Topluluğu

Ek:

Kimden: Christian Grey

Konu: Baloncuk

Tarih: 22 Ağustos 2011 09:32

Kime: Anastasia Grey

Bayan Grey

Sizinle bütün aşamaları geçmeyi seviyorum.

İşe döndüğünüz ilk gününüz harika geçsin.

Baloncuğumuzu şimdiden özledim.

X

Christian Grey

Gerçek Dünyaya Dönen CEO, Grey Şirketler Topluluğu

Kahretsin. Hemen yanıtla düğmesine tıkladım.

Kimden: Anastasia Steele
Konu: Baloncuğu Patlatma
Tarih: 22 Ağustos 2011 09:58
Kime: Christian Grey

Kocam

Sizinle her tür beyzbol benzetmesine varım, Bay Grey.

Burada eski soyadımı kullanmak istiyorum.

Bu akşam açıklarım.

Şimdi bir toplantıya gidiyorum.

Baloncuğumuzu ben de özlüyorum...

Not: BlackBerry'mi kullanmam gerekmez mi?

Anastasia Steele
Editör, SBY

Sıkı bir kavga olacaktı. Hissediyordum. İç geçirerek toplantı için kâğıtlarımı toparladım.

Toplantı iki saat sürdü. Bütün editörler, Roach ve Elizabeth oradaydılar. Personel, strateji, pazarlama, güvenlik ve yıl sonunu tartıştık. Toplantı ilerledikçe, rahatsızlığım daha da arttı. İş arkadaşlarımın bana davranışlarında inceden bir değişim – balayımdan önce orada olmayan bir mesafe ve hürmet vardı. Ve edebiyat dışı eserler bölümünü yöneten Courtney'den düpedüz düşmanlık hissediyordum. Belki de paranoya yapıyordum ama bu, Elizabeth'in sabahki tuhaf selamını biraz olsun açıklıyordu.

Aklım önce yata, sonra oyun odasına ve son olarak da I-5'te esrarengiz Dodge'dan kaçtığımız R8 macerasına kaydı. Belki de Christian haklıydı. Bunu artık yapamazdım. Can sıkıcı bir düşünceydi; sonuçta kendimi bildim bileli yapmak istediğim şey buydu. Bunu yapamazsam, ne yapacaktım ki? Ofisime dönerken, bu karanlık düşünceleri kafamdan atmaya çalışıyordum.

Masama oturunca, hızla e-postalarımı kontrol ettim. Christian'dan ses yoktu. BlackBerry'me baktım. Orada da bir şey yoktu. İyi. En azından e-postama aksi tepki almamıştım. Belki rica ettiğim gibi, bu akşam konuşabilirdik. İnanmakta güçlük çekiyordum ama huzursuzluğumu yok sayarak pazarlama toplantısında bana verilen pazarlama planını açtım.

Her pazartesi olduğu gibi, Hannah, Bayan Jones'un incelik göstererek paketlediği öğle yemeğim için bir tabakla ofisime geldi ve öğle yemeklerimizi hafta içinde hangi işleri bitirmek istediğimizi tartışarak, birlikte yedik. Bana üç haftadır uzakta olduğum düşünülürse, fena halde eksik kaldığım güncel ofis dedikodularını da aktardı. Biz sohbet ederken, kapım vuruldu.

"İçeri gelin."

Roach kapıyı açtığında yanında Christian da vardı. Kısacık bir an büyük bir şaşkınlık yaşadım. Christian bana yakıcı bir bakış atarak içeri girdi ve Hannah'yla nazik bir şekilde konuştu.

"Merhaba, siz Hannah olmalısınız. Ben Christian Grey'im," dedi. Hannah ayağa fırlayarak elini uzattı.

El sıkışırlarken, "Bay Grey. Sizinle tanışmak ne güzel," diye kekeledi. "Size bir kahve getirebilir miyim?"

Christian sevecen bir tavırla "Lütfen," dedi. Hannah bana hızlı ve şaşkın bir bakış attıktan sonra, en az benim kadar afallamış bir halde, eşikte duran Roach'un yanından geçerek hızla dışarı çıktı.

"İznin olursa, Roach, Bayan Steele'le konuşacaklarım var." S harfini ıslık çalar gibi... alay eder gibi tıslayarak vurgulamıştı.

Buraya gelme nedeni buydu... Ah, kahretsin.

"Elbette, Bay Grey. Ana." Roach kapıyı arkasından kapatarak ofisimden çıktı. Konuşma gücümü ancak toplayabilmiştim.

Gereğinden fazla tatlı bir sesle, "Bay Grey, sizi görmek ne güzel," dedim.

"Bayan Steele, oturabilir miyim?"

"Şirket sizin." Elimi Hannah'nın boşalttığı sandalyeye doğru salladım.

"Evet, öyle." Gözlerine yansımayan kurnaz bir gülümsemeyle bakıyordu. Ses tonu soğuktu. Yaydığı gerilimi, her yanımda hissediyordum. *Siktir*. Yüreğime bir ağırlık çöktü.

Yüzü masama dönük halde otururken, "Ofisin çok küçük," dedi.

"Bana yetiyor."

Bana ifadesiz bir yüzle bakıyordu ama kızgın olduğunu anlamıştım. Derin bir nefes aldım. Hiç eğlenceli olmayacaktı.

"Senin için ne yapabilirim, Christian?"

"Sadece varlıklarımı gözden geçiriyorum."

"Varlıklarını mı? Hepsini mi?"

"Hepsini mi? Bazılarında marka değişikliği gerekiyor."

"Marka değişikliği mi? Hangi açıdan?"

"Bence biliyorsun." Sesi insanı ürkütecek kadar sakindi.

"Lütfen, işinden üç hafta uzak kaldıktan sonra, sırf buraya gelip adım hakkında kavga etmek için gününe ara verdiğini söyleme." *Ben lanet olası bir mal varlığı değilim!*

Oturduğu yerde kıpırdandı ve bacak bacak üstüne attı. "Tam olarak kavga denemez, hayır."

"Christian, çalışıyorum."

"Bana asistanınla dedikodu yapıyormuşsun gibi geldi."

Yanaklarım ısındı. "Programlarımızı gözden geçiriyoruz," diye çıkıştım. "Ve soruma cevap vermedin."

Kapı vuruldu. Fazla yüksek sesle, "Girin!" diye bağırdım.

Hannah kapıyı açtı ve küçük bir tepsi getirdi. Sütlük, şeker kâsesi, French press'te kahve. Elinden geleni yapmıştı. Tepsiyi masama bıraktı.

Az önce bağırdığım için utanarak, "Teşekkürler, Hannah," dedim.

"Başka bir şeye ihtiyacınız var mı, Bay Grey?" diye sorarken, nefes nefeseydi. Gözlerimi devirmek istedim.

"Hayır, teşekkürler. Hepsi bu kadar." Christian ona göz alıcı ve külot indirten gülümsemesini gönderdi. Hannah kızardı ve aptal aptal sırıtarak çıktı. Christian dikkatini yeniden bana çevirdi.

"Pekâlâ, Bayan Steele, nerede kalmıştık?"

"Adım konusunda kavga etmek için kaba bir şekilde iş günümü bozmakla meşguldün."

Christian, sanırım sesimdeki coşkuya şaşırarak gözlerini kırpıştırdı. Uzun, hünerli parlaklarının becerikli bir hareketiyle, dizindeki görünmeyen bir kumaş tiftiğini aldı. Dikkat dağıtıcıydı. Mahsus yapıyordu. Ona gözlerimi kısarak baktım.

"Emrivaki ziyaretler yapmayı severim. Yöneticileri tetikte, eşleri yerlerinde tutmaya yarar. Bilirsin." Omuz silkti. Ağzı kibirli bir çizgi halini almıştı.

Eşleri yerinde tutar mı? "Vakit ayırabildiğinden haberim yoktu," diye çıkıştım.

Bakışları buz kesti. "Neden burada soyadını değiştirmek istemiyorsun?" derken, sesinde ölümcül bir sükûnet vardı.

"Christian bunu şu anda tartışmak zorunda mıyız?"

"Hazır buradayım. Tartışmamamız için bir neden göremiyorum."

"Üç haftadır uzakta olduğum için, yapacak bir ton işim var."

Beni süzen gözleri soğuk, hatta mesafeliydi. Dün geceden sonra, son üç haftadan sonra bu kadar soğuk durabilmesine hayret ettim. *Kahretsin.* Kızmıştı. Gerçekten kızmıştı. Aşırı tepki vermemeyi ne zaman öğrenecekti?

"Benden utanıyor musun?" derken sesinde aldatıcı bir yumuşaklık vardı.

"Hayır! Christian, elbette hayır." Yüzümü buruşturdum. "Bu seninle değil, benimle ilgili." Tanrım bazen insanı çileden çıkarıyordu. Saçma sapan, hükmedici bir megaloman oluyordu.

"Nasıl benimle ilgili olmaz?" Başını yana yatırırken, gerçekten kafası karışmış gibiydi. Bana iri iri açılmış gözlerle bakarken, tarafsızlığı kısmen şaşmışa benziyordu. İncindiğini anladım. Kahretsin. Duygularını incittim. Ah hayır. O kırmak isteyeceğim son insandı. Mantığımı görmesini sağlamalıydım. Kararımın arkasındaki düşünce biçimini açıklamam gerekiyordu.

Doğru sözcükleri bulmak için debelenerek, "Christian, bu işe girdiğimde, seninle yeni tanışmıştım," dedim sabırla. "Şirketi senin satın alacağını bilmiyordum."

Kısa tarihimizdeki o olay hakkında ne diyebilirdim? Bunu yapmasının arkasındaki dengesiz nedenler –kontrol manyaklığı, sapık takipçilik eğilimleri– çok zengin olduğu için dizginlerinden kurtulmuştu. Beni güvende tutmak istediğini biliyordum ama buradaki temel sorun onun SBY'nin patronu olmasıydı. Hiç müdahale etmemiş olsaydı, normal şekilde devam edebilir ve iş arkadaşlarımın hoşnutsuz ve fısıltı halindeki suçlamalarıyla karşı karşıya kalmazdım. Onunla göz temasımı kesmek için başımı ellerimin arasına aldım.

Lime lime çözülen öfkeme çaresizce tutunmaya çalışarak, "Senin için neden bu kadar önemli?" diye sordum. Duygusuz bakışlarına, hiçbir şeyi ele vermeyen ışıltılı gözlerine baktım. Biraz önceki kırgınlığı gizlenmişti. Ama cevabı daha soruyu sorarken ve o henüz dile getirmeden biliyordum.

"Herkesin benim olduğunu bilmesini istiyorum."

"Ben seninim, bak." Sol elimi havaya kaldırıp alyansımı ve tek taşımı gösterdim.

"Yetmez."

"Seninle evlenmiş olmam yetmez mi?" Sesim fısıltıdan farksızdı.

Yüzümdeki dehşeti idrak edince, gözlerini kırpıştırdı. Neye ulaşabilirdim ki böyle? Daha ne yapabilirdim?

"Kastettiğim bu değildi," diye çıkıştı ve elini uzamış saçlarının arasında geçirip bir tutamın alnına düşmesine neden oldu.

"Kastettiğin ne?"

Yutkundu. "Senin dünyanın benimle başlayıp benimle bitmesini istiyorum," derken, ifadesi yaralıydı. Yorumu beni büsbütün dağıtmıştı. Mideme nefesimi kesen, beni yaralayan bir yumruk indirmişti sanki. Aklıma, kirli, uyumsuz ve üzerine büyük gelen kıyafetler içinde, bakır rengi saçlı, gri gözlü, küçük, korkmuş bir çocuğun görüntüsü düştü.

Riyaya kaçmadan, "Öyle zaten," dedim; çünkü gerçek buydu. "Ben sadece bir kariyer edinmeye çalışıyorum ve senin adının arkasına saklanmak istemiyorum. *Bir şeyler* yapmalıyım, Christian. Yapacak hiçbir şeyim olmadan, Escala'da ya da yeni evde tıkılıp kalamam. Aklımı kaçırırım. Boğulurum. Ben hep çalıştım ve bundan keyif alıyorum. Bu benim rüyalarımın işi ve her zaman istediğim şey. Ama bu seni daha az sevdiğim anlamına gelmiyor. Sen benim için dünyaya bedelsin." Gırtlağım tıkandı ve gözyaşları gözlerimi acıtmaya başladı. Ağlamamalıydım, burada olmazdı. İçimden tekrar edip duruyordum. *Ağlamamalıyım. Ağlamamalıyım.*

Bana hiçbir şey söylemeden bakıyordu. Sonra söylediklerimi değerlendiriyormuş gibi kaşları çatıldı.

"Seni boğuyor muyum?" Sesi tatsızdı ve bana daha önce sorduğu bir sorunun yankısıydı.

"Hayır... evet... hayır." Bu öylesine çileden çıkarıcı bir konuşmaydı ki. Şimdi ve burada yapmak istediğim bir konuşma değildi. Gözlerimi yumdum ve bu noktaya nasıl vardığımızı anlamaya çalışarak alnımı ovalamaya başladım.

"Bak, adımdan bahsediyorduk. Burada kendi soyadımı kullanmak istiyorum çünkü seninle arama mesafe koymak istiyorum... Ama sadece burada, hepsi bu. Herkesin bu işi senin sayende aldığımı düşündüğünü biliyorsun, oysa aslında..." Gözleri büyüyünce, durdum. *Ah, hayır... Onun sayesinde miydi yoksa?*

"İşi neden aldığını bilmek istiyor musun, Anastasia?"

Anastasia? Kahretsin. "Ne? Ne demek istiyorsun?"

Güç toplar gibi, oturduğu yerde kıpırdandı. Bilmek istiyor muydum?

"Buradaki yönetim sana Hyde'ın işini geçici bir süreliğine verdi. Firma satışın tam ortasındayken, yeni bir kıdemli yönetici alma masrafını üstlenmek istemediler. Şirket onun mülküne geçince, yeni patronun ne yapacağı konusunda hiçbir fikirleri yoktu ve akıllıca davranarak pahalıya patlayacak birini. Bu yüzden yeni patron..." Duraksadı. Dudakları alaycı bir gülümsemeyle çarpılarak, "Yani ben işi devralana kadar, Hyde'ın işini sana verdiler."

Lanet olsun. "Sen ne diyorsun?" Yani onun yüzündendi. *Siktir.* Dehşete kapılmıştım

Telaşım karşısında gülümseyerek kafasını salladı. "Rahatla. Sen bu zor görevin hakkını verdin. Çok iyi iş çıkardın." Sesinde az da olsa bir gurur tınısı vardı ve neredeyse çözülecektim.

Aldığım haberden sersemlemiş halde, "Ah," diye mırıldandım. Koltuğumda arkama yaslandım ve ağzım açık ona baktım. Bir kez daha kıpırdandı.

"Seni boğmak istemiyorum, Ana. Seni altın bir kafese kapatmak da istemiyorum. Yani..." Duraksadı. Yüzü kararmıştı. "Pekâlâ, mantıklı yanım istemiyor." Zihni bir plan kurarken, düşünceli bir tavırla çenesini kaşıdı.

Ah, nereye varmaya çalışıyordu? Bir evreka anı yaşar gibi aniden kafasını kaldırdı. Gözlerini kısarak, "Yani, asi karımla uğraşmak dışında, burada olmamın nedenlerinden biri de," dedi, "Bu şirketi ne yapacağımı görüşmek."

Asi karım mı? Ben ne asiydim, ne de mal varlığı! Christian'a bir kez daha surat astım ve gözyaşı tehlikesi bir anda kayboldu.

"Planın ne?" Onu taklit ederek, başımı yana yatırdım. Sesimin alaycılığına mani olamamıştım. Dudakları belli belirsiz bir gülümsemeyle büküldü. Vay canına, bir ruh hali değişikliği daha. Bay Gel Git'le nasıl baş edebilirdim ki?

"Şirketin adını Grey Yayıncılık olarak değiştiriyorum."

Aman Tanrım.

"Ve bir yıl içinde, senin olacak."

Ağzım bir kez daha –bu kez daha fazla– açıldı.

"Bu benim sana düğün hediyem."

Herhangi bir ses çıkarabilme umuduyla, ağzımı kapatıp tekrar açtım. Ama hiçbir şey olmadı. Zihnim bomboştu.

"Bu durumda, Steele Yayıncılık diye mi değiştirmeliyim?"

Ciddiydi. Tanrım.

Nihayet beynim ağzımla tekrar bağlantı kurunca, "Christian," diye fısıldadım. "Sen bana bir saat hediye ettin zaten... Ben bir işi yönetemem."

Başını yana yatırdı ve bana eleştirir gibi kaşlarını çatarak baktı. "Ben yirmi bir yaşındayken kendi işimi yönetiyordum."

"Ama sen... sensin. Kontrol manyağı ve olağanüstü harika çocuk. Tanrım, sen okulu bırakmadan önce Harvard'da Ekonomi okumuştun. En azından biraz fikrin var. Bense üç yıl boyunca, yarı zamanlı olarak boya ve kablo bağı sattım, tanrı aşkına. Dünyaya dair o kadar az şey gördüm ki, neredeyse hiçbir şey bilmiyorum." Tiradımın sonuna gelirken, sesim iyice yükselmişti.

Dürüstçe, "Sen tanıdığım en çok okuyan insansın," diye karşı çıktı. "İyi kitapları seviyorsun. İşini balayında bile bırakmadın. Kaç taslak okudun. Dört mü?"

"Beş," diye fısıldadım.

"Ve hepsi hakkında tam rapor yazdın. Sen çok akılı bir kadınsın, Anastasia. Başaracağından eminim."

"Sen deli misin?"

"Sana deliyim," diye fısıldadı

Ve benden bir homurtu çıktı çünkü becerebildiğim tek ifade buydu. Gözlerini kıstı.

"Herkesin maskarası olacaksın. Yetişkin hayatında sadece birkaç ay tam zamanlı bir işte çalışmış karısı için şirket satın alan adam."

"Sence insanların ne düşündüğü umrumda mı? Ayrıca yalnız olmayacaksın."

Ona ağzım açık bakakaldım. Bu defa aklını gerçekten kaçırmıştı. "Christian, ben..." Başımı ellerimin arasına aldım; duygularım bir merdaneden geçiyordu sanki. *Deli miydi?* Ve içimin en derin ve karanlık yerinden, ani ve uygunsuz bir gülme ihtiyacı yükseldi. Ona tekrar baktığımda, gözleri iri iri açılmıştı.

"Sizi eğlendiren bir şey mi var, Bayan Steele?"

"Evet. Sen."

Gözleri daha da irileşti. Hem şaşırmış, hem keyiflenmişti. "Kocanıza gülmek ha? İşte bu olmaz. Üstelik dudağını da ısırıyorsun." Gözleri koyulaştı. Ah, hayır. Bu bakışı tanıyordum. İhtiraslı, baştan çıkarıcı, şehvetli. Hayır, hayır, hayır! Burada olmazdı.

"Aklından bile geçirme," diye uyarırken, telaşım sesime yansımıştı.

"Neyi aklımdan geçirmeyeyim, Anastasia?"

"Bu bakışı tanıyorum. İş yerimdeyiz."

Erimiş gri ve aç gözlerini benimkilere sabitleyerek, öne doğru eğildi. *Aman Tanrım*! İç güdüsel olarak yutkundum.

"Küçük, makul derecede ses geçirmez ve kapısı kilitlenebilir bir ofisteyiz," diye fısıldadı

"Cinsel taciz." Her kelimeyi özenle vurguladım.

"Kocanla değil."

"Patronumun patronunun patronuyla," diye tısladım.

"Sen benim karımsın."

"Christian, hayır, ciddiyim. Beni bu akşam kollarında eriyip bitene kadar becerebilirsin. Ama şimdi olmaz. Burada hayatta olmaz!"

Gözlerini bir kez daha kırpıştırıp kıstı. Sonra beklenmedik bir şekilde güldü.

"Kollarında eriyip bitene kadar?" Tek kaşını kaldırdı. "Bu sözünüzü size hatırlatırım, Bayan Steele."

"Ah, şu Bayan Steele olayını kes!" diye çıkışarak masaya vurmam ikimizi de irkiltti. "Tanrı aşkına, Christian. Senin için anlamı bu kadar önemliyse, adımı değiştireceğim!"

Ağzı açıldı ve derin bir nefes aldı. Ve ardından yüzü, otuz iki dişini gösteren, ışıl ışıl, neşeli bir sırıtışla aydınlandı. *Vay canına...*

"İyi." Ellerini kavuşturdu ve bir anda ayağa kalktı.

Şimdi ne olmuştu?

"Görev tamamlandı. Şimdi, yapılacak işlerim var. İzninizle, Bayan Grey."

Peh! Bu adam o kadar delirticiydi ki. "Ama..."

"Ama ne, Bayan Grey?"

Koltuğuma gömüldüm. "Git yeter."

"Niyetim de bu zaten. Akşama görüşürüz. Kollarımda eriyip bitmen için sabırsızlanıyorum."

Yüzümü buruşturdum.

"Ah, bu arada katılmam gereken, iş bağlantılı bir dizi sosyal aktivite yaklaşıyor ve senin de bana eşlik etmeni istiyorum."

Ağzım açık, dik dik baktım. *Gider misin, lütfen?*

"Andrea'dan Hannah'yı arayıp tarihleri ajandana kaydettirmesini rica edeceğim. Tanışman gereken bazı insanlar var. Bundan sonra Hannah'dan programını düzenlenmesini istemelisin."

Tamamen şaşkın, afallamış ve şoke olmuş bir halde, "Tamam," diye mırıldandım.

Masama eğildi. *Şimdi ne var?* Hipnotize edici bakışlarına yakalandım.

"Sizinle iş yapmayı çok seviyorum, Bayan Grey." Ben felç olmuş gibi hiç kıpırdamadan otururken, iyice eğildi ve dudaklarıma yumuşacık bir öpücük kondurdu. "Kaçtım, bebek," diye mırıldandı. Aniden doğruldu ve bana göz kırptığı gibi, çıkıp gitti.

Üstümden biricik kocamın ta kendisi olan bir yük treni geçmiş gibi hissederek, başımı masama dayadım. Bu gezegendeki en bunaltıcı, can sıkıcı ve aksi adam olmalıydı. Doğruldum ve çılgın gibi, gözlerimi ovaladım. Az önce neye razı gelmiştim? Pekâlâ, Ana Grey, SBY'yi yani Grey Yayıncılık'ı yönetecekti. Bu adam aklını kaçırmıştı. Kapım vuruldu ve Hannah kafasını uzattı.

"İyi misin?" diye sordu.

Ona sadece baktım. Kaşları çatıldı.

"Bunu yapmamdan hoşlanmadığını biliyorum ama sana biraz çay yapabilir miyim?"

Başımı evet der gibi salladım.

"Twinings Kahvaltı çayı, açık ve sade?"

Başımı tekrar salladım.

"Hemen geliyor, Ana."

Boş gözlerle bilgisayar ekranıma bakarken, hâlâ şoktaydım. Anlamasını nasıl sağlayabilirdim? E-posta!

Kimden: Anastasia Steele

Konu: BEN SENİN MALIN DEĞİLİM!

Tarih: 22 Ağustos 2011 14:23

Kime: Christian Grey

Bay Grey

Bir dahaki sefere, beni görmeye gelmeden önce, en azından ergenlere özgü hükmedici megalomanyaklığınız konusunda hazırlıklı olabilmem için, lütfen randevu alın.

Saygılarımla

Anastasia Grey <-------- lütfen isme dikkat edin

Editör, SBY

Kimden: Christian Grey

Konu: Kollarımda Eriyip Bitene Kadar

Tarih: 22 Ağustos 2011 14:34

Kime: Anastasia Steele

Benim Sevgili Bayan Grey'im (Benim'deki vurguya dikkat)
Kendimi savunmak için ne diyebilirim ki? O civardaydım.
Ve hayır, siz bir mal varlığı değilsiniz. Siz benim biricik eşimsiniz.

Her zamanki gibi, günümü aydınlatıyorsun.

Christian Grey
CEO & Hükmedici Megalomanyak, Grey Şirketler Topluluğu

Komik olmaya çalışıyordu ama gülecek havada değildim. Derin bir nefes aldım ve yazışmalarıma döndüm.

O akşam arabaya bindiğimde, Christian sessizdi.

"Merhaba," diye mırıldandım.

Olması gerektiği gibi, ihtiyatla, "Merhaba," dedi.

Fazla şirin bir sesle, "Bugün başka kimsenin işine mani oldun mu?" diye sordum.

Yüzünden belli belirsiz bir gülümseme geçti. "Sadece Flynn."

Ah.

"Onu bir dahaki ziyaretinde, görüşülmesini istediğim konuların listesini sana vereceğim," diye tısladım.

"Tatsız gibisiniz, Bayan Grey."

Gözlerimi önümdeki Ryan ve Sawyer'ın enselerine diktim. Christian yanımda döndü.

"Hey," dedi usulca ve elime uzandı. Bütün öğleden sonra, işe konsantre olmam gerekirken ona ne söyleyeceğimi kestirmeye çalışmıştım. Ancak geçen her saatle öfkem biraz daha artmıştı. Bu kendini beğenmiş, alıngan ve dürüst olmak gerekirse çocuksu tavırlarından bıkmıştım. Elimi, kendini beğenmiş, alıngan ve çocuksu bir tavırla elinden çektim.

"Bana kızgın mısın?" diye fısıldadı.

"Evet," diye tısladım. Kollarımı göğsümde kavuşturarak, camdan dışarı baktım. Yanımda, bir kez daha kıpırdandı ama kendime ondan tarafa bakma izni vermeyecektim. Neden bu kadar kızdığımı anlamıyordum ama kızmıştım işte. Gerçekten feci kızgındım.

Escala'nın önünde durunca, protokolü çiğneyip elimde evrak çantamla dışarı fırladım. Peşimden kimin geldiğine bakmadan, ayaklarımı yere vurarak, hışımla binadan içeri girdim. Ryan arkamdan koşar adımlarla lobiye girdi ve "çağır" düğmesine basmak için asansöre atıldı.

Yanına varınca, "Ne?" diye çıkıştım. Yanakları kızardı.

"Özür dilerim, efendim," diye mırıldandı.

Christian da asansörü beklemek üzere yanıma gelince, Ryan hemen çekildi.

Christian kuru bir sesle, "Demek sadece bana kızgın değilsin?" diye mırıldandı. Dönüp bakınca, yüzünde bir gülümseme iması gördüm.

"Sen bana gülüyor musun?" Gözlerimi kıstım.

Onu silah doğrultup tehdit etmişim gibi, ellerini havaya kaldırdı. "Hangi cüretle?" lacivert takım elbisesi içinde yumuşacık seksi saçları ve samimi ifadesiyle, canlı ve temiz görünüyordu.

"Tıraş olman lazım," diye mırıldandım. Ona arkamı dönüp asansöre bindim.

Saçlarını alnından geriye iterek, "Öyle mi?" dedi. Arkamdan kabine girdi.

"Evet." Dairemizin kodunu minik klavyeye girdim.

"Demek artık benimle konuşuyorsun?"

"Sayılır."

Temkinli bir sesle, "Tam olarak neye kızdın? Bir göstergeye ihtiyacım var," diye sordu.

Dönüp ona ağzım açık baktım.

"Gerçekten hiçbir fikrin yok mu? Senin gibi zeki birinin mutlaka bir ipucu vardır? Bu kadar kalın kafalı olduğuna inanamıyorum."

Telaşla bir adım geri çekildi. Kafası karışmış gibi, "Sen gerçekten kızgınsın. Bunu ofisinde hallettiğimizi sanıyordum," diye mırıldandı.

"Christian ben sadece senin alıngan taleplerine teslim oldum. Hepsi bu."

Asansör kapısı açıldı ve dışarı fırladım. Taylor holde duruyordu. Ben hışımla yanından geçerken, bir adım geri çekildi ve hızla ağzını kapattı.

"Merhaba, Taylor," diye mırıldandım.

"Bayan Grey," dedi.

Evrak çantamı hole bırakıp büyük salona yöneldim. Bayan Jones ocağın başındaydı.

"İyi akşamlar, Bayan Grey."

"Merhaba, Bayan Jones." Doğruca buzdolabına gidip bir şişe beyaz şarap çıkardım. Christian arkamdan mutfağa geldi ve dolaptan bir kadeh almamı bir atmaca gibi izledi. Ceketini çıkarıp rahat bir tavırla tezgâhın üstüne bıraktı.

Süper tatlılılıkla, "Sen de bir içki ister misin?" diye sordum.

Gözlerini benden bir an bile ayırmadan, "Hayır, teşekkürler," dedi ve çaresiz kaldığını anladım. Benimle ne yapacağını bilmiyordu. Bir yandan komik, bir yandan trajik bir durumdu. *Pekâlâ, canı cehenneme.* Bu öğleden sonraki görüşmemizden bu yana şefkatli yanımı bulmakta güçlük çekiyordum. Ağır hareketlerle kravatını çıkarıp gömleğinin üst düğmesini açtı. Ben kendime kocaman bir kadeh sauvignon blanc doldururken, Christian elini saçlarının arasından geçiriyordu. Döndüğümde Bayan Jones ortadan kaybolmuştu. Kahretsin! O benim canlı kalkanımdı. Şarabımdan büyük bir yudum aldım. Hımmm. Tadı çok güzeldi.

Christian, "Kes şunu," diye mırıldandı. Aramızdaki iki adımlık mesafeyi kapatıp karşıma dikildi. Saçımı nazik bir hareketle kulağımın arkasına itti ve parmak uçlarını kulak mememde dolaştırarak içimin ürpermesine neden oldu. Bütün gün özlediğim bu muydu yoksa? Christian'ın dokunuşu mu? Başımı sallayarak, kulağımı bırakmasını sağladım ve gözlerimi gözlerine diktim.

"Konuş benimle," diye mırıldandı.

"Ne anlamı var ki? Sen beni dinlemiyorsun."

"Evet, dinliyorum. Sen dinlediğim çok az sayıda insandan birisin."

Şarabımdan bir yudum daha aldım.

"Sorun ismin mi?"

"Evet ve hayır. Mesele seninle aynı fikirde olmamamı ele alış şeklin." Sinirlenmesini bekleyerek gözlerinin içine baktım.

Alnı kırıştı. "Ana... bazı sorunlarım olduğunu biliyorsun. Söz konusu sen olunca boş vermem çok zor. Bunu biliyorsun."

"Ama ben ne bir çocuğum ne de bir mal."

"Biliyorum." İç geçirdi.

Yakarır gibi fısıldadım. "O zaman bana öyleymişim gibi davranmaktan vazgeç."

Parmaklarının üstünü yanağıma sürttü ve başparmağının ucunu alt dudağımın üstünde dolaştırdı.

Yüzünde, ağırbaşlı, saygılı bir ifadeyle, "Kızma. Benim için o kadar kıymetlisin ki. Çocuk gibi, paha biçilmez bir varlıksın," dedi. Sözleri dikkatimi dağıtmıştı. *Çocuk gibi.* Bir çocuk gibi kıymetli. Bir çocuk onun için kıymetli olacaktı.

"Ben bunların ikisi de değilim, Christian. Senin karınım. Madem soyadını almamam seni incitecekti, bunu söylemen gerekirdi."

"İncitmek mi?" Kaşlarını iyice çattı ve zihninde bu olasılığı keşfe çıktığını anladım. Aniden, hâlâ çatık kaşlarla, sırtını dikleştirdi ve hızla bileğindeki saate baktı. "Mimarın gelmesine bir saatten az kaldı. Yemek yemeliyiz."

Ah, hayır. İçimden inledim. Bana yanıt vermemişti; üstelik şimdi bir de Gia Matteo'yla uğraşmam gerekecekti. Boktan günüm daha da boktan bir hal almıştı. Christian'a suratımı buruşturdum.

"Bu tartışma henüz bitmedi," diye mırıldandım.

"Tartışacak başka ne var ki?"

"Firmayı satabilirdin."

Christian homurdandı. "Satmak mı?"

"Evet."

"Bugünün piyasasında alıcı bulabileceğimi mi sanıyorsun?"

"Sana kaça mal oldu?"

"Göreceli olarak ucuzdu." Sesi korunaklıydı.

"Ya batarsa?"

"Hayatta kalırız. Ama sen orada olduğun sürece batmasına izin vermeyeceğim, Anastasia."

"Ya ayrılırsam?"

"Ayrılıp ne yapacaksın?"

"Bilmiyorum. Başka bir şey."

"Bunun hayallerindeki iş olduğunu sen söyledin. Ve yanılıyorsam bağışla ama Tanrı'nın ve Peder Walsh'un ve en yakın ve en sevdiğimiz insanların huzurunda, 'üzerine titreyeceğime, umutlarına ve hayallerine destek olacağıma ve seni yanımda güvende tutacağıma,' söz verdim."

"Evlilik yemininden alıntı yapman, hiç adil değil."

"Sen söz konusu olduğunda adil olacağıma hiç söz vermedim. Ayrıca," diye ekledi. "Daha önce sen de yeminini bana karşı silah olarak kullandın."

Yüzümü buruşturdum. Doğruydu.

"Anastasia, bana hâlâ öfkeliysen, acısını daha sonra yatakta çıkar." Gözleri ısınırken, sesi bir anda alçalmış ve şehvetli bir özlemle dolmuştu.

Ne? Yatakta mı? Nasıl?

Yüzümün aldığı şekil karşısında anlayışla gülümsedi. Onu bağlamamı falan mı bekliyordu? *Tanrı aşkına!*

"Kollarımda eriyip bitene kadar," diye fısıldadı. "Sabırsızlıkla bekliyorum"

Vay canına!

Pat diye, "Gail!" diye seslendi ve birkaç saniye içinde, Bayan Jones göründü. Neredeydi? Taylor'ın ofisinde mi? Bizi mi dinliyordu? *Ah, hayır.*

"Bay Grey?"

"Artık yemek yemek istiyoruz, lütfen."

"Elbette, efendim."

Christian gözlerini benden ayırmıyordu. Beni ışık hızıyla kaçmaya hazırlanan egzotik bir yaratıkmışım gibi, dikkatle izliyordu. Şarabımdan bir yudum aldım.

İç çekerek, "Sanırım bir kadeh de ben alacağım," dedi ve elini bir kez daha saçlarının arasından geçirdi.

"Bitirmeyecek misin?"

"Hayır." Christian'ın kararan yüzünden kaçınmak için, doğru dürüst el sürmediğim fettuccini tabağıma baktım. Bir şey söylemesine fırsat bırakmadan masadan kalktım ve tabaklarımızı yemek masasından kaldırdım.

"Gia birazdan burada olur," diye mırıldandım. Christian'ın ağzı hoşnutsuz bir ifadeyle büküldüyse de bir şey söylemedi.

Ben mutfağa adım atınca, Bayan Jones, "Ben onları alayım, Bayan Grey," dedi.

"Teşekkürler."

Endişeyle, "Beğenmediniz mi?" diye sordu.

"Gayet iyiydi. Sadece aç değilim."

Bana minik, anlayışlı bir gülümsemeyle baktıktan sonra, tabağımı boşaltmak ve bulaşıkları makineye yerleştirmek üzere döndü.

Christian çalışma odasında gözden kaybolmadan önce, "Birkaç telefon görüşmesi yapacağım," diyerek beni süzdü.

Rahat bir nefes alıp yatak odamıza geçtim. Akşam yemeği tuhaf geçmişti. Christian'a hâlâ kızgındım ve o yanlış bir şey yaptığını düşünür gibi görünmüyordu. *Yapmış mıydı?* Bilinçaltım tek kaşını kaldırdı ve yarım ay gözlüklerinin üstünden sevecen bir bakış attı. Evet, yapmıştı. İşteki durumumu daha da acayip hale getirmişti. Bu meseleyi tartışmak için, kendi evimizin göreceli mahremiyetine girmemizi bile beklememişti. Ben onun ofisine hışımla dalıp patronluk taslasam, o ne hissederdi? Üzerine tüy dikmek için, bir de SBY'yi bana vermek istiyordu. Ben bir şirketi nasıl yönetebilirdim ki? İş konusunda neredeyse hiçbir şey bilmiyordum.

Pencereden, gün batımının incimsi pembesine boyanmış Seattle gök çizgisine baktım. Ver her zaman olduğu gibi, farklılıklarımızı yatakta ımm... holde... oyun odasında... TV odasında... mutfak tezgâhının üstünde... *Dur!* çözmek istiyordu. Onun için her şeyin ucu sekse dayanıyordu. Seks onun baş etme mekanizmasıydı.

Banyoya yürüdüm ve aynadaki yansımama suratımı asarak baktım. Gerçek dünyaya dönmek zordu. Baloncuğumuzun içindeyken aramızdaki farklılıkları dikkate almamayı başarmıştık çünkü birbirimize kapılmış durumdaydık. Ya şimdi? Kısa bir an için düğüne döndüm, o günkü endişelerimi hatırladım. Acele bir kararla evlenmek... Hayır, böyle düşünmemeliydim. Onunla evlenirken Elli Ton olduğunu biliyordum. Sadece dayanmalı ve bunu onunla enine boyuna konuşmaya çalışmalıydım.

Aynada kendime gözlerimi kısarak, dikkatle baktım. Solgun görünüyordum ve şimdi o kadınla da uğraşmam gerekecekti.

Üzerimde dize doğru daralan gri eteğim ve kolsuz bir bluz vardı. Pekâlâ! İçimdeki tanrıça parlak kırmızı ojesini çıkardı. İki düğme açıp biraz dekolte yarattım. Yüzümü yıkadım, makyajımı özenle, her zamankinden daha fazla rimel ve dudaklarıma fazladan parlatıcı sürerek, yeniledim. Başımı öne eğip saçlarımı dipten uca sertçe fırçaladım. Doğrulduğumda, saçlarım göğüslerimin üstüne dökülen kestane bir pus gibiydi. Özenle kulaklarımın arkasına ittim ve babetlerim yerine, topuklu ayakkabılarımı aramaya gittim.

Salona geri döndüğümde, Christian evin planlarını yemek masasının üstüne yaymıştı. Ses sisteminden müzik yayılıyordu. Olduğum yerde durdum.

Sıcacık bir sesle, "Bayan Grey," dedi ve bana soran gözlerle baktı.

"Bu ne?" diye sordum. Müzik sersemleticiydi.

"Fauré'nin Requiem'i. Farklı görünüyorsun," dedi dalgın bir sesle.

"Ah, daha önce duymamıştım."

"Sakinleştirici ve gevşeticidir," derken tek kaşını kaldırdı. "Saçına bir şey mi yaptın?"

"Fırçaladım," diye mırıldandım. İnsanın aklında yer eden sesler, beni bambaşka bir yere taşımıştı. Christian planları masaya bıraktı ve müzikle uyumlu, ağır adımlarla bana doğru yürüdü.

"Benimle dans eder misin?" diye mırıldandı.

Şaşırarak, "Bu müzikle mi? Bu bir ağıt," dedim.

"Evet." Beni kollarının arasına çekti ve burnunu saçlarıma gömüp ağır ağır sallanmaya başladı. Cennetten çıkma kokusunu duydum.

Ah... Onu özlemiştim. Kollarını boynuma doladım ve içimden yükselen ağlama isteğine direndim. *Neden bu kadar sinir bozucusun*?

"Seninle kavga etmekten nefret ediyorum," diye fısıldadı.

"O zaman böyle göt gibi davranma."

Kıkırdadı ve büyüleyici ses, göğsünde yankılandı. Bana daha sıkı sarıldı. "Göt mü?"

"Kıç."

"Ben *götü* tercih ederim."

"Etmelisin. Sana yakışıyor."

Bir kez daha güldü ve tepemi öptü.

Eşliğinde dans ediyor olmamıza biraz şaşırarak, "Bir ağıt ha?" diye mırıldandım.

Omuz silkti. "Hoş bir müzik parçası, Ana."

Taylor girişte hafifçe öksürünce, Christian beni serbest bıraktı.

"Bayan Matteo geldi," dedi Taylor.

Ah, ne mutluluk!

"Onu içeri al," dedi Christian. Uzandı ve Bayan Matteo odaya girerken, elimi tuttu.

BÖLÜM SEKİZ

Gia Matteo hoş bir kadındı. Uzun boylu ve hoş bir kadın. Kısa, güzellik salonundan çıkma, kusursuzca kat verilmiş, fönlü saçlarını sofistike bir taç gibi taşıyordu. Açık gri bir pantolon ceket takım giymişti; pantolon da üzerine oturan ceket de dolgun kıvrımlarını sıkıca sarıyordu. Giysileri pahalı görünüyordu. Boynunda, kulaklarındaki bir karatlık küpelerin eşi bir tek taş pırlanta parlıyordu. Bakımlıydı; para içinde büyümüş, iyi yetiştirilmiş kadınlardandı. Gerçi bu akşam o iyi yetiştirilme kısmı biraz eksik görünüyordu; açık mavi gömleğinin gereğinden fazla düğmesi açıktı. Benimki gibi. Kızardım.

"Christian. Ana." Kusursuz beyaz dişlerini göstererek, neşeyle gülümsedi ve önce Christian'ın sonra benim elimi sıkmak için uzandı. Karşılık verebilmek için, Christian'ın elini bırakmam gerekti. Christian'dan çok az kısaydı ama ne de olsa ayağında vamp topuklular vardı.

Christian kibarca, "Gia," dedi. Ben serinkanlı bir gülümseme takındım.

Bol rimelli uzun kirpiklerinin altından Christian'ı süzerek, "Balayınızdan sonra ikiniz de harika görünüyorsunuz," dedi pürüzsüz bir sesle. Christian kolunu dolayıp beni kendine çekti.

"Harika vakit geçirdik, teşekkürler." Dudaklarını şakağıma sürterek beni şaşırttı.

Gördün mü... o benim. Can sıkıcı –hatta sinir bozucu– ama benim. Sırıttım. *Şu anda seni gerçekten seviyorum, Christian Grey*. Elimi önce beline, ardından pantolonunun arka cebine attım ve poposunu sıktım. Gia bize cılız bir gülümsemeyle baktı.

"Planları gözden geçirebildiniz mi?"

"Geçirdik," diye mırıldandım. Tek kaşı havada, alaycı bir keyifle sırıtan Christian'a baktım. Onu böyle keyiflendiren neydi? Gia'ya verdiğim tepki mi? Poposunu sıkmam mı?

"Lütfen," dedi Christian. "Planlar burada." Yemek masasını işaret etti. Elimi tuttu, beni masaya götürdü. Gia da hemen arkamızdaydı. Sonunda nezaket kurallarını anımsayabilmiştim.

"İçecek bir şey alır mısınız?" diye sordum. "Bir kadeh şarap?"

"Çok hoş olur," dedi. "Varsa, sek beyaz, lütfen."

Kahretsin! Sauvignon blanc sek beyazdı, değil mi? Kocamın yanından hiç istemeyerek ayrılıp mutfağa yöneldim. Christian müziği kapatırken, iPod'un tısladığını duydum.

"Biraz daha şarap alır mısın, Christian?" diye seslendim.

Bana sırıtarak, "Lütfen, bebeğim," dedi. Vay canına, bazen aklımı başımdan alırken, diğer zamanlarda çok can sıkıcı olabiliyordu.

Dolabı açmaya uzanırken, bakışlarını üzerimde hissettim ve Christian ve benim, birlikte bir gösteri sergilediğimize ve bir oyun oynadığımıza dair esrarengiz bir duyguyla sarmalandım. Ancak bu kez Bayan Matteo'ya karşı aynı taraftaydık. Kadının ondan etkilendiğini ve bunu fazla belli ettiğini Christian da biliyor muydu? Belki de bana güvence vermeye çalıştığını fark edince, küçük bir haz hücumu yaşadım. Ya da belki de bu kadına yüksek sesli bir mesaj gönderiyor ve kapıldığını açıklıyordu.

Benim. Evet, *kaltak, benim.* İçimdeki tanrıça gladyatör kılığına bürünmüştü ve rakibin gözünün yaşına bakmayacak gibi görünüyordu. Dolaptan üç kadeh, buzdolabından da açık Sauvignon Blanc şişesini alıp hepsini kahvaltı barının üstüne yerleştirirken, gülümsüyordum.

Gia masanın üstüne eğilmiş, Christian ise yanında durmuş planlarda bir şeyi işaret ediyordu.

"Sanırım Ana'nın cam duvarla ilgili görüşleri var ama genel anlamda, ikimiz de ürettiğin fikirlerden hoşnutuz."

"Ah, sevindim." Gia bariz biçimde rahatlamıştı ve bunu söylerken, küçük, işveli bir jestle, Christian'ın koluna dokundu. Christian derhal ve belli belirsiz gerildi. Gia fark etmemişti bile.

Onu rahat bırak, bayan. Dokunulmaktan hoşlanmaz.

Christian, Gia'nın ulaşamayacağı bir mesafeye çekilerek bana döndü. "Susadık."

"Hemen geliyorum." O da benim oyunumu oynuyordu. Kadın onu rahatsız ediyordu. Bunu neden daha önce görememiştim ki? Ondan hoşlanmamamın nedeni buydu. Christian kadınların ona gösterdikleri tepkiye alışıktı. Bunu yeterince sıklıkta görmüştüm ve genelde bu konuda hiçbir şey düşünmezdi. Ama dokunmak başka bir şeydi. Pekâlâ, Bayan Grey imdada koşma zamanı.

Şarabı çabucak doldurdum, üç kadehi de elime aldım ve hızlı adımlarla stres altındaki şövalyemin yanına gittim. Gia'ya bir kadeh uzattıktan sonra, kasten aralarına girdim. Kadehi alırken, kibarca gülümsedi. İkinci kadehi hevesle uzanan Christian'a verdim. Yüzünde keyifli bir minnet ifadesi vardı.

"Şerefe," dedi Christian her ikimize de; ama bana bakıyordu. Gia ve ben kadehlerimizi kaldırdık ve bir ağızdan karşılık verdik. Şarabımdan bana çok iyi gelen bir yudum aldım.

"Ana, cam duvarla ilgili bir sorunun mu var?" diye sordu Gia.

"Evet. Bayıldım, beni yanlış anlamayın. Ama eve daha organik şekilde katabiliriz diye umuyordum. Sonuçta ben bu eve bu haliyle âşık oldum ve radikal bir değişiklik yapmak istemiyorum."

"Anlıyorum."

"Tasarımın sempatik olmasını istiyorum, o kadar. Bilirsiniz... orijinal eve daha sadık kalmamızı." Beni düşünceli bir ifadeyle izleyen Christian'a baktım.

"Yani büyük çaplı tadilat olmasın mı?" diye mırıldandı.

"Hayır." Düşüncemi vurgulamak için başımı salladım.

"Olduğu haliyle mi seviyorsun."

"Çoğunlukla evet. Başından beri, sadece biraz şefkatli bakıma ihtiyaç duyduğunu biliyorum."

Christian'ın gözleri sevgiyle parladı.

Gia ikimize birden baktı; yanakları pembeleşmişti. "Tamam," dedi. "Sanırım çıkış noktanı anlıyorum, Ana. Cam duvarı korusak ama Akdeniz tarzına uygun olarak daha büyük bir terasa açılmasını sağlasak? Orada taş bir terasımız var zaten. Aynı taştan, manzarayı koruyabilmeniz için geniş aralıklarla yerleştirilmiş sütunlar ekleyebiliriz. Cam bir çatı ya da evin geri kalanı gibi, seramik bir çatı eklediğimizi düşün. Ayrıca *alfresko* tarzı korunaklı bir yemek ve oturma alanı da sağlanmış olur."

Kadına hakkını vermek lazımdı... İyiydi.

"Ya da teras yerine, cam kapılara senin seçtiğin bir ahşap rengini ekleyebiliriz. Bu da Akdeniz ruhunu korumaya yardımcı olabilir," diye ekledi.

Beni dikkatle izleyen Christian'a, "Güney Fransa'daki parlak mavi panjurlar gibi," diye mırıldandım. Şarabından bir yudum aldı ve fazla çekimser bir tavırla omuz silkti. Hımmm. Bu fikir hoşuna gitmemişti ama beni ezip geçmiyor, yere çalmıyor ya da aptal hissetmeme neden olmuyordu. Tanrım bu adam bir zıtlıklar abidesiydi. Dünkü sözlerini hatırladım. *Bu evin senin istediğin şekilde olmasını istiyorum. Sen ne istersen. Ev senin.* Mutlu olmamı istiyordu. Yaptığım her şeyde mutlu olmamı. Sanırım için için bunu ben de biliyordum.

Ben sadece... kendimi durdurdum. Tartışmamızı şimdi düşünme. Bilinçaltım bana dik dik bakıyordu.

Gia, Christian'a bakıyor ve kararını vermesini bekliyordu. Göz bebeklerinin irileşmesini, parlatıcılı dudaklarının aralanmasını izledim. Şarabından bir yudum almadan önce, dili hızla üst dudağına uzandı. Christian'a döndüğümde, hâlâ bana bakıyordu. Ondan tarafa bakmıyordu bile. Evet! Bayan Matteo'yla ben konuşacaktım.

Christian kararı açıkça bana bırakarak, "Ana, ne yapmak istersin?" diye sordu.

"Teras fikrinden hoşlandım."

"Ben de öyle."

Tekrar Gia'ya döndüm. *Hey, bayan, ona değil, bana bak. Bu konuda kararları ben veriyorum.* "Sanırım terasın büyütülmüş ve eve uygun sütunlar eklenmiş halinin elden geçirilmiş planlarını görmek isterdim."

Gia istemeyerek de olsa, gözlerini kocamdan ayırıp bana gülümsedi. Fark etmeyeceğimi mi sanıyordu yoksa?

"Elbette," dedi sevecen bir sesle. "Başka sorun var mı?"

Senin kocamı gözlerinle becermen dışında mı? "Christian ana süite yeni bir biçim vermek istiyor," diye mırıldandım.

Büyük salonun girişinde bir öksürük sesi duyuldu. Üçümüz aynı anda dönüp bakınca, Taylor'la karşılaştık.

Christian, "Taylor?" dedi.

"Acil bir konuda size danışmam gerekiyor, Bay Grey."

Christian omuzlarımı arkadan tuttu ve Gia'ya hitaben, "Bu projede söz Bayan Grey'in," dedi. "Mutlak bir açık çeki var. Ne isterse, o olsun. İçgüdülerine tamamen güveniyorum. Cin gibidir." Sesi hafifçe değişmişti. Hem gururluydu, hem de üstü kapalı bir uyarı –Gia'ya mı?– vardı.

İçgüdülerime güveniyor muydu? Ah, bu adam sinir bozucuydu. İçgüdülerim bu öğleden sonra duygularımı çiğneyip geçmesine izin vermişti. Sıkıntıyla başımı salladım ama Bayan-Kışkırtıcı-ve-Ne-Yazık-ki-İşinde-İyi'ye kimin sözünün geçtiğini söylediği için minnettardım. Omzumda duran elini okşadım.

"Şimdi izin verirseniz." Christian, Taylor'ı takip etmeden önce omuzlarımı sıktı. Neler olduğunu merak ettim.

Gia gergin bir tavırla, "Eee... Ana, süit diyorduk?" diye sordu.

Ona baktım ve Christian ve Taylor'ın bizi duyamayacak kadar uzaklaştıklarından emin olmak için bir an duraksadım. Sonra iç gücümden ve son beş saattir ciddi anlamda kırılmış olmamdan destek alarak, Gia'ya haddini bildirdim.

"Gergin olmakta haklısın Gia, çünkü şu anda projedeki işin ortada. Ama sanırım ellerini kocamdan uzak tuttuğun sürece, sorun yaşamayız."

Nefesini tuttu.

"Aksi takdirde, işinden olursun. Anladın mı?" Her kelimeyi netlikle vurguladım.

Büsbütün afallayarak gözlerini kırpıştırdı. Söylediklerime inanamıyordu. Ama iri iri açılan kahverengi gözlerine kayıtsız bir ifadeyle bakarak, duruşumu korudum.

Geri adım atma! Geri adım atma! Bu delirtici kayıtsız ifadeyi, kayıtsızlıkta üstüne olmayan Christian'dan öğrenmiştim. Grey'in ana konutunu yenilemenin Gia'nın mimarlık firması için prestijli bir proje olduğunu biliyordum; şapkasına şaşaalı bir tüy eklenecekti. Bu komisyonu kaybedemezdi. Ve şu anda Elliot'un arkadaşı olması da umurumda değildi.

"Ana... Bayan Grey... Çok üzgünüm. Ben asla..." Kıpkırmızı kesilmişti ve ne diyeceğini bilemiyordu.

"Açık konuşayım. Kocam sizinle ilgilenmiyor."

"Elbette," diye mırıldanırken yüzündeki bütün kan çekildi.

"Dediğim gibi, ben sadece açık olmak istedim."

"Bayan Grey samimiyetle özür dilerim. Eğer benim... Sanıyorsanız ki ben..." Durdu. Hâlâ söyleyecek bir şeyler bulmak için kıvranıyordu.

"İyi. Birbirimizi anladığımız sürece, sorun olmaz. Şimdi, ana süit için aklımızdan geçenleri size aktarayım. Sonra da kullanma niyetinde olduğunuz bütün malzemeleri gözden geçirelim. Bildiğiniz gibi, Christian da ben de bu evin ekolojik açıdan sürdürülebilir olması konusunda kararlıyız. Ve onu bütün malzemelerin nereden geldiği ve ne oldukları konusunda temin etmek isterim."

Gözleri iri iri açılmış ve dürüst olmak gerekirse, benden biraz ürkmüş halde, "El-elbette..." diye kekeledi. Bu bir ilkti. İçimdeki tanrıça çılgına dönmüş kalabalığı selamlayarak arenanın etrafını dönüyordu.

Gia elleriyle saçlarını düzeltti ve bunun gerildiği zaman yaptığı bir hareket olduğunu anlamıştım.

Kaygılı ve soluksuz bir fısıltıyı andıran bir sesle, "Ana süit?" dedi. Şimdi artık üstünlüğü sağladığım için Christian'la öğleden sonra yaptığımız görüşmeden bu yana ilk kez gevşediğimi hissettim. İçimdeki tanrıça, içindeki kaltağı kutluyordu.

Christian bize işimizin bitmesine yakın katıldı.

Kolunu belime sarıp Gia'ya döndü. "Her şey tamam mı?"

"Evet, Bay Grey." Gia neşeyle gülümsedi ama gülümsemesi biraz kırılgan görünüyordu. "Değiştirilmiş planları size birkaç gün içinde ulaştırırım."

"Mükemmel." Sıcak ve inceleyen gözlerini doğrudan bana çevirdi. "Mutlu musun?" Başımı sallarken anlamadığım bir nedenle kızardım.

"Ben gitsem iyi olur," dedi Gia yine fazla neşeli bir sesle. Bu kez elini önce bana, sonra Christian'a uzattı.

"Yine görüşmek üzere, Gia," diye mırıldandım.

"Evet, Bayan Grey. Bay Grey."

Taylor büyük salonun girişinde belirdi.

"Taylor sizi geçirir." Sesim Taylor'ın duyacağı kadar yüksek çıkmıştı. Gia saçlarını bir kez daha yokladıktan sonra yüksek topuklarının üstünde döndü ve büyük odadan, peşinde Taylor'la birlikte ayrıldı.

"Gözle görülür biçimde daha mesafeliydi," derken, Christian bana soran gözlerle bakıyordu.

Doğal görünmeye çalışarak, "Öyle miydi? Fark etmedim," diye omuz silktim. Kısmen merak ettiğim, kısmen konuyu değiştirmek istediğim için, "Taylor ne istiyormuş?" diye sordum.

Christian kaşlarını çatarak beni bıraktı ve masanın üstündeki planları rulo yapmaya başladı. "Hyde'la ilgiliydi."

"Ne olmuş Hyde'a?" diye fısıldadım.

"Endişelenecek bir şey yok, Ana." Planları bırakıp beni kollarının arasına çekti. "Görünüşe bakılırsa, haftalardır dairesine uğramamış, hepsi bu." Saçlarımı öptü, sonra beni bırakıp işine döndü.

"Eee, neye karar verdiniz?" diye sordu. Bunu Hyde meselesini daha fazla kurcalamamam için sorduğunu biliyordum.

"Sadece seninle konuştuklarımıza. Sanırım senden hoşlanıyor," dedim usulca.

Christian bir homurtu çıkardı. "Ona bir şey mi dedin?" sorusuyla kızardım. Nereden anlamıştı? Ne diyeceğimi bilemeyerek parmaklarıma baktım.

"Geldiğinde Christian ve Ana'ydık, giderken Bay ve Bayan Grey olduk." Ses tonu duygusuzdu.

"Bir şeyler söylemiş olabilirim," diye mırıldandım. Kafamı kaldırdığımda bana sevecen bir ifadeyle bakıyordu ve ihtiyatsız bir an için, hoşuna gitmiş gibi geldi. Bakışlarını indirdi, kafasını salladı ve ifadesi değişti.

"Sadece bu yüze tepki veriyor." Sesi bir miktar buruk hatta tiksinmiş gibiydi.

Ah, Elli, Hayır!

"Ne?" Şaşkın ifadem onu da şaşırtmıştı. Gözleri telaşla büyüdü. Dehşet içinde, "Kıskanmadın ya?" diye sordu.

Kızardım, yutkundum ve kenetli parmaklarıma baktım. Kıskanmış mıydım?

"Ana, kadın cinsel anlamda yırtıcı bir hayvan. Hiç tipim değil. Onu nasıl kıskanabilirsin? Ya da herhangi birini? Ona dair hiçbir şey ilgimi çekmiyor."

Başımı kaldırdığımda bana bir yerimden fazla bir uzuv çıkmış gibi bakıyordu. Elini saçlarının arasına daldırdı. "Sadece sen varsın, Ana," dedi usulca. "Ve her zaman sadece sen olacaksın."

Ah Tanrım. Planları bir kez daha bırakıp bana yaklaştı, çenemi başparmağı ile işaret parmağının arasında tuttu.

"Aksini nasıl düşünebilirsin? Sana bir başkasıyla uzaktan yakından ilgilenebileceğime dair bir belirti verdim mi hiç?" Gözlerimin içine bakan gözleri alev alevdi.

"Hayır," diye fısıldadım. "Saçmalıyorum. Sadece bugün… sen..." Çelişkili bütün duygularım bir anda yüzeye çıkmıştı. Ona aklımın ne kadar karıştığını nasıl anlatabilirdim? Bu öğleden sonra ofisimdeki tavrı yüzünden kafam karışmıştı, bunalmıştım. Bir an beni evde tutmak isterken, bir sonrakinde bana bir şirket vermek istiyordu. Ona nasıl ayak uydurabilirdim ki?

"Ne olmuş bana?"

"Ah, Christian…" Alt dudağım titredi. "Kendim için daha önce hayal dahi etmediğim bir hayata uyum sağlamaya çalışıyorum. Her şey önüme sunuluyor: işim, sen, böyle… böyle seveceğimi asla tahmin etmeyeceğim kocam, bu yoğunluk, hız ve derinlikle." Derin, yatıştırıcı bir nefes alırken, Christian'ın ağzı açık kaldı.

"Fakat sen bir yük treni gibisin ve ben zorlanmak istemiyorum çünkü o zaman âşık olduğun kız ezilir. Ve geriye ne kalır? Geriye sadece bir hayır organizasyonundan diğerine koşan işe yaramaz cılız bir kadın kalır." Hissettiklerimi aktarmak için doğru sözleri bulmaya çabalayarak duraksadım. "Ve şimdi benden bir şirketin CEO'su olmamı istiyorsun ki bu daha önce hayal ettiğim bir şey bile değildi. Bütün bu fikirler arasında oradan oraya zıplıyor, boğuşuyorum. Evde olmamı istiyorsun. Şirket yönetmemi istiyorsun. O kadar kafa karıştırıcı bir durum ki." Durdum, ağlamak üzereydim. Hıçkırığımı güçlükle bastırdım.

"Kendi kararlarımı vermeme, kendi risklerimi almama ve kendi hatalarımı yapmama ve hatalarımdan öğrenmeme izin vermelisin. Koşmadan önce yürümem gerek, Christian, anlamıyor musun? Biraz bağımsızlık istiyorum. Adımın benim için anlamı bu." İşte, bu öğleden sonra söylemek istediğim buydu.

"Kendini zorlanıyor gibi mi hissediyorsun?" diye fısıldadı.

Başımla onayladım.

Gözlerini yumarken, gerilmişti. "Ben sadece dünyayı ayaklarının altına sermek istiyorum, Ana. İstediğin her şeyi vermek istiyorum. Ve aynı zamanda seni dünyadan korumak. Seni güvende tutmak. Ve herkes senin benim olduğunu bilsin de istiyorum. Bugün e-postanı alınca paniğe kapıldım. Bana adından neden bahsetmedin?"

Kızardım. Haklılık payı vardı.

"Balayındayken düşündüm ve şey, baloncuğu patlatmak istemedim ve unuttum. Ancak dün gece aklıma geldi. Ve sonra Jack olayı... biliyorsun, dikkat dağıtıcıydı. Üzgünüm, sana söylemem ya da seninle tartışmam gerekirdi ama doğru anı hiç bulamadım sanki."

Christian'ın yoğun bakışı sinir bozucuydu. Kendi isteğini kafamdan içeri dayatmaya çalışıyordu sanki, ama hiçbir şey söylemiyordu.

"Neden paniğe kapıldın?" diye sordum.

"Parmaklarımın arasından kayıp gitmeni istemiyorum."

"Tanrı aşkına, hiçbir yere gittiğim yok. Bunu o inanılmaz derecede kalın kafana ne zaman sokacaksın? Ben. Seni. Seviyorum." Sözümü vurgulamak için, bazen onun da yaptığı gibi, elimi havada salladım. "Gören gözümden, boşluktan ya da özgürlükten daha çok seviyorum."

Gözleri iri iri açıldı. "Bir kız evladının sevgisiyle mi?" Bana alaycı bir gülümsemeyle baktı.

"Hayır," kendimi tutamayıp güldüm. "Aklıma gelen tek alıntı buydu."

"Deli Kral Lear."

"Sevgili, sevgili deli Kral Lear." Yüzünü okşarken, gözlerini yumup kendini avcuma bıraktı. "Herkes bana ait olduğunu bilsin diye adını Christian Steele olarak değiştirir miydin?"

Christian'ın gözleri açıldı ve bana sanki dünya aslında tepsi gibi düz demişim gibi baktı. Kaşlarını çatarak ve sözcükleri sınayarak, "Sana ait olduğumu mu?" diye mırıldandı.

"Benim."

Daha dün oyun odasında söylediğimiz sözleri tekrar ederek, "Senin," dedi. "Evet, değiştirirdim. Senin için bu kadar büyük bir anlam ifade etseydi."

Ah tanrım...

"Senin için anlamı bu kadar büyük mü?"

"Evet." Dolaysızdı.

"Tamam." Bunu onun için yapacaktım. Ona hâlâ ihtiyaç duyduğu güvenceyi verecektim.

"Zaten kabul ettiğini sanıyordum."

"Evet, ettim ama şimdi üzerinde daha fazla konuştuğumuz için, kararımdan daha hoşnudum."

Şaşırarak, “Ah,” dedi. Sonra güzel ve çocuksu ben-aslında-gerçekten-gencim gülümsemesini takındı ve nefesimi kesti. Beni belimden yakalayıp etrafında döndürdü. Çığlık attım ve kıkırdamaya başladım. Sadece mutlu muydu, rahatlamış mıydı yoksa başka bir şey miydi?... Bilmiyordum.

“Bayan Grey, bunun benim için anlamını biliyor musunuz?”

“Artık biliyorum.”

Eğildi ve parmaklarını saçlarımın arasına kaydırıp beni olduğum yere sabitleyerek öptü.

Dudaklarını dudaklarımdan ayırmadan, “Kollarımda eriyip bitene kadar demek,” diye mırıldandı ve burnunu benimkine sürttü.

“Öyle mi diyorsun?” Ona bakmak için başımı arkaya attım.

“Bazı sözler verildi. Bir teklifin kapsamı genişletildi, anlaşma sağlandı,” derken, gözleri muzip bir neşeyle parlıyordu.

“Şey...” Hâlâ sersem haldeydim ve ruh halini anlamaya çalışıyordum.

Emin değilmiş gibi, “Yoksa cayıyor musun?” derken, yüzünden düşünceli bir ifade geçti. “Bir fikrim var,” diye ekledi.

Ah bu defa nasıl bir düzüşme olacaktı?

“Katılımınızı gerektiren gerçekten önemli bir mesele,” diye devam ederken, birden yeniden ciddileşmişti. “Evet, Bayan Grey, çok önemli bir mesele.”

Bir dakika, benimle alay ediyordu.

“Ne?” diye soludum

“Saçlarımı kesmen gerek. Görünüşe bakılırsa fazla uzamış ve eşim pek hoşlanmıyor.”

“Saçını ben kesemem!”

“Evet, kesebilirsin.” Christian sırıtarak kafasını sallayınca, uzamış saçları gözlerine düştü.

"Şey, tabii Bayan Jones'un bir puding kâsesi olsaydı," diye kıkırdadım.

Güldü. "Tamam. Doğru bir noktaya parmak bastın. Franco'ya halletiririm."

Hayır! Franco o kaltak cüce için çalışıyordu. Belki ben biraz kırpabilirdim. Ne de olsa, seneler boyunca Ray'in saçlarını ben kesmiştim ve hiç şikâyeti olmamıştı.

"Gel." Elini tuttum. Gözleri açıldı. Onu banyomuza kadar götürdüm ve elini bırakıp köşede duran beyaz ahşap sandalyeyi çektim. Lavabonun önüne yerleştirdim. Christian'a baktığımda, beni başparmaklarını pantolonun ön kemer halkalarına geçirmiş halde, gizleyemediği bir muziplik ve dumanı tüten gözlerle izliyordu.

Üstünlüğümü korumaya çalışarak, boş sandalyeyi işaret ettim ve, "Otur," dedim.

"Saçlarımı mı yıkayacaksın?"

Başımı evet der gibi eğdim. Şaşkınlıkla tek kaşını kaldırdı ve bir an geri adım atacak sandım. "Tamam." Ağır hareketlerle, çenesinin altındakinden başlamak üzere, beyaz gömleğinin düğmelerini çözmeye koyuldu. Çevik, hünerli parmakları, gömleğinin önü tamamen açılana dek bir düğmeden diğerine kaydı.

Ah Tanrım... İçimdeki tanrıça arenanın etrafında attığı zafer turunda duraksadı.

Christian, "şimdi bunu çöz" dercesine, manşetlerinden birini uzattı ve ağzı kendine has meydan okuyan, seksi ifadesiyle büküldü.

Ah, kol düğmeleri. Uzattığı bileğini tuttum ve adının baş harflerinin küçük italik harflerle işlendiği küçük platin yuvarlağı çıkardım. Ardından sıra diğerine geldi. İşim bitince, ona baktım. Keyifli ifadesi yerini seksi... çok daha seksi bir şeye bırakmıştı. Ellerimi yukarı uzatıp gömleği omuzlarından kaydırdım ve yere düşmesine izin verdim.

"Hazır mısın?" diye fısıldadım.

"İstediğin her şeye, Ana."

Gözlerim gözlerinden dudaklarına indi. Daha derin nefes alabilmek için araladığı dudaklarına. Biçimli, oyulmuş ya da her neyse güzel bir ağzı vardı ve o ağızla neler yapılacağını çok iyi biliyordu. Kendimi onu öpmek için uzanırken buldum.

"Hayır," dedi ve ellerini omuzlarıma yerleştirdi. "Sakın. Bunu yaparsan, saçımı asla kestiremem."

Ah!

"Bunu istiyorum," diye devam etti. Gözleri yuvarlak ve bakışı izah edilemez bir nedenden saftı. Bu hali insanı yatıştırıyordu.

"Neden?" diye fısıldadım.

Bana kısacık bir an baktı ve gözleri irileşti. "Çünkü üzerime titreniyormuş gibi hissedeceğim."

Kalbim neredeyse duracaktı. *Ah, Christian... Benim Elli'm.* Ne olduğunu anlamadan onu kollarımın arasına aldım ve yanağımı tenimi gıdıklayan göğüs kıllarına sürtmeden önce, göğsünü öptüm.

"Ana, benim Ana'm," diye fısıldadı. Kollarını bana sardı ve hiç kıpırdamadan, sarmaş dolaş durduk. Ah, kollarında olmayı ne kadar seviyordum. Hükmedici, megalomanyak götün teki olsa da, o benim bir ömürlük şefkatli bakım dozuna ihtiyaç duyan hükmedici, megalomanyak götümdü. Onu kollarımdan bırakmadan, biraz geri çekildim.

"Bunu yapmamı gerçekten istiyor musun?"

Başını eğdi ve bana mahcup bir gülümsemeyle baktı. Ben de ona sırıtarak kollarının arasından sıyrıldım.

"O zaman otur," diye tekrarladım.

İtaatkâr bir tavırla, sırtı lavaboya dönük halde oturdu. Ayakkabılarımı ayağımla çıkarıp banyo zemininde gömleğinin durduğu yere doğru attım. Duştan Chanel şampuanını aldım. Fransa'dan almıştık.

"Beyefendi bunu ister mi?" Şişeyi, QVC'de[9] satış yapar gibi, iki elimle havaya kaldırdım. "Güney Fransa'dan özel olarak getirildi. Kokusu çok hoşuma gidiyor..." Fısıldayarak ve televizyon sunucusu havamdan sıyrılarak, ekledim. "Sen kokuyor."

"Lütfen." Sırıttı.

Havlu ısıtıcısından bir havlu kaptım. Bayan Jones havluları nasıl süper yumuşak tutacağını iyi biliyordu.

"Öne eğil," diye emrettim, Christian itaat etti. Havluyu omuzlarına serdikten sonra, muslukları açtım ve lavaboyu ılık su karışımıyla doldurdum.

"Arkaya yaslan." Ah, kontrolün bende olmasına bayılıyordum. Christian arkasına yaslandı ama fazla uzundu. Sandalyesini öne kaydırdıktan sonra, sırtı lavaboya yaslanacak şekilde geriye yatırdı. Kusursuz mesafe. Başını arkaya attı. Cesur gözlerle bana bakınca gülümsedim. Lavabonun yanında tuttuğumuz boş bardaklardan birini alıp suya daldırdım ve Christian'ın başından döküp saçlarını ıslattım. İşlemi üzerine eğilip tekrarladım.

"Çok güzel kokuyorsunuz, Bayan Grey," diyerek gözlerini yumdu.

Sistemli bir çalışmayla saçlarını ıslatırken, ona rahat rahat baktım. Tanrım, bir gün bundan sıkılacak mıydım acaba? Koyu renk, uzun kirpikler yanağına kadar iniyordu, hafifçe aralanmış dudakları küçük bir elmas biçimini almıştı ve usul usul nefes alıyordu. Hımm... dilimi o aralıktan içeri...

Suyu gözlerine sıçrattım. *Kahretsin!* "Özür dilerim!"

Havlunun ucunu tuttu ve gözündeki suyu gülerek sildi.

"Hey, götün teki olduğumu biliyorum ama beni boğma."

Eğildim ve kıkırdayarak alnını öptüm. "Beni bunu yapmaya özendirme."

---

9 İnternet ve TV üzerinden çeşitli ürünlerin satışını yapan bir firma. (ç. n.)

Elini enseme yerleştirdi ve dudaklarımı dudaklarıyla esir aldı. Beni, gırtlağından alçak ve hoşnut bir ses çıkararak öptü. Ses, kasıklarımdaki kaslarla doğrudan bağlantı kurmuştu. Çok baştan çıkarıcı bir sesti. Beni bıraktı ve itaatkâr bir tavırla ve bana beklentiyle bakarak tekrar geri yattı. Bir an için, bir çocuk gibi, o kadar savunmasız göründü ki. Hali yüreğime dokundu.

Avucuma biraz şampuan boşalttım ve parmaklarımla ritmik daireler çizerek, şakaklarından başlayıp başının tepesi ve yanlarıyla devam ederek, kafa derisine masaj yaptım. Gözlerini yumdu ve yine o alçak mırıltıyı çıkardı.

Birkaç saniye sonra, "İyi geliyor," dedi ve parmaklarımın sıkı dokunuşu altında gevşedi.

"Evet öyle." Alnını bir kez daha öptüm.

"Kafa derimi tırnaklarınla kaşıman hoşuma gidiyor." Gözleri hâlâ kapalıydı ama yüzünde mutlu ve hoşnut bir ifade vardı. Az önceki savunmasızlıktan eser kalmamıştı. Bunu benim yaptığımı bilmek, bana huzur veriyordu.

"Baş yukarı," emrime itaat etti. Hımm... Bir kız buna kolayca alışabilirdi. Köpükleri saçının arka kısmına yayarken, kafa derisini tırnaklarımla ovaladım.

"Arkaya."

Arkaya yaslandı. Köpüğü bardağı kullanarak duruladım. Bu defa suyu üzerine sıçratmamayı başardım.

"Bir daha?" diye sordum.

"Lütfen." Gözlerini kırpıştırarak açınca, dingin bakışları benimkilerle buluştu. Ona sırıtarak baktım.

"Hemen geliyor, Bay Grey."

Normalde Christian'ın kullandığı lavaboya döndüm ve ılık suyla doldurdum.

Soru sorar gibi bakınca, "Durulama için," dedim.

Şampuanlama işlemini, düzenli nefesini dinleyerek tekrarladım. İyice köpürünce, kocamın güzel yüzünü beğeniyle süzmek için bir an durdum. Ona karşı koyamıyordum. Şefkatle yanağını okşayınca gözlerini açtı ve bana, uzun kirpiklerinin arasından neredeyse uykulu gözlerle baktı. Eğilip dudaklarına yumuşak ve masum bir öpücük kondurdum. Gülümsedi, gözlerini yumdu ve tam bir hoşnutlukla iç geçirdi.

Öğleden sonraki tartışmamızdan sonra bu kadar gevşeyebileceği kimin aklına gelirdi? Hem de seks olmadan? Üzerine eğildim.

Göğüslerim yüzüne sürtününce takdirle, "Hımm," diye mırıldandı. Titreme isteğime karşı koyarak, köpüklü suların gitmesi için lavabonun tıkacını çektim. Elleri kalçalarıma ve popoma doğru kaydı.

Yapmacık bir kınamayla, "Hizmetçiyi ellemek yok," dedim.

Gözlerini kapalı tutarak elini popomdan aşağı kaydırdı ve eteğimi yukarı doğru sıyırırken, "Sağır olduğumu unutma," dedi. Koluna bir şaplak indirdim. Berber rolüne soyunmuştum. Onu gizlice gurur duyduğu, yasak bir şey yaparken yakalamışım gibi çocuksu ve yayvan bir şekilde sırıttı.

Bardağa bu kez bitişik lavabodaki sudan alıp saçlarındaki bütün şampuanı durulamak için, uzandım. Üzerine eğilmeye devam ediyordum. O ise parmaklarını öne arkaya, aşağı yukarı hafifçe vurarak, ellerini popomda dolaştırmayı sürdürüyordu Hımm... Kıvrandım. Gırtlağından bir inilti yükseldi.

"İşte. Tamamen durulandı."

"İyi," dedi. Parmaklarıyla popomu sıkıca kavradı ve birden ıslak saçlarından her yanına sular süzülerek, doğruldu. Beni kucağına oturttu. Elleri sırtımdan enseme, ardından çeneme kayıp beni olduğum yere sabitledi. Ben şaşkınlıkla inlerken, dudakları ağzıma örtüldü. Ağzımın içinde dilinin sıcaklığını ve sertliğini hissettim. Parmaklarım, ıslak saçlarının etrafına kıvrılırken, su damlacıkları kollarımdan aşağı süzülüyordu. Öpüşü derinleşirken, saçları yüzümü su içinde bırakmıştı. Eli çenemden bluzumun en üst düğmesine indi.

"Bu kadar süslenme yeter. Seni kollarımda eriyip bitene kadar becermek istiyorum. Ve bunu burada da yapabiliriz, yatak odasında da. Sen karar ver."

Christian'ın sıcak ve vaat dolu gözleri alev alev yanarken, saçları her ikimizi de su içinde bırakmıştı. Ağzım kurudu.

Beni kucağında tutmayı sürdürerek, "Hangisi, Anastasia?" diye sordu.

"Islaksın," diye yanıtladım.

Aniden başını eğdi ve suları damlayan saçlarını bluzumun ön tarafına sürttü. Bir çığlık attım ve kıvranarak elinden kurtulmaya çalıştım. Beni daha sıkı tuttu.

"Ah, hayır, bebeğim, kaçış yok." Kafasını kaldırdığında, bana şehvetle gülümsüyordu ve ben Bayan Islak Bluz 2011'e dönüşmüştüm. Üstüm su içinde ve tamamen şeffaftı artık. Islanmıştım. Her yerim...

"Manzaraya bayıldım," diye mırıldandı ve başını eğip burnunu ıslak meme uçlarımdan birinin etrafına tekrar tekrar sürttü.

"Cevap ver, Ana. Burada mı? Yatak odasında mı?"

Çılgına dönmüş gibi, "Burada," diye fısıldadım. Saç kesiminin canı cehennemeydi; daha sonra yapardım. Dudakları ahlaksız bir vaatle dolu, şehvetli bir gülümsemeyle kıvrıldı.

Dudaklarını dudaklarımdan ayırmadan, "İyi seçim, Bayan Grey," diye soludu. Çenemi bıraktı ve elini dizime indirdi. Eli, bacağımdan yukarı pürüzsüzce kaydı, eteğimi kaldırdı ve içimi titreterek tenimin üstünde dolaştırdı. Dudakları kulağımın dibinden başlayarak, çenem boyunca yumuşacık öpücüklerden bir yol çizdi.

"Ah, sana neler yapsam?" diye mırıldandı. Parmakları jartiyerli çoraplarımın üstünde durdu. "Bunları seviyorum." Parmağını çorabın üst kenarının altında dolaştırıp bacağımın iç kısmına kaydırdı. Kucağında bir kez daha inleyerek kıvrandım.

Gırtlağından gelen boğuk bir inilti çıkardı. "Seni kollarımda eriyip bitene kadar becereksem, kıpırdamadan durmanı istiyorum."

Yumuşak ve hırıltılı sesimle, "Kıpırdamamamı sağla," diye fısıldadım.

Christian derin bir iç çekti. Yarı örtülü gözlerini kıstı ve bana seksi bir ifadeyle baktı.

"Ah, Bayan Grey. İstemeniz yeter." Eli çorabımdan, külotuma kaydı. "Haydi seni bundan kurtaralım." Çamaşırımı yavaşça çekince, ona yardım etmek için hafifçe kıpırdadım. Nefesi dişlerinin arasında bir tıslamaya dönüştü.

"Kıpırdama," diye homurdandı.

"Yardım ediyorum." Dudaklarımı sarkıttım. Alt dudağımı dişlerinin arasına aldı.

"Kıpırdama," diye inledi. Külotumu bacaklarımdan aşağı çekip çıkardı. Eteğimi belimin etrafında toplanacak şekilde yukarı sıyırıp beni kaldırdı. Külotum hâlâ elindeydi.

Dikkatle gözlerimin içine bakarak emretti. "Otur. Bacaklarını iki yana aç." At biner gibi yerleştim ve kışkırtıcı bir bakışla onu süzdüm. *Hodri meydan, Elli*!

"Bayan Grey," diye uyardı. "Yoksa beni kışkırtmaya mı çalışıyorsunuz?" Bana bakarken keyifliydi ama tahrik olduğu belli oluyordu. Baştan çıkarıcı bir kombinasyondu.

"Evet. Bu konuda ne yapmayı düşünüyorsun?"

Meydan okumam karşısında gözleri şehvetli bir sevinçle parladı ve altımda sertliğini hissettim. "Ellerini sırtında birleştir."

Ah. Emrini itaatkâr bir tavırla yerine getirdim. Külotumu kullanarak, hünerli hareketlerle bileklerimi bağladı.

"Külotum ha? Bay Grey utanmak nedir bilmiyorsunuz," diye azarladım.

"Konu siz olduğunuzda, hayır, Bayan Grey ama siz bunu zaten biliyorsunuz." Bakışları yoğun ve seksiydi. Ellerini belime yerleştirip beni kucağında biraz uzağa kaydırdı. Boynundan omzuna sular süzülmeye devam ediyordu. Öne eğilip damlaları yalamak istedim ama artık ellerim bağlı olduğu için daha zahmetli olacaktı.

Christian her iki bacağımı okşadı ve ellerini dizlerime kaydırdı. Bacaklarımı yavaşça iterek araladı ve kendi bacaklarını da iyice açarak beni o konuma sabitledi. Parmakları bluzumun düğmelerine yöneldi.

"Buna ihtiyacımız olduğunu sanmıyorum." Gözlerini gözlerimden ayırmadan, üzerime yapışan ıslak bluzumun düğmelerini sırasıyla çözmeye koyuldu. Hiç acele etmeden, işini bitirdiğinde, gözleri iyice kararmıştı. Nabzım hızlandı, nefesim sığlaştı. Buna inanamıyordum. Bana doğru dürüst dokunmamıştı bile ve daha şimdiden böyle sıcak, rahatsız ve hazır hissediyordum. Kıpırdamak istiyordum. Islak bluzumu önü açık halde bıraktı ve her iki elini kullanarak parmaklarıyla yüzümü okşarken, başparmağını alt dudağıma sürttü. Aniden, başparmağını ağzımın içine itti.

M'nin üstüne basarak, fısıltıyla, "Em," diye emretti. Ağzımı parmağının etrafına kapatıp tam olarak bunu yaptım. Ah... Bu oyunu seviyordum. Öyle güzel bir tadı vardı ki. Başka neyi emmek isterdim? Bu düşünceyle kasıklarımdaki bütün kaslar gerildi. Dişlerimi kaydırıp başparmağının yumuşak kısmını ısırınca, dudakları aralandı.

İnledi ve ıslak parmağını yavaşça ağzımdan çıkarıp çenemden ve boynumdan aşağı, göğüs kemiğime kaydırdı. Sutyenimin kupuna taktı ve kupu hızla aşağı çekip mememi özgür bıraktı.

Christian'ın gözleri benimkileri bir an olsun terk etmiyordu. O dokunuşunun neden olduğu tepkilerimi, bense onu izliyordum. Çok seksiydi. Tüketici. Sahiplenici. Bunu seviyordum. Diğer parmağıyla da aynı yolu izledi. Artık açıkta olan iki mememi de yavaşça avuçladı ve başparmaklarını uçlarının etrafında ağır ağır dolaştırarak, usta dokunuşunun altında sertleşip şişene kadar her ikisini de taciz etti. Kıpırdamamak için büyük çaba harcıyordum ama memelerim ile kasıklarım arasında direkt bir hat vardı sanki. İnleyerek başımı arkaya attım, gözlerimi yumdum ve kendimi bu tatlı, çok tatlı işkenceye teslim ettim.

"Şışşt." Christian'ın yatıştırıcı sesi ahlaksız parmaklarının tacizci, yüksek tempolu ritmine ters düşüyordu. "Kıpırdama, bebeğim, sakın kıpırdama." Tek mememi boşta bırakıp sırtıma uzandı ve elini açıp enseme yaydı. Öne eğildi, boşlukta kalan meme ucumu ağzının içine alıp ıslak saçlarıyla beni gıdıklayarak sertçe emdi. Sivrilen diğer meme ucumu okşamayı bıraktı ve başparmağıyla işaret parmağının arasına alıp usulca bükerek çekti.

"Ah, Christian," diye inledim ve kucağında öne doğru sıçradım. Ama durmadı. Ağır, tembel ve işkenceci tacizini sürdürdü. Ve haz daha karanlık bir yöne saparken, vücudum yanıyordu.

"Christian, lütfen," diye sızlandım.

"Hımm," diye mırıldandı. "Böyle boşal istiyorum." Sözcükleri tenimi okşarken, meme ucum kısa süreli bir mola yaşadı. Christian ruhumun sadece onun bildiği, derin ve karanlık bir kısmına seslenir gibiydi. Kaldığı yerden bu kez dişleriyle devam ederken, zevk neredeyse dayanılmaz hale geldi. Yüksek sesle inleyerek ve pantolonunda kıymetli bir sürtünme yakalamayı umarak, kucağında kıvrandım. Ellerimi kurtarıp ona dokunabilmek için bileklerimi bağlayan külotumu boş yere çekiştirdim ama bu kalleş histe çoktan kaybolup gitmiştim.

Yalvarırcasına fısıldadım. "Lütfen." Haz, yolunda ne var ne yok kasarak, vücudumdan aşağı, boynumdan, bacaklarıma, ayak parmaklarıma kadar uçarcasına indi.

"O kadar güzel memelerin var ki, Anastasia. Bir gün onları da becereceğim."

Bu da ne demekti? Gözlerimi açtım ve beni emen Christian'a baktım. Tenim dokunuşu altında neredeyse şakıyordu. Artık ne sırılsıklam bluzumu, ne de ıslak saçlarını hissedebiliyordum. Yanma hissi dışında hiçbir şey kalmamıştı. Ateşi içimde, aşağıda, derinlerde yanıyordu. Hazır ve boşalmak için yanıp tutuşan bedenim kasılıp gerilirken bütün düşünceler buharlaştı. Ve durmadı, çekerek, taciz ederek beni delirtiyordu. İstediğim... İstediğim...

"Bırak kendini," diye soludu ve yüksek sesle kendimi bıraktım. Orgazmım bedenimi kıvrandırırken tatlı işkencesine bir son verip beni kollarıyla sımsıkı sardı ve kendime gelirken göğsüne bastırdı. Gözlerimi açınca, Christian'ı bana bakarken buldum.

"Tanrım, boşalmanı izlemeye bayılıyorum, Ana." Sesi hayranlıkla doluydu.

"Bu..." Devamını getiremedim.

"Biliyorum." Eğilip beni öperken, hâlâ ensemde olan eliyle beni, aşkla, saygıyla derinlemesine öpebileceği bir açıda tutuyordu.

Öpüşünde kendimi kaybettim.

Nefes almak için geri çekildiğinde, gözleri bir tropik fırtına rengine bürünmüştü.

"Şimdi seni fena becereceğim," diye mırıldandı.

Tanrı aşkına. Beni belimden kavrayıp bacaklarından dizlerine doğru kaydırdı ve elini lacivert pantolonunun düğmesine uzattı. Sol elinin parmaklarını bacağımın üst kısmında bir aşağı, bir yukarı dolaştırırken, çorabımın jartiyerine her gelişinde, duraksıyordu. Beni dikkatle izliyordu. Yüz yüzeydik. Sutyenim ve külotumla elim kolum bağlı halde ve çaresizdim. Bu yaşadığımız en mahrem anlardan biri olsa gerekti; kucağında oturuyor ve güzel gri gözlerinin içine bakıyordum. Bu kendimi hem hafif meşrep hem de ona bağlı hissetmeme neden oluyordu. Ne utanıyor, ne de çekiniyordum. Karşımdaki Christian'dı, kocam, aşkım, hükmedici megalomanyağım, benim Elli'm, hayatımın aşkıydı. Fermuarına uzandı ve ereksiyonu aradan fırlayınca, dilim damağım kurudu.

Sırıttı. "Hoşuna gitti mi?" diye fısıldadı.

Beğeniyle, "Hımmm," diye mırıldandım. Elini organının etrafına sarıp aşağı yukarı hareket ettirmeye başladı... Ah tanrım. Ona kirpiklerimin arasından baktım. Siktir. O kadar seksiydi ki.

"Dudağınızı ısırıyorsunuz, Bayan Grey."

"Çünkü acıktım."

"Acıktın mı?" Ağzı şaşkınlıktan açılırken, gözleri bir miktar büyüdü.

"Hımm," diye onaylarken dudaklarımı yaladım.

Bana gizemli gülümsemesiyle baktı ve kendini okşamayı sürdürürken alt dudağını ısırdı. Kocamın kendine haz veren görüntüsü neden bu kadar tahrik ediciydi?

"Anlıyorum. Akşam yemeğini yemeliydin." Sesi aynı zamanda hem alaycı hem kınayıcıydı. "Ama belki ben bir iyilikte bulunabilirim." Ellerini belime koydu. "Ayağa kalk," dedi yavaşça ve o zaman ne yapacağını anladım. Ayağa kalktığımda bacaklarım artık titremiyordu.

"Diz çök."

Bana söyleneni yaptım ve banyonun soğuk zemininde dizlerimin üstüne indim. Sandalyesinde öne kaydı.

Erkeklik organını tutarak, "Öp beni," dedi. Ona baktığımda, dilini üst dişlerinin üstünde dolaştırıyordu. Bana ve ağzıma duyduğu arzuyu, çıplak arzusunu görmek, tahrik ediciydi, hem de çok. Gözlerim gözlerinde, öne eğildim ve ereksiyonunun ucunu öptüm. Keskin bir nefes almasını ve dişlerini sıkmasını izledim. Christian başımın yan tarafını avuçlarken dilimi, ucundaki küçük çiğ damlasının tadını alarak, ucunda dolaştırdım. Hımm... enfes bir tadı vardı. İç geçirirken, ağzı daha da açıldı ve ben hamlemi yaparak, onu ağzımın içine çekip sertçe emdim.

"Ah." Hava dişlerinin arasından tıslayarak geçerken, kalçasını öne doğru kaldırarak, kendini içime itti. Ama durmadım. Dişlerimi dudaklarımla kapladım ve onu önce aşağı bastırıp sonra tekrar asıldım. İki elini başımı sıkıca tutacak ve parmaklarını saçlarımın arasına gömecek şekilde kaydırdı ve kendini ağzıma itip geri çekmeye başladı. Nefesi hızlanmış ve sertleşmişti. Dilimi ucunun etrafında döndürdüm ve kusursuz bir karşı hamleyle bir kez daha bastırdım.

"Tanrım, Ana." İç geçirdi ve gözlerini sımsıkı yumdu. Kendini kaybetmişti ve bana verdiği tepki baş döndürücüydü. *Bana.* Dudaklarımı yavaşça geri çekince, sadece dişlerim kaldı.

"Ah!" Christian hareket etmeyi bıraktı. Öne eğildi ve beni tutup kucağına çekti.

"Yeter!" diye gürledi. Arkama uzanıp tek bir hareketle ellerimi serbest bıraktı. bileklerimi ovaladım ve kirpiklerimin altından, bana aşk, özlem ve şehvetle bakan yakıcı gözlerine baktım. Ve onu eriyip bitene kadar becermek isteyenin asıl ben olduğumu anladım. Onu çok fena istiyordum. Altımda darma duman oluşunu seyretmek. Organını tutup üzerine doğru kaydım. Tek elimi omzuna yerleştirip çok yavaş ve nazik bir hareketle, üzerine oturdum. Gırtlağından boğuk ve ölümcül bir ses yükselirken, uzanıp bluzumu çıkardı ve yere attı. Elleri kalçalarıma kaydı.

"Dur," diye inlerken, parmakları etime batıyordu. "Lütfen, bunun tadını çıkarayım. Senin tadını çıkarayım."

Durdum. Tanrım... İçimde olması muhteşem bir duyguydu. Yüzümü okşarken gözleri iri ve vahşiydi; solurken dudakları aralanmıştı. Altımda kasıldı ve inleyerek gözlerimi yumdum.

"En sevdiğim yer," diye fısıldadı. "İçin. Karımın içi."

Ah, siktir, Christian. Kendimi tutamayacaktım. Parmaklarım ıslak saçlarının arasına kaydı, dudaklarım dudaklarını buldu ve hareket etmeye başladım. Parmak uçlarımda yükselerek aşağı yukarı gidip gelerek onun ve kendimin tadını çıkarıyordum. Yüksek sesle inledi, elleri saçlarıma ve sırtıma uzandı ve dili açlıkla ağzımı istila ederek vermeye dünden razı olduğum ne var ne yok aldı. Bugünkü bütün o tartışmalarımıza, birbirimize kızgınlığımıza rağmen, buna hâlâ sahiptik. Ve her zaman da olacaktık. Onu o kadar çok seviyordum ki... Altüst edici bir duyguydu. Elleri popoma kaydı ve kontrolü ele alarak, beni kendi hızıyla, sıcak ve yapış yapış temposuyla aşağı yukarı hareket ettirmeye başladı.

Aklım başımdan giderken, çaresizlik içinde inledim. "Ah."

"Evet. Evet, Ana," diye tısladı. Yüzüne, çenesine, boynuna öpücükler yağdırıyordum. "Bebeğim," diye soludu. Ağzımı bir kez daha esir alarak, "Bebeğim," diye soludu.

"Ah, Christian, seni seviyorum. Seni her zaman seveceğim." Nefessiz kalsam da bilmesini istiyordum. Bugünkü irade savaşımızdan sonra, emin olsun istiyordum.

Yüksek sesle inledi ve hüzünlü bir hıçkırıkla zevkin doruklarına ulaşırken, kolunu bana sıkıca doldu. Ve bu beni uçurumun kıyısından bir kez daha itmeye yetti. Kollarımı başına sardım ve kendimi bıraktım ve üzerinde boşalırken, gözlerim yaşlarla doldu çünkü onu çok seviyordum.

"Hey," diye fısıldayarak başımı arkaya attı ve sessiz bir endişeyle bana baktı. "Neden ağlıyorsun? Canını mı yaktım?"

Güven veren bir sesle, "Hayır," diye mırıldandım. Saçlarımı yüzümden çekti, yalnız bir gözyaşı damlasını başparmağıyla silip dudaklarıma şefkatli bir öpücük kondurdu. Hâlâ içimdeydi. Kıpırdadı; içimden çıkarken, yüzümü buruşturdum.

"Sorun ne, Ana? Anlat bana."

Burnumu çektim. "Sadece... Bazen sana duyduğum sevginin büyüklüğüyle altüst oluyorum," diye fısıldadım.

Bir anlık bir duraksamanın ardından, yüzünde ona has –ve sanırım bana özel– mahcup gülümsemesi belirdi. “Sen de bende aynı etkiyi yaratıyorsun,” diye fısıldadı ve beni bir kez daha öptü. Gülümsedim, içimde, sevincim iyice yayılıp tembel tembel gerindi.

“Öyle mi?”

Sırıttı. “Yarattığını biliyorsun.”

“Bazen biliyorum. Her zaman değil.”

“Alın benden de o kadar, Bayan Grey.”

Sırıttım ve göğsüne kuş tüyü ağırlığında öpücükler kondurdum. Burnumu göğüs kıllarına sürttüm. Christian saçlarımı okşadı ve elini sırtımdan aşağı kaydırdı. Sutyenimi çözdü ve tek askısını kolumdan aşağı çekti. Hafifçe kıpırdadım, diğer askıyı da çekti ve sutyeni yere bıraktı.

Memnuniyetle, “Hımm... ten tene,” diye mırıldandı ve beni yeniden kollarının arasına aldı. Omzumu öptü ve burnunu kulağıma doğru kaydırdı. “Cennet gibi kokuyorsunuz, Bayan Grey.”

“Siz de öyle, Bay Grey.” Burnumu bir kez daha sürterek seksin baş döndürücü kokusuna karışan Christian kokusunu içime çektim. Sonsuza dek, böyle kollarının arasında, doyuma ulaşmış ve mutlu halde kalabilirdim. İşe geri dönüş, tartışma ve bir sürtüğe haddini bildirmeyle geçen bir günün ardından, tam ihtiyaç duyacağım şeydi. Kontrol manyaklığına, megalomanlığına rağmen, olmak istediğim, ait olduğum yer burasıydı. Christian burnunu saçlarımın arasına gömüp derin bir nefes aldı. Halimden hoşnut, iç geçirdim ve gülümsemesini hissettim. Ve kollarımız birbirine dolanmış halde, tek kelime etmeden oturduk.

Bir süre sonra, gerçek araya girdi.

Parmakları sırtımı durmadan okşarken, “Geç oldu,” dedi Christian.

“Saçlarının hâlâ kesilmesi gerek.”

Kıkırdadı. "Aynen öyle, Bayan Grey. Başladığın işi bitirecek enerjin var mı?"

"Sizin için, Bay Grey, her şeyi yaparım." Göğsünü bir kez daha öptüm ve istemeyerek, ayağa kalktım.

"Gitme." Kalçalarımı tutup beni kendine çevirdi. Eteğimi önce düzeltti, sonra düğmesini çözüp yere düşmesini sağladı. Elini uzattı ve eteğimin içinden çıkmama yardım etti. Şimdi üzerimde sadece çorap ve jartiyerlerim kalmıştı.

"Bakılmaya değer bir manzarasınız, Bayan Grey." Tekrar sandalyesine oturdu ve kollarını göğsünde kavuşturarak bana beğeni dolu bir bakış gönderdi.

Ellerimi iki yana açıp onun için döndüm.

Hayranlık dolu bir sesle, "Tanrım, şanslı orospu çocuğunun tekiyim," dedi.

"Evet, öylesin."

Sırıttı. "Gömleğimi üzerine geçir, saçlarımı o zaman kesebilirsin. Bu halinle dikkatimi dağıtacaksın ve yatağa asla gidemeyeceğiz."

Gülümsememe mani olamadım. Her hamlemi izlediğini bildiğim için, kalçalarımı sallayarak, aheste adımlarla ayakkabılarımı ve gömleğini bıraktığımız yere yürüdüm. Yavaşça eğildim, yerden gömleğini aldım, kokladım ve üzerime geçirdim.

Christian'ın gözleri yuvarlaklaştı. Fermuarını çekmiş, beni dikkatle izliyordu.

"Sıkı bir gösteriydi, Bayan Grey."

Masum bir sesle, gözlerimi kırpıştırarak, "Makasımız var mı?" diye sordum.

Kırık bir sesle, "Çalışma odamda," dedi.

"Gidip alayım." Onu orada bırakıp yatak odamıza girdim ve çalışma odasına gitmeden önce tuvalet masasından tarağımı aldım. Ana koridora girince, Taylor'ın ofisinin kapısının açık olduğunu gördüm. Bayan Jones kapının hemen içinde duruyordu. Olduğum yere çivilenip kaldım.

Taylor parmaklarını Bayan Jones'un yüzünde dolaştırıyor ve tatlı tatlı gülümsüyordu. Sonra eğildi ve onu öptü.

Aman Tanrım! Taylor ve Bayan Jones ha? Hayret içinde bakakalmıştım. Demek istediğim, ben sanmıştım ki... şey, bir anlamda şüphelenmiştim. Ama belli ki birlikteydiler. Kendimi röntgenci gibi hissederek kıpkırmızı kesildim ve ayaklarımı harekete geçirmeyi başardım. Büyük salonu hızla geçip Christian'ın çalışma odasına girdim. Işığı yaktım, masaya yürüdüm. Taylor ve Bayan Jones. Vay canına! Sersemlemiştim. Bayan Jones'u Taylor'dan daha büyük sanmıştım hep. Ah, bunu sindirmem gerekecekti. En üstteki çekmeceyi açtım ve karşımda bir silah bulunca, dikkatim hemen dağıldı. *Christian'ın bir silahı vardı!*

Bir revolver. *Siktir*! Christian'ın bir silahı olduğundan haberim yoktu. Tabancayı çıkardım, sürgüyü çekip silindiri kontrol ettim. Tam doluydu ama hafifti. Fazla hafif. Karbon fiber olsa gerekti. Christian'ın tabancayla ne işi vardı? Tanrım, nasıl kullanıldığını bildiğini umuyordum. Ray'in tabancalarla ilgili bitmeyen uyarıları kulaklarımda çınladı. Ordu eğitiminden asla vazgeçmemişti. *Seni öldürürler, Ana. Ateşli bir silahla uğraşırken, ne yaptığını bilmen gerek.* Tabancayı yerine bırakıp makası buldum. Çabucak aldım ve aklımda yeni sorularla Christian'ın yanına döndüm. Taylor ve Bayan Jones. Tabanca.

Büyük salonun girişinde, Taylor'la karşılaştım.

"Bayan Grey, afedersiniz." Kılığımı fark edince, bir anda kıpkırmızı oldu.

Utanç içinde, "Şey, Taylor... Merhaba. Christian'ın saçını kesiyordum da..." deyiverdim. Taylor da benim kadar yerin dibine geçmişti. Bir şey söylemek için ağzını açtı, sonra hızla geri kapatıp kenara çekildi.

Resmî bir tavırla, "Önden buyurun, efendim," dedi. Sanırım eski Audi'min, itaatkâr özelin rengini almıştım. Daha utanç verici olabilir miydi acaba?

"Teşekkürler," diye mırıldandım ve koridoru ışık hızıyla geçtim. *Kahretsin!* Yalnız olmadığımız gerçeğine hiç alışabilecek miydim? Nefes nefese banyoya daldım.

"Sorun ne?" Christian elinde ayakkabılarımla aynanın önünde duruyordu. Etrafa saçılmış kıyafetlerim lavabonun yanına düzgün bir şekilde istiflenmişti.

"Taylor'la karşılaştım."

"Ah." Christian kaşlarını çattı. "Bu kılıkta."

Ah, kahretsin! "Bu Taylor'ın hatası değil."

Christian'ın kaşları iyice çatıldı. "Hayır. Ama yine de."

"Giyiniğim."

"Pek sayılmaz."

"Kim daha fazla utandı bilmiyorum. Ben mi, o mu." Dikkat dağıtma tekniğime sığındım. "Onun ve Gail'in... şey... Birlikte olduklarını biliyor muydun?"

Christian bir kahkaha attı. "Evet, elbette biliyordum."

"Ve bana hiç söylemedin?"

"Senin de bildiğini sanıyordum."

"Hayır."

"Ana, ikisi de yetişkinler. Aynı çatı altında yaşıyorlardı. İkisinin bir bağı yok ve ikisi de çekici insanlar."

Fark etmediğim için, kendimi aptal gibi hissederek kızardım.

"Pekâlâ, böyle söyleyince... Ben Gail'i Taylor'dan büyük sanıyordum."

"Öyle, ama çok fazla değil." Bana şaşırmış gibi baktı. "Bazı erkekler daha yaşlı kadınlardan hoşlanır..." derken pat diye durdu. Gözleri irileşmişti.

Ona yüzümü buruşturarak baktım ve, "Bunu biliyorum," diye çıkıştım."

Christian pişman görünüyordu. Bana sevgiyle gülümsedi. Evet! Dikkat dağıtma tekniğim işe yaramıştı! Bilinçaltım gözlerini devirdi. Ama ne pahasına? Şimdi adı ağza alınmaz Bayan Robinson'un hayaleti üstümüze çökmüştü.

Neşeyle, "Aklıma gelmişken..." dedi.

Alıngan bir tavırla, "Ne?" diye mırıldandım. Sandalyeyi kaptığım gibi lavaboların üstündeki aynaya doğru çevirdim. "Otur," diye emrettim. Christian bana hoşgörüyle, eğlenir gibi baktı ama sözümü dinledi ve geri sandalyeye oturdu. Şimdi artık sadece nemli olan saçlarını taramaya başladım.

"Yeni evde, garajın üstündeki odaları onlar için düzenleyebiliriz, diye düşünüyordum," diye devam etti. "Bir eve dönüştürebiliriz. Belki o zaman Taylor'ın kızı daha sık yanında kalabilir." Aynadan dikkatle beni izliyordu.

"Kızı neden burada kalmıyor?"

"Taylor benden hiç izin istemedi."

"Belki de sen teklif etmelisin. Ama kendimize çeki düzen vermemiz gerekir."

Christian'ın alnı kırıştı. "Bunu düşünmemiştim."

"Belki de Taylor bu yüzden hiç sormamıştır. Kızıyla tanıştın mı?"

"Evet. Çok tatlı bir şey. Utangaç. Çok şirin. Okul masraflarını ben karşılıyorum."

Ah. Saçını taramayı bırakıp aynadan Christian'a baktım.

"Hiç bilmiyordum."

Omuz silkti. "En azından bu kadarını yapabilirim diye düşündüm. Ayrıca, bu işi bırakmayacağı anlamına geliyor."

"Seninle çalışmayı sevdiğinden eminim."

Christian bana boş boş baktı ve omuz silkti. "Bilmem."

"Bence o seni çok seviyor, Christian." Saçlarını yeniden taramaya koyuldum ve ona baktım. Gözlerini benimkilerden ayırmıyordu.

"Öyle mi dersin?"

"Evet, öyle diyorum."

Personelinin onu sevmesinden gizli bir keyif alır gibi, ilgisiz ama hoşnut bir homurtu çıkardı.

"İyi. Garajın üstündeki odalar konusunda Gia'yla konuşur musun?"

"Evet, elbette." Adı anılınca, eskiden olduğu gibi rahatsız olmamıştım. Bilinçaltım bilmiş bir tavırla başını çıkardı. *Evet... Bugün iyi iş çıkardık.* İçimdeki tanrıça caka satıyordu. Şimdi artık kocamı rahat bırakacak ve huzursuz etmeyecekti.

Christian'ın saçlarını kesmeye hazırdım. "Bundan emin misin? Vazgeçmek için son şansın."

"Elinizden gelen en kötüsünü yapın, Bayan Grey. Ben bana bakmak zorunda değilim ama siz bana bakmak zorundasınız."

Sırıttım. "Christian, ben sabahtan akşama kadar sana bakabilirim."

Kızmış gibi başını salladı. "Sadece güzel bir surat, bebek."

"Ve arkasında çok güzel bir adam var." Şakağını öptüm. "Benim adamım."

Mahcup mahcup gülümsedi.

İlk tutamı havaya kaldırdım, yukarı doğru taradım ve işaret parmağımla orta parmağımın arasına sıkıştırdım. Tarağı ağzıma koydum, makası alıp ilk darbeyi indirerek, boyundan iki santim aldım Christian gözlerini yumdu ve ben işime devam ederken, hoşnut bir tavırla iç geçirerek, heykel gibi oturdu. Arada bir gözlerini açıyordu;

onu dikkatle bana bakarken yakalıyordum. Çalışırken bana elini sürmediği için minnettardım. Dokunuşu dikkat dağıtıcıydı.

On beş dakika sonra, işim bitmişti.

"Bitti." Sonuçtan hoşnuttum. Her zamanki kadar çekiciydi; saçları hâlâ hareketli ve seksiydi. Sadece birazcık kısalmıştı.

Christian aynada kendine baktı; olumlu anlamda şaşırmışa benziyordu. Sırıttı. "Mükemmel bir iş çıkardınız, Bayan Grey." Kafasını bir o yana, bir bu yana sallayarak, kolunu belime sardı. Beni kendine çekti ve karnımı öpüp kokladı.

"Teşekkürler," dedi.

"Benim için zevkti." Eğildim ve onu usulca öptüm.

"Geç oldu. Yatağa." Popoma şakadan bir şaplak indirdi.

"Ah, buraları temizlemeliyim." Yerler saç içinde kalmıştı.

Christian hiç aklına gelmemiş gibi kaşlarını çattı. "Tamam, ben süpürgeyi getireyim," dedi alaycı bir sesle. "Uygunsuz kılığınla personeli utandırmanı istemiyorum."

Bütün masumluğumla, "Fırçanın nerede olduğunu biliyor musun ki?" diye sordum.

Christian bu sorumla, olduğu yerde durdu. "Şey... hayır."

Güldüm. "Ben giderim."

Yatağa girip Christian'ın bana katılmasını beklerken, bugünün nasıl son bulmuş olabileceğini düşündüm. İkimiz de birbirimize çok sinirlenmiştik. Bu şirket yönetme saçmalığıyla nasıl baş edecektim? Kendi şirketimi yönetmek gibi bir arzum yoktu. Ben, Christian değildim. Bu işi daha başında bitirmem gerekecekti. Belki aşırı hükmedici davrandığı ve götlük ettiği zamanlar için bir parola edinmeliydim. Kıkırdadım. Belki de parola göt olurdu. Çok cazip bir düşünceydi.

Yatağa sadece pijama altıyla girerken, "Ne oldu?" diye sordu.

"Hiç. Aklıma bir şey geldi."

"Ne geldi?" Yanıma uzandı.

Sonuç alamayacağımı bile bile, "Christian, bir şirket yönetmek istediğimi sanmıyorum," dedim.

Dirseğinin üstünde doğrulup bana baktı. "Bunu neden söylüyorsun?"

"Çünkü bugüne kadar bana hiç cazip gelmiş bir şey değil."

"Sen fazlasıyla beceriklisin, Anastasia."

"Kitap okumayı seviyorum, Christian. Bir şirket yönetmek bunu elimden alacak."

"Yaratıcı lider olabilirsin."

Kaşlarımı çattım.

"Başarılı bir şirket yönetmek, elinin altındaki bireylerin yeteneklerini fark edip kullanmaktan ibarettir, biliyorsun," dedi. "Yeteneklerin ve ilgi alanın ne yöndeyse şirketi bunu destekleyecek şekilde yapılandırırsın. Elinin tersiyle itme, Ana. Sen çok becerikli bir kadınsın, aklını verirsen istediğin her şeyi yapabileceğini düşünüyorum."

Vay canına! Bu işte iyi olabileceğimi nasıl bilebilirdi ki?

"Ayrıca çok fazla zamanımı almasından endişeleniyorum."

Christian'ın kaşları çatıldı.

"Sana ayırabileceğim zamanı." Gizli silahımı devreye soktum.

Bakışları karardı. Eğlenir gibi, "Ne yaptığının farkındayım," dedi.

Kahretsin!

Yapmacık bir masumiyetle, "Ne?" diye sordum.

"Dikkatimi önümüzdeki meseleden uzaklaştırmaya çalışıyorsun. Bunu hep yapıyorsun. Bu fikri hemen reddetme, Anastasia. Bir düşün. Tek istediğim bu." Eğildi, dudaklarıma masum bir öpücük kondurdu ve başparmağını yanağımda dolaştırdı. Bu tartışma daha çok sürecekti. Ona gülümserken, bir anda aklıma bugün söylediği başka bir şey geldi.

"Senden bir şey isteyebilir miyim?" Sesim yumuşak ve çekingendi.

"Elbette."

"Bugün sana kızarsam, hesabını yatakta sormamı söyledin. Ne demek istedin?"

Hareketsizleşti. "Sence ne demek istemiş olabilirim?"

Kahretsin! Söylemem gerekecekti. "Seni bağlamamı istediğini."

Kaşları şaşkınlık içinde havaya kalktı. "Şey... hayır... Kastettiğim kesinlikle bu değildi."

"Ah..." Hissettiğim minik hayal kırıklığı sızısı beni şaşırtmıştı.

İfademi doğru okuyarak, "Beni bağlamak mı istiyorsun?" diye sordu. Şoke olmuş gibiydi. Kızardım.

"Şey..."

"Ana, ben..." Durdu. Yüzünden karanlık bir şey geçip gitti.

Telaşla, "Christian," diye fısıldadım. Yan dönüp onun gibi dirseğimin üstünde doğruldum. Yüzünü okşadım. Gözleri irileşmiş ve korkuyla dolmuştu. Başını üzgün bir tavırla salladı.

Kahretsin! "Christian, kes şunu. Bir önemi yok. Kastettiğinin bu olduğunu sandım."

Elimi tuttu ve gümbürdeyen kalbinin üstüne koydu. *Siktir!* Bu da neyin nesiydi?

"Ana, bağlıyken bana dokunman konusunda ne hissedeceğimi bilmiyorum."

Kafa derim karıncalandı. Derin ve karanlık bir şeyi itiraf ediyormuş gibiydi.

"Bu henüz çok yeni bir şey." Sesi kısık ve kırılgandı.

Siktir. Sadece bir soruydu ve çok yol katetse de, yolunun hâlâ çok uzun olduğunu fark ettim. *Ah, Elli, Elli, Elli.* Yüreğim kaygıyla doldu. Ona uzandım ve donup kalmasına aldırmadan, ağzının köşesine yumuşak bir öpücük kondurdum.

"Christian, yanlış bir fikre kapılmışım. Lütfen bunun için endişelenme. Lütfen bunu düşünme." Onu öptüm. Gözlerini yumdu ve inledi. Beni yatağa itti ve elleriyle çenemi tutarak, öpüşüme karşılık verdi. Ve hemen sonra ikimiz de kaybolduk... Bir kez daha birbirimizde kaybolup gittik.

BÖLÜM DOKUZ

Ertesi sabah çalar saatten önce uyandığımda, Christian'ın başı göğsümde, kolu belimde, bacağı iki bacağımın arasındaydı; sarmaşık misali etrafıma dolanmıştı. Üstelik yatağın bana ait tarafındaydı. Her zaman aynı şey oluyordu, gece tartışmışsak sabahında böyle oluyorduk. O bana sımsıkı yapışmış, ben sıcaklamış ve rahatsız olmuş oluyordum.

Ah, Elli. Bir yandan ne kadar da muhtaçtı. Kimin aklına gelirdi ki? Christian'ın kir pas içindeki, sefil erkek çocuğu görüntüsü gözümün önünden gitmiyordu. Kısalan saçlarını usulca okşarken melankolim yatıştı. Kıpırdandı ve uykulu gözleri benimkileri buldu. Uyanmaya çalışırken gözlerini birkaç kez kırpıştırdı.

"Merhaba," diye mırıldandı ve gülümsedi.

"Merhaba." Bu gülümseyişe uyanmaya bayılıyordum.

Burnunu memelerime sürterken, gırtlağının derinliklerinden beğeni dolu bir mırıltı yükseldi. Eli belimden aşağı kayarak geceliğimin serin sateninde dolaştı.

"Ne baştan çıkarıcı bir şeysin sen," diye mırıldandı. "Ama bütün baştan çıkarıcılığına rağmen," çalar saate baktı, "kalkmam gerek." Gerindi, kollarını çözüp kalktı.

Ellerimi başımın arkasına koyup sırt üstü uzandım ve gösteriyi –duş için soyunan Christian'ı– izledim. Mükemmeldi. Saçının bir telini bile değiştirmezdim.

"Manzaranın tadını mı çıkarıyorsunuz, Bayan Grey?" Alaycı bir ifadeyle tek kaşını kaldırdı.

"Hayli hoş bir manzara, Bay Grey."

Sırıttı, pijama altını yüzüme isabet edecek şekilde bana attı ama ben, liseli bir kız gibi kıkırdayarak, yarı yolda yakaladım. Haylaz bir sırıtışla yorganı çekip kaldırdı. Tek dizini yatağa dayayarak, beni ayak bileklerimden yakaladı ve geceliğimin yukarı doğru sıyrılmasına neden olarak kendine çekti. Ben çığlık atarken, dizimden bacağıma doğru öpücükler kondurarak üzerime tırmandı.

"Günaydın, Bayan Grey." Bayan Jones'un selamı karşısında, Taylor'la bir önceki akşamki buluşmalarını hatırlayıp kızardım.

Çay fincanımı uzatırken, "Günaydın," diye cevapladım. Duştan yeni çıkmış görüntüsü, nemli saçları, jilet gibi beyaz gömleği ve gümüş grisi kravatıyla âdeta ışık saçan kocamın yanına, bar taburesine yerleştim. En sevdiğim kravatı takmıştı. O kravatla çok hoş anılarım vardı.

"Nasılsınız, Bayan Grey," diye sorarken, gözleri sıcacıktı.

"Sanırım biliyorsunuz, Bay Grey." Ona kirpiklerimin arasından baktım.

Sırıttı. "Ye," diye emretti. "Dün bir şey yemedin."

Ah, patron Elli!

"Çünkü sen götlük etmekle meşguldün."

Bayan Jones lavaboya bir şey düşürünce yerimden sıçradım. Christian sesi duymamış gibiydi. Bayan Jones'u yok sayarak, kayıtsız gözlerle bana bakmayı sürdürdü.

"Göt olayım ya da olmayayım, ye." Sesi ciddiydi. Onunla tartışmak mümkün değildi.

"Tamam. Kaşığımı aldım, gevreğimi yiyorum." Aksi bir ergen gibi söylendim. Yoğurda uzanıp gevreğimin üstüne önce biraz yoğurt sonra da bir avuç böğürtlen ekledim. Bayan Jones'a baktım; gözgöze geldik. Ben gülümseyince bana sıcak bir gülümsemeyle karşılık verdi. Balayımızda ilk defa yediğim ve çok sevdiğim kahvaltıyı hazırlamıştı.

"Haftanın ilerleyen günlerinde New York'a gitmem gerekebilir." Christian'ın sesi beni düşüncelerimden uyandırdı.

"Ah."

"Gece kalmam gerekecek. Senin de benimle gelmeni istiyorum."

"Christian, izin alamam."

Bana ah-gerçekten-mi-patron-benim bakışını attı.

İç geçirdim. "Şirketin sahibi olduğunu biliyorum ama üç haftadır yoktum. Lütfen. Hiç burada olmadan işi yönetmemi nasıl beklersin? Ben burada idare ederim. Herhalde Taylor'ı yanına alacaksın ama Sawyer ve Ryan burada olacaklardır diye tahmin ediyorum." Durdum; çünkü Christian bana sırıtarak bakıyordu. "Ne?" diye çıkıştım.

"Hiç. Sadece sana gülüyorum," dedi.

Kaşlarımı çattım. Bana mı gülüyordu? Birden aklıma korkunç bir düşünce süzüldü. "New York'a nasıl gideceksin?"

"Şirket jetiyle. Neden?"

"*Charlie Tango*'yla gidip gitmediğini bilmek istedim." Sesim sakindi ama ensemden aşağı bir ürperti inmişti. Helikopterine son binişini hatırlamıştım. Haber bekleyerek geçirdiğim o kaygı dolu saatleri hatırlayınca midem bulanmıştı. Büyük olasılıkla hayatımın en kötü günüydü o gün. Bayan Jones'un da hareketsizleştiğini fark ettim. Düşünceyi kafamdan uzaklaştırmaya çalıştım.

"New York'a *Charlie Tango*'yla uçmam zaten. Menzili o kadar geniş değil. Ayrıca mühendislerin elinden çıkmasına en az iki hafta var."

Tanrı'ya şükür. Rahatladığım için biraz gülümsedim ama son birkaç haftadır, *Charlie Tango*'nun başına gelenlerin Christian'ın düşüncelerinin ve zamanının büyük kısmını meşgul ettiğini biliyordum.

"Tamirinin bitmek üzere olmasına sevindim ama..." Durdum. Bir dahaki uçuşunda ne kadar gergin olacağımı ona söyleyebilir miydim?

Omletini bitirirken, "Ne?" diye sordu.

Omuz silktim.

"Ana?" derken sesi daha sert çıkmıştı.

"Ben... biliyorsun. Son uçuşunda... Ben sandım ki... Biz sandık ki..." Cümleyi tamamlayamadım. Christian'ın ifadesi yumuşadı.

"Hey." Parmaklarıyla yüzümü okaşdı. "O bir sabotajdı." Yüzünden karanlık bir ifade geçti ve bir an kimin sorumlu olduğunu bilip bilmediğini merak ettim.

"Seni kaybetmeye dayanamazdım," diye mırıldandım.

"Bu yüzden beş kişi işinden oldu, Ana. Bir daha olmayacak."

"Beş mi?"

Başını sallarkenki ifadesi ciddiydi.

Kahretsin!

"Aklıma gelmişken. Çalışma masanda bir tabanca var."

Her ne kadar niyetim bu değilse de, alakasız bir konuya geçişim ve muhtemelen suçlayıcı ses tonum karşısında kaşları çatıldı. "Leila'nın," dedi sonunda.

"Doluydu."

"Nereden biliyorsun?" Kaşları iyice çatıldı.

"Dün kontrol ettim."

Suratını astı. "Silahları kurcalamanı istemiyorum. Umarım güvenliğini kapatmışsındır."

Ona anlık bir afallamayla, gözlerimi kırpıştırarak baktım. "Christian, o revolverin güvenliği yok. Sen silahlar hakkında hiç mi bir şey bilmiyorsun?"

Gözleri irileşti. "Şey... hayır."

Taylor girişte hafifçe öksürdü. Christian onu başıyla selamladı.

"Gitmemiz gerek," dedi. Ayağa kalktı, dalgın bir tavırla gri ceketini giydi. Peşinden hole yürüdüm.

Leila'nın silahı onda duruyordu. Bu bilgi beni şaşırtmıştı ve bir an için ona ne olduğunu merak ettim. Acaba hâlâ orada mıydı? Neresiydi orası? New Hampshire mıydı? Hatırlayamadım.

"Günaydın, Taylor," dedi Christian.

"Günaydın, Bay Grey, Bayan Grey." İkimizi de başıyla selamladı ama gözlerimin içine bakmamaya özen gösteriyordu. Dün gece burun buruna geldiğimiz zamanki kılığımı hatırlayarak minnet duydum.

"Dişlerimi fırçalamaya gidiyorum," diye mırıldandım. Christian dişlerini her zaman kahvaltıdan önce fırçalardı. Nedenini anlamıyordum.

Asansörle aşağı inerken, "Taylor'dan sana ateş etmeyi öğretmesini istemelisin," dedim. Christian bana eğlenir gibi baktı.

"Öyle mi diyorsun?" dedi kuru bir sesle.

"Evet."

"Anastasia, ben silahlardan nefret ederim. Annem pek çok silah suçunun kurbanını iyileştirmek zorunda kaldı ve babam da katı bir silah karşıtıdır. Ben onların değer yargılarıyla büyüdüm. Burada, Washington'da en az iki silahsızlanma derneğini destekliyorum."

"Ah... Taylor silah taşıyor mu?"

Christian'ın ağzı gerildi.

"Zaman zaman."

Zemin katta, Christian beni asansörden dışarı iterken, "Onaylamıyor musun?" diye sordum.

"Hayır," dedi gergin bir tavırla. "Silahsızlanma konusunda Taylor'la çok farklı görüşlere sahip olduğumuzu söyleyebilirim." Bu konuda Taylor'la aynı görüşteydim.

Christian giriş kapısını benim için açtı. Doğrudan arabaya yürüdüm. *Charlie Tango*'nun sabote edildiğini öğrendiğinden beri SBY'ye kendi arabamla gitmeme izin vermiyordu. Sawyer kibarca gülümseyerek kapıyı açık tutuyordu, arabaya bindim.

"Lütfen." Uzanıp Christian'ın elini tuttum.

"Lütfen ne?"

"Nasıl ateş edildiğini öğren."

Gözlerini devirdi. "Hayır. Bu tartışma burada bitmiştir, Anastasia."

Ve bir kez daha azar işiten bir çocuk olmuştum. İğneleyici bir şey söylemek üzere ağzımı açtım ama iş günüme kötü bir ruh haliyle başlamak istemiyordum. Kollarımı göğsümde kavuştururken, dikiz aynasında Taylor'ın bana bakışını yakaladım. Gözlerini kaçırıp dikkatini yola çevirdi ama bariz bir sıkıntıyla başını sallamaktan geri durmadı.

Hımm... Christian bazen onu da deli ediyordu demek. Bu düşünce gülümsememe neden oldu; havam değişiverdi.

Pencereden dışarı bakan Christian'a, "Leila nerede?" diye sordum.

"Söyledim ya, Connecticut'ta, ailesinin yanında." Bana baktı.

"Kontrol ettiniz mi? Onun da uzun saçları var, biliyorsun. Dodge'u kullanan o da olabilir."

"Evet, kontrol ettim. Hamden'da bir sanat okuluna kaydolmuş. Bu hafta başlamış."

"Onunla konuştun mu?" diye fısıldarken yüzümdeki bütün kanın çekildiğini hissettim.

Christian ses tonum yüzünden kafasını hızla çevirdi.

"Hayır, Flynn konuştu." Düşüncelerime dair bir ipucu yakalamak için yüzümü inceliyordu.

Rahatlayarak, "Anlıyorum," diye mırıldandım.

"Ne?"

"Hiç."

Christian iç geçirdi. "Ana, ne oldu?"

Akıl dışı kıskançlığımı itiraf etmek istemediğim için omuz silktim.

Christian, "Onu kontrol altında tutuyor ve kıtanın doğru tarafında kaldığından emin oluyorum," diye devam etti. "Artık daha iyi, Ana. Dr. Flynn onu New Haven'da bir psikiyatra yönlendirdi ve bütün raporlar çok olumlu. Sanata her zaman ilgisi vardı, bu yüzden..." Durdu, bakışları gözlerimde dolaştı. Ve o anda sanat derslerinin parasını onun ödediğinden şüphelendim. Bilmek istiyor muydum? Ona sormalı mıydım? Demek istediğim, tamam, o parayı karşılayamayacak durumda değildi ama neden mecbur hissediyordu? İç geçirdim. Christian'ın geçmişten gelen yükleri, biyoloji dersindeki Bradley Kent ve yarım yamalak öpüşme girişimleriyle karşılaştırılmazdı. Christian elime uzandı.

"Bunun için canını sıkma, Anastasia," dedi. Güven veren el sıkışına karşılık verdim. Doğru olduğunu düşündüğü şeyi yaptığını biliyordum.

Sabahın ilerleyen saatlerinde toplantılarım arasında bir boşluk oluştu. Kate'i aramak için telefonu kaldıracakken, Christian'dan gelen e-postayı fark ettim.

Kimden: Christian Grey
Konu: Yağcılık

Tarih: 23 Ağustos 2011 09:54

Kime: Anastasia Grey

Bayan Grey

Yeni saç kesimim yüzünden üç iltifat aldım.

Personelimden iltifat almak, benim için yeni bir durum. Dün geceyi düşündüğüm zaman suratımda beliren komik gülümseme yüzünden olmalı. Sen gerçekten harika, yetenekli ve güzel bir kadınsın.

Ve her şeyinle benimsin.

Christian Grey

CEO, Grey Şirketler Topluluğu

Mesajı okurken eridim.

Kimden: Anastasia Grey

Konu: Burada Konsantre Olmaya Çalışıyorum

Tarih: 23 Ağustos 2011 10:48

Kime: Christian Grey

Bay Grey

Çalışmaya çalışıyorum ve dikkatimin enfes anılarla dağılmasını istemiyorum.

Ray'in saçlarını düzenli olarak benim kestiğimi söylemek için doğru bir zaman mı? Bu kadar faydalı bir eğitim olacağı hiç aklıma gelmemişti.

Ve evet, sizinim ve siz benim, İkinci Anayasa Değişikliği'yle[10] tanınan hakkını kullanmayı reddeden sevgili, hükmedici kocam, siz de benimsiniz. Ama endişelenmeyin çünkü ben sizi korurum. Her zaman.

Anastasia Grey
Editör, SBY

Kimden: Christian Grey
Konu: Annie Oakley[11]
Tarih: 23 Ağustos 2011 10:53
Kime: Anastasia Grey

Bayan Grey

B. İ. departmanıyla görüşüp adınızı değiştirmiş olduğunuzu görmek beni çok sevindirdi :D

Silah taşıyan karımın yanımda uyuduğunu bilerek daha güvende uyuyacağım.

Christian Grey
CEO & Hoplofobik, Grey Şirketler Topluluğu

Hoplofobik mi? Bu da neyin nesiydi?

---

10 (Second Amendment) Birleşik Devletler Haklar Bildirgesi'nde yer alan ve 1791'de anayasaya dâhil edilen, silah edinme ve taşıma hakkı tanıyan maddedir. (yay. n.)

11 "Buffalo Bill" lakaplı emekli asker William Frederick Cody'nin kovboy temalı şovlarında rol alan keskin nişancı. Amerika'nın ilk kadın şöhreti olmuş, gezici turlarla tüm Avrupa ve Amerika'da şovlarını sergilemiştir. (yay. n.)

Kimden: Anastasia Grey
Konu: Uzun Kelimeler
Tarih: 23 Ağustos 2011 10:58
Kime: Christian Grey

Bay Grey

Dilsel maharetinizle bir kez daha gözümü kamaştırdınız.

Aslında, genel olarak tüm maharetlerinizle gözümü kamaştırdığınızı söylemeliyim ve neye gönderme yaptığımı bildiğinizi sanıyorum.

Anastasia Grey
Editör, SBY

Kimden: Christian Grey
Konu: Ahh!
Tarih: 23 Ağustos 2011 11:01
Kime: Anastasia Grey

Bayan Grey

Yoksa benimle flört mü ediyorsunuz?

Christian Grey
Şoka uğramış CEO, Grey Şirketler Topluluğu

Kimden: Anastasia Grey
Konu: Yoksa siz…
Tarih: 23 Ağustos 2011 11:04

Kime: Christian Grey

Başkasıyla flört etmemi mi tercih ederdiniz?

Anastasia Grey
Cesur Editör, SBY

Kimden: Christian Grey
Konu: Grrrrr
Tarih: 23 Ağustos 2011 11:09
Kime: Anastasia Grey

HAYIR!

Christian Grey
Sahiplenici CEO, Grey Şirketler Topluluğu

Kimden: Anastasia Grey
Konu: Vay canına…
Tarih: 23 Ağustos 2011 11:14
Kime: Christian Grey

Yoksa bana hırlıyor musunuz? Çünkü bu biraz seksi…

Anastasia Grey
Kıvranan (iyi anlamda) Editör, SBY

Kimden: Christian Grey
Konu: Dikkatli olun
Tarih: 23 Ağustos 2011 11:16
Kime: Anastasia Grey

Benimle flört ediyor ve oyun mu oynuyorsunuz yoksa, Bayan Grey?

Bu öğleden sonra ziyaretinize gelebilirim.

Christian Grey
Cinselliğine düşkün CEO, Grey Şirketler Topluluğu

Kimden: Anastasia Grey
Konu: Ah Hayır!
Tarih: 23 Ağustos 2011 11:20
Kime: Christian Grey

Uslu duracağım. Patronumun patronunun patronunun iş yerinde tepeme çıkmasını istemem.

Şimdi işime döneyim. Patronumun patronunun patronu kıçıma tekmeyi basabilir.

Anastasia Grey
Editör, SBY

Kimden: Christian Grey
Konu: &*%$&*&
Tarih: 23 Ağustos 2011 11:23
Kime: Anastasia Grey

Şu anda kıçınıza yapmak istediği pek çok şey olduğu konusunda sözüme güvenin. Tekme basmak bu isteklerinin arasında yer almıyor.

Christian Grey
CEO ve Kıç Adamı, Grey Şirketler Topluluğu

Cevabı kıkırdamama neden oldu.

Kimden: Anastasia Grey
Konu: Git Başımdan!
Tarih: 23 Ağustos 2011 11:26
Kime: Christian Grey

Senin yönetmen gereken bir imparatorluğun yok mu?

Beni rahatsız etmeyi bırak.

Sıradaki randevum geldi.

Ben meme sevdiğini sanıyordum.

Kıçımı düşün, ben de seninkini düşüneceğim.

SS x

Anastasia Grey
Artık Nemli Editör, SBY

Perşembe günü Sawyer beni ofise götürürken keyifsiz olmamak elimde değildi. Christian bahsettiği New York seyahatine çıkmıştı ve gideli sadece birkaç saat olmasına rağmen, onu şimdiden özlemiştim. Bilgisayarımı açtım. Beni bir e-posta bekliyordu. Moralim hemen düzeldi.

Kimden: Christian Grey

Konu: Seni Şimdiden Özledim

Tarih: 25 Ağustos 2011 04:32

Kime: Anastasia Grey

Bayan Grey

Bu sabah harikaydınız.

Ben yokken uslu dur.

Seni seviyorum.

Christian Grey
CEO, Grey Şirketler Topluluğu

Evlendiğimizden beri ilk defa ayrı uyuyacaktık. Kate'le bir şeyler içmek niyetindeydim; uyumama faydası olurdu. Hâlâ uçuyor olduğunu bilmeme rağmen, dürtüsel olarak e-postasını cevapladım.

Kimden: Anastasia Grey

Konu: Asıl Sen Uslu Dur

Tarih: 23 Ağustos 2011 09:03

Kime: Christian Grey

İnince haber ver. Sen haber verene kadar merak içinde olacağım.

Ve uslu duracağım. Demek istediğim, Kate'le başım ne kadar belaya girebilir ki?

Anastasia Grey,

Editör, SBY

"Gönder" tuşuna bastım ve Hannah'nın nazik ikramı *latte*'mi yudumlamaya koyuldum. Kahve seveceğim kimin aklına gelirdi ki? Bu akşam Kate'le dışarı çıkacak olmama rağmen, büyük bir parçam eksikmiş gibi hissediyordum. Eksik parçam şu anda, New York yolunda, orta batı üzerinde bir yerde, otuz beş bin fit yükseklikteydi. Sırf Christian uzakta diye bu kadar huzursuz ve kaygılı hissedeceğim aklıma gelmezdi. Elbette zaman içinde, bu kayıp ve belirsizlik duygusunu hissetmemeye başlayacaktım, değil mi? Derin bir iç geçirdim ve işime döndüm.

Öğle yemeğine doğru, manyak gibi posta kutumu ve BlackBerry'mi kontrol eder olmuştum. Nerelerdeydi? Sapasağlam inmiş miydi acaba? Hannah öğle yemeği isteyip istemediğimi sordu ama fazla endişeliydim, gitmesini işaret ettim. Çok mantıksız olduğunu biliyordum ama sapasağlam vardığından emin olmak istiyordum.

Ofis telefonum çalmaya başlayınca irkildim. "Ana St- Grey?"

"Merhaba." Christian'ın sesinde muzip bir tını vardı. Büyük bir rahatlamayla doldum.

"Merhaba." Yüzümde bir kulağımdan diğerine uzanan bir gülümseme belirdi. "Uçuşun nasıl geçti?"

"Uzun. Kate'le ne yapacaksınız?"

Ah hayır. "Bir şeyler içmek için sakin bir yere gidecektik."

Christian hiçbir şey demedi.

Onu yatıştırmak için, "Sawyer ve yeni kadın –Prescott– bize göz kulak olmaya gelecekler," dedim.

"Kate'in eve geleceğini sanıyordum."

"Bir şeyler içtikten sonra gelecek." *Lütfen dışarı çıkmama izin ver!*

Christian derin bir iç çekti. "Bana neden söylemedin?" derken, sesi sakindi. Fazla sakin.

Kendi kendimi azarladım. "Christian, her şey yolunda gidecek. Ryan, Sawyer ve Prescott buradalar. Sadece çabucak birer içki içeceğiz."

Christian kararlı sessizliğini koruyunca, mutlu olmadığını anladım. "Seninle tanıştığımızdan beri onu sadece birkaç kez gördüm. Lütfen. O benim en yakın arkadaşım."

"Ana. Seni arkadaşlarından uzak tutmak niyetinde değilim. Ama ben eve geleceğini sanıyordum."

"Tamam," diye teslim oldum. "Evde kalırız."

"Sadece şu manyak ortalıkta olduğu sürece. Lütfen."

Gözlerimi devirerek, öfkeli bir sesle, "Tamam dedim," diye mırıldandım.

Christian telefonda hafif bir homurtu çıkardı. "Bana gözlerini devirdiğin zaman anlıyorum."

Ahizeye yüzümü buruşturarak baktım. "Bak, üzgünüm. Seni endişelendirmek istemezdim. Kate'e söylerim."

"İyi," derken rahatladığı her halinden belliydi. Onu endişelendirdiğim için kendimi suçlu hissetmiştim.

"Neredesin?"

"JFK'de pistte."

"Ah, demek daha yeni indiniz."

"Evet. İner inmez aramamı istemiştin."

Gülümsedim. Bilinçaltım bana gözlerini dikti. *Gördün mü? Yapacağım dediyse yapıyor.*

"Pekâlâ, Bay Grey, en azından birimizin tam olarak dediğimiz şeyi yapmasına sevindim."

Güldü. "Bayan Grey mübalağa beceriniz sınır tanımıyor. Ben sizinle ne yapacağım?"

"Yaratıcı bir şeyler düşüneceğinizden eminim. Genelde düşünürsünüz."

"Benimle flört mü ediyorsunuz?"

"Evet."

Sırıtışını hissettim. "Gitsem iyi olur, Ana. Lütfen sana söylediğimi yap. Güvenlik ekibi ne yaptığını biliyor."

"Evet, Christian, yapacağım." Sesim yine öfkeli çıkmıştı. *Tanrım, mesajı aldım.*

"Yarın akşam görüşeceğiz. Sonra yine ararım."

"Beni kontrol etmek için mi?"

"Evet."

"Ah, Christian!" diye azarladım.

"*Au revoir*, Bayan Grey."

"*Au revoir*, Christian, seni seviyorum."

Derin bir nefes aldı. "Ben de seni, Ana."

İkimiz de kapatmadık.

"Kapat, Christian," diye fısıldadım.

"Patronluk taslamayı seven küçük şey seni."

"Senin patronluk taslamayı seven küçük şeyinim ben."

"Benimsin," diye soludu. "Sana söyleneni yap. Kapat.

"Evet, efendim." Telefonu kapattım ve aptal aptal sırıttım.

Birkaç saniye sonra, gelen kutuma bir e-posta düştü.

Kimden: Christian Grey

Konu: Kaşınan Avuçlar

Tarih: 25 Ağustos 2011 13:42 Yerel Saat

Kime: Anastasia Grey

Bayan Grey

Telefonda her zamanki gibi eğlenceliydiniz.

Ciddiyim. Sana söylediğimi yap.

Güvende olduğunu bilmem gerek.

Seni seviyorum.

Christian Grey

CEO, Grey Şirketler Topluluğu

Evet, patronluk taslıyordu ama tek bir telefon konuşmasıyla kaygılarım bir anda kaybolmuştu. New York'a sapasağlam varmıştı ve her zamanki gibi benimle uğraşıyordu. Sevinçten havalara uçtum. Tanrım, bu adamı seviyordum. Hannah kapımı tıklatarak beni düşüncelerimden çekip çıkardı.

Kate muhteşem görünüyordu. Dar beyaz kot pantolonu ve kırmızı askılı bluzuyla şehri sarsmaya hazırdı. Ben girişimi yaptığımda, Resepsiyon'da Claire'le heyecanlı bir sohbete tutuşmuşlardı.

"Ana!" diye haykırdı ve beni Kate usulü kucakladı. Bir kol boyu mesafeye çekilerek, "Tam bir başarılı iş adamı eşi gibi görünüyorsun," dedi. "Kimin aklına gelirdi, küçük Ana Steele? Çok... Sofistike görünüyorsun!" Sırıttı. Gözlerimi devirdim. Üzerimde lacivert bir kemer ve aynı renk yüksek topuklularla tamamladığım, dar, düz kesim, açık kremrengi bir elbise vardı.

"Seni görmek çok güzel, Kate." Ben de ona sarıldım.

"Eee, nereye gidiyoruz?"

"Christian eve dönmemizi istiyor."

"Ah, gerçekten mi? Zig Zag Kafe'de çabucak bir şeyler içemez miyiz? İkimize masa ayırttım."

İtiraz etmek için ağzımı açtım.

"Lütfen," diye sızlandı ve bütün şirinliğiyle dudağını sarkıttı. Bunu Mia'dan kapmış olmalıydı. Normalde asla dudak sarkıtmazdı.

Zig Zag'da bir kokteyl gerçekten hoşuma giderdi. Son gidişimizde çok eğlenmiştik ve Kate'in dairesine çok yakındı.

İşaret parmağımı havaya kaldırdım. "Bir tane."

Sırıttı. "Bir tane." Kolunu koluma geçirdi ve direksiyonunda Sawyer'ın oturduğu arabaya yürüdük. Güvenlik ekibinin yeni üyesi Bayan Belinda Prescott –uzun boylu, ciddi tavırlı bir Afrikalı-Amerikalı– da peşimizdeydi. Belki fazla serinkanlı ya da profesyonel olduğu için, ona henüz ısınamamıştım. Ekibin geri kalanı gibi, o da bizzat Taylor tarafından seçilmişti. Sawyer gibi ciddi görünüşlü, koyu renk bir takım elbise giymişti.

"Bizi Zig Zag'a götürebilir misin, lütfen, Sawyer?"

Sawyer dönüp bana baktı. Bir şey söylemek istediğini biliyordum; emir aldığı belli oluyordu. Tereddüt etti.

"Zig Zag Kafe. Sadece bir içki içeceğiz."

Kate'e kaçamak bir bakış attım, o da Sawyer'a bakıyordu. Zavallı adam.

"Evet, efendim."

Prescott araya girdi: "Bay Grey daireye dönmenizi rica etmişti."

"Bay Grey burada değil," diye çıkıştım. "Zig Zag'a gidelim lütfen."

Sawyer, akıllılık edip çenesini tutan Prescott'a yan gözle bakarak, "Evet efendim," dedi.

Kate gözlerine ve kulaklarına inanamıyormuş gibi bakıyordu. Dudaklarımı büzerek omuz silktim. Tamam, eskiye göre biraz daha iddialı olabilirdim. Sawyer trafiğe karışırken, Kate başını eğdi.

"Ek güvenlik önlemleri Grace ve Mia'yı delirtiyor," dedi.

Şaşkın halde bakakaldım.

"Bilmiyor muydun?" İnanamıyor gibiydi.

"Neyi bilmiyor muydum?"

"Bütün Grey ailesinin güvenlik önemleri üç kart arttırıldı. Hatta trilyon kat arttırıldı da diyebiliriz."

"Gerçekten mi?"

"Sana söylemedi mi?"

Kızardım. "Hayır." *Kahretsin, Christian!* "Nedenini biliyor musun?"

"Jack Hyde."

"Ne olmuş Jack'e? Ben sadece Christian'ın peşinde olduğunu sanıyordum." İç geçirdim. *Tanrım. Bana neden söylememişti*?

"Pazartesiden beri," dedi Kate.

Geçen pazartesiden mi? Hımm… *Jack'i geçen pazar teşhis etmiştik. Ama neden bütün Grey ailesinin güvenlik önlemleri arttırılmıştı ki?*

"Sen bunları nereden biliyorsun?"

"Elliot söyledi."

Elbette.

"Christian bunların hiçbirini sana söylemedi, değil mi?"

Bir kez daha kızardım. "Hayır."

"Ah, Ana, ne kadar sinir bozucu."

İç geçirdim. Her zamanki gibi, Kate hedefi tam on ikiden vurmuştu. "Nedenini biliyor musun?" Christian bana anlatmıyorsa belki Kate anlatabilirdi?

"Elliot, Jack Hyde'ın SBY'de olduğu dönemde bilgisayarında sakladığı bilgilerle ilgili olduğunu söyledi."

Kahretsin. "Şaka yapıyorsun." İçimden bir öfke dalgası geçti. Ben bilmezken Kate bütün bunları nereden biliyordu?

Kafamı kaldırınca, Sawyer'ın dikiz aynasından beni süzdüğünü gördüm. Kırmızı ışık yeşile dönünce gaza basıp yola odaklandı. Parmağımı dudağıma götürdüm. Kate başını eğdi. Her iddiasına girerim, Sawyer da biliyordu ve ben bilmiyordum.

Konuyu değiştirmek için, "Elliot nasıl?" diye sordum.

Kate aptal aptal sırıtarak bilmem gereken her şeyi anlattı.

Sawyer, arabayı Zig Zag Kafe'ye çıkan geçidin sonuna çekince, Prescott kapımı açtı. Arabadan önce ben, sonra Kate indik. Kol kola girdik ve arkamızda yüzünde korkutucu bir ifade olan Prescott'la geçit boyunca yürümeye başladık. Ah, Tanrı aşkına, alt tarafı bir şeyler içecektik. Sawyer arabayı park etmeye gitti.

İkinci çilekli mojitomdan bir yudum alarak, "Elliot, Gia'yı nerden tanıyor?" diye sordum. Bar çok samimi ve rahattı ve hiç gitmek istemiyordum. Kate'le hiç durmadan konuşuyorduk. Onunla takılmayı ne kadar sevdiğimi unutmuştum. Dışarıda olmak, gevşemek ve Kate'le takılmak özgürleştiriciydi. Christian'a mesaj atmayı düşündüm ama sonra vazgeçtim. Delirecek ve söz dinlemez bir çocuk gibi eve dönmemi sağlayacaktı.

Kate öfkeyle, "Bana o kaltaktan bahsetme," dedi.

Kate'in tepkisi gülmeme neden oldu.

"Bu kadar komik olan ne, Steele?" diye çıkıştı ama ciddi değildi.

"Ben de öyle hissediyorum."

"Öyle mi?"

"Evet. Christian'ın içine düşecekti."

"Elliot'la bir kaçamakları olmuş." Kate suratını astı.

"Hayır!"

Kate kafasını salladı ve patentli Katherine Kavanagh surat asışıyla, dudaklarını birbirine bastırdı.

"Kısa sürmüş. Geçen sene, sanırım. Kadın sosyeteye girmeye çalışıyor. Gözünü Christian'a dikmesine şaşmamalı."

"Christian kapıldı. Ona Christian'ı rahat bırakmasını yoksa onu kovacağımı söyledim."

Kate bana bir kez daha bakakaldı; şaşırmıştı. Gururla başımı salladım; beni tebrik etmek için gülerek kadehini kaldırdı.

"Bayan Anastasia Grey! Kim tutar sizi!" Kadeh tokuşturduk.

"Elliot'un tabancası var mı?"

"Hayır, tam bir silah karşıtı." Kate üçüncü içkisini karıştırıyordu.

"Christian da öyle. Sanırım Grace ve Carrick'in etkisi," diye mırıldandım. Biraz çakırkeyif hissetmeye başlamıştım.

Kate kafasını salladı. "Carrick iyi bir adam."

Üzgün bir tavırla, "Evlilik öncesi anlaşması yapmamızı istedi," diye mırıldandım.

"Ah, Ana." Kate masanın üstünden uzanıp kolumu tuttu. "Sadece oğlunu kollamaya çalışıyordu. İkimizin de bildiği gibi, alnında *servet avcısı* dövmesi taşıyorsun." Bana gülümsedi. Ona dilimi çıkardım, ikimiz de kıkırdadık.

"Çok olgunca, Bayan Grey," dedi sırıtarak. Christian gibi konuşmuştu. "Bir gün sen de oğlun için aynı şeyi yapacaksın."

"Oğlum mu?" Çocuklarımın zengin olacakları aklımdan bile geçmemişti. Lanet olsun. Hiçbir şeyleri eksik olmayacaktı. Demek istediğim... hiçbir şeyleri. Bu konuyu daha fazla düşünmem gerekiyordu ama şimdi doğru zaman değildi. Yakınımızdaki bir masadan, önlerinde birer bardak sodayla, bizi ve akşam kalabalığını izlemekte olan Prescott ve Sawyer'a baktım.

"Sence bir şeyler yiyelim mi?" diye sordum.

"Bence bir şeyler içelim," dedi Kate.

"Neden bu kadar çok içme havasındasın?"

"Çünkü artık seni yeterince görmüyorum. Başını döndüren ilk erkekle evleneceğini tahmin etmemiştim." Yüzünü bir kez daha sarkıttı. "Dürüst olmam gerekirse, o kadar çabuk evlendin ki hamilesin sandım."

"Kıkırdadım. Herkes hamile olduğumu sandı. Bu konudan sıkıldım artık. Lütfen! Ayrıca tuvalete gitmem gerek."

Prescott bana eşlik etti. Hiçbir şey söylemedi. Söylemesine gerek yoktu. Beni kınadığı her halinden belliydi.

Kabinin kapalı kapısında beklerken, "Evlendiğimden beri tek başıma dışarı çıkmadım," diye mırıldandım. Çiş yapmamı beklerken kapının diğer tarafında durduğunu bilerek suratımı buruşturdum. Hem Hyde bir barda ne yapabilirdi ki? Christian her zamanki gibi aşırı tepki veriyordu, o kadar.

"Kate, geç oldu, gitmeliyiz."

Saat onu çeyrek geçiyordu ve ben dördüncü çilekli mojtomu mideye indirmiştim. Alkolün etkilerini kesinlikle hissediyordum; sıcaklamış ve sersemlemiştim. Christian iyi olacaktı. Eninde sonunda.

"Elbette, Ana. Seni görmek çok güzeldi. Eskisinden çok daha, nasıl desem, kendinden emin görünüyorsun. Belli ki evlilik sana yaramış."

Kızardım. Katherine Kavanagh'dan gelince, gerçek bir iltifat sayılırdı.

"Yaradı," diye fısıldadım ve belki de çok fazla içtiğim için, gözlerim yaşardı. Daha mutlu olabilir miydim acaba? Geçmişinden gelen bütün yüklerine, doğasına ve Elli Tonluğu'na rağmen, hayallerimin erkeğiyle tanışmış ve evlenmiştim. Duygusal düşüncelerime set çekmek için konuyu derhal değiştirdim; aksi takdirde ağlayacağımı biliyordum.

"Bu akşam gerçekten çok keyif aldım." Kate'in elini sıkıca tuttum. "Beni dışarıya sürüklediğin için sağ ol." Kucaklaştık. Kate beni bırakırken, Sawyer'a başımla işaret verdim. Arabanın anahtarlarını Prescott'a uzattı.

Kate'e, "Bayan Erdem-Abidesi Prescott'un evde olmadığımı Christian'a haber verdiğinden eminim. Delirecek," diye mırıldandım. Ve belki beni cezalandırmak için enfes bir yöntem bulurdu... Umarım.

"Neden kaçık gibi sırıtıyorsun, Ana? Christian'ı delirtmek hoşuna mı gidiyor?"

"Hayır. Tam olarak değil. Ama onu delirtmek çok kolay. Bazen fazla kontrolcü olabiliyor." *Genelde.*

"Fark ettim," dedi Kate alaycı bir sesle.

Kate'in dairesinin önünde durduk. Bana sıkıca sarıldı.

"Arayı açma," diye fısıldayarak yanağımı öptü. Sonra arabadan indi. Tuhaf bir özlemle arkasından el salladım. Kız kıza sohbeti özlemiştim. Eğlenceli ve rahatlatıcıydı ve bana hâlâ genç olduğumu hatırlatmıştı. Kate'i görmek için daha çok çaba harcamalıyım ama işin aslı, Christian'la baloncuğumda olmayı seviyordum. Önceki akşam birlikte bir yardım yemeğine katılmıştık. Gayrimenkul fiyatlarından, kötü giden ekonomiden ve düşen borsa hisselerinden bahseden, bir yığın takım elbiseli adam ve bakımlı zarif kadın vardı. Demek istediğim, sıkıcıydı; gerçekten sıkıcı. Bu yüzden bir yaşıtımın karşısında kendim gibi olmak iyi gelmişti.

Midem guruldadı. Hâlâ bir şeyler yememiştim. *Kahretsin, Christian!* Çantamı karıştırıp BlackBerry'mi buldum. *Lanet olsun. Beş cevapsız çağrım vardı!* Bir de kısa mesajım.

HANGİ CEHENNEMDESİN?

Ve bir e-posta.

Kimden: Christian Grey

Konu: Kızgın. Hem de Çok

Tarih: 26 Ağustos 2011 00:42 Yerel Saat

Kime: Anastasia Grey

Anastasia, yapmayacağını söylemene rağmen, Sawyer bir barda kokteyl içtiğinizi söyledi.

Şu anda ne kadar kızgın olduğuma dair bir fikrin var mı?

Yarın görüşeceğiz.

Christian Grey
CEO, Grey Şirketler Topluluğu

Yüreğime bir ağırlık çöktü. Ah, kahretsin. Başım gerçekten beladaydı. Bilinçaltım bana dik dik baktı, sonra omuz silkerek, bunu kendin istedin suratını takındı. Ne bekliyordum ki? Onu aramayı düşündüm ama geç olmuştu ve büyük ihtimalle çoktan uyumuştu... Ya da öfke içinde odasını arşınlıyordu. Kısa mesajın yeterli olacağına karar verdim.

HÂLÂ TEK PARÇA HALİNDEYİM. İYİ VAKİT GEÇİRDİM. SENİ ÖZLÜYORUM - LÜTFEN KIZMA.

Cevap vermesini dileyerek BlackBerry'me baktım ama uğursuz bir sessizlik içindeydi. İç geçirdim.

Prescott, Escala'nın önünde durunca Sawyer kapımı açmak için indi. Asansörü beklerken, fırsattan istifade onu sorguya çektim.

"Christian seni kaçta aradı?"

Kızardı. "Dokuz otuz civarıydı, efendim."

"Neden bana haber vermedin?"

"Bay Grey sizi bölmememi söyledi."

Dudaklarımı büzdüm. Asansör geldi ve sessizlik içinde yukarı çıktık. Birden, Christian'ın sinir nöbetini atlatmak için önünde koca bir gecesinin olmasına ve ülkenin öbür ucunda olmasına şükrettim. Bu bana zaman kazandıracaktı. Diğer yandan... onu özlüyordum.

Asansörün kapısı açıldı ve bir an için holdeki masaya bakakaldım.

Bu tabloda yanlış olan neydi?

Vazo paramparça olmuş, su, çiçekler ve porselen kırıkları zeminin dört bir yanına saçılmış, masa tepetaklak çevrilmişti. Sawyer beni kolumdan tutup asansöre çekerken başımdan aşağı kaynar sular döküldü.

Silahını çekip, "Burada kalın," diye tısladı. Hole girdi ve görüş alanımdan kayboldu.

Asansörün arka tarafına sığındım.

"Luke!" Ryan'ın büyük salondan seslendiğini duydum. "Mavi Kod!"

Mavi kod mu?

Sawyer bağırarak cevap verdi, "Faili yakaladınız mı? Ulu Tanrım!"

Asansörün duvarına yapıştım. Neler oluyordu böyle? Vücudum adrenalin hücumuna uğramış, yüreğim ağzıma gelmişti. Yumuşak sesler duyuyordum ve bir an sonra, Sawyer yeniden holde belirdi ve bir su birikintisinin ortasında durdu. Tabancasını kılıfına yerleştirdi.

"İçeri gelebilirsiniz, Bayan Grey," dedi usulca.

"Ne olmuş, Luke." Sesim bir fısıltıdan farksızdı.

"Bir ziyaretçimiz olmuş." Beni dirseğimden tuttu. Destek için minnettardım, elim ayağım boşalmıştı. Sawyer'la birlikte açık kapıdan içeri girdim.

Ryan büyük salonun girişinde duruyordu. Gözünün üstündeki bir yarıktan kan akıyordu. Ağzında da bir kesik vardı. Fena hırpalanmış görünüyordu; üstü başı dağılmıştı. Ama daha şaşırtıcı olan, ayaklarının dibinde Jack Hyde'ın yığılmış yatıyor olmasıydı.

BÖLÜM ON

Kalbim gümbür gümbür atıyor, kanım kulaklarımda zonkluyordu ve vücudumda dolaşan alkol sesi iyice güçlendiriyordu.

"O..." diye iç geçirdim. Cümlenin gerisini getiremeden, iri iri gözler ve korkuyla Ryan'a baktım. Yerde yüzükoyun yatan cüsseye bakamıyordum bile.

"Hayır, efendim, sadece baygın."

Büyük bir rahatlama hissettim. *Ah, Tanrı'ya şükür.*

Ryan'a bakarak, "Sen nasılsın?" dedim. İlk adını bilmediğimi fark ettim. Maraton koşmuş gibi nefes nefeseydi. Ağzının kenarını silip oradaki kanı temizledi. Yanağında cılız bir morluk oluşmaya başlamıştı.

"Sıkı dövüştü ama iyiyim, Bayan Grey." Beni teskin edercesine gülümsedi. Onu daha iyi tanısam biraz kibirli göründüğünü söylerdim.

"Ya Gail? Bayan Jones?" *Ah, hayır... O iyi miydi? Zarar görmüş müydü acaba?*

"Buradayım, Ana." Arkama bakınca onu geceliği ve sabahlığı içinde, saçları açık, yüzü kül rengi ve gözleri –sanırım– tıpkı benimkiler gibi büyümüş buldum.

"Ryan beni uyandırdı ve buraya girmem için ısrar etti." Arkasında kalan, Taylor'a ait ofisi işaret etti. "Ben iyiyim. Siz iyi misiniz?"

Hızla başımı eğdim ve büyük olasılıkla, Taylor'ın ofisinin bitişiğindeki panik odasından geldiğini fark ettim. Bu kadar kısa sürede ihtiyaç duyacağımız kimin aklına gelirdi. Christian nişanımızın ardından, odanın hemen kurulmasında ısrar etmişti. Ve ben gözlerimi devirmiştim. Şimdi Gail'i kapı eşiğinde görünce, öngörüsüne minnettardım.

Gözüme hole açılan kapıdaki çatlak takıldı. Kapı menteşesinden sarkmıştı. Ona ne olmuştu acaba?

Ryan'a, "Yalnız mıydı?" diye sordum.

"Evet, efendim; olmasaydı, sizi temin ederim, şu anda burada duruyor olmazdınız." Ryan biraz alınmışa benziyordu.

Ses tonunu duymazdan gelerek, "İçeri nasıl girdi?" diye sordum.

"Servis asansöründen. Bayağı cesurmuş, efendim."

Yerde iki büklüm yatan Jack'e baktım. Üzerinde bir tür üniforma, sanırım tulum vardı.

"Ne zaman?"

"On dakika kadar önce. Onu güvenlik kamerasından gördüm. Eldiven giymişti. Ağustos için biraz tuhaftı. Hemen tanıdım ve içeri girmesine izin vermeye karar verdim. Onu bu şekilde ele geçireceğimizi biliyordum. Siz yoktunuz, Gail güvendeydi; bu yüzden risk almaya karar verdim." Ryan bir kez daha kendinden son derece hoşnut görünüyordu. Sawyer onu kınar gibi yüzünü buruşturdu.

Eldiven mi? Bu kısmı dikkatimi dağıtmıştı. Tekrar Jack'e baktım. Evet, kahverengi deri eldivenler giymişti. Ürkütücü.

"Şimdi ne olacak?" Zihnimde dallanıp budaklanan düşünceleri kafamdan atmaya çalıştım.

"Onu bağlamalıyız," dedi Ryan.

"Bağlamak mı?"

"Uyanması ihtimaline karşı." Ryan, Sawyer'a baktı.

Bayan Jones bir adım öne çıkarak, "Neye ihtiyacınız var?" diye sordu. Her zamanki kontrollü duruşunu geri kazanmıştı.

"Onu zaptedecek bir şey, ip ya da halat gibi," dedi Ryan.

Kablo bağları. Bir önceki gecenin anıları zihnime dolunca kızardım. Refleks olarak bileklerimi sıvazladım ve hızlı bir bakış attım. Hayır, morarma yoktu. İyi.

"Bende bir şey var. Kablo bağı. İşe yarar mı?"

Bütün gözler bana çevrildi.

"Evet, efendim. Mükemmel." Sawyer ciddi ve dümdüz bir yüzle konuşmuştu. Yerin yarılıp beni içine çekmesini istedim ama dönüp yatak odamıza yöneldim. Bazen bazı şeyleri pişkinliğe vurmak gerekirdi. Belki de beni cüretkâr kılan korku ve alkolün birleşimiydi.

Döndüğümde, Bayan Jones holdeki rezaleti inceliyordu ve Bayan Prescott da güvenlik ekibine katılmıştı. Bağları Sawyer'a verdim. Çok ağır hareketler ve gereksiz bir özenle, Hyde'ın ellerini arkasına bağladı. Bayan Jones mutfakta gözden kayboldu ve ilk yardım çantasıyla geri döndü. Ryan'ı kolundan tutup büyük salonunun girişine götürdü ve gözünün üstündeki yarığa pansuman yaptı. Bayan Jones antiseptik mendili yarığın üstüne bastırırken, Ryan'ın yüzü buruştu. O sırada yerde susturucu takılmış bir Glock olduğunu fark ettim. *Aman Tanrım! Jack silahlı mıydı?* Gırtlağımdan yükselen safrayı güçlükle bastırdım.

Silahı almak için eğilince, Prescott, "Dokunmayın, Bayan Grey," dedi. Sawyer, lateks eldivenler giymiş halde Taylor'ın ofisinden çıktı.

"Onu ben hallederim, Bayan Grey," dedi.

"Onun mu?" diye sordum.

Ryan, Bayan Jones'un ihtimamlı ellerinde bir kez daha yüzünü buruşturarak, "Evet, efendim," dedi. Lanet olsun. Ryan benim evimde silahlı bir adamla boğuşmuştu. Düşüncesi bile ürpermem için yeterliydi. Sawyer eğildi ve Glock'u büyük bir dikkatle yerden kaldırdı.

"Belki de onu olduğu yerde bırakmalısın." dedim.

"Bay Grey, almamı isteyecektir, efendim." Sawyer silahı kilitli bir poşete yerleştirdikten sonra, Jack'in üstünü aramak için yere çöktü. Duraksadı ve bir yapışkan bant rulosunu adamın cebinden kısmen çekti. Benzi atmış bir halde ruloyu cebine geri itti.

Yapışkan bant mı? Olanları büyülenmiş gibi tuhaf bir kopukluk hissiyle izlerken, zihnim idrak güçlüğü yaşıyordu. Ne anlama gelebileceğini fark edince, safra tekrar yükseldi. Düşünceyi kafamdan son sürat kovaladım. *Oraları hiç düşünme, Ana!*

Korkumu saklamaya çalışarak, "Polisi aramalı mıyız?" diye sordum. Hyde'ın evimden bir an önce çıkmasını istiyordum.

Ryan ve Sawyer birbirlerine baktılar.

Aralarında ne olduğunu merak ederek, daha güçlü bir sesle, "Sanırım polisi aramalıyız," dedim.

"Taylor'a ulaşmayı denedim ama cep telefonunu açmıyor. Belki uyuyordur." Sawyer saatine baktı. "Doğu Sahili'nde sabahın bir kırk beşi."

Ah, hayır.

"Christian'ı aradınız mı?" diye fısıldadım.

"Hayır, efendim."

"Taylor'ı talimat almak için mi aradınız?"

Sawyer mahcup olmuş gibiydi. "Evet, efendim."

Tüylerim diken diken olmuştu. Bu adam –tekrar yerdeki Hyde'a baktım– evimi basmıştı ve polis tarafından götürülmesi gerekiyordu. Döndüm ve Sawyer'ın kaygılı gözlerine bakınca, kaçırdığım bir şeyler olduğuna karar verdim ve Christian'ı aramaya karar verdim. Kafa derim karıncalanıyordu. Bana kızgın olduğunu –çok ama çok kızgın olduğunu biliyordum– ve söyleyeceklerini düşünerek bocaladım. Ve burada olmadığı ve yarın akşama kadar gelemeyeceği için nasıl stres yapacağını. Onu bu akşam yeterince endişelendirdiğimi biliyordum.

Belki de aramamalıydım. Ve birden kafama dank etti. Kahretsin. *Ya ben burada olsaydım?* Bu düşünceyle benzim sarardı. Tanrı'ya şükür dışarıdaydım. Belki de başım o kadar büyük bir belaya girmezdi.

Jack'i işaret ederek, "O iyi mi?" diye sordum.

Ryan, Jack'e tiksintiyle bakarak, "Uyandığında başı feci sızlayacak," dedi. "Ama emin olmak için sağlık görevlilerine ihtiyacımız var."

Çantama uzandım, BlackBerry'mi çıkardım ve Christian'ın öfkesinin boyutuna çok fazla kafa yormadan, numarasını tuşladım. Karşıma telesekreteri çıktı. Çok sinirlendiği için, telefonunu kapatmış olmalıydı. Ne diyeceğimi bilmiyordum. Arkamı döndüm, holde ilerleyerek, diğerlerinden uzaklaştım.

"Merhaba, benim. Lütfen kızma. Dairede bir olay yaşandı. Ama şimdi kontrol altında, bu yüzden endişelenme sakın. Kimseye bir şey olmadı. Beni ara." Telefonu kapattım.

"Polisi ara," dedim Sawyer'a. Başıyla onayladı, cep telefonunu çıkardı ve aramayı yaptı.

Memur Skinner yemek odası masasında, Ryan'la derin bir konuşmaya dalmıştı. Memur Walker ise Taylor'ın ofisinde Sawyer'ın yanındaydı. Prescott'un nerede olduğunu bilmiyordum. Belki o da Taylor'ın ofisindeydi. Dedektif Clark'la salondaki kanepede oturuyorduk ve bana sorular yağdırıyordu. Uzun boylu, esmer ve sürekli asık suratlı olmasa yakışıklı sayılabilecek bir adamdı. Seattle'ın en etkin ve zengin iş adamlarından birinin evine zorla girildiği için uykusundan uyandırılıp sıcacık yatağından çıkarıldığından emindim.

Ters bir tavırla, "Eskiden patronunuz muydu?" diye sordu.

"Evet."

Yorgundum. Yorgun ötesiydim ve yatağıma gitmek istiyordun. Christian'dan hâlâ haber almamıştım. İşin iyi tarafı, ilk yardım görevlilerinin Hyde'ı götürmüş olmalarıydı. Bayan Jones, Dedektif Clark ve bana birer fincan çay ikram etti.

"Teşekkürler." Clark bana döndü. "Bay Grey nerede?"

"New York'ta. İş için. Yarın akşam dönecek. Yani bu akşam." Saat gece yarısını geçmişti.

"Hyde bizim için tanıdık bir isim," dedi Dedektif. "İfade vermek için karakola gelmeniz gerekecek. Ama bekleyebilir. Saat geç oldu ve kaldırıma kamp kurmuş birkaç gazeteci var. Etrafa bakınmamın sizin için bir sakıncası var mı?"

Sorgulamanın bitmesinden rahatlayarak, "Elbette, hayır," dedim. Dışarıdaki fotoğrafçıları düşünmek içimi ürpertmişti. Pekâlâ, yarın orada olmayacaklardı. Kendime bir şeyler duyup endişelenmeleri ihtimaline karşılık annemi ve Ray'i aramam gerekeceğini hatırlattım.

"Bayan Grey, yatmanızı önerebilir miyim?" derken Bayan Jones'un sesi sevecen ve endişe doluydu.

Sıcak ve nazik gözlerine bakarken, birden müthiş bir ağlama isteğiyle doldum. Uzanıp omzumu sıvazladı.

"Artık güvendeyiz," dedi. "Biraz uyuduktan sonra, yarın sabah her şey daha iyi görünecek. Ve Bay Grey de yarın akşam dönmüş olacak."

Gözyaşlarımı tutarak ona gergin bir bakış attım. Christian delirecekti.

"Yatmadan önce size herhangi bir şey getirebilir miyim?"

Ne kadar acıktığımı fark ettim. "Yiyecek bir şeyler iyi olurdu."

Kocaman bir gülümsemeyle, "Sandviç ve süt?" diye sordu.

Minnetle başımı salladım. Mutfağa döndü. Ryan hâlâ Memur Skinner'laydı. Dedektif Clark asansörün açıldığı holdeki karmaşayı inceliyordu. Asık suratına rağmen, düşünceli görünüyordu. Ve birden Christian'a büyük bir özlem duydum. Başımı ellerimin arasına aldım ve şiddetle yanımda olmasını diledim. O ne yapacağını bilirdi. Ne akşamdı ama. Kucağına kıvrılayım, bana sarılsın ve her söylediğini yapmasam da beni sevdiğini söylesin istiyordum ama bütün bunlar bu gece mümkün olmayacaktı. İçimden gözlerimi devirdim. Neden bana güvenlik önlemlerinin herkes için arttırıldığından hiç bahsetmemişti? Jack'in bilgisayarında tam olarak ne vardı? O kadar bunaltıcıydı ki. Ama şu anda umurumda bile değildi. Kocamı istiyordum. Onu özlemiştim.

"Al bakalım, Ana." Bayan Jones beni içimdeki karmaşadan çekip çıkardı. Bana gözleri ışıldayarak fıstık ezmesi ve jöleli bir sandviç uzatıyordu. Senelerdir bu sandviçten yememiştim. Utangaç bir gülümsemeyle, yemeğe koyuldum.

Nihayet üzerimde Christian'ın tişörtüyle yatağa girince, onun tarafına kıvrıldım. Yastığı da tişörtü de o kokuyordu ve uykuya dalarken, içimden eve sapasağlam... ve keyifle dönmesini diledim.

İrkilerek uyandım. Hava aydınlanmıştı ve şakaklarım zonklayarak ağrıyordu. Ah, hayır. Şiddetli bir baş ağrısı yaşamaktan korkuyordum. Temkinli bir şekilde gözlerimi açınca, koltuğun yer değiştirmiş olduğunu ve Christian'ın koltukta oturduğunu gördüm. Üzerinde smokini vardı ve papyonu göğüs cebinden sarkıyordu. Rüya mı görüyorum diye düşündüm. Sol kolu koltuğun kolçağındaydı ve elinde, kehribar rengi bir sıvıyla dolu kesme camdan bir bardak tutuyordu. Brendi miydi? Yoksa viski miydi? Hiçbir bir fikrim yoktu. Uzun bacaklarını birbirinin üstüne atmış, bir ayak bileğini diğer bacağının dizine yaslamıştı. Ayağında siyah çoraplar ve smokin ayakkabıları vardı. Sağ dirseği koltuğun kolçağına, eli çenesine dayalıydı ve işaret parmağını ağır hareketlerle, bir ileri bir geri, alt dudağının üstünde gezdiriyordu. Sabahın ilk ışıklarında gözleri ciddi bir yoğunlukla yanıyordu ama ifadesi anlaşılacak gibi değildi.

Kalbim neredeyse duracaktı. Gelmişti. Buraya nasıl ulaşmıştı? New York'tan dün gece ayrılmış olmalıydı. Ne kadar zamandır beni izliyordu?

"Merhaba," diye fısıldadım.

Bana kayıtsız bir ifadeyle bakınca, yüreğim bir kez daha tekledi. *Ah, hayır.* Uzun parmağını ağzından çekti, içkisinden geri kalanı kafasına dikip bardağı komodine bıraktı. Beni öpmesini bekledim ama öpmedi. Arkasına yaslanıp bana duygusuz gözlerle bakmayı sürdürdü.

Sonunda kısık bir sesle, "Merhaba," dedi. Ve hâlâ kızgın olduğunu anladım. Gerçekten kızgın.

"Dönmüşsün."

"Öyle görünüyor."

Yavaşça, gözlerimi ondan ayırmadan, doğruldum. Ağzım kurumuştu. "Beni ne zamandır seyrediyorsun?"

"Yeterince oldu."

"Hâlâ kızgınsın." Sözcükleri güçlükle telaffuz ettim.

Bana cevabını düşünür gibi bakıyordu. Kelimeyi, nüanslarını ve anlamını tartar gibi, "Kızgın," dedi. "Hayır, Ana. Kızgın olmanın çok, *çok* ötesindeyim."

Kahretsin. Yutkunmaya çalıştım ama kuru bir ağızla çok zordu.

"Kızgın olmanın çok ötesi, kulağa hiç hoş gelmiyor."

Bana tamamen duygusuz bir ifadeyle baktı ve cevap vermedi. Aramızda tatsız bir sessizlik uzayıp gidiyordu. Su bardağıma uzandım ve çılgın kalp atışlarımı kontrol altına almaya çalışarak, çok iyi gelen bir yudum aldım.

Farklı bir yol denedim. "Ryan, Jack'i yakalamış." Bardağımı onunkinin yanına, komodinin üstüne bıraktım.

"Biliyorum," dedi buz gibi bir sesle.

Elbette biliyordu. "Kısa vermeye devam edecek misin?"

Kaşları, bu soruyu beklemiyormuş gibi, bir parça oynadı. "Evet," dedi sonunda.

Ah... tamam. Ne yapmalıydım? Savunma en iyi saldırı yöntemiydi. "Dışarıda kaldığım için üzgünüm."

"Öyle mi?"

Kısa bir duraksamanın ardından, "Hayır," diye mırıldandım, çünkü gerçek buydu.

"O zaman neden öyle dedin?"

"Çünkü bana kızmanı istemiyorum."

Gerginliğini binlerce saattir zapt ediyormuş gibi, derin bir iç çekti ve elini saçlarının arasından kaydırdı. Çok güzel görünüyordu. Kızgın ama güzel. Onu içime çektim. Christian dönmüştü. Öfkeli ama tek parça halinde.

"Sanırım Dedektif Clark seninle konuşmak istiyor."

"İstediğinden eminim."

"Christian, lütfen."

"Lütfen ne?"

"Bu kadar soğuk olma."

Kaşları bir kez daha şaşkınlıkla havalandı. "Anastasia, şu andaki hislerimin soğuklukla hiç ilgisi yok. Yanıyorum. Hiddetle yanıyorum. Bu..." Doğru kelimeyi ararken elini salladı, "... hislerle nasıl baş edeceğimi bilmiyorum." Sesi buruktu.

Ah, kahretsin. Dürüstlüğü beni etkisiz hale getirmişti. Tek istediğim kucağında olmaktı. Dün gece eve geldiğim andan itibaren, yapmak istediğim tek şey buydu. Canı cehenneme. Onu hazırlıksız yakalayarak harekete geçtim ve beceriksiz hareketlerle kucağına çıkıp iyice sokuldum. Beni itmedi – ki en çok bundan korkuyordum. Bir an sonra kolunu etrafıma sardı ve burnunu saçlarımın arasına gömdü. Viski kokuyordu. *Ne kadar içmişti acaba?* Bir de vücut şampuanı kokuyordu. Christian kokuyordu. Kollarımı boynuna sardım ve burnumu boynuna sürttüm. Bir kez daha, bu kez daha derinden, iç geçirdi.

"Ah, Bayan Grey, ben sizinle ne yapacağım?" Alnımı öptü. Onunla temasın tadını çıkararak gözlerimi yumdum.

"Ne kadar içtin?"

Hareketsizleşti. "Neden?"

"Normalde sert içkiler içmezsin."

"Bu ikinci kadehimdi. Zorlu bir gece geçirdim, Anastasia. Bırak o kadar olsun."

Gülümsedim. "Madem ısrar ediyorsunuz, Bay Grey," diye soludum. "Muhteşem kokuyorsun. Yastığın sen koktuğu için senin tarafında uyudum."

Burnunu saçlarıma sürttü. "Öyle mi? Neden bu tarafta olduğunu merak etmiştim. Sana hâlâ kızgınım."

"Biliyorum."

Eli sırtımı ritmik hareketlerle okşuyordu.

"Ve ben de sana kızgınım," diye fısıldadım.

Duraksadı. "Tanrı aşkına, hiddetini hak etmek için ne yaptım?"

"Daha sonra, öfkeyle yanmadığın zaman söylerim." Boynunu öptüm. Gözlerini yumdu, kendini öpüşüme bıraktı ama karşılık vermek için hiçbir hamle yapmadı. Kolları beni daha sıkı, neredeyse sıkar gibi sardı.

"Olabilecekleri düşününce..." Sesi fısıltıdan farksızdı. Yaralı, çaresiz...

"Ben iyiyim."

"Ah, Ana." Neredeyse bir hıçkırık gibi duyulmuştu.

"Ben iyiyim. Hepimiz iyiyiz. Biraz sarsıldık. Ama Gail iyi. Ryan iyi. Ve Jack gitti."

Kafasını salladı. "Senin sayende değil," diye mırıldandı.

Ne? Geri çekilip yüzüne baktım. "Ne demek istiyorsun?"

"Şu anda bunu tartışmak istemiyorum, Ana."

Gözlerimi kırpıştırdım. Pekâlâ, belki de *ben* istiyordum ama tartışmamaya karar verdim. En azından benimle konuşuyordu. Ona tekrar sokuldum. Parmaklarını saçlarıma kaydırıp oynamaya başladı.

"Seni cezalandırmak istiyorum," diye fısıldadı. "Gerçekten canına okumak," diye ekledi.

Yüreğim ağzıma geldi. *Siktir.* "Biliyorum," diye fısıldarken, kafa derim karıncalandı.

"Belki de cezalandırırım."

"Umarım cezalandırmazsın."

Bana daha sıkı sarıldı. "Ana, Ana, Ana. Sen bir azizin sabrını bile zorlarsın."

"Sizi pek çok şeyle suçlayabilirim, Bay Grey ama azizlik onlardan biri değil."

Sonunda isteksiz kıkırtısını bahşetti. "Çok doğru bir noktaya parmak bastınız, Bayan Grey." Alnımı öptü ve kıpırdadı.

"Yatağa. Sen de çok geç yatmışsın." Hızlı hareketlerle, beni kaldırıp geri yatağa yerleştirdi.

"Yanıma yatacak mısın?"

"Hayır. Yapmam gereken şeyler var." Uzanıp kadehini aldı. "Sen uyu. Birkaç saat içinde uyandırırım."

"Bana hâlâ kızgın mısın?"

"Evet."

"O zaman uyuyayım."

"İyi." Yorganı üstüme çekti ve alnımı bir kez daha öptü. "Uyu."

Ve önceki gece yüzünden çok uykulu, Christian döndüğü için rahatlamış ve sabah karşılaşmamızdan bitkin düşmüş halde, bana söylediğini yaptım. Uykuya dalarken, minnettar ama ağzımda nahoş bir tatla, neden her zamanki baş etme mekanizmasına başvurup ahlaksızca üzerime atlamadığını merak ettim.

"Burada senin için biraz portakal suyu var," dedi Christian ve gözlerimi bir kez daha kırpıştırarak açtım. Hatırlayabildiğim en huzurlu iki saatlik uykuyu çekmiştim. Tazelenmiş halde uyandığımda, başım artık zonklamıyordu. Portakal suyu hoş bir görüntüydü; kocam da öyle. Eşofmanlarını giymişti. Ve bir an için Heathman Otel'e ve onun yanında uyandığım ilk güne ışınlandım. Gri atleti terden ıslanmıştı. Ya bodrum katındaki spor salonunda egzersiz yapmış ya da koşuya çıkmıştı. Egzersizden sona bu kadar iyi görünmeye hakkı yoktu.

"Bir duş alacağım," diye mırıldandı ve banyoda gözden kayboldu. Kaşlarımı çattım. Mesafesini koruyordu. Ya olanlar yüzünden kafası dağınıktı ya da hâlâ kızgındı... Ya da... Ne? Kalkıp portakal suyuna uzandım ve biraz fazla hızlı içtim. Enfes ve buz gibiydi ve ağzımın tadını yerine getirdi. Kocamla aramızdaki mesafeyi –gerçek ve metafizik anlamda– kapatma arzusuyla yataktan kalktım. Çalar saate hızlı bir bakış attım. Saat sekizdi. Christian'ın tişörtünü üstümden çıkarıp peşinden banyoya gittim. Saçlarını yıkıyordu. Tereddüt dahi etmedim. Arkasına geçtim; ön tarafımı ıslak ve kaslı sırtına yaslayıp kollarımı etrafına sarınca kasıldı. Tepkisini anlamazlıktan gelerek ona sımsıkı sarılmayı sürdürdüm ve yanağımı sırtına bastırıp gözlerimi yumdum. Bir an sonra, ikimizi de sıcak suyun altına sokacak şekilde kaydı ve saçlarını yıkamaya devam etti. Sevdiğim adamı kollarımın arasında tutarken, suyun üzerimden akmasına izin verdim. Burada beni becerdiği ve benimle seviştiği sayısız zamanı düşündüm. Kaşlarım çatıldı. Hiç bu kadar sessiz olmamıştı. Başımı çevirdim ve sırtına öpücükler kondurmaya başladım. Vücudu bir kez daha kasıldı.

"Ana," diye uyardı.

"Hımm..."

Ellerim gergin karnından kasıklarına doğru kaydı. Her iki elini de ellerimin üstüne yerleştirip ani bir şekilde durdurdu. Kafasını salladı.

"Sakın," diye uyardı.

Onu hemen bıraktım. *Hayır mı diyordu?* Bu daha önce hiç olmuş muydu? Bilinçaltım dudaklarını büzerek kafasını salladı. Yüzünde bu-defa-gerçekten-boka-battın bakışıyla, yarım ay gözlüklerinin üstünden bana bakıyordu. Suratıma sert bir tokat yemiş gibi hissettim. Reddedilmiş. Ve hayatım boyunca taşıdığım güvensizlik, *Artık beni istemiyor,* düşüncesini yumurtladı. İçimi dağlayan acıyla iç geçirdim. Christian dönünce, cazibeme tamamen kayıtsız olmadığını görüp rahatladım. Çenemi tutup başımı arkaya yatırdı ve kendimi temkinli, gri gözlerine bakarken buldum.

"Sana hâlâ deli gibi kızgınım," dedi ciddi ve sakin bir sesle. *Kahretsin!* Eğildi, alnını benimkine yasladı ve gözlerini yumdu. Uzanıp yüzünü okşadım.

"Lütfen bana kızma. Bence aşırı tepki veriyorsun," diye fısıldadım.

Doğrulduğunda benzi atmıştı. Elim yanıma düştü.

"Aşırı tepki mi veriyorum?" diye hırladı. "Lanet olası manyağın teki karımı kaçırmak için evime giriyor ve sen aşırı tepki verdiğimi düşünüyorsun!" Sesindeki öfke korkutucuydu ve bana o lanet olası manyak benmişim gibi bakarken gözleri alev alev yanıyordu.

"Hayır... şey... Bahsettiğim o değildi. Bunun benim dışarıya çıkmamla alakalı olduğunu sandım."

Acı çeker gibi, bir kez daha gözlerini yumdu ve başını salladı.

"Christian, burada yoktum bile." Onu rahatlatmaya çalışıyordum.

Gözlerini açarak, "Biliyorum," diye fısıldadı. "Ve hepsi basit, lanet olası bir ricayı yerine getirmediğin için." Ses tonu acılıydı ve benzi atma sırası bana geçmişti. "Bunu şu anda duşta tartışmak istemiyorum. Sana hâlâ deli gibi kızgınım, Anastasia. Bana kararımı sorgulattırıyorsun." Döndü ve hızlı bir hareketle duştan çıktı. Bir havlu kaptı ve beni sıcak suyun altında bir başıma ve üşümüş halde bırakarak banyodan dışarı fırladı.

Kahretsin. Kahretsin. Kahretsin.

Ardından, az önce söylediği şeyin anlamı kafama dank etti. *Kaçırmak mı?* Siktir. Jack beni kaçırmak mı istemişti? Yapışkan bandı ve Jack'in o bandı neden yanında getirdiğini düşünmek istemeyişimi hatırladım. Christian daha fazla bilgi edinmiş miydi? Aceleyle yıkandım, saçlarımı şampuanlayıp duruladım. Bilmek istiyordum. Bilmem gerekiyordu. Beni bu konunun da dışında bırakmasını istemiyordum.

Dışarı çıktığımda, Christian yatak odasında değildi. Tanrım, gerçekten hızlı giyiniyordu. Ben de aynısını yaptım. En sevdiğim mürdüm eriği rengi elbisemi ve siyah sandaletlerimi giyerken, bu kıyafeti Christian sevdiği için giydiğimin bilincindeydim. Saçlarımı havluyla kurulayıp ördüm ve sarıp topuz yaptım. Kulaklarıma pırlanta küpelerimi taktıktan sonra biraz rimel sürmek için banyoya daldım ve aynada kendime baktım. Solgundum. Her zaman solgundum. Derin, yatıştırıcı bir nefes aldım. Düşüncesizce arkadaşımla eğlenme kararımın sonuçlarıyla yüzleşmem gerekiyordu. Christian'ın olayı böyle görmeyeceğini iyi bildiğim için, iç geçirdim

Christian salonda yoktu. Bayan Jones mutfakta bir şeylerle meşguldü.

Tatlı bir sesle, "Günaydın, Ana," dedi.

"Günaydın." Ona içtenlikle gülümsedim. Yine Ana olmuştum!

"Çay?"

"Lütfen."

"Yiyecek bir şeyler?"

"Lütfen. Bu sabah bir omlet istiyorum."

"Mantar ve ıspanaklı olur mu?"

"Ve peynir.

"Hemen geliyor."

"Christian nerede?"

"Bay Grey çalışma odasında."

"Kahvaltı etti mi?" Kahvaltı masasına yerleştirilmiş iki tabağa baktım.

"Hayır, efendim."

"Teşekkürler."

Christian kravatsız beyaz gömleğiyle, telefondaydı ve her şeyiyle rahat bir CEO'yu andırıyordu. Dış görüntüler ne kadar yanıltıcı olabiliyordu. Belki de ofise hiç gitmeyecekti bile. Eşikte belirince bana baktı ama kafasını sallayarak orada istenmediğimi belirtti. *Kahretsin...* Döndüm ve reddedilmiş bir halde, kahvaltı barına geri döndüm. Taylor ağırbaşlı takım elbisesi içinde son derece şık ve sekiz saatlik deliksiz bir uyku çekmiş gibi bir görüntüyle yanıma geldi.

Ona ruh halini tartmaya ve olup bitenler konusunda herhangi bir ipucu verecek mi diye anlamaya çalışarak baktım ve, "Günaydın, Taylor," dedim.

"Günaydın, Bayan Grey," diye cevap verirken bu üç kelimenin arkasındaki sempatiyi hissettim. Seattle'a planlandığından önce dönmek zorunda kalan, öfkeli ve bunalmış bir Christian'a katlanmak zorunda kaldığını bildiğim için, ona şefkatle gülümsedim.

"Uçuş nasıldı?" diye sorma cüretini gösterdim.

"Uzun, Bayan Grey." Kısa ve öz cevabı çok şey anlatıyordu. "Sizin nasıl olduğunuzu sorabilir miyim?" diye eklerken ses tonu yumuşamıştı.

"İyiyim."

Başını eğdi. "İzninizle." Christian'ın çalışma odasına yöneldi. Hımm. Demek Taylor'a giriş izni vardı ama bana yoktu.

"Buyrun." Bayan Jones kahvaltımı önüme bıraktı. İştahım kaçmıştı ama onu gücendirmek istemediğim için yedim.

Kahvaltımdan yiyebileceğim kadarını bitirdiğimde, Christian henüz çalışma odasından çıkmamıştı. Benden uzak durmaya mı çalışıyordu yoksa?

"Teşekkürler, Bayan Jones," diye mırıldanarak taburemden kalktım ve dişlerimi temizlemek üzere banyoya gittim. Dişlerimi fırçalarken, Christian'ın evlilik yeminleri konusunda surat asışını hatırladım. O zaman da kendini çalışma odasına kapatmıştı. Bu da öyle bir şey miydi? Yine tafra mı yapıyordu? O günün gecesinde gördüğü kâbusu hatırlayarak ürperdim. Yine aynı şey mi olacaktı? Konuşmamız gerekiyordu. Jack ve Grey'lerin arttırılan güvenlik önlemleri konusunda bilgi almalıydım. Benden saklanan ama Kate'den saklanmayan bütün detaylar konusunda. Belli ki Elliot onunla konuşuyordu.

Saatime baktım. Sekiz elliydi. İşe geç kalmıştım. Dişlerimi fırçalama işini bitirdim, biraz parlatıcı sürdüm, siyah, hafif ceketimi alıp salona döndüm. Christian'ı orada kahvaltı ederken bulunca rahatladım.

Beni görünce, "Gidiyor musun?" dedi.

"İşe mi? Evet, elbette." Cesur adımlarla yanına gidip ellerimi kahvaltı barına koydum. Bana boş boş baktı.

"Christian, döneli daha bir hafta bile olmadı. İşe gitmem gerek."

"Ama..." Durdu ve elini saçlarının arasından kaydırdı. Bayan Jones usulca salondan çıktı. Ağzı sıkı, Gail. Ağzı sıkı.

"Biliyorum, konuşmamız gereken çok şey var. Belki, eğer yatışmış olursan, bu akşam konuşabiliriz."

Ağzı hoşnutsuzlukla aralandı. "Yatışmış olursam mı?" Sesi ürkütücü derecede yumuşaktı.

Kızardım. "Ne demek istediğimi biliyorsun."

"Hayır, Anastasia. Ne demek istediğini bilmiyorum."

"Kavga etmek istemiyorum. Buraya arabamı alıp alamayacağımı sormaya gelmiştim."

"Hayır, alamazsın," diye çıkıştı.

"Tamam." Derhal pes ettim.

Gözlerini kırpıştırdı. Belli ki bir kavga bekliyordu. "Prescott sana eşlik edecek." Ses tonu bir nebze daha az kavgacıydı.

Lanet olsun, yine mi Prescott? Suratımı sarkıtıp karşı çıkmak istedim ama yapmamaya karar verdim. Şimdi, artık Jack yakalandığına göre, güvenlik önlemlerini azaltabilirdik.

Annemin düğünümden bir gün önce benimle paylaştığı "bilgece sözleri" hatırladım. *Ana, tatlım, neyin mücadelesini vereceğini iyi seçmelisin. Çocukların olduğu zaman, onlarla da aynı şey olacak.* Pekâlâ, en azında işe gitmeme göz yumuyordu.

"Tamam," diye mırıldandım. Ve ondan aramızda bu kadar çok çözülmemiş mesele ve bu kadar çok gerginlik varken ayrılmak istemediğim için, çekingen bir adım attım. Gerildi, gözleri irileşti ve bir an öyle savunmasız göründü ki kalbimin derin ve karanlık bir yerine dokunduğunu hissettim. *Ah, Christian, üzgünüm.* Yanağına masum bir öpücük kondurdum. Dokunuşumun tadını çıkarır gibi gözlerini yumdu.

"Benden nefret etme," diye fısıldadım.

Elimi tuttu. "Senden nefret etmiyorum."

"Beni öpmedin," diye fısıldadım.

Beni şüpheyle süzdü. "Biliyorum."

Ona nedenini sormak için ölüyordum ama cevabı bilmek istediğimden emin değildim. Ani bir hareketle ayağa kalktı, yüzümü ellerinin arasına aldı ve bir saniye içinde, dudakları dudaklarıma örtüldü. Şaşkınlıkla iç geçirdim ve yanlışlıkla dilinin ağzıma kaymasına izin verdim. Durumdan istifade ederek ağzımı istila etti, beni esir aldı ve tam karşılık vermeye başlayacağım anda, geri çekilerek beni nefes nefese bıraktı.

"Taylor seni ve Prescott'u SBY'ye götürecek," derken, gözleri ihtiyaçla parlıyordu. "Taylor!" diye seslendi. Kendimi toplamaya çalışırken biraz kızardım.

"Efendim." Taylor eşikte duruyordu.

"Prescott'a Bayan Grey'in işe gittiğini söyle. Onları sen bırakabilir misin, lütfen?"

"Elbette." Taylor dönüp gözden kayboldu.

Christian, "Bugün beladan uzak durmaya çalışırsan minnettar kalırım," diye mırıldandı.

Tatlı bir gülümsemeyle, "Elimden geleni yaparım," dedim. Christian'ın dudaklarında isteksiz bir gülümseme belirir gibi olduysa da kendini bırakmadı.

"Sonra görüşürüz," dedi serinkanlılıkla.

"Kaçtım," diye fısıldadım

Kapının önündeki medyadan kaçabilmek için, Prescott'la birlikte servis asansörüyle bodrum katındaki garaja indik. Jack'in tutuklanması ve dairemizde yakalanmış olması artık herkes tarafından biliniyordu. Audi'ye yerleşirken, nişanımızın ilan edildiği gün olduğu gibi, paparazzilerin SBY'de de bekliyor olup olmayacaklarını merak ettim.

Bir süre sessizce yol aldıktan sonra, Christian'la benim güvende olduğumuzu haber vermek için Ray'i ve annemi aramam gerektiğini hatırladım. Neyse ki iki konuşma da kısa sürdü ve telefonu tam SBY'nin önüne geldiğimiz sırada kapattım. Korktuğum gibi, küçük bir muhabir ve fotoğrafçı grubu pusuda bekliyordu. Hep birlikte dönüp Audi'ye beklenti dolu gözlerle baktılar.

Taylor, "Bunu yapmak istediğinizden emin misiniz, Bayan Grey?" diye sordu. Bir yanım eve gitmek istiyordu ama bu, günü Bay Hiddetten Köpüren'le birlikte geçirmek demekti. Birazcık zamanla daha sakinleşeceğini umuyordum. Jack gözaltındaydı; Elli mutlu olmalıydı ama değildi. Bir yanım nedenini anlıyordu. Ben de dâhil olmak üzere kontrolü dışında kalan çok şey vardı ama şu anda bunu düşünecek zamanım yoktu.

"Beni servis girişine götür, lütfen, Taylor."

"Elbette, efendim."

Saat birdi ve bütün sabahı kendimi işime vererek geçirmeyi başarmıştım. Kapı çaldı ve Elizabeth başını içeri uzattı.

"Bir dakikanı alabilir miyim?" dedi neşeyle.

"Elbette." Plansız ziyareti beni şaşırmıştı.

İçeri girdi ve uzun siyah saçlarını omzunun arkasına atarak oturdu. "Sadece iyi olduğundan emin olmak istedim." Yüzü kızararak, telaşla, "Roach seni ziyaret etmemi rica etti," diye ekledi. "Demek istediğim, dün gece yaşananlardan sonra nasıl olduğunu merak ettik."

Jack Hyde'ın tutuklanması bütün gazetelerde yer almıştı ama henüz kimse Grey Şirketler Topluluğu'ndaki yangınla bir bağlantı kurmuşa benzemiyordu.

Hissettiklerimi derinlemesine düşünmemeye gayret ederek, "Ben iyiyim," dedim. Jack bana zarar vermek istemişti. Pekâlâ, bu yeni bir haber değildi. Bunu daha önce de denemişti. Beni daha çok Christian endişelendiriyordu.

E-postama hızla göz attım. Ondan hâlâ bir ses yoktu. Acaba ben mi ona bir e-posta göndermeliydim, yoksa bunu yaparak Bay Hiddetten Köpüren'i daha fazla mı kışkırtmış olurdum, bilmiyordum.

Elizabeth, "İyi," diye yanıtladı ve gülümsemesi ilk kez gözlerine ulaştı. "Yapabileceğim herhangi bir şey olursa, ihtiyaç duyduğun herhangi bir şey, lütfen haberim olsun."

"Elbette."

Elizabeth ayağa kalktı. "Ne kadar meşgul olduğunu biliyorum, Ana. Seni işinle baş başa bırakayım."

"Şey... teşekkürler."

Bu, bugün batı yarıkürede yapılan en kısa ve anlamsız görüşme olmalıydı. Roach onu neden buraya göndermişti? Belki de patronunun eşi olduğumu göz önüne alarak endişelenmişti. Bu karanlık düşüncelerden silkelendim ve Christian'dan bir mesaj olmasını umarak BlackBerry'me uzandım. Aynı anda iş e-postam öttü.

Kimden: Christian Grey

Konu: İfade

Tarih: 26 Ağustos 2011 13:04

Kime: Anastasia Grey

Anastasia

Dedektif Clark bugün saat 3'te ifadeni almak için seni ofisinde ziyaret edecek.

Polis karakoluna gitmeni istemediğim için, onun sana gelmesi konusunda ısrar ettim.

Christian Grey

CEO, Grey Şirketler Topluluğu

Tam beş dakika boyunca, kafasını dağıtacak hafif ama zekice bir cevap düşünmeye çalışarak e-postasına baktım. Ama hiçbir şey bulamayınca, tercihimi kısa tutmaktan yana kullandım.

Kimden: Anastasia Grey

Konu: İfade

Tarih: 26 Ağustos 2011 13:12

Kime: Christian Grey

Tamam.

A x

Anastasia Grey

Editör, SBY

Ekrana beş dakika daha, cevabını kaygıyla bekleyerek baktım ama hiçbir şey gelmedi. Christian bugün oyun oynayacak havada değildi.

Arkama yaslandım. Onu suçlayabilir miydim? Zavallı Elli'm bu sabahın erken saatlerinde, büyük olasılıkla çılgına dönmüştü. Sonra aklıma bir şey geldi. Bu sabah uyandığımda üzerinde smokini vardı. New York'tan dönmeye kaçta karar vermişti acaba? Genelde davetlerden saat onla on bir arası bir zamanda ayrılırdı. Dün gece o saatte ben hâlâ Kate'le firardaydım.

Christian eve ben dışarı çıktığım için mi, yoksa Jack meselesi yüzünden mi dönmüştü? Eğer ben dışarıda iyi vakit geçirdiğim için dönmüşse Jack olayından Seattle'a inene kadar haberi olmamış demekti. Birden bunu öğrenmeyi istedim. Eğer Christian sırf ben dışarıdayım diye geri dönmüşse aşırı tepki veriyordu. Bilinçaltım onaylamayan bir ses çıkardı. Tamam, geri dönmesine memnun olmuştum; bu yüzden belki de sebebi üzerine düşünmemeliydim. Ama yine de, Christian uçaktan inince ciddi bir şok yaşamış olmalıydı. Bugün o kadar allak bullak olmasına şaşmamak gerekirdi. Bana söyledikleri aklıma geldi. *Sana hâlâ deli gibi kızgınım, Anastasia. Bana kararımı sorgulattırıyorsun.*

Mutlaka öğrenmeliydim. Eve Kokteylgate skandalı yüzünden mi dönmüştü yoksa o lanet olası kaçık yüzünden mi?

Kimden: Anastasia Grey
Konu: Uçuşun
Tarih: 26 Ağustos 2011 13:24
Kime: Christian Grey

Dün Seattle'a dönmeye kaçta karar verdin?

A x

Anastasia Grey
Editör, SBY

Kimden: Christian Grey

Konu: Uçuşun

Tarih: 26 Ağustos 2011 13:26

Kime: Anastasia Grey

Neden?

Christian Grey

CEO, Grey Şirketler Topluluğu

Kimden: Anastasia Grey

Konu: Uçuşun

Tarih: 26 Ağustos 2011 13:29

Kime: Christian Grey

Merak diyelim.

Anastasia Grey
Editör, SBY

Kimden: Christian Grey

Konu: Uçuşun

Tarih: 26 Ağustos 2011 13:32

Kime: Anastasia Grey

Merak kediyi öldürür.

Christian Grey

CEO, Grey Şirketler Topluluğu

Kimden: Anastasia Grey

Konu: Ha?

Tarih: 26 Ağustos 2011 13:35

Kime: Christian Grey

Bu gönderme neye? Yeni bir tehdit mi?

Bununla nereye varmaya çalıştığımı biliyorsun, değil mi?

Dün geri dönmeye sen çıkmamamı söyledikten sonra arkadaşımla dışarı çıktım diye mi karar verdin, yoksa delinin teki dairene girdi diye mi?

Anastasia Grey

Editör, SBY

Gözlerimi ekrana diktim. Cevap gelmiyordu. Bilgisayarımdaki saate baktım. Saat bir kırk beş olmuştu ama hâlâ yanıt yoktu.

Kimden: Anastasia Grey

Konu: Konu şu ki...

Tarih: 26 Ağustos 2011 13:56

Kime: Christian Grey

Bu sessizliğini Seattle'a gerçekten de BEN FİKRİMİ DEĞİŞTİRDİM DİYE döndüğün şeklinde yorumluyorum. Ben yetişkin bir kadınım ve bir arkadaşımla bir şeyler içmeye gittim. FİKRİMİ DEĞİŞTİRMEMİN güvenlik açısından nelere sebep olabileceğini düşünemedim çünkü SEN BANA HİÇBİR ŞEY ANLATMIYORSUN. Kate'den güvenliğin sadece bizim için değil, bütün Grey'ler için arttırıldığını öğrendim. Genel olarak, güvenliğim konusunda aşırı tepki verdiğini düşünüyorum ve nedenini anlıyorum ama sen yalancı çoban gibisin. Neyin gerçekten endişelenilmesi gereken bir şey, neyin sadece senin yersiz kaygın olduğu konusunda bir fikrim yok. Yanımda iki güvenlik görevlisi vardı. Kate'le güvende olacağımızı düşündüm. Aslında o barda, evde olacağımızdan daha güvendeydik. Durumdan TAM ANLAMIYLA HABERDAR edilmiş olsaydım farklı bir tutum takınırdım.

Kaygılarının, Jack'in bilgisayarındaki bazı şeylerle ilgili olduğunu anlıyorum. Ya da en azından Kate öyle düşünüyor. En yakın arkadaşımın seninle ilgili konularda benden fazla bilgi sahibi olmasının ne kadar can sıkıcı olduğunu biliyor musun? Üstelik ben senin KARINIM. Bana anlatacak mısın? Yoksa bana çocuk muamelesi yapmaya ve çocuk gibi davranmamı sağlamaya devam mı edeceksin?

Burnundan soluyan tek kişi sen değilsin. Anladın mı?

Ana

Anastasia Grey
Editör, SBY

"Gönder"e tıkladım. *İşte, bu da sana kapak olsun, Grey.* Derin bir nefes aldım. Kendi kendimi bayağı bilemiştim. Burada oturmuş kötü davrandım diye üzgün ve suçlu hissediyordum. Ama artık yeterdi.

Kimden: Christian Grey
Konu: Konu şu ki...
Tarih: 26 Ağustos 2011 13:59
Kime: Anastasia Grey

Her zamanki gibi, yine e-postada çok dobra ve kafa tutucusunuz.

Belki de bu konuyu eve, daireMİZe döndüğünüz zaman tartışabiliriz.

Ağzından çıkan sözlere dikkat etmelisin. Ben de hâlâ burnumdan soluyorum.

Christian Grey
CEO, Grey Şirketler Topluluğu

Ağzımdan çıkan sözlere dikkat etmek ha? Bu şekilde hiçbir yere varamadığımızı fark ederek, bilgisayarıma asık bir suratla baktım. Cevap vermek yerine, gelecek vaat eden yeni bir yazardan yakın zamanda gelen bir taslağı alıp okumaya başladım.

Dedektif Clark'la toplantım olaysız geçti. Önceki geceden daha az aksiydi; belki de biraz uyumayı başardığı içindi. Ya da belki de gündüz çalışmayı yeğliyordu, o kadar.

"İfadeniz için teşekkürler, Bayan Grey."

"Rica ederim, dedektif. Hyde hâlâ gözaltında mı?"

"Evet, efendim. Bu sabah erken saatlerde hastaneden çıkarıldı. Ona yöneltilen suçlara bakılırsa daha bir süre bizimle kalacak gibi görünüyor." Gülümseyince göz kenarları kırıştı.

"İyi. Bu hem benim hem de kocam için gergin bir dönem oldu."

"Bu sabah Bay Grey'le uzun uzadıya görüştük. Çok rahatladı. Eşiniz ilginç bir adam."

Ne demezsiniz.

"Evet, sanırım." Ona nazik bir gülümsemeyle bakınca, gönderildiğini anladı.

"Aklınıza bir şey gelirse beni arayabilirsiniz. İşte kartım." Cüzdanından bir kart çıkarıp bana verdi.

"Teşekkürler, Dedektif. Arayacağım."

"İyi günler, Bayan Grey."

"İyi günler."

O giderken, Hyde'ın tam olarak neyle suçlandığını merak ettim. Christian'ın bana söylemeyeceğine şüphe yoktu. Dudaklarımı büzdüm.

Escala'ya dönerken, hepimiz sessizdik. Bu kez Sawyer direksiyonda, Prescott yanındaydı ve eve yaklaştıkça kalbimin ağırlığı da artıyordu. Christian'la büyük bir kavga edeceğimizi biliyordum ve enerjimin olduğundan emin değildim.

Yanımda Prescott'la asansörle yukarı çıkarken, düşüncelerimi toplamaya çalışıyordum. Ne söylemek istiyordum? Sanırım her şeyi e-postada söylemiştim. Belki bana bir takım cevaplar verirdi. Umarım. Sinirlerime hâkim olamıyordum. Kalbim gümbürdüyordu, ağzımın içi kupkuru, avuçlarım ter içindeydi. Kavga etmek istemiyordum. Ama bazen Christian çok zor oluyordu ve vazgeçmemeliydim.

Asansörün kapıları kayarak hole açıldı. Her şey yerli yerinde ve düzenliydi. Masa düzeltilmiş, üzerine uçuk pembe ve beyaz şakayıklardan muhteşem bir buketin durduğu yeni bir vazo yerleştirilmişti.

Geçerken, hızla tabloları kontrol ettim. Bakire Meryem'lerin hepsi sağlam görünüyordu. Prescott tamir edilip yeniden işler hale gelen hol kapısını benim için açtı. Bugün çok durgundu. Sanırım bu halini tercih ediyordum.

Evrak çantamı holde bırakıp salona girdim. Ve durdum. *Siktir.*

Christian yumuşacık bir sesle, "İyi akşamlar, Bayan Grey," dedi. Üzerinde dar bir siyah tişört ve kot pantolonla piyanonun yanında duruyordu. Kot pantolonu… oyun odasında giydiği şu kot pantolonlardan biriydi. *Ah, Tanrım.* Yıkanmaktan rengi ağarmış, açık mavi, dizi yırtık ve seksi. Ağır adımlar ve çıplak ayaklarla bana yaklaştı. Kot pantolonunun en üst düğmesi açıktı ve dumanı tüten gözleri benimkileri bir an terk etmiyordu.

"Eve dönmenize sevindim. Ben de sizi bekliyordum."

BÖLÜM ON BİR

"Öyle mi?" diye fısıldadım. Ağzım daha da kurumuş, kalbim göğsümde daha hızlı çarpmaya başlamıştı. Neden böyle giyinmişti? Ne anlama geliyordu? Hâlâ tafra mı yapıyordu?

"Öyle." Sesi yavru kedi yumuşaklığındaydı ve bana yaklaşırken sırıtışı da büyüyordu.

Kalçalarından düşecek gibi duran kot pantolonuyla çok seksi görünüyordu. Ah, hayır. Bay Ayaklı Seks'in dikkatimi dağıtmasına izin vermeyecektim. Bana yaklaşırken, ruh halini çözmeye çalıştım. Kızgın mıydı? Şehvetli miydi? *Peh!* Ayırt etmesi imkânsızdı.

"Kot pantolonunu sevdim," diye mırıldandım. Dudaklarında, gözlerine ulaşmayan ve beni tamamen etkisiz hale getiren kurnaz bir gülümseme vardı. Kahretsin, hâlâ kızgındı. Bu pantolonu dikkatimi dağıtmak için giymişti. Karşımda durdu. Anlamı okunmayan gözlerini gözlerime sabitleyerek bana baktı. Yutkundum.

"Anladığım kadarıyla bir takım sorunlarınız var, Bayan Grey," dedi ipeksi bir sesle ve kot pantolonunun arka cebinden bir şey çıkardı. Gözlerimi gözlerinden ayıramıyordum ama bir kâğıdın katlarını açtığını duydum. Kâğıdı yukarı kaldırdı ve bir bakışta, benim e-postam olduğunu anladım. Bakışlarım yeniden öfkeyle alev alev yanan gözlerine çevrildi.

"Evet, sorunlarım var," diye fısıldarken, nefessiz kalmış gibi hissettim. Bunu tartışacaksak mesafeye ihtiyacım olacaktı. Ama ben geri adım atma fırsatı bulamadan, o öne eğilip burnunu burnuma sürttü. Beklenmedik, nazik dokunuşunu kabul ederken, göz kapaklarım titreşerek örtüldü.

Tenime doğru, "Benim de," diye fısıldayınca, gözlerimi açtım. Doğruldu ve bana yine dikkatle baktı.

"Sanırım sorunlarına aşinayım, Christian." Sesim imalıydı. Gözlerini kısarak orada bir an için beliren eğlence kıvılcımını bastırdı. Kavga mı edecektik? Geriye doğru temkinli bir adım attım. Kokusu, bakışı ve o seksi kot pantolon içindeki dikkat dağıtıcı bedeniyle arama fiziksel bir mesafe koymalıydım. Ben uzaklaşınca kaşlarını çattı.

"New York'tan neden döndün?" diye fısıldadım. Bu işi bir an önce aradan çıkarmalıydık.

"Nedenini biliyorsun." Sesi uyarır gibiydi.

"Kate'le dışarı çıktığım için mi?"

"Sözünü çiğnediğin ve kendini gereksiz bir riske atarak bana kafa tuttuğun için."

Cümlesinin geri kalanını duymazdan gelerek, "Sözümü çiğnemek mi? Olayı böyle mi görüyorsun?" diye inledim.

"Evet."

Lanet olsun. Aşırı tepki diye buna denirdi! Gözlerimi devirecek oldum ama yüzünü buruşturunca durdum. Karşımda bir çocuk varmış gibi, yavaşça, sabırla, "Christian, fikrimi değiştirdim," diye açıkladım. "Ben bir kadınım. Biz bu yönümüzle biliniriz. Bu hep yaptığımız bir şey."

Anlamıyormuş gibi gözlerini kırpıştırdı.

"İş seyahatini iptal edeceğin aklımın ucundan geçseydi..." Sözcükler benden kaçıyordu. Ne diyeceğimi bilmediğimi fark ettim. Bir an yeminlerimizle ilgili tartışmaya geri savruldum. *Sana itaat edeceğime hiç söz vermedim, Christian.* Ama dilimi tuttum çünkü geri gelmiş olmasına için için seviniyordum. Hiddetine rağmen, tek parça halinde gelmiş olmasına ve karşımda köpürüyor olmasına memnundum.

"Fikrini mi değiştirdin?" Küçümseyici hayretini gizleyemiyordu.

"Evet."

"Ve beni aramak aklına gelmedi." Sözlerini sürdürmeden önce bana inanamıyormuş gibi baktı. "Dahası, buradaki güvenlik ekibini eksik bırakarak Ryan'ı tehlikeye attın."

Ah, işte bunu düşünememiştim.

"Aramalıydım ama seni endişelendirmek istemedim. Arasaydım eminim çıkmamı yasaklardın ve Kate'i özlemiştim. Onu görmek istiyordum. Ayrıca, bu sayede Jack geldiğinde ortalıkta olmaktan kurtuldum. Ryan onu içeri almamalıydı." Çok karmaşıktı. Ryan, onu içeri almamış olsa Jack hâlâ ortalıkta olurdu.

Christian'ın gözleri vahşi bir ifadeyle parlayıp örtüldü ve yüzü, acı çekiyormuş gibi gerildi. *Ah, hayır.* Kafasını salladı ve ben ne olduğu anlamadan, beni kollarının arasına çekip göğsüne bastırdı.

"Ah, Ana," derken bana öyle sıkı sarıldı ki nefes bile alamaz oldum. "Sana bir şey olsaydı..." Sesi bir fısıltıdan farksızdı.

"Olmadı," demeyi başardım.

"Ama olabilirdi. Bugün neler olabileceğini düşünürken binlerce kez öldüm. Çok kızdım, Ana. Sana kızdım. Kendime kızdım. Herkese kızdım. Bu kadar öfkelendiğimi hatırlamıyorum. Şey dışında..." Tekrar durdu.

"Ne dışında?" diye üsteledim.

"Senin eski dairendeki o gün dışında. Leila'nın geldiği gün."

Ah, bunu düşünmek bile istemiyordum.

"Bu sabah çok soğuktun," diye mırıldandım. Duştaki korkunç reddedilme duygusunu hatırlayınca, son kelimede sesim titredi. Elleri gevşeyerek enseme kayınca, derin bir nefes aldım. Başımı arkaya çekti.

"Bu öfkeyle nasıl baş edeceğimi bilmiyorum. Canını yakmak istediğimi sanmıyorum," derken, gözleri iri ve temkinliydi. "Bu sabah, seni fena halde cezalandırmak istedim ve..." Sanırım ne diyeceğini bilemeyerek ya da söyleyeceklerinden korkarak, sustu.

"Canımı yakmaktan mı korktun?" Canımı yakabileceğine bir an bile inanmayarak ama rahatlayarak, cümleyi onun yerine tamamladım. Hırçın bir yanım, bunun beni artık istememesinden kaynaklanmasından korkuyordu.

"Kendime güvenemedim," dedi usulca.

"Christian, beni asla incitmeyeceğini biliyorum. En azından fiziksel olarak." Başını ellerimin arasına aldım.

"Öyle mi?" diye sorarken, sesinde şüphe vardı.

"Evet. Söylediğin şeyin boş, öylesine bir tehdit olduğunu biliyordum. Canıma okumayacağını da."

"Ama istedim."

"Hayır, istemedin. Sadece istediğini sandın."

"Bu doğru mu, bilmiyorum," diye mırıldandı.

Onu kollarımla bir kez daha sararak ve burnumu siyah tişörtünün üstünden göğsüne sürterek, "Bir düşün," diye üsteledim. "Ben gidince ne hissettiğini hatırla. Dünyaya ve bana olan bakışını nasıl değiştirdiğimi. Benim için nelerden vazgeçtiğini biliyorum. Balayımızdaki kelepçe izlerinin sana ne hissettirdiğini hatırla."

Hareketsizleşince, bu bilgiyi değerlendirdiğini anladım. Kollarımla onu daha sıkı sardım ve ellerimi sırtına yerleştirip tişörtünün üstünden gergin ve sıkı kaslarını hissettim. Gerilim yavaş yavaş dağılırken, kademeli olarak gevşedi.

Onu endişelendiren bu muydu? Beni incitmek? Neden ben ona onun kendisine güvendiğinden daha fazla güveniyordum? Anlamıyordum. İlerleme kaydettiğimiz ortadaydı. Normalde çok güçlü ve kontrollüydü ve öyle hissetmediğinde kayboluyordu. *Ah, Elli, Elli,*

Elli. Özür dilerim. Saçlarımı öptü. Yüzümü kaldırdım, dudakları dudaklarımı buldu ve ne olduğunu bilmediğim bir şeyi aramaya ve onun için yalvarmaya başladı. Tek istediğim, ağzını ağzımda hissetmekti. Öpüşüne tutkuyla karşılık verdim.

Geri çekilirken, "Bana öylesine büyük bir inancın var ki," diye fısıldadı.

"Evet, var." Elinin üstü ve başparmağının ucuyla yüzümü okşarken gözlerime dikkatle baktı. Öfkesi gitmiş, Elli'm gittiği yerden dönmüştü. Onu görmek güzeldi. Başımı kaldırdım ve çekinerek gülümsedim.

"Üstelik," diye fısıldadım, "elinde herhangi bir anlaşma bile yok."

Ağzı keyifli bir şaşkınlıkla açıldı ve beni tekrar göğsüne bastırdı. "Haklısın. Yok." Güldü.

Salonun ortasında, birbirimize kenetlenmiş halde, sarmaş dolaş duruyorduk.

Tanrı bilir ne kadar zaman sonra, "Yatağa gel," diye fısıldadı.

Ah, tanrım...

"Christian, konuşmalıyız."

Usulca, "Daha sonra," diye bastırdı.

"Christian, lütfen konuş benimle."

İç geçirdi. "Hangi konuda?"

"Biliyorsun. Bana her şeyi anlatmıyorsun."

"Seni korumak istiyorum."

"Ben çocuk değilim.

"Bunun fazlasıyla farkındayım, Bayan Grey." Elini vücudumdan aşağı kaydırıp popomu avuçladı. Kalçalarını öne iterek, büyüyen erkekliğini bana bastırdı.

"Christian!" diye azarladım. "Konuş benimle."

Bir kez daha öfkeyle iç geçirdi. "Ne bilmek istiyorsun?" Ellerini çözerken, kaderine razı olmuş gibiydi. Gitmesine engel oldum. *Beni bırakman gerektiğini söylemedim ki.* Elimi tuttu ve yerdeki e-postaları almak için eğildi.

"Pek çok şeyi," dedim ve beni kanepeye çekmesine izin verdim.

"Otur," diye emretti. Bazı şeyler hiç değişmiyor, diye düşünerek, isteğini yerine getirdim. Christian da yanıma oturdu ve öne eğilip başını ellerinin arasına aldı.

Ah, hayır. Bu ona fazla mı geliyordu? Sonra doğruldu, ellerini saçlarının arasından geçirip aynı anda hem beklenti dolu hem de kaderine razı bir ifadeyle bana döndü.

"Sor," demekle yetindi.

Ah. Pekâlâ, sandığımdan daha kolay olmuştu. "Ailen için neden ek güvenlik önlemleri aldın?"

"Hyde onlar için de tehdit oluşturuyordu."

"Nereden biliyorsun?"

"Bilgisayarından. Ben ve ailemle ilgili kişisel bilgiler bulduk. Özellikle Carrick hakkında."

"Carrick mi? Neden o?"

"Henüz bilmiyorum. Haydi, yatağa gidelim."

"Christian, bana söyle!"

"Neyi söyleyeyim?"

"İnsanı öyle bir çileden çıkarıyorsun ki."

"Sen de öyle." Dik dik bakıyordu.

"Bilgisayarında ailenle ilgili bilgiler olduğunu ilk duyduğunda, güvenlik önlemlerini arttırmamıştın. Şimdi ne oldu? Neden şimdi?"

Christian gözlerini kıstı.

"Binamı yakmaya yelteneceğini bilmiyordum... ya da..." Durdu. "Başta bunu bir saplantı sandık, biliyorsun..." Omuz silkti. "Halkın gözü önündeysen insanlar ilgilenirler. Rastgele şeylerdi bulduklarımız. Harvard'da olduğum dönemden bazı gazete haberleri, kürek çekmem, kariyerim... Carrick'le ilgili, kariyeriyle ilgili şeyler vardı. Ve annemin kariyeriyle. Ve bir yere kadar Elliot ve Mia'yla ilgili."

Ne tuhaf.

"*Ya da* dedin," diye bastırdım.

"Ya da ne?"

"'Binamı yakmaya yelteneceğini ya da...' dedin. Başka bir şey daha söyleyecekmişsin gibi."

"Karnın aç mı?"

Ne? Ona kaşlarımı çatarak baktım ve midem guruldadı.

"Bugün bir şey yedin mi?" Sesi daha sertti ve gözleri buz kesmişti.

Kızararak kendimi ele verdim.

"Düşündüğüm gibi." Sesi soğuktu. "Yemek yememen konusunda ne hissettiğimi biliyorsun. Gel," dedi. Ayağa kalkıp elini uzattı. "Karnını doyurayım." Ve yine kıpırdadı... Sesi bu kez şehvetli bir vaatle yüklüydü.

Göbek deliğimden aşağıda kalan her yerim sıvıya dönüşürken, "Karnımı mı doyuracaksın?" diye sordum. *Lanet olsun.* Konuştuğumuz konudan öyle tipik bir şekilde uzaklaşmaya çalışıyordu ki. *Hepsi bu muydu? Şimdilik ağzından alacağım laflar bu kadar mıydı?* Beni mutfak masasına götürdü ve bar taburelerinden birini adanın diğer tarafına çekti.

"Otur," dedi.

Tabureye tünerken, yokluğunu ilk kez fark ederek, "Bayan Jones nerede?" diye sordum.

"Taylor'la ikisine izin verdim."

Ah.

"Neden?"

Bana anlık bir bakış attı. Keyfi yerine gelmişti. "Çünkü verebiliyorum."

"Yani yemeği sen mi pişireceksin?" Sesim hayretimi ele vermişti.

"Ah, bana azıcık inancınız olsun, Bayan Grey. Gözlerini kapat."

Vay canına. Ben çok büyük bir kavga edeceğimizi sanırken, burada, mutfakta oyun oynuyorduk.

"Kapat," diye emretti.

Gözlerimi önce devirdim, sonra söylediğini yaptım.

"Hımm. Yeterince iyi değil," diye mırıldandı. Tek gözümü açınca onu kot pantolonunun arka cebinden, mürdüm eriği rengi bir eşarp çıkarırken buldum. *Aman Tanrım.* Soran gözlerle baktım. *Bunu ne zaman almıştı?*

"Kapat," diye emretti bir kez daha. "Gözetlemek yok."

Şoke olarak, "Gözlerimi mi bağlayacaksın?" diye mırıldandım. Birden nefessiz kalmıştım.

"Evet."

"Christian..." Parmağını dudağımın üstüne yerleştirip beni susturdu.

Konuşmak istiyordum.

"Sonra konuşuruz. Şimdi yemeğini yemeni istiyorum. Aç olduğunu söylemiştin." Dudaklarıma hafif bir öpücük kondurdu. Başımın etrafına sıkıca bağladığı eşarbın ipeksi yumuşaklığını gözlerimin üstünde hissettim.

"Görebiliyor musun?" diye sordu.

Mecazi anlamda gözlerimi devirerek, "Hayır," diye mırıldandım. Usulca kıkırdadı.

"Gözlerini devirdiğini anlayabiliyorum... Ve bunun bana ne hissettirdiğini iyi biliyorsun."

Dudaklarımı büzdüm. "Şu işi bir an önce bitirebilir miyiz?" diye çıkıştım.

"Ne kadar sabırsızsınız, Bayan Grey. Konuşmaya ne kadar heveslisiniz." Sesi şakacıydı.

"Evet!"

"Önce sizi doyurmam gerek," dedi ve dudaklarını şakağıma sürterek beni hemen sakinleştirdi.

Tamam... Senin dediğin olsun. Kaderime razı oldum ve mutfağın içinde hareket edişini dinledim. Buzdolabının kapısı açıldı ve Christian arkamdaki tezgâha sayısız tabak çıkardı. Mikrodalgaya gitti, içine bir şey koyup çalıştırdı. Ekmek kızartıcısının kolunun indiğini, kontrol düğmesinin döndüğünü ve saatin tiktaklarını duydum. Hımm... Kızarmış ekmek?

"Evet, konuşmaya çok hevesliyim," derken, dikkatim dağılmıştı. Mutfağı çeşit çeşit egzotik, baharatlı aroma kaplarken, oturduğum yerde kıpırdandım.

"Kıpırdama, Anastasia." Yine yakınımdaydı. "Uslu durmanı istiyorum," diye fısıldadı.

Ah, Tanrım.

"Ve dudağını ısırma." Alt dudağımı dişlerimin arasından yavaşça çekince elimde olmadan gülümsedim.

Ardından, bir mantarın bir şişeden çekilme sesini ve bir kadehe lıkır lıkır boşalan şarabı duydum. Sonrasında minik bir klik sesi ve çalışmaya başlayan müzik setinin hışırtısı geldi. Gürültülü bir gitar tıngırtısı, bilmediğim bir şarkıyı başlattı. Christian müzik geri planda kalacak şekilde sesi kıstı. Bir adam, derin, alçak ve seksi bir sesle şarkı söylemeye başladı.

Christian, "Önce bir içki sanırım," diye fısıldayarak dikkatimi şarkıdan uzaklaştırdı. "Baş arkaya." Başımı arkaya yatırdım. "Biraz daha," diye üsteledi.

İtaat ettim ve dudakları dudaklarıma örtüldü. Ağzıma serin ve buruk bir şarap aktı. Refleks olarak yutkundum. *Ah Tanrım.* Çok uzak sayılmayacak bir geçmişin anıları zihnime doluştu. Mezuniyetimden önce, e-postamdan hoşlanmayan ateşli ve öfkeli bir Christian'la, Vancouver'daki yatağımdaydım ve bağlı haldeydim. *Hımm... bir şeyler değişmiş miydi?* Pek değil. Tek fark artık şarabı ayırt edebiliyor olmamdı. Christian'ın en sevdiği, Sancerre'ydi.

Beğeniyle, "Mmm," diye mırıldadım.

"Şarabı beğendin mi?" diye fısıldayınca, nefesi yanağımı ısıttı. Bana elini sürmese de, yakınlığı ve vücudundan yayılan ısıyla yıkanmıştım.

"Evet," diye soludum.

"Biraz daha?"

"Söz konusu sen olunca her zaman biraz daha fazlasını isterim."

Sırıttığını görür gibiydim. Benim de sırıtmama neden oldu. "Bayan Grey, benimle flört mü ediyorsunuz yoksa?"

"Evet."

Şaraptan bir yudum daha alırken, yüzüğü kadehe çarptı. İşte bu seksi bir sesti. Bu kez beni sararak, başımı kendisi arkaya yatırdı. Beni bir kez daha öptü ve açlıkla, bana verdiği şarabı içtim. Beni tekrar öperken gülümsüyordu.

"Acıktın mı?"

"Sanırım bu konuyu netleştirmiştik, Bay Grey."

Sesi iPod'dan gelen şarkıcı, ahlaksız oyunlarla ilgili bir şarkı söylüyordu. *Hımm... Duruma ne kadar uygundu.*

Mikrodalganın sesini duyunca Christian beni bıraktı. Oturduğum yerde doğruldum. Yemeğin baharatlı bir kokusu vardı: sarımsak, nane, kekik, reyhan ve kuzuydu sanırım. Mikrodalganın kapağı açıldı ve iştah açıcı koku daha da güçlendi.

Christian, "Kahretsin! Kahretsin!" diye sövdü ve bir tabağın tezgâha çarpma sesi duyuldu.

Ah, Elli! "İyi misin?"

"Evet," diye çıkışırken, sesi gergindi. Bir an sonra, yine yanı başımdaydı.

"Kendimi yaktım. Bak." İşaret parmağını ağzıma uzattı. "Belki emersen geçer."

"Ah." Elini sıkıca tuttum ve parmağını yavaşça ağzıma çektim. "İşte, işte..." Öne eğilip üfleyerek parmağını serinlettim. Sonra usulca, iki kez öptüm. Nefes almaz olmuştu. Parmağını tekrar ağzıma alıp yavaşça emdim. Derin nefes alışı ta kasıklarıma kadar işledi. Her zamanki gibi enfes bir tadı vardı. Karısını yavaş yavaş baştan çıkarıyordu. Kızgın olduğunu sanıyordum ve şimdi... Bu adam, benim kocam, o kadar kafa karıştırıcıydı ki. Ama ben onun bu halini seviyordum. Oyuncu. Eğlenceli. Fena halde seksi. Bana bir takım cevaplar vermişti vermesine ama gözüm hâlâ açtı. Daha fazlasını istiyordum. Ama oyun oynamak da istiyordum. Günün kaygısı ve gerginliğinin ve dün geceki Jack kâbusunun üstüne, bu çok hoş bir kafa dağıtma yöntemi olmuştu.

Parmağını ağzımdan çekip düşüncelerime bir anda son vererek, "Ne düşünüyorsun?" diye mırıldandı.

"Ne kadar değişken olduğunu."

Yanımda kıpırdamadan durdu. "Elli Ton, bebek," dedi sonunda ve ağzımın köşesine şefkatli bir öpücük kondurdu.

"Benim Elli Ton'um," diye fısıldadım. Tişörtünü tutup onu tekrar kendime çektim.

"Ah, Hayır, Bayan Grey. Dokunmak yok. Henüz değil." Elimi tutup tişörtünden çekti ve parmaklarımı tek tek öptü.

"Dik otur," diye emretti.

Dudaklarımı sarkıttım.

"Dudaklarını sarkıtırsan seni pataklarım. Şimdi ağzını iyice aç."

Ah, kahretsin. Ağzımı açınca serin, naneli bir yoğurt sosuyla kaplı, baharatlı kuzu etini ağzıma itti. Mmm... Çiğnedim.

"Hoşuna gitti mi?"

"Evet."

Beğeni dolu bir ses çıkardı. Onun da yediğini ve keyif aldığını anladım.

"Biraz daha?"

Başımla onayladım. Bana bir çatal daha verdi, hevesle çiğnedim. Çatalı bıraktı ve... sanırım bir parça ekmek kopardı.

"Aç," diye emretti.

Bu defa pide ekmeği ve humus verdi. Bayan Jones –ya da belki de Christian'ın kendisi– beş hafta önce keşfettiğim, Escala'ya iki blok ötedeki şarküteriden alışveriş etmiş olmalıydı. Minnetle çiğnedim. Christian'ın oyunbaz hali, iştahımı arttırmıştı.

"Biraz daha?" diye sordu.

Başımı evet der gibi salladım. "Hepsinden biraz daha. Lütfen. Açlıktan ölüyorum."

Sevinçli gülüşünü duydum. Beni yavaş yavaş ve sabırla, zaman zaman ağzımın köşesindeki bir kırıntıyı öpücüğüyle alarak ya da parmaklarıyla silerek besledi. Aralarda kendi eşsiz yöntemiyle şarap ikram ediyordu.

"Ağzını iyice aç, öyle ısır," diye mırıldandı. Emrine itaat ettim. Hımm... En sevdiklerimden. Yaprak sarması. Her ne kadar ben sıcak tercih etsem de, soğuk hali bile enfesti ve Christian'ın kendini yine yakmasını istemiyordum. Sarmayı bana yavaş yavaş yedirdi ve bitirince, parmaklarını yalayıp temizledim.

Alçak ve boğuk sesiyle, "Biraz daha?" dedi.

Kafamı salladım. Doymuştum.

Kulağıma, "İyi," diye fısıldadı. "Çünkü sıra en sevdiğim yemekte. Sen." Beni kucaklayınca o kadar şaşırdım ki küçük bir çığlık koyverdim.

"Göz bandını çıkarabilir miyim?"

"Hayır."

Az kalsın dudaklarımı bükecektim ama sonra tehdidini hatırlayıp vazgeçtim.

"Oyun odası," diye mırıldandı.

Ah, bunun iyi bir fikir olduğundan emin değildim.

"Bir meydan okumaya var mısın?" diye sordu. Ve sırf meydan okuma ifadesini kullandı diye, hayır diyemedim.

"Hodri meydan," diye mırıldanırken, vücudumda arzu ve isim vermek istemediğim bir şey kıpırdanmaya başladı. Beni önce kapıdan dışarı, sonra merdivenlerden yukarı, üst kata taşıdı.

Hoşnutsuz bir sesle, "Bence sen kilo verdin," diye mırıldandı. Vermiş miydim? İyi. Balayından döndüğümüzde yaptığı yorumu ve içimi ne kadar acıttığını hatırladım. Tanrım, sadece bir hafta mı geçmişti?

Oyun odasının önünde beni ayaklarımın üstüne indirdi ama kolunu belimin etrafından çözmedi. Kapının kilidini hiç oyalanmadan açtı.

İçerisi yine aynı kokuyordu: cilalı ahşap ve limon. Aslında bu artık hayli rahatlatıcı bir kokuya dönüşmüştü. Beni bıraktı ve yüzüm ondan uzağa bakacak şekilde çevirdi. Eşarbı çözünce, yumuşak ışıkta gözlerimi kırpıştırdım. Topuzumdaki iğneleri usulca çekince, örgülü saçımı kendisi etrafında döndürerek yaptığım topuzum çözüldü. Beni saç örgümden tutup yavaşça çekerek arkaya, ona doğru bir adım atmama neden oldu.

Kulağıma, "Bir planım var," diye fısıldayarak, bel kemiğimden aşağı enfes bir ürpertinin inmesine neden oldu.

"Olabileceğini tahmin etmiştim," diye fısıldadım.

Beni kulağımın hemen altından öptü.

"Ah, Bayan Grey, var." Sesi yumuşak ve baş döndürücüydü. Örgümü yana çekti ve boğazımdan aşağı bir dizi yumuşak öpücük kondurdu.

"Önce seni soymamız gerek." Sesi cılız bir mırıltı gibiydi ve yine vücudumda yankı buldu. Her ne planlamışsa onu istiyordum. Onunla çok iyi bildiğimiz o yöntemle bağlantı kurmak istiyordum. Beni yüzüm ona bakacak şekilde çevirdi. Kot pantolonuna baktım; en üst düğmesi hâlâ açıktı. Kendimi tutamadım. İşaret parmağımı, tişörtünden uzak durarak ve kasığına inen kılların parmak boğumlarımı gıdıkladığını hissederek, belinde dolaştırdım. Keskin bir nefes alınca, başımı kaldırıp gözlerine baktım. İliklenmemiş düğmede durdum. Gözleri koyu bir griye çaldı. *Ah... Tanrım.*

"Bunu çıkarmamalısın," diye fısıldadım.

"Benim niyetim de bu zaten, Anastasia." Ve bir elini enseme, diğerini sırtıma yerleştirdi. Beni kendine çekti, ağzını ağzıma yerleştirdi ve beni tüm varlığıyla öptü.

Vay canına!

Beni, dillerimiz birbirine dolanmış halde, geri geri yürüttü; ta ki ahşap çarpı işaretini sırtımda hissedene kadar. Üzerime eğildi ve vücudunu benimkine bastırdı.

"Şu elbiseden bir kurtulalım," diyerek elbisemi bacaklarımdan, kalçalarımdan ve göbeğimden yukarı, enfes bir yavaşlıkla sıyırarak ve tenime, göğüslerime sürterek çıkardı.

"Öne eğil," dedi.

İtaat ettim, elbiseyi başımdan çekip çıkardı ve yere attı. Beni sandaletlerim, külotum ve sutyenimle bıraktı. İki elimi birden tutup başımın üstüne kaldırdığında gözleri alev alevdi. Gözlerini bir kez daha kırpıp başını yana eğince, iznimi istediğini anladım. *Bana ne yapacaktı?* Yutkunup başımla onaylayınca, dudaklarında hayranlık dolu, neredeyse gurur duyan bir gülümseme belirdi. Bileklerimi duvardaki direğin üstündeki deri kelepçelere tutturdu ve eşarbı tekrar ortaya çıkardı.

"Bence yeterince şey gördün." Eşarbı başımın etrafına sararak, gözlerimi bir kez daha bağladı. Bütün duyularım hassaslaştı ve içimden bir ürperti geçti. Yumuşak nefesinin sesi, hissettiğim heyecan, kulaklarımda duyduğum kalp atışlarım, Christian'ın odanın limon ve cila kokusuna karışan kokusu; göremediğim için tüm bu hisler daha keskinleşti. Burnu burnuma dokundu.

"Seni delirteceğim," diye fısıldadı Kalçalarımı kavradı ve elleri bacaklarımdan aşağı kayarken, külotumu da beraberinde indirdi. *Beni delirtmek ha... vay canına.*

"Ayaklarını kaldır... Önce birini, sonra diğerini." İtaat ettim. Önce külotumu, ardından da sandaletlerimi çıkardı. Ayak bileğimi usulca tuttu ve bacağımı yavaşça sağa doğru çekti.

"Ayağını uzat," dedi. Sağ ayak bileğimi çarpıya kelepçeledikten sonra, aynısını sol ayak bileğime yapmak için uzandı. Doğruldu, bana bir adım yaklaştı ve bana dokunmamasına rağmen, vücudum bir kez daha sıcaklığıyla sarmalandı. Bir an sonra çenemi tuttu, başımı kaldırdı ve küçük bir öpücük kondurdu.

"Biraz müzik ve oyuncaklar iyi gelir diye düşünüyorum. Böyle çok güzel görünüyorsunuz, Bayan Grey. Manzaranın tadını çıkarmak için bir süre böyle durabilirim." Sesi yumuşacıktı.

Bir, belki iki dakika sonra çıplak adımlarla konsola yürüdüğünü ve çekmecelerden birini açtığını duydum. Tıkaç çekmecesi miydi? Hiçbir fikrim yoktu. Bir şeyi çıkarıp konsolun üstüne koydu, arkasından bir şey daha koydu. Birkaç saniye sonra bir piyanonun yumuşacık ve hareketli ezgisinin ilk notaları odayı kapladı. Tanıdık bir melodiydi; sanırım Bach'tı, ama hangi parça olduğunu çıkaramadım. Müzikte beni endişelendiren bir şey vardı. Belki de fazla sakin ve duygusuzdu. Beni neden huzursuz ettiğini anlamaya çalışarak kaşlarımı çattım ama Christian beni irkilterek çenemi tuttu ve alt dudağımı serbest bırakmam için yavaşça çekti. Kendimi rahatlatmaya çalışarak gülümsedim. Neden huzursuz hissediyordum ki? Müzik yüzünden mi?

Christian elini çenemden aşağı çekti ve boynumdan göğsüme kadar indi. Başparmağıyla sutyenin kupunu aşağı çekerek mememi sutyenin boyunduruğundan kurtardı. Gırtlağından alçak ve beğeni dolu bir mırıltı çıkararak boğazımı öptü. Dudakları, öperek ve emerek, parmaklarının çizdiği yoldan göğsüme doğru indi. Parmakları sol mememe kayıp onu da kurtardı. Başparmağını sol mememin üstünde dolaştırırken inledim. Dudakları sağ mememin üstüne kapandı ve nazik tacizini her iki meme ucum da uzayıp sertleşene kadar sürdürdü.

"Ah."

Durmadı. Keskin bir haz meme uçlarımdan kasıklarıma doğru inerken, beni zapt altında tutan kelepçeleri çekiştirdim. Kıvranmaya çalışsam da hareket dahi edemiyordum ve bu, işkenceyi daha da yoğun hale getiriyordu.

"Christian," diye yalvardım.

Boğuk bir sesle, "Biliyorum," diye mırıldandı. "Bana hissettirdiğin bu işte."

Ne? İnledim, meme uçlarımı tatlı ve eziyet dolu dokunuşuyla okşamaya devam ederek ve beni sona gittikçe yaklaştırarak, sil baştan başladı.

"Lütfen," diye inledim.

Gırtlağından alçak, ilkel bir ses çıkardıktan sonra doğruldu ve beni bir başıma, nefessiz ve kıvranır halde bıraktı. Ellerini aşağı kaydırdı ve birini karnıma doğru indirirken, diğerini kalçamda durdurdu.

"Bakalım ne durumdasın," diye mırıldandı. Yavaşça cinsel organımı avuçladı ve başparmağını klitorisime sürterek beni yüksek sesle inletti. Çok yavaşça, önce bir, sonra iki parmağını içime itti. İnledim ve parmaklarıyla ve avuç içiyle buluşma hevesiyle, kendimi öne ittim.

"Ah, Anastasia," dedi, "o kadar hazırsın ki."

Başparmağı klitorisimi bir kez daha ileri geri okşarken, parmağını içimde tekrar tekrar döndürdü. Vücudumda dokunduğu tek yer orasıydı ve günün bütün gerilimi, bütün kaygısı bedenimin o kısmına toplanmıştı.

Kahretsin... Yoğundu... ve tuhaf... ve müzik... İçimde bir şeyler oluşmaya başladı. Christian elini içimde hareket ettirmeyi sürdürerek kıpırdadı ve kısık bir vızıltı sesi duydum.

"Ne?" diye soludum.

"Şışşt," dedi ve dudaklarını benimkilere örterek beni etkili bir şekilde susturdu. Bu daha sıcak ve daha yakın teması mutlulukla karşılayarak onu hırsla öptüm.

"Bu bir değnek bebeğim ve titreşiyor."

Değneği göğsüme tuttu ve büyük, topumsu bir nesne üzerimde titreşiyormuş gibi hissettim. Tenimin üstünden göğüslerimin arasına, oradan bir meme ucumdan diğerine kayarken titredim. Heyecanla sarmalandım, her yanım seğirmeye, sinir uçlarımdan kasıklarıma doğru karanlık, çok karanlık bir arzu ateşlenmeye başlamıştı.

"Ah." Christian'ın parmakları içimde hareket etmeyi sürdürürken inledim. *Çok yaklaşmıştım... O kadar uyarılmıştım ki...* Başımı arkaya atıp yüksek sesle inleyince, Christian'ın parmakları hareketsizleşti. Bütün hisler bir anda durdu.

"Hayır! Christian," diye yalvararak kalçalarımı öne itmeye çalıştım.

Yaklaşan orgazmım eriyip kaybolurken, "Kıpırdama, bebeğim," dedi Christian. Bir kez daha öne eğildi ve beni öptü.

"Bunaltıcı, değil mi?" diye mırıldandı.

Ah hayır! Birden ne yapmaya çalıştığını anlamıştım.

"Christian, lütfen."

"Şışşt," diyerek beni öptü. Ve tekrar harekete geçti. Değnek, parmakları, başparmağı; ölümcül derecede şehvetli bir işkence kombinasyonuydu. Vücudu vücuduma sürtünerek yer değiştirdi. Hâlâ giyinikti ve kot pantolonunun yumuşak kumaşı bacağıma, ereksiyonu kalçama sürtünüyordu. Vaat ve heyecan dolu, baştan çıkarıcı bir yakınlıktı. Beni bir kez daha orgazmın kıyısına getirdi ve vücudum ihtiyaçla kıvranırken durdu.

Yüksek sesle sızlandım. "Hayır."

Parmaklarını içimden çekerken omzuma ıslak öpücükler kondurdu ve değneği aşağı kaydırdı. Değnek şimdi karnımın, kasıklarımın, cinsel organımın ve klitorisimin üstünde titriyordu.

"Ah," diye inleyerek kol ve ayaklarımı zapt eden kelepçeleri çekiştirdim.

Vücudum öylesine duyarlı bir hale gelmişti ki, kendimi patlayacak gibi hissediyordum ve ben o haldeyken, Christian yine durdu.

"Christian!" diye haykırdım.

"Bunaltıcı, değil mi?" dedi. "Senin gibi. Bir şey için söz verip sonra..." Cümlesi yarıda kesildi.

"Christian, lütfen," diye yalvardım.

Değneği tekrar tekrar hareket ettiriyor, en yaklaştığım anda duruyordu. *Ah!*

"Her duruşumun ardından yeniden başlamam daha yoğun bir his yaşatıyor, değil mi?"

"Lütfen," diye sızlandım. Sinir uçlarım, çığlık çığlığa boşalmayı istiyordu.

Vızıltı kesildi ve Christian beni öptü. Burnunu burnuma sürttü. "Sen tanıdığım en bunaltıcı kadınsın."

Hayır, Hayır, Hayır.

"Christian hiçbir zaman sana itaat etme sözü vermedim. Lütfen, lütfen..."

Önüme geçti, popomu sıkıca tuttu ve kalçalarını bana doğru bastırarak beni inletti. Kasıkları benimkine sürtünüyor, pantolonunun ereksiyonunu güçlükle zapt eden düğmeleri etime batıyordu. Tek eliyle gözümdeki eşarbı çekti ve çenemi sıkıca tuttu. Yakıcı gözlerine gözlerimi kırpıştırarak baktım.

"Beni delirtiyorsun," diye fısıldarken, kalçasını bir kez, iki kez, üç kez daha bana doğru iterek aramızda kıvılcımlar çakmasına neden oldu. Yanmaya hazırdım. Ve sonra beni bir kez daha ortada bıraktı. Onu fena halde istiyordum. Ona fena halde ihtiyacım vardı. Gözlerimi yumdum ve bir dua mırıldandım. Kendimi cezalandırılıyormuşum gibi hissetmekten alamıyordum. Çaresizdim. O ise insafsız... Gözlerim yaşardı. Bunu daha ne kadar ileri götüreceğini bilmiyordum.

Bir kez daha, "Lütfen," diye fısıldadım.

Ama bana acımasız gözlerle baktı. Devam edecekti. Ne kadar? Bu oyuna devam edebilir miydim? *Hayır. Hayır. Hayır. Bunu yapamazdım.* Durmayacağını biliyordum. Bana işkence etmeyi sürdürecekti. Eli bir kez daha vücudumdan aşağı kaydı. Hayır... Ve bu son damlaydı. Son birkaç gündür hissettiğim bütün endişe, kaygı ve korku beni bir kez daha altüst ederken, yaşlar gözlerime doldu. Başımı çevirdim. Bu aşk değildi. İntikamdı.

"Kırmızı," dedim ağlamaklı bir sesle. "Kırmızı. Kırmızı." Yaşlar yüzümden aşağı süzülüyordu.

Hareketsizleşti. "Hayır!" Afallamış gibi iç geçirdi. "Tanrı aşkına, hayır!"

Hızlı hareketlerle ellerimi çözdü, beni belimden tutarak, ayak bileklerimi çözmeye eğildi. Bense başımı ellerimin arasına almış ağlıyordum.

"Hayır, hayır, hayır. Ana, lütfen. Hayır."

Beni kaldırıp yatağa taşıdı ve ben, teskin edilemez şekilde ağlarken, kucağına alarak oturdu. Altüst durumdaydım. Vücudum artık dayanamıyordu, zihnim boşalmış ve duygularım rüzgârla dört bir yana savrulmuştu. Arkasına uzandı, direkli karyolanın saten çarşafını çekip etrafıma sardı. Serin çarşaf iyice hassaslaşmış tenimde yabancı ve nahoş bir his uyandırdı. Beni kollarıyla sıkıca sarıp göğsüne bastırdı ve öne arkaya sallanmaya başladı.

"Özür dilerim. Özür dilerim," diye fısıldarken, sesi ürkekti. Saçlarımı tekrar tekrar öptü. "Ana, beni affet, lütfen."

Yüzümü boynuna bastırıp ağlamayı sürdürdüm. İçimde ne var ne yok temizlendi ve rahatladım. Son birkaç günde çok şey yaşanmıştı. Bilgisayar odalarında yangınlar, arabalı takipler, benim adıma planlanan kariyerler, sürtük mimarlar, eve giren silahlı kaçıklar, tartışmalar, öfkesi ve Christian'ın yokluğu. Christian'ın gitmesinden nefret ediyordum... Burnumu silmek için çarşafın köşesini kullandım ve bir süre sonra, Bach'ın soğuk ve duygusuz notalarının odada yankılanmayı sürdürdüğünü fark ettim.

"Lütfen müziği kapat," dedim burnumu çekerek.

"Evet, elbette." Christian beni bırakmadan kıpırdandı ve uzaktan kumandayı arka cebinden çıkardı. Bir düğmeye bastı ve piyano, yerini benim titreyen iç çekişlerime bırakarak sustu. "Daha iyi misin?" diye sordu.

Başımı eğdim. Hıçkırıklarım yatışıyordu. Christian başparmağıyla gözyaşlarımı sildi.

"Galiba Bach'ın *Goldberg Varyasyonlarıı*'nın hayranı değilmişsin," dedi.

"Bu parçanın değil."

Bana gözlerindeki utancı saklamaya çabalayarak baktı.

"Üzgünüm," dedi bir kez daha.

"Bunu neden yaptın?" Karmakarışık haldeki düşünce ve duygularımı düzene koymaya çalışırken, sesim güçlükle duyuluyordu.

Kafasını hüzünle sallayarak, gözlerini yumdu. "Kendimi kaptırdım," dedi ikna edici olmaktan uzak bir sesle.

Kaşlarımı çatınca iç geçirdi. "Ana orgazmın engellenmesi yaygın bir fantezidir... Sen hiç..." Durdu. Kucağında kıpırdanınca, yüzünü buruşturdu.

Ah. Kızardım. "Özür dilerim," diye mırıldandım.

Gözlerini devirdi ve aniden beni de yanına çekerek arkasına yaslandı. Kolları arasındaydım ve yatakta uzanıyorduk. Sutyenim rahatsızlık verince, düzelttim.

Usulca, "Yardıma ihtiyacın var mı?" diye sordu.

Başımı salladım. Göğüslerime dokunmasını istemiyordum. Bana bakabileceği şekilde kaydı ve çekinerek yanağımı okşadı. Yaşlar bir kez daha gözlerime birikti. Bir an o kadar katı yürekliyken, sonrasında nasıl bu kadar şefkatli olabiliyordu?

"Lütfen ağlama," diye fısıldadı.

Bu adam kafamı karıştırıyor, beni serseme çeviriyordu. Öfkem tam ihtiyaç anında beni terk etmişti... Kendimi uyuşmuş hissediyordum. Korku dolu gözlerine bakarken, gözyaşlarımı tutmaya çalışarak gözlerimi kırpıştırdım. Bakışlarımı onunkilerden ayırmadan, titrek bir nefes aldım. Bu kontrol manyağı adamla ne yapacaktım ben? Kontrol edilmeyi mi öğrenecektim? Sanmıyordum.

"Ben hiç ne?" diye sordum.

"Sana söyleneni yapmıyorsun. Fikrini değiştirdin ve bana nerede olduğunu söylemedin. Ana, ben New York'taydım, çaresiz ve kanım beynime sıçramış durumda. Seattle'da olsaydım seni eve getirirdim."

"Yani beni cezalandırıyor musun?"

Yutkundu ve gözlerini yumdu. Cevap vermesine gerek yoktu. Niyetinin bana ceza vermek olduğunu anlamıştım.

"Bunu yapmaya son vermen gerek," diye mırıldandım.

Kaşları çatıldı.

"Öncelikle, kendin hakkında daha kötü hissetmenden başka bir işe yaramıyor."

Bir homurtu çıkardı. "Doğru. Seni böyle görmeyi sevmiyorum."

"Ve ben de böyle hissetmeyi sevmiyorum. Bir itaatkârla evlenmediğini *Fair Lady*'de kendin söyledin."

"Biliyorum. Biliyorum." Sesi yumuşak ve yaralıydı.

"O zaman bana bir itaatkâr gibi davranmayı bırak. Seni aramadığım için üzgünüm. Bir daha bu kadar bencilce hareket etmeyeceğim. Benim için endişelendiğini biliyorum."

Bana üzgün ve endişeli gözlerle ve dikkatle inceleyerek baktı. "Tamam. İyi," dedi sonunda. Eğildi ama dudaklarını dudaklarıma değdirmeden önce bir an durdu ve sessizce izin istedi. Yüzümü kaldırınca, beni şefkatle öptü.

"Ağladıktan sonra dudakların her zaman yumuşacık oluyor," diye mırıldandı.

"Sana itaat edeceğime hiçbir zaman söz vermedim, Christian," diye fısıldadım.

"Biliyorum."

"Bunu artık kabul et, lütfen. İkimizin de iyiliği için. Ve ben de senin... kontrolle ilgili sorunların konusunda daha düşünceli davranacağım."

Savunmasız görünüyordu. Büsbütün şaşkına dönmüştü.

"Denerim," diye mırıldanırken sesi samimiydi.

İç geçirdim, uzun titrek bir iç çekişti. "Lütfen dene. Ayrıca, burada olsaydım..."

"Biliyorum," derken rengi attı. Arkasına yaslandı ve boştaki kolunu yüzünün üstüne attı. Ona sarıldım ve başımı göğsüne yasladım. Birkaç dakika boyunca ikimiz de sessizdik. Eli saç örgümün ucuna gitti. Tokayı çekip saçımı özgür bıraktı ve parmaklarını yumuşak ve ritmik hareketlerle saçlarımın arasından geçirdi. Aslında mesele buydu. Korkmasıydı... Güvenliğim konusunda mantıksız bir korkuya sahip olmasıydı. Gözümün önüne Jack Hyde'ın bir Glock'la evimizin zeminine yığılmış görüntüsü geldi... Pekâlâ, belki de o kadar da mantıksız değildi. Bu bana bir şeyi hatırlatmıştı.

"Daha önce konuşurken, *ya da* diye başladığın cümleyi nasıl tamamlayacaktın?" diye sordum.

"Ya da mı?"

"Jack'le ilgili konuşuyorduk."

Bana baktı. "Hiç vazgeçmiyorsun, değil mi?"

Çenemi göğsüne yasladım ve saçlarımın arasındaki parmaklarının yatıştırıcı okşayışının tadını çıkardım.

"Vazgeçmek mi? Asla. Anlat bana. Benden bir şeyler saklanmasından hoşlanmıyorum. Korunmaya ihtiyacım olduğunu düşünüyorsun. Sen nasıl ateş edileceğini bile bilmiyorsun ama ben biliyorum. Bana söylemediğin her neyse, altından kalkamayacağımı mı sanıyorsun, Christian? Sapık takipçi eski itaatkârının bana silah çekmesini de, pedofil aşığının beni taciz etmesini de atlattım." Suratını astığını görünce, "Bana öyle bakma," diye çıkıştım. "Annen de onun için aynı hisleri taşıyor."

"Annemle Elena hakkında mı konuştun?" Christian'ın sesi birkaç oktav yükseldi.

"Evet, Grace ve ben onun hakkında konuştuk."

Bana ağzı açık bakıyordu.

"Bu konu onu çok üzüyor. Kendini suçluyor."

"Annemle konuştuğuna inanamıyorum. Kahretsin!" Uzandı ve kolunu tekrar yüzüne örttü.

"Ayrıntıya girmedim."

"Umarım girmemişsindir. Grace'in bütün o iğrenç detayları bilmesine gerek yok. Tanrı aşkına, Ana. Babamla da konuştun mu?"

"Hayır!" Kafamı hızla salladım. Carrick'le o tür bir ilişkim yoktu. Evlilik öncesi anlaşmayla ilgili söyledikleri canımı hâlâ acıtıyordu. "Her neyse. Yine dikkatimi dağıtmaya çalışıyorsun. Jack diyorduk. Onunla ilgili bilmediğim ne?"

Christian kolunu bir süreliğine kaldırıp anlaşılmaz bir ifadeyle bana baktı. İç geçirerek, kolunu tekrar yüzüne örttü.

"Hyde, *Charlie Tango*'nun sabotajına karışmış. Polisler kısmi bir parmak izi buldular. Sadece kısmi, o yüzden tam bir eşleştirme yapamadılar. Sonra sen sunucu odasında Hyde'ı tanıdın. Detroit'te reşit olmadan önce mahkûmiyeti olmuş, izler onunkilerle uyuşuyor."

Bu bilgiyi sindirmeye çalışırken başım dönüyordu. *Charlie Tango*'nun düşme nedeni Jack miydi? Ama Christian anlatmayı sürdürüyordu. "Bu sabah burada, garajda bir minibüs bulundu. Şoförü Hyde'mış. Dün yeni taşınan şu herife bir şeyler getirmiş. Asansörde tanıştığımız herif."

"Adını hatırlamıyorum."

"Ben de öyle," dedi Christian. "Ama Hyde binaya yasal yollardan girmeyi bu şekilde başarmış. Bir kargo şirketi için çalışıyormuş ve..."

"Ve? Minibüsü bu kadar önemli kılan ne?"

Christian hiçbir şey söylemedi.

"Christian, anlat bana."

"Polisler... minibüste bir şeyler buldular." Bir kez daha durdu ve koluyla beni daha sıkı sardı.

"Ne tür şeyler?"

Birkaç dakika sessiz kalınca, üstelemek için ağzımı açtım ama o devam etti. "Bir döşek, bir düzine atı uyutmaya yetecek kadar at sakinleştiricisi ve bir not." Dehşeti ve tiksintisi üzerinden akarken, sesi bir fısıltı seviyesine indi.

Lanet olsun.

"Not mu?" Benim sesim de onunkinden farksızdı.

"Bana hitap eden bir not."

"Ne diyordu?"

Christian bilmediğini ya da içeriğini söylemeyeceğini işaret eder gibi başını salladı.

Ah.

"Hyde dün gece buraya seni kaçırma niyetiyle gelmiş." Christian donmuş, yüzü gerilmişti. O bu sözleri söylerken, yapışkan bandı hatırladım ve bu benim için yeni bir haber olmasa da ürperdim.

"Kahretsin," diye mırıldandım.

"Aynen öyle," dedi Christian gergin bir sesle.

Jack'in ofisteki halini hatırlamaya çalıştım. Her zaman böyle deli miydi? Bundan paçayı kurtarabileceğini nasıl düşünebilmişti? Demek istediğim, biraz ürkütücüydü ama bu kadar kaçık mıydı?

"Nedenini anlamıyorum," diye mırıldandım. "Bana hiç mantıklı gelmiyor."

"Biliyorum. Polisler olayı derinlemesine araştırıyor; Welch de öyle. Ama Detroit'le bir bağlantısı olduğunu düşünüyoruz."

"Detroit mi?" Ona kafam karışmış bir şekilde baktım.

"Evet. Orada bir şeyler var."

"Hâlâ anlamıyorum."

Christian yüzünü kaldırdı ve anlaşılmaz bir ifadeyle bana baktı. "Ana, ben Detroit'de doğdum."

BÖLÜM ON İKİ

"Burada, Seattle'da doğduğunu sanıyordum," diye fısıldadım. Zihnim son hızla işliyordu. Jack'le ne alakası vardı? Christian yüzünü örten kolunu kaldırdı, arkasına uzanıp yastıklardan birini kaptı. Kafasının arkasına koydu, arkasına yaslandı ve bana temkinli bir ifadeyle baktı. Bir an sonra kafasını salladı.

"Hayır. Elliot ve ben, ikimiz de Detroit'de evlat edinildik. Benim evlat edinilmemden kısa süre sonra da buraya taşındık. Grace, şehir karmaşasından uzakta, Batı Sahili'nde olmak istedi. Burada Northwest Hastanesi'nde bir iş buldu. O zamana dair çok hatıram var. Mia burada evlat edinildi."

"Yani Jack de mi Detroitli?"

"Evet."

Ah... "Nereden biliyorsun?"

"Sen onunla çalışmaya başlayınca, geçmişine yönelik bir araştırma yaptırdım."

Elbette yaptırmıştır. "Onunla ilgili bir dosyan da var mı?" Pis pis sırıttım.

Keyiflendiğini gizlemeye çalışırken dudakları kıvrıldı. "Sanırım rengi de açık mavi." Parmakları saçlarımın arasında dolaşmaya devam ediyordu. Yatıştırıcıydı.

"Dosyasında ne diyor?"

Christian gözlerini kırpıştırdı. Uzanıp yanağımı okşadı. "Gerçekten bilmek istiyor musun?"

"O kadar mı kötü?"

Omuz silkti. "Daha kötülerini de gördüm," diye fısıldadı.

Hayır! Yoksa kendinden mi bahsediyordu? Zihnimde Christian'a ait küçük, kir, pas ve korku içinde, kaybolmuş çocuk görüntüsü canlandı. Ona iyice sokulup sımsıkı sarıldım ve çarşafı üstüne çekip yanağımı göğsüne dayadım.

Tepkime şaşırarak, "Ne?" dedi.

"Hiç," diye mırıldandım.

"Hayır, hayır. Her şey karşılıklı, Ana. Söyle bana sorun ne?"

Başımı kaldırdım ve endişeli ifadesini inceledim. Yanağımı göğsüne yaslarken, ona söylemeye karar verdim. "Bazen seni gözümde bir çocuk olarak canlandırıyorum... Grey'lerin yanında yaşamaya gelmeden önceki halinle."

Christian kasıldı. "Kendimden bahsetmiyordum. Acımanı istemiyorum, Anastasia. Hayatımın o kısmı bitti. Gitti."

Sersemlemiş halde, "Bu acıma değil," diye fısıldadım. "Sevgi ve hüzün. Bir insanın bir çocuğa bunları yapabilmesinin getirdiği hüzün." Midem kasılıp gözlerim yeniden yaşarırken, sakinleşmek için derin bir nefes aldım. "Hayatının o kısmı bitmiş falan değil, Christian. Bunu nasıl söyleyebiliyorsun? Her gününü geçmişinle yaşıyorsun. Bana kendin de söyledin, Elli Ton'sun." Sesim güçlükle duyuluyordu.

Christian homurdandı, sessiz ve gergin dursa da boştaki elini saçlarının arasından geçirdi.

"Beni kontrol etme ihtiyacı duymanın nedeninin bu olduğunu biliyorum. Beni güvende tutmak."

"Ve buna rağmen, bana kafa tutmayı seçiyorsun," diye mırıldanırken, eli saçımı okşuyordu.

Kaşlarımı çattım. *Lanet olsun! Bunu kasten mi yapıyordum?* Bilinçaltım yarım ay gözlüklerini çıkardı ve dudaklarını bükerek sapını ısırırken kafasını salladı. Onu görmezden geldim. Bu kafa karıştırıcı bir durumdu. Ben onun itaatkârı ya da öylesine bulduğu bir sevgili değil, karısıydım. Annesi gibi uyuşturucu bağımlısı bir fahişe de değildim... *Siktir.* Düşüncesi bile mide bulandırıcıydı. Dr. Flynn'in sözleri aklıma geldi:

"Yaptığın şeyi yapmayı sürdür, yeter. Christian'ın ayakları yerden kesilmiş... Bunu görmek büyük mutluluk."

Buydu işte. Ben sadece her zaman yaptığım şeyi yapıyordum. Christian'ın ilk başta çekici bulduğu da bu değil miydi zaten?

Ah, bu adam çok kafa karıştırıcıydı.

"Dr. Flynn sana inanmayı seçmemi söyledi. Ve sanırım yaptığım bu. Emin değilim. Belki de bu, benim seni geçmişinden uzağa, buraya ve şimdiye getirme yöntemimdir," diye fısıldadım. "Bilmiyorum. Aşırı tepkinin nerelere varacağını bilmiyorum ve bunun her zaman üstesinden gelemiyorum sanırım."

Kısa bir an sessiz kaldı. Kendi kendine, "Kahrolası, Flynn," diye mırıldandı.

"Bana sana hep davrandığım gibi davranmaya devam etmemi söyledi."

"Öyle mi?" dedi Christian kuru bir sesle.

Tamam. Çözümsüz bir kavgaya doğru ilerliyorduk. "Christian, anneni sevdiğini ama kurtaramadığını biliyorum. Bunu yapmak senin görevin değildi. Ama ben o değilim."

Bir kez daha donakaldı. "Sakın," diye fısıldadı.

"Hayır, dinle. Lütfen." Korkuyla felç olmuş iri gözlere bakmak için başımı kaldırdım. Nefesini tutuyordu. *Ah, Christian...* Kalbim sıkıştı. "Ben o değilim. Ben onun olduğundan çok daha güçlüyüm.

Sana sahibim ve sen artık çok daha güçlüsün ve beni sevdiğini biliyorum. Ben de seni seviyorum," diye fısıldadım.

Alnı, duymayı beklediği sözler bunlar değilmiş gibi kırıştı. "Beni hâlâ seviyor musun?" diye sordu.

"Elbette seviyorum, Christian. Seni her zaman seveceğim. Bana ne yaparsan yap." İstediği güvence bu muydu?

Nefesini bıraktı, gözlerini yumdu ve kolunu yüzünün üstüne attı. Ama bana da sıkıca sarılmıştı.

"Benden saklanma." Uzanıp elini tuttum ve kolunu yüzünden çektim. "Bütün hayatını saklanarak geçirmişsin. Lütfen yapma, benden saklanma."

Bana hayretle bakarken kaşlarını çattı. "Saklanmak mı?"

"Evet."

Aniden kıpırdadı, yan döndü ve beni de yanına uzanacağım şekilde çekti. Uzandı, saçlarımı yüzümden çekip kulağımın arkasına itti.

"Bugün bana senden nefret edip etmediğimi sordun. Nedenini anlamamıştım ama şimdi..." Durdu ve bana tam bir muammaya bakar gibi baktı.

"Hâlâ senden nefret ettiğimi mi düşünüyorsun?" Şimdi hayrete bürünen benim sesimdi.

"Hayır." Başını salladı. "Şimdi değil." Rahatlamışa benziyordu. "Ama bilmem gerek... Parolayı neden kullandın, Ana?"

Bembeyaz oldum. Ona ne diyebilirdim? Beni korkuttuğunu söyleyebilir miydim? Durup durmayacağını bilmediğimi. Daha önce ona yalvardığımı ve durmadığını. İşlerin iyice tırmanmasını istemediğimi. Bu odada yaşadığımız o gün gibi bir gün daha yaşamak istemediğimi. Beni kemeriyle kırbaçladığı o günü hatırlayınca, ürperdim.

Yutkundum. "Çünkü... çünkü çok öfkeli ve mesafeliydin... ve soğuktun. Ne kadar ileri gideceğini bilmiyordum."

İfadesi okunaksızdı.

"Boşalmama izin verecek miydin?" Sesim bir fısıltıdan farksızdı ve yanaklarımın kızardığını hissettim ama gözlerimi kaçırmadım.

"Hayır," dedi sonunda.

Lanet olsun. "Bu... çok sert."

Parmaklarının boğumlarıyla yanağımı usulca okşadı. "Ama etkili," diye mırıldandı. Gözleri kararmıştı ve ruhumun içini görmek ister gibi bakıyordu. Bana sonsuzluk kadar uzun gelen bir sürenin sonunda, "Parolayı söylemene sevindim," dedi.

"Gerçekten mi?" Anlamıyordum.

Dudakları hüzünlü bir gülümsemeyle büküldü. "Evet. Canını yakmak istemiyorum. Kendimi kaybettim." Eğildi ve beni öptü. "Anın büyüsüne kapıldım." Beni tekrar öptü. "Seninleyken bu çok sık başıma geliyor."

Öyle mi? Ve tuhaf bir şekilde bu düşünce hoşuma gitti... Sırıttım. Bu beni neden sevindirmişti ki? O da sırıtıyordu.

"Neye sırıttığınızı bilmiyorum, Bayan Grey."

"Ben de öyle."

Bana sımsıkı sarılıp başını göğsüme yerleştirdi. Çıplak ve kot kumaşına sarılı bedenler ve kırmızı saten çarşaflardan oluşan bir yumağa dönmüştük. Tek elimle sırtını okşuyor ve diğer elimin parmaklarını saçlarının arasından kaydırıyordum. İç geçirdi ve kollarını gevşetti.

"Bu... beni durdurman konusunda sana güvenebileceğim anlamına geliyor. Canını yakmayı asla istemiyorum," diye mırıldandı. "İhtiyaç duyduğum..." Durdu.

"İhtiyaç duyduğun ne?"

"Kontrole ihtiyacım var, Ana. Tıpkı sana ihtiyacım olduğu gibi. Kendimi iyi hissetmemin tek yolu bu. Bırakamıyorum. Denedim... Ancak, seninleyken..." Başını sıkıntıyla salladı.

Yutkundum. Sorunlarımızın temeli buydu; kontrol ihtiyacı ve bana duyduğu ihtiyaç arasında sıkışmıştı. Bunların birbirlerini karşılıklı olarak dışladıklarına inanmayı reddediyordum. Biri olacaksa diğeri kesinlikle olmayacak diye bir şey yoktu.

Ona daha sıkı sarılırken, "Benim de sana ihtiyacım var," dedim. "Deneyeceğim, Christian. Daha düşünceli davranmaya çalışacağım."

"Bana ihtiyaç duymanı istiyorum," diye mırıldandı.

Tanrı aşkına!

"Duyuyorum!" Sesim coşkuluydu. Ona o kadar çok ihtiyaç duyuyordum ki. Onu o kadar çok seviyordum ki.

"Sana bakmak istiyorum."

"Bakıyorsun. Her zaman. Sen burada yokken, seni o kadar özledim ki."

"Özledin mi gerçekten?" Sesi çok şaşkındı.

"Evet, elbette. Bir yerlere gitmenden nefret ediyorum."

Gülümsediğini hissettim. "Benimle gelebilirdin."

"Christian, lütfen. Aynı tartışmayı tekrar yapmayalım. Çalışmak istiyorum."

Parmaklarımı saçlarının arasından usulca kaydırırken, derin bir iç çekti.

"Seni seviyorum, Ana."

"Ben de seni seviyorum, Christian. Her zaman seveceğim."

Fırtına sonrası sessizliğinde kıpırdamadan yattık. Kalbinin düzenli atışını dinlerken bitkinliğime yenildim ve uykuya daldım.

İrkilerek, yön duygumu kaybetmiş halde uyandım. Neredeydim? Oyun odası. Işıklar hâlâ yanıyor ve kan kırmızısı duvarları aydınlatıyordu. Christian tekrar inleyince, beni uyandıranın bu olduğunu anladım.

"Hayır," diye inledi. Başı arkaya atılmış, gözleri sımsıkı kapalı halde yanıma serilmişti ama yüzü sıkıntıyla şekil değiştirmişti.

Lanet olsun. Kâbus görüyordu.

Bir kez daha haykırdı. "Hayır!"

"Christian, uyan." Çarşafı üstünden atarak doğruldum. Yanına diz çöktüm. Omuzlarını tutup onu sarsarken gözlerim yaşlarla dolmuştu.

"Christian, lütfen. Uyan."

Faltaşı gibi açılan gözleri, gri ve vahşiydi, göz bebekleriyse korkudan büyümüştü. Bana boş bir ifadeyle baktı.

"Christian, kâbus görüyorsun. Evdesin. Güvendesin."

Gözlerini kırpıştırdı, etrafına çılgın gibi baktı ve nerede olduğumuzu idrak edince kaşlarını çattı. Sonra gözleri yeniden benimkileri buldu. "Ana," diye soludu ve yüzümü iki eliyle kavrayıp beni göğsüne çekerek öptü. Sertçe. Dili ağzımı istila ederken, çaresizliğin ve ihtiyacın tadını aldım. Bana nefes alma fırsatı bile vermeden üzerime yuvarlandı ve dudaklarını dudaklarıma kenetleyip beni dört direkli karyolanın sert yatağına bastırdı. Bir eliyle çenemi tutarken diğerini, parmakları açık halde başımın üzerine yerleştirdi ve diziyle bacaklarımı aralayarak, üzerinde kot pantolonu olduğu halde bacaklarımın arasına girdi.

Orada, yanında olmama inanamıyormuş gibi, "Ana," diye soludu. Bana kısa bir an baktı ve nefes almama izin verdi. Sonra dudakları yeniden dudaklarımı buldu; beni çölde susuz kalmış birinin su içişi gibi bir yoksunlukla öpüyordu. Yüksek sesle inleyerek kalçalarını bana doğru bastırdı. Kot kumaşının sardığı penisi yumuşak etime batıyordu. Ah... İnledim ve biraz öncesinin bastırılmış cinsel gerilimi yeniden su yüzüne çıkarak, bedenimi arzu ve ihtiyaç içinde bıraktı. Kâbuslarının güdümünde yüzümü, gözlerimi, yanaklarımı, çenemi telaşla öpüyordu.

Onu sakinleştirmeye çalışarak, "Buradayım," diye fısıldadım. Tahrik olmuş, hızlanmış nefeslerimiz birbirine karışıyordu. Kasıklarımı onunkilere sürterken, kollarımı omuzlarına sardım.

Hayvansı ve kısık bir sesle, "Ah, Ana," diye soludu. "Sana ihtiyacım var."

"Benim de," diye fısıldarken, vücudum bana dokunması için yanıp tutuşuyordu. Onu istiyordum. Onu şimdi istiyordum. Onu iyileştirmek istiyordum. Kendimi iyileştirmek... Buna ihtiyacım vardı. Eli aşağıya uzandı ve pantolonunun düğmesiyle bir süre uğraştıktan sonra, ereksiyonunu özgür bıraktı.

Tanrı aşkına! Daha bir dakika önce uyuyordum.

Kaydı ve üstümde asılı durarak, bana kısa bir an baktı.

Boğuk ve muhtaç bir sesle, "Evet, Lütfen," diye soludum.

Ve tek bir hareketle, kendini içime gömdü.

Acıdan değil, girişinin hızına şaşırarak, "Ah!" diye haykırdım.

İnledi ve kendini tekrar tekrar içime iterken, dudakları beni bir kez daha buldu ve bana diliyle de sahip oldu. Korkusunun, şehvetinin, arzusunun itici gücüyle çılgın gibi hareket ediyordu. Ya aşkı? Bilmiyordum ama her itişine itişle karşılık vererek onu içime buyur ettim.

Neredeyse anlaşılmaz bir şekilde, "Ana," diye gürledi ve sıkıntılı bir yüz, kaskatı bir bedenle, kendini içimi akıtarak, kudretle boşaldı. Ve sonra bütün ağırlığını koyvererek ve beni bir kez daha ortada bırakarak, nefes nefese üzerime yığıldı.

Kahretsin... Bu gece benim gecem değildi. Ona sıkıca sarılarak ve altında neredeyse ihtiyaçla kıvranarak ciğerlerimi dolduran derin bir nefes aldım. İçimden çıktı ve beni dakikalarca... uzun dakikalarca kollarının arasında tuttu. Sonunda kafasını salladı ve dirseklerinin üstünde doğrulup ağırlığının bir kısmını üzerimden kaldırdı. Beni ilk kez görüyormuş gibi bana bakıyordu.

"Ah, Ana. Tanrı aşkına." Eğilip beni şefkatle öptü.

Güzel yüzünü okşayarak, "İyi misin?" diye soludum. Başını evet der gibi sallasa da sarsılmış ve kesinlikle karmakarışık görünüyordu. Benim kayıp çocuğum. Nerede olduğunu en sonunda idrak edebilmiş gibi kaşlarını çattı ve bana dikkatle baktı.

Endişeli bir sesle, "Sen?" diye sordu.

"Iıı..." Altında kıpırdanınca, dudakları minik, şehvetli bir gülümsemeyle büküldü.

"Bayan Grey, sizin de ihtiyaçlarınız var," diye mırıldandı. Hızlı bir öpücük kondurup yataktan kalktı.

Karyolanın ayakucunda dizlerinin üstünde durdu ve beni dizlerimin hemen üstünden tutup popom yatağın kenarına gelecek şekilde çekti.

"Otur," diye mırıldandı. Oturduğumda saçlarım bir duvak gibi, memelerimin üstüne dökülüyordu. Bacaklarımı olabildiğince iterek iki yana açarken, gri gözleri, gözlerimdeydi. Ne yapacağını çok iyi bilerek, arkaya, ellerime yaslandım. Ama... o daha yeni... şey...

"O kadar güzelsin ki, Ana," diye soludu. Bakır saçlı başını eğip öpücükler kondurarak sağ bacağımdan yukarı doğru tırmanmasını izledim. Bütün vücudum beklentiyle kasıldı. Kafasını kaldırdı ve koyulan gözleriyle, uzun kirpiklerinin arasından bana baktı.

Ah Tanrım. Dünya bacak aramın tepe noktasına toplanırken, haykırdım. Onu izlemek –*Siktir*– o kadar erotikti ki. Diliyle vücudumun en hassas noktasını okşarken izlemek. Ve hiç acıması yoktu, taciz ediyor, oynuyor, tapınıyordu. Vücudum gerildi ve dik durma çabamdan kollarım titremeye başladı.

"Hayır... ah," diye mırıldandım. Çok yavaş bir şekilde, uzun parmağını içime kaydırdı. Daha fazla dayanamayarak yatağa sırt üstü yığıldım ve üzerimde ve içimde gezinen ağzı ile parmaklarının tadını çıkardım. İçimde, derinlerdeki o tatlı, çok tatlı noktaya çok yavaş ve nazik hareketlerle masaj yapıyordu. Ve bu kadardı işte... Bitmiştim. Yaşadığım yoğun orgazm yüzünden sırtımı yay gibi gererek yataktan havalandırırken, adının anlaşılmaz bir telaffuzunu haykırarak etrafında patladım. O kadar derinlerden ve ilkel bir duyguydu ki, sanırım yıldızları gördüm... Burnunu karnıma sürttüğünü ve beni yumuşak öpücüklere boğduğunu bir sis perdesinin arkasından izler gibi fark ettim. Uzanıp saçlarını okşadım.

"Henüz seninle işim bitmedi," diye mırıldandı. Ve daha ben Seattle'a ve Yerküre'ye tam olarak dönmeden ellerini uzatıp kalçalarımı kavradı ve beni yataktan, dizlerinin üstünde durduğu yere, kucağına ve bekleyen ereksiyonunun üstüne çekti.

İçimi doldururken iç geçirdim. *Aman Tanrım.*

Kollarını bana sarıp kıpırdamama engel olurken, başımı ellerinin arasına aldı ve beni öptü. Kalçalarını kasınca, derinlerden gelen hazzı bütün sertliği ve sıcaklığıyla hissettim. Popoma uzandı, beni kaldırdı ve kalçasını yukarı doğru salladı.

"Ah," diye inledim. Yavaş, ah çok yavaş bir şekilde kalkıp sallanırken... tekrar kalkıp tekrar sallanırken, dudakları bir kez daha dudaklarıma örtüldü. Kollarımı boynuna dolayıp kendimi yumuşak ritmine teslim ettim. Kalçalarımı kasıp üzerinde yükselip alçalmaya başladım... Harika bir histi. Arkaya doğru eğilip başımı arkaya atarak tatlı sevişmemizin tadını çıkarırken, ağzım, hazzımın sessiz ifadesiyle iyice aralanmıştı.

"Ana," diye soludu ve üzerime eğilip boynumu öptü. Beni sıkıca tutarak, içime bir girip bir çıkıyor ve muhteşem bir zamanlama ve akıcı, şehvetli bir güçle, beni yükseğe, daha yükseğe itiyordu. Beni böyle mahrem bir şekilde tutarken, içimden, çok derinlerden yükselen cennetten çıkma bir haz, dışarı akıyordu.

Kulağıma alçak bir sesle, "Seni seviyorum, Ana," diye fısıldadı ve beni tekrar kaldırdı. Yukarı, aşağı, yukarı, aşağı. Ensesinde birleştirdiğim ellerimi saçlarına kaydırdım.

"Ben de seni seviyorum, Christian." Gözlerimi açınca onu beni izlerken yakaladım ve oyun odasının yumuşacık ışığında cesurca parlayan aşkını gördüm. Kâbusu unutulmuşa benziyordu. Bedenimin boşalmaya yaklaştığını hissederken, istediğimin bu olduğunu fark ettim. Bu bağ, aşkımızın bu şekilde ifadesi.

Alçak sesle, "Benim için boşal bebek," diye fısıldadı. Vücudum sesinin alçak tınısıyla kasılırken, gözlerimi sımsıkı yumdum ve yoğun bir orgazmın ortasına yuvarlanarak gürültüyle boşaldım. Alnı alnımda, hareketsiz kaldı ve kollarıyla beni sımsıkı sararak o da orgazma ulaştı.

Beni nazik hareketlerle kaldırıp yatağa yatırdı. Tamamen bitmiş ve doyuma ulaşmış halde, kollarının arasına uzandım. Burnunu boynuma sürttü.

"Şimdi daha iyi misin?" diye fısıldadı.

"Hmmm."

"Yatağa gidelim mi? Yoksa burada uyumak mı istersin?"

"Hmmm."

"Bayan Grey, konuşun benimle." Sesi eğlenir gibiydi.

"Hmmm."

"Elinden gelenin en iyisi bu mu?"

"Hmmm."

"Gel, seni yatağa götüreyim. Burada uyumayı sevmiyorum."

İstemeye istemeye kıpırdadım ve yüzümü ona çevirdim. "Bekle," diye fısıldadım. İri iri açılmış gözlerini kırpıştırırken, masum ama aynı zamanda tamamen becerilmiş ve kendinden hoşnut bir hali vardı.

"Sen iyi misin?" diye sordum.

Ergen bir çocuk gibi kendini beğenmiş bir gülümsemeyle, "Şimdi iyiyim," dedi.

Onu, "Ah, Christian," diye azarladım ve güzel yüzünü usulca okşadım. "Kâbusundan bahsediyordum."

İfadesi bir an dondu, sonra gözlerini yumdu ve bana daha sıkı sarılarak yüzünü boynuma gömdü.

"Konuşmayalım," diye fısıldarken, sesi boğuk ve kırıktı. Yüreğim göğsümün içinde bir kez daha yerinden oynadı. Onu daha sıkı sardım ve ellerimi sırtında ve saçlarının arasında dolaştırdım.

Tepkisi karşısında telaşlanarak, "Özür dilerim," diye fısıldadım. Kahretsin, bu ani ruhsal değişimlerine nasıl ayak uydurabilirdim ki? Kâbusu neyle ilgiliydi acaba? Detayları yeniden yaşatıp daha fazla acıya neden olmak istemiyordum. Onu bir dakika önceki oyunbaz çocuk haline geri döndürmek için yumuşacık bir sesle, "Her şey yolunda," diye mırıldandım. "Her şey yolunda." Rahatlaması için peş peşe tekrarladım.

Bir süre sonra usulca, "Haydi yatağa gidelim," dedi ve kalkıp beni bomboş ve acı içinde bıraktı. Saten çarşafı etrafıma sarıp peşine düşmeden önce, yerden kıyafetlerimi almak için eğildim.

"Bırak, kalsınlar," dedi ve ne olduğunu anlamadan kendimi kucağında buldum. "Şu çarşafa takılıp boynunu kırmanı istemiyorum." Kollarımı boynuna doladım ve beni yatak odamıza taşırken, toparlanmasına sevinerek, burnumu boynuna sürttüm.

Gözlerim açılıverdi. Bir şeyler yolunda değildi. Hava hâlâ karanlık olmasına rağmen, Christian yatakta yoktu. Çalar saate bakınca, sabah üçü yirmi geçtiğini gördüm. Christian neredeydi? Sonra piyanoyu duydum.

Yataktan hızla kalkıp sabahlığımı kaptım ve koridordan salona koştum. Çaldığı melodi hüzünlüydü; daha önce de çalarken duyduğum acıklı bir ağıttı. İnsanın içini sızlatacak kadar hüzünlü müzik odayı kaplarken, kapı eşiğinde duraksayıp bir ışık öbeğinin ortasındaki Christian'ı seyrettim. Neden bu kadar hüzünlü bir ezgi çalıyordu? Kollarımı kavuşturdum ve büyülenmiş halde, piyano çalışını dinledim. Ama yüreğim sızlıyordu. *Christian, neden bu kadar üzgünsün? Benim yüzümden mi? Bunu ben mi yaptım*? Parçanın sonuna gelip üçüncü kez baştan başladığında daha fazla dayanamadım. Ben piyanoya yaklaşırken kafasını kaldırmadı ama piyano sırasına yanına oturabilmem için kenara kaydı. O çalmayı sürdürürken, başımı omzuna yasladım. Saçlarımı öptü ama parça bitene kadar durmadı. Kafamı kaldırıp ona baktığımda, temkinli bir ifadeyle beni süzüyordu.

"Seni uyandırdım mı?" diye sordu.

"Yanımda olmadığın için uyandım. Bu parçanın adı ne?"

"Chopin. *E minör Prelüdleri*'nden biri." Christian duraksadı. "Adı *Boğulma*."

Uzanıp elini tuttum. "Olanlar seni gerçekten sarstı, değil mi?"

Bir homurtu çıkardı. "Sorunlu bir pislik, karımı kaçırmak için daireme giriyor. Karım söz dinlemiyor. Beni delirtiyor. Beni parolayla durduruyor." Gözlerini kısa bir süre için kapattı. Geri açtığında, katı ve serttiler. "Evet, hayli sarsıldım."

Elini sıktım. "Özür dilerim."

Alnını benimkine yasladı. "Rüyamda öldüğünü gördüm," diye fısıldadı.

"Ne?"

"Yerde yatıyordun, soğuktun ve bir türlü uyanmıyordun."

Ah, Elli.

"Hey, sadece kötü bir rüyaydı." Uzandım ve başını ellerimin arasına aldım. Beni delip geçen gözlerine yansıyan sıkıntı, sarsıcıydı. "Buradayım ve sen olmayınca yatakta üşüyorum. Lütfen yatağa dön." Elini tuttum ve peşimden gelecek mi diye bekleyerek durdum. Sonunda, o da ayağa kalktı. Üzerinde pijama altı vardı ve her zamanki gibi, kalçalarından düşecek gibi duruyordu. Parmaklarımı bel lastiğinin içinde dolaştırmak istiyordum ama bu isteğime direndim ve onu yatak odamıza geri götürdüm.

Uyandığımda bana sımsıkı sarılmış halde, huzurla uyuyordu. Gevşeyerek, beni sarmalayan sıcağının ve tenime değen teninin keyfini çıkardım. Onu rahatsız etmek istemediğim için, hiç kıpırdamadım.

Tanrım, ne akşamdı ama. Üzerimden bir tren, bir yük treni geçmiş gibi hissediyordum. Yanımda yatan ve uykusunda çok dingin ve genç görünen adamın dün gece öyle hırpalanmış halde olduğuna ve beni de hırpaladığına inanmak güçtü. Gözlerimi tavana diktim ve Christian'ı her zaman güçlü ve hükmedici biri olarak düşündüğümü ama onun, kayıp çocuğumun aslında çok kırılgan olduğunu fark ettim. İşin garip tarafı, onun beni kırılgan olarak görmesi ve benim kırılgan olduğumu düşünmememdi. Onunla karşılaştırılınca, *ben* güçlüydüm.

Ama ikimize de yetecek kadar güçlü müydüm? Bana söyleneni yapacak ve kafasının rahat etmesini sağlayacak kadar? İç geçirdim. Benden çok fazla şey istemiyordu. Dün geceki konuşmamızı aklımdan geçirdim. İkimizin de daha fazla çabalaması dışında bir karar almış mıydık? İşin özü ben bu adamı seviyordum ve ikimiz için bir yol çizmem gerekiyordu. Bütünlüğümü ve bağımsızlığımı koruyacak ama onun için daha fazlası olmama izin verecek bir yol. Ben onun *daha* fazlasıydım, o da benim. Bu hafta sonu ona yeni bir endişe nedeni vermemek için özel çaba harcamayı kafaya koydum.

Christian kıpırdandı ve başını göğsümden kaldırıp uykulu gözlerle bana baktı.

"Günaydın, Bay Grey." Gülümsedim.

"Günaydın, Bayan Grey. İyi uydunuz mu?" Yanımda gerindi.

"Kocam piyanoda o korkunç gürültüyü çıkarmaktan vazgeçince, evet, uyudum."

Mahcup gülümsemesini takınınca, içim eridi. "Korkunç gürültü ha? Bayan Kathie'ye bir e-posta gönderip haber vereceğim."

"Bayan Kathie?"

"Piyano öğretmenim."

Kıkırdadım.

"Bu çok hoş bir ses," dedi. "Bugünümüz daha iyi bir gün olsun mu?"

"Tamam," diye onayladım. "Ne yapmak istersin?"

"Karımla sevişip hazırladığı kahvaltıyı ettikten sonra, onu Aspen'e götürmek isterim."

Ağzım açık bakakaldım. "Aspen mi?"

"Evet."

"Aspen, Colorado mu?"

"Ta kendisi. Tabii yerini değiştirmedilerse. Sonuçta, bu deneyim için tam yirmi dört bin dolar ödedin."

Sırıttım. "O senin parandı."

"Bizim paramız."

"Ben açık arttırmaya katılırken, senindi." Gözlerimi çevirdim.

Elini bacağımda gezdirirken, "Ah, Bayan Grey, siz ve şu göz çevirmeniz," diye mırıldandı.

Dikkatini dağıtmak için, "Colorado'ya gitmek saatlerce sürmeyecek mi?" diye sordum.

Popoma ulaşırken, ipeksi bir sesle, "Jetle gidersek sürmez," dedi.

Tabii ya. Kocamın bir jeti vardı. Nasıl unutabilirdim? Eli, geceliğimi de yanında sürükleyerek, vücudumdan yukarı kaymaya devam etti ve kısa süre içinde, her şeyi unuttum.

Taylor bizi Sea-Tac'teki piste, Grey Şirketler Topluluğu'nun jetinin beklediği yere götürdü. Seattle'da gri bir gündü ama havanın, kıpır kıpır kaynayan içimi durultmasına izin vermeyi reddettim. Christian'ın keyfi çok daha iyiydi. Bir şey onu çok heyecanlandırmıştı; Noel ağacı gibi etrafa ışık saçıyor ve büyük bir sırrı olan küçük bir oğlan gibi yerinde duramıyordu. Ne tür bir iş çevirdiğini merak etmiştim. Dağınık saçları, beyaz tişörtü ve siyah kot pantolonuyla enfes görünüyordu. Bugün CEO'luğun yakınından bile geçmiyordu. Taylor, jetin merdivenlerinin önünde kayar gibi dururken, Christian elimi tuttu.

"Sana bir sürprizim var," diye mırıldandı ve parmak boğumlarımı öptü.

Ona sırıtarak baktım. "İyi bir sürpriz mi?"

"Umarım." Yüzünde sıcacık bir gülümseme vardı.

Hımm... Ne olabilirdi ki?

Sawyer ön koltuktan dışarı fırlayıp kapımı açtı. Taylor da Christian'ınkini açtıktan sonra, bagajdan valizlerimizi çıkardı. Uçağa girdiğimizde, Stephan basamakların tepesinde bizi bekliyordu. Kokpite bakınca, yardımcı pilot Beighley'nin gösterişli gösterge panelindeki düğmelerle uğraştığını gördüm.

Christian ve Stephan el sıkıştılar. "Günaydın, efendim." Stephan gülümsüyordu.

"Son anda haber vermeme rağmen, ayarladığın için teşekkürler." Christian pilota sırıttı. "Misafirlerimiz geldiler mi?"

"Evet, efendim."

Misafirler mi? Dönünce nefesim kesildi. Kate, Elliot, Mia ve Ethan gülümseyerek krem rengi koltuklarda oturuyorlardı. Vay canına! Hemen Christian'a döndüm.

"Sürpriz!" dedi.

Sevincimi ve duyduğum mutluluğu bastırmaya çalışarak, "Nasıl? Ne zaman? Kim?" diye zırvaladım.

"Arkadaşlarını yeterince görmediğini söyledin." Omuz silkti ve özür diler gibi, çarpık bir gülümsemeyle baktı.

"Ah, Christian, teşekkürler." Kollarımı boynuna doladım ve onu herkesin önünde, aşkla öptüm. Ellerini kalçalarıma yerleştirdi, parmaklarını kot pantolonumun kemer halkalarına geçirdi ve öpüşmemizi daha da derinleştirdi.

Ah Tanrım.

"Bunu biraz daha sürdürürsen, seni yatak odasına sürükleyeceğim," diye mırıldandı.

Dudaklarımı dudaklarından uzaklaştırmadan, "Buna cüret edemezsin," diye fısıldadım.

"Ah, Anatasia." Başını sallarken, sırıtıyordu. Beni bıraktı ve başka tek söz etmeden, eğildi, bacaklarımı kavradı ve beni omzuna kaldırdı.

"Christian! Beni yere bırak!" diye cırlayarak poposuna bir tokat indirdim."

Dönüp kokpite girerken, bir an için Stephan'ın gülümsemesini yakaladım. Taylor eşikte durmuş sırıtışını bastırmaya çalışıyordu. Christian bütün yalvarmalarımı ve sonuçsuz debelenmemi yok sayarak, dar kabinin içinde tekli koltuklarda karşılıklı olarak Mia ve Ethan'ın ve Kate'le çılgın bir şebek gibi tezahürat yapan Elliot'un arasından geçti.

Dört misafirimize, "İzninizle," dedi. "Karımla baş başa konuşmam gerek."

"Christian!" diye bağırdım. "İndir beni!"

"Zamanı gelince bebek."

Kısa süreli de olsa Mia, Kate ve Elliot'ın güldüklerini gördüm. *Kahretsin!* Bu hiç komik değildi; utandırıcıydı. Biz kabinde gözden kaybolurken, Ethan bize ağzı bir karış açık ve tamamen şoke olmuş halde bakıyordu.

Christian kabinin kapısını arkasından kapatıp beni vücudundan aşağı, tek tek bütün kas ve kirişlerini hissedebileceğim şekilde, ağır ağır kaydırarak yere bıraktı. Bana çocuksu bir sırıtışla bakarken, kendinden son derece hoşnut görünüyordu.

"Sıkı gösteriydi, Bay Grey." Kollarımı göğsümde kavuşturdum ve ona yapmacık bir güceniklikle baktım.

"Çok eğlenceliydi, Bayan Grey." Ve sırıtışı daha da büyüdü. *Ah, Tanrım.* O kadar genç duruyordu ki.

"Bunu sürdürecek misin?" Bu konuda ne hissettiğimden emin olamayarak, tek kaşımı kaldırdım. Demek istediğim, diğerleri bizi duyacaklardı, tanrı aşkına. Birden utanmıştım. Yatağa kaygı dolu bir bakış atarken, düğün gecemizi hatırlayıp kızardığımı hissettim. Dün o kadar çok konuşmuş, o kadar çok şey yapmıştık ki. Bilinmeyen bir engelin üstünden atlamışız gibi hissediyordum ama asıl sorun buydu. Bilinmiyor olması. Gözlerim Christian'ın yoğun ama keyifli bakışlarıyla buluştu ve yüzümün ifadesizliğini koruyamaz oldum. Sırıtışı fazla bulaşıcıydı.

Bana doğru bir adım atarken, ipeksi bir sesle, "Sanırım misafirlerimizi bekletmek kabalık olur," dedi. İnsanların ne düşündüğünü önemsemeye ne zaman başlamıştı? Kabinin duvarına doğru bir adım geri çekilince beni esir aldı ve vücudundan yayılan ısıyla yerime sabitledi. Eğildi, burnunu burnuma sürttü.

"İyi bir sürpriz miydi?" diye fısıldarken, sesinde bir kaygı tınısı vardı.

"Ah, Christian muhteşem bir sürpriz." Elimi göğsünden yukarı kaydırıp boynuna doladım ve onu öptüm.

Geri çekilirken, saçlarını okşayarak, "Bunu ne zaman organize ettin?" diye sordum.

"Dün gece, uykum kaçınca. Elliot ve Mia'ya e-posta attım ve işte buradalar."

"Çok düşüncelisin. Teşekkürler. Harika zaman geçireceğimizden eminim."

"Umarım. Basından uzak durmanın Aspen'de evdekinden daha kolay olacağını düşündüm."

Paparazziler! Haklıydı. Escala'da kalsaydık, eve mahkum olacaktık. Bu sabah Taylor hızla geçerken çalışan kameraları ve birkaç fotoğrafçının göz kamaştıran flaşlarını hatırlayınca, sırtımdan aşağı bir ürperti indi.

"Gel. Yerimizi alsak iyi olacak. Stephan birazdan kalkar." Bana elini uzattı, birlikte kabine döndük.

Biz içeri girince, Elliot bir tezahürat tutturdu. Şaka yollu "Bu gelmiş geçmiş en hızlı uçuş içi hizmetti," diye seslendi.

Christian onu duymazdan geldi.

"Lütfen yerlerinizi alın, bayanlar, baylar. Birazdan kalkış için piste giriyoruz." Stephan'ın sakin ve otoriter sesi kabinde yankılandı. Düğün gecemizdeki uçuşta da olan esmer kadın –şey... *Natalie miydi?*– uçağın mutfak kısmından çıktı ve boşalan kahve fincanlarını topladı. *Natalia... Adı Natalia'ydı.*

Mırlamayı andıran bir sesle, "Günaydın, Bay Grey, Bayan Grey," dedi. Neden beni bu kadar rahatsız ediyordu? Christian'ın kendi beyanına göre, çekici bulduğu için genelde esmerleri işe almıyordu. Masanın arkasındaki yerine geçip Elliot ve Kate'in karşısındaki yerini alırken, Natalia'ya kibar bir gülümseme gönderdi. Christian'ın yanındaki yerime oturup kemerimi bağlamadan önce, Kate ve Mia'yı çabucak kucakladım ve Ethan ile Elliot'a el salladım. Christian elini dizime yerleştirip şefkatle sıktı. Misafirlerimiz olmasına rağmen, rahatlamış ve mutlu görünüyordu. Acaba neden böyle –kontrol manyaklığından tamamen uzak– olamıyor diye düşündüm.

"Umarım yürüyüş botlarını almışsındır," dedi sıcacık bir sesle.

"Kayağa gitmiyor muyuz?"

"Ağustos'ta bayağı bir uğraş gerektirirdi," dedi keyifle.

Ah, tabii ya.

Elliot araya girdi. "Kayak yapıyor musun, Ana?"

"Hayır." Christian elini dizimden çekip elimi tuttu.

"Kardeşimin sana öğretebileceğinden eminim." Elliot bana göz kırptı. "Yokuşlarda gayet hızlıdır."

Ve kızarmamak elimde değildi. Christian'a baktığımda, ifadesiz gözlerle Elliot'a bakıyordu ama bence neşesini saklamaya çalışıyordu. Uçak ileri doğru sarsıldı ve piste doğru ilerlemeye başladı.

Natalia uçağın güvenlik prosedürlerini net ve çınlayan bir sesle aktardı. Lacivert, kısa kollu bir gömlek ve dize doğru daralan aynı renk bir etek giymişti. Makyajı kusursuzdu; gerçekten bayağı hoş bir kızdı. Bilinçaltım bana tek sıraya inceltilmiş kaşlarından birini kaldırdı.

Kate iğneleyici bir ses tonuyla, "Sen iyi misin?" dedi. "Yani Hyde olayından sonra?"

Başımı eğdim. Hyde meselesini ne düşünmek ne de konuşmak istiyordum ama görünüşe bakılırsa, Kate'in başka planları vardı.

Benzersiz tarzıyla konuya en hassas noktasından dalarak, "Neden cinnet geçirmiş?" diye sordu. Daha fazla sorgulama yapmaya hazırlanarak saçını arkaya attı.

Christian onu serinkanlı bir bakışla süzerek, omuz silkti. "Kıçına tekmeyi basıp kovdum," dedi açıkça.

"Ah? Neden?" Kate başını yana yatırdı ve tam Nancy Drew havasına girdiğini anladım.

"Bana asıldı," diye mırıldandım. Masanın altından Kate'e bir tekme indirmeye çalıştım ve ıskaladım. Kahretsin.

"Ne zaman?" Kate gözlerini bana dikti.

"Asırlar önce."

Tükürükler saçarak, "Sana asıldığından hiç bahsetmemiştin!" dedi.

Özür diler gibi omuz silktim.

Kate, "Sadece bununla ilgili bir garez olamaz, elbette. Demek istediğim tepkisi bayağı uç noktada," diye devam etti ama şimdi sorularını Christian'a yöneltmişti. "Zihinsel olarak sağlıklı mı? Ya elindeki siz Grey'lerle ilgili bilgilere ne demeli?" Christian'ı bu şekilde kurcalaması tüylerimi diken diken etmişti ama benim hiçbir şey bilmediğime ikna olduğu için, bana soramıyordu. Can sıkıcı bir düşünceydi.

"Detroit'le bir bağlantısı olduğunu düşünüyoruz," dedi Christian. Sesi fazla nazik çıkmıştı. *Ah, Kate, lütfen artık vazgeç.*

"Hyde da Detroitli mi?"

Christian başıyla onayladı.

Uçak hızlanırken, Christian'ın elini daha sıkı tuttum. Bana güven vermek ister gibi baktı. Kalkış ve inişlerden nefret ettiğimi biliyordu. Elimi sıktı ve beni sakinleştirmek için başparmağıyla parmak boğumlarımı okşadı.

Elliot göğe fırlamak üzere olan küçük bir jetin içinde pistte son hızla ilerlediğimiz gerçeğine olduğu kadar Christian'ın Kate'e gittikçe artan kızgınlığına da aldırmayarak, "Onun hakkında ne biliyorsun?" diye sordu. Kate öne eğildi ve kulak kesildi.

Christian doğrudan Kate'e hitaben, "Bunlar kayıt dışı," dedi. Kate'in ağzı ince bir çizgi halini aldı. *Ah, Kahretsin.*

Christian, "Hakkında çok az şey biliyoruz," diye devam etti. "Babası bir bar kavgasında ölmüş. Annesi kendini içkiye vermiş. Çocukken bir bakıcı aileden diğerine ve bir beladan diğerine atlayıp durmuş. En başta araba hırsızlığı geliyor. Islahevinde kalmış. Annesi bir sosyal yardım programı sayesinde toparlanınca, Hyde da kendine gelmiş. Princeton'dan burs almış."

"Princeton mu?" Kate'in ilgisini çekmişti.

"Evet. Zeki bir oğlan." Christian omuz silkti.

"O kadar da değil. Yakalandı," dedi Elliot.

Kate, "Ama bu numarayı tek başına çevirmiş olamaz, değil mi?" diye sordu.

Christian yanımda gerildi. "Henüz bilmiyoruz." Sesi fazla sakindi. Lanet olsun. Onunla birlikte hareket eden biri olabilir miydi? Döndüm ve Christian'a dehşet dolu bir bakış gönderdim. Bir kez daha elimi sıktı ama gözlerimin içine bakmadı. Uçak sarsılmadan havalanırken, midemde korkunç çökme duygusunu hissettim.

Sadece onun duyabilmesi için Christian'a iyice sokulup, "Kaç yaşında?" diye sordum. Neler olup bittiğini bilmeyi ne kadar istesem de, Kate'in sorularını teşvik etmek istemiyordum. Christian'ı sinir ettiklerini biliyordum ve Kokteylgate olayından beri, kara listesinde olduğundan emindim.

"Otuz iki. Neden?"

"Merak ettim. Hepsi bu."

Christian'ın ağzı gerildi. "Hyde'ı merak etme. O pisliğin kilit altına alınmasına seviniyorum." Beni neredeyse azarlamıştı ama ses tonunu duymazdan gelmeyi seçtim.

"Birisiyle ortaklaşa hareket ettiğini düşünüyor musun?" Bir başkasının da işin içinde olabileceği düşüncesi, midemi bulandırmıştı. Bu işin bitmediği anlamına gelirdi.

"Bilmiyorum," diye yanıtlarken, Christian'ın çenesi bir kez daha kasıldı.

"Belki de sana garezi olan biri?" diye akıl yürüttüm. Kahretsin. Umarım o sürtük cüce değildi. "Elena gibi?" diye fısıldadım. Adını yüksek sesle andığımın farkındaydım ama sadece Christian duyabilirdi. Kate'e kaygılı bir bakış attım ama ona kızmış gibi görünen Elliot'la derin bir konuşmaya dalmıştı. Hmm.

"Onu şeytanlaştırmak gerçekten hoşuna gidiyor, değil mi?" Christian gözlerini çevirdi ve tiksintiyle kafasını salladı. "Garezi olabilir ama bu tür bir şey yapmaz." Gri bakışlarını gözlerime sabitledi. "Onu konuşmayalım. En sevdiğin sohbet konusu olmadığını iyi biliyorum."

Bilmek isteyip istemediğimden emin olamayarak, "Onunla yüzleştin mi?" diye sordum.

"Ana, doğum günü partimden bu yana onunla konuşmadım. Lütfen, kapat bu konuyu. Onun hakkında konuşmak istemiyorum." Elimi tuttu ve parmak boğumlarımı dudaklarına sürttü. Gözleri gözlerimi yakıp geçerken, bu sorgulamayı şu anda sürdürmemem gerektiğini anladım.

Elliot, "Kendinize bir oda bulun," diye takıldı. "Ah, doğru ya zaten bir odanız var ama ihtiyacınız uzun sürmüyor."

Christian kafasını kaldırdı ve Elliot'a sakin bir ifadeyle baktı. Fesattan eser taşımayan bir sesle, "Siktir git, Elliot," dedi.

"Ahbap ben sadece olanı söylüyorum." Elliot'un gözleri neşeyle parlıyordu.

Christian kaşını kaldırarak, alaycı bir sesle, "Sanki anlarmışsın gibi," dedi.

Elliot bu espriden hoşlanarak sırıttı. Beni işaret ederek, "İlk kız arkadaşıyla evlenen sensin," dedi.

Ah, kahretsin? Bu iş nereye gidiyordu? Kızardım.

"Beni suçlayabilir misin?" Christian bir kez daha elimi öptü.

"Hayır." Elliot gülerek kafasını salladı.

Ben kızarırken, Kate, Elliot'ın bacağına bir şaplak indirdi.

"Pislik gibi davranmayı bırak," diye azarladı.

Christian sırıtarak, "Kız arkadaşının sözünü dinle," dedi. Biraz önceki endişesi dağılmışa benziyordu. Yükseklik yüzünden kulaklarım doldu ve uçak dengesini sağlarken, kabindeki gerilim de dağıldı. Kate, Elliot'a yüzünü buruşturdu. Hımm... Aralarında bir şeyler mi oluyordu? Emin olamadım.

Elliot haklıydı. İşin ironisi karşısında bir homurtu çıkardım. Ben Christian'ın ilk kız arkadaşıydım ve şimdi de karısı olmuştum. On beş itaatkâr ve kötü kalpli Bayan Robinson sayılmazdı. Ama Elliot'un onlardan haberi yoktu ve belli ki Kate de ona anlatmamıştı. Arkadaşıma gülümsedim; o da bana bir sırrı paylaşır gibi göz kırptı. Sırlarım Kate'de güvendeydi.

Stephan "Pekâlâ, bayanlar ve baylar. Yaklaşık otuz iki bin fit yükseklikte seyredeceğiz ve tahmini uçuş süremiz bir saat elli altı dakika," diye ilan etti. "Artık kabinin içinde istediğiniz gibi hareket edebilirsiniz."

Natalia bir anda mutfak bölümünden çıktı.

"Kahve ikram edebilir miyim?" diye sordu.

BÖLÜM ON ÜÇ

Sardy Field'a, yerel saatle saat 12:25'te, hiç sorunsuz indik. Stephan uçağı ana terminalden biraz uzakta durdurdu. Pencerelerden büyük bir VW minibüsün bizi beklediğini gördüm.

"İyi iniş." Jetten inmeye hazırlanırken, Christian sırıtarak Stephan'ın elini sıktı.

"Bütün mesele yoğunluk yüksekliğinde, efendim." Christian da gülümsüyordu. "Beighley matematikte çok iyi."

Christian, Stephan'ın yardımcı pilotunu başıyla selamladı. "Harikasın, Beighley. Pürüzsüz bir iniş oldu."

"Teşekkürler, efendim." Pilot kendinden emin bir ifadeyle gülümsedi.

"Hafta sonunun tadını çıkarın, Bay Grey, Bayan Grey. Yarın görüşürüz." Stephan inmemiz için kenara çekilince, Christian elimi tuttu ve beni uçağın basamaklarından, Taylor'ın yanında beklediği minibüse indirdi.

Taylor sürgülü kapıyı açarken, Christian biraz şaşkın bir halde, "Minivan ha?" dedi.

Taylor ona biraz gergin ve suçlu bir gülümsemeyle baktı ve hafifçe omuz silkti.

Christian derhal yatışarak, "Son dakikada ancak bu kadar oluyor, biliyorum," dedi. Taylor valizlerimizi almak üzere uçağa döndü.

Christian gözlerinde muzip bir parıltıyla, "Minibüsün arkasında oynaşmak ister misin?" diye sordu.

Kıkırdadım. Bu adam kimdi ve son birkaç gündür ortalıkta terör estiren Bay İnanılmaz Derecede Öfkeli'ye ne yapmıştı?

Mia, Ethan'ın yanında, arkamızda duruyordu ve sabırsızlıkla, "Haydi, binin artık," diye seslendi. Minivana binip arka taraftaki iki kişilik koltuğa oturduk. Christian'a iyice sokuldum. Kolunu koltuğumun arkasından omzuma doladı. Mia ve Ethan önümüzdeki koltuğa yerleşirlerken bana, "Rahat mısın?" diye sordu.

"Evet." Gülümseyince alnımı öptü. İzah edemeyeceğim bir nedenle bugün müthiş utangaç hissediyordum. *Neden?* Dün gece yüzünden miydi? Yanımızda birileri olduğu için mi? Tam olarak adını koyamıyordum.

Taylor valizleri yüklemek için bagaj kapısını açarken, Kate ve Elliot da bize katıldılar. Beş dakika sonra yola çıkmıştık.

Aspen'e doğru yol alırken, pencereden dışarıya baktım. Ağaçlar yeşildi ama yaklaşan sonbahar, yer yer sararan yaprakların uçlarında kendini hissettiriyordu. Gökyüzü, batı yönündeki koyu bulutlar haricinde masmaviydi. Uzakta heybetle yükselen Rocky Sıradağları'yla çevriliydik ve en yüksek zirve tam karşımızda kalıyordu. Tepeler yemyeşildi, en yükseklerinin zirvesiyse karla kaplıydı ve bir çocuğun elinden çıkmış bir resmi andırıyordu.

Zengin ve ünlülerin kışlık oyun bahçesindeydik. *Ve benim burada bir evim vardı.* Buna inanamıyordum. Christian'ın servetinin boyutlarını idrak ettiğim anlarda hissettiğim o tanıdık huzursuzluk, ruhumun derinliklerinden yükselip kendimi suçlu hissetmeme neden oldu. Bu hayat tarzını hak etmek için ne yapmıştım? Âşık olmak dışında hiçbir şey.

Ethan dönüp, "Daha önce Aspen'e gelmiş miydin, Ana?" diye sorunca, daldığım düşüncelerden uyandım.

"Hayır, bu ilk gelişim. Sen gelmiş miydin?"

"Ergenliğimizde Kate ve ben buraya sık sık gelirdik. Babam kayağa çok düşkündür. Annem o kadar sevmez gerçi."

"Kocamın bana kayak yapmayı öğreteceğini umuyorum." Başımı çevirip erkeğime baktım.

Christian, "Çok beklersin," diye mırıldandı.

"Hemen öğrenirim!"

"Boynunu kırabilirsin." Gülümsemesi kaybolmuştu.

Ah. Tartışıp tadını kaçırmak istemediğim için konuyu değiştirdim. "Bu ev ne zamandır senin?"

"Yaklaşık iki yıldır. Artık sizin de eviniz, Bayan Grey."

"Biliyorum," diye fısıldadım. Nedense bunu biliyor ama inanamıyordum. Eğildim, çenesine bir öpücük kondurdum ve bir kez daha yanına sokulup Ethan ve Elliot'la şakalaşıp gülüşmesini dinledim. Mia da arada lafa karışıyordu ama Kate sessizdi. Jack Hyde ya da başka bir konuya mı dalmıştı acaba? Sonra hatırladım. Aspen'deydik. Christian'ın evi Gia Matteo tarafından yeniden tasarlanmış ve Elliot tarafından inşa edilmişti. Acaba aklını kurcalayan bu muydu? Gia'yla olan geçmişleri yüzünden bunu ona Elliot'ın önünde soramazdım. Hem Kate, Gia'nın evle bağlantısından haberdar mıydı? Kafasını neyin kurcalıyor olabileceğini merak ederek kaşlarımı çattım ve yalnız kalınca sormaya karar verdim.

Aspen'in merkezinden geçtik. Kasabayı incelerken keyfim yerine geldi. Çoğu kırmızı tuğladan inşa edilmiş alçak binalar, İsviçre tarzı kulübeler ve yüzyılın başından kalma, komik renklere boyanmış sayısız küçük ev. Yerel nüfusun zenginliğini ele veren bir yığın banka ve tasarımcı mağazası. Elbette Christian buraya uygundu.

"Neden Aspen'i seçtin?" diye sordum.

"Ne?" Bana anlamayan gözlerle baktı.

"Bir ev almak için."

"Çocukken annem ve babam bizi buraya getirirlerdi. Kayak yapmayı burada öğrendim ve burayı severim. Umarım sen de seversin, aksi takdirde evi satıp başka bir yer seçmemiz gerekecek."

O kadar basitti yani!

Saçımın önüme düşen bir tutamını kulağımın arkasına sıkıştırdı. "Bugün çok hoş görünüyorsun," diye mırıldandı.

Yanaklarım kızardı. Üzerimde alt tarafı seyahat kıyafetlerim vardı. Kot pantolon, tişört ve lacivert, hafif kumaştan bir ceket. *Lanet olsun.* Neden utanıyordum ki?

Beni şefkatli, tatlı ve sevgi dolu bir şekilde öptü.

Taylor bizi kasabadan çıkardı ve dağ yolundan kıvrılarak vadinin diğer tarafına doğru tırmanmaya başladık. Yukarı çıktıkça heyecanlanıyordum, Christian ise geriliyordu.

Bir virajı dönerken, "Sorun ne?" diye sordum.

"Umarım beğenirsin," dedi. "Geldik."

Taylor yavaşladı ve gri, bej ve kırmızı taşlardan yapılma bir girişten geçti. Araç yolu boyunca ilerledi ve sonunda gösterişli bir binanın önünde durdu. Dik eğimli bir çatısı ve kapının her iki yanında sıralı pencereleri olan ev, koyu renk ahşap ve girişteki taşlardan inşa edilmişti. Göz alıcı, modern ve sadeydi; tam Christian'ın tarzıydı.

Misafirlerimiz minibüsten inerlerken, bana, "Evimiz," dedi.

"İyi görünüyor."

Bana bilim projesini ya da ona benzer bir şeyi göstermeye hazırlanıyormuş gibi ışıldayan gözlerle ve kaygılı ama heyecanlı bir sesle, "Gel. Bakalım," dedi.

Mia eşikte bir kadının durduğu kapının basamaklarını koşarak tırmandı. Kadın ufak tefekti ve kuzguni saçları griye dönmeye başlamıştı. Mia kadının boynuna atılıp sımsıkı sarıldı.

Minibüsten inmeme yardım eden Christian'a, "O kim?" diye sordum.

"Bayan Bentley. Kocasıyla birlikte burada yaşıyor. Eve göz kulak oluyorlar."

Aman Tanrım... Yeni çalışanlar ha?

Mia tanıştırma merasimine geçmişti. Önce Ethan'ı, ardından da Kate'i tanıştırdı. Elliot da Bayan Bentley'i kucakladı. Taylor minibüsü boşaltırken, Christian beni elimden tutup ön kapıya götürdü.

"Hoş geldiniz, Bay Grey." Bayan Bentley gülümsüyordu.

"Carmella, bu benim karım, Anastasia," dedi Christian gururlu. Adımı söyleyiş biçimi kalbimin yerinden oynamasına neden oldu.

"Bayan Grey." Bayan Bentley beni saygıyla selamladı. El sıkıştık. Christian'a ailenin geri kalan kısmına davrandığından daha resmî davranmasına şaşırmamıştım.

"Umarım uçuşunuz iyi geçmiştir. Havanın hafta sonu boyunca iyi olması bekleniyor ama kesin olarak bilemeyiz tabii." Arkamızdaki koyu renk bulutları süzdü. "Öğle yemeği istediğiniz anda hazır." Koyu renk gözleri ışıldayarak gülümsedi. Ona hemen ısınmıştım.

Christian beni kucaklayarak ayaklarımı yerden kesti.

"Ne yapıyorsun?" diye ciyakladım.

"Sizi bir eşikten daha geçiriyorum, Bayan Grey."

Beni geniş holden içeri taşırken gülümsedim. Kısa bir öpücüğün ardından parke zemine, ayaklarımın üstüne indirdi. İç dekorasyon sadeydi ve bana Escala'daki salonu hatırlatmıştı: bembeyaz duvarlar, koyu renk ahşaptan mobilyalar ve soyut modern sanat eserleri. Hol, odaya hükmeden taş şöminenin etrafını çevreleyen üç kırık beyaz kanepenin bulunduğu geniş bir oturma alanına açılıyordu. Odaya sadece kanepelerin üstüne serpiştirilmiş yumuşak yastıklar renk katıyordu. Mia, Ethan'ı elinden tutup evin derinliklerine sürükledi. Arkalarından bakarken, Christian'ın gözleri kısılmış, dudakları incelmişti. Kafasını salladı ve bana döndü.

Kate yüksek sesle ıslık çalarak, "Güzel yer," dedi.

Etrafıma bakınınca, Elliot'ın valizler için Taylor'a yardım ettiğini gördüm. Bir kez daha, Kate'in bu evde Gia'nın da parmağı olduğunu bilip bilmediğini merak ettim.

Christian bana, "Evi gezmek ister misin?" diye sordu. Mia ve Ethan konusunda her ne düşündüyse şimdi silinmişti. Çok heyecanlı görünüyordu. Yoksa kaygılı mıydı? Ayırt etmesi güçtü.

"Elbette." Serveti beni bir kez daha afallatmıştı. Burası kaç para ederdi? Ve benim en ufak bir katkım olmamıştı. Kısa bir an için, Christian'ın beni Escala'ya ilk kez götürdüğü güne döndüm. O zaman da afallamıştım. Bilinçaltım, *Ama sonradan alıştın*, diye tısladı.

Christian kaşlarını çattı ama elimi tutup bana odaları gezdirdi. Son moda mutfak açık renk mermer tezgâhlar ve siyah dolaplardan oluşuyordu. Alt katta etkileyici bir şarap mahzeni ve plazma TV, yumuşak kanepeler ve bir bilardo masasının olduğu geniş bir oturma odası vardı. Christian beni bilardo masasına ağzım açık bakarken yakalayınca kıpkırmızı kesildim.

Gözlerinde ahlaksız bir pırıltıyla, "Bir el oynamak ister misin?" diye takıldı. Kafamı sallayınca, alnı bir kez daha kırıştı. Elimi yeniden tuttu ve beni bu kez üst kata çıkardı. Üst katta, her birinin ayrı banyosu olan dört yatak odası vardı.

Ana yatak odası inanılmazdı. Yatak kocamandı –evdeki yatağımızdan daha büyük– ve Aspen'e ve yemyeşil kocaman bir pencereye bakıyordu.

"Ajax Dağı," dedi Christian beni temkinli gözlerle süzerek. "Ya da Aspen Dağı, hangisini tercih edersen." Parmaklarını siyah kot pantolonun kemer halkalarına geçirmiş halde, eşikte duruyordu.

Başımı eğdim.

"Çok sessizsin," dedi.

"Çok hoş, Christian." Ve birden, delicesine Escala'ya dönmek isteği duydum.

Beş uzun adımda karşıma dikildi ve çenemi tutup dudaklarımı dişlerimin kıskacından kurtardı.

Gözlerini gözlerimden ayırmadan, "Sorun ne?" diye sordu.

"Çok zenginsin."

"Evet."

"Bazen servetinin büyüklüğü karşısında şaşırıp kalıyorum."

"Servetimizin."

Otomatik olarak, "Servetimizin," diye mırıldandım.

"Stres yapma, Ana, lütfen. Alt tarafı bir ev."

"Gia burada tam olarak ne yaptı?"

"Gia?" Şaşkın bir ifadeyle kaşlarını kaldırdı.

"Evet. Burayı yeniden tasarlayan oydu, değil mi?"

"Evet. Alt kattaki oturma odasını tasarladı. İnşaatını Elliot yaptı." Elini saçlarının arasından kaydırırken bana çatık kaşlarla baktı. "Neden Gia'dan bahsediyoruz?"

"Elliot'la bir kaçamak yaşadıklarını biliyor muydun?"

Christian bir an anlaşılmaz bir ifadeyle baktı. "Elliot, Seattle'ın büyük çoğunluğunu becermiştir, Ana."

İç geçirdim.

"Anladığım kadarıyla daha çok kadınları," diye espri yaptı. Sanırım ifadem ona komik gelmişti.

"Hayır!"

Christian başını eğdi. "Gerçi beni ilgilendirmez." Ellerini havaya kaldırdı.

"Kate'in bildiğini sanmıyorum."

"Bunu herkese anlattığını ben de sanmıyorum. Kate de bildiklerini kendine saklar gibi görünüyor"

Şok olmuştum. Tatlı, mütevazı, sarışın, mavi gözlü Elliot? Hayret içinde bakakaldım.

Christian başını yana eğerek beni süzdü. "Mesele Gia ya da Elliot'ın önlerine çıkan herkesle yatmaları olamaz."

"Biliyorum. Özür dilerim. Bu hafta olanlardan sonra... ben sadece..." Birden ağlamaklı hissederek omuz silktim. Christian rahatlamışa benziyordu. Beni kollarının arasına çekti ve sımsıkı sarılarak burnunu saçlarımın arasına gömdü.

"Biliyorum. Ben de üzgünüm. Gevşeyelim ve keyfimize bakalım, olur mu? Burada kalabilir, kitap okuyabilir, televizyonda berbat şeyler izleyebilir, alışverişe gidebilir, yürüyüşe hatta balık tutmaya gidebilirsin. Ve Elliot hakkında söylediklerimi unut. Patavatsızlık ettim."

Burnumu göğsüne sürterek, "Neden sana sürekli takıldığını açıklıyor aslında," diye mırıldandım.

"Geçmişim konusunda gerçekten en ufak bir fikri yok. Sana söyledim. Ailem eşcinsel olduğumu sanıyordu."

Kıkırdadım ve kollarının arasında gevşemeye başladım. "Ben de bekârlık yemini ettiğini sanıyordum. Ne kadar yanılmışım." Kollarımı ona sararken Christian'ın eşcinsel sanılmasının ne kadar saçma olduğunu düşündüm.

"Bayan Grey, yoksa bana gülüyor musunuz?"

"Belki biraz," diye kabul ettim. "Biliyor musun, asıl anlamadığım, neden bu evi aldığın."

"Ne demek istiyorsun?" Saçımı öptü.

"Teknen olmasını anlıyorum ve iş için New York'ta bir yerin var ama buradaki neden? Birlikte geldiğin kimse de yoktu."

Christian durdu ve birkaç saniye boyunca sessiz kaldı. "Seni bekliyordum," dedi yumuşacık bir sesle. Gözleri ışıltılı, koyu bir griye dönmüştü.

"Bu... bunu söylemen çok hoş."

"Bu doğru. O zaman bilmiyordum." Mahcup gülümsemesiyle güldü.

"Beklediğin için memnunum."

"Siz beklenmeye değersiniz, Bayan Grey." Parmağıyla çenemi yukarı kaldırdı ve başını eğip beni şefkatle öptü.

"Siz de öyle." Gülümsedim. "Gerçi kendimi hile yapmış gibi hissediyorum. Senin için hiç beklemem gerekmedi."

Sırıttı. "O kadar büyük bir ödül müyüm?"

"Christian sen piyangosun, kansere çaresin ve Aladdin'in lambasındaki üç dileğin bir araya gelmiş halisin."

Tek kaşını kaldırdı.

"Bunu ne zaman anlayacaksın?" diye azarladım. "Sen birçok kadının evlenmek için can atacağı bir adamsın. Ve sebebi bunlar değil." Elimle etrafımızdaki lüksü işaret ettim. "Burası." Elimi kalbinin üstüne koyunca, gözleri iri iri açıldı. Kendinden emin, seksi kocam gitmişti; karşımda kayıp bir çocuk vardı. "İnan bana, Christian, lütfen," diye fısıldayarak yüzünü tuttum ve dudaklarını dudaklarıma çektim. İnledi. Nedeni söylediğim şey miydi yoksa şehvet miydi bilmiyordum. Dudaklarımı dudakları üzerine örterek ve dilimle ağzını istila ederek onu öptüm.

İkimiz de nefessiz kalınca geri çekildi ve beni şüpheli gözlerle süzdü.

Kızgınlıkla, "Seni sevdiğimi o olağanüstü kalınlıktaki kafana ne zaman sokacaksın?" diye sordum.

Yutkundu. "Bir gün," dedi.

Bu bir ilerleme sayılırdı. Gülümsedim ve onun mahcup gülümsemesiyle ödüllendirildim.

"Gel. Öğle yemeği yiyelim. Diğerleri nerede kaldığımızı merak edecekler. Ne yapmak istediğimizi de konuşabiliriz."

"Ah, hayır!" dedi Kate birden.

Bütün gözler ona çevrildi.

"Bakın," diyerek pencereyi işaret etti. Dışarıda bardaktan boşanırcasına bir yağmur başlamıştı. Bayan Bentley'nin hazırladığı karışık mezelerden oluşan İtalyan ziyafetini ve bir ya da iki şişe Frascati'yi mideye indirmiş halde, mutfaktaki koyu ahşap masanın etrafında oturuyorduk. Tıka basa doymuş ve alkolün etkisiyle biraz mayışmıştım.

Elliot, "Bizim yürüyüş yalan oldu," diye mırıldanırken biraz rahatlamış gibiydi. Kate ona yüzünü buruşturarak baktı. İkisinin arasında kesinlikle bir şeyler dönüyordu. Hepimize karşı son derece rahat ama kendi aralarında gergindiler.

Mia, "Kasabaya inebiliriz," diye şakıdı. Ethan ona sırıttı.

Christian, "Balığa çıkmak için mükemmel bir hava," dedi.

"Ben tercihimi balıktan yana kullanıyorum," dedi Ethan.

Mia el çırptı. "Ayrılalım. Kızlar alışverişe, oğlanlar sıkıcı doğa zımbırtıları yapmaya."

Mia'ya hoşgörüyle bakan Kate'e döndüm. Balık ya da alışveriş. Tanrım müthiş seçeneklerdi ama.

Christian, "Ana, sen ne yapmak istersin?" diye sordu.

"Bana her şey uyar," diye yalan söyledim.

Kate benimle gözgöze geldi ve dudaklarını "alışveriş" diye oynattı. Belki de konuşmak istiyordu.

"Ama alışverişe gitmek daha cazip geliyor." Kate ve Mia'ya gülümsedim. Christian sırıttı. Alışverişten nefret ettiğimi biliyordu.

"İstersen ben burada seninle kalabilirim," diye mırıldandı. Ses tonu, karanlık bir hissin kasıklarıma yayılmasına neden oldu.

"Hayır, sen balık tutmaya git," diye cevapladım. Christian'ın erkeklerle zaman geçirmeye ihtiyacı vardı.

Kate masadan kalkarken, "Anlaştık o zaman," dedi.

Christian, "Taylor size eşlik eder," dedi. Bu tartışmaya açık olmayan bir talimattı.

Kate açık bir şekilde, "Bebek bakıcısına ihtiyacımız yok," diye çıkıştı.

Elimi Kate'in koluna yerleştirdim. "Kate, Taylor'ın gelmesi iyi olur."

Kaşlarını çattı, omuz silkti ve hayatında ilk kez dilini tuttu.

Christian'a mahcup bir ifadeyle gülümsedi. Yüzü kayıtsızdı. Ah, Kate'e kızmadığını umdum.

Elliot'un kaşları çatıldı. "Saatim için kasabadan pil almam gerek." Kate'e hızlı bir bakış atarken hafifçe kızardığını gördüm. Kate bunu fark etmedi çünkü onu kasten görmezden geliyordu.

"Audi'yi al, Elliot. Balığa döndüğün zaman çıkarız," dedi Christian.

Elliot, "Tamam," diye mırıldandı ama dalgın görünüyordu. "İyi plan."

"Buraya girelim." Mia elimi tuttu ve beni pembe saten ve Fransız tarzı eskitilmiş mobilyalarla dolu bir tasarım mağazasına sürükledi. Kate de bizi takip etti ve Taylor, yağmurdan korunmak için mağazanın tentesinin altına sığındı. Mağazanın hoparlörlerinden Aretha'nın *Say a Little Prayer*'ı[12] yayılıyordu. Bu şarkıyı seviyordum. Christian'ın iPod'una yüklemeliydim.

"Bu sende harika durur." Mia gümüş rengi bir kumaş parçasını havaya kaldırmıştı. "Al, bir dene."

"Şey... biraz kısa."

"İçinde harika görüneceksin. Christian bayılacak."

"Öyle mi diyorsun?"

---

12 (İng.) Bir dua oku. (ç. n.)

Mia bana gülümsedi. "Ana, muhteşem ötesi bacakların var ve..." Kolay avı sezinleyerek gülümsedi. "... bu akşam bir kulübe gidersek, kocana çok seksi görüneceksin."

Biraz şaşırarak gözlerimi kırpıştırdım. Kulübe mi gidecektik? Ben gece kulüplerine gitmezdim ki.

Kate ifademe güldü. Elliot'tan uzaklaşmak onu rahatlatmış gibiydi. "Bu akşam biraz dans etsek iyi olacak," dedi.

Mia, "Haydi git, dene," diye emretti ve hiç istemeyerek giyinme odasına yürüdüm.

Kate ve Mia'nın giyinme odasından çıkmalarını beklerken, mağazanın vitrinine yürüdüm ve etrafı görmeyen gözlerle ana caddeye baktım. Soul şarkılar birbiri ardına çalmaya devam ediyordu: Dionne Warwick, *Walk on By*'ı[13] söylüyordu. Harika bir şarkı daha; annemin en sevdiklerinden biriydi. Elimdeki "elbiseye" baktım. Elbise kelimesi fazla kaçıyordu. Arkası açık ve fazla kısaydı ama Mia harika olduğu ve bütün gece dans etmek için kusursuz bir seçim olduğu konusunda ısrar etmişti. Görünüşe bakılırsa ayakkabılara ve büyük, kısa bir kolyeye de ihtiyacım olacaktı; buradan sonra o işi halletmeye gidecektik. Gözlerimi devirerek, özel alışveriş asistanım Caroline Acton'a sahip olduğum için ne kadar şanslı olduğumu düşündüm.

Butiğin vitrininden bakarken, gözüm Elliot'a takıldı. Ağaçlarla çevrili anayolun karşı tarafındaki bir Audi'den iniyordu. Yağmurdan kaçmak ister gibi, kafasını eğerek bir dükkâna daldı. Bir mücevher mağazasına benziyordu... Belki de saati için pil arıyordu. Birkaç dakika sonra dışarı çıktı... Yalnız değildi. Yanında bir kadın vardı.

Siktir. Gia'yla konuşuyordu. *Gia burada ne halt ediyordu ki?*

Ben izlerken kısaca kucaklaştılar. Gia kafasını arkaya atmış, Elliot'un söylediği bir şeye neşeyle gülüyordu. Elliot yanağını öptü

13 (İng.) Geçip git. (ç. n.)

ve bekleyen arabasına döndü. Gia döndü ve cadde boyunca yürümeye başladı. Ve ben ağzım bir karış açık, arkasından bakakaldım. Bu da neydi? Kaygıyla soyunma kabinlerine döndüm ama ne Mia ne de Kate ortalıkta görünmüyorlardı. Mağazanın önünde bekleyen Taylor'a baktım. Gözgöze geldik ve omuz silkti. Elliot'un küçük buluşmasına o da şahit olmuştu. Merakla gözetlerken yakalandığım için biraz utanarak kızardım. Arkama döndüğümde, Mia ve Kate gülerek kabinlerden çıkıyorlardı. Kate bana soran gözlerle baktı.

"Sorun ne, Ana?" diye sordu. "Yoksa elbise konusunda şüpheye mi düştün? İçinde muhteşem görünüyorsun."

"Şey, hayır."

"Sen iyi misin?" Kate'in gözleri irileşti.

"İyiyim. Ödeme yapalım mı?" Kasaya yürüyüp kendine iki etek seçmiş olan Mia'ya katıldım.

Dudaklarında daha önce bir arada görmediğim kadar çok parlatıcı olan genç satış asistanı gülümseyerek, "İyi günler, hanımefendi," dedi. "Alışverişiniz sekiz yüz elli dolar tutuyor."

Ne? Bu kumaş parçası için mi? Ona gözlerimi kırpıştırarak baktım ve hiç sesimi çıkarmadan Amex'imi uzattım.

Bayan Parlak Dudak, "Bayan Grey," diye mırıldandı.

Sonraki iki saat boyunca, sersem bir halde, kendimle çatışarak Kate ile Mia'nın peşinde dolaştım. Kate'e söylemeli miydim? Bilinçaltım kararlılıkla kafasını salladı. Evet, söylemeliydim. Hayır, söylememeliydim. Masum bir karşılaşma da olabilirdi. *Kahretsin.* Ne yapmalıydım?

"Ayakkabılarını beğendin mi, Ana?" Mia yumruklarını kalçalarına dayamıştı.

"Şey... evet, tabii." Kayışları aynadan yapılmış gibi görünen, inanılmaz yüksek topuklu bir çift Manolo Blahnik'te karar kılmıştım. Elbiseyle mükemmel bir uyum içindeydiler ve Christian'ın bütçesinde bin doları aşan bir gedik açmışlardı. Kate'in almam konusunda ısrar ettiği uzun gümüş zincir konusunda daha şanslıydım; seksen dört dolarlık fiyatıyla kelepirdi.

Arabaya dönerken Kate kibar bir sesle, "Çok paran olmasına alışıyor musun?" diye sordu. Mia önden yürüyordu.

"Böyle biri olmadığımı biliyorsun, Kate. Bütün bunlardan biraz rahatsızım. Ama güvenilir bir kaynaktan bunun da paketin parçası olduğuna dair bilgi aldım." Dudaklarımı büzdüm. Kolunu omzuma attı.

"Alışacaksın, Ana," dedi sempatik bir tavırla. "Harika görüneceksin."

"Kate, sen ve Elliot nasılsınız?" diye sordum.

İri mavi gözleri hızla bana çevrildi.

Ah, hayır.

Kafasını salladı. "Bunu şu anda konuşmak istemiyorum." Başıyla Mia'yı işaret etti. "Ama işler..." cümlenin devamını getirmedi.

Hiç de benim güçlü Kate'im gibi değildi. *Kahretsin.* Bir şeylerin yolunda gitmediğini biliyordum. Ona gördüklerimi söylemeli miydim? Ne görmüştüm? Elliot ve Bayan Çok Bakımlı Yırtıcı Seks Hayvanı konuşmuş, kucaklaşmış ve yanaktan öpüşmüşlerdi. Elbette eski arkadaşlardı o kadar. Hayır, ona anlatmayacaktım. Şu anda olmazdı. Ona tamamen-anlıyorum-ve-mahremiyetine- saygı-duyacağım bakışımı gönderdim. Elime uzanıp minnetle sıktı ve bir göz kırpışıyla bastırdığı acı ve incinme ifadesini gördüm. Canım arkadaşım için ani bir koruma güdüsüyle doldum. Erkek Orospusu Elliot Grey nasıl bir oyun oynuyordu?

Eve dönünce, Kate alışveriş çılgınlığımızın üstüne kokteyli hak ettiğimize karar verdi ve bizim için çilekli bir kokteyl hazırladı. Gürül gürül yanan ateşin karşısına, kanepelere kıvrıldık.

Kate alevlere bakarak, "Elliot son zamanlarda biraz mesafeli," diye mırıldandı. Mia aldıklarını yerleştirmek üzere odasına çekilince, Kate ve ben nihayet baş başa kalmıştık.

"Öyle mi?"

"Ve sanırım senin başını belaya soktuğum için başım belada."

"Duydun mu?"

"Evet. Christian, Elliot'u, Elliot da beni aradı."

Gözlerimi devirdim. *Ah, Elli, Elli, Elli.*

"Üzgünüm. Christian... korumacı biri. Kokteylgate'ten beri Elliot'u görmüyor musun?"

"Hayır."

"Ah."

"Ondan gerçekten hoşlanıyorum, Ana," diye fısıldadı. Ve bana korkunç gelen bir an için, ağlayacağını sandım. Bu hiç Kate'ten beklenecek bir şey değildi. Pembe pijamaların geri döneceği anlamına mı geliyordu? Bana döndü.

"Ben ona âşık oldum. İlk başta sadece harika seks yüzünden olduğunu sandım. Ama o çekici ve nazik ve içten ve komik. Birlikte yaşlandığımızı hayal edebiliyorum. Bilirsin... Çocuklar, torunlar. Her şey..."

"Mutlu sonun olduğunu yani," diye fısıldadım.

Hüzünle kafasını salladı.

"Belki de onunla konuşmalısın. Burada başbaşa kalacağınız bir zaman yakalamaya çalış. Onu kemiren şeyin ne olduğunu öğren."

Bilinçaltım, *Kemiren kişinin,* diye hırladı. Kendi düşüncelerimin şımarıklığına şaşırarak, onu bir tokatla susturdum.

"Belki de ikiniz yarın sabah bir yürüyüşe çıkabilirsiniz."

"Bakarız."

"Kate, seni böyle görmekten nefret ediyorum."

Cılız bir gülümsemeyle bakınca, onu kucaklamak için eğildim. Gia'dan bahsetmemeye karar verdim. Gerçi erkek orospusunun kendisine bahsedebilirdim. Arkadaşımın duygularını nasıl allak bulak edebilirdi?

Mia geri geldi ve daha gündelik konuşmalara geri döndük.

Ben son kütüğü atınca ateş tısladı ve şöminenin içinde kıvılcımlar uçuştu. Odunumuz bitmek üzereydi. Yaz günü olmasına rağmen, bu yağmurlu günde ateş çok iyi gelmişti.

Kokteylimi yudumlarken, "Mia, ateş için odunların nerede saklandığını biliyor musun?" diye sordum.

"Sanırım garajda."

"Gidip biraz odun alayım. Böylece biraz keşif yapma imkânım olur."

Dışarı çıkıp evin bitişiğindeki üç arabalık garaja yöneldiğimde yağmur hafiflemişti. Yan kapı kilitli değildi. İçeri girdim ve ışığı yaktım. Floresan lambalar hafif bir ses çıkararak yandılar.

Garajda bir araba vardı. Bu öğleden sonra Elliot'u gördüğüm Audi olduğunu fark ettim. Ayrıca iki de kar motosikleti vardı. Ama asıl dikkatimi çeken 125cc'lik iki patika motosikleti oldu. Ethan'ın büyük bir cesaret örneği göstererek bana bunlardan birini kullanmayı öğretme girişiminin anıları zihnimde canlandı. Bilinçsizce, o denemede düşerek fena halde yaraladığım kolumu ovaladım.

Elliot arkamdan, "Kullanmayı biliyor musun?" diye sordu.

Hızla arkama döndüm. "Dönmüşsün."

"Evet." Sırıttı ve o anda Christian'ın da aynı şeyi –ama o kocaman, insanın içi eriten gülümseme olmadan– söyleyeceğini fark ettim. "Eee?" diye sordu.

Erkek orospusu! "Sayılır."

"Binmek ister misin?"

Homurdandım. "Şey, hayır, Christian'ın binmemden çok hoşlanacağını sanmam."

"Christian burada değil." Elliot sırıttı -ah bu bir aile geleneğiydi- ve yalnız olduğumuzu göstermek için kolunu salladı. Ona en yakın motosiklete yürüdü ve kot pantolonlu uzun bacağını selenin üstünden atıp yerleşerek gidonu tuttu.

"Christian'ın.... şey... güvenliğimle ilgili endişeleri var. Binmemeliyim."

"Her zaman o ne derse onu mu yaparsın?" Elliot'un bebek mavisi gözlerinde muzip bir ışıltı vardı ve bir an kötü çocuğun, Kate'in âşık olduğu kötü çocuğun pırıltısını gördüm. Detroitli kötü çocuk.

"Hayır." Kızgın gibi görünmeye çalışarak kaşımı kaldırdım. "Bu sorunumuzu çözmeye çalışıyorum. Endişeleneceği yeterince şey var zaten, ben de yeni sorunlar yaratmak istemiyorum. O döndü mü?"

"Bilmiyorum."

"Sen balık tutmaya gitmedin mi?"

Elliot kafasını salladı. "Kasabada halletmem gereken bir işim vardı."

İş! Tanrı aşkına. Bakımlı sarışınla ne işin olabilir! Keskin bir nefes aldım ve ona baktım.

"Madem binmek istemiyorsun, garajda işin ne?" Elliot merak etmiş görünüyordu.

"Ateş için odun arıyorum."

"Demek buradasın. Ah, Elliot dönmüşsün." Kate konuşmamızın arasına girdi.

"Hey, bebek." Elliot'un yüzünde kocaman bir gülümseme belirdi.

"Bir şeyler yakalayabildiniz mi?"

Elliot'un tepkisini dikkatle süzdüm. "Hayır. Benim kasabada halletmem gereken birkaç şey vardı." Ve bir an için, yüzünden belirsiz bir ifadenin geçip gittiğini gördüm.

Ah kahretsin.

"Ana'nın dönmesinin neden bu kadar uzun sürdüğüne bakmaya gelmiştim." Kate bize kafası karışmış gibi bakıyordu.

Elliot, "Havadan sudan sohbet ediyorduk," dedi ve aralarındaki gerilimin çatırtısını duyar gibi oldum.

Dışarıda bir arabanın durduğunu duyunca hepimiz duraksadık. *Ah, Christian* dönmüştü. Tanrıya şükür. Garaj kapısının kolu gürültü çıkararak hareket etti ve kapı ağır ağır kalkarken, Christian ve Ethan'ı siyah renkli, açık kasalı bir kamyoneti boşaltırken bulduk. Christian bizi garajda dikilirken görünce durdu.

İçeri girip bana doğru yürürken, alaycı bir sesle, "Garaj orkestrası mı kursunuz?" diye sordu.

Sırıttım. Onu görmek beni rahatlatmıştı. Yağmurluğunun altına Clayton's'da benim ona sattığım tulumu giymişti.

Kate ve Elliot'u yok sayarak, soran gözlerle bana baktı ve, "Merhaba," dedi.

"Merhaba. Güzel tulumlu."

"Bir yığın cebi var. Balık tutmak için çok elverişli." Sesi çok yumuşak ve baştan çıkarıcıydı ve bana bakarkenki ifadesi çok seksiydi.

Kızardım. Yüzünde bana özel, kocaman ve sınır tanımayan gülümsemesi belirdi.

"Islanmışsın," diye mırıldandım.

"Yağmur yağıyordu. Sizin garajda ne işiniz var?" Yalnız olmadığımızı nihayet fark etmiş gibiydi.

"Ana odun almaya gelmiş." Elliot tek kaşını kaldırdı. Kulağa müstehcen bir şey gibi gelmesini sağlamayı bir şekilde başarmıştı.

“Onu bir tur atmaya ikna etmeye çalıştım.” Çifte anlam yüklemek konusunda ustaydı.

Christian’ın yüzü düşerken kalbim duracak gibi oldu.

“İstemedi. Sen hoşlanmazmışsın,” dedi Elliot kibarca.

Christian’ın gri bakışları bana çevrildi. “Öyle mi?” diye mırıldandı.

Kate, “Bakın, Ana’nın sonra ne yaptığını dinlemeye karşı değilim ama içeri girsek mi artık?” diye çıkıştı. Eğildi, iki kütük aldı, hızla döndü ve ayaklarını yere vurarak kapıya yürüdü. Ah kahretsin. Kate kızmıştı ama bana kızmadığını biliyordum. Elliot iç geçirdi ve tek kelime etmeden, Kate’in peşinden çıktı. Arkalarından baktım ama Christian dikkatimi dağıttı.

Hayret dolu bir sesle, “Sen motosiklet kullanabiliyor musun?” diye sordu.

“Çok iyi değil. Ethan öğretmişti.”

Gözleri derhal soğudu. “Doğru kararı vermişsin,” derken, sesi çok daha soğuktu. “Şu anda zemin hayli ağır ve yağmur da yolları çok kayganlaştırdı.”

Ethan dışarıdan, “Balık tutma malzemelerini nereye koymamı istersin?” diye seslendi.

“Kalsın, Ethan. Taylor halleder.”

“Ya balıkları?” diye üstelerken, Ethan’ın sesi bir miktar alaycıydı.

Şaşkınlık içinde, “Balık mı tuttun?” diye sordum.

“Ben değil. Kavanagh.” Christian dudaklarını sarkıttı... ve çok şirin göründü.

Bir kahkaha koyverdim.

“Bayan Bentley icabına bakar,” diye seslendi. Ethan sırıtarak eve yöneldi.

“Sizi eğlendiriyor muyum, Bayan Grey?”

“Çok. Islaksın... Küveti doldurayım...”

"Sen de bana katılacaksan tamam." Christian eğilip beni öptü.

Odamızdaki banyonun yumurta biçimindeki küvetini doldurdum. İçine döktüğüm pahalı banyo köpüğü derhal köpürdü. Kokusu müthişti... Yasemin esansıydı sanırım. Küvet dolarken, elbiseyi dolaba asmaya gittim.

Christian odaya girer girmez, "İyi vakit geçirdin mi?" diye sordu. Üzerinde sadece bir tişört ile eşofman altı vardı ve ayakları çıplaktı. Kapıyı arkasından kapattı.

"Evet," diye mırıldanarak onu süzdüm. Onu özlemiştim. Aptalcaydı. Ne kadar olmuştu ki? Birkaç saat mi?

Başını yana yatırıp bana baktı. "Ne oldu?"

"Seni ne kadar özlediğimi düşünüyordum."

"Sesinize bakılırsa, abayı fena yakmışsınız, Bayan Grey."

"Yaktım, Bay Grey."

Ağır adımlarla bana yaklaştı ve tam karşımda durdu. "Ne aldın?" diye fısıldadı ama amacının konuyu değiştirmek olduğunu biliyordum.

"Bir elbise, ayakkabı ve bir kolye. Parandan büyük bir miktar harcadım." Ona suçlulukla baktım.

Keyiflendi. "İyi," diye mırıldandı ve bir tutam saçımı kulağımın arkasına itti. "Ve milyonuncu kez söylüyorum, benim değil bizim paramız." Çenemi tutup dudaklarımı dişlerimin arasından kurtardı ve işaret parmağını tişörtümün önünde dolaştırdıktan sonra, göğüs kafesimin üstünden, memelerimin arasından karnıma, oradan tişörtümün etek ucuna indirdi.

"Banyoda buna ihtiyacın olmayacak," diye fısıldadı ve tişörtü iki eliyle tutup başımdan sıyırdı. "Kaldır kollarını."

Gözlerimi onunkilerden ayırmadan itaat ettim. Tişörtümü yere attı.

"Sadece banyo yapacağız sanıyordum." Nabzım hızlanmıştı.

"Önce seni iyice kirletmek istiyorum," dedi. "Ben de seni özledim." Ve eğilip beni öptü.

"Kahretsin! Su!" Orgazm sonrası mahmurluğu içinde ve sersemlemiş bir halde doğrulmaya çalıştım.

Christian beni bırakmadı.

"Christian, banyo!" Göğsünün üzerinde yüzükoyun yatarken ona baktım.

Güldü. "Gevşe, sonuçta ıslak zemin." Yuvarlandı ve beni çabucak öptü. "Ben musluğu kapatırım."

Yataktan bütün zarafetiyle inip banyoya yürüdü. Gözlerim açlıkla onu izliyordu. Hımm. Kocam çıplak ve birazdan ıslak olacak. Yataktan fırladım.

Ağzına kadar dolu olduğu için her hareketimizde yanlarından suların taştığı ve yere sıçradığı küvetin iki ucunda karşılıklı oturuyorduk. Çok keyif vericiydi. Daha da keyif verici olan, Christian'ın ayağımı yıkaması, tabanlarıma masaj yapması ve ayak parmaklarımı usul usul çekiştirmesiydi. Hepsini tek tek öptü ve minik parmağımı yavaşça ısırdı.

"Ahh..." Ta *orada* hissettim. Kasığımda.

"Hoşuna gitti mi?" diye soludu.

Anlaşılmaz bir mırıltı koyverdim. "Hımm."

Tekrar masaja başladı. Ah, bu harikaydı. Gözlerimi yumdum.

"Kasabada Gia'yı gördüm," diye mırıldandım.

"Gerçekten mi? Sanırım buralarda bir evi var," dedi geçiştirir gibi. Hiç ama hiç ilgilenmemişti.

"Elliot'la birlikteydiler."

Masajı kesti. İşte bu dikkatini çekmişti. Gözlerimi açtığımda, anlamamış gibi başını yana yatırmıştı.

Kafası karışmış gibi, "Birlikteydiler derken ne demek istiyorsun?" diye sordu.

Gördüklerimi anlattım.

"Ana, onlar sadece arkadaşlar. Elliot'un Kate'e bayağı vurulmuş olduğunu sanıyorum." Duraksadı ve daha alçak sesle ekledi. "Aslına bakarsan, bayağı vurulduğundan eminim." Ve bana neden-olduğunu-anlamıyorum-ama bakışını attı.

Arkadaşımı savunmaya geçerek, "Kate muhteşemdir," dedim.

Bir homurtu çıkardı. "Ofisime düşen sen olduğun için hâlâ memnunum." Başparmağımı öptü, sol ayağımı bıraktı ve masaj işlemine yeniden başlamadan önce sağ ayağıma geçti. Parmakları o kadar güçlü ve esnekti ki, tekrar gevşeyiverdim. Kate için tartışmak istemiyordum. Gözlerimi yumdum ve parmaklarının sihirlerini konuşturmalarına izin verdim.

Bana bakan vamp kadını tanıyamayarak, şaşkınlıktan bir karış açık bir ağızla boy aynasına bakıyordum. Kate kendini kaybetmiş ve benimle Barbie bebekle oynar gibi oynamış, saçlarımı ve makyajımı yapmıştı. Saçlarım açık ve dümdüz, gözlerim koyu renk farlı, dudaklarım kıpkırmızıydı. Bu halimle... seksi görünüyordum. Bacaktan ibaret gibiydim. Hele yüksek topuklu Manolo'larım ve teşhircilik derecesinde kısa elbisemle. Her ne kadar içimde tenimin bu kadar büyük kısmının açıkta olmasından hoşlanmayacağına dair korkunç bir his olsa da Christian'ın onayını almam gerekiyordu. Dostluk anlaşmamız doğrultusunda, ona sormam gerektiğine karar verdim. BlackBerry'mi aldım.

Kimden: Anastasia Grey
Konu: Popom Bunun İçinde Büyük Görünüyor mu?
Tarih: 27 Ağustos 2011 18:53 Yerel Saat
Kime: Christian Grey

Bay Grey

Terzilik görüşünüze ihtiyacım var.

Saygılarımla

Bayan G x

Kimden: Christian Grey
Konu: Nefis
Tarih: 27 Ağustos 2011 18:55 Yerel Saat
Kime: Anastasia Grey

Bayan Grey

Ciddi anlamda şüphelerim var.

Ama emin olmak için gelip poponuzu ayrıntılı bir incelemeden geçireceğim.

Heyecan dolu saygılarımla

Bay G x
Christian Grey
CEO, Grey Şirketler Topluluğu ve Popo Teftiş Kurulu

Ben e-postasını okurken kapı açıldı ve Christian eşikte donakaldı. Ağzı bir karış açılmış ve gözleri irileşmişti.

Kahretsin... Olay iki yöne de gidebilirdi.

"Eee?" diye fısıldadım.

"Ana, sen... Vay canına."

"Beğendin mi?"

"Evet, sanırım." Sesi biraz boğuktu.

Odanın içine ağır bir adım attı ve kapıyı kapattı. Üzerinde bir kot pantolon ve beyaz gömlek vardı ama bu kez siyah ceket giymişti. Tanrısal bir görüntüsü vardı. Ağır adımlarla bana yaklaştı ve ulaşır ulaşmaz, ellerini omzuma koydu ve arkama geçerek beni boy aynasına doğru çevirdi. Gözlerim aynada onunkileri buldu sonra, büyülenmiş gibi, bakışlarını çıplak sırtımdan aşağıya indirdi. Parmağı belkemiğimden aşağı kaydı ve açık renk tenimin gümüş rengi kumaşla buluştuğu bel çukurumda elbisemin kenarına ulaştı.

"Çok açık," diye mırıldandı.

Eli daha aşağı kaydı ve popomu sıyırarak çıplak bacağıma dokundu. Gri gözleri, mavi gözlerimi delip geçerken duraksadı. Sonra parmağını tekrar eteğimin kenarına getirdi.

Uzun parmaklarının tenimde böyle dolaşmasını izlerken ve arkalarında bıraktıkları karıncalanmayı hissederken, ağzım kusursuz bir O biçimini almıştı.

"Buradan..." Etek ucuna dokunduktan sonra parmaklarını yukarı doğru hareket ettirdi. "... burası çok uzak değil," diye fısıldadı. Parmakları cinsel organımı okşarken ve beni baştan çıkaran hareketlerle külotumun üstünde kayarken iç geçirdim.

"Yani?" diye fısıldadım.

"Söylemeye çalıştığım... buradan..." Parmakları külotumun üstünden kaydı ve sonra biri kumaşın altında, yumuşak ve nemlenmiş etime dokundu. "... burası uzak değil. Ve.... Burası." Bir parmağını içime kaydırdı.

İç geçirdim ve miyavlar gibi, yumuşacık bir ses çıkardım.

Kulağıma, "Bu benim," diye fısıldadı. Gözlerini yumdu ve parmağını ağır ağır, içeri dışarı hareket ettirmeye başladı. "Bunu başka kimsenin görmesini istemiyorum."

Nefesim kesildi ve hızlanan soluğum parmağının ritmine ayak uydurdu. Aynada onu bunu yaparken izlemek... aşırı erotikti.

"Bu yüzden, uslu bir kız ol ve sakın eğilme. O zaman sorun çıkmaz."

"Onaylıyor musun yani?" diye fısıldadım.

"Hayır, ama giymene mani olmayacağım. Muhteşem görünüyorsun, Anastasia." Ani bir hareketle parmağını çekti ve beni daha fazlasını ister halde bırakıp karşıma geçti. İstilacı parmağının ucunu alt dudağıma değdirdi. İçgüdüsel olarak dudaklarımı büzüp parmağını öptüm ve ahlaksız bir sırıtışla ödüllendirildim. Parmağını ağzına soktu ve ifadesi bana tadımın güzel... çok güzel olduğu yönündeydi. Kızardım. Bunu yapması beni her zaman şaşırtacak mıydı?

Elimi tuttu.

Yumuşak bir sesle, "Gel," diye emretti. Zaten gelmek üzere olduğumu söyleyecektim ki dün oyun odasında yaşananların ışığında, söylememeye karar verdim.

Şehirde şık ve seçkin bir restoranda tatlılarımızı bekliyorduk. Şu ana kadar çok hareketli bir akşam olmuştu ve Mia bu hareketliliğin sürmesi ve bir kulübe gitmemiz konusunda kararlıydı. Şu anda sessizce oturuyor ve Christian'la konuşan Ethan'ın ağzından çıkan her kelimeyi dikkatle dinliyordu. Mia'nın Ethan'a âşık olduğu her halinden belliydi. Ethan'a gelince... Şey, emin olması güçtü. Sadece arkadaş mıydılar yoksa daha fazlası var mıydı, bilmiyordum.

Christian rahat görünüyordu. Ethan'la keyifli bir sohbet halindeydi. Görünüşe bakılırsa, balık avı sırasında yakınlaşmış gibi görünüyorlardı. Sohbetin ana konusu psikolojiydi. İşin tuhaf yanı, Christian'ın daha bilgili görünmesiydi. Sohbetlerini kısmen dinlerken,

Christian'ın uzmanlığının sayısız psikiyatrla tecrübesinin sonucu olduğunu üzüntüyle fark edip cılız bir homurtu koyverdim.

En iyi terapi sensin. Bir sevişmemiz esnasında fısıldadığı sözler zihnimde yankılandı. Öyle miydim? *Ah, Christian, umarım öyleyimdir.*

Kate'e baktım. Güzel görünüyordu ama her zaman güzel görünürdü zaten. O ve Elliot az konuşuyorlardı. Elliot gergin görünüyordu; esprileri fazla gürültülü, kahkahası biraz tuhaftı. Kavga mı etmişlerdi acaba? İçini kemiren neydi? O kadın mı? En yakın arkadaşımı incitebileceğini düşününce keyfim kaçtı. Neredeyse Gia'nın bakımlı kıçını sallayarak, sakin bir tavırla içeri girdiğini görmeyi bekleyerek girişe baktım. Zihnim oyunlar oynuyordu; sanırım nedeni aldığım alkol miktarı olmalıydı. Başım sızlamaya başlamıştı.

Elliot ani bir hareketle ayağa fırlayıp sandalyesini gürültüyle geri iterek hepimizi irkiltti. Bütün gözler ona çevrildi. Bir an Kate'e baktı ve yanında dizlerinin üstüne çöktü.

Aman Tanrım.

Kate'in eline uzanırken, herkesin yemek yemeyi, konuşmayı ve yürümeyi bırakıp sadece onu izlediği restorana derin bir sessizlik çöktü.

"Benim güzel Kate'im. Seni seviyorum. Zarafetin, güzelliğin ve ateşli ruhunun bir benzeri daha yok ve kalbimi ele geçirdin. Hayatını benimle geçir. Evlen benimle."

Aman Tanrım!

BÖLÜM ON DÖRT

Restorandaki bütün dikkatler Kate ve Elliot'un üstüne çevrilmiş, nefesler tutulmuştu. Beklenti katlanılır gibi değildi. Sessizlik gergin bir lastik şerit gibi uzuyordu. Atmosfer bunaltıcı, kaygılı ama umutluydu.

Kate, beklentiyle –hatta korkuyla– iri iri açılmış gözlerini ona diken Elliot'a boş gözlerle bakıyordu. *Tanrı aşkına, Kate! Adamı bu sefaletten kurtar! Lütfen.* Tanrım, Elliot teklifini pekâlâ başbaşayken de yapabilirdi.

İfadesizliğini korusa da, Kate'in yanağından bir damla yaş süzüldü. Kahretsin! Kate ağlıyor muydu? Ardından yüzünde ağır ve hayret dolu bir Nirvana'ya-ulaştım gülümsemesi belirdi.

Nefes nefese ve tatlı bir uysallıkla, "Evet," diye fısıldadı. Hiç Kate'lik bir durum değildi. Bir nanosaniyelik bir duraksamanın ardından, koca restorandan toplu bir iç çekiş ve kulakları sağır eden bir gürültü yükseldi. Alkışlar, tezahüratlar, ıslıklar, çığlıklar ve birden, gözlerimden süzülen yaşlar Barbie ile Joan Jett karışımı makyajımı dağıttı.

İkisi etraflarındaki cümbüşten tamamen bihaber halde kendi küçük dünyalarına kilitlenmişlerdi. Elliot cebinden küçük bir kutu çıkardı, kapağını açıp Kate'e sundu. Görebildiğim enfes bir yüzüktü ama daha yakından bakmam gerekecekti. Gia'yla yaptıkları bu muydu?

Yüzük mü seçmişlerdi? *Kahretsin!* Ah, Kate'e söylemediğime o kadar memnundum ki.

Kate bir yüzüğe, bir Elliot'a baktı ve kollarını boynuna doladı. Onlar için hatırı sayılır biçimde masum bir şekilde öpüştüler ve kalabalık çılgına döndü. Elliot ayağa kalktı ve takdirleri şaşırtıcı derecede zarif bir reveransla kabul etti ve sonra, yüzünde kocaman ve kendinden hoşnut bir gülümsemeyle yerine oturdu. Gözlerimi onlardan ayıramıyordum. Elliot yüzüğü kutusundan çıkarıp nazik bir hareketle Kate'in parmağına geçirdi ve bir kez daha öpüştüler.

Christian elimi sıktı. Onu bu kadar sıkı tuttuğumu fark etmemiştim. Biraz mahcup hissederek elini bıraktım ve kafasını sallayarak, dudaklarını "Ahh" der gibi kıpırdattı.

"Affedersin. Senin haberin var mıydı?" diye fısıldadım.

Gülümseyince bildiğini anladım. Garsona işaret etti. "İki şişe Cristal lütfen. Varsa 2002 olsun."

Ona sırıtarak baktım.

"Ne?" diye sordu.

"Çünkü 2002, 2003'ten çok daha iyi," diye takıldım.

Güldü. "Ayırt etmeyi bilen damak için öyle, Anastasia."

"Sizin ayırt etmeyi çok iyi bilen bir damağınız var, Bay Grey ve benzersiz zevkleriniz." Gülümsedim.

"Aynen öyle, Bayan Grey." Bana doğru eğildi. "En büyük zevkim sensin," diye fısıldadı ve kulağımın arkasındaki bir noktayı öperek, bel kemiğimden aşağı minik ürpertiler gönderdi. Kıpkırmızı kesildim ve elbisemin kısalığına dair sunumunu mutlulukla hatırladım.

Kate ve Elliot'u ilk kucaklayan Mia oldu, ardından mutlu çifti hepimiz sırayla tebrik ettik. Kate'e sımsıkı sarıldım.

"Gördün mü? Sadece teklif için endişeliymiş," diye fısıldadım.

"Ah, Ana." Yarı kıkırtı yarı hıçkırık arası bir ses çıkardı.

"Kate senin adına çok sevindim. Tebrikler."

Christian arkamdaydı. Elliot'un elini sıktı ve ardından hem Elliot'ı hem beni şaşırtarak, onu kendine çekti. Söylediklerini güçlükle duyabildim."

"Aferin sana, Lelliot," diye mırıldandı. Elliot hiçbir şey demedi. Ondan beklenmeyecek şekilde sessiz kalarak kardeşinin sarılışına karşılık verdi.

Lelliot mu?

"Teşekkürler, Christian," dedi nefessiz kalmış gibi.

Christian, Kate'i kısa ve sakil bir kucaklaşmayla neredeyse bir adım öteden tebrik etti. Christian'ın Kate'e olan tavrının en iyi durumda hoşgörülü ve çoğu zaman karışık olduğunu biliyordum; bu yüzden bu ilerleme sayılırdı. Onu bıraktı ve sadece Kate'in ve benim duyabileceğimiz bir sesle, "Umarım sen de evliliğinde benim evliliğimde olduğum kadar mutlu olursun," dedi.

"Teşekkürler, Christian. Ben de umarım," dedi Kate sıcakkanlılıkla.

Garson şampanyayla geri geldi ve gösterişli bir şekilde açmaya koyuldu.

Christian şampanya kadehini havaya kaldırdı.

"Kate'e ve sevgili kardeşim Elliot'a. Tebrikler."

Hepimiz birer yudum aldık, yutkundum. Hımm, Cristal'in tadı gerçekten çok güzeldi ve Christian'ın kulübünde ilk defa içtiğim günü ve ardından yaşadığımız olaylı asansör yolculuğunu hatırlamıştım.

Christian bana kaşlarını çatarak baktı. "Ne düşünüyorsun?" diye fısıldadı.

"Bu şampanyayı ilk kez içtiğim zamanı."

Meraklı gözlerle baktı.

"Senin kulüpteydik," diye hatırlattım.

Sırıttı. "Ah, evet. Hatırlıyorum." Bana göz kırptı.

Mia neşeli bir sesle, "Elliot, tarih belirlediniz mi?" diye sordu.

Elliot kız kardeşine öfkeli bir bakış gönderdi. "Kate'e daha yeni evlenme teklif ettim. O konuda sana daha sonra döneriz, tamam mı?"

"Ah, Noel düğünü olsun. Çok romantik olur ve evlilik yıldönümünüzü hatırlamakta güçlük çekmezsiniz." Mia el çırptı.

Elliot kardeşine sırıttı. "Bunu bir düşüneyim."

"Şampanyadan sonra kulübe gidebilir miyiz?" Mia döndü ve Christian'a en masum bakışını attı.

"Sanırım ne yapmak istediklerini Kate ve Elliot'a sormalıyız."

Hep birlikte, heyecanla onlara döndük. Elliot omuz silkti ve Kate'in rengi mora çaldı. Nişanlısına duyduğu arzu öylesine barizdi ki dört yüz dolarlık şampanyayı neredeyse masanın üstüne püskürtecektim.

Zax, Aspen'in en seçkin gece kulübüydü; ya da en azından Mia'ya göre öyleydi. Christian kolunu belime dolamış halde, kısa bekleme sırasının önüne yürüdü ve derhal içeri alındı. Bir an acaba burası da ona mı ait diye düşündüm. Saatime baktım. Akşamın on bir buçuğuydu ve biraz sersem hissediyordum. İki kadeh şampanya ve yemek sırasında içtiğimiz sayısız kadeh Pouilly-Fumé etkisini göstermeye başlıyordu ve kolunu bana sardığı için Christian'a minnettardım.

Saten seksi bir pantolon ve aynı kumaştan kolsuz bir gömlek giymiş ve minik kırmızı bir papyon takmış olan, çok çekici ve uzun bacaklı bir sarışın, "Bay Grey, hoş geldiniz," dedi. Yüzünde, papyonuyla aynı renkteki dudaklarının arasında kusursuz bir gülümseme vardı. "Max ceketinizi alacak."

Baştan ayağa siyahlar içindeki –neyse ki saten değildi– genç bir adam gülümseyerek ceketimi almayı teklif etti. Koyu renk gözleri sıcacık ve davetkârdı. Bir tek ben ceketli olduğum için –Christian popomu örtmesi için Mia'nın trençkotunu almamda ısrar etmişti– Max'in ilgilenebileceği tek kişi bendim.

Bana dikkatle bakarak, "Güzel ceket," dedi.

Christian, Max'e bir "geri çekil" bakışı fırlattı. Max kızardı ve ceketimin vestiyer fişini telaşla Christian'a verdi.

Bayan Seksi Saten Pantolon, "Masanızı göstereyim," diyerek kocama gözlerini kırpıştırdı, saçını savurdu ve kalçalarını kıvırtarak kapıdan girdi. Christian'a daha sıkı sarılınca, bana bir an soran bir bakış attı ve Bayan Seksi Saten Pantolon'un peşinden içeri girerken pis pis sırıttı. Işıklar kısık, duvarlar siyah, döşemeler koyu kırmızıydı. Duvarların her iki yanına masalar sıralanmıştı ve ortada U biçiminde büyük bir bar vardı. Sezon dışında gelmiş olmamıza rağmen içerisi Aspen'in cumartesi gecesi güzel vakit geçirmek için dışarı çıkmış zenginleriyle hayli doluydu. Herkes rahat giyinmişti ve ilk kez kendimi biraz fazla... şey... az giyinmiş hissettim. Yer ve duvarlar, barın arkasındaki dans pistinden yayılan müzikle titreşiyordu ve ışıklar bir yanıp bir sönerek dönüyorlardı. Çakır keyif halimle, bunun bir sara hastası için kâbus olacağını düşündüm.

Seksi Saten Pantolon bizi, önü bir iple kapatılmış bir masaya yönlendirdi. Bara yakın ve dans pistine geçişi kolaydı. Belli ki müessesenin en iyi masası buydu.

"Siparişlerinizi almak üzere bir görevli hemen geliyor." Bize en kocaman gülümsemesini gönderdi ve gözlerini kocama son bir kez kırpıştırdıktan sonra, kıvırtarak geldiği yere döndü. Ethan dans pistine gitmek için tutuşarak olduğu yerde daha şimdiden kıpırdanmaya başlayan Mia'nın haline acıdı.

Onlar el ele uzaklaşırlarken, Christian, "Şampanya?" diye sordu. Ethan başparmaklarını havaya kaldırırken, Mia hevesle kafasını salladı.

Kate ve Elliot yumuşak kadife koltuklara el ele yerleştiler. Çok mutlu görünüyorlardı. Sehpanın üstündeki kristal mumlukların içinde titreşen mumların parlaklığında her ikisinin de yüz hatları yumuşacık ve ışıl ışıldı. Christian bana oturmamı işaret edince, Kate'in yanına kaydım. Christian da yanıma oturdu ve odayı kaygılı gözlerle taradı.

Sesimi müziği bastıracak şekilde yükselterek, "Bana yüzüğünü göster," dedim. Çıkana kadar sesim kısılmış olacaktı. Kate sırıtarak elini havaya kaldırdı. Yüzük, zarif oymalı bir tırnağın üstüne oturtulmuş ve her iki yanında minik pırlantalar sıralanmış enfes bir tek taştı. Retro Viktorya tarzının havasını taşıyordu.

"Çok güzel."

Neşeyle başını salladı ve uzanıp Elliot'un bacağını sıktı. Elliot eğilip onu öptü.

"Kendinize bir oda bulun," diye seslendim.

Elliot sırıttı.

Yine siyah seksi saten pantolonlu, kısacık koyu renk saçlı ve muzip gülümsemeli genç bir kadın siparişlerimizi almaya geldi.

Christian, "Ne içmek istersiniz?" diye sordu.

Elliot, "Burada da hesabı sen üstlenecek değilsin," diye homurdandı.

"Yine başlama, Elliot," dedi Christian usulca.

Kate, Elliot ve Ethan'ın bütün itirazlarına rağmen, biraz önce yediğimiz yemeğin hesabını Christian ödemişti. Onları bir çırpıda geçiştirmişti. Ona sevgiyle baktım. Benim Elli Ton'um... Her zaman kontrolü elinde tutardı.

Elliot bir şey demek için ağzını açtı ama akıllılık ederek geri kapattı.

"Ben bir bira alayım," dedi.

Christian, "Kate?" diye sordu.

"Biraz daha şampanya lütfen. Cristal enfes. Ama Ethan'ın birayı tercih edeceğinden eminim." Christian'a tatlı tatlı –evet tatlı tatlı– gülümsedi. Mutluluktan ışık saçıyordu. Ondan yayılan mutluluğu hissediyordum ve neşesinin tadını çıkarmak büyük keyifti.

"Ana?"

"Şampanya, lütfen."

Her zamanki otoriter ve ciddiyetten taviz vermeyen sesiyle, "Bir şişe şampanya, üç Peronis, bir şişe buzlu soda ve altı bardak," dedi.

Seksiydi.

"Teşekkürler, efendim. Hemen geliyor." Bayan İki Numaralı Seksi Pantolon ona zarif bir gülümsemeyle baktı ama yanakları hafifçe kızarsa da Christian bu kez kırpıştırılan gözlerden mahrum kaldı.

Başımı salladım. *O benim, kızım.*

Christian bana, "Ne?" dedi.

"Sana gözlerini kırpıştırmadı." Sırıttım.

Christian neşesini saklamayı başaramayarak, "Ah, kırpıştırması mı gerekiyordu?" diye sordu.

"Kadınlar genelde öyle yapıyorlar." Sesim alaycıydı.

Sırıttı. "Bayan Grey, yoksa kıskandınız mı?"

"Alakası yok." Suratımı sarkıttım ve o anda kadınların kocama göz süzmelerini anlayışla karşılamaya başladığımı fark ettim. Zaman zaman en azından. Christian elimi tuttu ve parmaklarımı öptü.

Nefesiyle kulağımı gıdıklayarak, "Kıskanmanızı gerektiren bir şey yok, Bayan Grey," diye mırıldandı.

"Biliyorum."

"İyi."

Garson geri geldi ve birkaç dakika sonra, yine şampanyamı yudumluyordum.

"Al." Christian bana bir bardak su uzattı. "Şunu iç."

Ona kaşlarımı çatarak baktım ve iç geçirdiğini gördüm.

"Çilekli kokteyl ve öğle yemeğinde içilen iki kadeh Frascati'nin üstüne, akşam yemeğinde üç kadeh beyaz şarap ve iki kadeh şampanya. İç. Hemen, Ana."

Öğleden sonraki kokteylleri nereden biliyordu? Yüzümü buruşturdum. Ama aslında haksız sayılmazdı. Soda bardağını aldım ve bir kez daha ne yapacağımın söylenmesini protesto etmek için, bir hanımefendiye yakışmayacak şekilde kafama diktim. Elimin tersiyle ağzımı sildim.

"Aferin sana," dedi sırıtarak. "Üzerime bir kez kustun. Bunu bir kez daha yaşamak istemem."

"Neden yakındığını anlamıyorum. Sonunda benimle yatma şansına eriştin."

Gülümserken gözleri yumuşadı. "Evet, öyle."

Ethan ve Mia dönmüşlerdi.

"Ethan sıkıldı, şimdilik. Haydi kızlar. Piste çıkalım. Poz verelim, biraz kıvırtalım ve yediğimiz tatlının kalorilerini yakalım."

Kate hemen ayağa kalktı. Elliot'a, "Geliyor musun?" dedi.

"Ben seni seyredeceğim," dedi Elliot ve Kate'e bakışını görünce, kızararak başımı çevirmek zorunda kaldım. Ben ayağa kalkınca Kate sırıttı.

"Biraz kalori yakacağım," dedim ve Christian'ın kulağına eğilip, "Beni seyredebilirsin," dedim.

"Sakın eğileyim deme," diye homurdandı.

"Tamam." Hızla ayağa kalktım. Vay canına. Başım döndü ve oda bir o yana bir bu yana kayıp hafif yan yatarken, Christian'a tutundum.

"Belki de biraz daha su içmelisin," diye mırıldanırken, Christian'ın sesinde bariz bir uyarı vardı.

"Ben iyiyim. Bu koltuklar çok alçak ve topuklarım yüksek."

Kate beni elimden tuttu ve derin bir nefes alarak ve dengemi tamamen sağlamış halde, o ve Mia'nın peşinden dans pistine çıktım.

Müzik gümbür gümbür bir bas içeren tekno bir ritimle atıyordu. Dans pisti çok kalabalık olmadığı için kendimize yer bulabildik. Dans eden kalabalık çok çeşitliydi, kendilerini dansa kaptırmış gençler ve yaşlılar. Hiçbir zaman iyi bir dansçı olmadım. Aslında, dans etmeye Christian'dan sonra başlamıştım. Kate beni kucakladı.

Müziği bastırmak için, "Çok mutluyum!" diye bağırdı ve dans etmeye başladı. Mia her zamanki Mia haliyle bize sırıtarak bakıyor, kendini oradan oraya atıyordu. Tanrım, dans pistinde bayağı hareketliydi. Arkamızda kalan masaya baktım. Erkeklerimiz bizi izliyorlardı. Hareket etmeye başladım. İnsanın içinde duyduğu bir ritimdi. Gözlerimi yumdum ve kendimi müziğe teslim ettim.

Gözlerimi açınca, dans pistinin dolmaya başladığını gördüm. Kate, Mia ve ben birbirimize yaklaşmak zorunda kalmıştık. Ve büyük bir şaşkınlıkla, gerçekten keyif aldığımı fark ettim. Biraz daha... cesurca hareket etmeye başladım. Mia başparmaklarını havaya kaldırıp onaylayınca, ona gülümsedim.

Gözlerimi yumdum. Hayatımın ilk yirmi yılını neden bunu yapmadan geçirmiştim ki? Okumayı dans etmeye tercih etmiştim. *Jane Austen'ın dans edebileceği harika bir müzik yoktu ve Thomas Hardy... Tanrım, ilk karısıyla dans etmediği için kendini bir günahkâr kadar suçlu hissederdi.* Bu düşünceyle kıkırdadım.

Nedeni Christian'dı. Bana bedenim ve onu hareket ettirme biçimim konusunda güven veren o olmuştu.

Birden kalçalarımda iki el hissettim. Christian bana katılmaya karar vermişti. Kıpırdandı, elleri popoma kaydı, etimi sıktı ve tekrar kalçalarıma döndü.

Gözlerimi açtım. Mia bana dehşet içinde bakıyordu. *Kahretsin... O kadar mı kötüydüm?* Christian'ın ellerini tutmak için uzandım. Kıllıydılar. *Siktir.* Bunlar Christian'ın elleri değildi. Hızla döndüm ve pişmiş kelle gibi bir sırıtışı olan sarışın bir devle burun buruna geldim.

Gümbürdeyen müziğin üstünden, "Ellerini üstümden çek!" diye haykırdım.

"Haydi ama tatlım, sadece biraz eğlenmek istiyorum." Yanıp sönen ışıkların altında parıl parıl parlayan mavi gözleriyle gülümsedi ve bir gorilinkini andıran ellerini havaya kaldırdı.

Daha ne yaptığımı anlamadan, suratına okkalı bir tokat indirdim.

Ah! Kahretsin... Elim... Acımıştı. "Benden uzak dur!" diye bağırdım. Kırmızı yanağını avuçlayarak bana baktı. Hasarsız elimi yüzünün önünde salladım ve yüzüklerimi göstermek için parmaklarımı açtım.

"Ben evliyim, seni pislik!"

Biraz küstah bir tavırla omuz silkti ve benden pek içten olmayan bir şekilde özür diledi.

Çılgın gibi etrafıma bakındım. Mia sağ tarafımda durmuş Sarışın Dev'e bakıyordu. Kate kendi alemindeydi. Christian masada yoktu. *Ah, umarım tuvalete gitmiştir.* Geri adım atınca, çok iyi tanıdığım bir bedene çarptım. *Ah, kahretsin.* Christian kolunu belime sardı ve beni yanına çekti.

"O lanet olası ellerini karımdan uzak tut," dedi. Bağırmıyordu ama sesi bir şekilde müziğe rağmen duyulmuştu.

Lanet olsun!

Sarışın Dev, "Başının çaresine bakabilir," diye bağırdı. Elini tokatladığım yerden çekmesiyle, Christian'ın ona vurması bir oldu. Kendimi ağır çekimde seyreder gibi hissediyordum. Öylesine iyi ayarlanmış bir hız ve güçle çeneye inen bir yumruktu ki, Sarışın Dev gelişini görememişti bile. Bir pislik torbası gibi, yere yığıldı.

Siktir.

Panik içinde, "Christian, hayır!" diye haykırdım ve onu tutmak için önüne geçtim. Tanrım, onu öldürecekti. Müziği bastırmak için, "Ben zaten vurdum," diye bağırdım. Christian bana bakmıyordu. Tacizciye nefretle bakıyordu. Gözlerinin böyle çakmak çakmak olduğunu hiç görmemiştim. Şey, belki Jack Hyde bana asıldıktan hemen sonra görmüştüm.

Dans eden diğer insanlar kenarlara çekilmiş ve araya güvenli bir mesafe koyarak etrafımızı boşaltmışlardı. Elliot yanımıza geldiğinde Sarışın Dev ayağa fırladı.

Ah, hayır! Kate yanıma gelmiş hepimize şaşkınlıkla bakıyordu. Ethan da yanımızda belirirken, Elliot, Christian'ı kolundan tuttu.

"Tamam, sakin ol." Sarışın Dev, savunmaya geçer gibi ellerini havaya kaldırdı ve telaşla geri çekildi. Christian'ın gözleri onu dans pistinden ayrılana kadar terk etmedi. Benden yana bakmıyordu.

Elliot bir bana, bir Christian'a baktıktan sonra kardeşini bıraktı ve Kate'le dansetmeye başladı. Ben kollarımı boynuna doladım ve Christian alev alev –ilkel ve öldürücü– gözlerini benimkilere çevirene dek çekmedim. Kavgacı ergeni görür gibi olmuştum. *Kahretsin.*

Yüzümü süzdü. "Sen iyi misin?" dedi sonunda.

"Evet." Yanma duygusunu dağıtmak için elimi ovaladım ve ellerimi göğsüne indirdim. Daha önce kimseye tokat atmamıştım. Bana ne olmuştu böyle. Bana dokunmak insanlığın en kötü suçu değildi ki. Öyle miydi yoksa?

Oysa için için ona neden vurduğumu biliyordum. Christian'ın bir yabancıyı beni avuçlarken görünce nasıl tepki vereceğini bildiğim için böyle davranmıştım. Kontrolünü kaybedeceğini biliyordum. Ve aptal herifin tekinin kocama, aşkıma kontrolünü kaybettirmesi beni delirtmişti. Gerçekten delirtmişti.

Christian gümbürdeyen müziğin üstünden, "Oturmak ister misin?" diye sordu.

Ah, lütfen bana geri dön.

"Hayır. Dans et benimle."

Bana hiçbir şey söylemeden, duygusuz gözlerle baktı.

Kadın şarkıda "dokun bana" diyordu.

"Dans et benimle." Hâlâ kızgındı. "Dans et. Christian, lütfen." Ellerini tuttum. Christian adamın arkasından dik dik bakıyordu ama ben ona sarılarak ve sürtünerek hareket etmeye başladım.

Her ne kadar arada yarım metrelik bir alan bırakmış olsalar da, dans eden kalabalık yeniden etrafımızı sarmıştı.

Christian yerinden kıpırdamadan, "Ona vurdun mu?" diye sordu. Ellerini tuttum.

"Tabii ki vurdum. Sen sandım ama elleri daha kıllıydı. Lütfen benimle dans et."

Christian bana bakarken, bakışları ağır ağır değişti ve daha karanlık, daha seksi bir hale dönüştü. Birden bileklerimi yakaladı ve beni sertçe kendine çekip ellerimi arkama sabitledi.

Kulağımın dibinde, "Dans etmek mi istiyorsun? Edelim o zaman?" diye homurdandı ve kalçalarını bana bastırarak hareket etmeye başladı. Elleriyle benimkileri arkamda sabitlediği için, tek yapabildiğim onunla birlikte hareket etmekti.

Ah... Christian dans edebiliyordu, hem de çok iyi. Beni yakınında tutuyor, bırakmıyordu ama ellerimi tutan elleri zamanla gevşeyerek beni özgür bıraktı. Ellerimi önüme çektim ve ceketinin üstünden kaslarını hissederek, kollarından yukarı çıkardım. Beni kendine iyice bastırdı. Kulüp müziğinin gümbürtülü ritmiyle ağır ve şehvetli dansını yaparken, hareketlerini takip ediyordum.

Elimi tutup beni önce bir tarafa, sonra diğer tarafa çevirince kendine geldiğini anladım. Sırıttım. Sırıttı.

Birlikte dans etmek özgürleştirici ve eğlenceliydi. Öfkesini unutmuş ya da bastırmıştı; dans pistindeki küçük alanımızda beni müthiş bir ustalıkla döndürüyor, bir an bile bırakmıyordu. Beni zarifleştiriyordu; bu onun becerisiydi. Beni seksi kılıyordu çünkü kendisi öyleydi. Sevildiğimi hissettiriyordu çünkü Elli Ton olmasına rağmen aşkı çok büyüktü. Şimdi böyle keyifle dans edişini izleyen biri en ufak bir tasasının olmadığını düşünebilirdi. Aşkının aşırı korumacılık ve kontrol meseleleriyle bulutlandığını biliyordum ama bu onu daha az sevmem için neden değildi.

Başka bir şarkı çalmaya başladığında nefessiz kalmıştım.

"Oturabilir miyiz?" diye soludum.

"Elbette." Beni dans pistinden indirdi.

Masamıza dönerken, "Sıcaklamama ve terlememe neden oldun," dedim.

Beni kollarının arasına çekti. "Sıcaklamış ve terlemiş haline bayılıyorum. Gerçi seni başbaşayken sıcaklatıp terletmeyi tercih ederim," diye mırıldanırken dudaklarında şehvetli bir gülümseme belirdi.

Oturduğumuzda dans pistindeki olay hiç yaşanmamış gibiydi. Dışarı atılmamamıza biraz şaşırtmıştım. Barda etrafa bakındım. Kimse bize bakmıyordu ve Sarışın Dev ortalıkta görünmüyordu. Belki gitmiş, belki de bardan atılmıştı. Kate ve Elliot dans pistinde uygunsuz hareketler yaparken, Ethan ve Mia daha usturupluydular. Şampanyamdan bir yudum daha aldım.

"Al bakalım." Christian önüme bir bardak daha su koydu ve bana dikkatle baktı. Yüzü beklenti doluydu. İç. Hemen şimdi iç.

Söyleneni yaptım. Zaten susamıştım.

Masadaki buz kovasından bir Peroni şişesi aldı ve büyük bir yudum içti.

"Basın burada olsaydı ne olurdu?" diye sordum.

Christian, Sarışın Dev'i kıç üstü sermesinden bahsettiğimi hemen anlamıştı.

Bir anda aşırı kibirli ve rahat bir tavırla, "Pahalı avukatlarım var," dedi.

Ona kaşlarımı çattım. "Ama sen kanunun üstünde değilsin, Christian. Ben durumu kontrol altına almıştım."

Gözleri buz kesti. İç dondurucu bir netlikle, "Kimse benim olana el süremez," dedi.

Ah... Şampanyamdan bir yudum daha aldım. Birden her şey üstüme gelmeye başladı. Müzik fazla gürültülüydü; gümbürdüyordu, başım ve ayaklarım acıyordu ve başım dönüyordu.

Elimi sıkıca tuttu. "Gel, gidelim. Seni eve götürmek istiyorum," dedi. Kate ve Elliot da bize katılmışlardı.

Kate, "Gidiyor musunuz?" diye sordu umut dolu bir sesle.

"Evet," dedi Christian.

"İyi, biz de sizinle geliyoruz."

Vestiyerde Christian'ın trençkotumu almasını beklerken, Kate beni sorguya çekti.

"Dans pistindeki o herif ne yaptı?"

"Beni elliyordu."

"Gözlerimi açtığımda adama vurmuştun."

Omuz silktim. "Şey, Christian'ın delireceğini biliyordum ve büyük olasılıkla akşamınız mahvolacaktı." Kafamda hâlâ Christian'ın davranışı konusunda ne hissettiğimi çözmeye çalışıyordum. Olay anında, daha kötü olmasından endişe duymuştum.

Kate, "Akşamımız," diye tekrarladı. Ceketimi almakla meşgul olan Christian'a bakarak, kuru bir sesle, "Bayağı çabuk öfkeleniyor, değil mi?" diye ekledi.

Bir homurtu çıkararak güldüm. "Öyle de denebilir."

"Bence sen onu gayet iyi idare ediyorsun."

"İdare etmek mi?" Kaşlarımı çattım. Christian'ı *idare mi ediyordum?*

"Al bakalım." Christian giyebilmem için ceketimi tutuyordu.

"Uyan, Ana." Christian beni yavaşça sarsıyordu. Eve gelmiştik. Gözlerimi hiç istemeyerek açtım ve sendeleyerek minivandan indim. Kate ve Elliot ortadan kaybolmuşlardı ve Taylor sabırla aracın yanında bekliyordu.

Christian, "Seni taşımama gerek var m?" diye sordu.

Başımı salladım.

"Ben Bayan Grey ve Bay Kavanagh'ı getiririm," dedi Taylor.

Christian onu başıyla selamladı ve beni ön kapıya götürdü. Ayaklarım zonklayarak peşinden gittim. Ön kapıda eğildi, bileğimi tuttu ve nazik hareketlerle önce bir ayakkabımı, sonra diğerini çıkardı. Ah, nasıl da rahatlamıştım. Doğruldu ve elinde Manolo'larımla bana baktı.

Keyifli bir sesle, "Daha iyi misin?" diye sordu.

Başımı salladım.

Ayakkabılarıma şehvetle bakarak, "Bunları kulaklarımın iki yanında gördüğümü hayal ettim," diye mırıldandı. Başını salladı ve elimi tekrar tutarak beni karanlık evde, üst kattaki yatak odamıza götürdü.

Bana baktı ve yumuşacık bir sesle, "Enkaz haldesin, değil mi?" diye sordu.

Başımı salladım. Trençkotumun kemerini çözmeye koyuldu.

"Ben yaparım," diye mırıldandım ve elini itmek için bir girişimde bulundum.

"Bana bırak."

İç geçirdim. Bu kadar yorgun olduğumun farkında bile değildim.

"Rakım yüzünden. Alışık değilsin. Ve tabii içki." Sırıtarak ceketi üzerimden çıkardı ve sandalyelerden birinin üstüne attı. Elimi tutup beni banyoya götürdü. *Neden oraya gidiyorduk?*

"Otur," dedi.

Sandalyeye oturup gözlerimi yumdum. Bir dolaptaki şişelerle uğraştığını duydum. Gözlerimi açıp ne yaptığını anlamak için fazla yorgundum. Bir an sonra başımı arkaya ittiğinde gözlerimi şaşkınlıkla açtım.

"Gözlerini kapa," dedi. *Tanrı aşkına,* elinde bir parça pamuk vardı. Nazik hareketlerle sağ gözümü temizledi. Düzgün bir şekilde makyajımı silerken, put gibi oturdum.

"Ah. İşte evlendiğim kadın," dedi birkaç dakika sonunda.

"Makyajdan hoşlanmıyor musun?"

"Hoşlanırım ama makyajın altındakini tercih ediyorum." Alnımı öptü. "Şunu al." Avucuma birkaç Advil koydu ve bana bir bardak su uzattı.

Dudaklarımı sarkıtarak baktım.

"İç şunları," diye emretti.

Gözlerimi devirdim ama isteğini yerine getirdim.

Alaycı bir sesle, "Aferin," dedi. "Biraz yalnız kalmaya ihtiyacın var mı?"

Bir homurtu çıkardım. "Ne kadar utangaçsınız, Bay Grey. Evet, işemem gerek."

Güldü. "Çıkmamı mı bekliyorsun?"

Kıkırdadım. "Kalmak mı istiyorsun?"

Başını yana yatırırken, çok eğlenir gibiydi.

"Sen tuhaf orospu çocuğunun tekisin. Dışarı. Beni işerken seyretmeni istemiyorum. Bu kadarı fazla." Ayağa kalktım ve onu banyodan dışarı kovaladım.

Banyodan çıktığımda, üzerini değiştirip pijama altını giymiş olduğunu gördüm. Hımm. Pijamalı Christian. Büyülenmiş gözlerle karnına, kaslarına ve göbeğinden kasıklarına doğru inen kıl çizgisine baktım. Dikkat dağıtıcıydı. Uzun adımlarla yanıma geldi.

Çarpık bir gülümsemeyle, "Manzaranın tadını mı çıkarıyorsun?" diye sordu.

"Her zaman."

"Bence hâlâ biraz sarhoşsunuz, Bayan Grey."

"Bence bu defalık size katılmak zorundayım, Bay Grey."

"Şu küçük elbiseden kurtulmana yardım edeyim. Gerçekten de yanında sağlığa aykırı uyarısıyla satılmalı." Beni çevirdi ve boyundaki tek düğmesini çözdü.

"Çok kızdın," diye mırıldandım.

"Evet, kızdım."

"Bana mı?"

"Hayır. Sana değil." Omzumu öptü. "Bu sefer, sana değil."

Gülümsedim. *Bana kızmamıştı.* Buna ilerleme denirdi. "İyi bir değişiklik."

"Evet. Öyle." Diğer omzumu da öptükten sonra elbiseyi popomdan kaydırıp yere indirdi. Aynı zamanda külotumu da çıkarıp beni çırılçıplak bırakmıştı. Uzanıp elimi tuttu.

"Adım at," dedi. Dengemi sağlamak için elini tutarak, elbisenin içinden çıktım.

Doğruldu ve elbisemi ve külotumu Mia'nın trençkotunun yanına, sandalyeye attı.

Usulca, "Kollarını kaldır," dedi. Tişörtünü başımdan geçirip aşağı çekerek beni giydirdi. Yatak için hazırdım.

Beni kollarının arasına çekip öptüğünde, naneli nefesim onunkine karıştı.

"İçinizde olmayı ne kadar istesem de, Bayan Grey, çok fazla içki içtiniz ve neredeyse sekiz bin fittesiniz ve dün gece doğru dürüst uyumadınız. Gel. Yatağa gir." Yorganı açtı, içine girdim. Üzerimi örtü ve bir kez daha alnımı öptü.

"Gözlerini kapat. Yatağa döndüğümde seni uyurken bulmak istiyorum." Bu bir tehdit, bir emirdi. Tam Christian'a göre davranışlar.

"Gitme," diye yalvardım.

"Yapmam gereken birkaç telefon görüşmesi var, Ana."

"Bugün cumartesi. Saat geç oldu. Lütfen."

Ellerini saçlarının arasından kaydırdı. "Ana, şu anda seninle yatağa girersem dinlenemezsin. Uyu." Dediğim dedikti. Gözlerimi yumdum ve dudakları bir kez daha alnıma değdi.

"İyi geceler, bebek," diye soludu. Zihnimden o güne dair görüntüler yanıp sönüyordu. Christian'ın uçakta beni omzuna atışı. Evi beğenip beğenmeyeceğime dair kaygısı. Bu öğleden sonraki sevişmemiz. Banyo. Elbiseme verdiği tepki. Sarışın Dev'i yere serişi. Hatırlayınca, avucum karıncalandı. Ve son olarak, Christian'ın beni yatırması.

Kimin aklına gelirdi. Beynimde *ilerleme* kelimesi dolaşırken, kocaman bir sırıtışla uykuya daldım.

BÖLÜM ON BEŞ

Çok sıcaklamıştım. Christian sıcaklığı. Başı omzumda, kolu belimdeydi ve uykusunda boynuma doğru usul usul nefes alıp veriyordu. Kalkarsam onu da uyandıracağımı ve yeterince uyumadığını bilerek, bilincin kıyısında oyalandım. Zihnim, dün akşamın olaylarının arasında dolaştı. Çok fazla içki içmiştim; ah Tanrım, cidden çok içmiştim. Christian'ın göz yumması beni şaşırtmıştı. Beni yatağa sokuşunu hatırlayınca gülümsedim. Tatlı, çok tatlı ve çok beklenmedikti. Nasıl hissettiğimi düşündüm. Midem nasıl? İyi. Başım? Şaşırtıcı derecede iyi ama sersem. Avucum dün geceden hâlâ kırmızıydı. Tanrım. Aklıma Christian'ın beni pataklarkenki avuçları geldi. Kıpırdandım ve uyandı.

"Ne oldu?" Uykulu gözleri benimkileri süzdü.

"Hiç. Günaydın." Parmaklarımı saçlarının arasından geçirdim.

Yanağımı öperek, "Bayan Grey, bu sabah çok hoş görünüyorsunuz," deyince, içim aydınlandı.

"Dün gece bana baktığın için sağ ol."

"Sana bakmak hoşuma gidiyor. Yapmak istediğim bu zaten," dedi usulca ama gözleri, gri derinliklerinde çakan zafer kıvılcımıyla onu ele verdi. Dünya Şampiyonası'nı ya da Süper Kupa'yı kazanmıştı sanki.

Ah, benim Elli'm.

"Çok değerli hissettiriyorsun."

"Çünkü değerlisin," diye mırıldanınca, yüreğim kıpırdadı.

Elimi sıkıca tutunca yüzümü buruşturdum. Telaşlanarak hemen bıraktı. "Yumruktan dolayı mı acıyor?" diye sordu. Gözlerimi inceleyen gözleri buz keserken, sesini ani bir öfke bürüdü.

"Ona tokat attım. Yumruk değil."

"Pislik herif!"

Bunu dün gece hallettiğimizi sanıyordum.

"Sana elini sürmüş olmasına dayanamıyorum."

"Canımı yakmadı, sadece uygunsuz davrandı. Christian, ben iyiyim. Elim biraz kırmızı, o kadar. Herhalde nasıl bir şey olduğunu biliyorsundur." Ben sırıtınca, ifadesi yerini keyifli bir şaşkınlığa bıraktı.

"Evet, Bayan Grey, aslında bayağı aşinayım." Dudakları muzip bir ifadeyle kıvrıldı. "Arzu ediyorsanız, kendimi o duyguyla şu anda yeniden tanıştırabilirim."

"Ah, kaşınan avucunuzu bir kenara kaldırın, Bay Grey." Parmaklarımı favorisinde dolaştıraraki acıyan elimle yüzünü okşadım. Küçük tüyleri yavaşça çektim. Dikkati dağıldı, elimi tutup avucuma şefkatli bir öpücük kondurdu. Mucize eseri, acı kayboldu.

"Dün gece acıdığını bana neden söylemedin."

"Eee... Dün gece hissetmedim. Şimdi iyi."

Gözleri yumuşadı, ağzı çarpıldı. "Nasıl hissediyorsun?"

"Hak ettiğimden daha iyi."

"Sıkı bir sağ kolunuz var, Bayan Grey."

"Bunu aklınızda tutsanız iyi olur, Bay Grey."

"Ah, gerçekten mi?" Birden yuvarlanıp üzerime çıkarak beni döşeğe bastırdı ve bileklerimi başımın üstüne sabitledi. Bana baktı.

"Sizinle ne zaman olsa kavga ederim, Bayan Grey. Aslında yatakta sizi kontrolüm altına almak en büyük fantezim." Boynumu öptü.

Ne?

"Oysa beni her zaman kontrolün altında tuttuğunu sanıyordum." Kulak mememi ısırırken, iç geçirdim.

Burnunu çeneme sürterek "Hımm... Ama biraz direnç hoşuma giderdi," diye mırıldandı.

Direnç mi? Hareketsiz kaldım. Durdu, ellerimi bıraktı ve dirseklerinin üstünde doğruldu.

"Seninle savaşmamı mı istiyorsun, hem de burada?" Şaşkınlığımı bastırmaya çalışarak fısıldadım. Tamam, şoke olmuştum. Başıyla onaylarken tepkimi ölçen gözleri yarı örtülü ve temkinliydi.

"Şimdi mi?" Omuz silkti ama istediğini anladım. Bana utangaç gülümsemesiyle baktı ve başını bir kez daha, usulca eğdi.

Ah Tanrım... Üzerimde yatarken gergindi ve şimdi yumuşak etime batan ereksiyonu dikkatimi dağıtıyordu. Ne istiyordu? Kavga mı? Fantezi mi? Canımı yakacak mıydı? İçimdeki tanrıça kafasını salladı. *Asla.*

"Yatağa öfkeli girmekten kastın bu muydu?"

Kafasını bir kez daha eğerken, gözleri hâlâ temkinliydi.

Hımm... Elli'm boğuşmak istiyordu.

"Dudağını ısırma," diye uyardı.

İtaatkâr bir şekilde dudağımı serbest bıraktım. "Korkarım beni dezavantajlı durumda yakaladınız, Bay Grey." Gözlerimi kırpıştırdım ve altında kışkırtıcı bir şekilde kıvrandım. Eğlenceli olabilirdi.

"Dezavantaj mı?"

"Ben olmamı istediğiniz yerdeyim zaten."

Sırıttı ve kasığını benimkine bir kez daha bastırdı.

"Doğru bir noktaya parmak bastınız, Bayan Grey," dedi ve dudaklarıma çabuk bir öpücük kondurdu. Ani bir hareketle, üzerinde olacağım şekilde yuvarlandı. Ellerini yakalayıp başının iki yanına bastırdım ve avucu kızarmış elimin sızısını duymazdan geldim. Saçlarım kestanerengi bir duvak misali dökülürken, başımı, tutamların yüzünü gıdıklayabileceği şekilde hareket ettirdim. Kafasını hızla kaçırdı ama beni durdurmaya çalışmadı.

"Demek sert oynamak istiyorsun," derken, kendimi kasıklarına sürttüm.

Ağzı açıldı ve kesik bir nefes aldı.

"Evet." Tıslayınca, onu serbest bıraktım.

"Bekle." Karyolanın yanındaki su bardağına uzandım. Christian oraya bırakmış olmalıydı. İçinde soğuk soda vardı. Burada uzun süredir duruyor olmak için fazla serindi ve yatağa ne zaman geldiğini merak ettim.

Büyük bir yudum alırken, Christian parmaklarıyla bacağımda küçük daireler çizdi ve sonra çıplak popomu tutup avuçladı. Hımm...

Etkileyici repertuarından bir hareket seçtim; öne eğildim ve onu öperek berrak ve serin suyu ağzına akıttım.

İçti. Çocuksu ve şakacı bir sırıtış eşliğinde, "Çok lezzetli, Bayan Grey," diye mırıldandı.

Bardağı tekrar komodine bıraktıktan sonra, ellerini sırtımdan çektim ve bir kez daha başının iki yanına sabitledim.

"Demek isteksiz olmam gerekiyor," diyerek sırıttım.

"Evet."

"İyi bir aktris sayılmam."

Sırıttı. "Dene."

Eğildim ve dudaklarına masum bir öpücük kondurdum. "Tamam, oynayacağım," diye mırıldanarak dişlerimi çenesine sürttüm ve yeni yeni çıkan sakallarını dişlerimin ve dilimin altında hissettim.

Christian'ın gırtlağından alçak ve seksi bir ses yükseldi ve harekete geçerek, beni yatağa, yanına attı. Şaşırarak bir çığlık attım ve ellerimi yakalarken, debelenmeye başladım. Ellerimi kaba bir hareketle göğsüne yerleştirdim ve diziyle bacağımı aralamaya çalışırken, onu var gücümle ittim.

Göğsünü itmeyi sürdürüyordum. *Tanrım, ağırdı.* Ama ne irkildi ne de eskiden yapacağı gibi, donakaldı. *Bundan keyif alıyordu!* Bileklerimi kavramaya çalıştı ve kurtarmak için harcadığım cesur çabaya rağmen, sonunda birini yakaladı. Acıyan elim olduğu için ona teslim ettim ama diğer elimle saçına yapışıp sertçe çektim.

"Ah!" Kafasını hızla çekip kurtardı ve bana vahşi ve şehvetli gözlerle baktı.

"Vahşi," diye fısıldarken sesi şehvetli bir sevince bulanmıştı.

Bu tek kelimelik fısıltıya karşılık libidom infilak etti ve rol yapmayı kestim. Elimi kurtarmak için, bir kez daha sonuçsuzca debelendim. Aynı anda ayak bileklerimi birleştirip onu üzerimden atmaya yeltendim. Çok ağırdı. *Üff!* Bunaltıcı ve seksiydi.

Christian inleyerek diğer elimi de yakaladı. Sol eliyle iki bileğimi birden tuttu, sağ eli, geçtiği yerleri okşayarak ve yoklayarak aheste bir şekilde vücudumdan aşağı kaydı ve yol üstünde meme ucumu çimdikledi.

Haz bütün keskinliği ve ateşiyle, meme ucumdan kasığıma akarken, tepki olarak ciyakladım. Onu üstümden atmak için sonuçsuz bir girişimde daha bulundum ama şansım yoktu.

Beni öpmeye yeltenince, yapamasın diye başımı hızla yana çevirdim. Israrcı eli tişörtümün etek ucundan derhal yukarı çeneme kaydı ve benim biraz önce yaptığım şeyi tekrarlayarak, dişlerini çenemde dolaştırırken beni olduğum yere sabitledi.

"Ah, bebeğim, savaş benimle," diye mırıldandı.

Kendimi acımasız tutuşundan kurtarmak için altında kıvranıyordum ama durum umutsuzdu. Benden çok daha güçlüydü. Dili ağzımı istila etmeye çalışırken, alt dudağımı usul usul ısırıyordu. Ve o anda ona direnmek istemediğimi fark ettim. Her zaman olduğu gibi, şimdi de onu istiyordum. Savaşmayı bıraktım ve öpüşüne coşkuyla karşılık verdim. Dişlerimi fırçalamamış olmama aldırmadan... Bir tür oyun oynuyor olmamız gerektiğine aldırmadan... Arzu kanımda çağlıyordu ve kaybolmuştum. Bacaklarımı kalçalarına sardım ve pijamasını poposundan aşağı itmek için topuklarımı kullandım.

"Ana," diye soludu ve her yerimi öptü. Ve artık güreşmiyorduk; eller, diller, dokunuş ve tattan ibaret bir yumağa dönmüştük.

Boğuk bir sesle, "Ten," diye mırıldanırken nefesi hızlanmıştı. Beni yukarı çekti ve tişörtümü tek bir hareketle çıkardı.

Doğrulup, "Sen" diye fısıldadım çünkü aklıma gelen tek şey buydu. Pijamasının önünü yakalayıp aşağı çektim ve ereksiyonuna özgürlüğünü verdim. Onu kavrayıp sıktım. Sertti. Derin nefesler alırken, hava dişlerinin arasında ıslık çaldı. Tepkisinin tadına vardım.

"Siktir," diye mırıldandı. Geri çekildi ve ben parmaklarımı üzerinde bir aşağı bir yukarı kaydırıp onu sıkıca okşarken kalçalarımı kaldırıp beni yatağa devirdi.

Penisinin ucunda ıslaklık olduğunu hissettim ve onu başparmağımla yaydım. Beni yatağa indirirken, tadını almak için başparmağımı ağzıma soktum. Elleri, kalçalarımı, karnımı ve memelerimi okşayarak vücudumda yukarı tırmanıyordu.

Gözleri alev alev yanarak üzerime eğilirken, "Tadım güzel mi?" diye sordu.

"Evet. Bak." Ağzının içine kaydırdığım başparmağımı emdi ve elimi hafifçe ısırdı. İnleyerek başını tuttum ve öpmek için onu kendime çektim. Bacaklarımı ona dolayarak pijamasını ayaklarımla biraz daha aşağı ittim ve onu belinden sararak, bacaklarımın arasında sımsıkı tuttum. Dudakları kulağımın altından çeneme kaydı.

"Çok güzelsin. Öyle güzel bir tenin var ki." Dudakları memelerime kayarken, nefesi yumuşacıktı.

Ne? Soluk soluğa ve allak bullak haldeydim. Onu istiyor ve artık bekliyordum. Çabuk olacağını sanmıştım.

"Christian." Sesimdeki cılız yakarışı duyarak elimi aşağı indirdim ve saçlarını avuçlarımın arasında çekiştirdim.

"Şışşt," diye fısıldadı ve meme ucumu ağzının içine alıp sertçe çekmeden önce, dilini etrafında gezdirdi.

"Ah," diye inleyerek kıvrandım ve onu baştan çıkarmak için kalçamı kaldırdım.

"Sabırsızlanıyor musunuz, Bayan Grey?" Ardından mememi sertçe emdi. Saçını çektim. İnleyerek bana baktı. "Seni bağlarım," diye uyardı.

"Haydi, içime gir," diye yalvardım.

Dudaklarını tenimden uzaklaştırmadan, "Her şeyin bir sırası var," dedi. Eli sinir bozacak kadar ağır bir hızla kalçama doğru inerken, ağzıyla meme ucumda oyalanıyordu. Yüksek sesle inledim. Kesik kesik soluyordum ve kendimi ona doğru iterek onu içime girmeye ayartmayı bir kez daha denedim. İşi olabildiğince ağırdan alıyordu.

Siktir. Onu üzerimden atmayı bir kez daha kafama koyarak, kıvranarak direndim.

"Bu da neyin nesi?"

Christian ellerimi sıkıca kavradı ve kollarımı iki yana açarak yatağa sabitledi. Bütün ağırlığını üzerime bırakarak beni tamamen etkisiz hale getirdi. Nefesim kesilmiş, vahşileşmiştim.

"Direnç istedin," dedim soluk soluğa. Üzerimde doğruldu ve ellerini bileklerimden çözmeden bana baktı. Topuklarımı poposunun altına yerleştirip ittim. Kıpırdamadı. *Hah!*

Heyecandan parlayan gözlerinde şaşkın bir ifadeyle, "Nazik oynamak istemiyor musun?" diye sordu.

"Ben sadece benimle sevişmeni istiyorum, Christian." Daha kalın kafalı olabilir miydi? Önce savaşıp güreşmiş ve sonra birden şefkatle ve tatlılıkla davranmaya başlamıştı. Kafa karıştırıcı bir durumdu. Yatağa Bay Değişken'le girmiştim.

"Lütfen." Topuklarımı bir kez daha poposuna bastırdım. Yakıcı gri gözleri benimkileri taradı. Ah ne düşünüyordu acaba? Şaşkın ve kafası karışmış gibiydi. Ellerimi bıraktı, dizlerinin üstünde oturup beni kucağına çekti.

"Pekâlâ, Bayan Grey, sizin istediğiniz şekilde yapalım." Beni kaldırdı ve bacaklarım iki yana açık halde üzerine oturacağım şekilde, geri indirdi.

"Ah!" İşte buydu. İstediğim buydu. İhtiyaç duyduğum. Kollarımı boynuna, parmaklarımı saçlarının arasına doladım ve içimde olmasının hazzına vardım. Hareket etmeye başladım. Kontrolü ele aldım ve ona kendi hızımla, kendi ritmimle sahip oldum. İnledi. Dudakları dudaklarımla buluştu ve ikimiz de kaybolduk.

Parmaklarımı Christian'ın göğüs kıllarında dolaştırıyordum. İkimiz de nefeslerimizi yoluna koymaya çalışırken, kıpırtısız ve sakin, sırt üstü yanımda yatıyordu. Elleri ritmik hareketlerle sırtımda dolaşıyordu.

"Sessizsin," diye fısıldayarak omzunu öptüm. Döndü ve ne düşündüğünü ele vermeyen bir ifadeyle baktı. "Eğlenceliydi." Kahretsin, bir sorun mu vardı?

"Kafamı karıştırıyorsun, Ana."

"Kafanı mı karıştırıyorum?"

Yüz yüze bakacağımız şekilde döndü. "Evet. Kararları sen veriyorsun. Bu... değişik."

"Bu değişiklik iyi mi kötü mü?" Parmağımı dudaklarının üstünde gezdirdim. Soruyu anlamıyormuş gibi kaşları çatıldı. Dalgın bir tavırla parmağımı öptü.

"İyi," dedi ama sesi ikna olmuş gibi değildi.

"Bu küçük fanteziyi daha önce yaşadın mı?" Bunu söylerken kızarmıştım. Kocamın benden önceki renkli... ıı... rengarenk seks hayatı hakkında daha fazlasını öğrenmek istiyor muydum? Bilinçaltım beni, yarım ay biçimindeki kahverengi desenli gözlüklerinin üstünden temkinli gözlerle süzdü. *Bu konuya girmeyi gerçekten istiyor musun?*

"Hayır, Anastasia. Sen bana dokunabiliyorsun." Bu çok şey anlatan basit bir açıklamaydı. Elbette, benden önceki on beş kişi ona dokunamıyordu.

"Bayan Robinson dokunabiliyordu ama." Bu sözcükleri beynim ne dediğimi idrak edemeden mırıldanmıştım. Kahretsin. Ondan neden bahsetmiştim ki?

Hareketsizleşti. Gözleri ah-bununla-nereye-varmaya-çalışıyor ifadesiyle irileşti. "O farklıydı," diye fısıldadı.

Birden öğrenme isteğiyle doldum. "Bu farklılık iyi mi yoksa kötü mü anlamdaydı?"

Bana baktı. Yüzünden şüphe ve büyük olasılıkla acı geçti ve kısa bir an için, boğulmak üzere olan bir adamı andırdı.

"Kötü, sanırım." Sözcükleri güçlükle duyabildim.

Aman Tanrım!

"Hoşuna gittiğini sanıyordum."

"Gidiyordu. O zaman."

"Artık gitmiyor mu?"

Bana iri iri açılmış gözlerle baktı ve kafasını salladı.

Ah, Tanrım... "Ah, Christian." Beni saran duyguyla altüst olmuştum. Benim kayıp çocuğum. Üzerine atıldım, yüzünü, boynunu, göğsünü ve küçük, yuvarlak yara izlerini öptüm. İnleyerek beni kendine çekti ve tutkuyla öptü. Ve çok yavaşça ve şefkatle, bu kez kendi temposuyla, benimle bir kez daha sevişti.

"Ana Tyson! Sikletinin üstünde bir yumruk indirdin!" Kahvaltı için mutfağa girince, Ethan beni alkışlarla karşıladı. Bayan Bentley *waffle* pişiriyor, o, Mia ve Kate kahvaltı masasında oturuyorlardı. Christian ortalıkta yoktu.

"Günaydın, Bayan Grey." Bayan Bentley gülümsedi. "Kahvaltıda ne alırdınız?"

"Günaydın. Ne varsa uyar, teşekkürler. Christian nerede?"

"Dışarıda." Kate başıyla arka bahçeyi işaret etti. Bahçeye ve ötesinde yükselen dağlara bakan pencereye yürüdüm. Açık, masmavi bir yaz günüydü ve güzel kocam beş altı metre ötede, bir adamla derin bir sohbete dalmıştı.

Mia kahvaltı masasından, "Konuştuğu kişi, Bay Bentley," diye seslendi. Dönüp ona baktım. Tatsız ses tonu dikkatimi çekmişti. Ethan'a kin dolu gözlerle bakıyordu. Ah, Tanrım. Bir kez daha aralarında ne geçtiğini merak ettim. Kaşlarımı çatarak dikkatimi yeniden kocama ve Bay Bentley'e çevirdim.

Bayan Bentley'nin kocası, açık renk saçlı, koyu renk gözlü ve sırım gibi bir adamdı. Üzerinde iş pantolonu ve Aspen İtfaiye Birimi tişörtü vardı. Christian siyah kot pantolon ve tişört giymişti. İki adam kendilerini sohbete kaptırmış halde eve doğru yürürlerken, Christian rahat bir tavırla yere eğildi ve çiçek tarhından rüzgârla uçup gelmiş ya da atılmış gibi görünen bir bambu kamışını aldı. Christian duraksadı ve kamışı dikkatle inceledi ve sadece bir kez, havada savurdu.

Ah...

Bay Bentley bu davranışında bir tuhaflık sezmemiş gibi görünüyordu. Konuşmalarını, bu kez eve daha yakın bir noktada sürdürdüler, sonra tekrar durdular ve Christian az önceki hareketi tekrarladı. Kamışın ucu yere çarptı. Christian kafasını kaldırdı ve beni pencerede dikilirken gördü. Birden onu gözetliyormuşum gibi hissettim.

Durdu. Ona mahcup bir tavırla el salladım ve dönüp kahvaltı masasına yürüdüm.

Kate, "Ne yapıyordun?" diye sordu.

"Christian'ı izliyordum."

"Abayı fena yakmışsın."

Sırıtarak ve Christian'ın sopayı savururkenki rahatsız edici görüntüsünü unutmaya çalışarak, "Ah, sen yakmadın sanki, müstakbel eltim?" dedim. Kate ayağa fırlayıp bana sımsıkı sarılınca, yerimden sıçradım.

"Elti olacağız!" diye haykırdı. Neşesine kapılıp gitmemek çok zordu.

"Hey uykucu." Christian'ın sesiyle uyandım. "İnmek üzereyiz. Kemerini bağla."

Uyku mahmuru halde, el yordamıyla kemerimi bulmaya çalıştım ama Christian benim yerime bağladı. Koltuğuna yaslanmadan önce alnımı öptü. Başımı yeniden omzuna yaslayıp gözlerimi yumdum.

Acayip uzun bir dağ yürüyüşü ve görülmeye değer bir dağ zirvesinde yapılan piknik beni tüketmişti. Gurubun geri kalanı, hatta Mia bile sessizdi. Moralsiz görünüyordu; gün boyu olduğu gibi. Ethan'la ilişkilerinin nasıl gittiğini merak ettim. Dün gece nerede uyuduklarını bile bilmiyordum. Gözgöze geldik ve minik bir sen-iyi-misin gülümsemesi gönderdim. Üzgün bir gülümsemeyle karşılık verdi ve kitabına döndü. Kirpiklerimin arasından Christian'a baktım. Bir kontrat ya da ona benzer bir şeyin üzerinde çalışıyor, okuyor ve sayfa kenarlarına notlar düşüyordu. Ama gevşemiş görünüyordu. Elliot, Kate'in yanında usul usul horluyordu.

Elliot'u kenara çekip Gia konusunda sorguya çekmem gerekiyordu ama onu Kate'siz yakalamak imkânsızdı. Christian soracak kadar ilgilenmemişti; ki bu sinir bozucuydu ama üstelememiştim. Keyfimiz çok yerindeydi. Elliot elini sahiplenici bir tavırla, Kate'in dizine yerleştirmişti. Kate ışıl ışıldı. Daha dün Elliot konusunda ne kadar şüpheli olduğu düşünülünce... Christian ona nasıl hitap etmişti? Lelliot. Belki de bu aile içindeki bir lakaptı. Çok şekerdi; erkek orospusundan çok daha iyiydi. Elliot aniden gözlerini açtı ve doğrudan bana baktı. Ona bakarken yakalandığım için kızardım.

Sırıttı. Gerinirken, "Kızarmana bayılıyorum, Ana," diye takıldı. Kate bana halinden hoşnut gülümsemesiyle baktı.

Yardımcı Pilot Sea-Tac'e yaklaştığımızı duyurunca, Christian elimi sıkıca tuttu.

Audi'yle Escala'ya doğru yol alırken, Christian, "Hafta sonunuz nasıldı, Bayan Grey?" diye sordu. Taylor ve Ryan öndeydiler.

Birden utanarak, "İyi, teşekkürler," dedim.

"İstediğin zaman gideriz. Kimi istersen götürebiliriz."

"Ray'i götürmeliyiz. Balık tutma kısmı hoşuna gider."

"İyi fikir."

"Senin için nasıldı?" diye sordum.

Sanırım soruma şaşırarak birkaç saniye sessiz kaldı, "İyi," dedi. "Gerçekten iyi."

"Rahatlamış gibiydin."

Omuz silkti. "Güvende olduğunu biliyordum."

Kaşlarımı çattım. "Christian ben genelde güvendeyim. Sana daha önce de söyledim, bu kadar endişeli olmaya devam edersen kırkında nalları dikersin. Ve ben seninle yaşlanmak istiyorum." Elini tuttum.

Bana ne dediğimi anlamıyormuş gibi baktı. Parmaklarımı usulca öptü ve konuyu değiştirdi.

"Elin nasıl?"

"Daha iyi, teşekkürler."

Gülümsedi. "Çok iyi, Bayan Grey. Gia'yla yeniden karşılaşmaya hazır mısın?"

Ah, kahretsin. Bu akşam son planlar için görüşeceğimizi unutmuştum. Gözlerimi devirdim. "Seni ayak altından çekip güvende tutmak isteyebilirim." Sırıttı.

"Beni koruyor musun yoksa?" Christian bir kahkaha attı.

"Her zaman, Bay Grey. Her tür yırtıcı seks hayvanından," diye fısıldadım.

Yatağa girdiğimde, Christian dişlerini fırçalıyordu. Yarın gerçek hayata –işe, paparazzilere ve gözaltındaki Jack'e– geri dönecektik. *Hımm...* Christian o konuda çok bir şey söylememişti, bir şuç ortağı olduğundan şüpheleniliyordu. Christian bunu biliyor muydu? Ve eğer biliyorsa bana söyler miydi? İç geçirdim. Christian'dan bilgi almak, diş çekmekten farksızdı ve harika bir hafta sonu geçirmiştik. Bilgiyi ondan zorla koparmaya çalışarak bu harika halimizi bozmak istiyor muydum?

Onu normal ortamının, dairesinin dışında ve ailesiyle birlikte rahat ve mutlu görmek farklı bir duyguydu. Bir an bir sürü anı barındıran bu dairede olduğumuz için mi bu kadar geriliyor diye merak ettim. Belki de taşınmalıydık.

Kendi kendime homurdandım. *Taşınıyorduk* zaten, sahilde, tadilattan geçen kocaman bir evimiz vardı. Gia'nın planları tamamlanmış ve onaylanmıştı ve Elliot'ın ekibi haftaya inşaata başlıyordu. Onu

Aspen'de gördüğümü söylediğim zaman Gia'nın yüzünde beliren ifadeyi hatırlayınca kıkırdadım. Görünüşe bakılırsa, tesadüften başka bir şey değildi. Sadece planlarımız üzerinde çalışmak için kamp kurmuştu. Berbat bir an için, yüzüğün seçiminde payı olduğunu sanmıştım ama öyle değil gibiydi. Yine de Gia'ya güvenmiyordum. Aynı hikâyeyi bir de Elliot'tan duymak istiyordum. En azından, bu kez Christian'la mesafesini korumuştu.

Gece göğüne baktım. Bu manzarayı özleyecektim. Bu kuş bakışı görünümü. Seattle ayaklarımızın altındaydı... olanaklarla dolu ama bir o kadar uzak. Belki de Christian'ın sorunu buydu. Kendi kendini hayattan o kadar uzun zamandır tecrit etmişti ki. Ama ailesi yanındayken daha az kontrolcü, daha az kaygılı, daha özgür ve mutluydu. Flynn bütün bunlardan nasıl bir sonuç çıkarırdı acaba? *Tanrı aşkına!* Belki de cevap buydu. Kendi ailesine ihtiyacı vardı. İnkârla başımı salladım. Çok genç ve bütün bunlara fazla yabancıydık. Christian her zamanki muhteşem ama düşünceli haliyle odadan içeri girdi.

"Her şey yolunda mı?" diye sordum.

Yatağa çıkarken, dalgın bir ifadeyle kafasını salladı.

"Yarın gerçek hayata dönmek için hiç can atmıyorum," diye mırıldandım.

"Atmıyor musun?"

Başımı salladım ve güzel yüzünü okşadım. "Harika bir hafta sonu geçirdim. Teşekkürler."

Gülümsedi. "Benim gerçekliğim sensin, Ana," diye fısıldadı ve beni öptü.

"Özlüyor musun?"

"Neyi özlüyor muyum?" diye sorarken, kafası karışmış gibiydi.

"Bilirsin işte, şu baston olayını falan," diye fısıldadım. Utanmıştım.

Bana ifadesiz bir yüzle baktı. Sonra yüzünden şüphe ve ona özgü bunun-sonu-nereye-çıkacak bakışı geçti.

"Hayır, Anastasia, özlemiyorum." Sesi sakin ve alçaktı. Yanağımı okşadı. "Sen gittiğin zaman, Dr. Flynn bana bir şey söylemişti. Aklımda yer eden bir şey. Sen böyle sevgi dolu olmasan benim de olamayacağımı söyledi. Bu benim için önemli bir keşifti." Durdu ve kaşlarını çattı. "Başka bir yol bilmiyordum, Ana. Artık biliyorum. Sen bana öğrettin."

"Ben mi öğrettim?" Pufladım.

Gözleri yumuşadı. "Sen özlüyor musun?" diye sordu.

Ah! "Canımı yakmanı istemiyorum ama oynamayı seviyorum, Christian. Sen de biliyorsun. Bir şey yapmak istiyorsan..." Ona omuz silkerek baktım.

"Bir şey?"

"Bilirsin işte, kamçı ya da kırbaçla..." Kızararak sustum.

Kaşını kaldırdı; şaşırmıştı. "Şey... göreceğiz. Şu anda biraz eski usul vanilyadan başka bir şey istemiyorum." Başparmağı alt dudağıma sürtündü ve beni bir kez daha öptü.

Kimden: Anastasia Grey

Konu: Günaydın

Tarih: 29 Ağustos 2011 09:14

Kime: Christian Grey

Bay Grey

Sadece sizi sevdiğimi söylemek istedim.

Hepsi bu.

Her zaman sizin.

A x

Anastasia Grey
Editör, SBY

Kimden: Christian Grey
Konu: Pazartesi Hüznünü Kovuyoruz
Tarih: 29 Ağustos 2011 09:18
Kime: Anastasia Grey

Bayan Grey

İnsanın bir pazartesi sabahı karısından (söz dinlemez olsun ya da olmasın) duyabileceği en güzel sözler bunlar.

Sizi aynı şekilde hissettiğime temin ederim.

Bu akşamki akşam yemeği için özür dilerim. Umarım senin için çok sıkıcı olmaz.

x

Christian Grey
CEO, Grey Şirketler Topluluğu

Ah evet. Amerikan Gemi Üreticileri Derneği'nin akşam yemeği. Gözlerimi devirdim. Yine eski kafalı kendini beğenmişler olacaktı. Christian beni gerçekten en büyüleyici organizasyonlara götürüyordu.

Kimden: Anastasia Grey
Konu: Geceleri Geçen Gemiler
Tarih: 29 Ağustos 2011 09:26
Kime: Christian Grey

Sevgili Bay Grey

Yemeği tatlandırmanın bir yolunu bulacağınızdan hiç şüphem yok.
Beklenti dolu sevgilerimle.

Bayan G. x

Anastasia (söz dinleyen) Grey
Editör, SBY

Kimden: Christian Grey
Konu: Çeşitlilik Hayatın Tuzu Biberidir
Tarih: 29 Ağustos 2011 09:35
Kime: Anastasia Grey

Bayan Grey

Aklımda birkaç fikir var.

x

Christian Grey
AGÜD Yemeği İçin Sabırsızlanan CEO, Grey Şirketler Topluluğu

Kasıklarımdaki bütün kaslar gerilmişti. Hımm... Nasıl bir şey bulacağını merak ediyordum. Hannah'nın kapıyı tıklatmasıyla hayallerimden sıyrıldım.

"Bu haftanın programını gözden geçirmeye hazır mısın, Ana?"

"Elbette. Otur." Toparlanarak gülümsedim ve e-posta sayfamın açık olduğu ekranı küçülttüm. "Birkaç randevuyu değiştirmek zorunda kaldım. Önümüzdeki hafta Bay Fox ve Dr..."

Telefonum çalınca, Hannah'nın cümlesi yarıda kaldı. Arayan Roach'tu. Beni ofisine çağırıyordu.

"Yirmi dakika sonra kaldığımız yerden devam edebilir miyiz?"

"Elbette."

Kimden: Christian Grey
Konu: Dün Gece
Tarih: 30 Ağustos 2011 09:14
Kime: Anastasia Grey

Çok... eğlenceliydi.

AGÜD yemeğinin bu kadar tahrik edici olabileceği kimin aklına gelirdi?

Her zamanki gibi, insanı asla hayal kırıklığına uğratmıyorsunuz, Bayan Grey.

Seni seviyorum.

x

Christian Grey
Huşu İçindeki CEO, Grey Şirketler Topluluğu

Kimden: Anastasia Grey
Konu: Toplu Sporları Hep Sevmişimdir
Tarih: 30 Ağustos 2011 09:33
Kime: Christian Grey

Sevgili Bay Grey

Gümüş topları çok özlemişim.

İnsanı asla hayal kırıklığına uğratmayan biri varsa, o da sizsiniz.
Hepsi bu.

Bayan G. x

Anastasia Grey
Editör, SBY

Hannah kapımı tıklatarak önceki geceyle ilgili erotik düşüncelerimi böldü. *Christian'ın elleri... ağzı...*

"İçeri gel."

"Ana, Bay Roach'un özel asistanı aradı. Bay Roach bu sabah bir toplantıya katılmanı istiyormuş. Bu yüzden birkaç randevunun daha saatini değiştirmem gerekecek. Sorun olmaz, değil mi?"

Christian'ın dili.

Yoldan çıkan düşüncelerimi toparlamaya çalışarak, "Elbette. Evet," diye mırıldandım. Sırıtarak ofisten çıktı... Ve beni bir önceki gecenin enfes anılarıyla baş başa bıraktı.

Kimden: Christian Grey
Konu: Hyde
Tarih: 1 Eylül 2011 15:24
Kime: Anastasia Grey

Anastasia

Bilgin olsun, Hyde'ın kefalet talebi reddedildi ve gözaltına alındı. Adam kaçırmaya teşebbüs ve kundaklamayla suçlanıyor. Henüz mahkeme için gün belirlenmedi.

Christian Grey
CEO, Grey Şirketler Topluluğu

Kimden: Anastasia Grey
Konu: Günaydın
Tarih: 1 Eylül 2011 15:53
Kime: Christian Grey

İşte bu iyi haber.

Bu güvenlik önlemlerini hafifleteceğin anlamına mı geliyor?

Prescott'la anlaşamıyorum.

Ana x

Anastasia Grey
Editör, SBY

Kimden: Christian Grey

Konu: Hyde
Tarih: 1 Eylül 2011 15:59
Kime: Anastasia Grey

Hayır, güvenlik aynı kalacak. Tartışma kabul etmiyorum.

Prescott'la sorun ne? Ondan hoşlanmıyorsan yerine başkasını bulabiliriz.

Christian Grey
CEO, Grey Şirketler Topluluğu

Patronluk taslayan e-postasına yüzümü buruşturdum. Prescott o kadar kötü değildi.

Kimden: Anastasia Grey
Konu: Ağır Ol
Tarih: 1 Eylül 2011 16:03
Kime: Christian Grey

Sadece sordum. (Gözlerimi deviriyorum.) Ve Prescott konusunu düşüneceğim.

Kaşınan avucunu bir yere kaldır!

Ana x

Anastasia Grey
Editör, SBY

Kimden: Christian Grey
Konu: Beni Kışkırtma

Tarih: 1 Eylül 2011 16:14

Kime: Anastasia Grey

Bayan Grey sizi temin ederim ki son derece sakinim ve bunu, şahsınıza defalarca ispat etmedim mi?

Diğer yandan, avucum kaşınıyor.

Bu akşam bu konuda bir şeyler yapabilirim.

Christian Grey

Henüz o kadar ağır olmayan CEO, Grey Şirketler Topluluğu

Kimden: Anastasia Grey

Konu: Kıvranıyorum

Tarih: 1 Eylül 2011 16:20

Kime: Christian Grey

Vaatler, vaatler...

Şimdi beni taciz etmeyi bırakın. Çalışmaya çalışıyorum. Bir yazarla, bir son dakika randevum var. Toplantı sırasında sizinle ilgili düşüncelerin dikkatimi dağıtmasına izin vermemeye gayret edeceğim.

A x

Anastasia Grey,

Editör, SBY

Kimden: Anastasia Grey

Konu: Yelken, Planör ve Tokatlama

Tarih: 5 Eylül 2011 09:18
Kime: Christian Grey

Kocacım

Bir kıza nasıl iyi vakit geçirtileceğini iyi biliyorsun.
Bu tür bir muameleyi her hafta sonu bekliyor olacağım.

Beni şımartıyorsun. Buna bayılıyorum.

Karın
xox

Anastasia Grey
Editör, SBY

Kimden: Christian Grey
Konu: Hayattaki Misyonum…
Tarih: 5 Eylül 2011 09:25
Kime: Anastasia Grey

… sizi şımartmaktır, Bayan Grey.

Ve güvenliğinizi sağlamak. Çünkü sizi seviyorum.

Christian Grey
Abayı Yakmış CEO, Grey Şirketler Topluluğu

Ah Tanrım, daha romantik olabilir miydi?

Kimden: Anastasia Grey
Konu: Hayattaki Misyonum…
Tarih: 5 Eylül 2011 09:33
Kime: Christian Grey

… bunu yapmana izin vermek, çünkü ben de seni seviyorum.

Şimdi bu kadar ahmak olmayı kes.

Beni ağlatacaksın.

Anastasia Grey
Abayı Bir O Kadar Yakmış Editör, SBY

Ertesi gün masamdaki takvime baktım. 10 Eylül'e, doğum günüme sadece beş gün kalmıştı. Elliot ve ekibinin ne kadar ilerleme kaydettiklerini görmek için eve gideceğimizi biliyordum. Hımm… Acaba, Christian'ın başka planları var mıydı? Bu düşünceyle gülümsedim. Hannah kapıyı tıklattı.

"İçeri gel."

Prescott dışarıda bekliyordu. *Tuhaf…*

"Merhaba, Ana," dedi Hannah. "Leila Williams adında biri seni görmeye geldi. Özel bir mesele olduğunu söyledi."

"Leila Williams mı? Bu isimde birini…" Ağzım kurudu ve ifademi görünce Hannah'nın gözleri de iri iri açıldı.

Leila mı? Siktir. Ne istiyordu ki?

BÖLÜM ON ALTI

"Onu göndermemi ister misin?" Hannah yüzümün aldığı şekil yüzünden telaşlanmıştı.

"Iıı, hayır. Nerede?"

"Resepsiyonda. Yalnız değil. Yanında genç bir bayan daha var."

Ah!

"Ve Bayan Prescott da seninle görüşmek istiyor," diye ekledi.

İstediğine emindim. "Onu içeri gönder."

Hannah kenara çekildi ve Prescott içeri girdi. Görev başındaydı ve her yanından profesyonellik akıyordu.

"Bana bir dakika ver, Hannah. Prescott, otursana."

Hannah kapıyı kapatarak beni Prescott'la başbaşa bıraktı.

"Bayan Grey, Leila Williams, yasak ziyaretçiler listesinde yer alıyor."

"Ne?" *Benim görüşmem yasak olan ziyaretçilerin bir listesi mi vardı?*

"Gözetim listemizde, efendim. Taylor ve Welch sizinle temas kurmasına izin vermemem konusunda hayli nettiler."

Anlamayarak kaşlarımı çattım. "Tehlikeli mi?"

"Bilemem, efendim."

"Burada olduğunu neden biliyorum?"

Prescott yutkundu ve bir an tuhaf göründü. "Tuvalet molasındaydım. İçeri girmiş, doğrudan Claire'le konuşmuş. Claire de Hannah'yı aramış."

"Ah, anlıyorum." Prescott'un bile işemeye ihtiyaç duyduğunu fark edince güldüm. "Ah, Tanrım."

"Evet, efendim." Bana mahcup bir gülümsemeyle baktı. İlk defa bir zayıflık gösterdiğini görüyordum. Çok hoş bir gülümsemesi vardı.

Usanmış gibi bir sesle, "Protokol konusunda Claire'le tekrar konuşmam gerekecek," dedi.

"Elbette. Taylor, Bayan Williams'ın burada olduğunu biliyor mu?" Christian'a söylemediğini umdum.

"Kısa bir sesli mesaj bıraktım."

Ah. "O zaman çok az vaktim var demektir. Ne istediğini öğrenmek istiyorum."

Prescott bana bir an baktı. "Aksini tavsiye etmek durumundayım, efendim."

"Buraya gelmesinin bir nedeni var."

"Bunu engellemek için buradayım, efendim." Sesi yumuşak ama kaderine razı gelmiş gibiydi.

"Ne söyleyeceğini duymayı gerçekten istiyorum." Sesim niyet ettiğimden daha kuvvetli çıkmıştı.

Prescott iç geçirmemek için kendini zor tuttu. "Siz onları kabul etmeden önce, ikisini de aramak istiyorum."

"Tamam. Bunu yapabilir misin?"

"Sizi korumak için buradayım, Bayan Grey. Ayrıca siz konuşurken de yanınızda kalmak istiyorum."

"Tamam." Bunu yapmasına izin verecektim. Hem, Leila'yı son gördüğümde silahlıydı. "Haydi."

Prescott ayağa kalktı.

"Hannah," diye seslendim.

Hannah kapıyı hemen açtı. Dışarıda bekliyor olsa gerekti.

"Toplantı odasının müsait olup olmadığını kontrol eder misin, lütfen?"

"Ettim bile, müsait."

"Prescott, onları orada arayabilir misin? Sence uygun mu?"

"Evet, efendim."

"Ben de beş dakika içinde orada olacağım. Hannah, Leila Williams ve beraberindeki bayanı toplantı odasına alır mısın?"

"Hemen." Hannah kaygılı gözlerle bir Prescott'a, bir bana baktı. "Bir sonraki görüşmenizi iptal edeyim mi? Saat dörtte ama şehrin diğer ucunda."

"Evet," diye mırıldanırken dalgındım. Hannah başını eğdi ve çıktı.

Leila ne halt etmeye gelmişti? Bana zarar vermek için geldiğini hiç sanmıyordum. Geçmişte, elinde fırsat varken vermemişti. *Christian kafayı yiyecekti.* Bilinçaltım dudaklarını büzdü, aşırı resmî bir tavırla bacak bacak üstüne atarak başıyla onayladı. Christian'a bunu yaptığımı söylemem gerekiyordu. Hızlı bir e-posta yazdım ve sonra duraksayıp saati kontrol ettim. Anlık bir pişmanlık hissettim. Aspen'den beri o kadar iyi anlaşıyorduk ki. Gönder tuşuna bastım.

Kimden: Anastasia Grey

Konu: Ziyaretçiler

Tarih: 6 Eylül 2011 15:27

Kime: Christian Grey

Christian

Leila beni görmek için burada. Onu Prescott'la birlikte kabul edeceğim.

İhtiyaç halinde, artık iyileşmiş elimle, yeni kazandığım tokatlama tekniklerimi kullanacağım.

Lütfen, endişelenmemeye çalış, lütfen.

Ben kocaman bir kızım.

Konuştuktan sonra seni ararım.

A x

Anastasia Grey
Editör, SBY

Telaşla, BlackBerry'mi masamın çekmecesine sakladım. Dize doğru daralan gri eteğimi düzelttim, biraz renk vermek için yanaklarım çimdikledim ve gri ipek gömleğimin ilk düğmesini açtım. Tamam, hazırdım. Derin bir nefes aldıktan sonra, masamın içinden gelen *Your Love is King* melodisini duymazdan gelerek, kötü şöhretli Leila'yla görüşmek üzere ofisimden çıktım.

Leila çok daha iyi görünüyordu. Hatta iyiden de iyi. Çok çekiciydi. Yanaklarına pembe bir renk gelmişti ve kahverengi gözleri ışıl ışıl, saçları temiz ve parlaktı. Açık mavi bir bluz ve beyaz bir pantolon giymişti. Ben toplantı odasına girince o da arkadaşı da –yine koyu renk saçlı, yumuşak kahverengi, kanyak rengi gözleri olan genç bir kadındı– ayağa kalktılar. Prescott gözünü Leila'dan ayırmadan bir köşede dikiliyordu.

"Bayan Grey, beni görmeyi kabul ettiğiniz için çok teşekkür ederim." Leila'nın sesi yumuşacık ve berraktı.

"Şey... Güvenlik için özür dilerim," diye mırıldandım çünkü başka ne diyeceğimi bilememiştim. Elimi Prescott'a doğru salladım.

"Bu arkadaşım, Susi."

"Merhaba." Susi'yi başımla selamladım. Leila'ya benziyordu. Ve bana. *Ah hayır. Bir tane daha.*

Leila düşüncelerimi okur gibi, "Evet," dedi. "Susi de Bay Grey'i tanıyor."

Buna nasıl bir cevap vermem gerekiyordu? Ona nazik bir gülümseme gönderdim.

"Lütfen oturun," diye mırıldandım.

Kapı vuruldu. Gelen Hannah'ydı. Bizi neden rahatsız ettiğini çok iyi bildiğim için, içeri gelmesini işaret ettim.

"Araya girdiğim için çok üzgünüm, Ana. Bay Grey hatta."

"Ona meşgul olduğumu söyle."

"Bir hayli ısrarcıydı," dedi korkulu bir sesle.

"Eminim öyledir. Ondan özür dileyip birazdan arayacağımı söyler misin?"

Hannah tereddütlüydü.

"Hannah, lütfen."

Hannah başını eğdi ve telaşlı adımlarla odadan çıktı. Karşımda oturan iki kadına döndüm. İkisi de bana hayretle karışık bir hayranlıkla bakıyorlardı. Rahatsız edici bir durumdu.

"Sizin için ne yapabilirim?" diye sordum.

Konuşan Susi oldu. "Çok tuhaf olduğunu biliyorum ama ben de sizinle tanışmak istedim. Christian'ın kalbini kazanan..."

Elimi havaya kaldırıp cümlesini yarıda kestim. Bunu duymak istemiyordum. "Şey... Anlıyorum," diye mırıldandım.

"Kendimize itaat kulübü diyoruz." Gözlerinde neşeli bir parıltıyla sırıttı.

Aman Tanrım.

Leila iç geçirdi ve Susi'ye hem eğlenir gibi hem şaşkınlıkla baktı. Susi yüzünü buruşturdu. Leila'nın onu masanın altından tekmelemiş olduğundan emindim.

Ne demem gerekiyordu? İfadesiz bir yüzle, gözlerini Leila'dan bir an bile ayırmadan duran Prescott'a gergin bir bakış attım.

Susi aklını başına toplamış gibiydi. Kızardı, başını hafifçe eğdi ve ayağa kalktı. "Resepsiyon'da bekleyeceğim. Bu Lulu'nun gösterisi." Mahcup olduğu her halinden belliydi.

Lulu?

Leila'ya, "İdare edebilecek misin?" diye sordu. Leila gülümseyerek karşılık verdi. Susi beni kocaman, açık ve samimi bir gülümsemeyle selamladıktan sonra odadan çıktı.

Susi ve Christian... Bu üzerinde kafa yormak isteyeceğim bir düşünce değildi. Prescott cebindeki telefonu çıkarıp cevapladı. Çaldığını duymamıştım.

"Bay Grey," dedi. Leila ve ben dönüp ona baktık. Prescott acı çeker gibi gözlerini yumdu.

"Evet, efendim," dedi ve öne doğru bir adım atıp telefonu bana uzattı.

Gözlerimi devirdim. Öfkemi dizginlemeye çalışarak, "Christian," diye mırıldandım. Ayağa kalktım ve hızlı adımlarla odadan dışarı çıktım.

"Sen ne tür bir oyun oynadığını sanıyorsun?" Köpürüyordu.

"Bana bağırma."

"Bana bağırma da ne demek?" Bu defa daha yüksek sesle bağırmıştı. "Net talimatlar verdim ve sen tamamen yok saydın; bir kez daha. Kahretsin, Ana, fena halde öfkeliyim."

"Bu konuyu sakinleştiğimiz zaman konuşuruz."

"Sakın suratıma telefonu kapatayım deme," diye tısladı.

"Hoşça kal, Christian." Prescott'un telefonunu tamamen kapattım.

Kahretsin. Leila'yla çok fazla vaktim yoktu. Derin bir nefes alarak toplantı odasına geri döndüm. Leila da Prescott da beklenti dolu gözlerle bana bakıyorlardı. Prescott'a telefonunu geri verdim.

Leila'nın karşısındaki yerime dönerken, "Nerede kalmıştık?" diye sordum. Gözleri hafifçe irileşti.

Evet. *Görünüşe bakılırsa onu idare edebiliyorum,* demek istedim. Ama Leila'nın bunu duymak istediğinden emin değildim.

Leila gergin bir tavırla saçlarının uçlarıyla oynamaya başlamıştı. "Öncelikle, özür dilemek istiyorum," dedi yumuşak bir sesle.

Ah...

Kafasını kaldırınca, şaşkınlığımı gördü. "Evet," dedi çabucak. "Ve şikayette bulunmadığınız için teşekkür ederim. Biliyorsunuz, arabanız ve daireniz için."

"Sizin pek... ıı... şey..." diye mırıldanırken, başım dönüyordu. Özür beklemiyordum.

"Hayır, pek kendimde değildim."

"Artık daha iyi misiniz?" diye sordum nazik bir sesle.

"Çok daha iyiyim. Teşekkürler."

"Doktorunuz burada olduğunuzu biliyor mu?"

Kafasını hayır der gibi salladı.

Ah.

Suçlu görünüyordu. "Bu işin sonuçlarıyla daha sonra uğraşmam gerekeceğini biliyorum. Ama bazı şeylerimi almam gerekiyordu ve Susi'yi, sizi ve... Bay Grey'i görmek istedim."

"Christian'ı mı görmek istiyorsunuz?" Midem bulanmaya başlamıştı. *Demek bu yüzden buradaydı.*

"Evet. Sizin için uygun mu diye sormak istedim."

Kahretsin. Ona ağzım açık bakakalmıştım. Uygun olmadığını söylemek istiyordum. Onu kocamın yakınında istemiyordum. Neden buradaydı? Rakibini ölçüp biçmek için mi? Beni huzursuz etmek için mi? Ya da belki de bir tür sonlandırmaya ihtiyacı vardı.

Sinirli bir sesle söze girdim. "Leila, bu benim kararım değil. Christian'ın kararı. Ona sorman gerekecek. Benin iznime ihtiyacı yok. O yetişkin bir adam... genelde."

Bana çok kısacık bir an, tepkime şaşırmış gibi baktı. Sonra saçlarıyla oynayarak, usulca güldü.

"Onu görme ricalarımı sürekli reddediyor," dedi alçak sesle.

Ah, kahretsin. Başım sandığımdan daha büyük bir beladaydı.

Kibar bir sesle, "Onu görmek senin için neden bu kadar önemli?" diye sordum.

"Teşekkür etmek için. O olmasaydı pis bir psikiyatri hapishanesinde çürüyor olacaktım. Bunu biliyorum." Gözlerini önüne indirdi ve parmağını masanın kenarında kaydırdı. "Ciddi bir psikiyatrik sorun yaşadım ve Bay Grey ve John, yani Dr. Flynn olmasaydı..." Omuz silkti ve bana bir kez daha, minnetle baktı.

Bir kez daha nutkum tutulmuştu. Ne söylememi bekliyordu? Elbette bunları bana değil, Christian'a söylüyor olmalıydı.

"Ve sanat okulu için. Ne yapsam teşekkür edemem."

Biliyordum! Derslerinin parasını Christian karşılıyordu. İfadesizliğimi korurken, Christian'ın cömertliği konusundaki şüphelerimi doğrulayan bu kadına olan hislerimi anlamaya çalışıyordum. Ona karşı en ufak bir olumsuzluk hissetmiyor olmam beni şaşırtmıştı. Bu iyi bir keşifti ve daha iyi olmasına memnun olmuştum. Şimdi artık hayatına devam edebilir ve bizimkinden çıkabilirdi.

"Şu anda ders kaçırıyor musunuz?" Bunu ilgilendiğim için sormuştum.

"Sadece iki ders. Yarın eve dönüyorum."

Ah iyi. "Buradayken planlarınız neler?"

"Susi'den eşyalarımı alıp Hamden'a dönmek. Resim yapmaya ve eğitimime devam etmek. Bay Grey'de birkaç tablom var."

Bu da neyin nesiydi şimdi? Midem bir kez daha bulanmıştı. Benim oturma odamda mı asılıydılar yoksa? Bu düşünceyle başımı dikleştirdim.

"Ne tür resimler yapıyorsunuz?"

"Genellikle soyut şeyler."

"Anlıyorum." Aklım oturma odasındaki artık aşina olduğum tablolara gitti. İki tanesi... muhtemelen eski itaatkârının tablolarıydı.

İçimdeki çatışmalardan tamamen bihaber halde, "Bayan Grey, sizinle açık konuşabilir miyim?" diye sordu.

Biraz gevşemiş gibi duran Prescott'a bakarak, "Elbette," diye mırıldandım. Leila, uzun süredir sakladığı bir sırrı paylaşmaya hazırlanır gibi, öne eğildi.

"Geoff'a, bu yılın başında ölen erkek arkadaşıma âşıktım." Sesi hüzünlü bir fısıltıya dönüştü.

Aman Tanrım. Kişisel mevzulara giriyordu.

Otomatik olarak, "Çok üzüldüm," diye mırıldandım ama beni duymamış gibi konuşmayı sürdürdü.

"Kocamı da sevdim... ve birini daha," diye mırıldandı.

"Kocamı." Kelime ağzımdan, kendimi tutmama fırsat kalmadan dökülüvermişti.

Ses çıkarmadan, dudaklarını oynattı, "Evet."

Bu benim için yeni bir haber değildi. Kahverengi gözlerini kaldırdığında, çelişkili duygularla irileşmiş olduklarını gördüm. Ve belki de en baskın duygu endişeydi... Kim bilir, belki de verebileceğim tepkiden endişeleniyordu. Ama bu zavallı kadına hissettiğim baskın his şefkatten başka bir şey değildi. Karşılıksız aşkı konu alan bütün klasik edebi eserleri aklımdan geçirdim. Güçlükle yutkundum.

"Biliyorum. Onu sevmek çok kolay," diye fısıldadım.

Gözleri hayretle açıldı ve gülümsedi. "Evet, kolay. Kolaydı." Kendini bir çırpıda düzeltirken kızarmıştı. Sonra o kadar tatlı kıkırdadı ki, ben de kendimi tutamadım. Ve kıkırdadım. Evet, Christian Grey bizi kıkırdatmıştı. Bilinçaltım bana hüzünle gözlerini devirdi ve elinde tuttuğu, sayfalarının kenarları kıvrılmış *Jane Eyre'e* geri döndü. Saatime baktım. İçimden bir ses, Christian'ın birazdan burada olacağını söylüyordu.

"Christian'ı görme fırsatını yakalayacaksınız."

"Tahmin etmiştim. Ne kadar korumacı olduğunu biliyorum." Gülümsedi.

Demek planı buydu. Çok kurnazdı. Bilinçaltım, *ya da manipülatif* diye fısıldadı. "Bu yüzden mi beni görmeye geldiniz?"

"Evet."

"Anlıyorum." Ve Christian kendi ayaklarıyla avucuna düşüyordu. İstemesem de onu iyi tanıdığının hakkını vermek zorundaydım.

"Çok mutlu görünüyordu. Sizinle," dedi.

Ne? "Nereden biliyorsunuz?"

Temkinli bir sesle, "Daireye girdiğim zamandan," dedi.

Ah, Tanrım. Bunu nasıl unutabilmiştim?

"Oraya sık sık gelir miydiniz?"

"Hayır. Ama sizinleyken çok farklıydı."

Bunu duymak istiyor muydum? İçimden bir ürperti geçti. Dairemizdeki görünmez gölge olduğu günlerde hissettiğim korkuyu hatırlayınca kafam uyuşmaya başladı.

"Bir yere zorla girmenin yasaya aykırı olduğunu biliyorsunuz."

Başıyla onaylayarak gözlerini masaya indirdi. Tırnağını masanın kenarında gezdirdi. "Sadece birkaç defa geldim ve yakalanmadığım için şanslıydım. Bir kez daha, bunun için Bay Grey'e teşekkür borçluyum. Beni hapse attırabilirdi."

"Bunu yapacağını sanmıyorum," diye mırıldandım.

Birden toplantı odasının önünde bir hareketlilik oldu ve içgüdüsel olarak Christian'ın binaya girmiş olduğunu anladım. Bir an sonra kapıdan içeri daldı ve kapıyı arkasından kapatmadan önce, dışarıda sabırla bekleyen Taylor'la gözgöze geldim. Taylor'ın ağzı düz bir çizgi halini almıştı ve gergin gülümsememe karşılık vermedi. *Ah, Tanrım. O bile bana kızgındı.*

Christian'ın yakıcı gri bakışları önce beni, sonra Leila'yı sandalyelerimize çiviledi. Tavrı sakin ve kararlıydı ama ben işin aslının öyle olmadığını biliyordum ve Leila'nın da bildiğine emindim. Gözlerindeki tehditkâr pırıltı gerçeği ele veriyordu: Christian çok iyi saklasa da etrafa buram buram hiddet yayıyordu. Gri takım elbisesi içinde, gevşetilmiş kravatı ve en üst düğmesi açılmış gömleğiyle aynı anda hem resmî hem rahat bir görüntü çiziyordu... ve seksi. Saçları dağılmıştı; nedeninin ellerini öfkeyle aralarından geçirmesi olduğuna hiç şüphe yoktu.

Christian bir bana, bir ona ve son olarak da Prescott'a bakarken, Leila gergin gözlerle masanın kenarına bakıyor ve işaret parmağını masanın kenarı boyunca kaydırıyordu.

"Sen," dedi Prescott'a yumuşak bir sesle. "Kovuldun. Hemen dışarı çık."

Bembeyaz oldum. *Ah, hayır, bu hiç adil değildi.*

"Christian..." Ayağa kalkmaya yeltendim.

İşaret parmağını uyarır gibi havaya kaldırarak, "Sakın," dedi. Sesinde öyle uğursuz bir sükûnet vardı ki derhal sustum ve sandalyeme geri döndüm. Prescott başını öne eğdi ve hızlı adımlarla odadan çıkıp Taylor'ın yanına gitti. Christian kapıyı Prescott'un arkasından kapatıp masanın yanına geldi. *Kahretsin! Kahretsin! Kahretsin!* Bu benim hatamdı. Christian, Leila'nın karşısına geçti iki elini birden ahşap yüzeye yaslayarak öne eğildi.

"Burada ne halt ediyorsun?" diye gürledi.

"Christian!" diye haykırdım. Beni duymazdan geldi.

"Eee?" dedi.

Leila, irileşmiş gözler ve kül rengine dönmüş bir suratla, uzun kirpiklerinin arasından ona baktı. Pembe ışıltısı kaybolmuştu.

"Seni görmek istedim ve sen bana izin vermedin," diye fısıldadı.

"Ve sen de buraya karımı taciz etmeye geldin, öyle mi?" Sesi sakindi. *Fazla sakin.*

Leila bakışlarını yeniden masaya çevirdi.

Christian doğruldu ve gözlerini ondan ayırmadan, "Leila," dedi, "bir daha karımın yakınından bile geçersen, bütün desteği keserim. Doktorlar, sanat okulu, sağlık sigortası, hepsi gider. Anlıyor musun?"

"Christian..." Bir kez daha şansımı denedim. Ama beni içimi donduran bir bakışla susturdu. Neden bu kadar mantıksız davranıyordu? Kadına duyduğum şefkat daha da arttı.

"Evet," dedi Leila güçlükle duyulan bir sesle.

"Susannah'nın Resepsiyon'da işi ne?"

"Benimle geldi."

Christian ona dik dik bakmayı sürdürerek, elini saçlarının arasından geçirdi.

"Christian, lütfen," diye yalvardım. "Leila sadece teşekkür etmek istiyor, hepsi bu."

Christian gazabını Leila'ya odaklayarak beni duymazdan geldi. "Hastayken, Susannah'nın yanında mı kalıyordun?"

"Evet."

"Onunla kalırken neler yaptığından haberi var mıydı?"

"Hayır. O tatildeydi, burada yoktu."

Christian işaret parmağını alt dudağına sürttü. "Neden beni görme ihtiyacı duyuyorsun? Her tür talebini Flynn aracılığıyla göndermen gerektiğini biliyorsun. Bir şeye mi ihtiyacın var?" Ses tonu belki bir nebze yumuşamıştı.

Leila parmağını masanın kenarına sürtmeyi sürdürüyordu.

Ona çıkışmayı kes, Christian!

"Bilmem gerekiyordu." Leila ilk kez doğrudan Christian'a bakıyordu.

"Neyi bilmen gerekiyordu?"

"İyi olduğunu."

Christian'ın ağzı açık kalmıştı. İnanmayarak, "İyi olduğumu mu?" diye homurdandı.

"Evet."

"Ben iyiyim. İşte, sorun cevaplandı. Şimdi Taylor seni Sea-Tac'e götürecek. Ve eğer Mississippi'den bu yana tek bir adım atacak olursan, her şey biter. Anladın mı?"

Kahretsin... Christian! Ona bakakalmıştım. Nesi vardı böyle? Leila'yı ülkenin bir ucuna hapsedemezdi.

"Evet, anladım," dedi Leila usulca.

"İyi." Christian'ın sesi daha uzlaşmacı bir tona dönmüştü.

Onun adına sinirlenerek, "Leila'nın şimdi geri dönmesi uygun olmayabilir," diye itiraz ettim. "Planları var."

Christian bana dik dik baktı. "Anastasia," diye uyarırken, sesi buz gibiydi. "Bu seni ilgilendirmez."

Yüzümü buruşturdum. Elbette ilgilendirirdi. Kız benim ofisimdeydi. Bu işte bildiğimden daha fazlası olsa gerekti. Christian mantıklı davranmıyordu.

Bilinçaltım, *Elli Ton,* diye tısladı.

İnatçı bir tavırla, "Leila seni değil, beni görmeye geldi," diye mırıldandım.

Bana döndüğünde, Leila'nın gözleri daha da irileşmişti.

"Bana verilmiş talimatlar vardı, Bayan Grey. Onları çiğnedim." Gergin gözlerle önce kocama, sonra bana baktı.

Hüzünlü ama özlem dolu bir sesle, "Benim tanıdığım Christian Grey bu," dedi. Christian ona kaşlarını çatarak bakarken, ciğerlerimdeki bütün havanın çekildiğini hissettim. Nefes alamıyordum. Christian onunla birlikteyken hep böyle miydi? İlk başta, benimleyken de böyle miydi yoksa? Hatırlamakta güçlük çekiyordum. Leila bana terk edilmiş gibi bir ifadeyle bakarak masadan kalktı.

Christian'a sakin bir sesle, "Yarına kadar kalmak isterim. Uçağım öğlen," dedi.

"Seni havaalanına götürmesi için saat onda birini gönderirim."

"Teşekkürler."

"Susannah'nın evinde misin?"

"Evet."

"Tamam."

Christian'a baktım. Ona ne yapacağını bu şekilde dayatamazdı. Ve Susannah'nın nerede yaşadığını nereden biliyordu?

"Hoşça kalın, Bayan Grey. Beni kabul ettiğiniz için teşekkür ederim."

Ayağa kalktım ve elimi uzattım. Minnetle tutup sıktı.

"Şey... güle güle. İyi şanslar," diye mırıldandım çünkü protokole göre kocamın eski itaatkârına veda ederken ne söylenmesi gerektiğini bilmiyordum.

Leila başını hafifçe eğdi ve ona döndü. "Hoşça kal, Christian."

"Güle güle, Leila." Sesi kısıktı. "Dr. Flynn, sakın unutma."

"Evet, efendim."

Christian onu geçirmek için kapıyı açtı ama Leila karşısında dikilip ona baktı. Christian onu temkinle izleyerek olduğu yerde durdu.

Leila, "Mutlu olmana sevindim. Bunu hak ediyorsun," dedi ve Christian'a cevap verme fırsatı bırakmadan çıkıp gitti. Christian kaşlarını çattı, sonra Taylor'a başıyla işaret verdi. Taylor, Leila'nın peşinde resepsiyon alanına yürüdü. Christian kapıyı kapattı ve bana döndü.

"Bana kızmayı aklından bile geçirme," diye tısladım. "Claude Bastille'i ara, canına oku ya da Flynn'i görmeye git."

Ağzı açık kaldı. Çıkışım onu şaşırtmıştı. Kaşları bir kez daha çatıldı.

"Bunu yapmayacağına söz vermiştin." Sesi suçlayıcıydı.

"Neyi yapmayacağıma?"

"Bana kafa tutmayacağına."

"Hayır, vermedim. Daha düşünceli davranacağımı söyledim. Sana burada olduğunu haber verdim. Prescott'a onun ve diğer küçük arkadaşının üstünü arattım. Prescott her anında yanımdaydı. Şimdi sadece benim söylediklerimi yapmasına rağmen, o zavallı kadını kovdun. Sana endişe etmemeni söyledim ama işte karşımdasın. Leila'yı göremeyeceğime dair bir kanun olduğunu hatırlamıyorum. Benimle görüşmesi yasak insanların bir listesi olduğunu bilmiyordum." Sesim öfkeden yükseliyordu. Christian bana anlaşılmaz bir ifadeyle bakıyordu. Bir an sonra, ağzı büküldü.

Hoşuna gitmiş gibi, "Bir kanun mu?" dedi. Gözle görülür biçimde gevşemişti.

Amacım sohbetimizi hafifletmek değildi ama o karşıma geçmiş sırıtıyordu ve bu beni daha da delirtti. Onunla eski itaatkârları arasındaki iletişime şahit olmak acı vericiydi. Ona karşı nasıl bu kadar soğuk olabilmişti?

Kızgın bir sesle, "Ne?" dedi ama yüzüm kararlı ifadesizliğini korudu.

"Sen. Ona karşı neden bu kadar duygusuzdun?"

İç geçirdi ve bana doğru bir adım atarak masanın kenarına yaslandı. Çocukla konuşur gibi, "Anastasia," dedi. "Anlamıyorsun. Leila, Susannah –hepsi– hoş ve kafa dağıtıcı eğlencelerdi. Ama hepsi bu. Sense kâinatımın merkezisin. Ve ikiniz aynı odada son kez bir araya geldiğinizde sen namlunun ucundaydın. Yakınından bile geçsin istemiyorum."

"Ama Christian, o zaman hastaydı."

"Biliyorum. Ve şimdi daha iyi olduğunu da biliyorum ama artık ona inanma gafletine düşmek istemiyorum. Yaptığı şey affedilmezdi."

"Ama doğrudan onun dediğine geldin. Seni tekrar görmek istiyordu ve beni görmeye gelirse, senin koşarak buraya geleceğini biliyordu."

Christian umurunda değilmiş gibi omuz silkti. "Eski hayatımın seni lekelemesini istemiyorum."

Ne?

"Christian, sen, eski hayatın, yeni hayatın ya da her neyse, onun sayesinde bugün olduğun kişisin. Seni etkileyen şey beni de etkiler. Bunu seninle evlenmeye evet dediğim gün, kabul ettim. Çünkü seni seviyorum."

Durdu. Bunu duymanın ona zor geldiğini biliyordum.

"Canımı yakmadı. O da seni seviyor."

"Umurumda değil."

Şoke olmuştum, ağzım açık bakakaldım. Hâlâ beni şoke edebilme kapasitesinin olması beni daha da şaşırttı. *Benim tanıdığım Christian Grey bu.* Leila'nın sözleri kafamın içinde yankılanıyordu. Christian'ın ona tepkisi o kadar soğuk ve benim tanıdığım ve âşık olduğum adama o kadar zıttı ki. Leila'nın buhran yaşadığı dönemde hissettiği pişmanlığı hatırladım. Acısından bir şekilde sorumlu olabileceğini sandığı zamanı... Ona banyo yaptırdığını da hatırlayarak yutkundum. Bu düşünce midemin acıyla kasılmasına ve ağzıma safra tadının gelmesine neden olmuştu. Onu umursamadığını nasıl söyleyebilirdi? O zaman önemsiyordu. Ne değişmişti? Bazen, tıpkı şimdi olduğu gibi, onu anlamıyordum. Mantığı benimkinden çok ama çok farklı işliyordu.

"Neden birden onun savunucusu kesildin?" Bunu şaşkın ve sinirli bir sesle sormuştu.

"Bak, Christian. Leila'yla yemek tarifi ve örgü desenleri hakkında konuşacağımızı hiç sanmıyorum. Ama ona karşı böyle kalpsiz davranmanı da beklemiyordum."

Gözleri dondu. "Sana daha önce de söyledim. Benim bir kalbim yok," diye mırıldandı.

Gözlerimi devirdim. Ah işte yine ergenliğe geçiş yapmıştı.

"Bu doğru değil, Christian. Saçmalıyorsun. Onu önemsiyorsun. Önemsemeseydin, sanat derslerinin ve diğer zımbırtıların parasını ödüyor olmazdın."

Bunu anlamasını sağlamak, bir anda benim için ciddi bir hırsa dönüşmüştü. Önemsediği bal gibi ortadaydı. Neden inkâr ediyordu? Biyolojik annesine beslediği duygulara benziyordu. *Ah, kahretsin, elbette.* Leila'ya ve diğer itaatkârlarına olan hisleri annesine olan duygularına karışmıştı. *Sana benzeyen kahverengi saçlı küçük kızları kırbaçlamayı seviyorum, çünkü hepiniz o uyuşturucu bağımlısı fahişeye benziyorsunuz.* Bu kadar kızmasına şaşmamak gerekirdi. İç geçirerek kafamı salladım. *Dr. Flynn* lütfen buraya. Bunu nasıl göremezdi?

Bir an, kalbim sevgiyle doldu. Benim kayıp çocuğum... Leila'ya buhran geçirirken gösterdiği insanlıkla, şefkatle yeniden temas kurmak onun için neden bu kadar zordu?

Bana gözleri öfkeyle parlayarak, dik dik bakıyordu. "Tartışma sona erdi. Haydi, eve gidelim."

Saatime baktım. Dördü yirmi üç geçiyordu. Yapmam gereken işler vardı. "Çok erken," diye mırıldandım.

"Eve," diye üsteledi.

"Christian." Sesim bıkkındı. "Seninle aynı tartışmayı yapmaktan çok sıkıldım."

Anlamıyormuş gibi, kaşlarını çattı.

"Biliyorsun," diye açıkladım. "Hoşuna gitmeyen bir şey yapıyorum ve sen benden intikam almanın bir yolunu buluyorsun. Genelde tuhaf düzüşmelerinden biri oluyor. Ya insanın aklını başından alıyor ya da acımasız oluyor." Teslim olmuş gibi omuz silktim. Bu çok yorucu ve kafa karıştırıcıydı.

"Aklını başından mı alıyor?" diye sordu.

Ne?

"Genelde, evet."

"Ne tür şeyler aklını başından alıyor?" diye sorarken, gözleri keyifli ve şehvetli bir merakla parlıyordu. Ve dikkatimi dağıtmaya çalıştığını anladım.

Lanet olsun! Bunu SBY'nin toplantı odasında tartışmak istemiyordum. Bilinçaltım küçümseyici bir tavırla manikürlü tırnaklarını inceliyordu.

Hem kendime hem ona sinirlenerek, "Biliyorsun," dedim. Kızarmıştım.

"Tahmin edebiliyorum," diye fısıldadı.

Lanet olsun. Ben onu azarlamaya çalışıyordum o ise beni allak bullak ediyordu. "Christian, ben..."

"Seni memnun etmek hoşuma gidiyor." Başparmağını narin bir dokunuşla alt dudağımın üstünde dolaştırdı.

Fısıltıdan farksız bir sesle kabul ettim. "Ediyorsun da."

"Biliyorum," dedi yumuşacık bir sesle. Öne eğildi ve kulağıma, "Bildiğim tek şey bu," diye fısıldadı. Ah, enfes kokuyordu. Tekrar geri çekildi ve bana dudaklarında küstah ve sana öylesine sahibim ki gülümsemesiyle baktı.

Dudaklarımı büzerek, dokunuşundan etkilenmemiş gibi görünmeye çalıştım. Beni acı veren ya da bahsetmek istemediği herhangi bir konudan uzaklaştırmak konusunda o kadar ustaydı ki. Bilinçaltım yardımcı olmaktan uzak bir tavırla, *Jane Eyre*'ının üstünden, *Ama sen de ona izin veriyorsun*, diye söylendi.

Christian gözlerinde ahlaksız ışıltısıyla, "Aklını başından alan hangisiydi, Anastasia?" diye üsteledi.

"Listeyi ister misin?" diye sordum.

"Bir liste mi var?" Hoşuna gitmişti.

Ah, bu adam çok yorucuydu. "Şey, kelepçeler," diye mırıldanırken, aklım balayımıza dönmüştü.

Kaşlarını çattı ve elimi tutup başparmağını bileğime sürttü.

"Sende iz bırakmak istemiyorum."

Ah...

Dudakları aheste ve şehvetli bir gülümsemeyle kıvrıldı. "Eve gel." Ses tonu ayartıcıydı.

"Yapmam gereken işler var."

"Eve," dedi daha ısrarlı bir sesle.

Eriyik gri ve şaşkın mavi bir çift göz, birbirimizi, sınırlarımızı ve iradelerimizi sınayarak birbirine bakıyordu. Bu adamın nasıl olup da bir nefeste, köpüren kontrol manyağından baştan çıkarıcı âşığa dönüşebildiğini çözmeye çabalayarak, gözlerinde biraz anlayış aradım. Gözleri daha iri ve daha koyuydu, niyeti ortadaydı. Yanağımı yavaşça okşadı.

"Burada kalabiliriz." Sesi alçak ve boğuktu.

Ah, hayır. Hayır. Hayır. Hayır. Ofiste olmazdı. "Christian burada seks yapmak istemiyorum. Az önce metresin de bu odadaydı."

"O hiçbir zaman metresim olmadı," diye homurdandı. Ağzı düz bir çizgiye dönmüştü.

"Sadece anlam olarak, Christian."

Kaşlarını çattı; ifadesi şaşkındı. Baştan çıkarıcı âşık gitmişti. "Buna gereğinden fazla kafa yorma, Anastasia, Leila geçmişte kaldı," dedi.

İç geçirdim. Belki de haklıydı. Ben sadece onu önemsediğinin farkına varmasını istiyordum. İçim ürperdi. *Ah hayır.* Benim için önemli olması bu yüzdendi. Affedilmeyecek bir şey yaparsam... Ona itaat etmezsem... ben de mi geçmişte kalacaktım? Leila hastayken o kadar endişeli ve üzgünken, şimdi nasıl bu şekilde davranabiliyordu? Bana da sırt çevirir miydi? Bir rüyadan parçalar hatırlayarak iç geçirdim. Yaldızlı aynalar, beni gösterişli bir ihtişamın ortasında tek başına bırakıp giderken mermer zeminde tıkırdayan topukları.

"Hayır." Kelime ağzımdan, ben mani olamadan, fısıltılı bir dehşetle çıkıvermişti.

"Evet," dedi ve çenemi tutup dudaklarıma şefkatli bir öpücük kondurdu.

"Ah, Christian, bazen beni korkutuyorsun." Yüzünü ellerimin arasına aldım, parmaklarımı saçlarının arasına kaydırdım ve dudaklarını benimkilere çektim. Kollarını bana sararken, bir an durdu.

"Neden?"

"Ona bu kadar kolay sırt çevirebildiğin için..."

Kaşlarını çattı. "Ve sana da sırt çevirebileceğimi mi sanıyorsun, Ana? Neden böyle bir şey düşünesin ki? Bunu aklına sokan ne?"

"Hiçbir şey. Öp beni. Beni eve götür," diye yalvardım. Ve dudakları dudaklarıma değerken, kendimi kaybettim.

Christian cinsel organımın üstüne üflerken, "Ah lütfen," diye yalvardım.

"Her şeyin bir sırası var," diye mırıldandı.

Kollarımı zapt eden kelepçelere asıldım ve şehvetli saldırısına karşılık yüksek sesle inledim. Her iki dirseğim, yumuşak deri kelepçelerle dizlerime bağlanmıştı ve Christian'ın başı bacaklarımın arasına bir inip bir kalkarken, hünerli dili benimle insafsızca oynuyordu. Gözlerimi açtım ve yatak odamızın akşamüstünün yumuşacık ışığına boyanmış tavanına görmeden baktım. Dili, kâinatımın etrafında ve tam merkezinde dönüyor, kıvrılıp bükülüyordu. Bacaklarımı düzeltmek istiyor ve hazzı kontrol etmek için sonuç almaksızın debeleniyordum. Ama yapamıyordum. Saçlarını kavrayan parmaklarım, bu görkemli işkenceye karşı koymak için sertçe asıldı.

Beni, "Sakın boşalma," diye uyarırken, yumuşak nefesini sıcak, ıslak tenimde hissettim. "Boşalırsan, şaplağı yersin."

İnledim.

"Kontrol, Ana. Her şey kontrol meselesi." Dili erotik istilasını tekrarladı.

Ah, ne yaptığını iyi biliyordu. Karşı koymak ya da bedensel tepkimi engellemek konusunda çaresizdim ve denedim –gerçekten denedim– ama vücudum acımasız saldırısı altında infilak etti; insanın elini ayağını hissizleştiren hazzın son noktasına ulaştığımda bile dili durmak bilmiyordu.

"Ah, Ana," diye azarladı, "boşaldın." Zafer dolu azarını dile getirirken sesi yumuşacıktı. Beni yüz üstü çevirince, titrek kollarıma yaslanıp doğruldum. Popoma sert bir şaplak indirdi.

"Ah!" diye haykırdım.

"Kontrol," diye azarladı ve kalçalarımı tutarak kendini içime itti. Haykırırken tenim, orgazmımın artçı şoklarıyla hâlâ titriyordu. İçimde iyice gömülmüş haldeyken durdu, önce bir kelepçeyi sonra diğerini çözdü. Kolunu etrafıma sarıp beni, ön tarafı sırtıma denk gelecek şekilde, kucağına oturttu ve elini çenemin hemen altından boynuma yerleştirdi. Doluluk hissinin tadını çıkardım.

"Hareket et," diye emretti.

İnledim ve kucağında kalkıp oturmaya başladım

"Daha hızlı," diye fısıldadı.

Ve daha hızlı, daha hızlı hareket etmeye başladım. İnlerken başımı eliyle arkaya yatırdı ve boynumu ısırdı. Diğer eli, telaşsız bir şekilde vücudumdan aşağı kaydı ve kalçamdan cinsel organıma ve biraz önceki ilgisi yüzünden hâlâ hassas olan klitorisime uzandı. Parmakları etrafıma kapanıp benimle bir kez daha oynarken inledi.

Kulağıma usulca, "Ah, Ana," diye soludu. "Benimsin. Sadece sen."

Vücudum tekrar kasılıp etrafına kapanırken ve onu olabilecek en mahrem şekilde sararken, "Evet," diye soludum.

"Benim için boşal," diye emretti.

Ve kendimi bırakmamla vücudumun emrine itaat etmesi bir oldu. Orgazmım beni yırtıp geçerken, beni sımsıkı tuttu ve adını haykırdım.

"Ah, Ana, seni seviyorum," diye inledi ve o da arkamdan gelerek, içimde kendi orgazmına kavuştu.

Omzumu öptü ve saçlarımı yüzümden itti. "Liste bu kadar mı, Bayan Grey?" diye mırıldandı. Yatağımızda, neredeyse baygın halde, yüz üstü yatıyordum. Christian popomu usul usul okşuyordu. Yanımda dirseğine yaslanmış halde duruyordu.

"Hımm...."

"Bu bir evet mi?

"Hımm..." Gülümsedim.

Sırıttı ve beni tekrar öptü. İstemeye istemeye yan dönüp yüzümü ona çevirdim.

"Eee," diye sordu.

"Evet. Liste bu kadar. Ama uzun bir listeydi."

Yüzü neredeyse ortadan ikiye ayrılacaktı. Beni öpmek için öne eğildi. "İyi. Akşam yemeği yiyelim mi?" Gözleri aşk ve sevgiyle parlıyordu.

Başımı evet der gibi salladım. Açlıktan ölüyordum. Göğsündeki küçük kılları çekmek için usulca uzandım. "Bana bir şey söylemeni istiyorum," diye fısıldadım.

"Ne?"

"Kızma."

"Nedir, Ana?"

"Umurunda."

Gözleri irileşti ve eğlenceye dair bütün izler siliniverdi.

"Umursadığını itiraf etmeni istiyorum. Çünkü benim tanıdığım ve sevdiğim Christian umursar."

Durdu, gözlerini benden ayırmıyordu. Ve içsel mücadelesine şahit oldum. Bir şey söylemek için ağzını açtı ve yüzünden anlık bir ifade –belki de acı– geçip giderken, geri kapattı.

İçimden, *Söyle,* diye üsteledim.

"Evet. Evet umursuyorum. Mutlu musun?" Sesi fısıltıdan farksızdı.

Ah, Tanrı'ya şükür. Rahatlamıştım. "Evet. Çok."

Kaşlarını çattı. "Şu anda, yatağımızda seninle konuştuğumuz şeyin..."

Parmağımı dudaklarına yerleştirdim. "Konuşmuyoruz. Haydi, yemek yiyelim. Acıktım."

İç geçirerek kafasını salladı. "Beni büyülüyor ve şaşırtıyorsunuz, Bayan Grey."

"İyi." Uzandım ve onu öptüm.

Kimden: Anastasia Grey

Konu: Liste

Tarih: 9 Eylül 2011 09:33

Kime: Christian Grey

Son yaptığımız kesinlikle listede en üstte.

:D

A x

Anastasia Grey
Editör, SBY

Kimden: Christian Grey

Konu: Bana Yeni Bir Şey Söyle

Tarih: 9 Eylül 2011 09:42

Kime: Anastasia Grey

Bunu son üç gündür söylüyorsun.

Kararını ver.

Ya da... Yeni bir şey deneyebiliriz.

;)

Christian Grey
Bu Oyundan Çok Keyif Alan CEO, Grey Şirketler Topluluğu

Ekranıma sırıtarak baktım. Son birkaç akşam... eğlenceli geçmişti. Yeniden gevşemiş, Leila'nın müdahalesini unutmuştuk. Henüz duvarlardaki tablolardan onun olan var mı diye sorma cesaretini toplamamıştım ve dürüst olmam gerekirse, umurumda da değildi. BlackBerry'm titreşti ve Christian'ın sesini duymayı bekleyerek açtım.

"Ana?"

"Evet?"

"Ana, tatlım. Benim José'nin babası José."

"Bay Rodriguez! Merhaba." Kafa derim karıncalandı. José'nin babası benden ne istiyordu?

"Tatlım, seni iş yerinde aradığım için üzgünüm. Ray'le ilgili." Sesi boğuldu.

"Nesi var? Ne oldu?" Yüreğim ağzıma geldi.

"Ray bir kaza geçirdi."

Ah hayır. Baba. Nefes alamaz oldum

"Hastanede. Bir an önce buraya gelsen iyi olur."

BÖLÜM ON YEDİ

"Bay Rodriguez, ne oldu?" Sesim boğuklaşmıştı. *Ray. Tatlı Ray. Benim babam.*

"Bir araba kazası geçirdi."

"Tamam, geliyorum. Hemen geliyorum." Kan dolaşımıma pompalanan adrenalin içimde büyük bir panik yaratmıştı. Nefes almakta güçlük çekiyordum.

"Onu Portland'a naklettiler."

Portland mı? Portland'da ne işi vardı?

"Helikopterle götürdüler, Ana. Ben de şimdi oraya gidiyorum. OEAH[14]. Ah, Ana, arabayı görmedim. Görmedim işte..." Sesi titredi.

Bay Rodriguez, hayır!

"Orada görüşürüz." Bay Rodriguez boğulur gibi bir ses çıkardı ve telefon kesildi.

Gırtlağıma yapışan karanlık bir korku, beni altüst etti. Ray. Hayır. Hayır. Sakinleşmek için derin bir nefes aldım ve ahizeyi kaldırıp Roach'u aradım. İkinci çalışta açtı.

"Ana?"

"Jerry. Babam."

"Ana, ne oldu?"

---

14 (Oregon Health & Science University) Oregon Eğitim ve Araştırma Hastanesi. (yay. n.)

Nefes almak için bile durmadan açıkladım.

"Git. Elbette, gitmelisin. Umarım baban iyidir."

"Teşekkürler. Seni bilgilendiririm." Telefonu yanlışlıkla suratına kapattım ama şu anda umurumda bile değildi.

"Hannah!" diye seslenirken, sesimdeki kaygıyı kendim de hissettim. Birkaç saniye sonra, kafasını kapıdan içeri uzatınca beni çantamı toplarken ve evrak çantama tıkacağım kâğıtları toplamaya çalışırken buldu.

"Evet. Ana?" Kaşlarını çattı.

"Babam bir kaza geçirmiş. Gitmem gerek."

"Ah, Tanrım..."

"Bugünkü bütün randevularımı iptal et. Ve pazartesi günküleri. E-kitap sunumunu senin tamamlaman gerekecek; notlar paylaşımdaki dosyada. Gerekirse, Courtney'den yardım al."

"Evet," diye fısıldadı. "Umarım iyidir. Sen buradaki hiçbir şey için endişelenme. Biz bir şekilde hallederiz."

"BlackBerry'm yanımda."

İncecik, solgun yüzüne yerleşen endişe beni neredeyse ağlatacaktı.

Babacığım.

Ceketimi ve çantalarımı aldım. "Bir şeye ihtiyacım olursa seni ararım."

"Ara, lütfen. Bol şans, Ana. Umarım iyidir."

Kendimi tutmak için çaba harcayarak, ona küçük, gergin bir gülümseme gönderdim ve ofisimden çıktım. Resepsiyona kadar koşmamak için kendimi zor tutuyordum. Ben resepsiyona ulaşınca, Sawyer ayağa fırladı.

Aniden karşısına çıkmama şaşırarak, "Bayan Grey?" dedi.

"Portland'a gidiyoruz. Hemen."

Kaşlarını çatarak, "Tabii, efendim," dedi ve kapıyı açtı. "Bu plansız yolculuğu neden yaptığımızı sorabilir miyim?"

"Babam. Bir kaza geçirmiş."

"Anlıyorum. Bay Grey biliyor mu?"

"Onu arabadan arayacağım."

Sawyer başıyla onayladı ve Audi SUV'nin arka kapısını açtı. Arabaya binince, titreyen parmaklarla BlackBerry'me ulaştım ve Christian'ın cep telefonunu tuşladım.

"Bayan Grey." Andrea'nın sesi resmîydi.

"Christian orada mı?" diye soludum.

"Binanın içinde bir yerde, efendim. BlackBerry'sini şarjda bıraktı."

Sıkıntıyla iç geçirdim.

"Ona aradığımı ve onunla konuşmam gerektiğini söyleyebilir misiniz? Acil bir durum."

"İzini bulmaya çalışabilirim. Zaman zaman uzaklaşmak gibi bir huyu var."

Gözyaşlarımla savaşarak, "Lütfen beni aramasını sağlayın," diye yalvardım.

"Elbette, Bayan Grey." Duraksadı. "Her şey yolunda mı?"

Sesime güvenemeyerek, "Hayır," diye fısıldadım. "Lütfen, beni aramasını sağlayın."

"Evet, efendim."

Kapattım. Artık sıkıntımı bastıramıyordum. Dizlerimi göğsüme çekip arka koltuğa kıvrılırken, yanaklarımdan aşağı engellemeye çalıştığım gözyaşları yuvarlanmaya başladı.

Sawyer usulca, "Portland'da nereye Bayan Grey?" diye sordu.

Güçlükle, "OEAH," dedim. "Büyük hastane."

Sawyer sokağa indi ve ben arabanın arka koltuğunda usul usul ağlayıp, sesizce dualar mırıldanırken I-5 istikametine döndü. *Lütfen iyi olsun, lütfen iyi olsun.*

Telefonum çalmaya başladı. *Your Love is King* melodisiyle dua etmeyi yarıda kestim.

"Christian," dedim nefes nefese.

"Tanrım, Ana. Sorun ne?"

"Ray. Kaza geçirmiş."

"Kahretsin!"

"Evet. Ben Portland yolundayım."

"Portland mı? Lütfen Sawyer'ın yanında olduğunu söyle."

"Evet, arabayı o kullanıyor."

"Ray nerede?"

"OEAH'da."

Fonda boğuk bir ses duydum. Christian öfkeyle, "Evet, Ros," diye çıkıştı. "Biliyorum! Üzgünüm, bebeğim. Üç saat içinde orada olurum. Burada bitirmem gereken bir iş var. Uçarak geleceğim."

Ah kahretsin. Charlie Tango kullanıma hazırdı ve Christian onunla son uçuşunda...

"Tayvan'dan birileriyle toplantım var. Onları ortada bırakamam. Aylardır üzerinde çalıştığımız bir anlaşma..."

Neden benim bundan hiç haberim yoktu?

"Elimden geldiğince çabuk çıkacağım."

"Tamam," diye fısıldadım. Ona sorun değil, sen Seattle'da kal ve işini hallet demek isterdim ama işin aslı onu yanımda istiyordum.

"Ah, bebek," diye fısıldadı.

"Ben iyi olacağım, Christian. Acele etme. Telaş yapma. Senin için de endişelenmek istemiyorum. Dikkatli uç."

"Merak etme."

"Seni seviyorum."

"Ben de seni seviyorum, bebeğim. En kısa zamanda yanında olacağım. Luke'u yanından ayırma."

"Tamam, ayırmam."

"Sonra görüşürüz."

"Hoşça kal." Telefonu kapattıktan sonra, tekrar kollarımı dizlerime sardım. Christian'ın işleri konusunda hiçbir şey bilmiyordum. Tayvanlılarla ne işi vardı? King County Uluslararası Havaalanı/Boeing Sahası'ndan geçerken, pencereden dışarı baktım. Dikkatli uçmalıydı. Midem yeniden düğümlendi ve kusacak gibi hissettim. Ray ve Christian. Kalbimin bunu kaldırabileceğini sanmıyordum. Arkama yaslandım ve yeniden dua etmeye başladım. *Lütfen iyi olsun. Lütfen iyi olsun.*

"Bayan Grey." Sawyer'ın sesiyle irkildim. "Hastaneye geldik. Acil servisi bulmam gerek."

"Ben nerede olduğunu biliyorum." OEAH'ya son ziyaretimi hatırlamıştım. Clayton's'daki ikinci günümde portatif merdivenden düşüp ayak bileğimi burkmuştum. Paul Clayton'un tepemde dikilişini hatırlayınca içim ürperdi.

Sawyer yolcu indirme noktasında durdu ve kapımı açmak için dışarı atladı.

"Ben gidip park edeyim, efendim. Sonra gelip sizi bulurum. Evrak çantanız kalsın, ben getiririm."

"Teşekkürler, Luke."

Başıyla selam verdi. Hızlı adımlarla, vızır vızır kaynayan acil servise yürüdüm. Danışma masasındaki görevli beni nazik bir gülümsemeyle karşıladı ve birkaç dakika içinde Ray'in yerini tespit edip beni üçüncü kattaki ameliyathaneye yönlendirdi.

Ameliyathane mi? *Siktir*! Asansörü bulmam için verdiği tarife odaklanmaya çalışarak, "Teşekkürler," diye mırıldandım. Neredeyse koşar adımlarla asansörlere doğru giderken, kalbim gümbür gümbür çarpıyordu.

İyi olsun. Lütfen iyi olsun.

Asansör işkence düzeyinde yavaştı; neredeyse her katta durdu. Haydi ama... Haydi ama! Hiç telaşsız inip binen ve babama ulaşmama engel olan insanlara âdeta surat asarak daha hızlı gitmesi için içimden yalvarıyordum.

Nihayet kapılar üçüncü katta açıldı ve yeni bir danışma masasına koştum. Bu seferkinde lacivert üniformalı hemşireler vardı.

İşgüzar bir hemşire, "Yardımcı olabilir miyim?" diye sordu.

"Babam, Raymond Steele. Bugün geldi. Sanırım 4 numaralı ameliyathanede." Kelimeleri söylerken bile, doğru olmamalarını diliyordum.

"Bir bakayım, Bayan Steele."

Dikkatle bilgisayar ekranına bakarken, onu düzeltme zahmetine girmeden başımı salladım.

"Evet. Geleli birkaç saat olmuş. Beklemek isterseniz geldiğinizi haber vereyim. Bekleme odası şu tarafta." Üzerinde kalın mavi harflerle BEKLEME ODASI tabelası olan büyük mavi kapıyı işaret etti.

Sesimi kontrol etmeye çalışarak, "O iyi mi?" diye sordum.

"Bilgi almak için, kendisiyle ilgilenen doktorlardan birini beklemeniz gerekecek, efendim."

"Teşekkürler," diye mırıldandım ama içimden, *Hemen şimdi öğrenmek istiyorum*, diye haykırmak geçiyordu.

Kapıyı açınca, karşımda ciddi görünüşlü bir bekleme odası buldum. Bay Rodriguez ve José de içerideydiler.

Bay Rodriguez, "Ana!" diye haykırdı. Kolu alçıdaydı ve tek yanağı morarmıştı. Bacaklarından biri de alçıya alındığı için tekerlekli sandalyedeydi. Ona dikkatle sarıldım.

"Ah, Bay Rodriguez," diye hıçkırdım.

"Ana, tatlım." Sağlam koluyla sırtımı sıvazladı. "Çok üzgünüm," diye mırıldanırken sesi titredi.

Ah hayır.

José arkamda durduğu yerden yavaşça, "Hayır, baba," diye çıkıştı. Ben dönünce, beni kollarının arasına çekip sıkıca sarıldı.

"José," diye mırıldandım. Ve son üç saatin gerilimi, korkusu ve kalp sızısı yüzeye çıkarken, gözyaşlarım dökülmeye başladı.

"Hey, Ana, ağlama." José saçlarımı okşuyordu. Kollarımı boynuna dolayıp usul usul ağladım. Uzun süre böyle kaldık; arkadaşımın orada olmasına öyle büyük bir şükran duyuyordum ki. Sawyer bekleme odasında bize katılınca birbirimizden ayrıldık. Bay Rodriguez bir mendil uzattı, gözlerimi kuruladım.

"Bu, Bay Sawyer. Korumam," diye mırıldandım. Sawyer, José ve Bay Rodriguez'i kibarca selamladı ve köşedeki bir koltuğa yöneldi.

"Otur, Ana." José beni vinil kaplı sandalyelerden birine çekti.

"Ne oldu? Nasıl olduğunu biliyor muyuz? Ne yapıyorlar?"

José soru bombardımanımı durdurmak için ellerini havaya kaldırarak yanıma oturdu. "Hiç haber yok. Ray, babam ve ben Astoria'ya balık gezisine çıkmıştık. Aptal sarhoşun teki bize..."

Bay Rodriguez bir özür geveleyerek araya girmeye çalıştı.

José, "*Cálmate*, Papa!" diye çıkıştı. "Bende morluk bile yok, sadece birkaç ezik kaburga ve başımı vurdum. Babam... şey, babam el ve ayak bileklerini kırdı. Ama araba yolcu tarafından vurdu ve Ray..."

Ah, hayır, *hayır*... Panik, limbik sistemimi bir kez daha ele geçirdi. Hayır, hayır, hayır. Ray'e ameliyathanede neler yapıldığını düşününce bütün vücudum ürperdi ve soğudu.

"Ameliyatta. Astoria'daki yerel hastaneye götürdük ama Ray'i hava yoluyla buraya naklettiler. Ne yaptıklarını bilmiyoruz. Haberleri bekliyoruz."

Titremeye başladım.

"Hey, Ana, üşüdün mü?"

Başımı evet der gibi salladım. Üzerimde beyaz kolsuz gömleğim, siyah yazlık ceketim vardı ve her ikisi de hiç ısıtmıyorlardı. José büyük bir dikkatle deri ceketini çıkardı ve omuzlarımı sardı.

"Size biraz çay getireyim mi, efendim?" Sawyer yanımdaydı. Minnetle başımı sallayınca, odadan çıktı.

"Neden Astoria'da balığa çıktınız?" diye sordum.

José omuz silkti. "Orada iyi balık tutulduğu söylenir. Erkek erkeğe zaman geçiriyorduk. Son yılımda okul yoğunlaşmadan babamla zaman geçirmek istedim." José'nin koyu renk gözleri, korku ve pişmanlıkla irileşmiş ve parlaklaşmıştı.

"Sen de yaralanabilirdin. Ve Bay Rodriguez daha kötü olabilirdi." Bu düşünceyle yutkundum. Vücut ısım iyice düştü ve bir kez daha ürperdim. José elimi tuttu.

"Tanrım, Ana, donmuşsun."

"Bay Rodriguez öne atıldı ve sağlam eliyle, diğer elimi tuttu.

"Ana, çok üzgünüm."

"Bay Rodriguez, lütfen. Kazaydı..." Sesim gittikçe alçalıp bir fısıltıya dönüştü.

"Bana José de," diye düzeltti. Ona cılız bir gülümsemeyle baktım çünkü elimden ancak bu kadarı geliyordu. Bir kez daha ürperdim.

"Polis pisliği gözaltına aldı. Sabahın saat yedisi ve herif dut gibiydi." José tiksintiyle tısladı.

Sawyer elinde bir kâğıt bardak dolusu sıcak su ve bir çay poşetiyle tekrar içeri girdi. *Çayımı nasıl içtiğimi biliyor!* Şaşırmış ve sevinmiştim. Bardağı minnetle Sawyer'ın elinden alırken, Bay Rodriguez ve José ellerimi bıraktılar.

Sawyer, José ve Bay Rodriguez'e, "Siz bir şey ister misiniz?" diye sordu. İkisi de kafalarını sallayınca köşedeki koltuğuna döndü. Çay poşetini elim titreyerek suya daldırıp geri çektim ve kullanılmış poşeti küçük çöp kutusuna attım.

Çayımdan bir yudum alırken, "Neden bu kadar uzun sürüyor?" diye sordum.

Babam... Lütfen iyi olsun. Lütfen iyi olsun.

"Birazdan öğreniriz, Ana," dedi José nazik bir sesle. Başımı eğip bir yudum daha aldım. Yanındaki koltuğa geri oturdum. Bekledik... Bekledik. Bay Rodriguez'in gözleri kapalıydı; sanırım dua ediyordu ve José elimi tutuyor ve arada bir sıkıyordu. Çayımı ağır ağır yudumladım. Twinings değil, ucuz, kötü bir markaydı ve tadı da iğrençti.

Son haber beklediğim zamanı düşündüm. Her şeyi kaybettiğim sandığım zamanı. *Charlie Tango*'nun kayıp olduğu zamanı... Gözlerimi yumdum ve kocamın sapasağlam gelmesi için sessizce dua ettim. Saatime baktım: 14:15. Birazdan burada olması gerekiyordu. Çayım soğumuştu.

Ayağa kalkıp biraz dolaştım ve geri oturdum. Doktorlar neden beni görmeye gelmemişlerdi. José'nin elini tuttum, bir kez daha güvence vermek ister gibi sıktı. *Lütfen iyi olsun. Lütfen iyi olsun.*

Zaman kağnı hızıyla geçiyordu.

Birden kapı açıldı ve hepimiz heyecanla kafalarımızı kaldırdık. Midem düğüm düğümdü.

Christian uzun adımlarla içeri girdi. Elimin José'nin avucunda olduğunu görünce, bir anlığına yüzü karardı.

"Christian!" diye inledim ve sapasağlam geldiği için Tanrı'ya şükrederek ayağa fırladım. Sonra kendimi kollarının arasında buldum ve kokusunu, sıcaklığını içime çektim. Burada olduğu için, bir yanım daha sakin, daha güçlü ve dirençli hissediyordu. Ah, varlığı bana nasıl da huzur veriyordu.

"Haber var mı?"

Hiçbir şey söylemeden, başımı salladım.

"José." Başıyla selamladı.

"Christian, babam, Büyük José."

"Bay Rodriguez, düğünde tanışmıştık. Sanırım siz de kazaya karışmışsınız."

José hikâyeyi kısaca aktardı.

Christian, "Burada bekleyecek kadar iyi misiniz?" diye sordu.

Bay Rodriguez, "Başka hiçbir yerde olmak istemiyoruz," dedi. Sesi sakin ve acılıydı.

Christian başıyla onayladı. Elimi tuttu ve beni oturttuktan sonra, o da yanıma oturdu.

"Bir şey yedin mi?" diye sordu.

Başımı salladım.

"Aç mısın?"

Başımı salladım.

"Ama üşümüşsün," dedi José'nin ceketini süzerek.

Başımı evet dercesine salladım. Oturduğu yerde kıpırdandıysa da akıllılık edip hiçbir şey demedi.

Kapı tekrar açıldı ve açık mavi ameliyathane kıyafetiyle genç bir doktor içeri girdi. Bitkin ve hırpalanmış bir hali vardı.

Sallanarak ayağa kalkarken, başımdaki bütün kanın çekildiğini hissettim.

Christian da kalkıp kolunu belime atarken, "Ray Steele," diye fısıldadım.

Doktor, "Yakın akrabası mısınız?" diye sordu. Parlak mavi gözleri üniformasıyla neredeyse aynı renkteydi ve başka şartlar altında, onu çekici bulabilirdim.

"Ben kızıyım, Ana."

"Bayan Steele."

Christian doktorun sözünü kesti. "Bayan Grey."

Doktor, "Özür dilerim," diye kekeledi ve bir an Christian'ı tekmeleme isteği duydum. "Ben Dr. Crowe. Babanız stabil durumda ama hayati tehlike devam ediyor."

Bu da ne demekti? Dizlerimin bağı çözüldü ve beni yere düşmekten alıkoyan tek şey, Christian'ın koluydu.

"Ciddi iç yaralanmaya maruz kalmış," dedi Dr. Crowe. "Özellikle diyaframı. Ama onarmayı ve dalağını kurtarmayı başardık. Ne yazık ki kan kaybına bağlı olarak, ameliyat sırasında kalbi durdu. Kalbi yeniden çalıştırmayı başardık ama endişemiz sürüyor. Bununla birlikte, en büyük endişemiz başına almış olduğu ciddi darbe ve MR beyninde ödem olduğunu gösteriyor. Onu sakin ve hareketsiz tutmak için yapay komaya soktuk. Bu sırada beyindeki ödemi gözlemleyeceğiz."

Beyin hasarı mı? Hayır.

"Bu durumlarda standart prosedürdür. Şimdilik sadece bekleyip görmemiz gerekiyor."

Christian serinkanlı bir tavırla, "Tahmininiz nedir?" diye sordu.

"Bay Grey, şu anda bir şey söylemek zor. Tamamen iyileşmesi de mümkün ama bunu Tanrı bilir."

"Onu komada ne kadar tutacaksınız?"

"Beyninin nasıl tepki vereceğine bağlı. Genelde yetmiş ikiyle doksan altı saat arası tutarız."

Ah, o kadar uzun mu? "Onu görebilir miyim?" diye fısıldadım.

"Evet, yarım saat içinde görebilirsiniz. Altıncı kattaki Yoğun Bakım Ünitesi'ne alındı."

"Teşekkürler, Doktor."

Dr. Crowe başıyla selam verdikten sonra çıktı.

Christian'a, "Pekâlâ, hayatta," diye fısıldadım. Ve yaşlar yüzümden bir kez daha yuvarlanmaya başladı.

Christian nazik bir sesle, "Otur," dedi.

José, Bay Rodriguez'e, "Baba, bence biz gitsek iyi olur. Dinlenmen gerek. Bir süre herhangi bir şey öğrenemeyeceğiz," diye fısıldadı. "Sen dinlendikten sonra, bu akşam geri geliriz. Sakıncası olmaz, değil mi Ana?" José yalvaran gözlerle bana döndü.

"Elbette olmaz."

Christian, "Portland'da mı kalıyorsunuz?" diye sordu. José başıyla onayladı.

"Birinin sizi bırakmasına ihtiyacınız var mı?"

José kaşlarını çattı. "Taksi çağıracaktım."

"Luke sizi götürebilir."

Sawyer ayaklandı. José'nin kafası karışmış gibiydi.

"Luke Sawyer," diye açıkladım.

"Ah... Elbette. Evet, çok makbule geçer. Teşekkürler, Christian."

Ayağa kalktım ve Bay Rodriguez ve José'yi çabucak kucakladım.

José kulağıma, "Güçlü ol, Ana," diye fısıldadı. "O formda ve sağlıklı bir adam. Şans ondan yana."

"Umarım." Ona sımsıkı sarıldım. Sonra geri çekildim, ceketini omzumdan sıyırıp ona geri verdim.

"Hâlâ üşüyorsan sende kalsın."

"Hayır, ben iyiyim. Sağ ol." Christian'a gergin bir bakış atınca, bizi kayıtsız bir ifadeyle izlediğini gördüm. Christian elimi tuttu.

José babasının tekerlekli sandalyesini Sawyer'ın açık tuttuğu kapıya doğru iterken, "Bir değişiklik olursa, size hemen haber veririm," dedim.

Bay Rodriguez elini kaldırınca, kapıda duraksadılar. "Onun için dua edeceğim, Ana." Sesi titredi. "Bunca yıl sonra onu bulmak çok güzeldi. Çok yakın dostum oldu."

"Biliyorum."

Ve bu son sözlerin ardından gittiler. Christian ve ben yalnız kaldık. Yanağımı okşadı. "Rengin soldu. Gel buraya." Sandalyeye oturup beni kucağına çekti ve beni kollarının arasına almasına izin verdim. Üvey babamın başına gelen talihsizliğin ağırlığı altında ezilerek ama kocamın beni teselli etmek için yanımda olmasına şükrederek, ona iyice sokuldum. Saçlarımı okşadı ve elimi tuttu.

"*Charlie Tango* nasıldı?" diye sordum.

Sırıttı. Sesinde gururla, "Ah, fişek gibi." dedi. Bu sözü saatlerdir ilk kez doğru dürüst gülümsememe neden oldu ve ona şaşkın gözlerle baktım."

"Fişek gibi mi?"

"*The Philadelphia Story*'den bir replik. Grace'in en sevdiği filmdir."

"Ben bilmiyorum."

"Sanırım evde Blu-Ray'de var. İzlerken bir yandan da öpüşüp koklaşabiliriz." Saçlarımı öpünce bir kez daha gülümsedim.

"Seni bir şeyler yemeye ikna edebilir miyim?" diye sordu.

Gülümsemem kayboldu. "Şimdi değil. Önce Ray'i görmek istiyorum."

Omuzları düştü ama beni zorlamadı.

"Tayvanlılar nasıldı?"

"Uysal."

"Nasıl uysal?"

"Tersanelerini, vermeye razı olduğumdan daha düşük bir fiyata almama izin verdiler."

Bir tersane mi almıştı? "Bu iyi bir şey mi?"

"Evet. Bu iyi bir şey."

"Ama burada bir tersanen var sanıyordum."

"Var. Burayı montaj için kullanacağız. Gövdeleri Uzak Doğu'da inşa edeceğiz. Daha ucuz."

Ah. "Ya buradaki tersanedeki iş gücü?"

"Düzenlemeye gideceğiz. Harcamaları asgariye çekmeliyiz." Saçlarımı öptü. "Ray'e bakalım mı?" diye sorarken, sesi yumuşaktı.

Altıncı kattaki Yoğun Bakım Ünitesi, sadece fısıltılar ve bipleyen makinelerin duyulduğu, sade, steril ve işlevsel bir koğuştu. Dört hastanın her biri, ileri teknoloji aygıtlara bağlı olarak kendi bölmelerinde yatıyordu. Ray kendinde değildi.

Babacığım.

Bütün bu teknolojiyle çevrelenen kocaman yatağında o kadar minik görünüyordu ki. Babam hiç bu kadar ufalmamıştı. Ağzında bir hortum vardı ve sayısız ince hortum, her iki kolundaki iğnelerle birleşiyordu. Parmağına küçük bir kıskaç tutturulmuştu. Neye yarıyor acaba diye merak ettim. Mavi bir alçının içindeki bacağı örtünün üstündeydi. Bir monitör kalp hızını gösteriyordu: *Bip, bip, bip...* Kalbi güçlü ve istikrarlı atıyordu. Bunu biliyordum. Yavaşça ona doğru yaklaştım. Göğsü, mahrem yerlerini örten çarşafın altında gözden kaybolan geniş, tertemiz bir bandajla sarılıydı.

Ağzının sağ köşesinden çıkan hortumun bir suni solunum cihazına bağlı olduğunu fark ettim. Sesi kalp monitörünün sesiyle birleşip ritmik bir tempo yaratıyordu. Bip sesleriyle eş zamanlı olarak inip tekrar şişiyordu. Kalp monitörünün ekranında, her biri düzenli olarak kayan, Ray'in hâlâ bizimle olduğunun göstergesi, dört çizgi vardı.

Ah, babacığım.

Ağzı solunum cihazının hortumu yüzünden çarpılmış olsa da, derin uykuda yatarken huzurlu görünüyordu.

Bir yanında duran ufak tefek bir hemşire monitörü kontrol ediyordu.

Çekinerek eline uzanırken, "Ona dokunabilir miyim?" dedim.

"Evet." Hemşire sevecen bir ifadeyle gülümsedi. Yaka kartında KELLIE yazıyordu ve yirmili yaşlarında olmalıydı. Sarışın ve koyu, çok koyu renk gözlüydü.

Christian yatağın ayakucunda durmuş, Ray'in elini sıkı sıkı tutmamı izliyordu. Ray'in eli şaşırıtcı derecede ılıktı ve beni çözen bu oldu. Yatağın yanındaki sandalye çöktüm, elimi yavaşça koluna yerleştirdim ve hıçkırmaya başladım.

"Ah, Baba. Lütfen iyileş," diye fısıldadım. "Lütfen."

Christian elini omzuma koydu ve güven vermek ister gibi sıktı.

"Bay Steele'in hayati göstergelerinin tamamı iyi," dedi Hemşire Kelly usulca.

Christian, "Teşekkürler," diye mırıldandı. Kafamı kaldırdığımda, hemşireyi ağzı açık bakarken yakaladım. Sonunda kocama dikkatle bakmıştı. Umurumda değildi. Babamı iyileştirdiği sürece, Christian'a istediği kadar bakabilirdi.

"Beni duyabiliyor mu?" diye sordum.

"Derin uykuda. Ama duyabilir de."

"Biraz oturabilir miyim?"

"Elbette." Gülümsedi. Yanakları onu ele verecek şekilde pembeleşmişti. Hiç yeri olmasa da, gerçek sarışın olmadığını düşündüm.

Christian hemşireyi yok sayarak bana baktı. "Bir görüşme yapmam gerek. Dışarıda olacağım. Seni bir süre babanla başbaşa bırakayım."

Başımla onayladım. Saçımı öpüp odadan çıktı. Ray'in elini tuttum ve onu ne kadar sevdiğimi ona böyle bilinçsiz halde yatarken ve beni duyamazken söylemek istememin ironisini düşündüm. Bu adam hep yanımda olmuştu. Sırtımı yasladığım kayaydı. Ve bunu şu ana kadar hiç düşünmemiştim. Onunla kan bağımız yoktu ama o benim babamdı ve onu çok seviyordum. Yaşlar gözlerimden hızla dökülüyordu. *Lütfen, lütfen, iyileş.*

Çok yavaş ve kimseyi rahatsız etmeden, ona Aspen'deki hafta sonumuzu ve planör yaptığımız, yelkene çıktığımız geçen hafta sonunu anlattım. Ona yeni evimizi, planlarımızı ve evi ekolojik açıdan sürdürülebilir kılmayı umduğumuzu anlattım. Christian'la balığa çıkmaları için onu Aspen'e götüreceğimize ve José ile Bay Rodriguez'e de kapımızın açık olacağına söz verdim. *Lütfen bunu yapmak için bizimle kal, baba. Lütfen.*

Ray hareketsizliğini koruyor, solunum cihazı bir şişip bir iniyordu. Kalp monitörünün monoton ama güven veren bip sesi tek cevabı oldu.

Kafamı kaldırdığımda Christian yatağın ayakucunda sessizce oturuyordu. Ne zamandır orada olduğunu bilmiyordum.

Gözleri endişe ve şefkatle parlayarak, "Merhaba," dedi.

"Merhaba."

"Yani baban, Bay Rodriguez ve José'yle balığa gideceğim öyle mi?" diye sordu.

Başımla onayladım.

"Tamam. Gidip bir şeyler yiyelim. Bırakalım uyusun."

Kaşlarım çatıldı. Onu bırakmak istemiyordum.

"Ana, o komada. Cep telefonlarımızın numaralarını buradaki hemşirelere verdim. Bir değişiklik olursa bizi arayacaklar. Yemeğimizi yiyip bir otele gidip dinlenelim. Akşam yine geliriz."

Heathman'daki süit tam hatırladığım gibiydi. Christian Grey'le birlikte geçirdiğim o ilk geceyi ve sabahı kaç kez düşünmüştüm? Süitin girişinde hareketsiz durdum. Tanrım. Her şey burada başlamıştı.

Christian evrak çantamı kanepelerden birinin yanına bırakırken, yumuşacık bir sesle, "Evden uzaktaki evimiz," dedi.

"Duş almak ister misin? Ya da banyo yapmak? Neye ihtiyacın var, Ana?" Christian bana bakarken, kontrolünün ötesinde olaylarla baş eden kayıp çocuğumun dümensiz kaldığını biliyordum. Bütün öğleden sonrayı içine dönük ve düşünceli bir halde geçirmişti. Bu yönlendiremediği ve öngöremediği bir durumdu. Bu gerçek hayattı ve kendini bundan o kadar uzun süre korumuştu ki şimdi savunmasız ve çaresiz kalmıştı. Benim tatlı Elli Ton'um.

Onu meşgul tutmanın kendini iyi hatta işe yarar hissetmesini sağlayacağının bilinciyle, "Banyo. Banyo yapmak isterim," diye mırıldandım. *Ah, Christian, uyuşmuş haldeyim, üşüyorum ve korkuyorum ama burada yanımda olmana o kadar seviniyorum ki.*

"Banyo. İyi. Evet." Yatak odasına yürüdü ve görkemli banyoda gözden kayboldu. Birkaç saniye sonra, küveti dolduran suyun kükreyen sesi yankılandı.

Nihayet kendimi onun peşinden yatak odasına gitmek için harekete geçirebildim. Yatağın üstünde Nordstrom'dan bir yığın torba görünce dehşete düştüm. Christian kolları sıvanmış, kravatı ve ceketi çıkarılmış halde, odaya döndü.

Bana temkinle bakarak, "Taylor'ı birkaç şey almaya gönderdim. Gece için. Bilirsin," dedi.

Elbette göndermişti. Daha iyi hissetsin, diye onayımı başımı eğerek gösterdim. *Taylor neredeydi?*

"Ah, Ana," diye mırıldandı "Seni hiç böyle görmedim. Normalde o kadar cesur ve güçlüsün ki."

Ne diyeceğimi bilemiyordum. Ona iri iri açılmış gözlerimle bakmaktan başka bir şey yapamadım. Şu anda verecek hiçbir şeyim yoktu. Sanırım şoktaydım. Kollarımla kendimi sardım ve üzerime gelen soğuğu uzakta tutmaya çalıştım. Oysa sonuçsuz bir girişim olduğunu biliyordum; soğuk içimden geliyordu. Christian beni kollarının arasına çekti.

"Bebeğim. Ray yaşıyor. Hayati değerleri iyi. Tek yapmamız gereken, sabırlı olmak," diye mırıldandı. "Gel." Elimi tuttu ve beni banyoya soktu. Nazik hareketlerle ceketimi omuzlarımdan sıyırdı ve banyo sandalyesinin üstüne bıraktı. Sonra geri dönüp gömleğimin düğmelerini çözmeye koyuldu.

Su enfes derecede ılıktı ve hoş bir nilüfer çiçeği kokusu banyoya ağır ve şehvetli bir hava katmıştı. Sırtımı göğsüne yaslamış, ayaklarımı ayaklarının üstüne yerleştirmiş halde, Christian'ın bacaklarının arasında yatıyordum. İkimiz de sessiz ve düşüncelere dalmış durumdaydık ve nihayet ısınmıştım. Ben dalgın bir tavırla küvetteki baloncuklarla oynarken, Christian ara ara saçlarımı öpüyordu. Kollarını omuzlarıma sarmıştı.

"Leila'yla küvete girmedin, değil mi? Hani ona banyo yaptırdığın zaman," diye sordum.

Kasıldı ve bir omzumu daha sıkı tuttu. "Şey... Hayır." Şaşırmış gibiydi.

"Ben de öyle düşünmüştüm. İyi."

Yüzümü görebilmek için, öylesine topuz yapılmış saçımı yavaşça çekerek başımı eğdi. "Neden sordun?"

Omuz silktim. "Merak. Bilmem... Onu bu hafta görünce..."

Yüzü sertleşti. "Anlıyorum. Bu kadar merak yeter." Sesi sitemkârdı.

"Onu desteklemeye daha ne kadar devam edeceksin?"

"Ayaklarının üstünde durana kadar. Bilmiyorum." Omuz silkti. "Neden?"

"Başkaları da var mı?"

"Başkaları?"

"Destek verdiğin eski itaatkârlar."

"Bir tane vardı, evet. Ama artık vermiyorum."

"Öyle mi?"

"Tıp okuyordu. Artık doktor oldu ve hayatında başka birisi var."

"Başka bir hâkim mi?"

"Evet."

"Leila tablolarından ikisinin sende olduğunu söyledi," diye fısıldadım.

"Bendeydi. Ama aslında beğenmiyordum. Tekniği iyiydi ama bana göre fazla renkliydiler. Sanırım şimdi Elliot'talar. Bildiğin gibi, hiç zevk sahibi değildir."

Kıkırdadım. Diğer kolunu da bana sararken, suyun küvetin kenarından taşmasına neden oldu.

"Böylesi daha iyi," diye fısıldayarak şakağımı öptü.

"En yakın arkadaşımla evleniyor."

"O zaman çenemi kapatsam iyi olacak," dedi.

Banyodan sonra kendimi daha gevşemiş hissediyordum. Yumuşacık Heathman bornozuma sarınıp yatağın üstündeki sayısız torbaya baktım. Burada pijamalardan daha fazlası olmalıydı. Çekinerek torbalardan birine göz attım. Bir kot pantolon ve kapüşonlu, uçuk mavi bir sweatshirt. Tam üzerime göre. *Tanrım...* Taylor bir hafta sonuna yetecek kadar kıyafet almıştı ve nelerden hoşlandığımı biliyordu. Bunun, benim için yaptığı ilk kıyafet alışverişi olmadığını hatırlayınca gülümsedim.

"Beni Clayton's'da taciz edişinin dışında, gerçekten bir mağazaya girip alışveriş ettiğin oldu mu?"

"Seni taciz edişim mi?"

"Evet. Beni taciz edişin."

"Yanlış hatırlamıyorsam, her yanını ateş basmıştı. Ve o genç çocuk ağzının içine düşecekti neredeyse. Adı neydi?"

"Paul."

"Sayısız hayranından biri."

Gözlerimi devirdim ve rahatlamış, samimi bir gülümsemeyle baktıktan sonra, beni öptü.

"İşte benim kızım," diye fısıldadı. "Haydi giyin, tekrar üşümeni istemiyorum."

"Hazırım," diye mırıldandım. Christian çalışma bölümünde, Mac'ine gömülmüş çalışıyordu. Siyah bir kot pantolon, gri kalın örgülü bir kazak giymişti. Benim üzerimde kot pantolon, kapüşonlu sweatshirt ve beyaz bir tişört vardı.

Kafasını kaldırıp bakınca, gözleri parlayarak, "Çok genç görünüyorsun," dedi. "Yarın tam bir yaş daha büyümüş olacağını düşününce." Ona hüzünlü bir gülümsemeyle baktım.

"Kutlayacak gibi hissetmiyorum. Şimdi Ray'i görmeye gidebilir miyiz?"

"Elbette. Keşke bir şeyler yeseydin. Yemeğine elini bile sürmedin."

"Christian, lütfen. Aç değilim. Belki Ray'i gördükten sonra. Ona iyi geceler dilemek istiyorum."

Yoğun Bakım'a varınca, çıkmak üzere olan José'yle karşılaştık. Yalnızdı.

"Ana, Christian. Merhaba."

"Baban nerede?"

"Geri gelemeyecek kadar yorgundu. Daha bu sabah kaza geçirdi." Kederle gülümsedi. "Ve ağrı kesiciler etkisini göstermeye başladılar. Derin uykudaydı. Yakın akraba olmadığım için Ray'i görmek için mücadele vermek zorunda kaldım."

Kaygıyla sordum. "Ve?"

"O iyi, Ana. Aynı. Ama iyi..."

Bütün vücudumun rahatladığını hissettim. Haber olmaması iyi haber demekti.

"Yarın görüşürüz, değil mi doğum günü kızı?"

"Elbette. Burada olacağız."

José, Christian'a hızlı bir bakış attıktan sonra, beni kucakladı. "*Mañana.*"[15]

"İyi geceler, José."

"Güle güle, José," dedi Christian. José bizi başıyla selamladıktan sonra koridorda gözden kayboldu. "Senin için hâlâ deli oluyor," dedi Christian sakin bir sesle.

"Hayır, olmuyor. Ve olsa bile..." Omuz silktim çünkü şu anda umurumda değildi.

Christian bana gergin bir gülümsemeyle bakınca, kalbim erdi.

"Aferin," diye mırıldandım.

Kaşlarını çattı.

"Ağzından köpükler saçmadığın için."

Bana şaşkın, incinmiş ama aynı zamanda keyifli bir ifadeyle baktı. "Ben hiçbir zaman köpük saçmadım. Haydi, babanı görelim. Senin için bir sürprizim var."

"Sürpriz mi?" Gözlerim telaşla irileşti.

"Gel." Christian elimi tuttu ve Yoğun Bakım'ın çift kanatlı kapısını itip girdik.

Ray'in yatağının ayakucunda, Crowe ve daha önce görmediğim bir kadın doktorla derin bir tartışma içinde olan Grace duruyordu. Bizi görünce, gülümsedi.

Ah, tanrıya şükür.

15 (İsp.) "Yarın görüşürüz." (ç. n.)

"Christian." Grace oğlunu yanağından öptü ve beni sevecenlikle kucakladı.

"Ana, nasılsın?"

"Ben iyiyim. Babam için endişeleniyorum."

"Baban emin ellerde. Dr. Sluder alanında uzmandır. Yale'de birlikte okuduk."

"Ah..."

"Bayan Grey." Dr. Sluder beni çok resmî bir şekilde selamladı. Utangaç gülümsemesi ve yumuşacık güneyli aksanıyla, kısa saçlı, ele avuca sığmaz bir kadındı. "Babanızdan sorumlu doktor olarak, her şeyin yolunda gittiğini söylemekten memnuniyet duyuyorum. Hayati değerleri istikrarlı ve güçlü. Tamamen iyileşeceğine inancımız tam. Ödem durdu ve azalma emareleri sergiliyor. Bu kadar kısa bir süre içinde bu iyileşme cesaret verici."

"Bu iyi haber," diye mırıldandım.

İçten bir gülümsemeyle, "Öyle, Bayan Grey," dedi. "Ona gerçekten çok iyi bakıyoruz. Seni tekrar görmek çok güzel, Grace."

Grace gülümsedi. "Benim için de, Lorraina."

"Dr. Crowe, izin verelim, bu güzel insanlar Bay Steele'i ziyaret etsinler." Crowe, Dr. Sluder'ın peşinden çıkışa yöneldi.

Ray'e baktım ve kazadan beri ilk kez, daha umutlu hissettim. Dr. Sludder ve Grace'in nazik sözleri umutlarımı canlandırmıştı.

Grace elimi tuttu ve kibarca sıktı. "Ana, tatlım, babanın yanında otur. Onunla konuş. Her şey yolunda. Ben Christian'la birlikte bekleme odasında olacağım."

Başımı eğdim. Christian bana güven veren bir gülümsemeyle baktı ve sonra annesiyle birlikte, beni solunum cihazının ve kalp monitörünün nazik ninnisi eşliğinde, huzur içinde uyuyan biricik babamla baş başa bıraktılar.

Christian'ın beyaz tişörtünü üzerime geçirip yatağa girdim.

Christian pijamalarını giyerken, temkinle, "Daha neşeli görünüyorsun," dedi.

"Evet, sanırım Dr. Sluder ve annenle konuşmak çok iyi geldi. Grace'den buraya gelmesini sen mi istedin?"

Christian yatağın içine kaydı ve sırtımı kendisine çevirip beni kollarının arasına aldı.

"Hayır. Gelip babanı kontrol etmeyi kendisi istedi."

"Nasıl haberi oldu?"

"Onu bu sabah aradım."

Ah.

"Bebeğim bitkinsin. Uyumalısın."

"Hımm..." diye mırıldanarak onayladım. Haklıydı. O kadar yorgundum ki. Duygusal bir gün olmuştu. Başımı arkaya çevirdim ve ona baktım. *Sevişmeyecek miydik?* Ve rahatladım. Aslında, bütün bir gün boyunca ellerini benden uzak tutmuştu. Bu değişim karşısında telaşa kapılmalı mıydım bilmiyorum ama içimdeki tanrıça, libidomu da yanına alarak binayı terk ettiği için, bu konuyu sabah düşünecektim. Tekrar döndüm ve Christian'a iyice sokulup bacağımı, bacağının üstüne attım.

"Bana bir söz ver," dedi usulca.

"Hımm?"

"Yarın bir şeyler yiyeceğine söz ver. Başka bir erkeğin ceketini giymeni ağzımdan köpük saçmadan tolere edebilirim ama Ana... bir şeyler yemen gerek. Lütfen."

"Hımm," diye onayladım. Saçımı öptü. "Burada olduğun için teşekkürler," diye mırıldandım ve uyku mahmurluğuyla göğsüne bir öpücük kondurdum.

"Başka nerede olacaktım? Sen neredeysen ben de orada olmak istiyorum, Ana. Burada olmak bana ne kadar yol kat ettiğimizi hatırlatıyor. Ve seninle birlikte uyuduğum ilk geceyi. Ne geceydi ama. Seni saatlerce izlemiştim. Sen... fişek gibiydin," diye soludu. Gülümsedim.

"Uyu," diye mırıldandı ve bu bir emirdi. Gözlerimi yumdum ve uykuya daldım.

BÖLÜM ON SEKİZ

Kıpırdandım ve gözlerimi aydınlık bir eylül sabahına açtım. Temiz, jilet gibi çarşafların arasında, yer ve yön duygumu kazanmak için bir an bekledim ve bir *déjà vu* duygusuyla sersemledim. Elbette, Heathman'daydım.

Kahretsin! Babam! Portland'da olma nedenimi kalbimi burkan ve küt küt atmasına neden olan, iç parçalayıcı bir endişe dalgasıyla hatırladım.

"Hey." Christian yatağın kenarında oturuyordu. Parmak boğumlarıyla yanağımı okşayarak beni hemen yatıştırdı. "Bu sabah yoğun bakımı aradım. Ray iyi bir gece geçirmiş. Her şey yolunda," dedi güven veren bir sesle.

"Ah, iyi. Teşekkürler," diye mırıldanarak doğruldum.

Eğildi ve dudaklarını alnıma bastırdı. "Günaydın, Ana," diye fısıldadı ve şakağımı öptü.

"Merhaba," diye mırıldandım. Kalkmış, siyah bir tişört ve mavi bir kot pantolon giymişti.

"Merhaba," dedi. "Sana mutlu yıllar dilemek istiyorum. Uygun mudur?"

Ona çekingen bir gülümsemeyle bakarak yanağını okşadım. "Evet, elbette. Teşekkürler. Her şey için."

Alnı kırıştı. "Her şey?"

"Her şey."

Bir an kafası karışmış gibi baktı ve bu geçici bir ifadeydi ve gözleri, beklentiyle irileşti. "Al bakalım." Bana çok şık paketli, minicik bir hediye kartının eşlik ettiği, küçük bir hediye paketi uzattı.

Babam için duyduğum endişeye rağmen, Christian'ın kaygısını ve heyecanını hissetmiştim. Heyecanı bulaşıcıydı. Kartı okudum.

Biricik karım olarak ilk doğum gününde, bütün ilklerimiz için.

Seni seviyorum.

C x

Ah, tanrım. Ne kadar tatlıydı. "Ben de seni seviyorum," diye mırıldanarak gülümsedim.

Sırıttı. "Haydi aç."

Yırtılmasın diye kâğıdı büyük bir özenle açınca, içinde güze,l kırmızı bir deri kutu buldum. *Cartier.* İkinci şans küpelerim ve saatim sayesinde, artık bu logoya aşinaydım. Büyük bir dikkatle kapağını kaldırınca, kutunun içinde gümüş, platin ya da beyaz altından –hangisi bilmiyordum– narin bir şans bilekliğiyle karşılaştım; kesinlikle büyüleyiciydi. Üzerinde bir sürü süs vardı: Eyfel Kulesi, Londra'nın siyah taksilerinden bir örnek, bir helikopter –*Charlie Tango*– , bir planör, bir katamaran –Zarafet–, bir yatak ve bir dondurma külahı. Şaşırarak, başımı kaldırdım.

"Vanilya mı?" Özür diler gibi omuz silkince, elimde olmadan güldüm. Tabii ya.

"Christian, bu çok güzel. Teşekkürler. Fişek gibi."

Sırıttı.

En çok kalbi beğenmiştim. Kapaklı bir madalyondu.

"İçine bir fotoğraf ya da ne istiyorsan onu koyabilirsin."

"Senin bir fotoğrafını koyacağım." Ona kirpiklerimin arasından baktım. "Her zaman kalbimdesin."

Dudakları, güzel ve insanın içini acıtacak kadar mahcup gülümsemesiyle kıvrıldı.

Son iki süsü okşadım. Bir C harfi – ah, evet, ona adıyla hitap eden ilk kız arkadaşı bendim. Bu düşünceyle gülümsedim. Ve son olarak bir de anahtar vardı.

"Kalbimin ve ruhumun anahtarı," diye fısıldadı.

Gözlerim yaşardı. Üzerine atılıp kollarımı boynuna doladım ve kucağına yerleştim. Kulağına, "Çok düşünceli bir hediye. Bayıldım. Teşekkürler," diye fısıldadım. Ah, çok güzel kokuyordu, temiz, yeni yıkanmış çamaşır, vücut şampuanı ve Christian karışımı bu kokuya bayılıyordum. Ev gibi, evim gibiydi. Gözlerimden yaşlar akmaya başladı.

Usulca inledi ve bana sımsıkı sarıldı.

"Sensiz ne yapardım, bilmiyorum." Beni altüst eden duyguları bastırmaya çalışırken, sesim titredi.

Güçlükle yutkunarak, bana daha sıkı sarıldı. "Lütfen, ağlama."

Burnumu bir hanımefendiden beklenmeyecek bir şekilde çektim. "Özür dilerim. Hem çok mutlu hem hüzünlü, aynı zamanda da kaygılıyım. Buruk bir his."

"Hey." Sesi kuş tüyü yumuşaklığındaydı. Başımı arkaya yatırıp dudaklarıma nazik bir öpücük kondurdu. "Anlıyorum."

"Biliyorum," diye fısıldadım ve bir kez daha mahcup gülümsemesiyle ödüllendirildim.

"Keşke evde daha mutlu şartlarda olsaydık. Ama buradayız." Omuzlarını bir kez daha, özür diler gibi silkti. "Haydi. Kalk bakalım. Kahvaltıdan sonra, Ray'i kontrol ederiz."

Yeni kot pantolonumu ve tişörtümü giydikten sonra, süitimizde ettiğimiz kahvaltı sırasında iştahım kısa süreli ama hoş bir geri dönüş yaptı. Christian'ın gevreğimi ve yoğurdumu yediğimi görmekten hoşnut olduğunu biliyordum.

"En sevdiğim kahvaltıyı ısmarladığın için teşekkür ederim."

Christian usulca, "Doğum günün," dedi. "Ve bana teşekkür etmekten vazgeçsen iyi olacak." Biraz kızarak ama aynı zamanda sevgiyle, gözlerini devirdi.

"Sadece takdir ettiğimi bil istiyorum."

"Anastasia, bu benim işim." Yüzü ciddiydi, elbette. Kontrolü ve idareyi elinden tutan Christian ifadesi. Nasıl unutabilirdim ki? Onu başka şekilde ister miydim?

"Gülümsedim. Evet, öyle."

Bana şaşırmış gibi baktı ve başını salladı. "Gidelim mi?"

"Dişlerimi fırçalayayım."

Sırıttı. "Tamam."

Neden sırıtıyordu? Banyoya giderken birden zihnimde bir anı canlandı. Onunla geçirdiğim ilk gecenin sonunda, onun diş fırçasını kullanmıştım. Sırıttım ve o ilk defanın anısına, yine onun diş fırçasını aldım. Dişlerimi fırçalarken, kendime bakınca, solgun, çok solgun olduğumu gördüm. Ama ben her zaman solgundum zaten. Buraya son gelişimde bekârdım ve şimdi, yirmi iki yaşında ve evliydim. Yaşlanıyordum. Ağzımı çalkaladım. Bileğimi havaya kaldırıp sallayınca, bilekliğimdeki süsler şıngırdadılar. Tatlı Elli'm her defasında bana ne vereceğini nasıl bu kadar iyi biliyordu. Dengemi kaybetmeme sebep olan duygulara set çekmeye çalışarak, derin bir nefes aldım ve bir kez daha bilekliğime baktım. Bahse girerim, ona bir servete mal olmuştu. *Ah... Pekâlâ.* Buna gücü yeterdi.

Asansörlere doğru yürürken, Christian elimi tuttu, parmak boğumlarımı öptü ve başparmağını bilekliğimdeki *Charlie Tango*'nun üstünde dolaştırdı. "Beğendin mi?"

"Beğenmek ne kelime? Bayıldım. Hem de çok. Sana bayıldığım gibi."

Gülümsedi ve elimi tekrar öptü. Düne göre hafiflemiş hissediyordum. Belki de sabah olduğu ve dünya, gecenin ölü karanlığıyla karşılaştırıldığında, daha umutlu bir yer gibi göründüğü içindi. Belki de nedeni, kocamın beni tatlı uyandırma yöntemiydi. Ya da belki de Ray'in durumunun kötüye gitmediğini bilmemdi.

Boş asansöre girince, Christian'a baktım. Gözleri hızla benimkilere çevrildi ve bir kez daha gülümsedi.

Kapılar kapanırken, "Sakın," diye fısıldadı.

"Sakın ne?"

"Bana öyle bakma."

Sırıtarak, "Kuralların canı cehenneme," diye mırıldandım.

Güldü; o kadar tasasız, çocuksu bir sesti ki bu. Beni kollarının arasına çekti, başımı iyice kaldırıp, "Bir gün, bu asansörü bütün bir öğleden sonra için kiralayacağım," dedi.

"Sadece öğleden sonra mı?" Kaşımı kaldırdım.

"Bayan Grey, çok açgözlüsünüz."

"Sen söz konusu olduğunda öyleyim."

"Bunu duyduğuma sevindim." Beni yavaşça öptü.

Ve nedeni bu asansörde olmamız mıydı, Cristian'ın yirmi dört saati aşkın süredir bana el sürmemiş olması mı, yoksa sadece baş döndüren kocam mı bilmiyordum ama arzunun kasıklarıma yayıldığını ve tembel tembel gerindiğini hissettim. Parmaklarımı saçlarının arasına soktum ve onu duvara yaslayıp vücudumu vücuduna bastırarak onu daha büyük bir arzuyla öpmeye başladım.

Ağzımın içinde inledi ve başımı ellerinin arasında sımsıkı tuttu. İçimdeki tanrıça libidomun üzerine örttüğü örtüyü kaldırırken kendinden geçmişti.

"Ana," diye soludu.

"Seni seviyorum, Christian Grey. Bunu sakın unutma," diyerek koyulaşan gri gözlerine baktım.

Asansör sarsılmadan durdu, kapılar açıldı.

"Haydi, ben bu asansörü bugün kiralamaya karar vermeden, bir an önce babanı görmeye gidelim." Beni çabucak öptü, elimi tuttu ve lobiye çıkardı.

Otel görevlilerinden birinin önünden geçerken, orta yaşlı, kibar görünümlü bir adama küçük bir işaret verdi. Adam başını eğip ahizeyi kaldırdı. Christian'a soran gözlerle bakınca, bana gizemli bir gülümseme gönderdi. Ona kaşlarımı çattım. Bir an gerilir gibi oldu.

"Taylor nerede?" diye sordum.

"Onu birazdan göreceğiz."

Elbette. Büyük olasılıkla arabayı getiriyordu. "Sawyer?"

"Birkaç iş hallediyor."

Ne işi?

Christian döner kapı yerine diğer kapıya yöneldi. Elimi bırakmamak için olduğunu biliyordum. Bu düşünce içimi ısıttı. Dışarıda yumuşacık bir yaz sonu sabahı yaşanıyordu ama yaklaşan sonbaharın kokusu esintiye sinmişti. Audi SUV'yi ve Taylor'ı görmek için etrafa bakındım. Ortalıkta görünmüyorlardı. Christian elimi daha sıkı kavrayınca ona baktım. Kaygılı bir hali vardı.

"Sorun ne?"

Omuz silkti. Dikkatim yaklaşan bir motor sesine çevrildi. Boğuk ve tanıdıktı. Ses kaynağını bulmak için döndüğüm anda kesildi. Taylor, önümüzde duran gıcır gıcır beyaz spor arabadan indi.

Ah kahretsin! Bu bir R8'di. Başımı hızla Christian'a çevirdim. Temkinli gözlerle beni izliyordu. "*Doğum günümde bana da bir tane alabilirsin. Sanırım beyaz isterim.*"

"Doğum günün kutlu olsun," dedi. Tepkimi ölçmeye çalıştığını anladım. Ona ağzım açık bakakaldım çünkü başka bir şey yapacak durumda değildim. Bana bir anahtar uzattı.

"Kendini iyice aşmışsın," diye fısıldadım. *Bana bir Audi R8 almıştı. Lanet olsun. Tam istediğim gibi.* Yüzüm, kocaman bir sırıtışla ortadan ikiye ayrıldı, patavatsız ve dizginlenemez bir heyecanla olduğum yerde zıpladım. Christian'ın yüz ifadesi de benimkinin bir yansımasıydı ve kollarına atıldım. Beni kendi etrafında döndürdü.

"Sende sağduyudan çok para var," diye haykırdım. "Bayıldım! Çok teşekkür ederim." Beni hazırlıksız yakalayarak, aniden arkaya yatırınca, kollarına tutunmak zorunda kaldım.

"Sizin için her şeye varım, Bayan Grey." Bana sırıtarak bakıyordu. *Ah Tanrım.* Bu çok göz önünde yaşanan bir sevgi gösterisiydi. Eğilip beni öptü. "Gel. Babanı görmeye gidelim."

"Evet. Ve ben kullanıyorum, değil mi?"

Bana sırıtarak baktı. "Elbette. Araba senin." Beni kaldırıp bırakınca, telaşla şoför kapısına gittim.

Taylor kocaman bir gülümsemeyle kapıyı açtı. "Doğum gününüz kutlu olsun, Bayan Grey."

"Teşekkürler, Taylor." Onu hazırlıksız yakalayan kucaklamama beceriksiz hareketlerle karşılık verdi. Arabaya bindiğimde hâlâ kıpkırmızıydı. Ben yerleşir yerleşmez kapıyı kapattı.

"Dikkatli kullanın, Bayan Grey," dedi boğuk sesiyle. Heyecanımı dizginlemekte güçlük çekerek, sırıttım.

"Kullanırım," diye söz verdim ve Christian yanımdaki koltuğa yerleşirken, anahtarı kontağa yerleştirdim.

"Sakin ol. Bu kez bizi kovalayan yok," diye uyardı. Anahtarı çevirmemle motorun çalışması bir oldu. Dikiz aynasını ve yan aynaları kontrol ettim, trafiğin açık olduğu nadir bir anı yakalayıp kusursuz ve kocaman bir U dönüşü yaparak OEAH istikametine doğru yola koyuldum.

Christian telaşla, "Vay canına!" dedi.

"Ne?"

"Seni babanın yanına, yoğun bakıma yatırmak istemiyorum. Yavaşla," diye homurdandı. Tartışmaya gerek yoktu. Ayağımı gazdan çekip sırıttım.

"Daha iyi mi?"

Sert görünmeye çalışarak ve beceremeyerek, "Çok daha iyi," diye mırıldandı.

Ray'in durumu aynıydı. Baş döndürücü yolculuğumuzun ardından, onu görmek ayaklarımı yere indirmişti. Gerçekten daha dikkatli kullanmalıydım. Dünyadaki bütün alkollü sürücüleri ortadan kaldıracak bir kanun yoktu. Christian'a Ray'e çarpan pisliğe ne olacağını sormayı unutmamalıydım; bildiğinden hiç şüphem yoktu. Babam hortumlara rağmen rahat görünüyordu ve sanırım yanakları biraz daha renklenmişti. Ben ona sabahımı anlatırken, Christian telefon görüşmelerini yapmak üzere bekleme odasına geçti.

Hemşire Kelly, Ray'in göstergelerini kontrol ederek tablosuna notlar alıyordu. "Bütün işaretler iyi yönde, Bayan Grey." Bana sevecen bir ifadeyle gülümsedi.

"Çok cesaret verici."

Bir süre sonra, Dr Crowe iki asistanıyla birlikte geldi ve, "Bayan Grey, babanızı radyolojiye götürme zamanı dedi. Tomografisini çekeceğiz. Beyninin durumunu görmek için," dedi.

"Uzun sürer mi?"

"Bir saat kadar sürer."

“Bekleyeceğim. Sonucu bilmek istiyorum.”

“Elbette, Bayan Grey.”

Christian’ın bir ileri bir geri yürüyerek telefonda konuştuğu, çok şükür boş olan toplantı odasına girdim. Konuşurken pencereden dışarı, Portland manzarasına bakıyordu. Kapıyı kapatınca bana döndü. Kızgın görünüyordu

“Limitin ne kadar üstünde? Anlıyorum. Bütün suçlamalar, her şey. Ana’nın babası yoğun bakımda ve alabileceği bütün cezayı almasını istiyorum, baba... İyi. Bana bilgi verirsin.” Telefonu kapattı.”

“Diğer şoför mü?”

Başıyla onayladı. “Güneydoğu Portland’dan ayyaş herifin teki,” diye hırladı. Kullandığı kelimeler ve küçümseyen ses tonu beni şaşırtmıştı. Bana doğru yaklaşırken sesi yumuşadı.

“Ray’le işin bitti mi? Gitmek ister misin?”

“Şey... hayır.” Az önceki aşağılamasının etkisinden kurtulamayarak ona baktım.

“Sorun ne?”

“Hiçbir şey. Beynindeki ödemi kontrol etmek için tomografisini çekecekler. Sonuçları beklemek istiyorum.”

“Tamam. Bekleriz.” Oturdu ve kollarını açtı. Yalnız olduğumuz için, istekle ona doğru gittim ve kucağına oturdum.

Christian saçlarımın arasından, “Bugünü böyle geçirmeyi planlamamıştım,” diye mırıldandı.

“Ben de öyle ama artık daha iyi hissediyorum. Annen çok güven vericiydi. Dün gece gelmesi nazik bir davranıştı.”

Saçlarımı okşadı ve çenesini başıma dayadı. “Annem müthiş bir kadındır.”

“Öyle. Ona sahip olduğun için çok şanslısın.”

Başıyla onayladı.

"Annemi aramalıyım. Ona Ray'in durumunu anlatmam gerek," diye mırıldanınca, Christian gerildi. Durumun farkına varınca, kaşlarım çatıldı. "Beni aramamış olmasına şaşırdım doğrusu." Aslında incinmiştim. Ne de olsa bugün doğum günümdü ve doğduğumda annem de oradaydı. Neden aramamıştı ki?

"Belki de aramıştır," dedi Christian. Cebimden BlackBerry'mi buldum. Cevapsız çağrım yoktu ama birkaç kısa mesaj almıştım. Kate, José, Mia ve Ethan'dan doğum günü mesajları gelmişti. Annemden bir şey yoktu. Umutsuzluk içinde başımı salladım.

"Onu şimdi ara," dedi usulca. Aradım ama cevap veren olmadı; telesekreter devreye girdi. Mesaj bırakmadım. Kendi annem doğum günümü nasıl unuturdu?

"Açmıyor. Tomografinin sonucunu öğrenince tekrar ararım."

Christian kollarını daha sıkı sardı, burnunu tekrar saçlarıma gömdü ve akıllıca davranıp annemle ilgili bir yorum yapmadı. BlackBerry'sinin vızıldadığını hissettim. Beni kucağından kaldırmadan, beceriksiz hareketlerle telefonunu buldu.

Yine resmî bir sesle, "Andrea," diye çıkıştı. Ayağa kalkmak için bir kez daha hamle yaptım ama kaşlarını çatarak ve belimi sıkıca tutarak beni durdurdu. Tekrar göğsüne sokuldum ve tek taraflı konuşmayı dinledim.

"İyi. Tahmini varış saat kaçta? ... Öyle mi... Ya diğer paketler?" Christian saatine baktı. "Heathman'a bütün detaylar ulaştırıldı mı? ... İyi... Evet. Pazartesi sabahına kadar bekleyebilir ama her ihtimale karşılık e-postayla gönder. Çıktısını alır, imzalar ve taratıp sana geri gönderirim... Bekleyebilirler... Evet, Andrea... Hayır, biz iyiyiz, teşekkürler." Telefonu kapattı.

"Her şey yolunda mı?"

"Evet."

"Tayvan işi mi?"

Altımda kıpırdandı.

"Çok mu ağırım?"

Homurdandı. "Hayır, bebeğim."

"Tayvan işiyle ilgili bir sorun mu var?"

"Hayır."

"Önemli olduğunu sanıyordum."

"Öyle. Buradaki tersane ve bir sürü insanın işi onlarla yapacağımız anlaşmaya bağlı."

Ah!

"Tek yapmamız gereken sendikaları ikna etmek. O kısım Sam ve Ros'un görevi. Ekonominin gidişatı yüzünden hiçbirimizin çok fazla tercihi yok."

Esnedim.

"Size sıkıcı mı geldim, Bayan Grey?" Burnunu tekrar saçlarımın arasına bastırırken, keyiflenmişti.

"Hayır! Asla... Kucağında çok rahatım, o kadar. İşini dinlemeyi seviyorum."

"Öyle mi?" Şaşırmışa benziyordu.

"Elbette." Gözlerinin içine bakmak için geri çekildim. "Benimle paylaşmaya tenezzül edeceğin her tür bilgiyi duymak hoşuma gider." Sırıttım. Bana keyifle baktı ve başını salladı.

"Bilgiye her daim açsınız, Bayan Grey."

"Anlat," diye üsteledim ve yeniden göğsüne sokuldum.

"Neyi anlatayım?"

"Neden yaptığını."

"Neyi?"

"Neden böyle çalıştığını."

"Bir erkeğin hayatını kazanması gerekir." Eğleniyordu.

"Christian, sen hayatından fazlasını kazanıyorsun." Sesim alayla yüklüydü. Kaşlarını çattı ve bir an sessiz kaldı. Hiçbir şey söylemeyecek sandım ama beni şaşırttı.

"Fakir olmak istemiyorum," derken sesi alçaktı. "Bunu yaşadım. O hale geri dönmeyeceğim. Ayrıca... çalışmak benim için bir oyun," diye mırıldandı. "Önemli olanın kazanmak olduğu ve her zaman çok kolay bulduğum bir oyun."

Kendi kendime, "Hayatın aksine," diye mırıldandım ve sonra bu kelimeleri yüksek sesle söylediğimi fark ettim.

"Evet, sanırım." Kaşlarını çattı."

"Her şey bir oyundan ibaret olamaz. Sen çok hayırsever bir insansın," dedim.

Omuz silkince, huzursuzlandığını anladım. "Bazı konularda, belki," dedi usulca.

"Hayırsever Christian'ı seviyorum," diye mırıldandım.

"Sadece onu mu?"

"Ah, megalomanyak Christian'ı da seviyorum. Ve kontrol manyağı Christian'ı ve seks uzmanı Christian'ı, tuhaf Christian'ı, romantik Christian'ı, utangaç Christian'ı. Listenin sonu yok."

"Ne çok Christian etti."

"Bana sorarsan, en az elli taneler."

Güldü. Saçlarıma doğru, "Elli Ton," diye mırıldandı.

"Benim Elli Ton'um."

Kıpırdandı ve beni başımı arkaya yatırarak öptü. "Pekâlâ, Bayan Ton, bakalım babanız nasılmış?"

"Tamam."

"Dolaşabilir miyiz?"

Christian ve ben yeniden R8'deydik ve çocuksu bir sevinç içindeydim. Ray'in beyni normale dönmüştü; ödem gitmişti. Dr. Sluder onu yarın komadan çıkarmaya karar vermişti. İyileşmesinden hoşnut olduğunu söylemişti.

"Elbette," dedi Christian sırıtarak. "Bugün senin doğum günün, canın ne isterse yapabiliriz."

Ah! Ses tonu dönüp ona bakmama neden oldu. Gözleri koyulmuştu.

"Ne istersem mi?"

"Ne istersen."

İki kelimeye ne kadar çok vaat yükleyebiliyordu? "Şey, araba kullanmak istiyorum."

"O zaman kullan bebeğim." O sırıtınca ben de sırıttım. Gaza hafifçe bastım ve ikimiz de koltuklarımıza yapıştık.

Christian, "Sakin, bebeğim," diye uyardı.

Portland'a dönerken, aklıma bir fikir geldi.

Çekingen bir tavırla, "Öğle yemeği için plan yaptın mı?" diye sordum

"Hayır. Acıktın mı?" Sesi umutlu çıkmıştı.

"Evet."

"Nereye gitmek istersin? Gün senin günün, Ana."

"Doğru yeri biliyorum."

José'nin eserlerini sergilediği galerinin olduğu yere gittim ve José'nin sergisinden sonra gittiğimiz, Le Picotin restoranının önünde park ettim.

Christian sırıttı. "Bir an için beni sarhoşken aradığın o korkunç bara götüreceksin sandım."

"Bunu neden yapayım ki?"

"Açelyaların yaşadığından emin olmak için." Alaycı bir ifadeyle kaşlarını kaldırdı.

Kızardım. "Sakın hatırlatma! Ayrıca... Her şeye rağmen, beni otel odana götürmüştün." Sırıttım.

"Aldığım en doğru karar," derken gözleri yumuşacık ve sıcacıktı.

"Evet. Öyleydi." Eğilip onu öptüm.

"Sence o kibirli pislik hâlâ garsonluk yapıyor mudur?" diye sordu.

"Kibirli mi? Ben fena olmadığını düşünmüştüm."

"Seni etkilemeye çalışıyordu."

"Pekâlâ, başarmıştı."

Christian'ın ağzı alaycı bir tiksintiyle büküldü.

"Gidip görmeye ne dersin?" dedim.

"Önden buyurun, Bayan Grey."

Öğle yemeğinden ve Christian'ın dizüstü bilgisayarını almak üzere Heathman'a uğradıktan sonra hastaneye döndük. Ben öğleden sonrayı Ray'le birlikte, bana gönderilen taslaklardan birini yüksek sesle okuyarak geçirdim. Tek arkadaşım onu hayatta ve benimle tutan makinelerin sesleriydi. İlerleme kaydettiğini bildiğim için, rahatlamış ve gevşemiştim. Umutluydum. İyileşmek için zamana ihtiyacı vardı, o kadar. Benim zamanım vardı, ona istediği kadar zamanımı ayırabilirdim. Annemi tekrar arasam mı diye düşündüm ama bunu daha sonra yapmaya karar verdim. Taslağı okurken, Ray'in elini tutuyor, zaman zaman sıkıp iyileşmesi gerektiğini telkin ediyordum. Parmakları yumuşak ve sıcaktı. Bir zamanlar alyansının durduğu parmağındaki iz bu kadar zaman geçmiş olmasına rağmen hâlâ duruyordu.

Bir ya da iki saat sonra –ne kadar bilmiyordum– başımı kaldırınca, elinde bilgisayarıyla, Hemşire Kellie'nin yanında duran Christian'ı gördüm.

"Gitme zamanı, Ana."

Ah. Ray'in elini sıkıca tuttum. Onu bırakmak istemiyordum.

"Karnını doyurmak istiyorum. Haydi. Geç oldu." Christian'ın sesi ısrarcıydı.

Hemşire Kelly, "Bay Steele'e sünger banyosu yaptıracağım," dedi.

"Tamam," diye pes ettim. "Yarın sabah yine geliriz."

Ray'i yanağından öperken, sakallarının çıkmış olduğunu hissettim. Hiç hoşuma gitmemişti. *Baba, lütfen iyileşmeye devam et. Seni seviyorum.*

Christian, süitimizin kapısını açarken, gözleri parlayarak, "Yemeği aşağıda yeriz diye düşündüm," dedi. "Özel salonda."

"Gerçekten mi? Birkaç ay önce başladığın şeyi tamamlamak için mi?"

Sırıttı. "Şansınız yaver giderse, Bayan Grey."

Güldüm. "Christian, giyecek kıyafetim bile yok."

Gülümsedi, elini uzattı ve beni yatak odasına çekti. Gardırobu açtı ve içinde asılı duran büyük, beyaz elbise kılıfını çıkardı.

"Taylor mı aldı?" diye sordum.

Hem güçlü hem incinmiş bir sesle, "Christian aldı," diye yanıtladı. Ses tonu beni güldürmüştü. Kılıfın fermuarını açınca, içinde lacivert saten bir elbise olduğunu gördüm ve kılıftan çıkardım. Muhteşemdi. İnce askılı, vücuda oturan bir elbise. Küçük görünüyordu.

"Çok hoş. Teşekkürler. Umarım üstüme olur."

"Olacak," dedi kendinden emin bir şekilde. "Ve bunlar da..." Bir ayakkabı kutusu uzattı. "Ayakkabıların." Bana kurnaz bir gülümsemeyle bakıyordu.

"Her şeyi düşünüyorsun. Teşekkürler." Gerinerek onu öptüm.

"Ben düşünürüm." Bana bir torba daha uzattı.

Ona soran gözlerle baktım. İçinde dantelden, siyah, askısız bir korse vardı. Yüzümü okşadı, çenemi hafifçe kaldırıp beni öptü.

"Daha sonra bunu kendi ellerimle çıkarmak için sabırsızlanıyorum."

Banyomu yapmış, tüylerimi tıraşlamış halde ve şımartılmış hissederek yatağın kenarına oturdum ve saç kurutma makinesini açtım. Christian yatak odasından içeri girdi. Sanırım çalışıyordu.

"Dur, bana bırak," diyerek tuvalet masasının önündeki sandalyeyi işaret etti.

"Saçlarımı sen mi kurutacaksın?"

Başıyla onaylayınca, gözlerimi kırpıştırdım.

Bana dikkatle bakarak, "Gel," dedi. Bu ifadeyi iyi tanıyordum ve itaat etmem gerektiğini bilecek kadar akıllıydım. Ağır bir şekilde, her zamanki becerisiyle tutamları tek tek ele alarak saçlarımı kuruttu.

"Bu işe hiç yabancı değilsin," diye mırıldandım. Gülümsemesi aynaya yansıyordu ama tek kelime etmeden saçlarımı fırçalamayı sürdürdü. Hımm... çok rahatlatıcıydı.

Akşam yemeğine gitmek üzere asansöre bindiğimizde yalnız değildik. Christian her zamanki beyaz keten gömleği, siyah kot pantolonu ve ceketiyle muhteşem görünüyordu. Kravatsızdı. Asansördeki iki kadın, onu hayran bakışlarla süzdüler. Bana yönelttikleri bakışlar daha az olumluydu. Gülümsememi sakladım. *Evet, bayanlar, o benim.* Christian elimi tuttu ve sessizlik içinde asma kata inerken, beni iyice kendine çekti.

Asma kat akşam yemeği için hazırlanmış, sohbet eşliğinde içkileri yudumlayan ve cumartesi akşamına başlayan insanlarla doluydu. Kıyafetimle ortama uyum sağladığım için minnettardım. Elbise üzerime sımsıkı oturmuştu; kalçalarımı sararak her şeyi yerli yerinde tutuyordu. Kendimi... çekici hissettiğimi söylemeliydim. Christian'ın da öyle düşündüğünü biliyordum.

İlk başta, kontratı ilk kez tartıştığımız özel salona gittiğimizi sandım ama Christian beni o kapının önünden geçirdi, biraz daha yürüttü ve lambri kaplı başka bir salonun kapısını açtı.

"Sürpriz!"

Aman Tanrım. Kate ve Elliot, Mia ve Ethan, Carrick ve Grace. Bay Rodriguez ve José, annem ve Bob hep birlikte kadeh kaldırıyorlardı. Öylece bakakaldım; nutkum tutulmuştu. *Nasıl? Ne zaman?* Hayretle Christian'a döndüm; elimi sıktı. Annem öne çıktı ve kollarını bana sardı. *Ah, Anne!*

"Hayatım, çok güzel görünüyorsun. Doğum günün kutlu olsun."

Onu kucaklarken, "Anne!" diye hıçkırdım. *Ah, anne.* Herkesin bizi izliyor olmasına aldırmadan yaşlar yanaklarımdan boşalırken, yüzümü boynuna gömdüm.

"Tatlım, hayatım. Ağlama. Ray iyileşecek. O çok güçlü bir adamdır. Ağlama. Doğum gününde olmaz." Sesi titrese de kendine hâkim olabilmişti. Yüzümü ellerinin arasına aldı ve başparmaklarıyla gözyaşlarımı sildi.

"Unuttun sandım."

"Ah, Ana! Nasıl unutabilirim. On yedi saat süren bir doğum kolayca unutulacak bir şey değil."

Gözyaşlarımın arasında kıkırdayınca, annem de gülümsedi.

"Gözlerini kurula, tatlım. Bu özel gününü paylaşmak için bir yığın insan buraya geldi."

Odadaki başka kimseye bakmayı istemeyerek burnumu çektim. Hepsinin gelip beni görmek için bu kadar büyük bir çaba harcamasından hem utanmış hem de heyecan duymuştum.

"Buraya nasıl geldiniz? Ne zaman?"

"Kocan bize uçağını gönderdi, hayatım." Sırıttı. Etkilenmişe benziyordu.

Güldüm. "Geldiğin için teşekkürler, Anne." Burnumu bir mendille, sadece bir annenin yapabileceği şekilde sildi. Kendimi toplayarak, "Anne!" diye azarladım.

"Böylesi daha iyi. Doğum günün kutlu olsun, hayatım." Herkes beni kucaklamak ve doğum günümü kutlamak için sıraya dizilirken, annem kenara çekildi.

"Ray gayet iyiye gidiyor, Ana. Dr. Sluder ülkenin en iyi doktorlarından biridir. Doğum günün kutlu olsun, meleğim." Grace beni kucakladı.

"İstediğin kadar ağla, Ana. Parti senin partin." José beni kucakladı.

"Doğum günün kutlu olsun, sevgili kızım." Carrick yüzümü ellerinin arasına alarak gülümsedi.

Elliot bana sarılırken, "Neyin var, bebek? Baban iyi olacak," dedi. "Doğum günün kutlu olsun."

"Pekâlâ." Christian elimi tutup beni Elliot'un kollarından kurtardı. "Karımı bu kadar mıncıkladığın yeter. Git nişanlını mıncıkla."

Elliot ona pis pis sırıttı ve Kate'e göz kırptı.

Daha önce fark etmediğim bir garson, Christian ve bana birer kadeh pembe şampanya uzattı.

Christian gırtlağını temizledi. "Ray burada bizimle olsaydı kusursuz bir doğum günü olacaktı ama o çok da uzakta değil. Ray gayet iyi ve eminim iyi vakit geçirmeni isterdi, Ana. Karımın doğum gününü paylaşmak üzere geldiğiniz için hepinize teşekkür ederim. Daha nicelerine. İyi ki doğdun, aşkım." Christian kadehini kaldırdı ve herkes bir ağızdan bana mutlu yıllar diledi. Gözyaşlarımı tutmak için bir kez daha savaşmak zorunda kaldım.

Yemek masasının etrafındaki hararetli sohbetleri izliyordum. Babam kabul ettiğim adam yoğun bakımın soğuk ortamında bir yaşam destek ünitesine bağlıyken, ailemle birlikte olmak ve onların sevgileriyle sarmalanmak tuhaftı. Olan bitenden kopuktum ama burada oldukları için minnettardım. Elliot ve Christian'ın arasındaki atışmaları, José'nin kolay, sıcak nüktedanlığını, Mia'nın heyecanını ve yemekler konusundaki hevesini, Ethan'ın sezdirmeden onu izleyişini seyrediyordum. Sanırım Ethan, Mia'dan hoşlanıyordu... Gerçi emin olmak güçtü. Bay Rodriguez benim gibi arkasına yaslanmış, sohbetlerin tadını çıkarıyordu. Daha iyi görünüyordu. Dinlenmişti. José onunla çok ilgiliydi, yemeğini kesiyor, kadehini dolu tutuyordu. Hayattaki tek ebeveyninin ölüme bu kadar yaklaşması José'nin Bay Rodriguez'e sevgisini daha fazla belli etmesine neden olmuştu... Biliyordum.

Anneme baktım. Tam havasındaydı, etkileyici, hazır cevap ve içten. Onu o kadar çok seviyordum ki. Bunu ona söylemeyi unutmamalıydım. Hayat çok kıymetliydi; bunu şimdi anlamıştım.

Kate alışılmadık derecede nazik bir sesle, "İyi misin?" diye sordu.

Başımı salladım ve elini tuttum. "Evet. Geldiğin için teşekkürler."

"Bay Megapara'nın doğum gününde seni benden uzak tutabileceğini mi sandın? Helikoptere binmek zorunda kaldık." Sırıttı.

"Gerçekten mi?"

"Evet. Christian'ın o helikopteri kullanabildiğine inanamıyorum."

Başımı eğdim.

"Çok seksi."

"Evet, sanırım öyle."

Sırıttık.

"Bu akşam burada mı kalıyorsunuz?" diye sordum.

"Evet. Sanırım hepimiz kalıyoruz. Hiç mi haberin yoktu?"

Başımı salladım.

"Havalı, değil mi?"

Başımı evet der gibi eğdim.

"Sana doğum günün için ne almış?"

"Bunu." Bilekliği havaya kaldırdım.

"Ah, şirin!"

"Evet."

"Londra. Paris... dondurma mı?"

"Bilmek istemezsin."

"Tahmin edebiliyorum."

Güldük. "Ah... ve bir R8."

Kate şarabını püskürterek daha fazla gülmemize neden oldu.

"Herif aşmış, değil mi?" Kıkırdadı.

Tatlı olarak önüme, üzerinde gümüş rengi yirmi iki mumun parladığı şaşaalı bir çikolatalı pasta geldi. Christian'ın arkadaşlarımın ve ailenin geri kalanıyla birlikte mutlu yıllar şarkısını söyleyişini izlerken, Grace'in gözleri sevgiyle parlıyordu. Gözgöze gelince bana bir öpücük gönderdi.

Christian bana, "Bir dilek tut," diye fısıldadı. Tek nefeste bütün mumları üfledim ve var gücümle babamın iyileşmesini diledim. *Babacım, iyileş. Lütfen iyileş. Seni o kadar çok seviyorum ki.*

Gece yarısı Bay Rodriguez ve José izin istediler.

José'ye sımsıkı sarıldım. "Geldiğiniz için çok teşekkürler."

"Hayatta kaçırmazdık. Ray'in iyiye gidiyor olmasına çok seviniyorum."

"Evet. Sen, Bay Rodriguez ve Ray bir gün Aspen'e, Christian'la balık tutmaya gelmelisiniz."

"Öyle mi? Kulağa harika geliyor." José babasının ceketini almaya gitmeden önce sırıttı. Eğilip Bay Rodriguez'le vedalaştım.

"Biliyorsun, Ana. Bir zamanlar... Ben sanıyordum ki... sen ve José..." Sesi duyulmaz oldu ama bana koyu renk gözlerinde yoğun ama sevgi dolu bir ifadeyle baktı.

Ah hayır.

"Oğlunuzu çok severim, Bay Rodriguez ama o benim kardeşim gibi."

"Harika bir gelin olurdun. Ve oldun da. Grey'ler için." Hüzünle gülümseyince, kızardım.

"Umarım beni bir arkadaş olarak da kabul edersiniz."

"Elbette. Kocan iyi bir adam. İyi seçim yapmışsın, Ana."

"Sanırım," diye fısıldadım. "Onu çok seviyorum." Bay Rodriguez'e sarıldım.

"Ona iyi bak, Ana."

"Bakacağım," diye söz verdim.

Christian süitimizin kapısını kapattı.

Kapıya yaslanıp beni izlerken, "Sonunda yalnız kaldık," diye mırıldandı.

Ona doğru bir adım attım ve parmaklarımı ceketinin yakasında gezdirdim. "Bu harika doğum günü için teşekkürler. Sen gerçekten, en düşünceli, anlayışlı ve cömert kocasın."

"Benim için zevk."

"Evet... senin için zevk. Bu zevk olayı konusunda bir şeyler yapalım," diye fısıldadım. Yakasını sıkıca tuttum ve dudaklarını dudaklarıma çektim."

Hep birlikte ettiğimiz kahvaltının sonunda hediyelerimi açtım ve *Charlie Tango*'yla Seattle'a dönecek olan bütün Grey ve Kavanagh'lara neşeyle veda ettim. Üçümüz benim R8'ime sığmayacağımız için, annem, Christian ve ben, Taylor'ın kullandığı arabayla hastaneye doğru yola çıktık. Bob ziyarete gelmeyi istememişti, buna gizli gizli seviniyordum. Çok tuhaf kaçardı ve eminim Ray de Bob'un onu hasta haliyle görmesini pek istemezdi.

Ray hemen hemen aynı görünüyordu. Sakalları biraz daha uzamıştı o kadar. Annem onu görünce şoke oldu ve birlikte biraz daha ağladık.

"Ah, Ray." Elini tutup yüzünü usulca okşadı. Eski kocasına duyduğu sevgiyi görmek beni duygulandırmıştı. Çantamda kâğıt mendilimin olmasına memnun oldum. Ray'in yanına oturduk; annem onun elini tutarken, ben de anneminkini tutuyordum.

"Ana, bir zamanlar bu adam hayatımın merkeziydi. Güneş onunla doğup onunla batardı. Onu her zaman seveceğim. Sana o kadar iyi baktı ki."

"Anne..." Gırtlağım düğümlenince, annem yüzümü okşadı ve bir saç tutamını kulağımın arkasına itti.

"Ray'i her zaman seveceğimi biliyorsun. Biz sadece ayrı düştük." İç geçirdi. "Ve onunla yaşayamaz oldum." Parmaklarına bakarken, acaba hakkında hiç konuşmadığımız Üç Numaralı Kocası Steve'i mi düşünüyor diye merak ettim.

Gözlerimi kurulayarak, "Ray'i sevdiğini biliyorum," diye fısıldadım. "Onu bugün komadan çıkaracaklar."

"İyi. İyi olacağından eminim. Çok inatçıdır. Sanırım sen de inadı ondan öğrendin."

Gülümsedim. "Yoksa Christian'la mı konuştun?"

"Senin inatçı olduğunu mu düşünüyor?"

"Sanırım."

"Ona bunun bir aile geleneği olduğunu söyleyeceğim. Birlikte harika görünüyorsunuz Ana. Ve çok da mutlu..."

"Öyleyiz, sanırım. En azından olma yolunda ilerliyoruz. Onu seviyorum. Dünyamın merkezi o. Benim için de güneş onunla doğup onunla batıyor."

"Sana taptığı her halinden belli, hayatım."

"Ve ben de ona tapıyorum."

"Bunu ona da söylediğinden emin ol. Bizler gibi, erkeklerin de bu tarz şeyleri duymaya ihtiyacı var."

Vedalaşmak için annem ve Bob'la birlikte havaalanına gitmekte ısrar ettim. Taylor R8'le bizi takip ederken, arabayı Christian kullanıyordu. Daha fazla kalamayacakları için üzülüyordum ama Savannah'ya dönmeleri gerekiyordu. Gözü yaşlı bir veda oldu.

Kucaklaşırken, Bob'a, "Ona iyi bak, Bob," diye fısıldadım.

"Elbette bakarım, Ana. Ve sen de kendine iyi bak."

"Bakarım." Anneme döndüm. "Güle güle, Anne. Geldiğiniz için çok teşekkürler," diye fısıldarken sesim boğuktu. "Seni çok seviyorum."

"Ah, benim canım kızım. Ben de seni seviyorum. Ve Ray iyileşecek. Sadece zaman gerek. Büyük olasılıkla kaçıramayacağı bir Mariners maçı vardır."

Kıkırdadım. Haklıydı. O akşam Ray'e pazar gazetesinin spor sayfalarını okumaya karar verdim. Annem ve Bob'un GŞT jetinin basamaklarını tırmanmalarını izledim. Annem bana yaşlı gözlerle el salladı ve gitti. Christian kolunu omzuma doladı.

"Haydi, geri dönelim, bebek," diye mırıldandı.

"Arabayı sen kullanır mısın?"

"Elbette."

O akşam hastaneye döndüğümüzde Ray farklı görünüyordu. Solunum cihazının artık çalışmıyor olduğunu anlamam birkaç saniyemi aldı. Ray artık kendi başına nefes alıyordu. İçim büyük bir rahatlamayla doldu. Sakalları çıkmaya başlayan yüzünü okşadım ve ağzının kenarındaki tükürüğü yavaşça silmek için bir mendil çıkardım.

Christian bilgi güncellemesi için Dr. Sluder ya da Dr. Crowe'u bulmaya giderken, yatağının yanındaki tanıdık koltuğuma yerleştim.

Oregonian Gazetesi'nin pazar sayısının spor sayfasını açtım ve Sounders'ın Real Salt Lake'le yaptığı futbol maçının raporunu okumaya başladım. Anlatılanlara göre, sert bir maç olmuştu ama Sounders, Kasey Keller'ın kendi kalesine attığı bir golle yenilmişti. Haberi yüksek sesle okurken, Ray'in elini sıkı sıkı tuttum.

"Ve maçın sonucu, Sounders bir, Real Salt Lake iki."

Ray, "Hey, Annie, yenildik mi?" diye soludu ve elimi sıktı.

Babacığım!

BÖLÜM ON DOKUZ

Yaşlar yanaklarımdan oluk oluk iniyordu. Dönmüştü. Babam hayata dönmüştü.

"Ağlama, Annie." Ray'in sesi boğuktu. "Neler oluyor?"

Elini iki elimin arasına alıp yüzüme bastırdım. "Bir kaza geçirdin. Portland'da hastanedesin."

Ray kaşlarını çattı. Nedeni benim alışılmadık şefkat gösterimden rahatsız olması mıydı yoksa kazayı hatırlamaması mı, anlayamamıştım.

"Biraz su ister misin?" diye sordum. Gerçi ona su vermeme izin olup olmadığından emin değildim. Şaşkınlık içinde, başını salladı. Çok sevinmiştim. Ayağa kalktım, üzerine eğilip alnını öptüm. "Seni seviyorum, baba."

Utanmış gibi, elini salladı. "Ben de seni, Annie. Su." Hemşire bankosuna kadar olan kısa mesafeyi koştum.

Hemşire Kellie'ye sırıtarak, "Babam uyandı," dedim. O da gülümsedi.

Meslektaşına, "Dr. Sluder'a çağrı gönder," dedi ve bankonun arkasından telaşla çıktı.

"Su istiyor."

"Götürürüm."

Babamın yatağının yanına döndüğümde içim pır pır ediyordu. Yanına vardığımda, gözleri kapalıydı ve o anda, yeniden komaya girmiş olmasından endişelendim.

"Baba?"

"Buradayım," diye mırıldandı. Hemşire Kelly bir sürahi dolusu buz ve bardakla yatağa ulaşırken, Ray gözlerini kırpıştırarak açtı.

"Merhaba, Bay Steele. Adım Kellie. Hemşirenizim. Kızınız susadığınızı söyledi."

Christian bekleme odasındaydı, gözlerini dizüstü bilgisayarına sabitlemişti. Ben kapıyı kapatınca bakışlarını bana çevirdi.

"Uyandı," diye haber verdim. Gülümsedi, gözlerini çevreleyen gerilim kayboldu. Ah... Daha önce fark etmemiştim. Bütün bu zaman boyunca gergin miydi yoksa? Bilgisayarını kenara bıraktı, ayağa kalktı ve beni kucakladı.

Ben kollarımı ona sararken, "Nasıl?" diye sordu.

"Konuşuyor, susamış, şaşkın. Kazayı hiç hatırlamıyor."

"Anlaşılabilir bir durum. Artık uyandıysa onu Seattle'a naklettirmek istiyorum. Böylece eve dönebiliriz ve annem ona göz kulak olabilir."

Hemen mi?

"Nakledilecek kadar iyi olduğundan emin değilim."

"Ben Dr. Sluder'la konuşurum. Fikrini alırım."

"Evi mi özledin?"

"Evet."

"Tamam."

Arabayı Heathman'ın önüne çekerken, "Sürekli gülümsüyorsun," dedi.

"Çok rahatladım. Ve mutlu oldum."

Christian sırıttı. "İyi."

Hava kararmaya yüz tutmuştu ve serin akşama adım atıp anahtarı valeye teslim ederken ürperdim. Arabamı şehvetle süzüyordu; onu suçlayamazdım. Christian kolunu bana sardı.

Lobiye girerken, "Kutlayalım mı?" diye sordu.

"Kutlamak?"

"Babanı."

Kıkırdadım. "Ah, evet."

"Bu sesi özlemişim." Christian saçımı öptü.

"Odamızda yesek. Bilirsin işte, sakin bir akşam geçirsek?"

"Elbette. Gel." Elimi tutup beni asansörlere yönlendirdi.

Uzun zamandır ilk kez tabağımı silip süpürmüştüm, hoşnutlukla, "Enfesti," diye mırıldandım. "Burada enfes *tarte tatin* yapmayı iyi bildiklerine hiç şüphem yok."

Yeni banyo yapmıştım ve üzerimde sadece Christian'ın tişörtü ve külotum vardı. Christian'ın iPod'u açıktı ve Dido beyaz bayraklarla ilgili bir şarkı söylüyordu.

Christian beni düşünceli bir ifadeyle süzüyordu. Banyo sonrası saçları hâlâ ıslaktı ve üzerinde siyah tişörtü ve kot pantolonu vardı. "Buraya geldiğimizden beri ilk kez bu kadar çok şey yediğini gördüm," dedi.

"Acıkmıştım."

Kendinden hoşnut bir sırıtışla arkasına yaslandı ve beyaz şarabından bir yudum aldı. "Şimdi ne yapmak istersin?" Sesi yumuşaktı.

"Sen ne yapmak istersin?"

Keyifle tek kaşını kaldırdı. "Her zaman yapmak istediğimi."

"Neymiş o?"

"Bayan Grey, bu kadar nazlanmayın."

Masanın üstünden uzanıp elini tuttum, avucunu açtım ve işaret parmağımı üzerinde dolaştırdım. "Bana bununla dokunmanı istiyorum."

Sandalyesinde kıpırdandı. "Sadece onunla mı?" Gözleri aynı anda hem kararmış, hem ısınmıştı.

"Belki bununla da." Parmağımı orta parmağından yukarı kaydırıp tekrar avucuna indirdim. "Ve bununla." Tırnağım yüzük parmağını dolaştı. "Kesinlikle bununla da dokunmalısın." Parmağım alyansında durdu. "Bu çok seksi."

"Öyle mi?"

"Kesinlikle. *Bu adam benim,* diyor." Ve avucunda, yüzüğünün altında şimdiden oluşan küçük nasırı okşadım. Öne eğildi ve diğer eliyle çenemi tuttu.

"Bayan Grey, beni baştan mı çıkarıyorsunuz?"

"Umarım çıkarıyorumdur."

"Anastasia, ben dünden hazırım." Sesi alçaktı. "Gel buraya." Elimi tuttu ve beni kucağına çekti. "Sana hiçbir kısıtlama olmadan ulaşabilmeyi seviyorum." Elini bacağımın üst kısmından kalçama kaydırdı. Diğer eliyle ensemi tutup beni olduğum yere sabitleyerek öptü.

Ağzında beyaz şarap, elmalı turta ve Christian tadı vardı. Parmaklarımı saçlarının arasına ittim ve dillerimiz birbirlerinin etrafına kıvrılırken kanım damarlarımda ısınmaya başladı. Christian geri çekildiğinde nefes nefeseydik.

Dudaklarını dudaklarımdan uzaklaştırmadan, "Haydi, yatağa gidelim," dedi.

"Yatağa mı?"

İyice geri çekildi ve saçlarımı, başımı kaldırıp ona bakacağım şekilde çekti. "Siz nereyi tercih ederdiniz, Bayan Grey?"

Kayıtsız bir şekilde omuz silktim. "Şaşırt beni."

"Bu akşam pek cesursun." Burnunu burnuma sürttü.

"Belki de bağlanmaya ihtiyacım vardır."

"Belki. Yaşlandıkça bayağı patronluk taslamaya başladın." Gözlerini kıstı ama orada gizli duran muzipliği saklayamadı.

"Bu konuda ne yapacaksın?" diye meydan okudum.

Gözleri parladı. "Ben bu konuda ne yapmak istediğimi biliyorum. Senin hazır olup olmadığına bağlı."

"Ah, Bay Grey, son birkaç gündür bana karşı çok nazik davrandınız. Ben camdan yapılmadım, biliyorsunuz."

"Nazik olmamı sevmiyor musun?"

"Elbette seviyorum. Ama bilirsin... çeşitlilik hayatın tuzu biberidir." Gözlerimi kırpıştırdım.

"Daha az nazik bir şeylerin mi peşindesin?"

"Yaşadığımı hissettirecek bir şeylerin peşindeyim."

Şaşkınlık içinde kaşlarını kaldırdı. "Yaşadığını hissettirecek," diye tekrarlarken, sesinde hayrete karışan bir keyif saklıydı.

Başımla onayladım. Bana bir an baktı. "Dudağını ısırma," diye fısıldadı ve aniden beni kucağına alarak ayaklandı. Beni düşürmesinden korkarak küçük bir çığlık attım ve kolunun üst kısmına yapıştım. Üç kanepenin en küçüğüne gidip beni üzerine bıraktı.

"Burada bekle. Sakın kıpırdama." Bana kısa, ateşli ve yoğun bir bakış gönderdikten sonra, dönüp yatak odasına gitti. Ah... Çıplak ayaklı Christian. Ayakları neden bu kadar seksiydi? Birkaç dakika sonra geri döndü ve arkamdan üzerime doğru eğilerek beni şaşırttı.

"Sanırım, bundan kurtulmalıyız." Tişörtümü tutup başımdan çekti ve beni külotum hariç, çıplak halde bıraktı. Atkuyruğumu arkaya çekip beni öptü.

Dudaklarını dudaklarımdan ayırmadan, "Ayağa kalk," diye emretti. Hemen itaat ettim. Kanepenin üstüne bir havlu yaydı.

Havlu mu?

"Külotunu çıkar."

Yutkundum ama isteğini yerine getirip külotu kanepenin yanına bıraktım.

"Otur." Tekrar atkuyruğumu tutup başımı arkaya çekti. "Fazla gelirse durmamı söyleyeceksin, tamam mı?"

Başımla onayladım.

"Söyle." Sesi sertti.

Boğuk bir sesle, "Evet," dedim.

Sırıttı. "İyi. Bu durumda, Bayan Grey... yoğun ısrarlarınız sonucu sizi zapt altına alacağım." Sesi nefessiz bir fısıltıya dönmüştü. Bu kelimeler karşısında, arzu içimde bir şimşek gibi patladı. Ah, benim tatlım, Elli'm, demek kanepenin üstünde...

"Dizlerini yukarı kaldır," diye emretti usulca. "Ve arkana yaslan."

Ayaklarımı kanepenin kenarına dayayıp dizlerimi önüme kadar çektim. Sol bacağıma uzandı ve bornozlardan birinin kuşağını alıp bir ucunu dizimin üstüne bağladı.

"Bornoz ha?"

"Doğaçlama yapıyorum." Tekrar sırıttı ve dizimin üstüne düğüm attıktan sonra, kuşağın diğer ucunu kanepenin arka köşesindeki topuzun etrafına bağlayarak bacaklarımı iki yana açtı.

"Kıpırdama," diye uyardıktan sonra, aynı işlemi sağ bacağıma da uyguladı ve ikinci kuşağı diğer topuza bağladı.

Ah, Tanrım... Kanepenin üstünde, bacaklarım iki yana açık halde, dimdik oturuyordum.

Christian bana kanepenin arkasından, tepeden bakarak, usulca sordu. "Tamam mı?"

Ellerimi de bağlamasını bekleyerek başımla onayladım. Ama geri durdu. Eğilip beni öptü.

Burnunu burnuma sürterken, "Şu anda ne kadar seksi göründüğün konusunda en ufak bir fikrin yok," dedi. "Sanırım müziği değiştirme zamanı." Doğruldu ve rahat bir tavırla, iPod'una yürüdü.

Bunu nasıl yapıyordu? Ben burada bağlanmış ve feci azmış durumdayken, o çok serinkanlı ve sakindi. Tam görüş alanımın içindeydi ve şarkıyı değiştirirken, tişörtünün altından kaslarının kıpırdayışını izledim. Ve aynı anda tatlı, neredeyse çocuksu bir kadın sesi, beni izlemeye dair bir şarkıyı mırıldanmaya başladı.

Ah, bu şarkıyı seviyordum.

Christian döndü ve karşımda dizlerinin üstüne inerken, gözleri gözlerine kilitlendi.

Birden kendimi fazla açıkta ve çıplak hissettim.

Her zamanki gibi, söyleyemediğim şeyleri hissetme becerisiyle, "Fazla açıkta mı hissettin? Ve savunmasız? " diye sordu. Elleri dizlerindeydi. Başımla onayladım.

Bana neden dokunmuyordu?

"İyi," diye mırıldandı. "Ellerini uzat." İsteğini yerine getirirken, bakışlarımı büyüleyici gözlerinden ayıramıyordum. Christian her iki avucuma küçük, şeffaf bir şişeden yağımsı bir sıvı döktü. Kokulu bir sıvıydı; tam olarak ne olduğunu çıkaramadığım zengin, miskimsi, şehvetli bir koku.

"Ellerini ovala." Seksi ve ağır bakışı altında kıvrandım. "Kıpırdama," diye uyardı.

Ah, Tanrım.

"Şimdi, Anastasia, kendine dokunmanı istiyorum."

Aman Tanrım.

"Boynundan başla ve aşağı doğru in."

Tereddüt ettim.

"Utanma, Ana. Haydi. Dediğimi yap." Yüzünde, arzuyla beraber mizah ve meydan okuma da vardı.

Ellerimi boynuma yerleştirdim ve aşağı, memelerimin üstüne kadar kaydırdım. Yağ ellerimin hiç zorlanmadan tenimde kaymasını sağlıyordu. Ellerim ısınmıştı.

Christian, "Daha aşağı," diye mırıldandı. Gözleri koyulmuştu. Bana dokunmuyordu.

Memelerimi avuçladım.

"Kendinle oyna."

Ah Tanrım. Meme uçlarımı yavaşça çektim.

Christian, "Daha sert," diye bastırdı. Bacaklarımın arasında, hareketsiz, sadece beni izleyerek oturdu. Gözlerinde karanlık bir parıltıyla, "Benim yaptığım gibi yap," diye ekledi. Kasıklarımdaki, derinlerdeki kaslarım gerildi. Tepki olarak inledim ve meme uçlarımı daha sert çekerek, dokunuşumla sertleştiklerini ve uzadıklarını hissettim.

"Evet. Öyle. Bir daha."

Gözlerimi yumdum, sertçe çekip parmaklarımın arasında yuvarladım ve büktüm. İnledim.

"Gözlerini aç."

Gözlerimi kırpıştırarak açtım.

"Bir daha. Seni görmek istiyorum. Dokunuşundan zevk aldığını görmek."

Ah siktir. İşlemi tekrarladım. Bu... çok... erotikti.

"Eller. Daha aşağı."

Kıvrandım.

"Kıpırdama, Ana. Zevki hisset. Daha aşağı." Sesi alçak ve boğuktu; aynı anda hem baştan çıkarıcı hem büyüleyiciydi.

"Sen yap," diye fısıldadım.

"Ah, yapacağım. Birazdan. Şimdi sen yapacaksın. Daha aşağı. Şimdi." Christian şehvet yayarak, dilini dişlerinin üzerinde dolaştırdı. Siktir... Kıvranarak kuşakları çekiştirdim.

Başını ağır ağır salladı. "Kıpırdama." Ellerini dizlerimin üstüne koyup beni olduğum yere sabitledi. "Haydi, Ana... Daha aşağı."

Ellerim karnımın üstüne kaydı.

Ağzını, "Daha aşağı," der gibi oynattı. Şehveti cisim bulmuş gibiydi.

"Christian, lütfen."

Elleri dizlerimden aşağı kaydı ve bacaklarımı okşayarak cinsel organıma doğru indi. "Haydi, Ana. Dokun kendine."

Sol elim, cinsel organımın üstünde dolaştı. Küçük bir daire çizerek ovaladım. Hızlı hızlı soluyordum.

"Tekrar," diye fısıldadı.

Daha yüksek sesle inledim ve hareketi tekrar ederek, nefes nefese başımı arkaya attım.

"Tekrar."

Ben iç geçirince, Christian keskin bir nefes aldı. Ellerimi tutup eğildi ve önce burnunu, sonra dilini bacak aramın tepe noktasına ileri geri sürttü.

"Ah!"

Ona dokunmak istiyordum ama ellerimi kıpırdatmaya yeltenince, parmakları bileklerimin etrafına örtüldü.

"Bunları da bağlarım. Kıpırdama."

İnledim. Beni bıraktı ve avuç içini klitorisimin üstüne dayayarak, ortadaki iki parmağını içime kaydırdı.

"Seni çabucak boşaltacağım, Ana; hazır mısın?"

"Evet," diye soludum.

Elini seri şekilde yukarı aşağı oynatmaya başlatarak aynı anda hem içimdeki o tatlı noktaya hem de klitorisime saldırıya geçti. Ah, duygu çok yoğundu; gerçekten yoğun. Vücudumun alt kısmında haz birikmeye başlamıştı. Bacaklarımı uzatmak istiyor ama yapamıyordum. Ellerim altımdaki havluya yapışmıştı.

"Teslim ol," diye fısıldadı Christian.

Parmaklarının etrafında, tutarsız haykırışlarla patladım. Artçı şoklar vücudumda çağlayarak enfes eziyeti uzatırken, avucunu klitorisime bastırdı. Bacaklarımın bağlarını çözdüğünü fark ettim.

"Sıra bende," diye fısıldadı ve beni kanepede dizlerim yere değecek şekilde, yüz üstü çevirdi. Bacaklarımı iki yana açtı ve popoma sert bir şaplak indirdi.

Ben, "Ah," diye haykırırken, kendini içime çarptı.

Hareket etmeye başlayınca, sıkılı dişlerinin arasından, "Ah, Ana," diye tısladı. Tekrar tekrar içime girip çıkarken, parmakları kalçalarımı kıskaç misali kavramıştı. Ve yeniden tırmanmaya başladım. *Hayır... Ah...*

"Haydi, Ana!" diye bağırdı ve etrafında zonklayarak ve haykırarak boşalırken, bir kez daha darmadağın oldum.

"Senin için yeterince yaşadığını hissettirici bir gece miydi?" Christian saçlarımı öptü.

Tavana bakarak, "Ah, evet," diye mırıldandım. Sırtım karnına denk gelecek şekilde, kocamın üstünde yatıyordum. İkimiz de kanepenin yanında yerdeydik. Hâlâ giyinikti.

"Sanırım yine denemeliyiz. Bu kez sen de giyinik olmayacaksın."

"Tanrı aşkına Ana, insana biraz şans tanı."

Ben kıkırdayınca o da güldü. "Ray'in bilincinin açılmasına çok sevindim. Her tür iştahın yerine gelmişe benziyor," derken, sesindeki gülümsemeyi gizlemiyordu.

Döndüm ve surat asarak, "Dün geceyi ve bu sabahı unutuyor musun?" diye sordum.

"Her ikisinin de unutulur yanı yok." Sırıttı. Bunu yaparken o kadar genç, tasasız ve mutlu görünüyordu ki. Popomu avuçladı. "Harikulade bir poponuz var, Bayan Grey."

"Sizin de öyle." Kaşımı kaldırdım. "Gerçi sizinki hâlâ örtülü."

"Bu konuda ne yapacaksınız, Bayan Grey."

"Pekâlâ, sizi soyacağım, Bay Grey. Her tarafınızı."

Sırıttı.

Tekrara ayarladığı şarkıya gönderme yaparak, "Bence birçok tatlı yönünüz var," diye mırıldandım. Gülümsemesi kayboldu.

Ah hayır.

"Var," diye fısıldadım. Uzanıp ağzının köşesini öptüm. Gözlerini yumdu ve beni daha sıkı sardı.

"Christian, gerçekten var. Ray'in başına gelenlere rağmen, bu hafta sonunu çok özel hale getirdin. Teşekkürler."

İri ve ciddi gözlerini açtı. İfadesi yüreğime dokundu.

"Çünkü seni seviyorum," diye fısıldadı.

"Biliyorum. Ben de seni seviyorum." Yüzünü okşadım. "Ve benim için çok kıymetlisin. Bunu biliyorsun, değil mi?"

Kaybolmuş gibiydi, hareketsizleşti.

Ah, Christian... Benim tatlı Elli'm.

"Bana inan," diye fısıldadım.

"Kolay değil." Sesi neredeyse duyulmayacak kadar alçaktı.

"Dene. Kendini zorla, çünkü gerçek bu." Yüzünü bir kez daha okşarken, parmaklarım favorilerine sürtündü. Gözleri gri birer incinme ve acı okyanusu gibiydi. Ona sarılmak istedim. Bu bakışa mani olabilecek her şeyi yapmak. Benim için dünyalara bedel olduğunu ne zaman anlayacaktı? Benim sevgime, anne babasının, kardeşlerinin sevgisine fazlasıyla layık olduğunun? Ona bunu defalarca söylemiştim ama Christian bana yine o kayıp ve terk edilmiş çocuk ifadesiyle bakıyordu. Zaman. Sadece zaman alacaktı.

"Üşüyeceksin. Gel." Zarif bir hareketle ayağa kalktı ve beni de yanına çekti. Yatak odasına doğru giderken, kolumu beline sardım. Üstüne gitmeyecektim ama Ray'in kazasından bu yana, onu ne kadar sevdiğimi bilmesi benim için daha büyük bir önem kazanmıştı.

Yatak odasına girince, sadece birkaç dakika öncesinde kalan, çok hoş ve hafiflemiş ruh halimizi geri kazanma umuduyla kaşlarımı çattım.

"TV izleyelim mi?" diye sordum.

Christian bir homurtu çıkardı. "Ben bir ikinci raunt olur diye umuyordum." Ve değişken Elli'm geri dönmüştü. Kaşımı kaldırarak yatağın yanında durdum.

"Pekâlâ, o halde idareyi ben ele alacağım."

Bana baktı, onu yatağa ittim ve ellerini başının iki yanına sabitleyerek, hızla üzerine çıktım.

Sırıttı. "Pekâlâ, Bayan Grey. Beni ele geçirdiğinize göre, şimdi ne yapacaksınız?"

Eğildim ve kulağına, "Seni ağzımla becereceğim," diye fısıldadım.

Gözlerini yumdu ve o derin bir nefes alırken, ben dişlerimi çenesinde dolaştırdım.

Christian bilgisayar başında çalışıyordu. Aydınlık bir sabahın erken saatleriydi ve sanırım bir e-posta yazmakla meşguldü.

Kapı eşiğinden, utangaç bir tavırla, "Günaydın," diye mırıldandım. Bana döndü ve gülümsedi.

"Bayan Grey, erkencisiniz." Kollarını açtı.

Süitin içinde hızla yürüyüp kucağına kıvrıldım. "Siz de öyle."

"Çalışıyordum." Saçımı öptü.

"Ne var?" Bir şeylerin yolunda gitmediğini hissetmiştim.

İç geçirdi. "Dedektif Clark'tan bir e-posta aldım. Hyde pisliği hakkında seninle konuşmak istiyor."

"Gerçekten mi?" Christian'a bakmak için geri çekildim.

"Evet. Şimdilik Portland'da olduğunu ve beklemesi gerekeceğini söyledim. Ama seninle burada görüşmek istediğini söylüyor."

"Buraya mı geliyor?"

"Evet."

Kaşlarımı çattım. "Bekleyemeyecek kadar önemli olan ne acaba?"

"Hiçbir fikrim yok."

"Ne zaman geliyormuş?"

"Bugün. Ona cevap yazacağım."

"Saklayacak bir şeyim yok. Acaba bilmek istediği ne?"

"Buraya geldiği zaman öğreniriz. Ben de merak ediyorum." Christian bir kez daha kıpırdandı. "Kahvaltı birazdan gelir. Yiyelim, sonra da babanı görmeye gideriz."

Başımla onayladım. "İstersen sen burada kalabilirsin. Meşgul olduğunu görebiliyorum."

Yüzünü buruşturdu. "Hayır, seninle gelmek istiyorum."

"Tamam." Sırıttım, kollarımı boynuna doladım ve onu öptüm.

Ray'in öfkesi burnundaydı. Büyük bir mutluluktu doğrusu. Kıpır kıpır, gergin, sabırsız ve rahatsızdı.

"Baba, ciddi bir trafik kazası atlattın. İyileşmen zaman alacak. Christian ve ben seni Seattle'a nakletmek istiyoruz."

"Neden benimle uğraştığınızı anlamıyorum. Ben burada tek başıma idare edebilirim."

"Saçmalama." Elini sevgiyle sıktım. O da bana gülümseme nezaketini gösterdi.

"Bir şeye ihtiyacın var mı?"

"Tatlı bir çöreğin canına okumak fena olmazdı, Annie."

Ona anlayışla gülümsedim. "Sana bir iki çörek getireyim. Voodoo'ya gideriz."

"Harika."

"Doğru dürüst bir kahve de ister misin?"

"Elbette isterim!"

"Tamam, gidip getireyim."

Christian yine bekleme odasındaydı ve telefonda konuşuyordu. Gerçekten burada bir ofis kursa iyi olacaktı. İşin tuhaf yanı, diğer yoğun bakım yatakları da dolu olmasına rağmen orada sadece onun olmasıydı. Acaba Christian diğer ziyaretçileri korkutup kaçırdı mı diye merak ettim. Telefonu kapattı.

"Clark bu öğleden sonra dörtte burada olacak."

Kaşlarımı çattım. Bu kadar acil olan ne olabilirdi ki? "Tamam. Ray kahve ve çörek istiyor."

Christian güldü. "Sanırım kaza geçirsem ben de isterdim. Taylor'a söyle gitsin."

"Hayır, ben giderim."

"Taylor'ı da yanında götür." Sesi sertti.

"Tamam." Gözlerimi devirince bana dik dik baktı. Sonra sırıttı ve başını yana yatırdı.

"Burada hiç kimse yok." Sesi enfes derecede alçaktı ve kıçıma şaplak atmakla tehdit ettiğini anlamıştım. Ona meydan okumak üzereydim ki, içeri genç bir çift girdi. Kız sessizce ağlıyordu.

Christian'a özür diler gibi omuz silktim. O da başını eğdi. Bilgisayarını aldı, elimi tuttu ve beni odadan çıkardı. "Yalnız kalmaya bizden daha çok ihtiyaçları var," diye mırıldandı. "Biz sonra da eğleniriz."

Dışarıda, Taylor sabırla bekliyordu. "Hep birlikte kahve ve tatlı çörek almaya gidelim."

Saat tam dörtte, süitin kapısı vuruldu. Taylor her zamankinden daha sinirli görünen Dedektif Clark'ı içeri buyur etti. Adam her zaman sinirli görünüyordu. Belki de nedeni yüzünün yapısıydı.

"Bay Grey, Bayan Grey. Beni görmeyi kabul ettiğiniz için teşekkürler."

"Dedektif Clark." Christian dedektifin elini sıktı ve onu bir koltuğa buyur etti. Ben de dün gece çok keyifli zaman geçirdiğim kanepeye oturdum. Hatırlayınca kızardım.

Clark, Christian'a ve kapının yanına konumlanan Taylor'a iğneleyici bir sesle, "Asıl görmek istediğim, Bayan Grey," dedi. Christian şöyle bir baktıktan sonra, başıyla Taylor'a çıkmasını işaret etti. Taylor dönüp çıktı ve kapıyı da arkasından kapattı.

"Karıma söylemek istediğiniz her şeyi benim önümde söyleyebilirsiniz," derken, Christian'ın sesi serinkanlı ve resmîydi. Dedektif Clark bana döndü.

"Eşinizin burada bulunmasını istediğinizden emin misiniz?"

Kaşlarımı çattım. "Elbette. Saklayacak hiçbir şeyim yok. Sadece ifademe başvuruyorsunuz, değil mi?"

"Evet, efendim."

"Eşimin kalmasını istiyorum."

Christian buram buram gerilim yayarak yanıma oturdu.

Clark yenilgiyi kabul ederek, "Pekâlâ," dedi. Gırtlağını temizledi. "Bayan Grey, Bay Hyde ona cinsel tacizde bulunduğunuz ve ona karşı sayısız uygunsuz yaklaşımınız olduğunda ısrar ediyor."

Ah! Neredeyse bir kahkaha atacaktım ama koltuğunda öne doğru kayan Christian'ı zapt etmek için, elimi bacağına yerleştirdim.

Christian tükürük saçarak, "Ama bu akıl dışı," dedi. Susturmak için Christian'ın bacağını sıktım.

Sakin bir tavırla, "Bu doğru değil," diye açıkladım. "Aslında tam tersi bir durum söz konusuydu. Bana çok saldırgan bir tavırla uygunsuz bir teklifte bulundu ve işten kovuldu."

Sözlerini sürdürmeden önce, Dedektif Clark'ın ağzı incecik bir çizgi halini aldı.

"Hyde, onu kovdurabilmek için cinsel tacizle ilgili bir hikâye uydurduğunuzu iddia ediyor. Bunun sizi reddettiği ve işini istediğiniz için yaptığınızı söylüyor."

Kaşlarımı çattım. *Kahretsin.* Jack sandığımdan bile sanrılı bir adamdı.

"Bu doğru değil." Kafamı salladım.

"Dedektif, lütfen bana bunca yolu karımı bu saçma sapan suçlamalarla taciz etmek için geldiğinizi söylemeyin."

Dedektif Clark sert mavi bakışlarını Christian'a çevirdi. "Bunu Bayan Grey'den dinlemem gerekiyor, efendim," dedi sakin bir sesle. Christian'a sükûnetini koruması için sessizce yakararak, bacağını bir kez daha sıktım.

"Bu saçmalıkları dinlemeye mecbur değilsin, Ana."

"Bence Dedektif Clark'a olanları anlatmalıyım."

Christian bana bir an için duygusuz bir ifadeyle baktı ve sonra yenilgiyi kabul etmiş gibi elini salladı.

"Hyde'ın söyledikleri kesinlikle doğru değil." Hissettiğim şeyin sükûnetle uzaktan yakından ilgisi olmasa da, sesim sakindi. Bu suçlamalar karşısında şaşkın ve Christian'ın patlaması ihtimali yüzünden gergindim. *Jack'in amacı neydi*? "Bay Hyde beni bir akşam ofis mutfağında sıkıştırdı. İşe onun sayesinde alındığımı ve karşılığında onunla birlikte olmamı beklediğini söyledi. Bana o tarihte henüz eşim olmayan Christian'a gönderdiğim e-postaları kullanarak şantaj yapmaya çalıştı. Hyde'ın e-postalarımı izlediğini bilmiyordum. O sanrılı bir adam; hatta beni Christian tarafından, muhtemelen şirketi devralma amacıyla gönderilmiş bir casus olmakla itham etti. Christian'ın SBY'yi zaten aldığından habersizdi." Hyde'la yaşadığım sinir bozucu, gergin karşılaşmayı hatırlayarak başımı salladım. "Sonunda, onu... onu yere serdim."

Clark'ın kaşları şaşkınlıkla kalktı. "Yere mi serdiniz?"

"Babam asker emeklisidir. Hyde... şey, bana dokundu ve ben kendimi nasıl savunacağımı bilirim."

Christian bana gururla bakıyordu.

"Anlıyorum." Clark derin bir iç geçirerek arkasına yaslandı.

Christian neredeyse sevecen bir sesle, "Hyde'ın daha önceki özel asistanlarından kimseyle konuştunuz mu?" diye sordu.

"Evet, konuştuk. Ama işin aslı, asistanlarından hiçbirini bizimle konuşmaya ikna edemedik. Hiçbiri üç aydan uzun süre işlerine devam etmemiş olsa da hepsi örnek bir patron olduğunu söylüyorlar."

Christian, "Biz de aynı sorunu yaşadık," diye mırıldandı.

Ah? Christian'a ağzım açık bakakaldım. Dedektif Clark'ın durumu da farklı değildi.

"Güvenlik şefim. Hyde'ın beş eski asistanıyla mülakat yaptı."

"Neden?"

Christian ona çelik gibi bir bakış attı. "Çünkü karım yanında çalışıyordu ve karımın çalıştığı kişiler hakkında güvenlik araştırması yaparım."

Dedektif Clark kızardı. Yüzümde bir dünyama-hoş-geldiniz gülümsemesiyle, özür diler gibi omuz silktim.

Clark, "Anlıyorum," diye mırıldandı. "Bence bu işte görünenden fazlası var, Bay Grey. Yarın dairesinde daha kapsamlı bir arama gerçekleştireceğiz. Belki o zaman bir şeyler bulabiliriz. Gerçi, görünüşe bakılırsa bir süredir orada yaşamıyor."

"Hiç arama yaptınız mı?"

"Evet. Tekrar yapacağız. Bu kez didik didik aranacak."

Christian yumuşak bir sesle, "Onu hâlâ Ros Bailey ve beni öldürmeye teşebbüsle suçlamadınız mı?" diye sordu.

Ne?

"Hava aracınızın sabotajı konusunda daha fazla kanıt bulmayı umuyoruz, Bay Grey. Kısmi parmak izinden daha fazlasına ihtiyacımız var. O gözaltındayken kanıtları toplayabiliriz."

"Buraya kadar bunun için mi geldiniz?"

Clark dikildi. "Evet, Bay Grey, tabii eğer not konusunda başka görüşleriniz yoksa."

Not mu? Ne notu?

"Hayır. Size söyledim. Benim için bir anlam ifade etmiyor." Christian rahatsızlığını saklayamıyordu. "Ve bunu neden telefonda halledemediğimizi anlayamıyorum."

"Sanırım size kolları sıvayıp işe koyulmayı tercih ettiğimi söylemiştim. Ve Portland'da yaşayan büyük teyzemi de ziyaret edeceğim. Bir taşla iki kuş." Clark kocamın öfkesi karşısında taş gibi ifadesini ve soğukkanlılığını korumayı başarmıştı.

"Pekâlâ, işimiz bittiyse halletmem gereken işler var." Christian ayağa kalkınca, Dedektif Clark mesajı aldı.

"Vaktinizi ayırdığınız için teşekkür ederim, Bayan Grey," dedi kibarca.

Başımı eğdim.

"Bay Grey." Christian kapıyı açtı ve Clark gitti.

Kanepeye yığıldım.

Christian patladı, "Bu pisliğe inanabiliyor musun?"

"Clark'a mı?"

"Hayır, o serseriden bahsediyorum. Hyde'dan."

"Hayır, inanamıyorum."

Christian sıktığı dişlerinin arasından, "Neler planlıyor bu herif?" diye fısıldadı.

"Bilmiyorum. Sence Clark bana inandı mı?"

"Elbette inandı. Hyde'ın rezil götün teki olduğunu biliyor."

"Çok küfürbazsın."

"Küfürbaz mı?" Christian sırıttı. "Öyle bir kelime var mı?"

"Var tabii."

Beklenmedik bir şekilde sırıtarak yanıma oturdu ve beni kollarının arasına çekti.

"O pisliğe kafa yorma. Haydi, gidip babanı görelim ve onu yarın gitmeye ikna etmeye çalışalım."

"Portland'da kalmak ve bize yük olmamak konusunda ayak diriyor."

"Ben onunla konuşurum."

"Yolculuğu onunla yapmak istiyorum."

Christian bana baktı. Bir an hayır diyecek sandım. "Tamam, ben de gelirim. Sawyer ve Taylor arabaları götürürler. Sawyer'a R8'ini bu akşam götürtürüm."

Ertesi gün, Ray yeni ortamını inceliyordu. Seattle'daki Northwest Hastanesi'nin rehabilitasyon merkezinde, havadar ve aydınlık bir odadaydı. Öğle saatiydi ve uykulu görünüyordu. Yolculuk, helikopterle de olsa, onu bitkin düşürmüştü.

"Christian'a çok teşekkür ettiğimi söyle," dedi alçak sesle.

"Kendin söylersin. Bu akşam uğrayacak."

"Sen işe gitmiyor musun?"

"Büyük olasılıkla giderim. Sadece yerleştiğinden emin olmak istedim."

"Haydi, sen git. Benim için endişelenmene gerek yok."

"Senin için endişelenmek hoşuma gidiyor."

BlackBerry'm çaldı. Numaraya baktım. Tanıdığım bir numara değildi.

Ray, "Açmayacak mısın?" diye sordu

"Hayır. Kim olduğunu bilmiyorum. Telesekreter benim yerime açabilir. Sana okuyacak bir şeyler getirdim." Başucu komodinindeki spor dergisi yığınını işaret ettim.

"Teşekkürler, Annie."

"Yorgunsun, değil mi?"

Başını evet der gibi salladı.

"Seni bırakayım da biraz dinlen." Alnını öptüm. "Kaçtım, babacığım," diye mırıldandım.

"Sonra görüşürüz, tatlım. Ve teşekkürler." Ray elimi yakaladı ve nazikçe sıktı. "Bana babacığım demeni seviyorum. Beni eski günlere götürüyor."

Ah, babacığım. Ben de onun elini sıktım.

Ana kapılardan çıkıp Sawyer'ın beklediği SUV'ye doğru yürürken, birinin bana seslendiğini duydum.

"Bayan Grey! Bayan Grey!"

Arkamı dönünce, Dr. Greene'i hızlı adımlarla bana doğru yaklaşırken gördüm. Her zamanki gibi kusursuz ama biraz telaşlı görünüyordu.

"Bayan Grey, nasılsınız? Mesajımı aldınız mı? Biraz önce aradım."

"Hayır." Kafa derim karıncalanmaya başlamıştı.

"Şey, dört randevunuzu neden iptal ettiğinizi merak ediyordum."

Dört randevu mu? Ona şaşkın şaşkın baktım. *Dört randevu mu kaçırmıştım? Ama nasıl?*

"Belki de bunu ofisimde konuşsak daha iyi olur. Öğle yemeği için dışarı çıkıyordum. Şu anda vaktiniz var mı?"

Uysal bir tavırla başımı salladım. "Elbette... Ben." Ne diyeceğimi bilemiyordum. Dört randevumu mu atlamıştım? İğne*yi olmak* için geç kalmıştım. Kahretsin.

Sersemlemiş halde, peşinden hastaneye girdim ve yukarı, ofisine çıktım. Dört randevu mu kaçırmıştım. Birini ertelediğimizi hatırlar gibiydim. Hannah bahsetmişti, ama *dört*? Dört randevuyu nasıl kaçırabilirdim ki?

Dr. Greene'in ofisi geniş, minimalist tarzda döşenmiş, derli toplu bir ofisti.

"Beni çıkmadan yakalamanıza minnettarım," diye mırıldanırken hâlâ şoktaydım. "Babam bir araba kazası geçirdi ve daha bugün Portland'dan buraya getirdik."

"Ah, çok üzüldüm. Sağlığı nasıl?"

"İdare ediyor, teşekkürler. İyileşme sürecinde."

"Bu iyi. Bu da cuma günkü randevunuzu neden iptal ettiğinizi açıklıyor."

Dr. Greene faresini masanın üstünde hareket ettirince bilgisayarı açıldı.

"Evet... on üç haftayı geçmiş. Sınırda yakaladık. Size yeni bir iğne yapmadan önce, test yapsak iyi olacak."

Başımdan aşağı kaynar sular dökülürken, "Test mi?" diye fısıldadım.

"Hamilelik testi."

Ah, hayır.

Masasının çekmecesine uzandı. "Bununla ne yapacağınızı biliyorsunuz." Bana küçük bir kap uzattı. "Tuvalet ofisimin dışında."

Transa geçmiş gibi, ayağa kalktım. Vücudum otomatik pilotta hareket ederken tuvalete doğru sendeledim.

Kahretsin. Kahretsin. Kahretsin. *Kahretsin.* Bunun olmasına nasıl izin verebilmiştim... Birden midem bulandı ve içimden dua ettim. *Lütfen olmasın. Lütfen olmasın. Daha çok erken. Daha çok erken. Daha çok erken.*

Dr. Greene'in odasına dönünce, beni gergin bir gülümsemeyle karşıladı ve masasının önündeki sandalyeyi işaret etti. Oturdum ve tek kelime etmeden idrar örneğimi uzattım. İçine küçük, beyaz bir çubuk batırıp izledi. Çubuk açık maviye dönerken kaşlarını kaldırdı.

"Mavi ne anlama geliyor?" Gerilim beni neredeyse nefessiz bırakacaktı.

Bana bakarken bakışları ciddiydi. "Pekâlâ, Bayan Grey. Hamile olduğunuz anlamına geliyor."

Ne? Hayır. Hayır. Hayır. Siktir.

BÖLÜM YİRMİ

Ağzım bir karış açık halde, Dr. Greene'e bakarken, dünya başıma yıkılmıştı. Bir bebek. Bir bebek. Ben bir bebek istemiyordum... henüz değil. *Siktir.* Ve için için, Christian'ın deliye döneceğini biliyordum.

"Bayan Grey, çok solgun görünüyorsunuz. Bir bardak su ister misiniz?"

"Lütfen." Sesim güçlükle duyuluyordu. Zihnime düşünceler doluşmuştu. Hamile mi kalmıştım? Ne zaman?

"Anladığım kadarıyla şaşırdınız."

Bana su soğutucusundan bir bardak su uzatan sevgili doktoruma tek kelime etmeden, başımı salladım. Sudan bir yudum aldım. "Şoke oldum," diye fısıldadım.

"Hamileliğin ne kadar ilerlediğini görmek için bir ultrason çekebiliriz. Tepkinize bakılırsa, döllenmenin üstünden sadece birkaç hafta geçtiğini, dört-beş haftalık hamile olduğunuzu tahmin ediyorum. Sanırım herhangi bir semptom yaşamadınız, değil mi?"

Sessizlik içinde başımı salladım. *Semptom mu?* Sanmıyordum. "Ben sandım ki... Ben bunun güvenli bir doğum kontrol yöntemi olduğunu sanıyordum."

Dr. Greene kaşını kaldırdı. Serinkanlılıkla, "İğne yaptırmanız gerektiğini hatırladığınız zaman öyledir," dedi.

"Zaman mefhumumu kaybetmiş olmalıyım." Christian delirecekti. Bunu biliyordum.

"Kanamanız oldu mu?"

Kaşlarımı çattım. "Hayır."

"Depo iğnelerde böyle olur. Haydi, sizi ultrasona sokalım, olur mu? Programım müsait."

Şaşkınlık içinde başımı salladım ve Dr. Greene beni bir ekranın arkasındaki siyah deri muayene masasına yönlendirdi.

"Eteğinizi ve iç çamaşırınızı çıkarıp masadaki örtüyü üzerinize alırsanız, hemen başlarız," dedi çabucak.

İç çamaşırımı mı? Ben ultrasonun karnımın üstünden çekilmesini bekliyordum. Külotumu neden çıkarmam gerekiyordu ki? Şaşkınlık içinde omuz silktim ve hızla dediğini yapıp yumuşak beyaz örtünün altına girdim.

"Böyle iyi." Bayan Greene masanın ucuna geçip ultrason makinesini yakına çekti. Yüksek teknoloji ürünü bilgisayarlardan oluşan bir öbekti. Ekranı ikimizin de görebileceğimiz şekilde konumlandırıp oturdu ve klavyenin üstündeki topu çevirdi. Ekran açıldı.

"Dizlerinizi kaldırıp bükün ve bacaklarınızı açın lütfen," dedi rahat bir tavırla.

Ürkek bir şekilde kaşlarımı çattım.

"Vajinal ultrason yapacağız. Henüz yeni hamileyseniz bile bebeği bununla bulabiliyoruz." Uzun beyaz bir çubuğu havaya kaldırdı.

Ah, şaka yapıyor olmalısınız.

Utançtan yerin dibine geçerek, "Tamam," diye mırıldandım ve dediğini yaptım. Greene çubuğun ucuna bir kondom geçirdi ve şeffaf bir jelle kayganlaştırdı.

"Bayan Grey, gevşeyebilirseniz..."

Gevşemek mi? Ben hamileyim, kahrolası. Gevşememi nasıl beklersin? Kızardım ve rahatlamaya çabaladım.

Yavaş ve nazik bir hareketle çubuğu içime itti.

Siktir!

Ekranda görebildiğim tek şey, çıkan sesin yansıması beyaz bir lekeydi. Gerçi renk olarak daha çok sepyaya benziyordu. Dr. Greene çubuğu yavaşça hareket ettirdi; çok endişe vericiydi.

"İşte burada," diye mırıldandı. Bir düğmeye basarak ekrandaki görüntüyü dondurdu ve sepya fırtınasının ortasındaki ufak bir noktayı işaret etti.

Küçük bir nokta. Karnımda minik, küçük bir nokta vardı. Minnacık. *Vay canına.* Noktaya afallamış halde bakarken, rahatsızlığımı unuttum.

"Kalp atışını duymak için henüz çok erken ama kesinlikle hamilesiniz. Bana kalırsa, dört ya da beş haftalık." Kaşlarını çattı. "İğne etkisini erken kaybetmişe benziyor. Bazen böyle şeyler oluyor."

Hiçbir şey söyleyemeyecek kadar sersemlemiştim. Küçük nokta bir bebekti. Gerçek bir bebek. Christian'ın bebeği. Benim bebeğim. Tanrı aşkına. *Bir bebek!*

"Sizin için bir resim basmamı ister misiniz?"

Nutkum hâlâ tutuk halde, başımı salladım. Dr. Greene bir düğmeye bastı. Sonra çubuğu yavaşça çıkardı ve kendimi temizlemem için bir kâğıt havlu verdi.

"Tebrikler, Bayan Greene," dedi ben doğrulurken. "Bir randevu daha belirlemeliyiz. Dört hafta sonra olmasını öneriyorum. O zaman bebeğinizin tam kaç haftalık olduğundan emin olur ve tahmini bir doğum tarihi belirleyebiliriz. Artık giyinebilirsiniz."

"Tamam." Başım dönerek, telaşla giyindim. Bir noktam vardı. Minik bir noktam. Paravanın arkasından çıktığımda, Dr. Greene masasına dönmüştü.

"Bu sırada, bu folik asit ve gebelik vitaminlerini almaya başlamanızı istiyorum. Burada yapılacaklar ve yapılmayacakları içeren bir listemiz var."

Bana bir ilaç kutusu ve bir broşür uzatarak konuşmayı sürdürdü ama dinlemiyordum. Şoktaydım. Altüst olmuştum. Herhalde mutlu olmam gerekirdi. Otuz yaşımda da olmam gerekirdi gerçi... en az. Bu çok erken olmuştu, fazla erken. İçimde yükselen panik hissini bastırmaya çalıştım.

Dr. Greene'e kibarca veda ettikten sonra çıkışa yöneldim ve serin sonbahar öğleden sonrasına çıktım. Christian dehşete kapılacaktı biliyordum ama ne kadar ve ne dereceye kadar olacağı konusunda bir fikrim yoktu. Sözleri aklımdan çıkmıyordu. "*Henüz seni paylaşmaya hazır değilim.*" Soğuktan kurtulmaya çalışarak ceketime iyice sarındım.

Sawyer, SUV'den dışarı fırlayıp kapımı açtı. Yüzümü görünce kaşları çatıldı ama endişeli ifadesini görmezden geldim.

Kibarca, "Nereye, Bayan Grey?" diye sordu.

"SBY." Arabanın arka koltuğuna sindim ve başımı arkaya yaslayıp gözlerimi yumdum. Mutlu olmalıydım. Mutlu olmam gerektiğini biliyordum. Ama değildim. Çok erkendi. Fazla erken. İşim ne olacaktı? Ya SBY? Ya Christian ve ben? *Hayır. Hayır. Hayır.* İyi olacaktık. Christian da iyi olacaktı. Bebek Mia'yı sevmişti, Carrick'in anlattıklarını hatırlıyordum ve ona şimdi de tapıyordu. Belki de Flynn'i uyarmalıydım... Belki de Christian'a söylememeliydim. Belki de... belki de buna son vermeliydim. Saptıkları istikamet karşısında telaşa kapılarak, düşüncelerimi o karanlık yolda durdurdum. İçgüdüsel olarak, elim karnıma kaydı. *Hayır. Benim küçük Nokta'm.* Gözlerim yaşlarla doldu. Ne yapacaktım?

Bakır rengi saçları ve parlak gri gözleriyle yeni evin çayırlarında koşturan küçük bir erkek çocuğunun görüntüsü düşüncelerimi istila ederek, beni yeni olasılıklarla taciz etmeye başladı. Christian ve ben onu kovalarken kıkırdıyor, sevinç çığlıkları atıyordu. Christian onu havalara kaldırıyor ve el ele eve doğru yürürken, kolunun altında taşıyordu.

Hayalim tiksintiyle arkasını dönüp uzaklaşan bir Christian görüntüsüne dönüştü. Şişman ve hantaldım; çocuk yüzünden kilo almıştım. Christian benden gittikçe uzaklaşıyor, ayak sesleri gümüş aynalarda, duvarlarda, yerlerde yankılanıyordu. Christian...

İrkilerek uyandım. *Hayır*. Dehşete kapılacaktı.

Sawyer, SBY'nin önüne çekince, arabadan fırlayıp binadan içeri girdim.

"Ana, seni görmek ne güzel. Baban nasıl?" Ofisime ulaştığım anda Hannah'nın sorusuyla karşılaştım. Ona serinkanlılıkla baktım.

"Daha iyi, teşekkürler. Seninle ofisimde görüşebilir miyiz?"

"Elbette." Şaşkınlık içinde beni takip etti. "Her şey yolunda mı?"

"Dr. Greene'le olan randevularımdan ertelediğin ya da iptal ettiğin oldu mu, bilmek istiyorum."

"Dr. Greene mi? Evet, oldu. İki ya da üç tane. Genelde başka görüşmelerde olduğun ya da geç kaldığın için. Neden?"

Zihnimde, *Çünkü şimdi lanet olası hamileyim,* diye haykırdım. Derin, yatıştırıcı bir nefes aldım. "Randevularımdan kaydırdıkların olunca, beni mutlaka haberdar eder misin? Takvimimi her zaman kontrol etmiyorum."

"Elbette," dedi Hannah yavaşça. "Özür dilerim. Yanlış bir şey mi yaptım?"

Başımı salladım ve yüksek sesle iç geçirdim. "Bana biraz çay yapabilir misin? Sonra da ben yokken olanları konuşuruz."

"Elbette. Hemen yapayım." Neşelenerek ofisten çıktı.

Arkasından baktım. Nokta'ya hitaben, usulca, "Şu kadını görüyor musun? Burada olmanın nedeni o olabilir." Karnımı okşadım ve Nokta'yla konuştuğum için kendimi aptal gibi hissettim. Benim küçük Nokta'm. Kendime ve Hannah'ya kızarak başımı salladım... İçin için, Hannah'yı suçlayamayacağımı biliyordum. Umutsuzluk içinde bilgisayarımı açtım. Christian'dan bir e-posta vardı.

Kimden: Christian Grey
Konu: Seni Özlüyorum
Tarih: 13 Eylül 2011 13:58
Kime: Anastasia Grey

Bayan Grey

Ofise döneli sadece üç saat oldu ve daha şimdiden sizi özlüyorum.

Umarım Ray yeni odasına yerleşebilmiştir. Annem bu öğleden sonra onu görmeye ve kontrol etmeye gidecek.

Seni akşam altı gibi alırım. Eve gitmeden önce uğrayıp Ray'i görürüz.

Sence de uygun mu?

Seni seven kocan

Christian Grey
CEO, Grey Şirketler Topluluğu

Çabucak cevap yazdım.

Kimden: Anastasia Grey
Konu: Seni Özlüyorum
Tarih: 13 Eylül 2011 14:10
Kime: Christian Grey

Elbette

x

Anastasia Grey
Editör, SBY

Kimden: Christian Grey

Konu: Seni Özlüyorum

Tarih: 13 Eylül 2011 14:14

Kime: Anastasia Grey

Sen iyi misin?

Christian Grey

CEO, Grey Şirketler Topluluğu

Hayır, Christian, iyi değilim. Senin dehşete kapılman fikri beni dehşete dürüyor. Ne yapacağımı bilmiyorum. Ama sana e-postayla söylemeyeceğim.

Kimden: Anastasia Grey

Konu: Seni Özlüyorum

Tarih: 13 Eylül 2011 14:17

Kime: Christian Grey

İyiyim. Sadece çok yoğunum.

Altıda görüşürüz.

X

Anastasia Grey

Editör, SBY

Ona ne zaman söylemeliydim? Bu akşam mı? Belki seksten sonra. Belki seks sırasında. Hayır, bu ikimiz için de tehlikeli olabilirdi. O uyurken? Başımı ellerimin arasına aldım. Ne halt edecektim?

Ben SUV'ye binince, Christian temkinli bir sesle, "Merhaba," dedi.

"Merhaba," diye mırıldandım.

"Sorun ne?" Kaşlarını çattı. Taylor hastaneye doğru yola koyulurken başımı salladım.

"Hiç." *Belki şimdi söylemeliydim.* Hazır kısıtlı bir alandayken ve Taylor yanımızdayken söyleyebilirdim.

"İşte her şey yolunda mı?" Christian üstelemeyi sürdürdü.

"Evet. Yolunda. Teşekkürler."

"Ana, sorun ne?" Sesi biraz daha güçlü çıkınca korktum.

"Seni özledim, hepsi bu. Ve Ray için endişelendim."

Christian gözle görülür biçimde gevşedi. "Ray iyi. Bu öğleden sonra annemle konuştum ve hızla iyileştiğini söyledi." Christian elimi tuttu. "Tanrım, elin ne kadar soğuk. Bugün bir şeyler yedin mi sen?"

Kızardım.

Christian sıkılarak beni azarladı. "Ana."

Pekâlâ, bir şey yemedim çünkü hamile olduğumu söylediğim zaman kafayı yiyeceksin.

"Bu akşam yerim. Gerçekten hiç zamanım olmadı."

Sıkıntıyla kafasını salladı. "Korumaların görev listesine 'karımı doyurun' maddesini eklememi mi istiyorsun?"

"Özür dilerim. Yiyeceğim. Sadece tuhaf bir gündü. Biliyorsun, babamı naklettirmek falan."

Dudakları inceldi ama hiçbir şey demedi. Pencereden dışarı baktım. Bilinçaltım, *Söyle ona,* diye tısladı. Hayır, ben bir korkaktım.

Christian beni daldığım düşüncelerden çıkardı. "Tayvan'a gitmem gerekebilir."

"Ah, ne zaman?"

"Bu hafta içinde. Ya da belki de önümüzdeki hafta."

"Tamam."

"Senin de benimle gelmeni istiyorum."

"Christian, lütfen. Benim bir işim var. Lütfen tekrar bu tartışmaya girmeyelim."

İç geçirdi ve asık suratlı bir ergen gibi yüzünü sarkıttı. Huysuz bir tavırla, "Yine de sormak istedim," diye mırıldandı.

"Ne kadar kalacaksın?"

"Birkaç günden fazla sürmez. Keşke canını sıkan şeyin ne olduğunu bana da söylesen."

Nasıl anlıyordu? "Pekâlâ, biricik kocam gidiyor, daha ne olsun?"

Christian parmaklarımı öptü. "Çok uzun sürmeyecek."

"İyi." Ona cılız bir gülümsemeyle baktım.

Onu gördüğümüzde Ray daha neşeli ve daha az aksiydi. Christian'a sessiz minneti beni duygulandırdı ve balık tutmak ve Mariners'la ilgili sohbetlerini dinlerken, bir an için vermem gereken haberi unuttum. Ancak Ray kolayca yoruluyordu.

"Babacığım, uyuman için seni yalnız bırakalım."

"Teşekkürler, Ana. Uğramanız hoşuma gidiyor. Bugün anneni de gördüm, Christian. Çok güven vericiydi. Üstelik o da Mariners'ı tutuyormuş."

Christian ayağa kalkarken, alaycı bir sesle, "Gerçi balık tutmak için delirdiğini söyleyemem," dedi.

"Deliren çok fazla kadın tanımıyorum." Ray sırıttı.

"Yarın görüşürüz, tamam mı?" Onu öptüm. Bilinçaltım dudaklarını büktü. *Tabii Christian seni bir yerlere kilitlemezse... ya da daha kötüsü...* Ruh halim tepe taklak inişe geçti.

"Gel." Christian kaşlarını çatarak elini uzattı. Elini tuttum ve birlikte hastaneden ayrıldık.

Yemeğimi didikliyordum. Bayan Jones'un tavuk yahnisiydi ama aç değildim işte. Midemde kaygıdan bir düğüm oluşmuştu.

"Lanet olsun! Ana bana ne olduğunu söyleyecek misin? Christian sinirli bir tavırla boş tabağını itti. Ona baktım. "Lütfen. Beni delirtiyorsun."

Yutkundum ve gırtlağımdan yükselen paniği bastırmaya çalıştım. Derin, yatıştırıcı bir nefes aldım. *Ya şimdi, ya hiç.* "Hamileyim."

Donakaldı ve yüzündeki bütün kan çekildi. Kül rengi bir suratla, "Ne?" diye fısıldadı.

"Hamileyim."

Anlamayarak alnını kırıştırdı. "Nasıl?"

Nasıl... Nasıl mı? Ne saçma bir soruydu bu böyle? Kızardım ve ona sence-nasıl-olabilir bakışı attım.

Duruşu derhal değişti; bakışları donuklaştı. "İğnen?" diye hırladı.

Ah, kahretsin.

"İğneni mi unuttun?"

Ona, tek söz edemeden baktım. Kahretsin, delirmişti, gerçek anlamda delirmişti.

"Tanrı aşkına, Ana!" Yumruğunu masaya indirerek beni yerimden sıçrattı ve neredeyse sandalyesini devirecek bir hızla ayağa kalktı. "Hatırlaman gereken bir şey, tek bir şey var. Kahretsin! Buna inanamıyorum! Nasıl bu kadar aptal olabildin?"

Aptal! İç geçirdim. Ona iğnenin etkisiz olduğunu söylemek istedim konuşamıyordum. Parmaklarıma baktım. "Üzgünüm," diye fısıldadım.

"Üzgün müsün? Siktir!" dedi bir kez daha.

"Zamanlamanın pek iyi olmadığını biliyorum."

"Pek iyi değil mi?" diye bağırdı. "Birbirimizi lanet olası beş dakikadır tanıyoruz. Sana lanet olası dünyayı göstermek istiyordum ve şimdi... Siktir. Bebek bezleri, kusmuk ve bok!" Gözlerini yumdu. Sanırım öfkesini kontrol altına almaya çalışıyor ama mücadeleyi kaybediyordu.

"Unuttun mu? Söyle bana. Yoksa bilerek mi yaptın?" Gözleri alev alevdi ve hiddet doluydu.

"Hayır," diye fısıldadım. Ona Hannah'dan bahsedemezdim. Hemen kovardı.

"Bu konuda hemfikir olduğumuzu sanıyordum!" diye bağırdı.

"Biliyorum. Öyleydik. Üzgünüm."

Beni duymazdan geldi. "Nedeni bu işte. Kontrolü sevme nedenim bu. Böyle bokluklar yaşanıp her şeyin içine etmesin diye."

Hayır... Küçük Nokta. "Christian, lütfen bana bağırma." Gözyaşları yanaklarımdan aşağı süzülmeye başladı.

"Sakın muslukları açmaya kalkma," diye çıkıştı. "Siktir." Elini saçlarının arasından geçirip çekti. "Baba olmaya hazır olduğumu mu sanıyorsun?" Sesi bir öfke ve panik karışımıyla titredi.

Ve her şey bir anda netleşti. Gözlerinde kocaman harflerle korku ve nefret yazıyordu, hiddeti çaresiz bir ergeninkinden farksızdı. *Ah, Elli, çok üzgünüm. Benim için de şoktu.*

Tıkanır gibi, "Bunun için hazır olmadığımızı biliyorum ama bence sen harika bir baba olacaksın," dedim. "Bir yolunu buluruz."

Bu kez daha yüksek sesle, "Sen ne biliyorsun ki?" diye bağırdı. "Söylesene nasıl!" Bakışlarından sayısız ifade okunuyordu ama baskın olan korkuydu.

Christian öfkeyle, "Ah, siktir!" diye böğürdü ve yenilmiş gibi ellerini havaya kaldırdı. Dönüp girişe yürürken ceketini de aldı. Ayak sesleri ahşap zeminde yankılanarak girişin çift kanatlı kapısında gözden kayboldu. Kapıyı arkasından çarparak beni bir kez daha yerimden sıçrattı.

Sessizlikle, salonun hareketsiz ve sessiz boşluğuyla, baş başa kalmıştım. Kapalı kapılara uyuşmuş gibi bakarken, istem dışı titredim. *Beni bırakıp gitmişti. Kahretsin!* Tepkisi hayal edebileceğimden bile kötüydü. Tabağımı ittim ve kollarımı masanın üstünde kavuşturup başımı kollarıma yaslayarak ağladım.

"Ana, hayatım." Bayan Jones başımda dikiliyordu.

Hızla doğrulup yüzümdeki yaşları sildim.

"Duydum. Çok üzgünüm," dedi nazik bir sesle. "Bir bitki çayı ya da başka bir şey ister misin?"

"Bir kadeh beyaz şarap alırım."

Bayan Jones saniyenin onda biri kadar bir süre duraksayınca, Nokta'yı hatırladım. Artık alkol alamazdım. Alabilir miydim? Dr. Greene'in verdiği yapılacaklar ve yapılmayacaklar listesini incelemem gerekiyordu.

"Bir kadeh getireyim."

"Aslında, çay alabilir miyim, lütfen?" Burnumu sildim. Bana sevecen bir gülümsemeyle baktı.

"Çay hemen geliyor." Tabaklarımızı alıp mutfak bölümüne yöneldi. Peşinden gidip bir tabureye tünedim ve çayımı hazırlamasını izledim.

Dumanı tüten fincanı önüme bıraktı. "Senin için yapabileceğim başka bir şey var mı, Ana?"

"Hayır, bu iyi, teşekkürler."

"Emin misin? Pek bir şey yememişsin."

Ona baktım. "Sadece aç değilim."

"Ana bir şeyler yemelisin. Artık sadece kendinden sorumlu değilsin. Lütfen sana bir şeyler hazırlamama izin ver. Ne istersin?" Bana umutla bakıyordu. Ama gerçekten hiçbir şeye bakacak durumda değildim.

Kocam hamile olduğum için kapıyı çarpıp gitmişti. Babam önemli bir trafik kazası geçirmişti ve bir de ona cinsel tacizde bulunduğumu iddia etmeye uğraşan kaçık Jack Hyde'la uğraşıyordum. Birden kontrol edilmez bir kıkırdama isteğiyle doldum. *Bana ne yaptığına bir bak, Minik Nokta!* Karnımı okşadım.

Bayan Jones bana anlayışla gülümsedi. Yumuşacık bir sesle, "Ne kadarlık olduğunu biliyor musun?" diye sordu.

"Çok yeni. Dört ya da beş hafta, doktor emin olamadı.

"Bir şey yemeyeceksen de en azından dinlen."

Başımla onayladım ve çayımı alıp kütüphaneye yürüdüm. Orası benim sığınağımdı. Çantamdan BlackBerry'mi çıkardım ve Christian'ı aramayı düşündüm. Bunun onun için bir şok olduğunu biliyordum ama gerçekten aşırı tepki göstermişti. *Ne zaman aşırı tepki göstermiyor ki?* Bilinçaltım özenle alınmış kaşını havaya kaldırmıştı. İç geçirdim. Bombokluğun Elli Tonu.

"Evet, baban bu, Küçük Nokta. Kısa süre içinde sakinleşip geri döneceğini umalım..."

Yapılması ve yapılmaması gerekenler broşürünü çıkarıp okumak için oturdum.

Konsantre olamıyordum. Christian'ın kapıyı çarpıp gitmesi çok kötü olmuştu. Son birkaç gündür o kadar düşünceli ve sevgi doluyken, şimdi... Ya hiç geri dönmezse? *Kahretsin!* Belki de Dr. Flynn'i aramalıydım. Ne yapacağımı bilmiyordum. Ne yapacağımı bilmez durumdaydım. Pek çok açıdan kırılgandı ve habere kötü tepki vereceğini biliyordum. Bu hafta sonu öylesine tatlıydı ki. Bütün bu şartlar kontrolünün dışında olmasına rağmen, iyi idare etmişti. Ama bu haber çok fazlaydı.

Onunla tanıştığımdan beri hayatım karmaşık bir hal almıştı. Nedeni o muydu? Yoksa bir arada olmamız mı? Ya bunu atlatamazsa? Ya boşanmak isterse? Ağzımda safranın tadını duydum. Hayır. Böyle düşünmemeliydim. Dönecekti. Mutlaka. Döneceğini biliyordum. Bağırmasına ve sert sözlerine rağmen, beni sevdiğini biliyordum. Ve seni de sevecek, Minik Nokta.

Koltuğumda arkama yaslandım ve uyumaya başladım.

Üşümüş ve nerede olduğumu unutmuş halde uyandım. Titreyerek saatime baktım. Akşamın on biriydi. *Ah, evet... Sen.* Karnımı sıvazladım. Christian neredeydi? Dönmüş müydü? Koltuktan her yanım tutulmuş halde kalktım ve kocamı aramaya çıktım.

Beş dakika sonra, evde olmadığını anlamıştım. Umarım ona bir şey olmamıştır. *Charlie Tango*'nun kaybolduğu günkü uzun bekleyişin anısı üzerime çullandı.

Hayır, hayır, hayır. Böyle düşünmeyi bırak. Büyük olasılıkla... Nereye gitmiş olabilirdi ki? Kimi görmeye giderdi? Belki de Flynn'in yanındaydı. Öyle olduğunu umdum. Kütüphaneye dönüp BlackBerry'mi buldum ve bir mesaj attım.

Neredesin?

Banyoya gidip küveti doldurdum. O kadar üşümüştüm ki.

Banyodan çıktığımda hâlâ dönmemişti. 1930'ların modasına uygun saten geceliklerimden birini ve sabahlığımı giyip salona gittim. Yol üstünde, misafir yatak odasına uğradım. Belki de burası Küçük Nokta'nın odası olabilirdi. Bu düşünce irkilmeme neden olmuştu. Kapıda durdum ve düşündüm. Maviye mi boyayacaktık yoksa pembeye mi? Bu tatlı düşünce, söz dinlemez kocamın bu durum karşısında delirmesiyle buruklaşmıştı. Misafir odasındaki yorganı kaptım ve salona geçtim.

Bir şey beni uyandırdı. Bir ses.

"Kahretsin!"

Christian'ın sesiydi. Masaya çarptığını duydum.

Daha boğuk bir sesle, "Kahretsin!" diye tekrarladı.

Yattığım yerden doğrulmamla, Christian'ın çift kanatlı kapıdan sendeleyerek girmesi bir oldu. *Sarhoştu.* Kafa derim karıncalandı. Kahretsin, Christian sarhoş mu olmuştu? Sarhoşlardan ne kadar nefret ettiğini biliyordum. Ayağa fırlayıp ona doğru koştum.

"Christian, sen iyi misin?"

Giriş kapısının pervazına yaslandı. Dili dolanarak, "Bayan Grey," dedi.

Lanet olsun. Çok sarhoştu. Ne yapacağımı bilmiyordum.

"Ah... gayet iyi görünüyorsun, Anastasia."

"Neredeydin?"

Parmağını dudaklarına götürdü ve bana çarpık bir gülümsemeyle baktı. "Şışşt."

"Bence yatağa gelsen iyi olacak."

"Seninle mi?" Kıs kıs güldü.

Kıs kıs güldü! Kaşlarımı çatarak kolumu beline attım çünkü yürümek şöyle dursun, ayakta zor duruyordu. Neredeydi? Eve nasıl gelmişti?

"Yatağa kadar gitmene yardım edeyim. Bana yaslan."

"Çok güzelsin, Ana." Bana yaslandı ve neredeyse ikimizi de devirerek, saçlarımı kokladı.

"Christian, yürü. Seni yatıracağım."

Konsantre olmaya çalışır gibi, "Tamam," dedi.

Koridor boyunca sallanarak yürüdük ve nihayet yatak odasına ulaştık.

"Yatak," dedi sırıtarak.

"Evet, yatak." Onu yatağın kenarına yönlendirdim ama beni tuttu.

"Bana katıl," dedi.

"Christian, bence senin biraz uyumaya ihtiyacın var."

"İşte başladık. Böyle olacağını biliyordum."

Kaşlarımı çattım. "Neyi biliyordun?"

"Bebek artık seks yok demektir."

"Bunun doğru olmadığından eminim. Aksi takdirde, hepimiz tek çocuklu ailelerden gelirdik."

Bana tepeden baktı. "Komiksin."

"Sen de sarhoş."

"Evet." Gülümsedi ama sonra gülümsemesi değişti ve yüzünden tekin olmaktan uzak bir ifade geçti. İliklerimi donduran bir ifade.

"Haydi, Christian," dedim yavaşça. İfadesinden nefret etmiştim. Hiçbir çocuğun görmemesi gereken korkunç ve çirkin anıların izini taşıyordu. "Haydi, seni yatağa sokalım." Onu yavaşça ittim; kolları ve ayakları dört bir yana açılarak yatağın üstüne düştü. Uğursuz ifadesi kaybolmuştu.

Dili yine dolanarak, "Sen de gel," dedi.

"Önce seni bir soyalım."

Sarhoş ve yayvan bir sırıtışla, "İşte şimdi konuşmaya başladın," dedi.

Kahretsin. Sarhoş Christian şirin ve oyunbazdı. Onu, öfkeden kuduran Christian'a daima tercih ederdim.

"Kalk, otur. Ceketini çıkarayım."

"Oda dönüyor."

Kahretsin... Kusacak mıydı? "Christian, kalk ve otur!"

Bana pis pis sırıttı. "Bayan Grey, patronluk taslamayı ne çok seviyorsunuz!"

"Evet. Sana söyleneni yap ve otur." Ellerimi kalçalarıma yerleştirdim. Tekrar sırıttı. Kendini dirseklerinin üstünde doğrulmaya zorladı ve sonra ahmak bir tavırla oturdu. Tekrar devrilmeden kravatını yakaladım ve gri ceketini güçlükle çıkardım.

"Hoş kokuyorsun."

"Sen de içki kokuyorsun."

"Evet... burbon." Heceleri öyle bir abartıyla telaffuz etmişti ki kıkırtımı güçlükle bastırdım. Ceketini yere, yanıma atıp kravatına yöneldim. Ellerini kalçalarıma yerleştirdi.

Kelimeleri yuvarlayarak, "Bu kumaşın üstünde duruşuna ve yarattığı hisse bayılıyorum, Anastasia..." dedi. "Sen her zaman satenler ya da ipekler içinde olmalısın." Ellerini kalçalarımda dolaştırdı, sonra beni öne çekti ve ağzını karnıma bastırdı.

"Ve içeride bir istilacımız var."

Nefes alamaz oldum. Tanrı aşkına. Küçük Nokta'yla konuşuyordu.

Karnıma, "Bana uyku uyutmayacaksın, değil mi?" dedi.

Ah, Tanrım. Bana uzun, koyu renk kirpiklerinin arasından, bulanık ve bulutlu gözlerle baktı. Kalbim sıkıştı.

"Bu oğlanı benden daha çok seveceksin," dedi hüzünlü bir sesle.

"Christian sen neden bahsettiğini bilmiyorsun. Saçmalama. Kimseyi kimseden daha fazla sevmeyeceğim. Üstelik o bir kız da olabilir."

Kaşlarını çattı. "Bir kız... Ah Tanrım." Kendini tekrar yatağa attı ve kolunu gözlerinin üstüne örttü. Kravatını gevşetmeyi başarmıştım. Ayakkabılarından birinin bağcığını çözdüm, ayakkabıyı ve çorabı çıkardım ve sonra da diğerine geçtim. Ayağa kalkınca neden hiçbir dirençle karşılaşmadığını anladım. Christian sızmıştı. Derin bir uykudaydı ve usul usul horluyordu.

Ona baktım. Sarhoşken ve horlarken bile öylesine güzeldi ki. Biçimli dudakları aralıktı, tek kolu başının üstünde, dağınık saçlarının arasında uzanıyordu ve yüzü gevşemiş. Genç görünüyordu ama zaten gençti. Benim aşırı stresli, sarhoş, mutsuz kocam. Bu düşünce kalbimin üstüne çöktü.

Pekâlâ, en azından evdeydi. Nerede olduğunu merak etmiştim. Onu kıpırdatacak ya da daha fazla soyacak enerjimin ya da gücümün olduğundan emin değildim. Üstelik yorganın da üstündeydi. Salona döndüm ve az önce örtündüğüm yorganı alıp yatak odamıza götürdüm.

Kravatı ve kemeri üzerindeydi ve hâlâ derin uykudaydı. Yatağa yanına yattım. Kravatı çıkarıp gömleğinin en üst düğmesini açtım. Uykusunda anlaşılmaz bir şeyler mırıldandı ama uyanmadı. Büyük bir dikkatle kemerini de çözdüm çıkardım. Gömleği pantolonundan dışarı sarkmış ve kasığına inen kılların bir kısmını açığa çıkarmıştı. Dayanamadım. Eğilip öptüm. Kıpırdandı, kalçalarını oynattı ama uyumayı sürdürdü.

Doğruldum ve ona baktım. *Ah, Elli, Elli, Elli. Ben seninle ne yapacağım?* Parmaklarımı saçlarına sürttüm. O kadar yumuşaktılar ki. Şakağını öptüm.

"Seni seviyorum, Christian. Sarhoşken ve dışarıda kim bilir nerelerde içmişken bile seviyorum. Her zaman seveceğim."

"Hımm," diye mırıldandı. Şakağına bir öpücük daha kondurdum, yataktan kalktım ve ikinci yorganla üstünü örttüm. Yatağa yanlamasına uzanıp yanında uyuyabilirdim... *Evet, öyle yapacaktım.*

Önce kıyafetlerini toplamaya karar verdim. Başımı sallayarak çoraplarını, kravatını aldım ve ceketini koluma attım. Bunu yaparken, BlackBerry'si yere düştü. Aldım ve kazayla kilidini açtım. Ekranda kısa mesajlar belirdi. Kendi mesajımı görebiliyordum ve hemen üstünde bir mesaj daha vardı.

Siktir. Kafa derim karıncalandı.

Seni görmek güzeldi. Artık anlıyorum. Dert etme. Harika bir baba olacaksın.

Ondandı. Bayan Elena Kaltak Cüce Robinson.

Kahretsin. *Onu* görmeye gitmişti.

BÖLÜM YİRMİ BİR

Mesaja ağzım açık bakakaldım, sonra uyuyan kocama döndüm. Sabahın bir buçuğuna kadar dışarıda içki içmişti, *onunla hem de!* Usul usul horluyor, masum, her şeyden habersiz bir sarhoşun derin uykusunu uyuyordu. O kadar dingin görünüyordu ki.

Ah hayır, hayır, hayır. Bacaklarım tutmaz olmuştu, inanamayarak, yatağın yanındaki sandalyeye çöktüm. Acı verici, aşağılayıcı ihanet içimi delip geçiyordu. Bunu nasıl yapabilmişti? Ona nasıl gidebilmişti? Yanaklarımdan aşağı tenimi dağlayan, öfkeli gözyaşları süzülmeye başladı. Gazabını, korkusunu, bana saldırma ihtiyacını anlayabilir ve affedebilirdim. Ama bu... Bu ihanet çok fazlaydı. Dizlerimi göğsüme çekip, kendimi ve Küçük Nokta'yı korumak ister gibi, kollarımla sardım. Usul usul ağlayarak, öne arkaya sallanmaya başladım.

Ne bekliyordum ki? Bu adamla çok çabuk evlenmiştim. Bunu biliyordum; böyle olacağını biliyordum. *Neden. Neden. Neden?* Bunu bana nasıl yapabilmişti? O kadın hakkında ne hissettiğimi biliyordu. Ona nasıl dönebilmişti? Nasıl? Bıçak yüreğimde ağır ağır ve acı vererek dönüyordu. Her zaman böyle mi olacaktı?

Bilinçsizce yatan görüntüsü gözyaşlarımın arasında titreşti. *Ah, Christian.* Onunla evlenmiştim çünkü onu seviyordum ve için için, onun da beni sevdiğini biliyordum. Seviyordu. Aklıma acı verecek tatlılıktaki doğum günü hediyesi geldi.

Biricik karım olarak ilk doğum gününde, bütün ilklerimiz için. Seni seviyorum. C x

Hayır, hayır, hayır. Hep böyle, iki adım ileri, üç adım geri gideceğimize inanamıyordum. Ama onunla her zaman böyle olmuştu. Her gerilemeden sonra, ileri doğru ilerliyorduk, gıdım gıdım. İkna olacaktı... olacaktı. Ya ben? Bunu atlatabilecek miydim? Bu ihaneti? Bu son, korkunç ve harika hafta sonunda nasıl olduğunu düşündüm. Üvey babam yoğun bakımda koma halinde yatarkenki desteğini... ailemi ve dostlarımı bir araya getirdiği sürpriz partimi... beni Heathman'ın önünde neredeyse yere kadar yatırıp herkesin gözü önünde öpüşünü. *Ah, Christian, bütün güvenimi, bütün inancımı zorluyorsun ve ben seni seviyorum.*

Ama artık yalnız ben yoktum. Elimi karnıma yerleştirdim. Hayır, bunu bana ve Nokta'mıza yapmasına izin vermeyecektim. Dr. Flynn ona inanmayı seçmemi söylemişti ama hayır, bu defa olmazdı. Gözlerimi kuruladım ve elimin tersiyle burnumu sildim.

Christian kıpırdandı ve bacaklarını yatağın kenarından içeri çekip yuvarlanarak yorganın altına kıvrıldı. Bir şey arar gibi elini uzattı, sonra homurdandı ve kaşlarını çattı ama kolu ileri uzatılmış halde, tekrar uykuya daldı.

Ah, Elli. Ben seninle ne yapacağım? Ve o Sürtük Cüce'yle ne işin vardı? Bilmem gerekiyordu.

Can acıtıcı mesaja bir kez daha baktım ve hızla bir plan yaptım. Derin bir nefes alarak, mesajı kendi BlackBerry'me yönlendirdim. İlk adım tamamlanmıştı. Yakın zamandaki diğer mesajları da kontrol ettim ama sadece Elliot, Andrea, Taylor, Ros ve benden gelen mesajları gördüm. Elena'dan hiç mesaj yoktu. İyi, diye düşündüm. Ona mesaj atmamış olmasından ötürü rahatlama duyarak, mesaj ekranından çıktım ve yüreğim ağzıma geldi. *Ah, tanrım.* Telefonunun duvar kâğıdı benim çeşitli pozlardaki fotoğraflarımdan –balayımız, yelken ve planör yaptığımız son hafta sonumuz ve José'nin çektiklerinden bir kaç poz– oluşan bir kolajdı. Bunu ne zaman yapmıştı? Yakın bir zamanda olsa gerekti.

E-posta ikonunu fark ettim ve zihnime çekici bir fikir süzüldü. *Christian'ın e-postalarını okuyabilirdim.* Onunla konuşup konuşmadığını görebilirdim. Bakmalı mıydım? Zümrüt yeşili, dar bir elbise giymiş asık yüzlü tanrıça başını anlayışla sallıyordu. Kendime hâkim olamadım ve özel hayatına ve mahremiyetine müdahale ettim.

Yüzlerce, yüzlerce e-posta vardı. Hızla taradım ama hepsi sıkıcı görünüyordu. Çoğu Ros, Andrea ve benden ve şirketindeki sayısız üst düzey yöneticiden gelmişti. Sürtük Cüce'den bir tane bile e-posta yoktu. Hazır iş üstündeyken, Leila'dan da e-posta almadığını görüp rahatladım.

Bir e-posta gözüme takıldı. Christian'ın Bilgi İşlemcisi Barney Sullivan'dandı ve konu kısmında Jack Hyde yazıyordu. Christian'a suçlulukla baktım ama usul usul horluyordu. Daha önce horladığını hiç duymamıştım. E-postayı açtım.

Kimden: Barney Sullivan

Konu: Jack Hyde

Tarih: 13 Eylül 2011 14:09

Kime: Christian Grey

Seattle çevresindeki güvenlik kameraları beyaz minibüsün izini South Irving Caddesi'nden itibaren sürmemi sağladı. Ama öncesinde hiçbir iz bulamadım. Yani Hyde o alana yerleşmiş olsa gerek.

Welch'in size de söylediği gibi, Ş. Ş'nin arabası bilinmeyen bir kadın tarafından sahte bir plakayla kiralanmış ama onu South Irving Caddesi bölgesiyle ilişkilendiren hiçbir şey yok.

Bölgede yaşayan GŞT ve SBT çalışanlarının detayları, Welch'e de ilettiğim ekteki dosyada yer alıyor.

Hyde'ın SBY bilgisayarında eski asistanlarıyla ilgili hiçbir şey yoktu.

Hatırlatma olarak, Hyde'ın SBY'deki bilgisayarından elde edilenlerin listesini aşağıda sunuyorum:

Grey'lerin Ev Adresleri:
Seattle'da beş mülk.
Detroit'de iki mülk

Aşağıdaki İsimlere ait Detaylı Özgeçmişler:
Carrick Grey
Elliot Grey
Christian Grey
Dr. Grace Trevelyan
Anastasia Steele
Mia Grey

Aşağıdaki İsimlerle İlgili Gazete ve İnternet Makaleleri:
Dr. Grace Trevelyan
Carrick Grey
Christian Grey
Elliot Grey

Fotoğraflar:
Carrick Grey
Dr. Grace Trevelyan
Christian Grey
Elliot Grey
Mia Grey

Araştırmama devam edip başka neler bulabileceğime bakacağım.

B Sullivan
Bilgi İşlem Sorumlusu, GŞT

Bu tuhaf e-posta beni bir an için bu geceden çıkarmıştı. Listedeki isimleri kontrol etmek için eki açtım ama belli ki BlackBerry'de açılmak için fazla büyük bir dosyaydı.

Ne yapıyordum böyle? Geç olmuştu. Yorucu bir gün geçirmiştim. Sürtük Cüce ya da Leila Williams'tan hiçbir e-posta yoktu ve bu bana bir miktar teselli verdi. Çalar saate kaçamak bir bakış attım. İkiyi biraz geçmişti. Bugün yepyeni şeyler öğrenmiştim. Anne olacaktım ve kocam düşmanımla dostluğunu sürdürüyordu. Pekâlâ, madem öyle biraz endişelenmeyi hak etmişti. Burada onun yanında yatmayacaktım. Yarın tek başına uyanabilirdi. BlackBerry'sini başucu komodinine bıraktıktan sonra, çantamı yatağın yanından aldım ve melek gibi uyuyan Yahuda'ma[16] son bir bakış attıktan sonra, yatak odasından çıktım.

Oyun odasının yedek anahtarı, malzeme odasındaki dolapta, her zamanki yerindeydi. Anahtarı kaptım ve hızlı adımlarla alt kata indim. Çarşaf dolabından bir yastık, yorgan ve çarşaf aldım, oyun odasının kilidini açtım. İçeri girince ışığı kıstım. Buraya son girişimizde parolayı kullanmak zorunda kaldığım düşünülürse, kokuyu ve odanın ortamını bu kadar rahatlatıcı bulmam tuhaftı. Kapıyı arkamdan kilitleyip anahtarı üstünde bıraktım. Christian'ın yarın sabah beni bulmak için çıldıracağını biliyordum ve kapı kilitli olursa buraya bakacağını sanmıyordum. Bunu hak etmişti.

Chesterfield tarzı kanepeye kıvrılıp kendimi yorgana sardım. BlackBerry'mi çantamdan çıkardım. Sürtük Cüce'nin, Christian'ın telefonundan kendiminkine yönlendirdiğim mesajını buldum. "İlet"e bastım ve

16 Hz. İsa'nın 12 havarisinden biridir ve İsa'ya ihanet ederek çarmıha gerilmesine neden olmuştur. (yay. n.)

SANA GÖNDERDİĞİ BU MESAJI TARTIŞIRKEN, BAYAN LINCOLN'ÜN DE BİZE KATILMASINI İSTER MİSİN? SONRASINDA ONA KOŞMAKTAN KURTULMUŞ OLURSUN. KARIN.

"Gönder" tuşuna bastıktan sonra, telefonu sessize getirdim. Yorganımın altına kıvrıldım. Bütün cesaretime rağmen, Christian'ın ihaneti beni altüst etmişti. Şu an mutlu olmamız gerekiyordu. Tanrım, anne-baba olacaktık. Christian'a hamile olduğumu söyleyişimi zihnimde tekrar canlandırdım ve mutluluktan önümde diz çöktüğünü, beni kollarının arasına çekip beni ve Küçük Nokta'mızı ne kadar çok sevdiğini söylediğini hayal ettim.

Oysa buradaydım. Bir sado-mazo oyun odasında, yalnızdım ve üşüyordum. Birden tuhaf ve çok yaşlı hissettim. Christian'ı kabullenmek her zaman zordu ama bu defa, kendini gerçekten aşmıştı. Ne düşünmüştü ki? Pekâlâ, kavga istiyorsa ben de ona kavgayı gösterecektim. Ne zaman bir sorunumuz olsa o canavar kadına koşmasını yanına bırakmayacaktım. Seçim yapmak zorunda kalacaktı. O kadın ya da ben ve Nokta'mız. Usulca burnumu çektim ama çok bitkin olduğum için, kısa sürede uykuya daldım.

Sıçrayarak ve bir an nerede olduğumu anlayamayarak uyandım. *Ah, evet, oyun odasındaydım.* Pencere olmadığı için, saatin kaç olduğu konusunda bir fikrim yoktu. Kapı kolu inip kalkıyordu.

"Ana!" Christian kapının dışından bağırdı. Donup kaldım ama içeri girmedi. Boğuk sesler duydum ama uzaklaştılar. Nefesimi koyverdim ve BlackBerry'mden saate baktım. Yedi elliydi ve dört cevapsız çağrım ve iki sesli mesajım vardı. Cevapsız çağrıların çoğu Christian'dandı ama bir tane de Kate'den gelmişti. *Ah hayır.* Onu aramış olmalıydı. Mesajları dinleyecek zamanım yoktu. İşe geç kalmak istemiyordum.

Yorganı etrafıma sardım ve kapıya yönelmeden önce çantamı aldım. Kilidi yavaşça çevirip dışarı göz attım. Ortalıkta kimse yoktu. *Ah... Kahretsin.* Belki biraz melodramatik olmuştu. Gözlerimi devirdim ve derin bir nefes alarak alt kata yöneldim.

Taylor, Sawyer, Ryan, Bayan Jones ve Christian hep birlikte, salonun girişinde duruyorlardı ve Christian emirler yağdırıyordu. Hep birlikte dönüp bana baktılar. Christian'ın üzerinde hâlâ dün geceki kıyafetleri vardı. Darmadağın, solgun ve nefes kesecek kadar güzel görünüyordu. Kocaman gri gözleri iri iri açılmıştı; korkmuş muydu yoksa kızmış mıydı, anlayamadım. Ayırt etmesi güçtü.

Kendimi korumaya almak ister gibi, yorgana iyice sarınarak, "Sawyer, yirmi dakika içinde çıkmaya hazır olurum," diye mırıldandım.

Başını evet der gibi eğdi, bütün gözler dikkatle bana bakmakta olan Christian'a çevrildi.

Bayan Jones, "Kahvaltı ister misiniz, Bayan Grey?" diye sordu. Başımı salladım.

"Aç değilim, teşekkürler." Dudaklarını büzdü ama tek kelime etmedi.

Christian alçak ve boğuk bir sesle, "Neredeydin?" diye sordu. Sawyer, Taylor, Ryan ve Bayan Jones, batmakta olan bir gemideki ürkmüş fareler gibi, bir anda Taylor'ın ofisine, girişe ve mutfağa dağıldılar.

Christian'ı yok sayarak kararlı adımlarla yatak odamıza yöneldim.

Arkamdan, "Ana," diye seslendi. "Bana cevap ver." Yatak odasına girip hiç duraksamadan banyoya geçerken, arkamda ayak seslerini duydum. Kapıyı hızla kilitledim.

"Ana!" Christian kapıyı yumrukladı. Duşu açtım. Kapı sallanıyordu. "Ana, şu lanet olası kapıyı aç."

"Git başımdan!"

"Hiçbir yere gitmiyorum."

"Sen bilirsin."

"Ana, lütfen."

Duşa girdim ve onu duymazdan geldim. Ah, sıcacıktı. Şifalı su üzerimden çağlayarak, tenimi gecenin bitkinliğinden arındırdı. *Ah Tanrım.* Harikaydı. Bir an için, kısacık bir an için her şey yolundaymış gibi yapabilirdim. Saçlarımı yıkadım. İşim bittiğinde kendimi daha iyi, güçlü ve Christian Grey denen yük treniyle yüzleşmeye hazır hissediyordum. Saçlarımı bir havluya sardım, başka bir havluyla çabucak kurulanıp sarındım.

Kapının kilidini açınca, Christian'ı elleri arkasında, karşıdaki duvara yaslanmış halde buldum. İfadesi yaralı bir yırtıcı hayvanınki gibi temkinliydi. Hızlı adımlarla yanından geçip giyinme odamıza girdim.

Christian eşikte durdu ve hayret dolu bir sesle, "Beni görmezden mi geliyorsun?" diye sordu.

Giyecek bir şey ararken, dalgın bir tavırla, "Algıların bayağı açık, öyle değil mi?" diye mırıldandım. Ah, evet, mürdüm eriği rengi elbisem... Elbiseyi askıdan indirdim, yüksek topuklu siyah ayakkabılarımı seçtim ve yatak odasına yöneldim. Christian'ın yolumdan çekilmesi için duraksadım ki sonunda, özündeki nezaket devreye girince, çekildi de. Şifonyerime doğru giderken gözlerinin üzerime sabitlendiğini hissettim ve aynadan kaçamak bir bakış atınca, onu eşikte hareketsiz durmuş beni izlerken buldum. Oscar kazanabilecek bir performansla havlumu yere düşürdüm ve çıplak vücudumun farkında değilmişim gibi yaptım. Kontrollü iç çekişini duydum ama duymazdan geldim.

"Bunu neden yapıyorsun?"

Sesi kısıktı.

"Sence?" Siyah dantel La Perla külotlarımdan birini çıkarırken, sesim kadife yumuşaklığındaydı.

"Ana." Külotu üzerime geçirirken durdu.

Külotla takım olan sutyeni ararken, "Git, Bayan Robinson'una sor. Senin için bir açıklaması olacağından eminim," diye mırıldandım.

"Sana söyledim, o benim..."

"Duymak istemiyorum, Christian." Elimi geçiştirir gibi salladım. "Konuşulacak zaman dündü ama sen bağırıp çağırmayı ve seni senelerce taciz etmiş bir kadınla sarhoş olmayı tercih ettin. Onu ara. Şimdi seni büyük bir memnuniyetle dinleyeceğinden eminim." Sutyeni buldum ve ağır hareketlerle üzerime geçirip kopçasını tutturdum. Christian odanın içinde yürüdü ve ellerini kalçalarına yerleştirdi.

"Neden gizlice telefonumu karıştırdın?" dedi.

Kararlılığıma rağmen, kızardım. "Konu bu değil, Christian," diye çıkıştım. "Konu, ne zaman işler zorlaşsa senin ona koşman."

Ağzı düz bir çizgi halini aldı. "Öyle olmadı."

"Beni ilgilendirmiyor." Dantel kenarlı bir çift siyah çorap alıp yatağın kenarına geldim. Oturdum, ayak parmaklarımı öne uzatıp çorabı bacağımın üst kısmına kadar kaydırdım.

Gözleriyle bacaklarımdan yukarı tırmanan ellerimi takip ederek, "Neredeydin?" diye sordu ama diğer çorabı ağır ağır giyerken onu cevapsız bıraktım. Ayağa kalktım ve havluyla saçlarımı kurulamak için öne eğildim. Araladığım bacaklarımın arasından çıplak ayaklarını görebiliyor ve bakışını hissediyordum. İşim bitince ayağa kalktım ve saç kurutma makinemi elime aldım.

"Bana cevap ver." Sesi kısık ve boğuktu.

Makineyi açınca onu duyamaz oldum ve parmaklarımla saçlarımı kuruturken, onu aynada, kirpiklerimin arasından seyrettim. Kısık ve serinkanlı, hatta dondurucu gözlerle bana bakıyordu. İçimde dolaşan ürpertiyi bastırma çabasıyla işime yoğunlaşarak gözlerimi kaçırdım. Güçlükle yutkundum ve dikkatimi saçlarımı kurutmaya verdim. Hâlâ kızgındı. O lanet olası kadınla dışarı çıkıyor ve bana kızıyordu, öyle mi? *Buna nasıl cüret edebilirdi?* Saçlarım vahşi ve yabani bir şekil alınca durdum... Evet. Beğenmiştim. Saç kurutma makinesini kapattım.

"Neredeydin?" diye fısıldarken, ses tonu buz gibiydi.

"Umurunda mı?"

"Ana, kes şunu. Hemen."

Ben omuz silkince, Christian odanın içinde hızla ilerledi. Tam bana uzanacağı anda hızla dönüp geri çekildim.

"Sakın bana dokunma," diye çıkışınca, donup kaldı.

"Neredeydin?" diye sordu. Yumruklarını iki yanında sıkmıştı.

"Eski sevgilimle sarhoş olmakla meşgul olmadığım kesin," diye köpürdüm. "Onunla yattın mı?"

Şaşırmıştı. "*Ne*? Hayır!" Bana ağzı bir karış açık bakıyordu ve aynı anda hem yaralanmış hem öfkeli görünecek kadar küstahtı. Bilinçaltım küçük, rahat bir nefes aldı.

"Seni aldatabileceğimi mi düşünüyorsun?"

"Aldattın," diye hırladım. "Özel hayatımızı o kadına anlatarak ve duygusuz içini ona dökerek aldattın."

Ağzı açık kaldı. "Duygusuz... Böyle mi düşünüyorsun?" Gözleri parladı.

"Christian, mesajı gördüm. Böyle olduğunu biliyorum."

"O mesaj sana yazılmadı," diye kükredi.

"Pekâlâ, işin aslı, kendin soyunamayacak kadar sarhoş olduğun için seni soyarken, BlackBerry'n ceketinin cebinden düştü. O kadını görmeye giderek beni ne kadar incittiğin konusunda bir fikrin var mı?"

Bir an benzi attı ama içimdeki kaltak zincirlerinden boşandığı için, vitesi boşa almıştım.

"Dün gece eve gelişini hatırlıyor musun? Neler söylediğini?"

Bana boş gözler ve donmuş bir yüzle baktı.

"Pekâlâ, haklıydın. O savunmasız bebeği sana tercih ediyorum. Sevgi dolu her ebeveynin yapacağı şey budur. Annenin de senin için yapması gereken buydu. Ve yapmadığı için de üzgünüm çünkü yapsaydı şu anda bu konuşmayı yapıyor olmazdık. Ama artık bir yetişkinsin, büyümen ve kendine gelmen ve huysuz bir ergen gibi davranmaktan vazgeçmen gerekiyor." Kelimeler düşünmeme fırsat kalmadan dudaklarımdan dökülüyordu.

"Bu bebek konusunda mutlu olmayabilirsin. Zamanlamadan ve senin bu yeni hayatı, senin kanından senin canından olan bu bebeği pek de sıcak olmayan karşılama biçiminden ötürü ben de havalara uçmadım. Ama ya bu işi benimle birlikte yaparsın ya da ben tek başıma yaparım. Karar senin," diyerek derin bir nefes aldım.

"Sen kendine acıma ve kendinden nefret etme kuyunda debelenirken, ben işe gidiyorum. Ve geri döndüğümde, eşyalarımı üst kattaki odaya taşıyacağım."

Şoke olmuş halde, gözlerini kırpıştırdı.

"Şimdi, izin verirsen giyinmek istiyorum." Hızlı hızlı soluyordum.

Christian çok yavaşça, tavrı sertleşerek bir adım geri çekildi. "İstediğin bu mu?" diye fısıldadı.

"Artık ne istediğimi bilmiyorum." Sesim onunkinin bir yankısıydı. Parmaklarımı umursamaz bir tavırla nemlendirici kavanozuna daldırıp yüzümü kremlerken, kayıtsız görünmek için görülmeye değer bir çaba harcıyordum. Aynada kendime baktım. Mavi gözlerim iri iri açılmıştı; yüzüm solgun ama yanaklarım pespembeydi. İyi gidiyorsun. Sakın geri adım atma. Şimdi geri adım atamazsın.

"Beni istemiyor musun?" diye fısıldadı.

Ah, hayır. Ah, sakın, Grey.

"Hâlâ buradayım, değil mi?" diye çıkıştım. Rimelimi aldım ve sağ gözümle başladım.

"Gitmeyi mi düşündün?" Kelimeleri güçlükle duyuluyordu.

"Bir kadının kocasının, eski metresinin arkadaşlığını tercih etmesi, genelde iyiye işaret değildir." Sesime doğru miktarda küçümseme katarak soruyu geçiştirmiştim. Sırada dudak parlatıcısı vardı. Aynadaki görüntüme bakıp parlak dudaklarımı büzdüm. *Güçlü dur, Steele...* şey, Grey. Kahretsin, adımı bile hatırlayamıyordum. Çizmelerimi aldım. Uzun adımlarla yatağa yürüdüm, çizmeyi hızla ayağıma geçirip dizime kadar çektim. Evet. Sadece iç çamaşırları ve çizmelerle seksi göründüğümün farkındaydım. Ayağa kalktım ve ona kayıtsız bir ifadeyle baktım. Bana gözlerini kırpıştırırken, gözleri hızla ve açlıkla vücudumda dolaştı.

"Ne yapmaya çalıştığını biliyorum," diye mırıldanırken, sesi sıcak ve baştan çıkarıcı bir tınıya bürünmüştü.

"Öyle mi?" Sesim titredi. *Hayır, Ana... dayan.*

Yutkunarak bir adım öne çıktı. Ben bir adım geri çekilirken, ellerimi havaya kaldırdım.

Tehditkâr bir sesle, "Aklından bile geçirme, Grey," diye fısıldadım.

Tehdit eder gibi, yumuşacık bir sesle, "Sen benim karımsın," dedi.

"Dün terk ettiğin hamile kadınım ve eğer bana elini sürersen, çığlıklarımla burayı yıkarım."

Kaşları hayretle havalandı. "Çığlık mı atacaksın?"

"Hem de can havliyle." Gözlerimi kıstım.

Yoğun bakışlarla, "Seni kimse duyamaz," diye mırıldandı ve kısa bir an Aspen'deki sabahımızı hatırladım. *Hayır. Hayır. Hayır.*

Nefes nefese, onun dikkatini dağıtmaya çalışarak, "Beni korkutmaya mı çalışıyorsun?" diye mırıldandım.

İşe yaradı. Durdu ve yutkundu. "Niyetim bu değildi." Kaşlarını çattı.

Güçlükle nefes alıyordum. Bana dokunsa pes edecektim. Benim ve hain vücudumun üzerindeki gücünü biliyordum. Biliyordum. Öfkeme tutundum.

"Eskiden yakın olduğum biriyle bir içki içtim. Aramızdaki sorunları hallettik. Onu bir daha görmeyeceğim."

"Onu sen mi aradın?"

"İlk başta değil. Flynn'i görmeye çalıştım. Ama kendimi salonda buldum."

"Ve onu bir daha görmeyeceğine inanmamı mı bekliyorsun?" Ona tıslarken, öfkemi bastıramıyordum. "Senin istemediğin bir şeyi bir dahaki yapışımda ne olacak? Bu tekrar tekrar yaptığımız bir tartışma. Bir yanlış daha yaparsam yine ona mı koşacaksın?"

İç ürperten bir kesinlikle, "Onu bir daha görmeyeceğim," dedi. "Sonunda ne hissettiğimi anladı."

Ona gözlerimi kırpıştırarak baktım. "Bu da ne demek?"

Sırtını dikleştirdi, öfkeli ve sessizdi, elini saçlarının arasından geçirdi. Farklı bir taktik denedim.

"Neden onunla konuşabiliyor ve benimle konuşamıyorsun?"

"Sana kızgındım. Şu anda da olduğu gibi."

"Öyle mi?" diye çıkıştım. "Pekâlâ, şu anda asıl ben sana kızgınım. Dün sana ihtiyaç duyarken o kadar soğuk ve duygusuz olduğun için. Öyle olmamasına rağmen, kasten hamile kaldığımı söylediğin için. Bana ihanet ettiğin için." Hıçkırığımı bastırmayı başardım. Ağzı, şokla açıldı ve suratına bir tokat indirmişim gibi, kısa bir an gözlerini yumdu. Yutkundum. *Sakin ol, Anastasia.*

Bir miktar makul olmaya çalışarak, "İğnelerimi daha sıkı takip etmem gerekirdi. Ama bilerek yapmadım. Bu hamilelik benim için de şok oldu," diye mırıldandım. "Ayrıca iğne etkisini kaybetmiş de olabilir."

Bana sessizce, dik dik baktı.

"Dün gerçekten her şeyi bombok ettin," diye fısıldarken, öfkem yeniden kaynamaya başladı. "Son birkaç haftadır çok fazla şeyle uğraşmak zorunda kaldım."

"Üç ya da dört hafta önce asıl sen her şeyi bombok ettin. Ya da iğneni her ne zaman unuttuysan..."

"Pekâlâ, senin kadar mükemmel olamadığım için memnunum."

Ah, hayır, hayır, hayır. Birbirimize dik dik bakarak durduk.

"Sıkı performans, Bayan Grey," diye fısıldadı.

"Hamile kalmış halimle bile eğlenceli olabilmeme memnun oldum."

Bana boş gözlerle baktı. "Bir duşa ihtiyacım var," diye mırıldandı.

"Ben de şovumun sonuna geldim."

"Bayağı sağlam bir şovdu," diye fısıldadı. O öne adım atınca, ben tekrar geri çekildim.

"Sakın."

"Sana dokunmama izin vermemenden nefret ediyorum."

"İronik, değil mi?"

Gözleri bir kez daha kısıldı. "Bir sonuca varamadık, değil mi?"

"Bence varamadık. Bu yatak odasından taşınıyor olmam dışında."

Gözleri bir an için aydınlandı ve irileşti. "Onun benim için hiçbir anlamı yok."

"Ona ihtiyaç duyduğun zamanlar dışında."

"Benim ona ihtiyacım yok. Benim sana ihtiyacım var."

"Ama dün yoktu. O kadın benim için kesin bir sınır, Christian."

"Artık hayatımdan çıktı."

"Keşke sana inanabilseydim."

"Tanrı aşkına, Ana."

"Lütfen, izin ver, giyineyim."

İç geçirdi ve elini bir kez daha saçlarının arasından geçirdi. "Akşama görüşürüz," derken sesi donuk ve duygudan yoksundu. Ve kısa bir an için onu kollarımın arasına alıp yatıştırmak istedim...

Ama bu isteğime direndim çünkü çok öfkeliydim. Dönüp banyoya yöneldi. Kapının kapandığını duyana kadar, donmuş halde, durdum.

Sendeleyerek yatağa gittim ve kendimi bıraktım. Gözyaşlarına boğulmamış, çığlıklar atmamış, cinayet işlememiş ya da Bay Seks Uzmanı'na teslim olmamıştım. Madalyayı hak etmiştim ama kendimi çok kötü hissediyordum. Kahretsin. Hiçbir şeyi çözmüş değildik. Sarp bir kayalığın kıyısındaydık. Evliliğimiz tehlikede miydi? O kadına koşarak kelimenin tam anlamıyla götlük ettiğini neden göremiyordu? Ve onu bir daha asla görmeyeceğini söylediğinde ne kast etmişti? Buna nasıl inanmamı bekliyordu? Radyolu çalar saate baktım. Sekiz otuz. *Kahretsin!* Geç kalmak istemiyordum. Derin bir nefes aldım.

Karnımı sıvazlayarak, "İkinci Raunt da bir sonuç vermedi, Küçük Nokta," diye fısıldadım. "Baban ümitsiz vaka olabilir ama öyle olmadığını umarım. Ah, neden bu kadar erken geldin, Küçük Nokta? İşler tam yoluna giriyordu." Dudaklarım titredi ama derin, arındırıcı bir nefes aldım ve çalkantılı duygularımı kontrol altına soktum.

"Haydi. İşte canlarına okuyalım."

Christian'a hoşça kal demedim. Sawyer ve ben çıkarken, o hâlâ duştaydı. SUV'nin film kaplı camlarından dışarı bakarken, kendimi daha fazla tutamadım ve gözlerim sulandı. Ruh halim gri, kasvetli havaya da yansımıştı sanki ve içimde kötü bir his vardı. Bebek konusunu gerçekten konuşmamıştık. Küçük Nokta haberini benimsemek için yirmi dört saatten daha az vaktim olmuştu. Christian'ın ise daha az. "Adını bile bilmiyor." Karnımı okşadım ve gözyaşlarımı kuruladım.

"Bayan Grey." Sawyer'ın sesiyle düşüncelerimden silkindim. "Geldik."

"Ah, Teşekkürler, Sawyer."

"Bir koşu şarküteriye gidip geleceğim, efendim. Size de bir şey getirebilir miyim?"

"Hayır, teşekkürler. Hiç aç değilim."

Hannah kahvemi hazırlamıştı bile. Kokusunu almamla midemin bulanması bir oldu.

Utanarak, "Imm... Ben çay alabilir miyim lütfen?" dedim. Kahveyi hiçbir zaman gerçekten sevmememin bir nedeni olduğunu biliyordum. Tanrım, pis kokuyordu.

"Sen iyi misin, Ana?"

Başımı evet der gibi salladım ve hızlı adımlarla kendimi ofisimin güvenli ortamına attım. BlackBerry'im çaldı. Arayan Kate'ti.

Giriş konuşmasına gerek görmeden, "Christian seni neden arıyordu?" diye sordu.

"Günaydın Kate. Sen nasılsın?"

"Zırvalamayı kes, Steele. Neler oluyor?" Katherine Kavanagh sorgusu başlamıştı.

"Christian'la kavga ettik, hepsi bu."

"Canını yaktı mı?"

Gözlerimi çevirdim. "Evet ama düşündüğün şekilde değil." Şu anda Kate'le uğraşacak durumda değildim. Ağlayacağımı biliyordum ve şu anda, bu sabah dağılmadığım için kendimle gurur duymakla meşguldüm. "Kate, toplantım var. Seni sonra ararım."

"İyi. Sen iyi misin?"

"Evet." *Hayır.* "Seni sonra ararım, tamam mı?"

"Tamam, Ana, nasıl istiyorsan öyle olsun. Ben her zaman buradayım."

"Biliyorum," diye fısıldadım ve nazik sözlerinin neden olduğu geri tepmeye karşı koydum. *Ağlamayacağım. Ağlamayacağım.*

"Ray iyi mi?"

"Evet." Kelimeyi fısıldadım.

"Ah, Ana," diye fısıldadı.

"Yapma."

"Tamam. Sonra konuşuruz."

"Evet."

Sabah ilerlerken, arada sırada, Christian'dan ses çıkmasını umarak, e-postalarımı kontrol ettim. Ama hiçbir şey yoktu. Saatler ilerledikçe, benimle temas kurmayacağını ve hâlâ kızgın olduğunu idrak ettim. Pekâlâ, ben de hâlâ kızgındım. Kendimi işime verdim ve çalışmaya sadece öğle saatinde krem peynirli ve somonlu bir simit yemek için ara verdim. Bir şeyler yedikten sonra çok daha iyi hissetmem, sıra dışıydı.

Saat beşte, Ray'i ziyaret etmek için Sawyer'la birlikte hastaneye gittik. Sawyer ekstra temkinli ve aşırı tedirgindi. Sinir bozucuydu. Ray'in odasına yaklaşırken, tepeme dikildi.

"Babanızı ziyaret ederken, size biraz çay getirmemi ister misiniz?" diye sordu.

"Hayır, teşekkürler, Sawyer. Böyle iyiyim."

Ben dışarıda bekliyorum. Benim için kapıyı açtı ve ondan bir süre uzaklaşacağıma sevindim. Ray yatağında oturmuş bir dergi okuyordu. Tıraş olmuş, bir pijama üstü giymişti ve eski haline benziyordu.

"Merhaba, Annie." Sırıttı ve yüzü asıldı.

"Ah, babacığım." Yanına koştum ve ondan beklenmeyecek bir hareketle, kollarını açıp beni kucakladı.

"Annie?" diye fısıldadı. "Ne oldu?" Bana sımsıkı sarılıp saçlarımı öptü. Kollarının arasındayken, aramızdaki bu anların ne kadar nadir olduğunu fark ettim. *Neden öyleydi*? Christian'ın kucağına kıvrılmayı sevmem bu yüzden miydi acaba? Birkaç saniye sonra geri çekildim ve yatağın yanındaki sandalyeye oturdum. Ray'in alnı kaygıyla kırışmıştı.

"Anlat babana."

Başımı salladım. Şu anda benim sorunlarıma ihtiyacı yoktu.

"Hiçbir şey, baba. İyi görünüyorsun." Elini sımsıkı tuttum.

"Kendim gibi hissetmeye başladım; gerçi bu alçılı bacak sürtüklük ediyor."

"Sürtüklük mü ediyor?" Sözleri beni gülümsetmişti.

O da gülümsedi. "Kulağa kaşınmaktan daha iyi geliyor."

"Ah, babacım, iyi olmana o kadar seviniyorum ki."

"Ben de, Annie. Bir gün bu sürtüklük eden bacakta torunlarımı zıplatmak isterim. Bunu hayatta kaçırmak istemem."

Gözlerimi kırpıştırdım. Kahretsin. Biliyor muydu? Ve göz pınarlarıma biriken yaşlara karşı koydum.

"Christian'la aranız iyi mi?"

Gırtlağımdaki düğüme rağmen konuşmaya çalışarak, "Kavga ettik," diye fısıldadım. "Hallederiz."

Başını salladı. Güven veren bir sesle, "Kocan iyi bir adam," dedi.

"Bazen kendine göre anları oluyor. Doktorlar ne dedi?" Şu anda kocamdan bahsetmek istemiyordum. Acı verici bir sohbet konusuydu.

Escala'ya döndüğümde, Christian evde yoktu.

Bayan Jones özür diler gibi, "Bay Grey aradı ve geç saate kadar çalışacağını söyledi," diye haber verdi.

"Ah. Haber verdiğiniz için teşekkürler." Neden bana söylememişti ki? Tanrım, surat asmasını yepyeni bir seviyeye taşımakta kararlıydı. Evlilik yeminlerimizle ilgili kavgamızı ve o zaman geçirdiği ciddi öfke nöbetini hatırladım. Ama burada mağdur olan bendim.

"Ne yemek istersiniz?" Bayan Jones'un gözlerinde kararlı, çelik gibi bir parıltı vardı.

"Makarna."

Gülümsedi. "Spagetti, penne, fusilli?"

"Spagetti, Bolonez sosunuzla."

"Hemen geliyor. Bu arada, bu sabah gittiğini sandığı zaman, Bay Grey'in çılgına döndüğünü bilmelisin. Kendini kaybetti." Sevgiyle gülümsedi.

Ah...

Saat dokuz itibariyle, eve hâlâ dönmemişti. Kütüphandeki masamda oturmuş, nerede olduğunu merak ediyordum. Onu aradım.

"Ana," dedi soğuk bir sesle.

"Merhaba."

Usulca nefes aldı. Daha alçak sesle, "Merhaba," dedi.

"Eve geliyor musun?"

"Daha sonra."

"Ofiste misin?"

"Evet. Nerede olmamı bekliyordun?"

Onunla. "Bırakayım, çalış."

İkimiz de hatta kalmayı sürdürürken, aramızdaki sessizlik gittikçe uzadı ve gerildi.

"İyi geceler, Ana," dedi sonunda.

"İyi geceler, Christian."

Ve kapattı.

Ah kahretsin. BlackBerry'me baktım. Ne yapmamı beklediğini bilmiyordum. Beni ezip geçmesine izin vermeyecektim. Evet, kızgındı, tamam. Ben de kızgındım. Ama durum belliydi. Gevşek bir ağızla eski-pedo sevgilime koşan ben değildim. Bunun kabul edilebilir bir davranış şekli olmadığını anlamasını istiyordum.

Arkama yaslandım ve kütüphanedeki bilardo masasına bakarak, snooker oynadığımız keyifli zamanları hatırladım. Elimi karnıma koydum. Belki de henüz çok erkendi. Belki de bunun olmaması gerekiyordu... ve daha bunu düşünürken bile, bilinçaltım, *Hayır,* diye haykırdı. Bu hamileliği sonlandırırsam ne kendimi ne Christian'ı asla affetmezdim. "Ah, Nokta bize ne yaptın böyle?" Kate'le konuşmayı göze alamazdım. Kimseyle konuşmayı göze alamazdım. Yakında arayacağıma söz veren bir kısa mesaj gönderdim.

Saat on birde, artık göz kapaklarımı açık tutamaz olmuştum. Yenilgiyi kabul etmiş halde eski odama çıktım. Yorganın altına kıvrıldım ve nihayet kendimi saldım. Hiç hanımefendice olmayan sarsıcı hıçkırıklarla, yastığıma gömülüp ağladım.

Uyandığımda başım ağrıyordu. Odamın geniş pencerelerinden içeri, sonbaharın gevrek ışıkları süzülüyordu. Çalar saatime bakınca, yedi otuz olduğunu gördüm. Aklıma gelen ilk düşünce, *Christian nerede,* oldu. Oturdum, bacaklarımı yataktan aşağı sarkıttım. Yerde yatağın yanında, Christian'ın gümüş grisi kravatı duruyordu. Benim en sevdiğim. Dün gece yatağa girdiğimde, orada değildi. Kravatı aldım ve ipeksi kumaşını başparmaklarımla işaret parmağımın arasında okşayarak bir süre baktım. Sonra yanağıma bastırdım. Buraya gelmiş, beni uyurken seyretmişti. Ve içimde bir umut parıltısı kıvılcımlandı.

Aşağı indiğimde, Bayan Jones mutfakta bir şeylerle meşguldü.

"Günaydın," dedi neşeyle.

"Günaydın. Christian?" diye sordum.

Yüzü düştü. "Çıktı bile."

"Yani eve geldi?" Elimde kanıt olarak kravatı olsa da, kontrol etmem gerekiyordu.

"Geldi." Duraksadı. "Ana, lütfen, fazla cesur konuşuyorsam beni affet ama sakın ondan vazgeçme. O inatçı bir adamdır."

Başımı sallayınca, sustu. Yüzümdeki ifadenin, şu anda söz dinlemez kocamı tartışmak istemediğimi anlattığından emindim.

İşe varınca, e-postalarıma baktım. Christian'dan bir e-posta olduğunu görünce, kalp atışlarım hızlandı.

Kimden: Christian Grey

Konu: Portland

Tarih: 15 Eylül 2011 06:45

Kime: Anastasia Grey

Ana

Bugün Portland'a uçuyorum.

WSU'yla sonuçlandırmam gereken birkaç işim var.

Bilmek isteyeceğini düşündüm.

Christian Grey

CEO, Grey Şirketler Topluluğu

Ah, gözlerim yaşlarla doldu. Bu kadar mıydı? Midem bulandı. Kahretsin. Kusacaktım. Son hızla tuvalete koştum ve içeri tam zamanında girerek, kahvaltımı tuvalete boşalttım. Kabinde yere çöktüm ve başımı ellerimin arasına aldım. Daha sefil olabilir miydim? Bir süre sonra, kapı nazikçe vuruldu.

"Ana?" Hannah'ydı.

Siktir. "Evet?"

"İyi misin?"

"Hemen çıkıyorum."

"Boyce Fox seni görmeye geldi."

Kahretsin. "Onu toplantı odasına al. Hemen geliyorum."

"Çay ister misin?"

"Lütfen."

Midemde tutmayı başardığım, yine bir krem peynir ve somonlu simitten oluşan öğle yemeğimin ardından ifadesiz bir yüzle bilgisayar ekranıma bakarak ve Christian'la bu sorunumuzu nasıl çözeceğimizi merak ederek oturuyordum.

BlackBerry'min çalmasıyla yerimden sıçradım. Ekrana baktım. Mia'ydı. Tanrım, onun gevezeliği ve heyecanı şu anda tek ihtiyacımdı. Duymazdan mı gelsem diye tereddüt ettim ama nezaket galip geldi.

"Mia," dedim neşeyle.

"Hey, merhaba, Ana, görüşmeyeli uzun zaman oldu." Tanıdık bir erkek sesiydi. *Siktir!*

Kafa derim karıncalandı ve sistemin adrenalin hücumuna uğrarken ve dünyam dönmez olurken, vücudumdaki bütün tüyler diken diken oldu.

Jack Hyde'dı.

BÖLÜM YİRMİ İKİ

"Jack." Sesim kaybolmuş, korkuyla boğulmuştu. Hapisten nasıl çıkmıştı? Mia'nın telefonunun onda ne işi vardı? Yüzümdeki bütün kan çekilirken, sersemlemiş gibiydim.

"Beni hatırlıyorsun demek," dedi yumuşacık bir tonlamayla. Acılı gülüşünü hissettim.

"Evet, elbette." Zihnim son hızla çalışırken, cevabım otomatik olarak çıktı.

"Büyük olasılıkla seni neden aradığımı merak ediyorsundur."

"Evet."

Kapat.

"Sakın kapatma. Küçük görümcenle sohbet ediyorduk."

Ne? Mia! Hayır! Korkumla mücadele etmeye çalışarak, "Sen ne yaptın?" diye fısıldadım.

"Beni dinle, seni gösterip de vermeyen servet avcısı fahişe. Hayatımı mahvettin. Grey hayatımın içine etti. Bana borçlusun. Küçük fahişe şimdi yanımda. Ve sen, evlendiğin o ibne ve onun lanet olası ailesi bunu ödeyeceksiniz."

Hyde'ın aşağılaması ve kini beni şok etmişti. *Ailesi mi?* Bu da neydi böyle?

"Ne istiyorsun?"

"Parasını istiyorum. Lanet olası parasını gerçekten istiyorum. Olaylar farklı olsaydı, onun yerinde ben olabilirdim. Bu yüzden sen o parayı benim için alacaksın. Beş milyon dolar istiyorum, bugün."

"Jack, benim o kadar param yok."

Alaylı bir homurtu çıkardı. "Bulmak için iki saatin var. Aynen öyle, iki saat. Kimseye söyleme yoksa bu küçük sürtük belasını bulur. Polis yok. Kocan denen kasıntı da. Güvenlik ekibi de. Onları işin içine katarsan, haberim olur. Anladın mı?" Duraksadı. Cevap vermeye çalıştım ama panik ve korku gırtlağımı mühürlemişti.

"Anladın mı?" diye bağırdı.

"Evet," diye fısıldadım.

"Yoksa onu öldürürüm."

Soluğum kesildi.

"Telefonunu yanından ayırma. Hiç kimseye söyleme yoksa onu öldürmeden önce canına okurum. İki saatin var."

"Jack, daha fazla zamana ihtiyacım var. Üç saat. Onun yanında olduğunu nereden bileceğim?"

Hat kesildi. Dehşet içinde telefona baktım, ağzım korkudan kupkuru olmuştu; dehşetin pis metal tadını hissediyordum. *Mia, Mia elindeydi.* Elinde miydi gerçekten? Beynim bu nahoş düşünceyle uğulduyordu ve midem bir kez daha bulandı. Kusacağımı sandım ama paniğimi bastırmaya çalışarak derin derin nefes alınca bulantı geçti. Zihnim olasılıkları tarıyordu. *Christian'a söylemek? Taylor'a söylemek? Polisi mi arasam? Jack'in nasıl haberi olurdu ki?* Mia gerçekten elinde miydi? Düşünmek için zamana ihtiyacım vardı ama bunu sadece talimatlarına uyarsam başarabilirdim. Cüzdanımı kapıp kapıya yöneldim.

"Hannah, dışarı çıkmam gerek. Ne kadar süreceğini bilmiyorum. Bu öğleden sonraki randevularımı iptal et. Elizabeth'e ilgilenmem gereken acil bir durum olduğunu söylersin."

"Elbette, Ana. Her şey yolunda mı?" Hannah kaşlarını çatmıştı. Hızla ayrılmamı izlerken yüzünü endişe bürümüştü.

Dalgın bir tavırla, "Evet," diye seslenerek, hızlı adımlarla Sawyer'ın beklediği resepsiyona gittim.

"Sawyer." Sesimi duyunca, koltuğundan fırladı ve yüzümü görünce, kaşları çatılıverdi.

"Kendimi iyi hissetmiyorum. Beni eve götürür müsün, lütfen?"

"Elbette, efendim. Ben arabayı getirirken, beklemek ister misiniz?"

"Hayır, seninle geleceğim. Eve bir an önce ulaşmak istiyorum."

Planımı gözden geçirirken, katıksız bir dehşetle, pencereden dışarı bakıyordum. Eve git. Üstünü değiştir. Çek defterini bul. Ryan ve Sawyer'dan bir şekilde kaçmayı başar. Bankaya git. Tanrım, beş milyon dolar ne kadar yer kaplardı acaba? Ya ağırlığı? Bir bavula mı ihtiyacım olacaktı? Bankayı önden aramalı mıydım? Mia. *Mia.* Ya Mia elinde değilse. Nasıl kontrol edebilirdim? Grace'i arasam şüphelenir ve büyük olasılıkla Mia'yı tehlikeye atardı. Haberinin olacağını söylemişti. SUV'nin arka penceresinden dışarı baktım. Takip ediliyor muydum? Peşimizdeki arabaları izlerken, kalbim gümbür gümbür atıyordu. Zararsız görünüyorlardı. *Ah, Sawyer. Daha hızlı git. Lütfen.* Gözlerim dikiz aynasına kayıp onunkilerle buluştu. Alnını kırıştırdı.

Telefona cevap vermek için Bluetooth kulağındaki bir düğmeye bastı. "T... Bayan Grey'in benimle olduğunu haber vermek istemiştim." Yeniden yola bakmadan önce, gözleri bir kez daha benimkilerle buluştu. "İyi değil. Onu Escala'ya geri götürüyorum... Anlıyorum...

efendim." Sawyer bakışlarını bir kez daha bana çevirdi. "Evet," diye onayladı ve kapattı.

"Taylor mı?" diye fısıldadım.

Başıyla onayladı.

"Bay Grey'le mi birlikte?"

"Evet, efendim." Sawyer'ın ifadesi anlayışla yumuşadı.

"Hâlâ Portland'dalar mı?"

"Evet, efendim."

İyi. Christian'ı güvende tutmam gerekiyordu. Ellerim karnıma uzandı ve bilinçli olarak ovaladım. Ve seni Küçük Nokta. İkinizi de güvende tutmalıyım.

"Biraz acele edebilir miyiz, lütfen. İyi hissetmiyorum."

"Evet, hanımefendi." Sawyer gaza bastı ve arabamız trafikte kayarcasına ilerledi.

Sawyer ve ben daireye vardığımızda Bayan Jones ortalıkta yoktu. Arabası da garajda olmadığı için, Ryan'la birlikte dışarıdaki işleri halletmeye çıktıkları sonucuna vardım. Sawyer, Taylor'ın ofisine yönelirken ben hızla Christian'ın çalışma odasına girdim. Panik içinde masasının etrafını dolaştım ve çek defterlerini bulmak için çekmecesini hızla çektim. Leila'nın silahı görüş alanıma giriverdi. Christian'ın silahı güvenli bir yere kaldırmadığını görünce saçma bir şekilde canım sıkıldı. Silahlardan hiç anlamıyordu. *Tanrım, kendine zarar verebilirdi.*

Anlık bir tereddüdün ardından, tabancayı aldım, dolu olduğundan emin olmak için tekrar kontrol ettim ve siyah pantolonumun beline taktım. İhtiyacım olabilirdi. Yutkundum. Sadece hedef tahtaları üzerinde pratik yapmıştım. Daha önce kimseye ateş etmemiştim.

Ray'in beni affedeceğini umdum. Dikkatimi doğru çek defterinin izini bulmaya verdim. Beş taneydiler ve sadece biri C. Grey ve Bayan A. Grey adınaydı. Kendi hesabımda yaklaşık elli dört bin dolarım vardı. Bu hesapta ne kadar para olduğu konusunda hiçbir fikrim yoktu. Ama herhalde Christian beş milyon doları karşılayabilecek durumda olsa gerekti. Belki de kasada da para vardı. Kahretsin. Şifresi konusunda hiçbir fikrim yoktu. Şifrenin dosya dolabında olduğundan bahsetmemiş miydi? Dolabı yokladım ama kilitliydi. *Kahretsin.* A planına bağlı kalmak zorundaydım.

Derin bir nefes aldım ama daha kontrollü ama kararlı bir tavırla yatak odamıza gittim. Yatak yapılmıştı. Anlık biz sızı duydum. Belki de dün gece burada uyumalıydım. Kendi itirafıyla Elli Ton olan biriyle tartışmanın ne faydası vardı ki? Şu anda benimle konuşmuyordu bile. Hayır, şu anda bunu düşünecek zamanım yoktu.

Kumaş pantolonumu çabucak çıkarıp üzerime bir kot pantolon, kapüşonlu bir sweatshirt ve ayağıma bir çift spor ayakkabı geçirdim. Dolaptan, büyük bir bez çanta aldım. Beş milyon dolar bu çantaya sığar mıydı acaba? Christian'ın spor çantası yerde duruyordu. İçinin kirli çamaşırlarla dolu olmasını bekleyerek çantayı açtım ama hayır, spor takımı tertemizdi. Bayan Jones gerçekten de her yere yetişiyordu. Çantanın içindekileri yere boşaltıp spor çantasını da bez çantanın içine tıktım. İşte, bu ikisi yetmeliydi. Bankada kimlik doğrulaması için ehliyetimin yanımda olduğundan emin olduktan sonra, saate baktım. Jack arayalı otuz beş dakika olmuştu. Şimdi yapmam gereken, Sawyer beni görmeden Escala'dan çıkmaktı.

Yavaş ve sessizce, girişe yürürken, asansöre çevrili olan güvenlik kamerasının farkındaydım. Sanırım Sawyer hâlâ Taylor'ın ofisindeydi. Büyük bir dikkatle ve olabildiğince az gürültü çıkararak giriş kapısını açtım. Kapıyı arkamdan yavaşça kapattım, eşikte, kapıya yaslanıp güvenlik kamerasının görüş alanının dışında durdum. Çantamdan cep telefonumu bulup Sawyer'ı aradım.

"Bayan Grey?"

"Sawyer, üst kattaki odadayım. Bana bir şey için yardım eder misin?" Kapının diğer yanındaki koridorun ucunda olduğunu bildiğim için, sesimi kısık tutuyordum.

"Hemen geliyorum, efendim," derken şaşırdığı her halinden belliydi. Yardım etmesi için onu daha önce hiç telefonla aramamıştım. Yüreğim ağzımdaydı, sarsıcı ve çılgın bir hızla çarpıyordu. İşe yarayacak mıydı? Telefonu kapattım ve Sawyer'ın ayak seslerinin koridoru geçip merdivenleri tırmanmasını dinledim. Derin, sakinleştirici bir nefes daha aldım ve kendi evimden bir suçlu gibi kaçıyor olmamın ironisini düşündüm.

Sawyer üst katın sahanlığına varınca, son hızla asansöre koştum ve çağır düğmesine bastım. Kapılar, asansörün hazır olduğunu haber veren fazla gürültülü bir ping sesiyle açıldı. İçeri girdim ve çılgın gibi bodrum garajının düğmesine bastım. Can sıkıcı bir duraksamanın ardından, kapılar ağır ağır kapandı ve aynı anda Sawyer'ın haykırışını duydum.

"Bayan Grey!" Tam asansör kapısının kapandığı anda, Sawyer'ın girişe fırladığını gördüm. Hayret içinde, "Ana!" diye seslendi. Ama çok geç kalmıştı ve gözden kayboldu.

Asansör hiç duraksamadan garaj katına indi. Sawyer'dan birkaç dakika avantajlıydım ve beni durdurmaya çalışacağını biliyordum. R8'ime özlemle bakarak hızla Saab'a koştum, kapıyı açtım ve bez çantayı yolcu koltuğuna atıp direksiyona geçtim.

Arabayı çalıştırdım. Lastikleri öttürerek, hızla girişe yöneldim ve on bir can sıkıcı saniye boyunca, bariyerin kalkmasını bekledim. Açıldığı saniyede dışarı fırlarken, dikiz aynamda garajın servis asansöründen fırlayan Sawyer'ın görüntüsünü yakaladım. Rampadan Dördüncü Cadde'ye dönerken, şaşkın ve yaralanmış ifadesi aklıma kazındı.

Uzun süredir tuttuğum nefesi sonunda bıraktım. Sawyer'ın Christian ya da Taylor'ı arayacağını biliyordum ama bununla zamanı geldiğinde uğraşacaktım. Şu anda buna kafa yoracak vaktim yoktu. İçin için, Sawyer'ın büyük olasılıkla işini kaybettiğini bildiğim için, koltuğumda rahatsızlıkla kıpırdandım. *Düşünme.* Mia'yı kurtarmalıydım. Bankaya gitmem ve beş milyon dolar çekmem gerekiyordu. Garajdan fişek gibi fırlayan bir SUV görüntüsü bekleyerek, dikiz aynasına baktım ama ben uzaklaşırken, Sawyer'dan hiç iz yoktu.

Banka gıcır gıcır, modern ve sadeydi. Her taraf, dikkat çekmeyen renkler, parlak bir zemin ve açık yeşil buzlu camlarla kaplıydı. Kararlı adımlarla danışma masasına gittim.

"Yardımcı olabilir miyim efendim?" Genç kadın beni parlak ve samimiyetsiz bir gülümsemeyle karşılayınca, bir an üzerimi değiştirip kot pantolon giydiğime pişman oldum.

"Yüklü bir miktar para çekmek istiyorum."

Bayan Samimiyetsiz Gülümseme daha da samimiyetsiz kaşını kaldırdı.

"Bizde hesabınız var mı?" Alaycılığını gizlemeyi başaramamıştı.

"Evet," diye çıkıştım. "Eşim ve benim burada pek çok hesabımız var. Adı Christian Grey."

Gözleri birden açıldı ve samimiyetsizlik yerini şoka bıraktı. Bakışları, bu kez bir hayret ve hayranlık karışımıyla, bir aşağı bir yukarı üzerimde dolaştı.

"Bu taraftan hanımefendi," diye fısıldadı ve beni çok az mobilyanın olduğu, duvarları yine yeşil buzlu camdan oluşan, küçük bir odaya buyur etti.

"Lütfen oturun." Üzerinde son teknoloji bir bilgisayarın ve telefonun durduğu cam masanın önündeki deri koltuğu işaret etti. Sevecen bir tavırla, "Bugün ne kadar çekeceksiniz, Bayan Grey?" diye sordu.

"Beş milyon dolar." Bu tür bir nakdi her gün talep edermiş gibi, doğrudan gözlerinin içine bakıyordum.

Benzi attı. "Anlıyorum. Müdürümüzü çağırayım. Ah, bu arada, sorduğum için beni mazur görün ama yanınızda kimliğiniz var mı?"

"Var. Ama müdürle görüşmek istiyorum."

"Elbette, Bayan Grey." Telaşlı adımlarla çıktı. Koltuğa çöktüm ve silah rahatsız edici bir şekilde sırtıma batarken, bir mide bulantısı dalgasıyla sarsıldım. Şimdi olmaz. Şu anda kusamam. Derin, arındırıcı bir nefes aldım ve dalga geçti. Saatime gergin bir bakış attım. İkiyi yirmi beş geçiyordu.

Orta yaşlı bir adam içeri girdi. Alnı açılmaya yüz tutmuştu ama üzerinde kömür grisi, pahalı bir takım elbise ve bir kravat vardı. Elini uzattı.

"Bayan Grey. Adım Troy Whelan." Gülümsedi, el sıkıştık ve karşımdaki masaya oturdu.

"Meslektaşım yüklü bir meblağ çekmek istediğinizi söyledi."

"Bu doğru. Beş milyon dolar."

Son model bilgisayarına döndü ve birkaç rakam girdi.

"Normalde bu tür büyük meblağlar için ön uyarı talep ederiz." Duraksadı ve bana güven verici ama kibirli bir gülümsemeyle baktı. "Ancak neyse ki bütün Pasifik Kuzeybatı'nın rezervini biz tutuyoruz," diye böbürlendi. *Tanrım, yoksa beni etkilemeye mi çalışıyordu?*

"Bay Whelan acelem var. Ne yapmam gerek? Sürücü ehliyetim ve ortak çek defterimiz yanımda. Sadece bir çek mi yazıyorum?"

"Sırayla gidelim, Bayan Grey. Kimliğinizi görebilir miyim?" Neşeli gösterişçiden, ciddi bankacıya geçiş yapmıştı.

"Buyrun." Ehliyetimi uzattım.

"Bayan Grey... Burada Anastasia Steele diyor."

Ah kahretsin.

"Ah... evet... Şey."

"Bay Grey'i arayacağım."

"Ah, hayır, buna gerek yok." *Kahretsin!* "Evlilik soyadımın yazılı olduğu bir şey mutlaka olmalı." Çantamı karıştırdım. Üzerinde adım olan neyim vardı? Cüzdanımı çıkardım, açtım ve Christian ile benim *Fair Lady*'nin kamarasında çekilmiş bir fotoğrafımızı buldum. *Ona bunu gösteremezdim.* Amex'imi çıkardım.

"Buyrun."

Whelan, "Bayan Anastasia Grey," diye okudu. "Evet, bu yeterli." Kaşlarını çattı. Bu hayli sıra dışı bir durum, Bayan Grey."

"Eşime, bankanızın hiç de yardımcı davranmadığını söylememi mi istiyorsunuz?" Omuzlarımı dikleştirdim ve ona en vahim bakışımı attım.

Duraksadı, sanırım beni yeniden ölçüp biçiyordu. "Bir çek yazmanız gerekecek."

"Elbette. Bu hesaba mı?" Gümbürdeyen kalbimi bastırmaya çalışarak çek defterimi gösterdim.

"O olur. Ayrıca birkaç ek evrakı da doldurmanız gerekecek. Bana bir iki dakika izin verebilir misiniz?"

Başımı eğdim, yerinden kalkıp ofisten çıktı. Tuttuğum nefesimi bir kez daha bıraktım. Bu kadar zor olacağı aklıma gelmemişti. Beceriksizce çek defterimi açtım ve çantamdan bir kalem çıkardım. Doğrudan nakit olarak mı yazacaktım? Hiçbir fikrim yoktu. Titreyen parmaklarla: *Beş milyon dolar* yazdım. *5.000.000$.*

Ah, Tanrım. Umarım doğru olanı yapıyorumdur. Mia, Mia'yı düşün. Kimseye söyleyemezdim.

Jack'in iç ürperten tiksinti dolu sözleri zihnimde canlandı. *"Hiç kimseye söyleme yoksa onu öldürmeden önce canına okurum."*

Bay Whelan, benzi atmış halde ve ezik bir tavırla geri döndü.

"Bayan Grey? Eşiniz sizinle görüşmek istiyor," diye mırıldandı ve aramızdaki cam masanın üstünde duran telefonu işaret etti.

Ne? Hayır.

"Birinci hatta. Düğmeye basmanız yeterli. Ben dışarıda olacağım." Utanmış görünme nezaketini gösteriyordu. Whelan'ın Benedict Arnold'dan eksiği yoktu. Ayaklarını sürüyerek ofisten çıkarken, yüzümdeki kanın çekildiğini hissederek, asık bir suratla ona baktım.

Kahretsin! Kahretsin! Kahretsin! Christian'a ne diyecektim? Öğrenecekti. Müdahale edecekti. Kız kardeşi için tehlike arz ediyordu. Telefona uzanırken elim titredi. Ahizeyi kulağıma götürürken, düzensiz nefesimi kontrol altına sokmaya gayret ettim ve birinci hattın tuşuna bastım.

Sinirlerimi yatıştırmak için boşuna çaba harcayarak, "Merhaba," diye mırıldandım

"Beni terk mi ediyorsun?" Christian'ın sözleri ıstırap dolu, nefessiz bir fısıltıydı.

Ne?

"Hayır!" Sesim onunkinin bir yansıması gibiydi. *Hayır. Hayır. Hayır. Bunu nasıl düşünebilirdi?* Para yüzünden mi? Para yüzünden gittiğimi mi sanıyordu? Her şeyin netleştiği dehşet verici bir anda;

Christian'ı uzakta tutmanın ve kız kardeşini kurtarmanın tek yolunun yalan söylemek olduğunu fark ettim.

"Evet," diye fısıldadım. Ve içimden yakıcı bir acı geçerken, gözlerim yaşlarla doldu.

Neredeyse bir hıçkırığı andıran bir iç çekişle, "Ana, ben..." dedi ve durdu.

Hayır! Birbiriyle savaşan duygularımı bastırmaya çalışırken, elim ağzımın üstüne kapandı. "Christian, lütfen. Yapma." Gözyaşlarımla savaşıyordum.

"Gidiyor musun?" dedi.

"Evet."

"Fakat nakit neden? Başından beri sebep para mıydı?" Eziyet çeken sesi güçlükle duyuluyordu.

Hayır! Yaşlar yüzümden yuvarlanıyordu. "Hayır," diye fısıldadım.

"Beş milyon yetecek mi?"

Ah, lütfen, dur!

"Evet."

"Ya bebek?" Sesi, nefessiz bir yankıydı.

Ne? Elim ağzımdan karnıma kaydı. "Bebeğin icabına bakacağım," diye mırıldandım. Küçük Nokta'm... bizim Küçük Nokta'mız.

"İstediğin bu mu?"

Hayır!

"Evet."

Keskin bir nefes aldı. "Hepsini al," diye tısladı.

"Christian," hıçkırdım. *Senin için. Ailen için. Lütfen. Anla.*

"Hepsini al, Anastasia."

"Christian..." Ve neredeyse çözülecektim. Ona Jack'i, Mia'yı ve fidyeyi, her şeyi anlatacaktım. İçimden, *lütfen bana güven, lütfen,* diye yalvardım.

"Seni her zaman seveceğim." Sesi boğuktu. Telefonu kapattı.

"Christian! Hayır... Ben de seni seviyorum." Ve son birkaç gün içinde birbirimize yaşattığımız bütün saçmalıklar önemsizleşti. Onu asla terk etmeyeceğime söz vermiştim. Seni terk etmiyorum. Kız kardeşini kurtarıyorum. Sandalyeye çöktüm ve ellerimi yüzüme kapatarak hüngür hüngür ağladım.

Ağlayışım, kapının çekingen bir şekilde çalınmasıyla bölündü. Whelan, girmesine onay vermememe rağmen, içeri girdi. Benim dışımda her yere bakıyordu; utançtan yerin dibine geçmiş gibiydi.

Onu sen aradın, seni piç! Ona dik dik baktım.

"Eşiniz, varlıklarının beş milyon dolarlık kısmını nakde çevirmeyi kabul etti, Bayan Grey. Bu, hayli sıra dışı bir durum ama en büyük müşterimiz olarak... ısrarcıydı... çok ısrarcıydı." Duraksadı, yanakları kızarmıştı. Bana kaşlarını çatarak baktı. Nedeni Christian'ın hayli sıra dışı davranması mıydı yoksa Whelan'ın ofisinde ağlayan bir kadınla ne yapacağını bilmemesi mi, emin olamadım.

"Siz iyi misiniz?" diye sordu.

"İyi görünüyor muyum?" diye çıkıştım.

"Özür dilerim, hanımefendi. Biraz su?"

Asık bir suratla, başımı salladım. Az önce kocamı terk etmiştim. Pekâlâ, Christian öyle sanıyordu. Bilinçaltım dudaklarını büzdü. *Çünkü sen öyle dedin.*

"Ben parayı hazırlarken, meslektaşımdan size su getirmesini rica edeceğim. Şurayı imzalayabilirseniz, efendim... Ve nakde dönüştürme kutucuğunu işaretlerseniz ve onu da imzalarsanız."

Masanın üstüne bir form bıraktı. Önce çekin çizgi çizgi kısmına, sonra da forma imzamı karaladım. *Anastasia Grey*. Gözyaşlarım, evrakları kıl payı ıskalayarak masaya damladı.

"Bunları alayım, efendim. Parayı hazırlamamız yarım saati bulur."

Hızla saatimi kontrol ettim. Jack iki saat demişti, bu yarım saatle iki saati bulmuş olacaktık. Başımla onaylayınca, Whelan sessizce odadan çıktı ve beni sefaletimle baş başa bıraktı.

Birkaç saniye, dakika ya da saat sonra –emin değildim– Bayan Samimiyetsiz Gülümseme bir sürahi su ve bardakla geri geldi.

Bardağı masanın üstüne koyup doldururken, yumuşak bir sesle, "Bayan Grey," dedi.

"Teşekkürler." Bardağı aldım ve minnetle içtim. Kadın çıktı ve beni altüst olmuş, ürkek düşüncelerimle baş başa bıraktı. Christian'la meseleyi bir şekilde hallederdim... Tabii artık çok geç değilse. En azından tablodan çıkmıştı. Şu anda Mia'ya konsantre olmalıydım. Ya Jack yalan söylüyorsa? Ya Mia elinde değilse. O zaman polisi aramam gerekirdi.

"Hiç kimseye söyleme yoksa onu öldürmeden önce canına okurum." Yapamadım. Koltukta arkama yaslandım ve Leila'nın tabancasının güven veren varlığını belimde hissettim. Sırtıma batıyordu. Leila'nın bana silah çekmesine bu kadar sevineceğim kimin aklına gelirdi? Ah, Ray, bana ateş etmeyi öğrettiğin için o kadar mutluyum ki.

Ray! İç geçirdim. Bu akşam onu ziyaret etmemi bekleyecekti. Belki de Jack'e parayı bırakıp kurtulabilirdim. Ben Mia'yı eve götürürken, o da kaçardı. Ah, kulağa o kadar saçma geliyordu ki.

BlackBerry'm çalmaya başladı. "Your Love is King" odayı kapladı. Ah hayır! Christian ne istiyordu? Yaralarıma tuz basmak mı?

"Başından beri sebep para mıydı?"

Ah, Christian, bunu nasıl düşünebilirsin? İçimde öfkenin alevlendiğini hissettim. Evet, öfke. Çağrıyı telesekretere yönlendirdim. Kocamla daha sonra uğraşacaktım.

Kapı vuruldu

"Bayan Grey." Whelan'dı. "Para hazır."

"Teşekkürler." Ayağa kalktım ve bir an, oda etrafımda döndü. Koltuğa sıkıca tutundum.

"Bayan Grey, iyi misiniz?"

Başımı evet der gibi salladım ve ona benden-uzak-durun-bayım bakışı attım. Derin ve sakinleştirici bir nefes daha aldım. *Bunu yapmak zorundayım. Bunu yapmak zorundayım. Mia'yı kurtarmalıyım.* Kot pantolonumun arka tarafına sıkıştırdığım tabancanın kabzasını gizlemek için, kapüşonlu sweatshirt'ümün etek ucunu aşağı çektim.

Bay Whelan kaşlarını çattıysa da kapıyı tamamen açtı ve titrek bacaklarımın üstünde harekete geçtim.

Sawyer girişte, etrafı tarayarak bekliyordu. *Kahretsin!* Gözgöze geldik, tepkimi ölçmek için bana kaşlarını çatarak baktı. Ah, kızgındı. İşaret parmağımı bir-dakikaya-kalmaz-seninleyim der gibi, kaldırdım. Başını eğdi ve cep telefonuna gelen çağrıyı cevapladı. *Kahretsin! Christian olduğuna iddiaya girebilirdim.* Neredeyse arkamdaki Whelan'a çarparak hızla döndüm ve yeniden küçük ofise daldım.

Arkamdan içeri girerken Whelan'ın kafası karışmış gibiydi. "Bayan Grey?"

Sawyer bütün planımı mahvedebilirdi. Whelan'a baktım.

"Dışarıda görmek istemediğim biri var. Beni takip eden biri."

Whelan'ın gözleri irileşti.

"Polisi aramamı ister misiniz?"

"Hayır!" *Kahretsin, hayır.* Ne yapacaktım? Saatime baktım. Neredeyse üç on beşti. Jack her an arayabilirdi. *Düşün, Ana, düşün!* Whelan bana gittikçe artan bir çaresizlik ve şaşkınlıkla bakıyordu. Deli olduğumu düşünüyor olmalıydı. Bilinçaltım, *zaten delisin*, diye çıkıştı.

"Bir telefon açmam gerek. Beni biraz yalnız bırakabilir misiniz, lütfen?"

Sanırım odadan ayrılacağı için minnettar bir şekilde, "Elbette," diye yanıtladı. O kapıyı kapatınca, titreyen parmaklarla Mia'nın numarasını tuşladım.

Jack küçümseyen bir sesle, "Maaş çekim beni arıyor," dedi.

Bu saçmalık için zamanım yoktu. "Bir sorunum var."

"Biliyorum. Koruman seni bankaya kadar takip etti."

Ne? Nereden biliyordu?

"Ona izini kaybettirmen gerekecek. Bankanın arka tarafında bekleyen bir araba var. Siyah bir SUV, Dodge. Oraya ulaşmak için üç dakikan var." *Dodge!*

"Üç dakikadan uzun sürebilir." Yüreğim bir kez daha ağzıma gelmişti.

"Servet avcısı bir fahişe için gayet zekisin, Grey. Hallet. Ve araca ulaşınca, cep telefonundan kurtul. Anladın mı, kaltak?"

"Evet."

"Söyle!" diye azarladı.

"Anladım."

Telefonu kapattı.

Kahretsin! Kapıyı açınca, Whelan'ı sabırla beklerken buldum.

"Bay Whelan, çantaları arabama taşımak için yardıma ihtiyacım olacak. Dışarıda, bankanın arka tarafında park edilmiş durumda. Arkada çıkışınız var mı?"

Kaşlarını çattı.

"Evet, var. Personel için."

"Oradan çıkabilir miyiz? Kapıdaki kişiden de korunmuş olurum."

"Nasıl isterseniz, Bayan Grey. İki memurumuzdan çantalar için yardım etmelerini isterim. İki güvenlik görevlisi de size göz kulak olur. Benimle gelebilirseniz?"

"Sizden bir ricam daha olacak."

"Elimizden ne gelirse, Bayan Grey."

İki dakika sonra, ben ve beraberimdekiler sokağa çıkmış ve Dodge'a doğru yürümeye başlamıştık. Aracın camları filmle kaplıydı ve direksiyonda kimin olduğunu seçemiyordum. Ama biz yaklaşınca, şoför kapısı açıldı ve baştan ayağa siyahlar içinde, siperliği yüzüne kadar indirilmiş siyah spor şapkalı bir kadın zarif hareketlerle aşağı indi. *Ofisteki Elizabeth! Bu da neydi şimdi?* SUV'nin arka tarafına yürüyüp bagajı açtı. Parayı taşıyan iki genç banka memuru ağır çantaları bagaja yerleştirdiler.

"Bayan Grey." Arkadaşça bir gezintiye çıkmak üzereymişiz gibi, gülümseme cüretini gösterdi.

"Elizabeth." Selamım buz gibiydi. "Seni iş dışında görmek ne hoş."

Bay Whelan gırtlağını temizledi.

"İlginç bir öğleden sonra oldu, Bayan Grey." Zihnim son hızla işlerken adamın elini sıkmak ve ona teşekkür etmek gibi sosyal incelikleri yerine getirmek zorunda kaldım. *Elizabeth mi? Jack'le ne işi vardı?* Whelan ve ekibi bankaya girip gözden kaybolarak beni

SBY'nin adam kaçırma, gasp ve muhtemelen başka suçlara karışmış personel müdürüyle baş başa bıraktılar. *Neden?*

Elizabeth arabanın arka kapısını açıp beni içeri itti.

Beni temkinle süzerek, "Telefonunuz Bayan Grey," dedi. Telefonu ona uzatınca, yakındaki bir çöp kutusuna fırlattı.

"Böylece köpekler kokunun izini süremeyecekler," dedi kibirle.

Kimdi bu kadın? Kapımı çarparak kapattı ve şoför koltuğuna oturdu. Trafiğe karışırken, kaygıyla arkama baktım. Sawyer ortalıkta görünmüyordu.

"Elizabeth, parayı aldın. Jack'i ara. Mia'yı bırakmasını söyle."

"Sanırım sana bizzat teşekkür etmek istiyor."

Kahretsin! Ona dikiz aynasından buz gibi bir bakış gönderdim.

Rengi soldu ve normal şartlarda hoş sayılabilecek yüzü kaygılı bir ifadeyle buruştu.

"Bunu neden yapıyorsun, Elizabeth? Jack'ten hoşlanmadığını sanıyordum."

Bana aynadan kısa bir bakış attı ve bir an gözlerinden acılı bir ifadenin geçtiğini gördüm.

"Ana, ağzını kapalı tutarsan, gayet iyi anlaşabiliriz."

"Ama bunu yapamazsın. Bu çok yanlış bir şey."

"Sus," dedi ama huzursuzluğunu hissetmiştim.

"Sana karşı kullanacağı bir şey mi var?" Gözleri gözlerime çevrildi ve frene öyle bir asıldı ki öne doğru savrulup yüzümü ön koltuğun başlığına çarptım.

"Sana susmanı söyledim," diye hırladı. "Ve emniyet kemerini takmanı tavsiye ederim."

Ve o anda Jack'in elinde bir şeyler olduğunu anladım. Elizabeth'i bunu yapmaya itecek kadar berbat bir şey. Kısa bir an ne olduğunu merak ettim. Şirket hesaplarıyla mı oynamıştı? Özel hayatıyla ilgili bir şey miydi? Yoksa cinsel içerikli bir şey miydi? Bu düşünceyle ürperdim. Christian, Jack'in asistanlarından hiçbirinin konuşmadığını söylemişti. Belki de hepsi için aynı şey geçerliydi. *Beni de düzmek istemesi bu yüzdendi.* Bu düşüncenin yarattığı tiksintiyle, ağzımda safra tadı duydum.

Elizabeth, Seattle'ın şehir merkezinden doğudaki tepelere doğru ilerliyordu. Çok geçmeden, konut ağırlıklı sokaklara girdik. Sokak tabelalarından biri gözüme takıldı. South Irving Sokağı. Keskin bir dönüşle, bir yanını harap bir oyun parkının, diğer yanını ise iki tarafını bir dizi, boş ve alçak tuğla binanın çevrelediği geniş, beton bir park alanının yer aldığı ıssız bir sokağa saptı.

Bana döndü ve, "Gösteri zamanı," diye mırıldandı.

Kafa derim korkuyla karıncalanırken, vücudumun adrenalin hücumuna uğradığını hissettim.

"Bunu yapmak zorunda değilsin," diye fısıldadım. Ağzı düz bir çizgi halini aldı ve arabadan indi.

Bu, Mia için. Bu, Mia için. Hızla dua ettim. *Lütfen iyi olsun, lütfen iyi olsun.*

Elizabeth arka kapıyı hızla açarak, "İn arabadan," diye çıkıştı.

Kahretsin. İnerken bacaklarım o kadar çok titriyordu ki, ayakta durabileceğimden emin olamadım. Serin akşamüstü esintisi sonbaharın ve terk edilmiş binaların tozlu kokusunu taşıyordu.

"Bakın kimler gelmiş." Jack binanın sol tarafındaki tahtalarla kapatılmış küçük girişte belirdi. Saçları kısaydı. Küpelerini çıkarmıştı ve üzerinde bir takım elbise vardı. *Takım elbise mi?* Buram buram kibir ve nefret saçarak bana yaklaştı. Kalp atışlarım hızlandı.

"Mia nerede?" diye kekelerken, ağzımın içi öylesine kurumuştu ki kelimeleri güçlükle biçimlendirebilmiştim.

Jack tam karşımda dururken, "Her şeyin bir sırası var, kaltak," diye hırladı. Nefretinin tadını duyar gibiydim. "Para?"

Elizabeth bagajdaki çantaları kontrol ediyordu. Çantaların fermuarlarını açıp kaparken, hayret içinde, "Burada bir yığın nakit var," dedi.

"Ya cep telefonu?"

"Çöpte."

Jack, "İyi," dedi ve hiç beklemediğim bir anda, elinin tersiyle suratıma bir tokat indirdi. Gaddar ve nedensiz darbe beni yere serdi ve başım, korkunç bir gürültüyle betona çarptı. Acı kafamın içinde patladı, gözlerim yaşlarla doldu ve darbenin şoku, kafatasımın içinde zonklayan acının dizginlerini salarak yayılırken görüşüm bulanıklaştı.

Sessiz bir ıstırap ve korku çığlığı attım. Ah, hayır, *Küçük Nokta.* Jack kaburgalarıma hızlı ve gaddar bir tekme indirince, darbenin etkisiyle nefesim ciğerlerimden koparıldı sanki. Gözlerimi sımsıkı yumarak mide bulantısı ve acıya karşı koymaya ve biraz olsun nefes almaya çalıştım. *Küçük Nokta, Küçük Nokta, ah benim Küçük Nokta'm...*

Jack, "Bu SBY için, seni lanet olası kaltak!" diye haykırdı.

Bacaklarımı karnıma çekip tortop oldum ve bir sonraki darbeyi bekledim. *Hayır. Hayır. Hayır.*

Elizabeth, "Jack!" diye cırladı. "Burada değil. Güpegündüz, orta yerde olmaz, Tanrı aşkına!"

Jack duraksadı.

Elizabeth'e, "Bu kaltak bunu hak ediyor," diye böbürlendi. Ve bu bana arkama uzanıp silahı kot pantolonumun belinden çekme fırsatını verdi. Titreyerek, ona nişan aldım, tetiği çektim ve ateş ettim. Kurşun dizinin tam üstüne denk geldi ve acıyla haykırarak ve bacağını sımsıkı tutarak önüme yığıldı. Parmakları kanıyla kıpkırmızı olmuştu.

Jack, "Kahretsin!" diye böğürdü. Elizabeth'e döndüm. Bana ağzı dehşetle aralanmış halde baktı ve ellerini başının üstüne kaldırdı. Görüntüsü bulanıklaştı... Karanlık üzerime kapanmaya başladı. *Kahretsin...* Elizabeth bir tünelin ucunda kalmıştı. Karanlık onu tüketiyordu. Karanlık beni tüketiyordu. Çok uzaklarda, bir hengâme koptu. Lastik gıcırtıları... frenler... kapılar... bağırışlar... koşan ayaklar... ayak sesleri... Elimdeki silah düştü.

"Ana!" Christian'ın sesi... Christian'ın sesi... Christian'ın acı içindeki sesi. Mia... Mia'yı kurtarın.

"ANA!"

Karanlık... huzur.

BÖLÜM YİRMİ ÜÇ

Sadece acı vardı. Başım, göğsüm... yakıcı acı. Yan tarafım, kolum. Acı. Acı ve kasvetin arasında kısık sesli sözcükler. *Neredeyim?* Uğraşmama rağmen, gözlerimi açamadım. Fısıldanan kelimeler netleşti... Karanlıkta bir fener.

"Kaburgaları ezilmiş, Bay Grey ve kafatasında, saç hizasında bir kırık var ama hayati verileri stabil ve güçlü."

"Neden hâlâ baygın?"

"Bay Grey, kafasında ciddi bir ezik var. Ama beyin aktivitesi normal ve beyinde ödem yok. Hazır olunca uyanacaktır. Ona biraz zaman verin."

"Ya bebek?" Sözcükler sıkıntılı ve nefes nefeseydi.

"Bebek iyi, Bay Grey."

"Ah, Tanrı'ya şükür." Sözcükleri bir yakarış... bir duaydı. "Ah, Tanrı'ya şükür."

Ah, Tanrım. Bebek için endişeliydi... Bebek mi? ... Küçük Nokta, tabii ya. Benim Küçük Nokta'm. Boş yere elimi karnıma götürmeye yeltendim. Ne bir kıpırtı, ne bir tepki.

"*Ya bebek?... Ah,Tanrı'ya şükür.*"

Küçük Nokta güvendeydi.

"Ya bebek?... Ah,Tanrı'ya şükür."

Bebeği önemsiyordu.

"Ya bebek?... Ah, Tanrı'ya şükür."

Bebeği istiyordu. Ah, Tanrıya şükür. Gevşedim ve şuurum bir kez daha kapanarak beni acıdan uzaklara götürdü.

Her şey ağır ve sızılıydı: Uzuvlarım, başım, gözkapaklarım, hiçbiri kıpırdamıyordu. Gözlerim ve ağzım kapalı kalmakta kararlı, açılmaya gönülsüzdüler. Beni kör, dilsiz ve acı içinde bırakmayı kafaya koymuşlardı. Sisten yüzeye doğru çıkarken, bilinç hali, uzanamayacağım baştan çıkarıcı bir deniz perisi gibi, uzakta dikiliyordu. Gürültüler seslere dönüştü.

"Onu bırakmayacağım."

Christian! Buradaydı... Kendime uyanmayı telkin ettim. Sesi sıkıntı ve ıstırap dolu bir fısıltıydı.

"Christian, uyuman gerek."

"Hayır, baba, uyandığı zaman burada olmak istiyorum."

"Ben yanında otururum. Kızımın hayatını kurtardıktan sonra, en azından bu kadarını yapayım."

Mia!

"Mia nasıl?"

"Sersem... korkmuş ve öfkeli. Rohypnol'ün vücudumdan tamamen atılması birkaç saati daha bulacak."

"Tanrım."

"Biliyorum. Güvenliğini hafiflettiğim için kendimi aptal gibi hissediyorum. Beni uyardın ama Mia o kadar inatçı ki. Ana olmasaydı..."

"Hepimiz Hyde'in işinin bittiğini sanmıştık. Ve benim deli, aptal karım... Bana neden söylemedi ki?" Christian'ın sesi sıkıntı doluydu.

"Christian, biraz sakin ol. Ana fevkalade bir genç kadın. İnanılmaz derecede cesurdu."

"Cesur, dik kafalı, inatçı ve aptal." Sesi titredi.

"Hey," diye mırıldandı Carrick. "Ona ve kendine bu kadar sert olma, evlat. Annenin yanına dönsem iyi olacak. Saat sabahın üçünü geçti, Christian. Gerçekten uyumaya çalışmalısın."

Sis üzerime kapandı.

Sis kalktı ama zaman mefhumum yoktu.

"Onu sen dizine yatırmazsan, benim yatıracağımdan emin olabilirsin. Ne düşünüyordu acaba?"

"İnan bana, Ray, bunu pekâlâ yapabilirim."

Baba! Babam buradaydı. Sisle savaştım... savaştım... Ama bir kez daha uykunun derinliklerine yuvarlandım. Hayır...

"Dedektif, gördüğünüz gibi karım sorularınızın hiçbirini yanıtlayacak durumda değil." Christian öfkeliydi.

"O dik kafalı bir genç bayan, Bay Grey."

"Keşke o pisliği öldürseymiş."

"Bana daha çok evrak işi çıkarırdı, Bay Grey."

"Bayan Morgan kuş gibi ötüyor. Hyde gerçekten sapık orospu çocuğunun tekiymiş. Babanıza ve size karşı ciddi bir garezi var..."

Sis bir kez daha etrafımı sararken, tekrar kendimden geçtim.

Hayır!

"Ne demek konuşmuyordunuz?" Bu Grace'ti. Sesi öfkeliydi. Kafamı oynatmaya çalıştım ama vücudumun inleyen ve uyuşuk tepkisizliğiyle karşılaştım.

"Ne yaptın?"

"Anne..."

"Christian! Ne yaptın?"

"Çok kızgındım." Sesi neredeyse bir hıçkırıktı... Hayır.

"Hey..."

Dünya tepetaklak oldu, bulanıklaştı ve ben bayıldım.

Yumuşak, boğuk sesler duyuyordum.

"Bana bütün bağlarını kestiğini söylemiştin." Konuşan Grace'ti. Sesi sakin ama azarlar gibiydi.

"Biliyorum." Christian yenilgiyi kabul etmişti sanki. "Ama onu görmek sonunda bana başka bir görüş açısı kazandırdı. Bilirsin işte... artık çocukla. İlk kez... Yaptığımız şeyin yanlış olduğunu hissettim."

"*Onun* yaptığı şeyin, hayatım... Çocuklar insana bunu yaparlar. Dünyaya farklı bir açıdan bakmanı sağlarlar."

"Sonunda mesajı aldı... Ben de öyle... Ana'yı kırdım," diye fısıldadı.

"Hepimiz sevdiklerimizi kırarız, hayatım. Ona üzgün olduğunu söylemelisin. Ve bunda ciddi ol ve ona zaman ver."

"Beni terk ettiğini söyledi."

Hayır. Hayır. Hayır!

"Ona inandın mı?"

"İlk başta, evet."

"Hayatım, sen her zaman herkesten en kötüsünü bekliyorsun. Buna kendin de dâhilsin. Hep böyleydin. Ana seni çok seviyor ve senin de onu sevdiğin ortada."

"Bana çok kızmıştı."

"Kızdığından eminim. Şu anda ben de sana bayağı kızgınım. Sanırım insan sadece gerçekten sevdiklerine kızabilir."

"Düşündüm de bana beni ne çok sevdiğini defalarca gösterdi... kendi hayatını riske atma pahasına."

"Evet, öyle, hayatım."

"Ah, anne, neden uyanmıyor?" Sesi titredi. "Onu neredeyse kaybediyordum."

Christian! Boğuk hıçkırıklar duyuldu. Hayır...

Ah... Karanlık geri geldi. *Hayır...*

"Sana böyle sarılmama izin vermen için yirmi dört yıl geçmesi gerekti."

"Biliyorum, anne... Konuştuğumuza çok memnunum."

"Ben de öyle hayatım. Her zaman buradayım. Büyükanne olacağıma inanamıyorum."

Büyükanne!

Tatlı hiçlik beni çağırıyordu.

Hımm. Parmaklarımı sıkarken, sakalları elimin üstüne usul usul sürtünüyordu.

"Ah, bebeğim, lütfen bana dön. Üzgünüm. Her şey için, üzgünüm. Sadece uyan. Seni özlüyorum. Seni seviyorum."

Denedim. Denedim. Onu görmek istiyordum. Ama vücudum bana itaat etmiyordu ve bir kez daha uykuya daldım.

Baskın bir işeme ihtiyacı duyuyordum. Gözlerimi açtım. Bir hastane odasının temiz ve steril ortamındaydım. Bir başucu lambası dışında karanlıktı ve tamamen sessizdi. Başım ve göğsüm acıyordu ama daha kötüsü mesanem patlayacak gibiydi. Çişimi yapmam gerekiyordu. Uzuvlarımı yokladım. Sağ kolum acıyınca, dirseğimin iç kısmına takılı olan damaryolu enjeksiyonunu fark ettim. Hemen gözlerimi kapattım. Başımı çevirip –hareket ettirebildiğime sevinmiştim– gözlerimi tekrar açtım. Christian uyuyordu, yanımda oturduğu yerde, başını ve kollarını yatağıma dayamıştı. Vücudumun bana itaat etmesine yine minnet duyarak uzandım ve parmaklarımı saçlarının arasından kaydırdım.

İrkilerek uyandı ve başını aniden kaldırınca, elim güçsüz bir şekilde, yatağın üstüne düştü.

"Merhaba," dedim çatlak sesimle.

"Ah, Ana." Sesi boğuk ama rahatlamıştı. Elimi tuttu, iyice sıktı ve sertleşmiş, sakallı yanağına götürdü.

"Tuvalete gitmem gerek," diye fısıldadım.

Ağzı açık baktı, sonra bir an kaşlarını çattı. "Tamam."

Doğrulmaya yeltendim.

"Ana, kıpırdama. Bir hemşire çağırayım." Hızla ayaklandı ve telaşla, yatağın yanındaki düğmeye uzandı.

"Lütfen," diye fısıldadım. *Niye her yerim sızlıyordu?* "Kalkmam gerek." Tanrım, o kadar güçsüz hissediyordum ki.

Bitkin bir sesle, "Bir kez olsun sana söyleneni dinlemeyecek misin?" diye çıkıştı.

"Gerçekten çişimi yapmam lazım," diye soludum. Ağzım ve gırtlağım o kadar kuruydu ki.

Odaya bir hemşire girdi. Ellilerinde olmalıydı ama saçları simsiyahtı. Aşırı büyük inci küpeleri vardı.

"Bayan Grey, aramıza yeniden hoş geldiniz. Dr. Bartley'e uyandığınızı haber vereyim." Yatağımın yanında durdu. "Adım Nora. Nerede olduğunuzu biliyor musunuz?

"Evet. Hastanede. Çişimi yapmam gerek."

"Zaten sondanız var."

Ne? Ah, bu iğrençti. Kaygıyla önce Christian'a, sonra yeniden hemşireye baktım.

"Lütfen, kalkmak istiyorum."

"Bayan Grey."

"Lütfen."

Christian, "Ana," diye uyardı. Bir kez daha kalkmaya yeltendim.

"Sondanızı çıkarayım. Bay Grey, Bayan Grey'in biraz mahremiyet isteyeceğinden eminim." Christian'a sert bir bakış atarak onu âdeta kovdu.

"Hiçbir yere gitmiyorum." Christian gözlerini hemşireye dikmişti.

"Christian, lütfen," diye fısıldadım ve uzanıp elini tuttum. Elimi sıktı ve bana öfkeli bir bakış attı. "Lütfen," diye yalvardım.

"Pekâlâ!" diye çıkıştı ve elini saçlarının arasından geçirdi. Hemşireye, "İki dakikanız var," diye tısladı ve topuklarının üstünde dönüp odayı terk etmeden önce, eğilip alnımı öptü.

Christian iki dakika sonra, Hemşire Nora yataktan kalkmama yardım ederken, içeri daldı. Üzerimde ince bir hastane geceliği vardı. Soyulduğumu hatırlamıyordum.

"Bana bırakın," dedi ve uzun adımlarla yanımıza geldi.

Hemşire Nora, "Bay Grey, ben halledebilirim," diye azarladı.

Christian ona düşmanca bir bakış attı. Damaryolu enjeksiyonunun ayaklığını yolundan çekerken, "Lanet olsun, o benim karım. Ben götürürüm," dedi.

Hemşire, "Bay Grey!" diye karşı çıktı.

Christian onu duymazdan geldi ve beni yavaşça yataktan kaldırdı. Kollarımı boynuna dolarken, vücudumdan şikayetler yükseldi. Tanrım, her yerim acıyordu. Hemşire Nora, serum ayaklığını iterek peşimizden gelirken beni odanın içindeki tuvalete taşıdı.

Beni ayaklarımın üstüne bırakırken eleştirir gibi, "Bayan Grey, fazla hafifsiniz," diye mırıldandı. Sallandım. Bacaklarım tutmuyordu. Christian düğmeye basınca, vızıldayarak yanan floresan lambayla bir an gözüm kamaştı.

Beni tutmayı sürdürerek, "Düşmeden otur," diye çıkıştı.

Çekinerek tuvalete oturdum.

"Git." Elimi sallayarak onu göndermeye çalıştım.

"Hayır. Sen çişini yapmaya bak, Ana."

Daha utanç verici olabilir miydi? "Yapamam. Sen burada dururken olmaz."

"Düşebilirsin."

"Bay Grey!"

İkimiz de hemşireyi duymazdan geldik.

"Lütfen," diye yalvardım.

Yenilgiyi kabul eder gibi ellerini kaldırdı. "Ben dışarıda duracağım. Kapı açık." Ve kapının hemen dışında, öfkeli hemşirenin yanında duracak şekilde birkaç adım geriledi.

"Lütfen arkanı dön," diye rica ettim. Bu adamın yanında neden böyle aptallık seviyesinde bir mahcubiyet hissediyordum ki? Gözlerini devirdiyse de itaat etti. Ve arkasını dönünce... Kendimi bıraktım ve rahatlamanın tadını çıkardım.

Yaralarımın envanterini çıkardım. Başım acıyor, Jack'in tekmelediği yerde göğsüm sancıyordu ve beni yere ittiğinde üzerine düştüğüm yan tarafım zonkluyordu. Ayrıca susamış ve acıkmıştım. Tanrım, gerçekten acıkmıştım. Lavabo çok yakın olduğu için, ellerimi yıkamak için kalkmak zorunda olmadığıma minnet duyarak işimi bitirdim. Ayakta durmaya takatim yoktu.

Ellerimi havluya kurulayarak, "İşim bitti," dedim.

Christian döndü, içeri girdi ve daha ne olduğunu anlamadan, kendimi tekrar kucağında buldum. Bu kolları özlemiştim. Duraksadı ve burnunu saçlarımın arasına gömdü.

"Ah, sizi çok özledim, Bayan Grey," diye fısıldadı ve arkasında söylenen Hemşire Nora'yla, beni yatağa yatırdı ve sanırım, istemeyerek bıraktı.

"Bay Grey, işiniz bittiyse, artık Bayan Grey'i kontrol etmek istiyorum." Hemşire Nora çok kızgındı.

Christian geri çekildi. Daha ölçülü bir ses tonuyla, "Sizindir," dedi.

Hemşire ona suratını astı ve dikkatini yeniden bana çevirdi.

Sinir bozucu, değil mi?

Bana sempati ve Christian'ı hedef aldığından şüphelendiğim bir miktar sinire bulanmış bir sesle, "Nasıl hissediyorsunuz?" diye sordu.

"Her yanım sızlıyor ve susadım. Çok susadım," diye fısıldadım.

"Hayati değerlerinizi kontrol ettikten ve Dr. Bartley sizi muayene ettikten sonra biraz su getireceğim."

Uzandığı tansiyon kelepçesini kolumun üst kısmına sardı. Kaygıyla Christian'a baktım. Günlerdir uyumamış gibi, berbat hatta çökük görünüyordu. Saçları berbat haldeydi, uzun zamandır tıraş olmamıştı ve tişörtü kırış kırıştı. Kaşlarımı çattım.

"Nasıl hissediyorsun?" Hemşireyi yok sayarak, yatağın üstüne, bir kolu boyu mesafeye oturdu.

"Allak bullak. Sızılı. Aç."

"Aç mı?" Şaşkın şaşkın gözlerini kırpıştırdı.

Başımı salladım.

"Ne yemek istersin?"

"Ne olursa. Çorba."

"Bay Grey, Bayan Grey bir şeyler yemeden önce doktorun onayını almanız gerekecek."

Christian hemşireye duygusuz gözlerle baktıktan sonra, BlackBerry'sini çıkardı ve bir numaraya bastı.

"Ana tavuk suyuna çorba istiyor... İyi... Teşekkürler." Telefonu kapattı.

Christian'a gözlerini kısan Nora'ya baktım.

Çabucak, "Taylor mu?" diye sordum.

Christian başıyla onayladı.

"Tansiyonunuz normal, Bayan Grey. Ben doktoru çağırayım." Nora tansiyon aletini çözdü ve tek kelime daha etmeden, etrafına memnuniyetsizlik yayarak, odadan çıktı.

"Sanırım Hemşire Nora'yı kızdırdın."

"Kadınlar üzerinde öyle bir etki bırakıyorum." Sırıttı.

Güldüm ve acı göğsüme yayılınca, hemen sustum. "Evet, öyle."

"Ah, Ana, gülüşünü duymaya bayılıyorum."

Nora bir sürahi suyla geri geldi. İkimiz de sessizleştik ve Nora bir bardak su doldurup bana uzatırken birbirimize baktık.

Hemşire, "Küçük yudumlar," diye uyardı.

"Evet, efendim," diye mırıldandım ve serin sudan çok iyi gelen bir yudum aldım. Ah Tanrım. Tadı mükemmeldi. Bir yudum daha aldım. Christian büyük bir dikkatle beni seyrediyordu

"Mia?" diye sordum.

"Güvende. Senin sayende."

"Ellerinde miymiş?"

"Evet."

Onca deliliğin bir nedeni varmış. Bütün bedenimin rahatladığını hissettim. *Tanrı'ya şükür. Tanrı'ya şükür. Tanrı'ya şükür, iyiydi.* Kaşlarımı çattım.

"Ona nasıl ulaşmışlar?"

Christian, "Elizabeth Morgan," demekle yetindi.

"Hayır!"

Baını salladı. "Mia'yı spor salonundan almış."

Hâlâ anlamayarak, kaşlarımı çattım.

"Ana, detayları sana daha sonra anlatırım. Her şeyi hesaba kattığında, Mia iyi. İlaçla uyuşturulmuş. Şu anda biraz sersem ve sarsılmış durumda ama mucize eseri hiçbir zarar görmemiş." Christian'ın çenesi kasıldı. "Yaptığın..." Elini saçlarının arasından geçirdi. "İnanılmaz derecede cesurca ve inanılmaz derecede aptalcaydı. Ölebilirdin." Gözleri, iç dondurucu, kasvetli bir griye dönmüştü. Öfkesini zapt etmeye çalıştığını anladım.

"Başka ne yapacağımı bilemedim," diye fısıldadım.

Kucağındaki ellerini sıkarak, hararetle, "Bana söyleyebilirdin!" dedi.

"Birine söylersem onu öldüreceğini söyledi. Risk alamazdım."

Gözlerini yumarken, Christian'ın yüzünü nefretle karışık bir korku bürümüştü.

"Perşembeden beri, bin defa öldüm."

Perşembe mi?

"Bugün günlerden ne?"

"Neredeyse cumartesi," dedi saatine bakarak. "Bilincin yirmi dört saatten uzun süredir kapalı."

Ah.

"Ya Jack ve Elizabeth?"

"Poliste, gözaltındalar. Gerçi Hyde polis denetiminde, burada. Sıktığın kurşunu çıkarmaları gerekti," dedi buruk bir sesle. "Çok şükür bu hastanede nerede olduğunu bilmiyorum yoksa muhtemelen onu kendi ellerimle öldürürdüm." Yüzü karardı.

Ah, kahretsin. Jack burada mıydı?

"Bu SBY için, seni lanet olası kaltak!" Benzim sarardı. Boş midem kasıldı, yaşları gözlerime batmaya başladı ve derin bir ürpertiyle titredim.

"Hey!" Christian endişe dolu bir sesle, öne eğildi. Bardağı elimden aldı ve beni şefkatli kollarının arasına çekti. Saçlarımın arasına doğru, "Artık güvendesin," diye mırıldanırken, sesi boğuktu.

"Christian çok üzgünüm." Gözyaşlarım dökülmeye başladı.

"Şışşt." Saçımı okşadı. Yüzümü boynuna kapatıp ağladım.

"Söylediğim şey... Seni asla terk etmeyecektim."

"Şışşt, bebeğim, biliyorum."

"Biliyor musun?" Açıklaması gözyaşlarımı durdurdu. "Anladım. Biraz zaman geçince. Cidden, Ana, ne düşünüyordun ki?" Sesi sıkıntılıydı.

Gömleğinin yakasına doğru, "Beni hazırlıksız yakaladın," dedim. "Bankada konuşurken. Seni terk ettiğimi sanırken. Bunu yapmayacağımı bildiğini sanıyordum. Seni asla terk etmeyeceğimi defalarca söyledim."

"Ama benim berbat davranışlarımdan sonra..." Sesi güçlükle duyuluyordu. Kolunu bana daha sıkı sardı. "Kısa bir süre için seni kaybettiğimi sandım."

"Hayır, Christian. Asla. Müdahale etmeni ve Mia'nın hayatını tehlikeye atmanı istemedim."

Öfkeden mi, kızgınlıktan mı yoksa incinmeden ötürü mü bilmiyorum ama derin bir iç çekti.

Kafasındaki düşünceleri dağıtmak için çabucak, "Nasıl anladın?" diye sordum.

Saçımı kulağımın arkasına itti. "Banka aradığında Seattle'a yeni inmiştim. Aldığım son haber, senin hasta olduğun ve eve gittiğindi."

"Yani Sawyer seni arabadan aradığında Portland'daydın."

"Kalkmak üzereydik. Senin için endişelenmiştim," dedi yumuşacık bir sesle.

"Öyle mi?"

Kaşlarını çattı. "Elbette öyle." Başparmağını alt dudağıma sürttü. "Ben hayatımı senin için endişelenerek geçiriyorum. Bunu biliyorsun."

Ah, Christian!

"Jack beni ofisten aradı," diye mırıldandım. "Parayı bulmam için iki saat süre verdi." Omuz silktim. "Çıkmam gerekiyordu ve o an için en uygun bahane bu gibi geldi."

Christian'ın ağzı bir çizgiye dönüşmüştü. "Ve Sawyer'ı atlattın. O da sana çok kızgın."

"O da mı?"

"Benim gibi."

Çekinerek yüzüne dokundum ve parmaklarımı yeni yeni çıkan sakallarında dolaştırdım. Gözlerini yumup parmaklarıma yaslandı.

"Bana kızma. Lütfen," diye fısıldadım.

"Sana o kadar kızgınım ki. Yaptığın muazzam bir aptallıktı. Delilik sınırında bir aptallık."

"Söyledim ya, başka ne yapacağımı bilemedim."

"Kişisel güvenliğini hiçe sayar gibisin. Üstelik artık tek başına da değilsin," diye ekledi öfkeyle.

Dudaklarım titredi. Küçük Nokta'mızı düşünüyordu.

Kapı açılınca ikimiz de irkildik. Üzerinde gri ameliyat kıyafetleri olan, Afrikalı-Amerikalı genç bir kadın içeri girdi.

"İyi akşamlar, Bayan Grey. Ben Dr. Bartley."

Beni baştan aşağı muayene etmeye başladı. Gözüme ışık tuttu, önce parmaklarına, ardından da önce bir gözümü, sonra diğerini kapatıp burnuma dokunmamı istedi ve bütün reflekslerimi kontrol etti. Ama sesi yumuşacık, dokunuşu nazikti. Hastaya sevecen bir yaklaşımı vardı. Hemşire Nora da ona katılınca, Christian odanın kenarına çekildi ve ikisi benimle ilgilenirken, o bir iki telefon görüşmesi yaptı. Aynı anda hem Dr. Bartley, hem Hemşire Nora hem de Christian'a konsantre olmak benim için zordu ama uyandığımı haber vermek için babasını, annemi ve Kate'i aradığını duydum. Son olarak Ray'e mesaj bıraktı.

Ray. *Ah, kahretsin.* Sesinin belli belirsiz anısı hafizamda canlandı. Buraya kadar gelmişti. Evet, şuurum hâlâ kapalıyken, gelmişti.

Dr. Bartley parmaklarını nazik ama sertçe bastırarak kaburgalarımı kontrol etti.

Yüzümü buruşturdum

"Kaburgalarınızda çatlak ya da kırık yok, sadece ezikler. Çok şanslıymışsınız, Bayan Grey."

Yüzümü buruşturdum. Şanslı mı? Benim seçeceğim kelime bu olmazdı. Christian da doktora ters ters bakıyordu. Dudaklarını oynatarak bana bir şey söyledi. Sanırım gözü kara gibisinden bir şeydi ama emin olamadım.

"Size birkaç ağrı kesici yazacağım. Kaburgalarınız ve olduğunu tahmin ettiğim baş ağrısı için ihtiyacınız olacak. Ama her şey olması gerektiği gibi görünüyor, Bayan Grey. Biraz uyumanızı öneriyorum. Sabah nasıl hissedeceğinize bakarak, eve gitmenize izin verebiliriz. Sabah sizinle meslektaşım Dr. Singh ilgilenecek."

"Teşekkürler."

Kapı vuruldu ve Taylor elinde Fairmont Olympic'in siyah üstüne krem rengi yaldızlı kutusuyla içeri girdi.

Lanet olsun.

Dr. Bartley şaşırarak, "Yiyecek mi?" dedi.

"Bayan Grey acıkmış," dedi Christian. "Tavuk suyuna çorba."

Dr. Bartley gülümsedi. "Çorba sorun olmaz, sadece sıvı kısmı. Ağır bir şey yemeyin." İkimize manalı birer bakış attıktan sonra, yanında Hemşire Nora'yla odadan çıktı.

Christian tekerlekli tepsiyi üzerime çekti, Taylor da kutuyu yerleştirdi.

"Aramıza hoş geldiniz, Bayan Grey."

"Merhaba, Taylor, teşekkürler."

"Rica ederim, efendim." Sanırım daha fazlasını söylemek istiyor ama kendini tutuyordu.

Christian kutuyu açtı, termosu, çorba kâsesini, servis tabağını, kumaş peçeteyi, çorba kaşığını ve küçük ekmek sepetini, gümüş tuzluk ve karabiberliği çıkardı. Olympic hizmette sınır tanımamıştı.

"Bu harika, Taylor." Midem guruldduyordu. Açlıktan ölecek gibiydim.

"Başka bir sorunuz var mı?" diye sordu.

Christian, "Hayır, teşekkürler," diyerek gitmesi için işareti verdi.

Taylor başıyla onayladı.

"Taylor, teşekkürler."

"Sizin için yapabileceğim başka bir şey var mı, Bayan Grey?"

Christian'a baktım. "Christian için temiz kıyafetler."

Taylor gülümsedi. "Elbette, efendim."

Christian şaşkın gözlerle gömleğine baktı.

"O gömleği kaç gündür giyiyorsun?" diye sordum.

"Perşembe sabahından beri." Bana çarpık bir gülümsemeyle bakıyordu.

Taylor çıktı.

Christian termosun kapağını çevirerek açarken ve kremalı tavuk çorbamı kâseye boşaltıren, aksi bir tavırla, "Taylor da sana gerçekten kızgın," diye ekledi.

Taylor da mı? Ama dikkatim tavuk çorbasıyla dağılırken, bu konuya daha fazla kafa yormadım. Tadı enfesti ve yüzeyinden davetkâr bir duman kıvrılarak yükseliyordu. Tadına baktım ve her şey olması gerektiği gibiydi.

Christian tekrar yatağın köşesine otururken, "İyi mi?" diye sordu.

Hevesle başımı salladım ve yemeğe ara vermedim. Açlığım birinci sıradaydı. Sadece kumaş peçeteye ağzımı silmek için duraksadım.

"Bana olup bitenleri anlat. Sen neler olduğunu anladıktan sonra."

Christian elini saçlarının arasından geçirip başını salladı.

"Ah, Ana, seni yemek yerken görmek harika."

"Açım. Haydi anlat."

Kaşlarını çattı. "Banka aradıktan ve ben dünyamın tamamen yıkıldığını düşündükten sonra..." Sesindeki acıyı gizleyemiyordu.

Yemeyi kestim. Ah, kahretsin.

"Yemeyi bırakma, yoksa ben de anlatmayı bırakırım." Bana dik dik bakarken, azarlar gibi konuşmuştu. Çorbamı içmeye devam ettim. Tamam, tamam... Tanrım, tadı gerçekten enfes. Christian'ın bakışları yumuşadı ve bir an sonra, kaldığı yerden devam etti.

"Her neyse, seninle konuşmamızı tamamlamamızın hemen ardından, Taylor beni Hyde'ın kefaletle serbest kaldığı konusunda bilgilendirdi. Nasıl olduğunu bilmiyordum; kefalet taleplerinin önünü kapattığımızı sanıyordum. Ama bu, durup senin söylediklerini düşünmeme neden oldu... ve bir şeylerin ciddi anlamda yanlış olduğunu anladım."

Birden, karnımda beklenmedik bir öfke sızısı duyarak, "Hiçbir zaman para için değildi," diye çıkıştım. Sesim yükselmişti. "Bunu nasıl düşünebildin? Mesele hiçbir zaman senin lanet olası paran değildi!" Kafam zonklamaya başlayınca yüzümü buruşturdum. Christian hararetime şaşırarak bir an bana baktı. Gözleri kısıldı.

"Kullandığın sözcüklere dikkat et," diye homurdandı. "Sakinleş ve yemeğini ye."

Ona isyankâr bir ifadeyle bakmayı sürdürdüm.

"Ana," diye uyardı.

"Bu beni her şeyden daha çok incitti, Christian," diye fısıldadım. "Neredeyse diğer kadını görmen kadar."

Suratına okkalı bir tokat indirmişim gibi, keskin bir nefes aldı ve birden gözüme çok bitkin göründü. Gözlerini yumdu ve yenilgiyi kabul eder gibi, kafasını salladı.

Kaçak taze beyaz ekmek somunundan minik lokmalar koparırken, "Devam et," diye fısıldadım.

"Mia'nın kayıp olduğunu bilmiyorduk. Sana şantaj yapıyor falan sandım. Seni geri aradım ama telefonunu açmadın." Yüzünü buruşturdu. "Sana mesaj bıraktıktan sonra, Sawyer'ı aradım. Taylor senin telefonunun izini sürmeye başladı. Bankada olduğunu biliyordum; bu yüzden dosdoğru oraya doğru yola çıktık."

"Sawyer beni nasıl buldu bilmiyorum. O da mı telefonumun izini sürüyordu?"

"Saab'da bir verici var. Bütün arabalarımızda var. Bankaya yaklaştığımızda sen harekete geçmiştin. Biz de takip ettik. Neden gülümsüyorsun?"

"Beni gizli gizi takip edeceğini için için biliyordum."

"Ve bu da komik çünkü?" diye sordu.

"Jack bana telefonumdan kurtulmam için talimat verdi. Bu yüzden ben de Whelan'ınkini ödünç aldım. Attığım telefon oydu. Paranın izini sürebilmen için, kendiminkini bez çantalardan birine koydum."

Christian iç geçirdi. "Paramızın, Ana," dedi yavaşça. "Ye."

Ekmeğimin son lokmasıyla çorba kâsesinin dibini sıyırıp ağzıma attım. Uzunca bir süredir ilk kez, eşlik eden sohbetimize rağmen, tıka basa doyduğumu hissediyordum.

"Bitti.

"Aferin kızıma."

Kapı vuruldu ve Hemşire Nora, elinde kâğıt bir bardakla içeri girdi. Christian tabağımı kaldırdı ve bütün malzemeleri kutunun içine toplamaya başladı.

Nora bardağın içindeki beyaz hapı gösterdi ve gülümseyerek, "Ağrı kesici," dedi.

"Bunu almamın sakıncası olmayacak mı? Biliyorsunuz... bebekle?"

"Hayır, Bayan Gray. Bu Lortab, sakıncası yok. Bebeği etkilemeyecek."

Minnetle başımı salladım. Kafam zonkluyordu. Hapı bir yudum suyla yuttum.

Hemşire Nora, Christian'a ters ters bakarak, "Dinlenseniz iyi olur, Bayan Grey," dedi.

Christian başını evet der gibi salladı.

Hayır! Paniğe kapılarak, "Gidiyor musun?" diye haykırdım. Gitme, daha konuşmaya yeni başladık.

Christian bir homurtu çıkardı. "Seni gözümün önünden ayıracağımı bir an bile düşünebiliyorsanız çok yanılıyorsunuz, Bayan Grey."

Nora suratını astı ama tepeme dikilip yastıklarımı geri yatacağım şekilde düzeltmekten de geri kalmadı.

Christian'a eleştirir gibi, son bir bakış attıktan sonra, "İyi geceler, Bayan Grey," dedi ve çıktı.

Kapıyı kapatırken, tek kaşı havadaydı.

"Hemşire Nora'nın beni onayladığını hiç sanmıyorum."

Christian yatağımın yanında duruyor ve çok yorgun görünüyordu. Yanımda kalmasını ne kadar istesem de, onu eve gitmeye ikna etmem gerektiğini biliyordum.

"Senin de dinlenmen gerek, Christian. Eve git. Bitkin durumdasın."

"Seni bırakmayacağım. Koltukta kestiririm."

Ona suratımı buruşturdum ve yana kaydım.

"Benimle uyu."

Kaşlarını çattı. "Yapamam."

"Neden olmasın?"

"Canını acıtmak istemiyorum."

"Canımı acıtmazsın ki. Lütfen, Christian."

"Kolunda iğne var."

"Christian, lütfen."

Bana bakarken, fikri cazip bulduğunu görebiliyordum.

"Lütfen." Battaniyeleri kaldırıp onu yatağın içine davet ettim.

"Canı cehenneme." Ayakkabılarını ve çoraplarını çıkardı ve büyük bir dikkatle, yatağa yanıma tırmandı. Kolunu yavaşça bana sardı, ben de başımı göğsüne yasladım. Saçlarımı öptü.

Bir suçu paylaşır gibi, "Hemşire Nora'nın bu düzenlemeden hoşnut kalacağını hiç sanmıyorum," diye fısıldadı.

Kıkırdadım ama göğsüme saplanan sancıyla durdum. "Beni güldürme, canım acıyor."

"Ah, ama ben o sese bayılıyorum," dedi biraz üzgün ve kısık bir sesle. "Özür dilerim, bebeğim, çok özür dilerim." Tekrar saçlarımı öptü ve derin bir nefes aldı. Ne için özür dilediğini anlamamıştım... Beni güldürdüğü için miydi? Yoksa içinde bulunduğumuz karmaşa için mi? Elimi kalbinin üstüne koydum; o da kendi elini yavaşça benimkinin üstüne yerleştirdi. Bir an ikimiz de sessiz kaldık.

"O kadını görmeye neden gittin?"

"Ah, Ana," diye inledi. "Bunu şimdi mi tartışmak istiyorsun? Bu konuyu kapatamaz mıyız? Pişmanım, tamam mı?"

"Bilmem gerek."

"Yarın anlatırım," diye mırıldanırken rahatsızdı. "Ah, bir de Dedektif Clark seninle konuşmak istiyor. Rutin görüşme. Şimdi artık uyu."

Saçlarımı öptü. Derin bir iç çektim. Nedenini bilmem gerekiyordu. En azından pişman olduğunu söylemişti. Bilinçaltım, bu da bir şey diye onayladı. Görünüşe bakılırsa, bugün uyumlu bir ruh halindeydi.

Ah, Dedektif Clark. Perşembe günkü olayları ona anlatırken tekrar yaşamak düşüncesi içimi ürpertti.

"Jack'in bütün bunları neden yaptığını biliyor muyuz?"

"Hımm," diye mırıldandı. Göğsünün usul usul inip kalkışı ve başımı usul usul sallayışı beni rahatlatmış ve nefesi yavaşlarken, uykuya davet eden ninni etkisi yaratmıştı. Ve uykuya dalarken bilincin kıyısında dolaştığım anlarda kulak misafiri olduğum konuşma kırıntılarına anlam yüklemeye çalıştım. Ama konuşmalar zihnimden kaçışıyor ve hafızamın kuytu köşelerinden benimle âdeta oynuyorlardı. Ah bu çok bunaltıcı ve yorucuydu... ve....

Hemşire Nora'nın ağzı büzülmüş, kolları düşmanca bir tavırla göğsünün üstüne kavuşmuştu. Parmağımı dudaklarıma götürdüm.

Sabahın ilk ışıklarına karşı gözlerimi kısarak, "Lütfen, bırakın uyusun," diye fısıldadım.

"Bu sizin yatağınız, onun değil," diye sertçe tısladı.

Kocamı savunmaya geçerek, "O burada olduğu için daha iyi uyudum," diye üsteledim. Ayrıca, doğruydu da. Christian kıpırdanınca, Hemşire Nora da ben de donup kaldık.

Uykusunda mırıldanıyordu. "Bana dokunma. Artık dokunma. Sadece Ana."

Kaşlarımı çattım. Christian'ın uykusunda konuştuğunu çok az duymuştum. İtiraf etmek gerekirse, bunun nedeni benden daha az uyuyor olması da olabilirdi. Ben sadece kâbuslarını duymuştum. Koluyla bana iyice sarılıp sıktı; yüzümü buruşturdum.

Hemşire Nora dik dik bakarak, "Bayan Grey," dedi.

"Lütfen," diye yalvardım.

Kafasını salladı. Topuklarının üstünde dönüp odadan çıktı. Christian'a iyice sokuldum.

Uyandığımda, Christian ortalıkta yoktu. Pencereden içeri dolan güneşte, odayı daha iyi görme şansım oldu. Çiçeklerim vardı! Önceki gece fark etmemiştim. Bir sürü buket. Kimden geldiklerini merak ettim.

Kapının usulca vurulmasıyla dikkatim o tarafa çevrildi. Carrick kafasını kapıdan içeri uzattı ve uyanık olduğumu görünce gülümsedi.

"Gelebilir miyim?" diye sordu.

"Elbette."

Uzun adımlarla odanın içinde ilerleyip yanıma geldi. Yumuşak ve nazik mavi gözleriyle beni dikkatle süzdü. Üzerinde koyu renk bir takım elbise vardı. Çalışıyor olmalıydı. Üzerime eğilip alnımı öpünce şaşırdım.

"Oturabilir miyim?"

Başımla onaylayınca, yatağın kenarına tüneyip elimi tuttu.

"Kızım için sana nasıl teşekkür edeceğimi bilmiyorum, benim, deli, cesur ve sevgili kızım. Yaptığın şey büyük olasılıkla onun hayatını kurtardı. Sana ömrümün sonuna kadar borçlu kalacağım." Minnet ve şefkatle dolu sesi titredi.

Ah... Ne diyeceğimi bilemedim. Elini sıktım ama sessiz kaldım.

"Nasıl hissediyorsun?"

Dürüst olmak adına, "Daha iyi. Her tarafım sızlıyor," dedim.

"Ağrı için ilaç verdiler mi?"

"Lor... bir şey."

"İyi. Christian nerede?"

"Bilmiyorum. Uyandığımda, gitmişti."

"Çok uzaklaşmadığından eminim. Baygınken yanından bir an ayrılmadı."

"Biliyorum."

"Sana, olması gerektiği gibi, biraz kızgın." Carrick sırıttı. Ah, Christian'ın bu gülüşü kimden aldığı anlaşıldı.

"Christian bana her zaman kızıyor."

"Öyle mi?" Carrick bu iyi bir şeymiş gibi, hoşnut, gülümsedi. Gülümsemesi bulaşıcıydı.

"Mia nasıl?"

Gözleri bulutlanırken, gülümsemesi kayboldu. "Daha iyi. Fena kızgın. Sanırım öfke, başına gelen şey için sağlıklı bir tepki."

"Burada mı?"

"Hayır, evde. Grace'in onu gözünün önünden ayıracağını sanmam."

"Nasıl bir duygu olduğunu biliyorum."

"Birilerinin seni de izlemesi gerek," diye azarladı. "Bundan sonra ne kendi hayatını ne de torunumun hayatını saçma sapan risklere atmanı istemiyorum."

Kızardım. *Biliyordu!*

"Grace dosyanı okumuş. Bana o söyledi. Tebrikler."

"Şey... Teşekkürler."

Bana bakarken, gözleri yumuşadı ama ifademi görünce kaşları çatıldı.

"Christian mutlaka ikna olacaktır," dedi nazik bir sesle. "Bu başına gelen en iyi şey olacak. Sadece... ona biraz zaman tanı."

Başımı tamam der gibi salladım. *Ah... Konuşmuşlardı.*

"Gitsem iyi olur. Mahkemede olmam gerek." Gülümseyerek kalktı. "Daha sonra yine uğrarım. Grace, Dr. Singh ve Dr. Bartley'i öve öve bitiremiyor. Ne yaptıklarını iyi biliyorlar."

Eğildi ve beni bir kez daha öptü. "Çok ciddiyim, Ana. Bizim için yaptığın şeyi asla geri ödeyemem. Teşekkürler."

Ona baktım ve birden duygulanarak gözyaşlarımı bastırmaya çalıştım. Şefkatle yanağımı okşadı. Sonra topuklarının üstünde dönüp çıktı.

Ah tanrım... Minneti başımı döndürmüştü. Belki de artık evlilik öncesi anlaşması felaketini unutabilirdim. Bilinçaltım bir kez daha benimle hemfikir olarak, bilmiş bir tavırla başını sallıyordu. Ben de kafamı salladım ve büyük bir dikkatle yataktan kalktım. Düne göre çok daha sağlam basıyor olmak içimi rahatlattı. Yatağımı paylaşan Christian'a rağmen gayet iyi uyumuştum ve kendimi tazelenmiş hissediyordum. Başım hâlâ ağrıyordu ama hafif rahatsız eden bir ağrıydı ve dünkü zonklamanın yanında solda sıfır kalırdı. Kaskatı kesilmiştim ve her yanım acıyordu ama asıl ihtiyacım banyoydu. Kendimi pis hissediyordum. Odanın içindeki banyoya yürüdüm.

Christian, "Ana!" diye seslendi.

Dişlerimi fırçalamayı bitirirken, "Banyodayım," diye cevap verdim. Şimdi daha iyi hissediyordum. Aynadaki yansımamı görmezden geldim. Lanet olsun, berbat görünüyordum. Kapıyı açtığımda, Christian elinde bir yemek tepsisiyle yatağın yanındaydı. Dönüşüm geçirmişti sanki. Baştan ayağa siyahlar içindeydi; tıraş olmuş, duş yapmış ve iyi dinlenmişti.

"Günaydın, Bayan Grey," dedi neşeyle. "Kahvaltınızı getirdim." Çocuk gibi ve çok daha mutlu görünüyordu.

Vay canına. Yatağıma tırmanırken, keyifle gülümsedim. Tekerlekli tepsiyi yatağa doğru çekti ve kapağı kaldırıp kahvaltımı sundu. Kuru meyveli yulaf ezmesi, akçaağaç şuruplu krepler, jambon, portakal suyu ve Twinings İngiliz kahvaltı çayı. Ağzım sulandı; o kadar acıkmıştım ki. Portakal suyunu birkaç yudumda mideye indirdim ve yulaf ezmesine daldım. Christian beni seyretmek için yatağın kenarına oturdu. Sırıtıyordu.

Ağzım dolu halde, "Ne?" dedim.

"Yemek yerken seni seyretmeye bayılıyorum," dedi. Ama bence sırıtmasının nedeni bu değildi. "Nasıl hissediyorsun?"

Lokmaların arasından, "Daha iyi," diye mırıldandım.

"Seni hiç böyle yerken görmedim."

Kafamı kaldırıp ona baktım ve bütün keyfim kaçtı. Uzak durmaya çalıştığımız gerçeği konuşmak zorundaydık. "Çünkü hamileyim, Christian."

Bir homurtu çıkardı ve ağzı alaycı bir gülümsemeyle büküldü. "Seni hamile bırakmamın yemek yemeni kolaylaştıracağını bilseydim, bunu daha önce yapardım."

"Christian Grey!" İç geçirerek yulaf ezmesini tepsiye bıraktım.

"Yemeği bırakma," diye uyardı.

"Christian, bu konuyu konuşmamız gerek."

Durdu. "Söyleyecek ne var ki? Anne-baba olacağız." Umarsız görünmek için umutsuzca çaba harcayarak omuz silkti ama benim tek görebildiğim korkusu oldu. Tepsiyi kenara ittim ve yatakta yanına doğru emekleyip ellerini ellerimin arasına aldım.

"Korkuyorsun," diye fısıldadım. "Anlıyorum."

Bana ifadesiz bir yüzle bakarken gözleri irileşmiş ve az önceki çocuksuluğundan eser kalmamıştı.

"Ben de korkuyorum. Bu çok normal," diye fısıldadım.

"Benden nasıl bir baba olur ki?" Boğuk sesi güçlükle duyuluyordu.

"Ah, Christian." Ağlamamak için kendimi zor tuttum. "Elinden gelenin en iyisini yapan bir baba. Hiçbirimiz daha fazlasını yapamayız."

"Ana, ben yapabileceğimden emin..."

"Elbette yapabilirsin. Sen sevgi dolusun, eğlencelisin, güçlüsün ve kurallar koymayı biliyorsun. Çocuğumuzun hiçbir eksiği olmayacak."

Güzel yüzüne kazınmış şüpheyle, bana donmuş gibi bakıyordu.

"Evet, ideali beklemek olurdu. Daha uzun süre baş başa olmamız. Ama üçümüz olacağız ve hep birlikte büyüyeceğiz. Bir aile olacağız. Kendi ailemiz. Ve çocuğun da seni, tıpkı benim gibi, koşulsuz sevecek." Gözlerim yaşlarla dolmuştu.

"Ah, Ana," diye fısıldarken sesi endişeli ve acılıydı. "Seni kaybettiğimi sandım. Sonra seni tekrar kaybettiğimi sandım. Seni, sararmış bir yüzle, soğuk ve baygın halde yerde yatarken görmek, en beter korkularımın gerçekleşmesi gibiydi. Ve işte buradasın. Cesur ve güçlü... Bana umut veriyorsun. Ve bütün yaptıklarımdan sonra, beni hâlâ seviyorsun."

"Evet, seni seviyorum, Christian. Umutsuzca seviyorum. Her zaman da seveceğim."

Başımı yavaşça ellerinin arasına aldı ve başparmaklarıyla gözyaşlarımı sildi. Griye mavi, gözlerini gözlerime sabitleyince, görebildiğim tek şey korkusu, hayranlığı ve aşkı oldu.

"Ben de seni seviyorum," diye soludu. Ve beni karısına hayran bir adam gibi, tatlılıkla, şefkatle öptü. Dudaklarını dudaklarımdan uzaklaştırmadan, "İyi bir baba olmaya çalışacağım," dedi.

"Çalışacak ve başaracaksın. Hem kabul edelim, çok fazla seçeneğin de yok, çünkü Nokta ve ben hiçbir yere gitmiyoruz."

"Nokta mı?

"Nokta."

Kaşlarını kaldırdı. "Benim aklımdaki isim Ufaklık'tı."

"O zaman Ufaklık olsun."

"Ama Nokta hoşuma gitti." Utangaç gülümsemesiyle beni bir kez daha öptü.

BÖLÜM YİRMİ DÖRT

Christian dudaklarını dudaklarımdan uzaklaştırmadan, "Seni akşama kadar öpmeyi ne kadar istesem de, kahvaltın soğuyor," dedi. Bana artık keyifle bakıyordu ama gözleri daha karanlık ve şehvetliydi. Tanrı aşkına, bir geçiş daha yaşamıştı. Benim Bay Değişkenim.

Yumuşak bir sesle, "Ye," diye emretti. İçin için yanan bakışlarına tepki olarak yutkundum ve serum hortumuma takılmamaya özen göstererek tekrar yatağın içine girdim. Tepsiyi önüme itti. Yulaf ezmem soğumuştu ama kapağın altındaki krepler iyi durumdaydı. Aslına bakarsanız ağız sulandıracak cinstendiler.

Ağzım dolu halde, "Biliyorsun," diye mırıldandım. "Nokta bir kız olabilir."

Christian elini saçlarının arasından geçirdi. "İki kadın birden ha?" Yüzüne telaş yayılırken, karanlık bakışları kayboldu.

Ah, kahretsin. "Bir tercihin var mı?"

"Tercih mi?"

"Erkek ya da kız?"

Kaşlarını çattı. "Sağlıklı olsun yeter," dedi yavaşça. Sorunun tadını kaçırdığı belli oluyordu. "Ye," diye çıkışınca, konudan uzak durmaya çalıştığını anladım.

"Yiyorum, yiyorum... Tanrım, sakin ol, Grey." Onu dikkatle seyrettim. Gözlerinin kenarları endişeyle kırışmıştı. Çalışacağını söylemişti ama bebek konusunda hâlâ dehşet içinde olduğunu biliyordum. *Ah, Christian, ben de öyleyim.* Yanımdaki koltuğa oturup *Seattle Times*'ı eline aldı.

"Yine gazetelere çıktınız, Bayan Grey." Sesi buruktu.

"Yine mi?"

"Dandik yazarlar dünün hikâyesini tekrar gündeme getirmişler ama bayağı doğru görünüyor. Okumak ister misin?"

Başımı salladım. "Sen bana oku. Kahvaltı ediyorum."

Sırıttı ve makaleyi yüksek sesle okumaya başladı. Haber Jack ve Elizabeth'le ilgiliydi ve onları günümüzün Bonnie ve Clyde'ı olarak tasvir ediyordu. Kısaca Mia'nın kaçırılmasından, benim Mia'nın kurtarılmasındaki payımdan ve Jack'le aynı hastanede olduğumuzdan bahsediyordu. Basın bütün bu bilgileri nereden ediniyordu? Kate'e sormalıydım.

Christian okumayı bitirince, "Başka şey oku. Seni dinlemek hoşuma gidiyor."

İsteğimi yerine getirdi ve bana hızlı büyüyen simit işinden ve Boeing'in bir uçağın piyasaya sürülüşünü iptal edişinden bahseden haberleri okudu. Okurken kaşlarını çatıyordu. Ama kahvaltımı ederken, iyi olduğumu, Mia'nın güvende olduğunu ve küçük Nokta'nın sapasağlam olduğunu bilmenin verdiği rahatlıkla yatıştırıcı sesini dinlemek, son birkaç günde yaşanan her şeye rağmen, çok kıymetli bir huzur anı hissetmeme neden olmuştu.

Christian'ın bebek konusunda ürkmesini anlıyordum ama korkusunun derinliğini anlamıyordum. Onunla bu konu hakkında biraz daha konuşmayı kafaya koydum. Kafasını rahatlatmayı deneyecektim. Aklımı asıl karıştıran anne-baba olarak olumlu rol model yokluğu çekmemesiydi. Grace de, Carrick de örnek ebeveynlerdi ya da öyle görünüyorlardı. Belki de onda bu denli hasar bırakan, o Sürtük Cüce'nin müdahalesi olmuştu. Öyle düşünmeyi tercih ederdim. Ama sanırım, her ne kadar Bayan Robinson'un bir faydası olmasa da, aslında olay biyolojik annesine kadar uzanıyordu. Fısıltıyla yapılmış bir konuşmayı hatırlayınca, düşüncelerime ara verdim. Kahretsin! Baygın yattığım zamandan, hafızamın kıyısında kalmıştı. Christian'ın Grace'le konuşması. Zihnimin karanlık köşelerinde eriyip gitti. *Ah, çok bunaltıcıydı.*

Acaba Christian onu görmeye gitmesinin arkasında yatan nedeni kendi rızasıyla anlatacak mıydı yoksa onu iteklemek zorunda mı kalacaktım? Tam sormak üzereyken, kapı vuruldu.

Dedektif Clark, özür dileyerek odaya girdi. Özür dilemekte haksız sayılmazdı; onu görünce bütün keyfim kaçmıştı.

"Bay Grey, Bayan Grey. Rahatsız etmiyorum ya?"

Christian çıkışır gibi, "Ediyorsunuz," dedi.

Clark onu duymazdan geldi. "Sizi uyanık gördüğüme memnun oldum, Bayan Grey. Size Perşembe öğleden sonra hakkında birkaç soru sormam gerekiyor. Şu anda müsait misiniz?"

"Elbette," diye mırıldandım ama aslında Perşembe'nin olaylarını baştan yaşamak istemiyordum.

Christian diklendi. "Eşimin istirahat ediyor olması gerek."

"Kısa tutacağım, Bay Grey. Böylece yakanızdan en kısa sürede düşmüş olacağım."

Christian ayağa kalkıp yerini Clark'a ikram etti ve yanıma, yatağa oturdu. Elimi tuttu ve güven vermek ister gibi sıktı.

Yarım saatin sonunda, Clark işini bitirmişti. Yeni bir şey öğrenmemiştim ama perşembe gününün olaylarını ona duraksayarak ve alçak sesle aktarmış ve bazı kısımlarda Christian'ın benzinin sarardığını ve yüzünün buruştuğunu gözden kaçırmamıştım.

Christian, "Keşke daha yukarıya nişan alsaymışsın," diye mırıldandı.

Clark, "Bayan Grey bunu yaparak kadın cinsine büyük bir hizmet etmiş olurdu," diye onayladı.

Ne?

"Teşekkürler, Bayan Grey. Şimdilik bu kadar."

"Onu tekrar salmayacaksınız, değil mi?"

"Bu defa kefaletle çıkabileceğini sanmam, efendim."

"Kefaleti kimin ödediğini biliyor muyuz?"

"Hayır, efendim, gizli bilgiydi."

Christian'ın kaşları çatıldı ama şüpheleri olduğunu sanıyordum. Clark gitmek üzere ayaklanırken, Dr. Singh ve iki stajyeri içeri girdiler.

Detaylı bir muayenenin ardından, Dr. Singh taburcu olabileceğimi açıkladı. Christian derin bir oh çekti.

"Bayan Grey, kötüleşen baş ağrıları ya da görüşünüzün bulanıklaşması konusunda temkinli olmalısınız. Böyle bir şey olursa, derhal hastaneye dönmeniz gerekir."

Eve dönüş sevincimi bastırmaya çabalayarak başımla onayladım.

Dr. Singh çıkarken, Christian onunla koridorda konuşmak istedi. Ona soru sorarken, kapıyı aralık bıraktı. Doktor gülümsedi.

"Evet, Bay Grey. Sorun olmaz."

Christian sırıttı ve odaya daha mutlu bir adam olarak döndü.

"Neler oluyor?"

Muzip bir sırıtışla, "Seks," dedi.

Ah. Kızardım. "Ve?"

"Bir sorun teşkil etmiyormuş." Sırıtmayı sürdürdü.

Ah, Christian!

"Başım ağrıyor." Ben de ona sırıttım.

"Biliyorum. Bir süre yasak bölge olacaksın."

Yasak bölge mi? Hissettiğim anlık hayal kırıklığıyla kaşlarımı çattım. Yasak bölge olmak istediğimden emin değildim.

Hemşire Nora, damaryoluma takılı iğneyi çıkarmak için geldi. Christian'a ters ters baktı. Sanırım cazibesine duyarsız kalan tanıdığım çok az kadından biriydi. Serum askısıyla birlikte odadan ayrılırken ona teşekkür ettim.

Christian, "Seni eve götüreyim mi?" diye sordu.

"Önce Ray'i görmek istiyorum."

"Elbette."

"Bebekten haberi var mı?"

"Ona kendin söylemek istersin, diye düşündüm. Henüz annene de söylemedim."

"Teşekkürler." Benim rolümü çalmadığı için minnet duyarak gülümsedim.

"Annem biliyor," diye ekledi. "Dosyanı gördü. Babama ben söyledim ama başka kimseye söylemedim. Annem çiftlerin genelde on iki hafta kadar beklediklerini söyledi... Emin olmak içinmiş." Omuz silkti.

"Ray'e söylemeye hazır olduğumdan emin değilim."

"Seni uyarmalıyım. Burnundan soluyor. Seni pataklamam gerektiğini söyledi."

Ne? Christian afallamış ifademi görünce güldü. "Ona bu isteğini seve seve yerine getireceğimi söyledim."

"Söylemedin!" diye inledim ama fısıltıyla yapılan bir konuşmanın yankısı hafızamı taciz ediyordu. Evet, ben baygın yatarken, Ray oradaydı...

Bana göz kırptı. "Al bakalım, Taylor sana temiz kıyafetler getirdi giyinmene yardım edeyim."

Christian'ın önceden uyardığı gibi, Ray öfkeliydi. Bu kadar delirdiğini hiç hatırlamıyordum. Christian akıllıca davranarak bizi baş başa bırakmaya karar vermişti. Ray onun gibi suskun bir adamdan beklenmeyecek sövgülerle, bana sorumsuz davranışım yüzünden sıkı bir fırça attı. Yeniden on iki yaşıma dönmüştüm.

Ah, baba, lütfen sakin ol. Tansiyonun buna elverişli değil.

Öfkeyle iki elini birden havaya kaldırarak, "Ve bir de annenle uğraşmak zorunda kaldım," diye homurdandı.

"Baba, üzgünüm."

"Ve zavallı, Christian, onu hiç böyle görmemiştim. Yaşlandı sanki. Son birkaç gün içinde ikimiz de birkaç yıl yaşlandık."

"Ray, üzgünüm."

"Annen senden telefon bekliyor," dedi daha ölçülü bir ses tonuyla.

Yanağını öpünce, tiradına nihayet son noktayı koydu.

"Onu arayacağım. Gerçekten çok üzgünüm. Ama bana ateş etmeyi öğrettiğin için teşekkür ederim."

Bana bir an gizlemeyi beceremediği babaca bir gururla baktı. "Düzgün ateş edebilmene sevindim," derken sesi hırçındı. "Şimdi eve git ve biraz dinlen."

"İyi görünüyorsun, baba." Konuyu değiştirmeye çalışıyordum.

"Sen de solgun görünüyorsun." Birden korkusu bariz bir hal aldı. Bakışı Christian'ın dün geceki bakışının bir yansıması gibiydi. Elini sıkıca tuttum.

"Ben iyiyim. Bir daha böyle bir şey yapmayacağıma söz veriyorum."

Elimi sıktı ve beni kollarının arasına çekti. "Sana bir şey olsaydı," diye fısıldarken, sesi boğuk ve kısıktı. Yaşlar gözlerime batıyordu. Üvey babamdan gelen duygu gösterilerine alışık değildim.

"Baba, ben iyiyim. Sıcak bir duşun iyileştiremeyeceği hiçbir şeyim yok."

Girişte toplanan paparazzilerden kurtulmak için, hastanenin arka çıkışını kullandık. Taylor bizi hazır bekleyen SUV'ye yönlendirdi.

Sawyer arabayı kullanırken, Christian hayli sessizdi. Onu son görüşümün, bankada onu atlattığım anlara denk gelmesinden utandığım için, Sawyer'la dikiz aynasında gözgöze gelmekten kaçınıyordum. Annemi aradım. Hıçkırıkları dinmek bilmiyordu. Yolun büyük kısmını onu sakinleştirmeye çalışarak geçirdim ama onu, yakında ziyaretlerine gideceğimize söz vererek, susturmayı başardım. Annemle konuşmam boyunca, Christian sürekli elimi tuttu ve başparmağını parmaklarımın boğumlarında dolaştırdı. Gergindi... bir şey olmuştu.

Nihayet annemle konuşmamdan azat olunca, "Sorun ne?" diye sordum.

"Welch beni görmek istiyor."

"Welch mi? Neden?"

"Pislik Hyde hakkında bir şeyler bulmuş." Christian'ın dudakları küçümseyici bir ifadeyle bükülünce, içim ürperdi. "Telefonda söylemek istemedi."

"Ah."

"Bu öğleden sonra Detroit'ten dönüyor."

"Sence bir bağlantı mı buldu?"

Christian başını salladı.

"Sence ne olabilir"

"Hiçbir fikrim yok." Christian alnını kırıştırdı; kafası karışıktı.

Taylor, arabayı Escala'nın garajına soktu ve park etmeden önce, arabayı asansörün önüne çekti. Garajda fotoğrafçıların dikkatinden korunabiliyorduk. Christian beni arabadan indirdi. Kolunu belimden ayırmadan, bekleyen asansöre götürdü.

"Eve döndüğüne memnun musun?" diye sordu.

"Evet," diye fısıldadım. Ama asansörün tanıdık duvarları arasında dururken, yaşadıklarımın büyüklüğü üzerime üzerime geldi ve titremeye başladım.

"Hey." Christian, beni kucakladı ve göğsüne bastırdı. Saçlarımı öperek, "Evdesin. Güvendesin," dedi.

"Ah, Christian." Varlığından bile habersiz olduğum bir barajın kapağı açıldı ve ağlamaya başladım.

Beni göğsüne bastırarak, "Şışşt, yapma, diye fısıldadı.

Ama çok geçti. Jack'in gaddarca saldırısını *-Bu SBY için, seni lanet olası kaltak-* , Christian'a onu terk ettiğimi söyleyişimi *-Beni terk mi ediyorsun-* ve Mia için, kendim için ve küçük Nokta için duyduğum içler acısı korkuyu anımsayarak, altüst olmuş halde ağladım.

Asansörün kapıları kayarak açılınca, Christian beni bir çocuk gibi kucaklayıp girişten içeri taşıdı. Kollarımı boynuna doladım ve ona sımsıkı tutunup sessizce ağladım.

Beni banyomuza kadar taşıdı ve yavaşça sandalyenin üstüne bıraktı. "Banyo?" diye sordu.

Başımı salladım. Hayır... Hayır... Leila gibi olmazdı.

"Duş?" Sesi endişeyle çatallanmıştı.

Gözyaşlarımın arasından başını salladım. Son birkaç günün kirinden, Jack'in saldırısının anılarından arınmak istiyordum. "*Seni servet avcısı fahişe.*" Duştan çağlayan suyun sesi duvarlarda yankılanırken, yüzümü ellerime gömerek ağladım.

Christian yumuşacık bir sesle, "Hey," dedi. Önümde diz çöktü ve ellerimi yaşlarla ıslanan yanaklarımdan çekip yüzümü avuçlarının arasına aldı. Ona gözlerimi kırpıştırarak baktım.

"Güvendesin. İkiniz de güvendesiniz," diye fısıldadı.

Nokta ve ben. Gözlerim yeniden yaşardı.

"Yeter artık. Ağlamana dayanamıyorum." Sesi boğuktu. Başparmağıyla yanaklarımı sildi ama yaşlar akmaya devam ediyordu.

"Üzgünüm, Christian. Her şey için üzgünüm. Seni endişelendirdiğim, her şeyi riske attığım, bütün söylediklerim için."

"Şışşt, bebeğim, lütfen." Alnımı öptü. "Üzgünüm ama hiçbir şey tek taraflı değil, Ana." Bana çarpık bir gülümsemeyle bakıyordu. "Annem hep böyle der. Ben de gurur duymadığım şeyler söyledim ve yaptım." Gri gözleri kasvetli ama pişmandı. "Haydi, seni soyalım." Sesi yumuşacıktı. Burnumu elimin tersiyle sildim. Bir kez daha alnımı öptü.

Beni çabucak ve özen göstererek soydu, özellikle de tişörtümü de başımdan çıkarırken çok nazikti. Ama başım artık çok fazla acımıyordu. Beni duşa soktu ve sıcak suyun altına yanıma girmeden önce, rekor hızla soyundu. Kollarını bana sımsıkı sardı ve su üzerimizden son hızla dökülüp ikimizi de rahatlatırken, uzun uzun kollarının arasında tuttu.

Göğsünde ağlamama izin verdi. Arada bir saçlarımı okşuyor ama beni bırakmıyor, ılık suyun altında ağır ağır sallıyordu. Tenini tenimde, göğüs kıllarını yanağımda hissetmek... sevdiğim, kendinden şüphe duyan, kendi pervasızlığımla az kalsın kaybettiğim bu güzel adam. Her ne kadar bu düşünce içimde bir boşluk ve sızı hissetmeme neden olsa da, burada, hâlâ burada olduğu için minnettardım.

Yapması gereken açıklamalar vardı ama şu anda insanı rahatlatan koruyucu kollarını etrafımda hissetmenin tadına varmak istiyordum. Ve o anda onun açısından her açıklamanın kendisinden gelmesi gerektiği kafama dank etti. Onu zorlayamazdım; bana anlatmayı istemesi gerekiyordu. Kocasından sürekli bilgi sızdırmaya çalışan kadın rolünü üstlenmek istemiyordum. Sadece yorucuydu. Beni sevdiğini biliyordum. Beni kimseyi sevmediği kadar sevdiğini. Ve şimdilik bu kadarı yeterliydi. Bu fark ediş, özgürleştiriciydi. Ağlamayı kesip geri çekildim.

"Daha iyisin ya?" diye sordu.

Başımı evet der gibi salladım.

"İyi. Dur sana bir bakayım," dedi ve bir an ne demek istediğini anlamadım. Ama elimi tuttu ve Jack bana vurunca üzerine düştüğüm kolumu inceledi. Omzumda morluklar ve dirseğimde ve bileğimde sıyrıklar vardı. Hepsini tek tek öptü. Raftan bir lif ve duş jeli aldı ve yaseminin tanıdık kokusu, burun deliklerime doldu.

"Arkanı dön." Yavaşça, önce sağlam kolumu, sonra boynumu, omuzlarımı, sırtımı ve diğer kolumu yıkamaya girişti. Beni yan çevirdi ve uzun parmaklarını yan tarafımdan aşağı kaydırdı. Kalçamdaki büyük morluğun üstünden geçerlerken, yüzümü buruşturdum. Christian'ın gözleri irileşti, dudakları inceldi. Dişlerinin arasından ıslık çalarken, öfkesi neredeyse elle tutulacak kıvamdaydı.

Onu rahatlatmak için, "Canım acımıyor," diye mırıldandım.

Alev alev yanan gözleri, benimkilerle buluştu. "Onu öldürmek istiyorum. Az kalsın öldürecektim de," diye fısıldadı. Kaşlarımı çattım ve donuk ifadesi karşısında ürperdim. Life biraz daha duş jeli döktü ve insanın içini acıtan bir yumuşaklık ve şefkatle yan tarafımı ve popomu yıkadıktan sonra, dizlerinin üstüne çöküp bacaklarımı sabunladı. Dizimi incelemek için duraksadı. Bacaklarımı ve ayaklarımı yıkamaya devam etmeden önce, dudakları morluğuma usulca dokundu. Elimi uzatıp başını okşadım ve parmaklarımı ıslak saçlarının arasından geçirdim. Ayağa kalktı ve parmaklarını kaburgalarımda, Jack'in beni tekmelediği yerdeki morluğun üstünde dolaştırdı.

"Ah, bebeğim," diye inlerken sesi sıkıntılı, gözleri öfkeden kopkoyuydu.

"Ben iyiyim." Başını benimkine yaklaştırıp dudaklarını öptüm. Karşılık vermek konusunda tereddütlüydü ama dilim diliyle buluşurken, vücudu benimkine sürtündü.

Dudaklarını dudaklarımdan ayırmadan, "Hayır," diye fısıldadı ve geri çekildi. "Seni tertemiz yapalım."

Yüzü ciddiydi. Kahretsin... Kararlıydı. Suratımı buruşturdum ve aramızdaki hava bir anda hafifledi. Sırıttı ve beni kısaca öptü.

Üstüne basa basa, "Tertemiz," dedi. "Kirli değil."

"Kirli şeyleri severim."

"Ben de öyle Bayan Grey ama şu anda değil, burada değil." Şampuanı aldı ve ben onu aksine ikna edemeden, saçlarımı yıkamaya başlamıştı bile.

Ben de temizliği seviyordum. Kendimi tazelenmiş ve yenilenmiş hissediyordum ve nedeni duş muydu, ağlamam mı, yoksa Christian'ı her konuda sıkıştırmaktan vazgeçme kararım mı, emin değildim. Beni büyük bir havluyla sardı ve ben dikkatlice saçlarımı kurularken, kendi kalçasına da bir havlu doladı. Başım ağrıyordu ama bu idare edilemeyecek, ısrarcı, kör bir ağrıydı. Dr. Singh'ten birkaç ağrı kesici almıştım ama mecbur kalmadığım sürece kullanmamamı tembihlemişti.

Saçlarımı kurularken, Elizabeth'i düşündüm.

"Elizabeth'in Jack'le ne işi olduğunu hâlâ anlamış değilim."

Christian gizemli bir sesle, "Ben anlıyorum," diye mırıldandı.

İşte buna haber denirdi. Ona kaşlarımı çattım ama dikkatim dağılmıştı bir kere. Havluyla saçlarını kuruluyordu. Göğsü ve omuzları halojen lambaların altında parlayan su damlacıklarıyla kaplıydı. Duraksadı ve sırıttı.

"Manzaranın tadını mı çıkarıyorsun yoksa?

Kendi kocamı dikizlerken yakalanmış olduğumu yok saymaya çalışarak, "Nereden biliyorsun?" diye sordum.

"Manzaranın tadını çıkardığını mı?" diye takıldı.

"Hayır," diye azarladım. "Elizabeth konusunu."

"Dedektif Clark bir imada bulundu."

Ona bana-daha-fazlasını-anlat ifademle baktım ve baygın olduğum saatlerden yeni bir anı su yüzüne çıktı. Clark odamdaydı. Keşke ne dediğini hatırtlayabilseydim.

"Hyde'ın elinde videolar varmış. Hepsinin videoları. Sayısız USB flaş bellekte."

Ne? Kaşlarımı çattım ve alnımdaki derinin gerildiğini hissettim.

"Onu ve diğer özel asistanlarını becerirken, çekilmiş videolar."

Ah!

"Aynen öyle. Şantaj malzemesi. Sert seviyormuş." Christian kaşlarını çattı ve yüzünden önce karmaşanın, sonra tiksintinin geçip gitmesini izledim. Tiksintisi, kendine duyduğu nefrete dönüşürken, benzi soldu. Elbette, Christian da sert severdi.

"Yapma." Kelime ağzımdan kendimi tutamadan çıkıvermişti.

Kaş çatışı iyice derinleşti. "Neyi yapmayayım?" Durdu ve bana endişeyle baktı.

"Senin onunla en ufak bir benzerliğin yok."

Christian'ın gözleri sertleşti ama hiçbir şey demeyerek düşündüğünün tam olarak bu olduğunu onaylamış oldu.

"Yok." Sesim ısrarcıydı.

"Hamurumuz aynı."

Neden böyle düşündüğünü anlayabilsem de, "Hayır, değil," diye çıkıştım. *"Babası bir bar kavgasında ölmüş. Annesi kendini içkiye vermiş. Çocukken bir bakıcı aileden diğerine ve bir beladan diğerine geçip durmuş. En başta araba hırsızlığı geliyor. Islahevinde kalmış."* Christian'ın Aspen uçağında verdiği bilgileri hatırlamıştım.

"İkinizin de sorunlu geçmişleriniz var ve ikiniz de Detroit'te doğmuşsunuz. Hepsi bu Christian." Yumruklarımı kalçalarıma yasladım.

"Ana bana olan inancın çok dokunaklı, özellikle son birkaç günü düşünürsek. Welch gelince daha fazlasını öğreniriz." Konuyu geçiştiriyordu.

"Christian..."

Beni bir öpücükle susturdu. "Yeter," diye soludu ve onu bilgi almak için sıkıştırmayacağıma dair kendi kendime verdiğim sözü hatırladım.

"Ve surat asma," diye ekledi. "Gel. Saçlarını kurutayım."

Ve konunun kapandığını anladım.

Bir eşofman altı ve tişört giydikten sonra, saçlarımı kuruturken Christian'ın bacaklarının arasına oturdum.

"Ben baygın yatarken, Clark sana bir şeyler anlattı mı?"

"Hatırladığım kadarıyla hayır.

"Konuşmalarının bir kısmını duydum."

Saçımdaki fırça durdu.

"Öyle mi?" derken, sesi kayıtsızdı.

"Evet. Babamla, babanla, Dedektif Clark'la... annenle.

"Ya Kate?"

"Kate geldi mi?"

"Kısa bir süre için. O da sana çok kızgın."

Kucağında döndüm. "Herkes Ana'ya kızgın saçmalığına bir son ver, tamam mı?"

Christian çıkışıma şaşırarak, "Sadece gerçeği söylüyorum," dedi.

"Evet, pervasızlıktı ama sen de biliyorsun ki kız kardeşin tehlikedeydi."

Yüzü düştü. "Evet, öyleydi." Saç kurutma makinesini kapatıp yatağa yanına bıraktı. çenemi tuttu.

"Teşekkürler," diyerek beni şaşırttı. "Ama artık pervasızlık yok. Çünkü bir daha ki sefere, pataklamaktan canını çıkaracağım."

İç geçirdim.

"Yapmazsın!"

"Yaparım!" Ciddiydi. Kahretsin. Fena halde ciddi. "Üvey babandan izin aldım." Sırıttı. Benimle alay mı ediyordu? Ediyor muydu gerçekten? Üzerine atılınca, yatağa ve kollarının arasına düşeceğim şekilde büküldü. Düşme anında kaburgalarımın sancısını bütün vücudumda hissedip yüzümü buruşturdum.

Christian'ın rengi soldu. "Uslu dur!" diye azarlarken bir an öfkelenmişti.

"Özür dilerim," diye mırıldanarak yanağını okşadım.

Burnunu elime sürttü ve usulca öptü. "Dürüst olmak gerekirse Ana, kendi güvenliğini hiç önemsemiyorsun." Tişörtümün etek ucunu çekti ve parmaklarını karnıma yerleştirdi. Nefesim kesildi. "Artık yalnız değilsin," diye fısıldayarak, parmak uçlarını eşofmanımın belinde dolaştırıp tenimi okşadı. Beklenmedik, sıcak ve ağır bir arzu patlaması hissettim. İç geçirince, Christian gerildi ve parmaklarını durdurup bana baktı. Elini çekti ve bir tutam saçımı kulağımın arkasına kıstırdı.

"Hayır," diye fısıldadı.

Neden?

"Bana öyle bakma. Morluklarını gördüm. Ve cevabım hayır." Sesi sertti; alnımı öptü.

Kıvranırken, "Christian," diye sızlandım.

"Hayır, yatağa gir." Doğrulup oturdu.

"Yatağa mı?"

"Dinlenmeye ihtiyacın var."

"Benim sana ihtiyacım var." Gözlerini yumdu ve büyük bir irade savaşı verir gibi, kafasını salladı. Geri açtığında, gözleri kararlılıkla aydınlanmıştı. "Sana söyleneni yap, Ana."

Aklımdan bütün kıyafetlerimi çıkarmak geçti ama sonra morlukları hatırladım ve kocamı o şekilde ikna edemeyeceğimi biliyordum.

İsteksiz bir şekilde başımı salladım. "Tamam." Kasten ve abartarak dudaklarımı sarkıttım.

Sırıttı, keyiflenmişti. "Sana biraz öğle yemeği getireyim."

"Yemek mi pişireceksin?" Şaşkınlıktan küçük dilimi yutacaktım.

Gülme nezaketini gösterdi. "Bir şeyler ısıtacağım. Bayan Jones bir şeyler ayarlamıştı."

"Christian, ben yaparım. İyiyim ben. Tanrım, seks istediğime göre herhalde yemek de yapabilirim." Acıyan kaburgalarımın neden olduğu irkilmeyi gizlemek için beceriksizce doğruldum.

"Yatağa!" Christian gözleri alev alev yanarak yastığı işaret etti.

"Sen de bana katıl," diye mırıldanırken, eşofman altı ve tişörtten daha baştan çıkarıcı bir şey giymediğime üzülüyordum.

"Ana, yatağa gir. Hemen."

Yüzümü buruşturarak ayağa kalktım ve gözlerinin içine bakarak, eşofman altımı teklifsizce yere indirdim. Yorganı açarken ağzı muzip bir ifadeyle çarpıldı.

"Dr. Singh'i duydun. İstirahat etmen gerektiğini söyledi." Sesi daha nazikti. Yatağın içine kaydım ve bıkkın bir tavırla kollarımı kavuşturdum. "Uslu dur," derken, çok eğlendiği her halinden belliydi.

Suratım iyice asıldı.

Bayan Jones'un tavuk güveci hiç şüphesiz en sevdiğim yemeklerden biriydi. Christian da yatağın ortasına bağdaş kurarak benimle birlikte yedi.

"Çok iyi ısıtılmış." Ben sırıtınca o da sırıttı. Tıka basa doymuştum ve uyku bastırmıştı. Planı bu muydu yoksa?

"Yorgun görünüyorsun." Tepsimi aldı.

"Yorgunum."

"İyi. Uyu." Beni öptü. "Halletmem gereken işler var. Senin için sakıncası yoksa, burada yapacağım."

Başımla onayladım. Göz kapaklarımı açık tutmak için verdiğim savaşı kaybetmek üzereydim. Tavuk güvecin bu kadar yorucu olacağı hiç aklıma gelmezdi.

Uyandığımda alacakaranlıktı. Odanın içi uçuk pembe bir ışıkla dolmuştu. Christian koltukta oturmuş, ortamın ışığıyla parıldayan gri gözleriyle beni izliyordu. Elinde sıkı sıkı tuttuğu iki kâğıt parçası vardı. Yüzü kül rengiydi.

Kahretsin! Hızla doğrularak ve kaburgalarımın sebep olduğu acıyı yok sayarak, "Sorun ne?" diye sordum.

"Welch az önce gitti."

Ah kahretsin. "Ve?"

"O pislikle birlikte yaşamışım," diye fısıldadı.

"Birlikte mi yaşamışsın? Jack'le mi?"

Gözleri iri iri açılmış halde başını salladı.

"Akraba mısınız?"

"Hayır. Tanrıya şükür, hayır."

Kenara kaydım ve örtüyü açıp onu yatağa, yanıma davet ettim. Beni şaşırtarak hiç tereddüt etmedi. Ayakkabılarından kurtulup yanıma uzandı. Tek kolunu bana sararak başını kucağıma koyup kıvrıldı. Şaşkındım. *Bu da neydi böyle?*

Parmaklarımı saçlarının arasından kaydırıp ona bakarak, "Anlamıyorum," diye mırıldandım. Christian gözlerini yumdu ve hatırlamak için kendini zorluyormuş gibi alnını kırıştırdı.

"O uyuşturucu bağımlısı fahişenin yanında bulunmamın ardından, Carrick ve Grace'in yanında yaşamaya başlamadan önce, Michigan

Eyaleti'nin bakımına verilmişim. Bir koruyucu ailenin yanında kalmışım. Ama o zamana dair hiçbir şey hatırlamıyorum."

Başım döndü. Koruyucu aile mi? Bu ikimiz için de yeni haberdi.

"Ne kadar zaman?" diye sordum.

"İki ay kadar. En ufak bir anım yok."

"Annen ve babanla bu konuyu konuştun mu?"

"Hayır."

"Belki de konuşmalısın. Belki de boşlukları doldurmalılar."

Bana sıkıca sarıldı. "Bak." Kâğıtları uzattı, fotoğraftı bunlar. Detaylı inceleyebilmek için, uzanıp başucu lambamı yaktım. İlk fotoğraf, sarı bir ön kapısı ve çatıda geniş, yerinden oynamış bir penceresi olan, eski püskü bir eve aitti. Bir verandası ve küçük bir ön bahçesi vardı. Dikkat çekmeyecek bir evdi.

İkinci fotoğraf ise bir aileye aitti. İlk bakışta, sıradan, mavi yakalı bir aileye benziyordu. Bir adam ve sanırım karısı ile çocukları. Yetişkinlerin her ikisi de hırpani ve yıkanmaktan yıpranmış mavi tişörtler giymişlerdi. Kırklı yaşlarda olmalıydılar. Kadının sarı saçları arkasında sımsıkı toplanmıştı. Adamınkilerse kısacık, asker tıraşıydı. Ve her ikisi de fotoğraf makinesine sevecen bir ifadeyle gülümsüyorlardı. Adam elini asık suratlı, ergen bir kızın omzuna atmıştı. Çocuklara tek tek baktım: On iki yaşlarında, tek yumurta ikizi iki oğlan vardı – her ikisinin de kum sarısı saçları vardı ve fotoğraf makinesine sırıtarak bakıyorlardı. Daha ufak tefek, kızıl sarı saçlı, asıl suratlı bir oğlan daha vardı ve arkasına bakır rengi saçlı, gri gözlü başka bir oğlan saklanmıştı. Kocaman gözlü, ürkmüş, üzerinde birbiriyle uyumsuz kıyafetler, elinde pis bir çocuk battaniyesi olan bir oğlan daha...

Siktir. "Bu sensin," diye fısıldarken, yüreğim ağzıma geldi. Annesi öldüğünde, Christian'ın dört yaşında olduğunu biliyordum. Ciddi anlamda aç kalmış olmalıydı. Gözlerim yaşlarla dolarken, hıçkırığımı tuttum. *Ah, benim tatlı Elli'm.*

Christian başıyla onayladı. "Benim."

"Bu fotoğrafları Welch mi getirdi?"

"Evet. Hiçbirini hatırlamıyorum." Sesi düz ve cansızdı.

"Bakıcı aileyle olduğunu hatırlamak mı? Neden hatırlayasın ki? Christian uzun zaman önceydi. Seni endişelendiren bu mu?"

"Öncesinden ve sonrasından başka şeyler hatırlıyorum. Annem ve babamla tanışmamı... Ama bu... Sanki kocaman bir uçurum var."

Yüreğim burkuldu ve o anda kafama dank etti. Benim sevgili kontrol manyağım her şeyin yerli yerinde olmasını seviyordu ve şimdi yapbozun parçalarının eksik olduğunu öğrenmişti.

"Jack bu resimde var mı?"

"Evet. Daha büyük olan çocuk o." Christian'ın gözleri sımsıkı kapalıydı ve can simidine tutunur gibi bana sımsıkı sarılmıştı. Daha büyük olan, fotoğraf makinesine dik dik bakan, cüretkar ve küstah oğlana bakarken, parmaklarımı saçlarının arasından geçirdim. Jack olduğunu anlamak zor değildi. Ama sadece bir çocuktu. Korkusunu düşmanlığının arkasına saklayan sekiz dokuz yaşlarında bir çocuk... Aklıma bir fikir geldi.

"Jack, Mia'nın elinde olduğunu haber vermek için aradığında, işler farklı gelişseydi senin yerinde kendisinin olacağını söyledi."

Christian gözlerini yumdu ve titredi. "O pislik yok mu!"

"Sence bütün bunları Grey'ler onun yerine seni evlat edindikleri için mi yaptı?"

"Kim bilir?" Christian'ın sesi buruktu. "Umurumda bile değil."

"Belki de iş görüşmesine gittiğimde seninle görüştüğümüzü biliyordu ve en başından beri beni baştan çıkarmayı planlıyordu." Ağzımda safranın tadını duydum.

Christian, "Sanmıyorum," diye mırıldandı. Gözleri artık açıktı. "Ailem hakkındaki araştırmaları, senin SBY'deki işine başlamandan bir iki hafta sonra başlamış. Barney tam tarihleri biliyor. Ana, adam bütün asistanlarını becerip filme almış." Christian gözlerini yumdu ve bana biraz daha sıkı sarıldı.

İçimdeki ürpertiyi bastırarak, SBY'deki işime ilk başladığım dönemde, Jack'le yaptığımız konuşmaları anımsamaya çalıştım. Daha o zaman bile, adamın başıma bela olacağını anlamıştım ama iç sesimi duymazdan gelmiştim. Christian haklıydı; kendi güvenliğimi hiçe sayıyordum. Jack'le New York'a gitmem konusundaki kavgamızı hatırladım. Tanrım, ben de kendimi rezil bir seks kasetinde bulabilirdim. Düşüncesi bile mide bulandırıcıydı. Ve aynı anda Christian'ın sakladığı itaatkâr fotoğraflarını hatırladım.

Ah, kahretsin. *"Aynı hamurdanız."* Hayır, Christian, değilsiniz. Senin onunla en ufak bir benzerliğin yok. Hâlâ, küçük bir oğlan çocuğu gibi üzerime kıvrılmış durumdaydı.

"Christian, bence annen ve babanla konuşmalısın." Onu yerinden kıpırdatmak istemediğim için, gözgöze bakabileceğimiz şekilde kaydım.

Fotoğraftaki gri gözlü çocuğunkileri anımsatan şaşkın, gri bakışlarla karşılaştım.

"İzin ver onları arayayım," diye fısıldadım. Kafasını salladı. "Lütfen," diye yalvardım. Christian, ricamı düşünürken bana acı ve kendinden şüphesinin yansıdığı gözlerle bakıyordu. *Ah, Christian, lütfen!*

"Ben ararım," diye fısıldadı.

"İyi. Birlikte onları görmeye gidebiliriz ya da sen gidebilirsin. Hangisini tercih edersin?"

"Hayır. Onlar buraya gelebilirler."

"Neden?"

"Senin hiçbir yere gitmeni istemiyorum."

"Christian, araba yolculuğu yapabilecek durumdayım."

"Hayır." Sesi kararlıydı ama bana alaycı bir gülümsemeyle bakıyordu. "Hem zaten, bugün cumartesi. Büyük olasılıkla bir yerlerde bir davettedirler."

"Ara onları. Bu haberin seni ne kadar üzdüğü ortada. O dönemde biraz ışık tutabilirler." Çalar saate baktım. Akşamın yedisine yaklaşıyordu. Bir an için bana duygusuz gözlerle baktı.

Sanki ona zorlu bir görev yüklemişim gibi, "Tamam," dedi. Doğruldu ve başucumuzdaki telefonu aldı.

Ailesini aradığı esnada kollarımı ona sardım ve başımı göğsüme yasladım.

"Baba?" Carrick'in telefonu açmasına çok şaşırdığını fark etmiştim. "Ana iyi. Evdeyiz. Welch biraz önce gitti. Bağlantıyı çözmüş... Detroit'teki koruyucu aile... Ben o evle ilgili hiçbir şey hatırlamıyorum." Son cümleyi söylerken, sesi neredeyse duyulmayacak kadar alçalmıştı. Yüreğim bir kez daha sıkıştı. Onu sımsıkı sardım, o da omzumu sıktı.

"Evet... Öyle mi?... Harika." Telefonu kapattı. "Yoldalar." Şaşırmış gibiydi. Onlardan daha önce hiç yardım istememiş olduğunu fark ettim.

"İyi. Giyinmeliyim."

Bana daha sıkı sarıldı. "Gitme."

"Tamam." Bana kendisiyle ilgili bir yığın şey –hem de tamamen kendi isteğiyle– anlatmış olmasına şaşırarak, yeniden yanına sokuldum.

Salonun eşiğinde dururken, Grace beni kollarının arasına aldı.

"Ana, Ana, canım Ana'm," diye fısıldadı. "İki çocuğumu birden kurtardın. Sana nasıl teşekkür edebilirim ki?"

Sözleri karşısında eşit miktarda duygulanıp utanarak kızardım. Carrick de bana sarıldı ve alnımı öptü.

Ardından Mia, beni kaburgalarımı ezerek kucakladı. Yüzümü buruşturup inledim ama farkında bile olmadı. "Beni o pisliklerden kurtardığın için sağ ol."

Christian ona kaşlarını çattı. "Mia! Dikkat et! Canı yanıyor."

"Ah! Üzgünüm!"

Beni bırakınca rahatlayarak, "Ben iyiyim," dedim.

Mia çok iyi görünüyordu. Siyah daracık kot pantolonu ve uçuk pembe fırfırlı bluzu içinde çok şıktı. Üzerime rahat bir elbise ve altına da babetlerimi giydiğime memnun oldum. Biraz da olsa şıktım.

Mia, Christian'a koştu ve kollarını beline doladı.

Christian, tek kelime etmeden fotoğrafı Grace'e uzattı. Christian'ı derhal tanıyan Grace iç geçirdi ve duygularına hâkim olmak için elini hızla ağzına götürdü. Carrick de onunla birlikte fotoğrafı incelerken, kolunu omzuna sardı.

"Ah, hayatım." Grace, Christian'ın yanağını okşadı.

Taylor kapıda belirdi. "Bay Grey? Bayan Kavanagh, kardeşi ve sizin kardeşiniz yukarı çıkıyorlar, efendim."

Christian kaşlarını çattı. Şaşkınlık içinde, "Teşekkürler, Taylor," diye mırıldandı.

"Elliot'u ben aradım ve buraya geldiğimizi söyledim," dedi Mia sırıtarak. "Eve hoş geldin partisi."

Grace ve Carrick, Mia'ya kızgınlıkla bakarken, zavallı kocama, sempatik bir bakış gönderdim.

"Yiyecek bir şeyler ayarlasak iyi olacak," dedim. "Mia, bana yardım eder misin?"

"Ah, seve seve."

Christian anne ve babasını çalışma odasına alırken, ben de Mia'yı mutfağa götürdüm.

Kate bana, Christian'a ve en çok da Jack ve Elizabeth'e yönelttiği korkunç öfkeyle boğulur gibiydi.

Mutfakta bana hesap sorarken, "Aklından neler geçiyordu, Ana?" diye bağırarak odadaki bütün yüzlerin bize çevrilmesine neden oldu.

"Kate, lütfen. Aynı nutku herkesten dinledim!" diye çıkıştım. Bana dik dik baktı ve bir an, Kate Kavanagh tarzı, adam-kaçıranlarla-nasıl-mücadele-etmeli söylevine maruz kalacağımı sandım ama Kate beni kollarının arasına almakla yetindi.

"Tanrım. Bazen tam bir ahmak oluyorsun, Steele," diye fısıldadı. Yanağımı öperken gözlerinde yaşlar vardı. *Kate!* "Senin için o kadar endişelendim ki!"

"Ağlama, beni de ağlatacaksın."

Geri çekildi, mahcup bir tavırla gözyaşlarını sildi, derin bir nefes alarak toparlandı. "Size iyi bir haber verelim, düğün tarihimizi belirledik. Önümüzdeki mayıs yapmayı düşündük. Ve elbette senin baş nedimem olmanı istiyorum."

"Ah... Kate.... Vay canına... Tebrikler!" *Kahretsin, Küçük Nokta... Ufaklık.!*

Telaşımı yanlış yorumlayarak, "Ne oldu?" diye sordu.

"Şey... Senin adına çok sevindim. Güzel bir haber almak iyi bir değişiklik oldu." Kollarımı ona sarıp sımsıkı sarıldım. Kahretsin, kahretsin, *kahretsin!* Nokta ne zaman doğacaktı? Zihnimden tahmini doğum tarihimi hesapladım. Dr. Greene, dört beş haftalık olduğunu söylemişti. Yani... mayıs ayında doğacaktı. *Kahretsin.*

Elliot bana bir kadeh şampanya uzattı.

Ah, kahretsin.

Christian kül rengi bir suratla çalışma odasından çıktı ve annesi ile babasının peşinden salona geldi. Elimdeki kadehi görünce, gözleri açıldı.

"Kate." Onu serinkanlı bir tavırla selamladı.

"Christian." Kate de bir o kadar mesafeliydi. İç geçirdim.

"İlaçlarınız, Bayan Grey." Christian elimdeki kadehi süzdü.

Gözlerimi kıstım. *Lanet olsun. Bir şeyler içmek istiyordum.* Grace yol üstünde Elliot'tan bir kadeh alarak mutfakta bana katılırken, gülümsüyordu.

Bir sır paylaşır gibi göz kırparak, "Bir yudumdan bir şey olmaz," diye fısıldadı ve kadehini kadehime dokundurdu. Elliot, Mariners ve Rangers arasındaki son maçın haberleriyle dikkatini dağıtmadan önce, Christian ikimize de yüzünü buruşturarak baktı.

Carrick de yanımıza geldi ve kollarını omuzlarımıza attı. Grace, kanepedeki Mia'nın yanına gitmeden önce, kocasını yanağından öptü.

Kanepeye yayılan aileyi izlerken, Carrick'in kulağına, "Christian nasıl?" diye fısıldadım. Mia ve Ethan'ın el ele tutuştuklarını görünce şaşırdım.

Carrick yüzünde ciddi bir ifadeyle, alnını kırıştırarak, "Sarsılmış," diye mırıldandı. "Biyolojik annesiyle yaşadığı dönemden çok fazla şey hatırlıyor. Keşke hatırlamasa dediğim çok şey. Ama bu..." Durdu. "Umarım faydamız olmuştur. Bizi aramasına sevindim. Araması için senin ısrar ettiğini söyledi." Carrick'in bakışları yumuşadı. Omuz silktim ve şampanyamdan hızlı bir yudum aldım.

"Sen ona çok iyi geliyorsun. Başka kimseyi dinlemez."

Kaşlarımı çattım. Doğru olduğunu sanmıyordum. Zihnimde Sürtük Cüce'nin nahoş hayaleti belirdi. Christian'ın Grace'le de konuştuğunu biliyordum. Onu duymuştum. Hastanedeki konuşmalarını hatırlamaya çalışırken, yine anlık bir buhran yaşadım, hâlâ o kısmı hatırlayamıyorum.

"Gel, otur, Ana. Yorgun görünüyorsun. Bu akşam hepimizi buraya beklemediğinden eminim."

"Herkesi görmek harika." Gülümsedim. Çünkü doğruydu, gerçekten harikaydı. Ben kocaman ve bir arada olmayı seven bir aileye gelin olmuştum ve buna bayılıyordum. Christian'ın yanına sıkıştım.

"Bir yudum," diye tısladı ve kadehi elimden aldı.

"Evet, efendim." Kirpiklerimi kırpıştırarak onu tamamen etkisiz hale getirdim. Kolunu omuzlarıma attı ve Elliot ve Ethan'la beyzbol sohbetine geri döndü.

Christian tişörtünü çıkarırken, "Ailem mucizeler gerçekleştiren bir peygamber olduğunu düşünüyor," diye mırıldandı.

Yatağa kıvrılmış gösteriyi izliyordum. "Senin öyle olmadığımı biliyor olman güzel," diye homurdandım.

"Ah, hiçbir şey bilmiyorum." Kot pantolonunu çıkardı.

"Bir şeyler hatırlamana yardımcı oldular mı?"

"Biraz. Annem ve babam evrakların halledilmesini beklerken, iki ay kadar Collier'lerin yanında yaşamışım. Elliot'ı evlat edinmiş olmaları sayesinde evlat edinme talepleri zaten onaylanmış ama üzerimde hak eden akrabam olup olmadığından emin olmak için, yasa gereği iki ay beklenmesi gerekiyormuş.

"Sen bu konuda ne hissediyorsun?" diye fısıldadım.

Kaşlarını çattı. "Yaşayan hiçbir akrabamın olmaması konusunda mı? Canı cehenneme. Zaten o uyuşturucu bağımlısı fahişe gibilerse..." Tiksintiyle başını salladı.

Ah, Christian! Sen bir çocuktun ve anneni seviyordun.

Pijamasını üstüne geçirdi, yatağa girdi ve beni kollarının arasına çekti.

"Aklımda bir şeyler canlanıyor. Yemeği hatırlıyorum. Bayan Collier yemek yapabiliyordu. En azından artık o pisliğin aileme neden bu kadar taktığını biliyoruz." Elleri saçlarının arasından kaydı. Birden şaşkınlıktan ağzı açık halde, bana döndü. "*Siktir!*"

"Ne oldu?"

"Şimdi anlaşıldı!" Gözleri parlamıştı.

"Ne?"

"Minik Kuş. Bayan Collier bana Minik Kuş derdi."

Kaşlarımı çattım. "Anlaşılan ne?"

"Not," dedi bana bakarak. "Pisliğin bıraktığı fidye notu. 'Benim kim olduğumu biliyor musun? Çünkü ben senin kim olduğunu biliyorum, Minik Kuş,' gibi bir şeydi."

Bu benim için hiçbir anlam ifade etmemişti.

"Bu bir çocuk kitabından. Tanrım. O kitaptan Collier'lerde vardı. Adı da... *Sen Annem Misin?* idi. Kahretsin." Gözleri irileşti. "O kitabı ne çok severdim."

Ah, bahsettiği kitabı biliyordum. Yüreğim oynadı. *Elli!*

"Bayan Collier bana o kitabı okurdu."

Ne diyeceğimi bilemedim.

"Tanrım. Biliyordu... O pislik biliyordu."

"Polise anlatacak mısın?"

"Evet. Anlatacağım. Clark'ın bu bilgiyle ne yapacağını Tanrı bilir." Christian düşüncelerini netleştirmeye çalışır gibi kafasını salladı. "Her neyse, bu akşam için teşekkür ederim."

Vay canına. Ani bir değişim. "Ne için?"

"Son anda aileme ziyafet çektiğin için."

"Bana teşekkür etme, Mia'ya et. Ve Bayan Jones'a. Sayesinde kiler hep dolu."

Kızgın bir tavırla başını salladı. Bana mı kızmıştı? Neden?

"Nasıl hissediyorsunuz, Bayan Grey?"

"İyi. Sen nasıl hissediyorsun?"

"Ben iyiyim." Endişemi anlamayarak kaşlarını çattı.

Ah... bu durumda. Parmaklarımı midesinden... kasık tüylerine doğru kaydırdım.

Gülerek elimi yakaladı. "Ah, hayır. Aklından bile geçirme."

Dudaklarımı sarkıttım. Derin bir iç çekti. "Ana, Ana, Ana. Ben seninle ne yapacağım?" Saçlarımı öptü.

"Benim bazı fikirlerim var." Yanında kıpırdandım ve ezik kaburgalarımdan vücuduma keskin bir acı yayılınca, acıyla yüzümü buruşturdum.

"Bebeğim, başına yeterince şey geldi. Ayrıca, sana anlatacak bir masalım var."

Öyle mi?

"Bilmek istiyordun..." Sesi kesildi, gözlerini yumdu ve yutkundu.

Vücudumdaki bütün tüyler diken diken oldu. *Kahretsin.*

Yumuşacık bir sesle anlatmaya başladı. "Gözünde canlandır. Gizli alkol alışkanlığını sürdürebilmek için ekstra para kazanmaya çalışan ergen bir delikanlı düşün." Yüz yüze geleceğimiz ve gözlerimin içine bakabileceği şekilde, yan döndü.

"Lincoln'lerin arka bahçesindeydim. Bay Lincoln'ün bahçelerine yaptığı müştemilattan kauçuk ve atıkları temizliyordum."

Aman Tanrım... *anlatıyordu.*

BÖLÜM YİRMİ BEŞ

Güçlükle nefes alıyordum. Bunu duymak istiyor muydum? Christian gözlerini yumdu ve yutkundu. Yeniden açtığında gözleri parlak ama özgüvensizdi ve endişe verici anılarla doluydu.

"Sıcak bir yaz günüydü. Sıkı çalışıyordum." Homurdanarak kafasını salladı. Birden keyiflenmişti. "Tek başınaydım ve Ele –Bayan Lincoln– bir anda ortaya çıkıverdi ve bana limonata getirdi. Havadan sudan konuştuk ve ben ukalaca bir yorum yaptım... beni tokatladı. Çok fena tokatladı." Bilinçsizce eli yüzüne kaydı ve yanağını okşadı. Gözleri bu anıyla bulutlanmıştı. *Tanrım!*

"Ama sonra beni öptü. Ve öpmesi bitince bir kez daha tokatladı." Bunca zaman sonra sersemliğini hâlâ duyuyormuş gibi, gözlerini kırpıştırdı.

"Daha önce ne öyle öpülmüş ne de tokat yemiştim."

Ah. Baştan çıkarmıştı. Bir çocuğu baştan çıkarmıştı.

"Bunu dinlemek istiyor musun?" diye sordu.

Hem evet hem hayır.

"Sadece sen anlatmak istiyorsan..." Yüzüm ona dönük yatarken sesim cılız çıkmıştı. Başım dönüyordu.

"Anlayabilmeni sağlamaya çalışıyorum."

Cesaret verici olduğunu umduğum bir tavırla başımı salladım. Ama daha çok, şokla donmuş ve gözleri faltaşı gibi açılmış bir heykele benzediğimden endişeleniyordum.

Kaşlarını çattı ve tepkimi ölçmeye çalışır gibi, gözlerimi dikkatle inceledi. Sonra sırt üstü döndü ve tavana bakmaya başladı.

"Doğal olarak kafam karışmıştı, öfkelenmiş ve fena azmıştım. Demek istediğim, yaşça büyük, seksi bir kadının o şekilde üstüme gelmesi..." Hâlâ inanamıyormuş gibi kafasını salladı.

Seksi mi? İçim bir tuhaf oldu.

"Beni arka bahçede bırakıp eve döndü. Hiçbir şey olmamış gibi davranıyordu. Kafam tamamen karışmıştı. Tekrar işime döndüm ve molozları Dumpster'a yüklemeye devam ettim. O akşam çıkarken, ertesi gün yine gelmemi istedi. Olanlardan hiç bahsetmedi. Böylece ertesi gün geri gittim." Karanlık bir itirafta bulunur gibi, "Onu yine görmek için can atıyordum," diye fısıldadı. Zaten öyleydi de.

"Beni öperken bana hiç dokunmadı," diye mırıldandı ve bakışlarını yeniden bana çevirdi. "Anlamalısın... Hayatım cehennemden farksızdı. Sürekli ereksiyon halinde, on beş yaşında, yaşıma göre uzun boyluydum ve hormonlarım kudurmuş durumdaydı. Okuldaki kızlar..." Durdu ama fotoğrafın bütününü görebiliyordum; ürkek, yalnız ama çekici bir ergen. Yüreğim burkuldu.

"Öfkeliydim. Herkese, kendime, aileme deli gibi öfkeliydim. Hiç arkadaşım yoktu. O zamanki terapistim pisliğin tekiydi. Ailem bana çok baskı yapıyordu, anlamıyorlardı." Gözlerini yine tavana dikti ve elini saçlarının arasından geçirdi. Parmaklarımı saçlarının arasından geçirmek için kıvransam da kıpırdamadım.

"Kimsenin bana dokunmasına tahammülüm yoktu. Yoktu işte. Kimsenin yanıma yaklaşmasına da katlanamıyordum. Dövüşürdüm... Tanrım, ne dövüşmek ama. Berbat kavgalara karışmıştım. Birkaç okuldan atılmıştım. Ama bu benim için rahatlatmanın bir yoluydu. Katlanabildiğim tek fiziksel temastı." Yine durdu. "Pekâlâ, anlıyorsundur. Ve o beni öperken sadece yüzümü tutardı. Bana dokunmazdı." Sesi zar zor duyuluyordu.

Elena biliyor olmalıydı. Belki de Grace bahsetmişti. *Ah, benim zavallı Elli'm.* Ellerimi yastığımın altında kavuşturdum ve ona sarılma isteğime direnmek için, başımı yastığa dayadım.

"Ertesi gün oraya ne beklemem gerektiğini bilemeyerek gittim. Seni kan dondurucu detaylara boğmayacağım ama üç aşağı beş yukarı aynı şeyler oldu. Ve ilişkimiz bu şekilde başladı."

Ah, *siktir*, bunu duymak acı veriyordu.

Yüzü bana bakacak şekilde yan döndü.

"Ve biliyor musun, Ana? Hayatıma bir netlik geldi. Her şey kesin ve netti artık. İhtiyaç duyduğum şey tam olarak buydu. O temiz bir soluk gibiydi. Kararları veriyor, bütün o saçmalıkları benden uzak tutup nefes almamı sağlıyordu."

Tanrım.

"Ve bittikten sonra bile, onun sayesinde dünyam odağını korudu. Ve seninle tanışana kadar da öyle kaldım."

Buna ne demem gerekiyordu? Bir tutam saçı, biraz çekinerek, kulağımın arkasına itti.

"Sen dünyamı altüst ettin." Gözlerini yumdu ve tekrar açtığında, öylesine yaralıydılar ki. "Dünyam düzenli, sakin ve kontrollüydü ve sonra sen, ukalalığın, masumiyetin, güzelliğin ve gözüpekliğinle hayatıma girdin... ve senden önceki her şey, donuk, boş ve vasat gelmeye başladı.

Ah Tanrım.

"Âşık oldum," diye fısıldadı.

Nefes alamaz oldum. Yanağımı okşadı.

Kalan azıcık nefesimle, "Ben de öyle," diye mırıldandım.

Gözleri yumuşadı. Dudaklarını oynattı. "Biliyorum."

"Biliyor musun?"

"Evet."

Haleluya! Ona mahcup bir edayla gülümsedim. "Sonunda," diye fısıldadım.

Başını salladı. "Ve bu ilişki bana yepyeni bir bakış açısı kazandırdı. Daha gençken, Elena dünyamın merkeziydi. Onun için yapmayacağım hiçbir şey yoktu. Ve o da benim için çok şey yaptı. İçki içmeyi bırakmamı sağladı. Okulda çok çalışmamı sağladı... Bilirsin bana daha önce sahip olmadığım baş etme mekanizmasını sağladı, asla mümkün olmayacağını sandığım şeyleri tecrübe etmemi sağladı."

"Dokunulmak gibi," diye fısıldadım.

Başıyla onayladı. "Şöyle böyle."

Ne demek istediğini anlamayarak kaşlarımı çattım.

Tepkim karşısında tereddüt etti.

İçimden, *Anlat,* diye bastırdım.

"Kendine dair tamamen olumsuz bir imajla, reddedilmiş ve sevilemez bir vahşi olduğunu düşünerek büyürsen dövülmeyi hak ettiğini sanırsın."

Christian... Sen bunların hiçbiri değilsin.

Durdu ve elini saçlarının arasından kaydırdı. "Ana, fiziksel acı çekmek çok daha kolaydır..." İşte bir itiraf daha.

Ah.

"Öfkemi yönlendirdi." Ağzı, kasvetli bir çizgiye dönüştü. "Daha çok kendi içime; bunu şimdi anlıyorum. Dr. Flynn bir süredir bu konu üstünde çalışıyor. İlişkimizin aslını ancak yakın zamanda görebildim. Biliyorsun... doğum günümde.

Elena ve Christian'ın, doğum günü partisinde birbirlerini kelimelerle deşmelerinin nahoş anısı, hafızamda birden yüzeye çıkıvermişti.

"Elena için ilişkimiz seks ve kontrolden ve yalnız bir kadının, oyuncak oğlanında bir tür teselli bulmasından ibareti."

"Ama sen kontrolü seviyorsun," diye fısıldadım.

"Evet, seviyorum. Ve her zaman da seveceğim, Ana. Ben böyleyim. Kontrol duygumu sadece bir süreliğine teslim ettim. Birinin benim yerime bütün kararları almasına izin verdim. Bunu kendim yapamıyordum; yapacak durumda değildim. Ama ona boyun eğerek hayatımın kontrolünü ele geçirme gücünü buldum... kendi kararlarımı alma gücünü."

"Bir Hâkim olarak mı?"

"Evet."

"Senin kararın mıydı?"

"Evet."

"Ya Harvard'dan ayrılmak?"

"Benim kararımdı ve aldığım en doğru karardı. Seninle tanışana kadar."

"Benimle mi?"

"Evet." Dudakları yumuşacık bir gülümsemeyle kıvrıldı. "Aldığım en iyi karar, seninle evlenmekti."

Ah Tanrım. "Şirketini kurman değil mi?"

Kafasını salladı.

"Ya uçmayı öğrenmen?"

Yine kafasını salladı. Dudaklarını oynattı. "Sensin, en doğru karar sensin." Parmaklarının tersiyle yanağımı okşadı. "Biliyordu," diye fısıldadı.

Kaşlarımı çattım. "Neyi biliyordu?"

"Sana sırılsıklam âşık olduğumu. Georgia'ya seni görmeye gelmeye beni o teşvik etti. Ve bunu yaptığı için memnunum. Korkup kaçacağını biliyordu. Ki öyle de oldu."

Benzim sarardı. Bunu düşünmemeyi tercih ederdim.

"Keyif aldığım hayat tarzının kurallarına ihtiyacım olduğunu sanıyordu."

"Hâkim olmanın mı?" diye fısıldadım.

Başıyla onayladı. "Bu hayat tarzı herkesi bir kol boyu mesafede tutmamı sağladı, bana kontrol kazandırdı ve mesafeli olmamı sağladı. Ya da ben öyle sandım. Buna neden ihtiyacım olduğunu eminim çözmüşsündür," diye ekledi.

"Biyolojik annen yüzünden mi?"

"Yeniden incinmek istemiyordum. Ve sonra sen gittin." Sözcükleri zar zor duyuluyordu. "Enkaza döndüm."

Ah hayır.

"Yakınlıktan o kadar uzun zamandır kaçıyordum ki. Bunu nasıl yapacağımı bilmiyorum."

"Gayet iyi gidiyorsun," diye mırıldandım. İşaret parmağımı dudaklarında dolaştırdım. Dudaklarını bir öpücükle büzdü. *Benimle konuşuyorsun.*

"Özlüyor musun?" diye fısıldadım.

"Özlüyor muyum?"

"O hayat tarzını."

"Ah, evet."

Ah!

"Ama sadece getirdiği kontrol duygusunu özlüyorum. Ve dürüst olmam gerekirse, kardeşimi kurtaran o aptalca numaran..." diye fısıldarken sözcükleri, rahatlama, hayranlık ve hayretle doluydu. "Anlamamı sağlayan o oldu."

"Anlamanı mı?"

"Beni gerçekten sevdiğini."

Kaşlarımı çattım. "Anladın mı?"

"Evet. Çünkü benim için, ailem için... o kadar çok şeyi riske attın ki."

Kaşlarım daha da çatıldı. Uzandı ve parmağını burnumun üstünde, kaşlarımın arasında dolaştırdı.

"Kaşlarını çatınca, burada bir V oluşuyor," diye mırıldandı. "Yumuşacık, orayı öpmeyi seviyorum. Çok kötü olabiliyorum... ama sen hâlâ buradasın."

"Burada olmama neden bu kadar şaşırıyorsun? Seni terk etmeyeceğimi söyledim."

"Bana hamile olduğunu söylediğin zamanki davranış şeklim yüzünden." Parmağını yanağımdan aşağı kaydırdı. "Haklıydın. Ben bir ergenim."

Ah, kahretsin... Bunu gerçekten söyledim. Bilinçaltım bana dik dik bakıyordu. *Bunu doktoru söylemişti!*

"Christian, korkunç şeyler söyledim." İşaret parmağını dudaklarıma dayadı.

"Şışşt. Duymayı hak ettim. Ayrıca, bu benim masalım." Yeniden sırt üstü döndü.

"Bana hamile olduğunu söyleyince..." durdu. "Ben bir süre sadece sen ve ben oluruz sanmıştım. Çocuk sahibi olmayı düşündüm ama sadece soyut olarak. Gelecekte bir gün bir çocuk sahibi oluruz gibi bir düşüncem vardı."

Sadece bir tane mi? Hayır... Tek çocuk olmaz. Benim gibi yalnız olmasın. Belki de bu konuyu gündeme getirmek için en doğru zaman şu an değildi.

"Henüz çok gençsin ve bir hayli hırslı olduğunu biliyorum."

Hırslı mı? Ben mi?

"Şey, beni çok şaşırttın. Tanrım, bunu beklemiyordum. Sana ne olduğunu sorduğumda hamile olduğun kırk yıl düşünsem aklıma gelmezdi." İç geçirdi. "O kadar kızdım ki. Sana kızdım. Kendime kızdım. Herkese kızdım. Ve bu, beni hiçbir şeyin benim kontrolümde olmaması duygusuna geri götürdü. Uzaklaşmam gerekiyordu. Flynn'i görmeye gittim ama okulda bir veli toplantısındaymış." Duraksadı ve tek kaşını kaldırdı.

"İronik," diye fısıldadım. Christian sırıtarak katıldığını gösterdi.

"Ben de yürüdüm, yürüdüm, yürüdüm... ve kendimi güzellik salonunda buldum. Elena çıkıyordu. Beni görünce çok şaşırdı. Ve doğruyu söylemek gerekirse, ben de kendimi orada bulduğuma şaşırdım. Kızgın olduğumu anladı ve bir içki içmek isteyip istemeyeceğimi sordu."

Ah, kahretsin. Sadede gelmiştik. Kalp atışlarım hızlandı. *Bunu bilmeyi gerçekten istiyor muydum?* Bilinçaltım, uyarır gibi havaya kaldırdığı biçimli kaşının altından bana dik dik bakıyordu.

"Bildiğim sakin bir bara gittik ve bir şişe şarap içtik. Bizi son görüşündeki davranış şekli için özür diledi. Annemin onunla bütün irtibatını kesmesine içerlemiş, bu yüzden sosyal çevresi daralmış ama anlıyordu. İşten bahsettik. Ekonomideki daralmaya rağmen iyi gidiyormuş... Senin çocuk sahibi olmak istediğinden bahsettim."

Kaşlarımı çattım. "Hamile olduğumu ona söylediğini sanıyordum."

Bana samimi bir ifadeyle baktı. "Hayır, söylemedim."

"Bunu bana neden söylemedin?"

Omuz silkti. "Fırsatım olmadı."

"Evet, oldu."

"Ertesi sabah seni bulamadım, Ana. Ve bulduğumda da o kadar kızgındın ki..."

Ah, evet. "Kızgındım."

"Her neyse, akşamın bir yerinde –ikinci şişenin yarısına indiğimizde– bana dokunmak için uzandı. Ve donup kaldım," diye fısıldarken, kolunu gözlerinin üzerine attı.

Kafa derim karıncalanmaya başlamıştı. *Bu da neydi?*

"İrkildiğimi o da fark etti. Bu ikimizi de şok etti." Sesi alçaktı. Çok alçak.

Christian, bana bak! Koluna dokununca elini gözlerinden çekti ve bakışlarını bana çevirdi. Kahretsin. Yüzü sapsarı, gözleri iri iriydi.

"Ne?" diye soludum.

Kaşlarını çattı ve yutkundu.

Ah... bana söylemediği neydi? Bilmek istiyor muydum?

"Bana asılmaya kalktı." Şok olduğu her halinden belliydi.

Vücudumdaki bütün hava bir anda çekiliverdi. Başımın döndüğünü hissettim. Sanırım kalbim durmuştu. *Lanet olası Sürtük Cüce!*

"Zaman donmuştu sanki. İfademi gördü ve çizgiyi ne kadar aştığını fark etti. Ben... hayır dedim. Onu senelerdir o şekilde düşünmemiştim, hem..." yutkundu. "Seni seviyorum. Ona karımı seviyorum, dedim."

Ona ne diyeceğimi bilemeyerek bakıyordum.

"Hemen geri adım attı. Tekrar özür diledi ve espriymiş gibi davranmaya çalıştı. Demek istediğim, Isaac'le ve işiyle mutlu olduğunu ve ikimize karşı da kötü niyet beslemediğini söyledi. Arkadaşlığımı özlediğini ama hayatımın artık seninle olduğunu görebildiğini söyledi. Ve aynı odada, bir arada son bulunuşumuz düşünülünce, çok tuhaftı. Ona daha fazla katılamazdım. Veda ettik. Son vedalarımızı. Onu tekrar görmeyeceğimi söyledim ve yoluna gitti."

Yutkunurken, yüreğim korkuyla sarmalandı. "Öpüştünüz mü?"

"Hayır!" diye homurdandı. "Ona o kadar yaklaşmaya dayanamazdım."

Ah. İyi.

"Sefil durumdaydım. Eve sana gelmek istedim. Ama... kötü davrandığımı biliyordum. Kaldım, şişeyi bitirdim, sonra da burbona geçtim. İçerken, bana bir süre önce söylediğin bir şeyi hatırladım. 'İlişki yaşadığı benim oğlum olsaydı...' Ve Ufaklık'ı ve Elena'yla aramızdaki şeyin nasıl başladığını düşünmeye başladım. Ve bu... rahatsız hissetmeme neden oldu. Daha önce hiç böyle düşünmemiştim."

Zihnimde bir anı –yarı baygın olduğum zamandan fısıltıyla yapılan bir konuşma– canlandı. Christian'ın sesi: *Ama onu görmek sonunda bana başka bir bakış açısı kazandırdı. Bilirsin işte... artık çocuğum olacak. İlk kez... yaptığımız şeyin yanlış olduğunu hissettim.* Grace'le konuşuyordu.

"Hepsi bu mu?"

"Üç aşağı beş yukarı."

"Ah."

"Bitti mi?"

"Evet. Seni gördüğüm ilk anda bitmişti. O gece bunu iyice idrak ettim. Elena da."

"Üzgünüm," diye mırıldandım.

Kaşlarını çattı.

"Ne için?"

"Ertesi gün o kadar öfkeli olduğum için."

Bir homurtu çıkardı. "Bebeğim, öfkeni anlıyorum." Duraksadı ve iç geçirdi. "Anla, Ana, seni kendime istiyorum. Seni paylaşmak istemiyorum. Aramızdakine benzer bir şeyi daha önce hiç yaşamadım. En azından bir süre için kainatının merkezi olmak istiyorum."

Ah, Christian. "Zaten öylesin. Bu değişmeyecek."

Bana anlayışlı, hüzünlü ve yenilgiyi kabullenmiş bir gülümsemeyle baktı. "Ana," diye fısıldadı. "Bu doğru değil."

Gözlerim yaşlarla doldu.

"Nasıl olabilir ki?" diye mırıldandı.

Ah hayır.

"Kahretsin, ağlama, Ana. Lütfen ağlama." Yüzümü okşadı.

"Üzgünüm." Alt dudağım titredi, beni yatıştırmak için, başparmağını üzerinde dolaştırdı.

"Hayır, Ana, hayır. Üzülme. Seveceğin biri daha olacak. Ve haklısın. Öyle olması gerekiyor."

"Nokta da seni sevecek. Nokta'nın, Ufaklık'ın dünyasının merkezi olacaksın. Çocuklar anne babalarını şartsız severler. Hepsi dünyaya böyle geliyorlar. Sevmeye programlı. Bütün bebekler… sen bile. Küçükken sevdiğin o çocuk kitabını hatırla. Hâlâ anneni istiyordun. Onu seviyordun."

Alnını kırıştırdı ve elini çekip yumruğunu çenesine dayadı.

"Hayır," diye fısıldadı.

"Evet. Seviyordun." Gözyaşlarım artık özgürce akıyordu. "Elbette seviyordun. Aksi mümkün değildi. Bu kadar incinmenin nedeni buydu."

Bana bakarken, ifadesi yaralıydı.

"Beni sevebilmen de bu yüzden," diye mırıldandım. "Affet onu. Baş etmesi gereken bir dünya acısı varmış. Boktan bir anneymiş ama sen onu sevmişsin."

Bana hiçbir şey söylemeden, anlamanın yanından bile geçemeyeceğim anıların ağırlığını taşıyan gözlerle bakıyordu.

Ah, lütfen susma.

Bir süre sonra, "Saçlarını fırçalardım," dedi. "Güzeldi."

"Sana bakınca bundan şüphe duymak zor."

Fısıltıyı andırır bir sesle, "Boktan bir anneydi," dedi.

Sevgili yüzünü okşadım. *Ah, benim Ellim, Ellim, Ellim.* "Christian, boktan bir baba olmana izin vereceğimi bir an bile düşünebiliyor musun?"

Gözlerini açtı ve bana sonsuzluk kadar uzun gelen bir süre boyunca baktı. Yüzü rahatlamayla aydınlanırken, gülümsedi. "Hayır, hiç sanmıyorum." Elinin tersiyle yüzümü okşarken, bana hayranlıkla bakıyordu. "Tanrım, çok güçlüsünüz, Bayan Grey. Sizi o kadar çok seviyorum ki." Alnımı öptü. "Birini bu kadar sevebileceğimi bilmiyordum."

Duygularımı bastırmaya çalışarak, "Ah, Christian," diye fısıldadım.

"Yatmadan önceki masalın sonuna geldik."

"Ne masal ama..."

Kederle gülümsedi ama bence rahatlamıştı. "Başın nasıl?"

"Başım mı?" *Aslına bakarsan, bana anlattığın onca şeyden sonra, patlayacak gibi.*

"Ağrıyor mu?"

"Hayır."

"İyi. Bence artık uyumalısın."

Uyumak mı? Bunların üstüne nasıl uyuyabilirdim ki?

Dudaklarımı sarkıttım. "Tek bir sorum var."

"Ah, neymiş?" Bana temkinle baktı.

"Neden birdenbire bu kadar... daha uygun bir kelime bulamıyorum, açık sözlü oldun?"

Kaşları çatıldı.

"Bana bütün bunları anlatıyorsun, oysa normalde senden bilgi koparmak hayli asap bozucu ve zor oluyor."

"Öyle mi?"

"Öyle olduğunu biliyorsun."

"Neden mi açık sözlü davranıyorum. Bilmiyorum. Belki seni soğuk betonun üstünde neredeyse ölü halde gördüğüm içindir. Baba olacağım için de olabilir. Bilmiyorum. Bilmek istediğini söyledin ve ben Elena'nın aramıza girmesini istemiyorum. Giremez. O geçmişte kaldı ve ben sana bunu defalarca söyledim."

"Sana asılmasaydı, hâlâ arkadaş olur muydunuz?"

"Bir sorudan fazla oldu."

"Özür dilerim. Söylemek zorunda değilsin." Kızardım. "Zaten senden hiç beklemeyeceğim kadar çok bilgiyi gönüllü olarak verdin."

Bakışları yumuşadı. "Hayır, olacağımızı sanmam ama doğum günümden beri yarım kalmış bir iş gibi beni rahatsız ediyordu. Çizgiyi geçti ve benim için bitti. Lütfen, inan bana. Onu bir daha görmeyeceğim. Kabul edemeyeceğini söyledin. Bunu anlıyorum," dedi samimiyetle.

Tamam. Artık bu meselenin peşini bırakacaktım. Bilinçaltım kendini koltuğuna bıraktı. *Nihayet!*

"İyi geceler, Christian. Bu aydınlatıcı masal için teşekkür ederim." Üzerine eğildim ve dudaklarımız kısa bir an birbirine değdi. Ama ben öpüşü derinleştirmeye yeltenince, hemen geri çekildi.

"Yapma," diye fısıldadı. "Seninle sevişmek için ölüyorum."

"O zaman seviş."

"Hayır, dinlenmen gerek. Ve geç oldu. Uyumana bak." Başucu lambasını söndürüp bizi karanlığa gömdü.

Ona iyice sokulurken, "Seni koşulsuz seviyorum, Christian," diye mırıldandım.

"Biliyorum," diye fısıldadı ve utangaç gülümsemesini hissettim.

İrkilerek uyandım. Odanın içi aydınlıktı ve Christian yatakta yoktu. Saate baktım ve yedi elli üç olduğunu gördüm. Derin bir nefes aldım ve dünkü kadar kötü olmasa da, kaburgam acıyınca yüzümü buruşturdum. Sanırım işe gidebilirdim. İş, *evet.* İşe gitmek istiyordum.

Günlerden pazartesiydi ve dün, bütün günü yatakta uzanarak geçirmiştim. Christian dışarı çıkmama, sadece Ray'i görmek için ve kısa bir süreliğine izin vermişti. Dürüst olmak gerekirse, hâlâ tam bir kontrol manyağıydı. Sevgiyle gülümsedim. *Benim kontrol manyağım.* İlgili, sevgi dolu ve hoşsohbetti. Ve eve döndüğümüzden beri bana elini sürmemişti. Yüzümü buruşturdum. Bu konuda bir şeyler yapmam gerekecekti. Başım acımıyordu, kaburgalarımdaki ağrı hafiflemişti –gerçi dürüst olmak gerekirse, gülerken temkinli olmak gerekiyordu– ama sıkılmıştım. Sanırım... şeyden beri... pekâlâ ilk seferinden beri ilk kez bu kadar uzun süre sekssiz kalmıştım.

Bence ikimiz de dengemizi kazanmıştık. Christian eskisine göre gevşemiş görünüyordu. Masalı hem onu hem beni huzura kavuşturmuşa benziyordu. Bakalım, görecektik.

Hızlı bir duş aldım ve kurulayınca, kıyafetlerimi dikkatle inceledim. Seksi bir şey istiyordum. Christian'ı harekete geçirecek bir şey. Onun gibi doymak bilmeyen bir adamın, böyle bir irade sergileyebileceği kimin aklına gelirdi. Christian'ın bedeni üzerinde böyle bir disiplini nasıl uyguladığına kafa yormak bile istemiyordum. İtirafından bu yana, Sürtük Cüce'den hiç bahsetmemiştik. Umarım bir daha da hiç konuşmazdık. Benim için ölmüş ve gömülmüştü.

Neredeyse ahlaksızlık derecesinde kısa, siyah bir etek ve fırfırlı, beyaz, ipek bir bluz giydim. Kenarları dantelli jartiyer çoraplarımı ve yüksek topuklu siyah Louboutin'lerimi ayağıma geçirdim. Biraz rimel ve dudak parlatıcısı sürüp saçlarımı seksi bir şekilde taradıktan sonra hazırdım. Evet. Bence olmuştu.

Christian kahvaltı barında bir şeyler yiyordu. Omlet dolu çatalı beni görünce havada asılı kaldı. Kaşlarını çattı.

"Günaydın, Bayan Grey. Bir yere mi gidiyorsunuz?"

"İşe." Tatlı tatlı gülümsedim.

"Hiç sanmıyorum." Christian keyifli bir alayla, dudak kıvırdı. "Dr. Singh bir hafta istirahat etmeni söylemişti."

"Christian, bütün bir günü, tek başıma yatakta uzanarak geçirmeyeceğim. Bu yüzden işe gitsem de olur. Günaydın, Gail"

"Bayan Grey." Bayan Jones gülümsemesini saklamaya çalıştı. "Biraz kahvaltı alır mıydınız?"

"Lütfen."

"Gevrek?"

"Çırpılmış yumurta ve kızarmış tam buğday ekmeğini tercih ederim."

Bayan Jones sırıtırken, Christian'ın şaşkınlığı yüzünden okunuyordu.

"Çok iyi, Bayan Grey," dedi Bayan Jones.

"Ana, işe gitmiyorsun."

"Ama..."

"Hayır. Tartışmayalım." Christian dediğim dedikti. Ona baktım ve ancak o zaman dün gece giydiği pijama altı ve tişörtün hâlâ üstünde olduğunu fark ettim.

"Sen işe gidiyor musun?" diye sordum.

"Hayır."

Ben deliriyor muydum? "Günlerden pazartesi, değil mi?"

Gülümsedi. "Son baktığımda öyleydi."

Gözlerimi kıstım. "Yoksa işi mi kırıyorsun?"

"Seni başını belaya sokasın diye burada tek başına bırakacak değilim. Ve Dr. Singh işe dönmen için bir hafta gerektiğini söyledi. Hatırladın mı?"

Eteğimi hafifçe sıyırarak yanındaki bar taburesine oturdum. Bayan Jones önüme bir fincan çay bıraktı.

"İyi görünüyorsun," dedi Christian. Bacak bacak üstüne attım. "Çok iyi. Hele burası." Parmağını çoraplarımın hemen üstünde kalan çıplak ette dolaştırdı. Parmağı tenimde kayarken, nabzım hızlandı. Sesinde belli belirsiz bir hoşnutsuzlukla, "Bu etek çok kısa," diye mırıldanırken, gözleri de parmağını takip ediyordu.

"Öyle mi? Fark etmemişim."

Bana bakarken ağzı eğlenir gibi ama biraz kızgın bir gülümsemeyle bükülmüştü.

"Öyle mi, Bayan Grey."

"Kızardım.

"Bu kılığın iş yeri için uygun olduğundan emin değilim," diye mırıldandı.

"Pekâlâ, işe gitmediğime göre bu tartışmalı bir konu."

"Tartışmalı mı?"

Ağzımı oynattım. "Tartışmalı."

Christian bir kez daha sırıttı ve omletini yemeye devam etti. "Daha iyi bir fikrim var."

"Öyle mi?"

Bana koyulaşan gri gözleriyle, uzun kirpiklerinin arasından baktı. Derin bir nefes aldım. *Ah Tanrım. Tam zamanı.*

"Elliot'un evde ne durumda olduğunu görmeye gidebiliriz."

Ne? Ah! Alay ediyor olmalı! Bunu Ray kaza geçirmeden önce yapacaktık.

"Çok isterim."

"İyi." Sırıttı.

"Senin işe gitmen gerekmiyor mu?"

"Ros, Tayvan'dan döndü. Her şey yolunda gitmiş. Bugün her şey yolunda."

"Ben Tayvan'a senin gideceğini sanıyordum."

Bir homurtu daha çıkardı. "Ana, sen hastanedeydin."

"Ah."

"Evet. Bu yüzden bugün karımla hoş vakit geçireceğim." Kahvesinden bir yudum alırken dudaklarını şapırdattı.

"Hoş vakit mi?" Sesimdeki umudu gizleyememiştim.

Bayan Jones çırpılmış yumurtamı önüme bırakırken, gülümsemesini saklamak konusunda bir kez daha başarısız oldu.

Christian sırıttı. "Hoş vakit." Başıyla onayladı.

Kocamla daha fazla flört edemeyecek kadar acıkmıştım.

"Yemek yediğini görmek çok güzel." Kalktı, üzerime eğilip saçlarımı öptü. "Ben duşa gidiyorum."

Ağız dolusu kızarmış ekmek ve çırpılmış yumurtanın arasından, "Ah... Gelip sırtını sabunlayabilirim," dedim.

"Hayır. Ye."

Kahvaltı barından ayılırken, tişörtünü başından çekip çıkardı ve salondan aheste adımlarla çıkarken, bana biçimli omuzları ve çıplak sırtının görüntüsüyle ziyafet çekti. Bunu kasten yapıyordu. *Neden?*

Christian kuzey yolunda gayet rahat görünüyordu. Ray ve Bay Rodriguez'i, Christian'ın satın aldığından şüphelendiğim yeni düz ekran TV'de futbol maçı izlerken bırakmıştık.

"Konuşma"dan bu yana, Christian kendini bırakmış gibiydi. Sanki üzerinden bir yük kalkmıştı. Bayan Robinson'un gölgesi, artık üzerimize vurmuyordu. Ve şimdi Christian'a hiç olmadığım kadar yakın hissediyordum. Belki de sonunda bana içini açtığı içindi. Bunu yapmaya devam edeceğini umuyordum. Bebeği de daha fazla kabullenmişti. Henüz gidip bir beşik almamıştık ama umutlarımı yüksek tutuyordum.

Araba kullanırken, ona içimi çekerek baktım. Dağınık saçları, Ray-Ban'leri, ince çizgili tişörtü, beyaz keten gömleği ve kot pantolonu içinde, rahat, serinkanlı ve... seksi görünüyordu.

Bana baktı ve bacağımı dizimin üst kısmından sıkıca tutup parmaklarıyla usul usul ovaladı. "Üstünü değiştirmediğine sevindim."

Üzerime bir kot ceket geçirmiş, ayakkabılarımı da babetlerle değiştirmiştim ama kısa eteğim hâlâ üzerimdeydi. Eli dizimin üstünde oyalandı. Elimi elinin üstüne yerleştirdim.

"Benimle oynamayı sürdürecek misin?"

"Belki." Gülümsedi.

"Neden?"

"Çünkü oynayabilirim." Her zamanki çocuksuluğuyla sırıttı.

"O zaman bu oyunda ben de varım," diye fısıldadım.

Parmaklarını baştan çıkarıcı hareketlerle bacağımdan yukarı kaydırdı. "Hodri meydan, Bayan Grey." Sırıtışı bütün yüzüne yayıldı.

Elini tutup bacağımdan çektim. "Pekâlâ, ellerinizi kendinize saklayabilirsiniz."

Sırıttı.

"Nasıl isterseniz, Bayan Grey."

Kahretsin. Bu oyun ters tepecekti.

Christian yeni evimizin araç yoluna saptı. Girişteki güvenlik noktasında durdu, bir numara tuşladı ve oymalı metal kapılar ağır ağır sallanarak açıldılar. Yeşil, sarı ve parlak bakır renklerinin harmanı yaprakların altında, iki tarafı ağaçlarla kaplı yolda ilerledik. Çayırdaki uzun otlar sarıya dönüyordu ama otların arasında, her zaman birkaç yaban çiçeği vardı. Güzel bir gündü. Güneş parlıyordu ve Sound'un tuzlu kokusu havadaki yaklaşan sonbahar kokusuna karışıyordu. Burası çok sakin ve güzel bir yerdi. Ve burasının yakında evimiz olacağını düşününce…

Yol kıvrılarak ilerlerken, evimiz görüş alanımıza girdi. Yan taraflarını GREY İNŞAAT logosunun süslediği birkaç büyük kamyon ön tarafa park edilmişti. Evin etrafı inşaat iskeleleriyle çevriliydi ve çatıda baretli çok sayıda işçi çalışıyordu.

Christian arabayı sütunlu girişin önüne çekti ve motoru kapattı. Heyecanını hissedebiliyordum.

"Gidip Elliot'ı bulalım."

"Burada mı?"

"Umarım. Ona yeterince para ödüyorum."

Ben bir homurtu çıkardım ve Christian sırıtarak arabadan indi.

Elliot bir yerlerden, "Hey, kardeş!" diye seslendi. İkimiz de etrafımıza bakındık.

"Burada, yukarıdayım." Bir kulağından diğerine uzanan bir sırıtışla, bize çatıdan el sallıyordu. "Sizi buralarda görme zamanımız gelmişti. Olduğunuz yerde kalın. Hemen geliyorum."

Omuz silken Christian'a baktım. Birkaç dakika sonra, Elliot ön kapıda belirdi.

"Hey, kardeş." Christian'ın elini sıktı. "Ve siz nasılsınız, küçük hanım?" Beni kucaklayıp etrafında döndürdü.

Kaburgalarımın batmasıyla nefesim kesilerek, "Daha iyi," diye kıkırdadım. Christian kaşlarını çattı ama Elliot'un umurunda olmadı.

"Haydi, şantiye ofisine geçelim. Bunlara ihtiyacınız olacak." Elini baretine vurdu.

Ev içi boş bir kabuğa dönmüştü. Yerler çadır bezini andıran sert lifli bir malzemeyle kaplıydı ve orijinal duvarların bir kısmı ortadan kaybolmuş yerini yenileri almıştı. Elliot bizi neler olduğunu anlatarak dolaştırırken, etrafımızda adamlar –ve birkaç kadın– çalışmaya devam ettiler. Oymalı demir korkuluklu taş merdivenlerin yerli yerinde olduğunu ve toza karşı beyaz örtülerle kapatılmış olduğunu görünce rahatladım.

Ana oturma alanındaki duvarlardan biri, Gia'nın cam duvarına yer açmak için yıkılmıştı ve terastaki çalışma başlamak üzereydi. Karmaşaya rağmen, manzara nefes kesiciydi. Yapılan değişiklikler evin eski büyüsüyle uyumluydu. Gia iyi iş çıkarmıştı. Elliot süreci sabırla anlattı ve her iş için kabaca bir teslim tarihi verdi. Noel'de taşınabileceğimizi umuyordu. Gerçi Christian bu tahmini iyimser buldu.

Tanrım. Sound'a nazır bir Noel geçirebilirdik. Sabırsızlanıyordum. İçimde bir heyecan dalgası yükseldi. Bakır rengi saçlı bir oğlan çocuğunun hayret ve hayranlık dolu bakışları altında kocaman bir ağacı süslediğimizi hayal ettim.

Elliot turumuzu mutfakla tamamladı. "İkinizi yalnız bırakayım. Dikkatli olun. Burası bir inşaat alanı."

Christian, "Elbette. Teşekkürler, Elliot," diye mırıldanarak elimi tuttu. Elliot bizi yalnız bırakınca, "Mutlu musun?" diye sordu. Boş bir kabuk halindeki odaya bakarken, Fransa'dan aldığımız biber resimlerini nereye asacağımı düşünüyordum.

"Çok. Bayıldım. Sen?"

"Al benden de o kadar." Sırıttı.

"İyi. Biber resimlerini şurada düşündüm."

Christian başıyla onayladı. "José'nin çektiği portreleri bu eve asmak istiyorum. Nereye konulacaklarına sen karar ver."

Kızardım. "Sık sık görmeyeceğim bir yere."

Başparmağını alt dudağımda gezdirerek, "Böyle yapma," diye azarladı. "Onlar en sevdiğim fotoğraflar. Ofisimdekine bayılıyorum."

"Nedeni konusunda hiçbir fikrim yok," diye mırıldanarak, başparmağının yumuşak kısmını öptüm.

"Gün boyunca gülümseyen güzel yüzüne bakmaktan daha iyi ne olabilir? Aç mısın?" diye sordu.

"Neye aç mıyım?" diye fısıldadım.

Sırıtırken, gözleri koyuldu. Damarlarıma umut ve arzunun yayıldığını hissettim.

"Yemeğe, Bayan Grey." Ve dudaklarıma yumuşacık bir öpücük kondurdu.

Yapmacık bir ifadeyle dudaklarımı sarkıtarak iç geçirdim. "Evet. Bugünlerde hep açım."

"Üçümüz bir piknik yapabiliriz."

"Üçümüz mü? Birisi daha mı gelecek?"

Christian başını yana yatırdı. "Yedi ya da sekiz ay içinde."

Ah... Nokta. Ona şapşal şapşal sırıttım.

"Yemeği açık havada yemek istersin diye düşündüm."

"Çayırda mı?" diye sordum.

Başıyla onayladı.

"Elbette." Sırıttım.

Bana, "Burası çocukları yetiştirmek için harika bir yer olacak," diye mırıldanarak baktı.

Çocuklar! Birden fazla yani? Şimdi bundan bahsetme cüretini göstermeli miyim?

Parmaklarını karnımın üstüne koyup açtı. *Tanrım.* Nefesimi tuttum ve elimi elinin üstüne yerleştirdim.

"İnanması güç," diye fısıldadı ve ilk kez sesindeki hayreti duydum.

"Biliyorum. Ah, bak. Burada kanıtı da var. Bir fotoğraf."

"Fotoğraf mı? Bebeğin ilk gülümsemesi ha?"

Nokta'nın ultrason görüntüsünü çantamdan çıkardım.

"Gördün mü?"

Christian fotoğrafı birkaç saniye boyunca, dikkatle inceledi. "Ah... Nokta. Evet. Gördüm." Kafası dağılmış ve şaşırmış gibiydi.

"Çocuğun," diye fısıldadım.

"Çocuğumuz," diye itiraz etti.

"Çocuklarımızın ilki."

"Çocuklarımız mı?" Christian'ın gözleri telaşla açıldı.

"En az iki tane olmalı."

"İki mi?" Sözcüğü söylerken kafasında durumu tartar gibiydi. "Önce elimizdekiyle başlasak?"

Sırıttım. "Elbette."

Dışarı, ılık öğleden sonraya döndük.

Christian, "Sizinkilere ne zaman söyleyeceksin?" diye sordu.

"Yakında," diye mırıldandım. "Ray'e bu sabah söylemeyi düşündüm ama Bay Rodriguez vardı." Omuz silktim.

Christian başını salladı ve R8'in bagajını açtı. İçinde hasır bir piknik sepeti ve Londra'dan aldığımız kareli battaniye vardı.

"Gel," derken battaniye ve sepeti tek eline aldı, diğer elini bana uzattı. Birlikte çayıra doğru yürüdük.

"Elbette, Ros, devam et." Christian telefonu kapattı. Pikniğimizin başından beri gelen üçüncü telefondu bu. Ayakkabılarını ve çoraplarını çıkarmıştı ve kollarını karnına çektiği dizlerine yaslamış, beni izliyordu. Güneşte ısındığımız için, ceketi yerde, benimkinin üstünde duruyordu. Evin gürültüsünden uzakta, etrafımız altın sarısı ve yeşil, uzun çimlerle çevrelenmiş ve inşaat işçilerinin meraklı bakışlarından gizlenmiş halde, piknik battaniyemizin üstüne, yanına uzanmıştım. Burada kendi kırsal cennetimizdeydik. Bana bir çilek daha verdi ve kararan gözlerine bakarak, minnetle ısırdım.

"Lezzetli mi?" diye fısıldadı.

"Çok."

"Doydun mu?"

"Çileğe evet."

Gözlerinde tehlikeli bir ışıltıyla sırıttı. "Bayan Jones piknik sepeti hazırlamada çok iyi."

"Aynen öyle," diye fısıldadım.

Aniden döndü ve kafasını karnıma yasladı. Gözlerini yumdu, halinden hoşnut görünüyordu. Parmaklarımı saçlarının arasından geçirdim.

Derin bir iç geçirdi, sonra yüzünü buruşturup çalan telefonundaki numarayı kontrol etti. Gözlerini devirdi ve cevaplama tuşuna bastı.

Çıkışır gibi, "Welch," dedi. Gerildi, birkaç saniye dinledikten sonra aniden doğruldu.

Sıkılı dişlerinin arasından, "Yedi gün, yirmi dört saat... Teşekkürler," dedi ve kapattı. Ruh hali bir anda değişmişti. Alaycı, flört havasındaki kocamın yerini soğuk, hesapçı, kainatın efendisi almıştı. Gözlerini bir an kıstı ve sonra bana soğuk, ürpertici bir bakış gönderdi. Ensemden aşağı bir ürperti indi. BlackBerry'sini aldı ve hızlı arama tuşuna bastı.

"Ros, Lincoln Kerestecilik'te ne kadar hissemiz var?" Dizlerinin üstüne oturmuştu.

Kafa derim karıncalandı. *Ah, hayır, bu da neydi böyle?*

"Hisseleri GŞT'ye konsolide et ve yönetim kurulunu kov... CEO dışında... Umurumda değil... Dediğimi yap. Teşekkürler... Ve bana bilgi ver." Telefonu kapattı ve bana duygusuz gözlerle baktı.

Kahretsin! Christian delirmişti.

"Ne oldu?"

"Linc," diye mırıldandı.

"Linc mi? Elena'nın eski kocası mı?"

"Ta kendisi. Hyde'ın kefaletini ödeyen oymuş."

Ağzım açık kalmıştı. Christian'ın ağzı ise düz bir çizgi halini almıştı.

Tatsız bir sesle, "Pekâlâ, kendini aptal durumuna düşürdü," diye mırıldandım. "Hyde kefaletle salınmışken bir suç daha işledi."

Christian gözlerini kıstı ve pis pis sırıtarak, "İyi bir noktaya parmak bastınız, Bayan Grey," dedi.

Dizlerimin üstünde doğrulup ona yüzümü çevirdim. "Sen az önce ne yaptın?"

"Onu benzettim."

Ah! "Şey... Bana biraz fevri bir tepki gibi geldi," diye mırıldandım.

"Ben kafama estiği gibi davranan bir adamım."

"Bunun farkındayım."

Gözleri kısıldı, dudakları inceldi. "Bu planı bir süredir kenarda tutuyordum," dedi kuru bir sesle.

Kaşlarımı çattım. "Öyle mi?"

Duraksadı ve bir an bir şeyi zihninde tartar gibi göründükten sonra, derin bir nefes aldı.

"Seneler önce, ben yirmi bir yaşındayken, Linc karısını eşek sudan gelinceye kadar dövmüştü. Benimle yattığı için çenesini, sol kolunu ve kaburgalarını kırmıştı." Bakışları sertleşti. "Ve şimdi, öğreniyorum ki beni öldürmeye yeltenen, kardeşimi kaçıran ve karımın kafatasını zedeleyen adamın kefaletini ödüyor. Bu kadarı yeter. Sanırım artık bedelini ödeme zamanı geldi."

Rengim attı. *Aman Tanrım.* "İyi bir noktaya parmak bastınız, Bay Grey," diye fısıldadım.

"Ana ben böyleyim. Genelde intikam duygusuyla hareket etmem ama bunun yanına kalmasına izin veremezdim. Elena'ya yaptığı... Pekâlâ, Elena'nın şikayetçi olması gerekirdi ama olmadı. Bu ona kalmış bir şey.

Ama Linc, bu defa çizgiyi cidden aşmış oldu. Ailemin peşine düşerek bu işi kişiselleştirdi. Onu mahvedeceğim, firmasını gözünün önünde parçalayıp parçaları en yüksek parayı verene satacağım. Onu iflas ettireceğim."

Ah...

"Ayrıca." Christian sırıtıyordu. "Bu işten büyük para kazanacağız."

Aniden yumuşayan gri gözlerine bakakalmıştım.

"Seni korkutmak istemedim," diye fısıldadı.

"Korkutmadın da," diye yalan söyledim.

Tek kaşını kaldırırken, keyiflenmiş gibiydi.

"Beni şaşırttın, o kadar," diye fısıldadım ve yutkundum. Christian bazen gerçekten ürkütücü olabiliyordu.

Dudaklarını dudaklarıma sürttü. "Seni güvende tutmak için her şeyi yaparım. Ailemi güvende tutmak için. Bu küçük şeyi güvende tutmak için," diye mırıldandı ve avucunu karnımın üstünde dolaştırdı.

Ah... Nefesim kesilmişti. Christian bana gittikçe koyulaşan gözlerle bakıyordu. Nefes alırken dudakları aralandı ve parmak uçlarını kasti bir hareketle, cinsel organıma sürttü.

Tanrım. Arzu, kanımı tutuşturdu. Başını tuttum ve parmaklarımı saçlarının arasına kaydırıp, dudaklarımın dudaklarını bulacağı şekilde çektim. Hücumum karşısında şaşırarak dilini ağzımın içine kaydırdı. Beni dili ve dudaklarının benimkilere duyduğu büyük açlıkla, inleyerek öptü. Birbirimizi yeniden keşfederek ve kendimizi bir an diller, dudaklar, nefesler ve hazda kaybederek birbirimizi âdeta tükettik.

Ah, bu adamı istiyordum. O kadar uzun zaman olmuştu ki. Onu burada, şimdi, açık havada, çayırımızda istiyordum.

Transa geçmiş gibi, "Ana," diye soludu ve eli kalçamdan, etek ucuma kaydı. Parmaklarım birbirine dolanarak, gömleğinin düğmelerini çözmek için uzandım.

"Vay canına, Ana... dur." Çenesi kasılmış halde geri çekildi ve ellerimi tuttu.

"Hayır." Dişlerimi usulca alt dudağının üstüne kapatıp yavaşça çektim. Ona bakarak, bir kez daha, "Hayır," diye mırıldandım. Onu bıraktım. "Seni istiyorum."

Derin bir iç çekti. Arada kalmıştı; kararsızlığı ışıltılı gri gözlerinden okunuyordu.

"Lütfen, sana ihtiyacım var." Varlığımın her zerresi yalvarıyordu. *Buna ihtiyacımız var.*

Ağzı ağzımı bulurken, yenilgiyi kabul ederek inledi ve dudaklarımı dudaklarına bastırdı. Bir eliyle başımı tutarken, diğerini vücudumda kaydırdı ve beni sırt üstü yatırdıktan sonra, ağzımla teması hiç kesmeden, yanıma uzandı.

Geri çekildi ve bana yukarıdan bakarak, "O kadar güzelsiniz ki Bayan Grey," dedi.

Güzel yüzünü okşadım. "Siz de öyle, Bay Grey. İçiniz de dışınız da."

Kaşlarını çatınca, parmaklarımı kırışan alnında dolaştırdım.

"Kaşlarını çatma. Benim için öylesin. En kızgın halinle bile."

Bir kez daha inledi ve ağzıyla ağzımı esir alarak beni battaniyenin altındaki yumuşacık çimenlere iyice bastırdı.

"Seni çok özledim," diye fısıldayarak dişlerini çeneme sürttü. Kalbim boşlukta süzülüyordu sanki.

"Ben de seni. Ah, Christian..." Saçlarını tutup çekerken, diğer elimle omzunu sıkıca tuttum.

Dudakları öpücüklerden bir yol çizdi ve peşlerinde düğmelerimi maharetle çözen parmaklarıyla boynumdan aşağı kaydı. Bluzumun önünü açtı ve yumuşak ve dolgun memelerimi öptü. Gırtlağından yükselen beğeni dolu mırıltı, vücudumun derin ve kuytu köşelerinde yankı buldu.

"Vücudun değişiyor," diye fısıldadı. Başparmağı meme ucumu iyice kabarana ve sutyenimi zorlar hale gelene dek taciz etti. "Hoşuma gidiyor," diye ekledi. Dilinin sutyenim ile memem arasında kalan çizgide, beni taciz ederek ve baştan çıkararak dolaşmasını izledim. Sutyen kupumu dişlerinin arasına alıp aşağı çekerek göğsümü özgürlüğüne kavuşturdu ve burnunu ucuna sürttü. Meme ucum dokunuşunun ve yumuşacık sonbahar esintisinin etkisiyle dikleşti. Dudakları üzerime kapandı, uzun uzun ve sertçe emmeye başladı.

"Ah!" İnledim ve derin bir nefes alınca, ezik kaburgalarımdan yayılan sızıyla yüzümü buruşturdum.

"Ana!" Bana bakarken, Christian'ın yüzüne endişe yerleşmişti. "Bahsettiğim buydu," diye azarladı. "Kendini korumaya hiç özen göstermiyorsun. Canını yakmak istemiyorum."

"Hayır... Durma," diye sızlandım. Bana kendi kendisiyle savaşarak baktı. "Lütfen."

"Gel." Aniden kaydı ve beni at biner gibi üzerine oturttu. Kısacık eteğim kalçalarımda toplanmıştı. Elleri çoraplarımın bittiği yerdeydi.

"Böylesi daha iyi. Hem manzaranın da tadını çıkarabilirim." Uzandı ve uzun işaret parmağını sutyenimin diğer kupuna takıp o mememi de özgür bıraktı. İki mememi birden avuçlayınca, başımı arkaya atıp kendimi hoş ve usta ellerine doğru ittim. Meme uçlarımla bana çığlıklar attırana kadar oynadıktan sonra doğruldu ve burun buruna geleceğimiz şekilde oturup aç gözlerini benimkilere dikti. Beni öperken, parmakları tacizini sürdürüyordu. Gömleğine uzanıp ilk iki düğmeyi açtım. Sanki duyusal açıdan aşırı yüklenme yaşıyordum. Her yerini öpmek, onu soymak ve onunla çabucak sevişmek istiyordum.

"Hey..." Başımı tutup geriye çekildi ve koyu renk gözlerinde, şehvetli bir vaatle, "Aceleye gerek yok. Yavaş ol," dedi. "Tadını çıkarmak istiyorum."

"Christian, çok uzun zaman oldu." Nefes nefeseydim.

"Yavaş," diye fısıldadı ve bu bir emirdi. Ağzımın sağ köşesini öptü. "Yavaş." Sol köşeyi öptü. "Yavaş, bebek." Alt dudağımı dişleriyle çekiştirdi. "Ağırdan alalım." Parmaklarını saçlarımın arasına daldırdı, sakinleştiren ve tutuşturan dili ağzımı istila ederken beni olduğum yerde tuttu. Ah, erkeğim öpüşmeyi biliyordu.

Yüzünü okşadım ve parmaklarım çekinerek çenesine ve boynuna kaydı. Sonra, o beni öpmeyi sürdürürken, bu kez acele etmeden düğmelerini çözdüm. Gömleğini yavaşça iki yana açtım, parmaklarımı, sıcak ve ipeksi teninde, köprücük kemiklerinin üstünde dolaştırdım. Onu yavaşça itip yatar konuma getirdim. Gittikçe büyüyen ereksiyonunun üstünde kıpırdandığımı çok iyi bilerek doğruldum ve ona baktım. *Hımm...* Parmaklarımı dudaklarından çenesine, oradan boynuna ve son olarak Adem elmasından boynunun altındaki küçük girintiye kaydırdım. *Benim güzel erkeğim.* Eğildim ve parmak uçlarımın çizdiği yolu öpücüklerle donattım. Dişlerimi çenesine sürterek, boynunu öptüm. Gözlerini yumdu.

"Ah." İnledi. Başını arkaya attı ve boynunun alt kısmına daha kolay ulaşmama olanak sağladı. Ağzı sessiz bir hayranlıkla aralanmıştı. Christian'ın kaybolmuş ve tahrik olmuş hali o kadar heyecan vericiydi ki.

Dilim göğüs kafesinin üstünde, göğüs kıllarının arasında kaydı. *Hımm...* Enfes bir tadı vardı. Enfes kokuyordu. Baş döndürücü. Küçük, yuvarlak yara izlerinin önce birini, sonra diğerini öptüm. Kalçalarımı sıkıca kavrayınca, göğsündeki ellerim duraksadı ve ona baktım. Nefesi sertleşmişti.

"Bunu istiyor musun? Burada?" diye solurken, göz kapakları aşk ve şehvet karışımıyla ağırlaşmıştı.

"Evet," diye mırıldandım ve dudaklarımı ve dilimi göğsünden meme ucuna kaydırdım. Meme ucunu dişlerimin arasında yavaşça çevirdim.

"Ah, Ana," diye soludu. Ve kollarını belime sararak beni kaldırırken, düğmesini ve fermuarını açarak özgürlüğünü ilan etti. Beni yeniden üstüne indirdi ve altımdaki sertliğini ve sıcaklığını hissetmenin hazzıyla kendimi ona ittim. Parmaklarını bacaklarımın üst kısmında gezdirirken, çoraplarımın bittiği yerde duraksadı ve başparmaklarıyla tenimde... tam dokunulmak istediğim yerde minik daireler çizmeye koyuldu.

Vahşi ve ışıl ışıl gözlerle, "Umarım külotuna çok bağlanmamışsındır," diye mırıldandı. Parmaklarını karnımı saran lastik kısımda dolaştırdı ve külotumu sıkıca tutup parmaklarını narin kumaşına bastırarak elini içeri kaydırdı. Külot bir anda dağılıverdi. Ellerini kalçalarıma koyup başparmaklarını bir kez daha cinsel organıma sürttü. Kalçalarını kasınca ereksiyonu bana sürtündü.

"Islaklığını hissedebiliyorum." Sesini şehvetli bir beğeni bürümüştü. Aniden doğruldu ve kolunu tekrar belime sardığında yeniden burun buruna geldik. Burnunu burnuma sürttü.

"Bu işi ağırdan alacağız, Bayan Grey. Sizi her şeyinizle hissetmek istiyorum." Beni kaldırdı ve eşsiz ama bunaltıcı bir ağırlıkla üzerine oturttu. Her santiminin beni dolduruşunu hissettim.

Kollarını tutmak için uzanırken, "Ah..." diye inledim. Bir sürtünme hissi yaşamak için doğrulmaya yeltendim ama beni olduğum yere bastırdı.

"Her şeyinizle..." diye fısıldayarak kalçasını kaldırdı ve kendini tamamen içime itti. Başımı arkaya attım ve boğuk bir zevk çığlığı koyverdim.

"Seni duymak istiyorum," diye mırıldandı. "Ve kıpırdama, sadece hisset."

Ağzım sessiz bir "Ah"la donmuş halde gözlerimi açtım. Yarı örtülü, çapkın gri gözleriyle, büyülenmiş mavi gözlerime bakıyordu. Kalçalarını döndürerek kıpırdanırken, beni yerimde tutmayı sürdürdü.

İnledim. Dudakları boynumdaydı ve beni öpüyordu.

"Burası olmayı en sevdiğim yer... İçine gömülü olmak..."

"Lütfen hareket et," diye yalvardım.

"Yavaş, Bayan Grey." Kalçalarını yeniden kasınca, içime bir haz dalgası yayıldı. Yüzünü avuçlarımın arasına aldım ve onu tüketircesine öptüm.

"Sev beni. Lütfen Christian."

Dişlerini çenemden kulağıma kadar kaydırdı. "Haydi," diye fısıldadı ve beni yukarı aşağı hareket ettirmeye başladı. İçimdeki tanrıça zincirlerinden boşalmıştı. Christian'ı yere bastırarak ve onu içimde hissetmenin... hazzına vararak hareket etmeye başladım. Elleri belimdeydi ve o da ritmime uydu. Bunu... altımda... içimde olmasını özlemiştim. Güneş sırtımdaydı... sonbaharın tatlı kokusu ve nazik sonbahar esintisiyse havada... Baş döndürücü bir karışımdı. Dokunma... tat alma... koku... ve altımdaki sevgili kocamın görüntüsü.

"Ah, Ana." Gözleri kapalı, başı arkaya atılmış, ağzı açık halde inledi.

Ah... Buna bayılıyordum. Ve içimdeyken... yükseliyor... yükseliyor ve gittikçe daha yukarı tırmanıyordum. Christian'ın elleri bacaklarımın üst kısmına yöneldi ve başparmaklarını klitorisime bastırınca, erkekliğinin etrafında defalarca, defalarca, defalarca infilak ederek üzerine yığıldım ve o da kendini bırakıp adımı haykırarak boşalınca göğsüne yığıldım.

Başım ellerinin arasındaydı ve beni göğsüne iyice bastırdı. *Hımm...* Gözlerimi yumdum ve beni saran kollarının tadını çıkardım. Elim göğsündeydi ve gittikçe yavaşlayan ve sakinleşen kalp atışlarını hissediyordum. Onu öptüm, burnumu göğsüne sürttüm ve bir süre önce bunu yapmama izin vermediğini düşünüp şaşırdım.

"Daha iyi misin?" diye fısıldadı. "Başımı kaldırdım." Sırıtıyordu.

"Çok daha iyiyim. Ya sen?" Sırıtışım onunkinin bir yansımasıydı."

"Sizi çok özlemişim, Bayan Grey." Bir an ciddileşti.

"Ben de öyle."

"Bundan sonra kahramanlık yok, tamam mı?"

"Yok," diye söz verdim.

"Benimle her zaman konuşmalısın," diye fısıldadı.

"Sizin için de aynısı geçerli, Bay Grey."

Sırıttı. "İyi bir noktaya parmak bastınız. Deneyeceğim." Saçlarımı öptü.

"Bence burada mutlu olacağız." Gözlerimi tekrar yumarak fısıldadım.

"Evet. Sen, ben ve... Nokta. Bu arada, nasıl hissediyorsun?"

"İyi. Gevşemiş. Mutlu."

"İyi."

"Sen?"

"Evet, hepsi birden," diye mırıldandı.

Kafamı kaldırdım ve ifadesini anlamaya çalışarak baktım.

"Ne?" diye sordu.

"Seks yaparken çok patronluk tasladığını biliyorsun, değil mi?"

"Şikayetin mi var?"

"Hayır... Sadece merak ediyorum... Özlediğini söylemiştin."

Gözlerini benden ayırmadan, dik dik baktı. "Bazen," diye fısıldadı.

Ah. "Pekâlâ, bu konuda ne yapabileceğimize bakmamız gerekecek," diye mırıldandım ve dudaklarına minik bir öpücük kondurup, bir asma dalı gibi etrafına dolandım. İkimizin oyun odasındaki görüntülerimiz, Tallis, masa, duvardaki çarpı, yatağa kelepçeli halim... Bu tuhaf düzüşmeler, bizim tuhaf düzüşmelerimiz hoşuma gidiyordu. Evet, bunu yapabilirdim. Bunu onun için ve onunla yapabilirdim. Kendim için yapabilirdim. Kamçıyı hatırlayınca tenim karıncalandı.

"Oynamayı ben de seviyorum," diye mırıldandım ve kafamı kaldırınca, utangaç gülümsemesiyle karşılaştım.

"Biliyor musun, sınırlarını keşfetmeyi gerçekten isterim," diye fısıldadı.

"Hangi sınırlarımı?"

"Haz."

"Ah, sanırım benim de hoşuma giderdi."

"Belki eve gidince," diye fısıldayarak, bir vaadin tohumlarını ekti.

Burnumu ona bir kez daha sürttüm. Onu o kadar çok seviyordum ki.

Pikniğimizin ve, *Belki eve gidince,* vaadinin ortaya atılmasının üstünden, iki gün geçmişti. Christian bana hâlâ camdan yapılmışım gibi davranmayı sürdürüyordu. İşe gitmeme izin vermediği için evden çalışıyordum. Masamdaki, okumakta olduğum, mektup yığınını bir kenara itip iç geçirdim. Christian ve ben, parolayı kullandığım günden beri oyun odasına dönmemiştik. Ve özlediğini söylüyordu. Pekâlâ, ben de özlemiştim... Özellikle de sınırlarımı keşfetmek istediğini söyledikten sonra. Bunun muhtemelen nereye varacağını düşünerek kızardım. Bilardo masasına baktım... Evet, keşfetmek için can atıyordum.

Düşüncelerim, daireyi kaplayan yumuşacık, lirik müzikle bölündü. Christian piyano başındaydı ve her zamanki ağıtlarının aksine bu kez tatlı ve umutlu bir melodi –tanıdığım ondan hiç dinlemediğim bir melodi– çalıyordu.

Parmak uçlarımda salonun kemerli girişine yürüdüm ve piyanonun başında Christian'ı izledim. Alacakaranlıktı. Gökyüzü pembeydi ve ışık, parlak bakır rengi saçlarından yansıyordu. Her zamanki nefes kesici halindeydi; varlığımdan habersizdi ve tamamen çalmaya konsantre olmuştu. Son günlerde öylesine açık sözlü ve özenliydi ki. Güncel düşünceleriyle, planlarıyla ilgili küçük detayları paylaşıyordu.

Birkaç dakika içinde beni yoklamaya geleceğini biliyordum ve aklıma bir fikir geldi. Heyecanla, beni henüz fark etmemiş olduğunu umarak oradan uzaklaştım ve bir taraftan kıyafetlerimi çıkararak odamıza yürüdüm. Üzerimde açık mavi dantel külotumdan başka bir şey kalmadı. Açık mavi askılı bir bluz bulup üzerime geçirdim. Morluğumu saklayacaktı. Giyinme odasına daldım ve Christian'ın soluk kotlarından birini –oyun odası kotlarından, benim en sevdiklerimden birini– aldım. Başucu komodinimden BlackBerry'mi alıp kotu düzgün bir şekilde katladım ve yatak odası kapısının yanına diz çöktüm. Kapı aralıktı ve bilmediğim bir parçanın ezgilerini duyabiliyordum. Ama bu da umutlu bir ezgiydi ve çok hoştu. Çabucak bir e-posta yazdım.

Kimden: Anastasia Grey

Konu: Kocamın Zevki

Tarih: 21 Eylül 2011 20:45

Kime: Christian Grey

Efendim

Talimatlarınızı bekliyorum.

Her zaman sizin,

Bayan G x

"Gönder" tuşuna bastım.

Birkaç dakika sonra müzik aniden durdu. Kalbim yerinden oynadı ve deli gibi çarpmaya başladı. Bekledim, bekledim ve birkaç saniye sonra BlackBerry'm öttü.

Kimden: Christian Grey

Konu: Kocamın Zevki ← Bu Başlığa Bayıldım, Bebek

Tarih: 21 Eylül 2011 20:48

Kime: Anastasia Grey

Bayan G

Sizi bulmaya geliyorum.

Hazır olun.

Christian Grey
Beklenti dolu CEO, Grey Şirketler Topluluğu

Hazır olun! Yüreğim gümbür gümbür atarak saymaya başladım. Tam otuz yedi saniye sonra kapı açıldı. Eşikte duraksayan çıplak ayaklarına bakıyordum. *Hımm...* Tek söz etmedi. Asırlar gibi gelen bir süre boyunca, tek bir söz bile etmedi. *Ah, kahretsin.* Ona bakma isteğimi bastırdım ve gözlerimi önümde tuttum.

Sonunda aşağı uzandı ve kot pantolonunu aldı. Sessizliğini korudu ve ben hiç kıpırdamadan durmayı sürdürürken, giyinme odasına geçti. *Ah, tanrım... Buydu.* Kalbim gümbürderken, bütün vücudumu saran adrenalinin tadını çıkarıyordum. Heyecanım gittikçe artarken, kıvranmaya başladım. Bana ne yapacaktı? Birkaç saniye sonra, üzerinde kot pantolonuyla geri geldi.

"Demek oynamak istiyorsun?" diye mırıldandı.

"Evet."

Hiçbir şey söylemedi ama hızlı bir bakış atma riskini aldım. Kot pantolonundan yukarı, kumaşın sardığı bacaklarına, ön tarafındaki yumuşak çıkıntıya, belindeki açık düğmesine, kasıklarına uzanan tüylere, göbeğine, karın kaslarına, göğüs kıllarına, çakmak

çakmak gözlerine ve yana eğik başına baktım. Tek kaşı havadaydı. *Ah, kahretsin.*

"Evet, ne?" diye fısıldadı.

Ah.

"Evet... Efendim."

Gözleri yumuşadı. "Aferin kızıma," diye mırıldandı ve başımı okşadı. "Sanırım artık seni yukarı çıkarma zamanımız geldi," diye ekledi. Eridim ve karnım enfes bir şekilde kasıldı.

Elimi tuttu, peşinden üst kata çıktım. Oyun odasının kapısında durdu, eğildi ve saçlarımı sıkıca kavramadan önce, beni yavaşça öptü.

Dudaklarını dudaklarımdan uzaklaştırmadan, "Alttan üste çıktığını biliyorsun, değil mi?" diye mırıldandı.

Neden bahsettiğini anlamamıştım.

"Endişelenme, bununla yaşayabilirim," diye fısıldarken keyifliydi. Burnunu çeneme sürttü ve usulca kulağımı ısırdı. "İçeri girince, sana gösterdiğim gibi diz çök."

"Evet... Efendim."

Bana, gözleri aşkla, hayretle ve ahlaksız düşüncelerle parlayarak bakıyordu.

Tanrım... Christian'la hayat asla sıkıcı olmayacaktı. Bu adamı seviyordum. Kocam, sevgilim, çocuğumun babası, bazen de Hâkimim. Benim Elli Tonum.

SONSÖZ

Büyük Ev, Mayıs 2014

Kareli battaniyemizin üstünde yatıyor ve görüşümü çevreleyen çayır çiçeklerinin ve uzun yeşil otların arasından açık mavi yaz göğüne bakıyordum. Öğleden sonranın sıcaklığı tenimi, kemiklerimi ve karnımı ısıtıyordu ve vücudum çok gevşekti. Çok rahattı. Tanrım... bu harika bir şeydi. Anın, huzur anının, tadını saf ve eksiksiz bir şekilde çıkarıyordum. Bu sevinci ve bu bütünlüğü hissettiğim için suçluluk duymalıydım ama duymuyordum Burada ve tam şu anda, hayat güzeldi ve ben bunu takdir etmeyi, kocam gibi anı yaşamayı öğrenmiştim. Zihnim, Escala'daki son gecemizin enfes anılarına kayarken, gülümseyerek kıpırdandım.

Kırbacın püskülleri şişkin karnımda, acı verici, aheste bir hızla dolaşıyordu.

Christian kulağıma, "Doydun mu, Ana?" diye fısıldadı.

"Ah, lütfen." Gözlerim bağlı, başımın üstünde birleşen ellerimi oyun odasının tavanındaki demirlere bağlayan kelepçeleri çekiştirerek yalvardım.

Kamçının tatlı sızısı popoma indi.

"Lütfen, ne?"

İnledim. "Lütfen, efendim."

Christian elini yanan tenime yerleştirdi ve usulca okşadı.

"Tamam, tamam, tamam." Sözcükleri yumuşacıktı. Elini aşağıya doğru kaydırdı ve parmakları içime kaydı.

İnledim.

"Bayan Grey," diye soluyarak dişleriyle kulak mememi çekiştirdi. "Çok hazırsınız."

Parmakları o tatlı, çok tatlı noktaya tekrar tekrar temas ederek içime girip çıkıyordu. Kamçının yere düştüğünü duydum ve eli karnımın üstünden memelerime uzandı. Hassastılar.

Christian birini avuçladı ve başparmağını usulca meme ucumun üstünde dolaştırdı.

"Ah."

Parmakları nazik ve baştan çıkarıcıydı; haz, memelerimden aşağı, daha aşağı, derinlere yuvarlandı. Meme ucumu avucuna bastırarak, başımı arkaya yatırdım ve bir kez daha inledim.

Christian, "İnlemeni duymayı seviyorum," diye mırıldandı. Bir ritim tutturmuş olan parmakları içeri girip dışarı çıkmayı sürdürürken, ereksiyonu kalçama yaslanmıştı ve pantolonunun düğmeleri etime batıyordu. "Seni böyle boşaltayım mı?" diye sordu.

"Hayır."

Parmakları içimde kıpırdamaz oldu.

"Gerçekten mi, Bayan Grey? Bu size mi bağlı sanıyorsunuz?" Parmakları meme ucumu sıktı.

"Hayır... Hayır, Efendim."

"Böylesi daha iyi."

"Ah, lütfen," diye yalvardım.

"İstediğin ne, Anastasia?"

"Sen, her zaman."

Derin bir iç çekti.

Nefes nefese, "Her şeyin," diye ekledim.

Parmaklarını içimden çıkardı, beni kendisine çevirip göz bandımı çözdü. Benimkileri âdeta yakıp geçen, koyulaşmış gri gözlerine baktım. İşaret parmağı alt dudağımda dolaştı, sonra orta ve işaret parmaklarını ağzımın içine itip bana ıslaklığımın tuzlu tadını tattırdı.

"Em," diye fısıldadı.

Hımm... Kendi tadım bile onun parmaklarında enfesti.

Elleri başımın üstündeki bilekliklere kaydı ve onları çözüp kollarımı özgür bıraktı. Yüzüm duvara bakacak şekilde çevirip saç örgümü çekiştirerek kollarının arasına aldı. Başımı yana yatırdı ve vücudumu kendine bastırırken, dudaklarını boynumdan yukarı doğru kaydırdı.

"Ağzının içinde olmak istiyorum." Sesi yumuşak ve baştan çıkarıcıydı. Olgun ve hazır vücudum kasıldı. Haz, tatlı ve keskindi.

İnledim. Yüzümü ona çevirdim ve onu, başını benimkine eğip ağzını istila ederek ve tadının keyfini çıkararak, aşkla öptüm. İnledi, ellerini arkama yerleştirdi ve beni kendine çekti ama dokunan tek yerim hamile karnım oldu. Çenesini ısırdım ve boynundan aşağı öpücükler kondurup, parmaklarımı kot pantolonundan aşağı kaydırdım. Başını arkaya yaslayıp boynunun büyük kısmını önüme serince, dilimi göğsüne ve göğüs kıllarının arasına kaydırdım.

"Ah."

Kot pantolonunu hızla çektim, düğmeleri açıldı ve Christian beni omuzlarımdan tutarken, önünde dizlerimin üstüne indim.

Kirpiklerimin arasından ona bakarken, o da bana bakıyordu. Gözleri koyu, dudakları aralıktı ve ereksiyonunu önce azat edip sonra ağzımla esir alırken, derin bir iç çekti. Christian'a bunu yapmayı başarıyordum. Dağılmasını izlemek, nefesinin hızlandığını ve gırtlağından yükselen yumuşacık iniltileri duymak... Gözlerimi yumdum ve yüzümü kasıklarına bastırıp tadının ve kesilen nefesinin keyfini çıkararak iyice emdim.

Başımı sıkıca kavrayarak beni durdurunca, dişlerimi dudaklarımla örttüm ve onu ağzımın içine iyice çektim.

"Gözlerini aç ve bana bak," diye emrederken, sesi alçaktı

Yakıcı gözleri benimkilerle buluştu, kalçalarını kasarak ağzımı gırtlağımın gerisine kadar doldurup hızla geri çekildi. Kendini tekrar içime iterken, ona dokunmak için elimi uzattım. Durdu ve beni yerime sabitledi.

"Dokunma, yoksa seni yine kelepçelerim. Ben sadece ağzını istiyorum," diye homurdandı.

Ah Tanrım. O kadar yani? Ellerimi arkamda birleştirdim ve dolu ağzımla, ona masum masum baktım.

Bana gülümsedi ve boğuk bir sesle, "Aferin kızıma," dedi. Geri çekildi ve beni sıkıca, ama nazikçe tutarak kendini bir kez daha içime itti. "Çok güzel, becerilesi bir ağzınız var, Bayan Grey." Gözlerini yumdu ve penisini dilimin üzerinde ve etrafında döndürerek, dudaklarımın arasında sıkarken, kendini bir kez daha itti. Onu tekrar tekrar ağzımın derinliklerine alıp geri çekilirken, nefesi dişlerinin arasında tıslıyordu.

"Ah, dur," dedi. Kendini içimden çekti ve beni daha fazlasını ister halde bıraktı. Omuzlarımı tutup beni ayağa kaldırdı. Örgümü sımsıkı kavradı ve beni aynı anda hem açgözlü hem ısrarlı dilini de işin içine katarak öptü. Sonra beni aniden bıraktı ve ben ne olduğunu anlamadan kucaklayıp dört direkli karyolaya taşıdı. Yavaşça, popom tam yatağın kenarına denk gelecek şekilde, yatırdı.

"Bacaklarını belime sar," diye emretti. Emrini yerine getirdim ve onu kendime çektim. Elleri iki yanımda, eğildi ve ayakta durmayı sürdürerek, çok yavaşça, kendini içime itti.

Ah, harika bir histi. Gözlerimi yumdum ve bana usul usul sahip oluşunun tadını çıkardım.

"İyi misin?" derken, sesindeki endişe barizdi.

"Ah, Tanrım, Christian. Evet. Evet. Lütfen." Bacaklarımı etrafına sardım ve kendimi ona doğru ittim. İnledi. Kollarını sımsıkı tuttum, kalçalarını ilk başta ağır ağır, ileri geri kaydırdı.

"Christian, lütfen. Daha sert. Kırılmam."

İnledi ve hareket etmeye, tekrar tekrar girip çıkarak, gerçekten hareket etmeye başladı. Tanrım, cennetten farksızdı.

Ona daha sıkı sarılarak, "Evet," diye inledim ve içimde haz birikmeye başlarken ona daha sıkı tutundum. İçime yenilenmiş bir kararlılıkla gömülürken inledi... O kadar yaklaşmıştım ki artık. *Ah, lütfen... durma.*

Sıkılı dişlerinin arasından, "Haydi, Ana," diye inledi ve aldığım zevk gittikçe artarken, etrafında infilak ettim. Adını haykırdım, Christian durdu, zevkin doruklarına tırmanırken, yüksek sesle inledi.

"Ana," diye haykırdı.

Christian, iyice açtığı uzun parmaklarıyla karnımı okşayarak yanımda yatıyordu.

"Kızım nasıl?"

"Dans ediyor." Güldüm.

"Dans mı ediyor? Ah, evet! Vay canına, onu hissedebiliyorum." İki Numaralı Nokta içimde taklalar atarken, sırıttı.

"Bence şimdiden seksi seviyor."

Christian kaşlarını çattı ve kuru bir sesle, "Gerçekten mi?" dedi. Dudakları karnıma denk gelecek şekilde kaydı. "Küçük hanım, o şeyden otuz yaşına kadar sana yok."

Kıkırdadım. "Ah, Christian, ne kadar iki yüzlüsün."

"Hayır, sadece endişeli bir babayım." Bana bakarken, alnını endişesini ele verecek şekilde kırıştırdı."

"Harika bir babasın, tam tahmin ettiğim gibi." Güzel yüzünü okşayınca, bana utangaç gülümsemesiyle baktı.

Göbeğimi öperek, "Bunu seviyorum," diye fısıldadı. "Senden daha çok demek."

Dudaklarımı sarkıttım. "Benden daha çok olmasını sevmiyorum."

"Boşalman harika oluyor."

"Christian!"

"Ve sütünün tadını almak için sabırsızlanıyorum."

"Christian, sen o kadar tuhaf..."

Ani bir hareketle üzerime çıkıp bacağını bacağımın üstüne attı ve kollarımı başımın üstünde birleştirerek beni hararetle öptü. "Tuhaf düzüşmelere sen de bayılıyorsun," diye fısıldadı ve burnunu burnumun üstünde dolaştırdı.

Bulaşıcı ve ahlaksız gülümsemesine kapılarak sırıttım. "Evet, tuhaf düzüşmelere bayılıyorum. Ve sana. Hem de çok."

Oğlumun sevinç çığlığıyla, irkilerek uyandım ve ne onu ne Christian'ı göremiyor olmama rağmen, coşkuyla, aptal aptal sırıttım. Ted şekerlemesinden uyanmıştı ve Christian'la birlikte yakınlarda bir yerde kuduruyorlardı. Christian'ın oyun oynama kapasitesine hâlâ hayret ederek, sessizce yattım. Teddy'ye karşı olağanüstü sabırlıydı; bana gösterdiği sabırsa bambaşkaydı. Güldüm. Ama zaten öyle olması gerekirdi. Ve benim minik, güzel oğlum, annesinin kuzusu, babasının ilk göz ağrısı, korku nedir bilmiyordu. Diğer yandan Christian ikimize karşı da hâlâ aşırı korumacıydı. Benim tatlı, değişken, kontrolcü Elli'm.

"Haydi, gidip anneyi bulalım. Burada, çayırda bir yerlerdeydi."

Ted duyamadığım bir şey söyleyince, Christian özgürce ve mutlulukla güldü. Ebeveynlere özgü sevinçle dolu, sihirli bir sesti. Uzun çimlerin arasındaki gizlenme yerimden, onları gözetlemek için dirseklerimin üstünde doğruldum.

Christian, Ted'i etrafında döndürüyor, döndürüyor ve bir kez daha neşeyle çığlık atmasına neden oluyordu. Durdu, onu havaya attı –nefesim kesildi– ve yakaladı. Ted çocuksu bir kendini bırakışla çığlık atınca, rahat bir nefes aldım. Ah, benim küçük adamım, benim her an kıpır kıpır, canım küçük adamım.

"Bi daaa, baba!" diye bağırdı. Christian isteğini yerine getirdi ve Teddy'yi havaya atıp yakalarken yüreğim tekrar ağzıma geldi. Christian, Ted'in önce bakır rengi saçlarını, sonra yanağını öptü ve bir süre amansızca gıdıkladı. Teddy kahkahalar atarak kıvranıyor, Christian'ın göğsünü iterek kollarından kurtulmaya çalışıyordu. Christian onu yere bıraktığında sırıtıyordu.

"Haydi, anneyi bulalım. Otların arasında saklanıyor."

Ted oyundan keyif alarak, yüzünde kocaman bir gülümsemeyle etrafına bakındı. Christian'ı elinden tutup olmadığım bir yeri işaret edince, kıkırdadım. Ben de oyuna katılarak, çabucak yere uzandım.

"Ted, anneni duydum. Sen de duydun mu?"

"Anne!"

Ted'in buyurgan sesi karşısında kıkırtıyla homurtu arası bir ses çıkardım. Tanrım, babasına o kadar benziyordu ki ve daha iki yaşındaydı.

Suratımda saçma sapan bir sırıtışla gökyüzüne bakarak, "Teddy!" diye seslendim.

"Anne!"

Ve hemen sonra, çayırı ezip geçen ayak seslerini duydum ve uzun otların arasından önce Ted, sonra da Christian belirdi.

"Anne!" Ted, Sierra Madre'nin kayıp hazinesini bulmuş gibi çığlık atarak üzerime atıldı.

"Hey, bebeğim!" Onu kollarımın arasına alıp tombul yanağını öptüm. Kıkırdadı ve öpüşüme karşılık verdikten sonra kollarımın arasından kaçtı.

"Merhaba, anne." Christian bana gülümsüyordu.

"Merhaba, baba." Sırıttım. Christian, Ted'i üstümden aldı ve kucağında oğlumuzla yanıma oturdu.

Ted'i, "Anneye nazik davranıyoruz," diye azarladı. İşin ironisi dikkatimden kaçmamıştı. Christian cebinden BlackBerry'sini çıkarıp Ted'e verdi. Bu bize muhtemelen beş dakikalık bir huzur kazandıracaktı. Teddy, BackBerry'yi alnını kırıştırarak inceledi. Babasının e-postalarını okuduğu zamanlardaki hali gibi, iyice konsantre olmuş mavi gözleriyle, çok ciddi görünüyordu. Christian burnunu Teddy'nin saçlarına gömünce, yüreğim sevgiyle doldu. Kocam ve kucağında sessizce –en azından birkaç dakikalığına– oturan oğlum... Bir elmanın iki yarısı gibiydiler. Koca dünyadaki en gözde iki erkeğim.

Elbette, Ted gezegendeki en güzel ve yetenekli çocuktu ama ben annesiydim ve öyle düşünmem gerekiyordu. Ve Christian da... Pekâlâ, Christian, Christian'dı. Beyaz tişörtü ve kot pantolonuyla, her zamanki kadar seksi görünüyordu. Böyle bir ödülü hak etmek için ne yapmıştım?

"İyi görünüyorsunuz, Bayan Grey."

"Siz de öyle, Bay Grey."

Christian, Ted'in kulağına, "Annen çok hoş değil mi?" diye fısıldadı. Babasının BlackBerry'si ilgisini çok daha fazla çeken, Ted onu iterek geçiştirdi.

Kıkırdadım. "Onun ilgisini çekemezsin."

"Biliyorum." Sırıtarak, Ted'in saçlarını öptü. "Yarın iki yaşını dolduracağına inanamıyorum." Sesi biraz hüzünlüydü. Uzanıp karnıma dokundu. "Çok çocuk yapalım," dedi.

O karnımı okşarken, "En az bir tane daha," diyerek sırıttım.

"Kızım nasıl?"

"İyi. Sanırım uyuyor."

"Merhaba, Bay Grey. Merhaba, Ana."

Dönüp bakınca, Taylor'ın uzun otların arasında beliren on yaşındaki kızı Sophie'yi gördük.

Ted onu tanımanın verdiği keyifle "Soiii," diye çığlık attı. Debelenerek ve BlackBerry'yi de bırakarak, Christian'ın kucağından kalktı.

Sophie, "Gail bana buz şekeri verdi," dedi. "Birini Ted'e verebilir miyim?"

"Elbette," dedim. Ah, Tanrım, işler karışacaktı.

"Şeker!" Ted ellerini uzatınca, Sophie buzlu şekerlerden birini ona verdi. Daha şimdiden akmaya başlamıştı.

"Gel bakalım, anne de görsün." Kalkıp oturdum ve buzlu şekeri çabucak ağzıma sokarak sulanan kısmını yaladım. Hımm... Yaban mersini, serin ve enfesti.

Ted'in sesi kızgınlıkla çınlayarak, "Benim o!" diye itiraz etti.

"Al bakalım..." Ona biraz daha az damlayan şekeri uzatmamla ağzına tıkması bir oldu. Sırıttı.

"Ted'le yürüyüşe gidebilir miyiz?" dedi Sophie.

"Elbette."

"Çok uzaklaşmayın."

"Uzaklaşmayız, Bay Grey." Sophie'nin ela gözleri iri ve ciddiydi. Sanırım Christian'dan biraz ürküyordu. Teddy, onun uzattığı elini isteyerek tuttu. Uzun çimlerin arasında yan yana uzaklaştılar.

Christian onları izliyordu.

"Bir şey olmaz, Christian. Burada başlarına ne gelebilir ki?" Kısa bir an kaşlarını çattı. Kucağına kıvrıldım.

"Ayrıca, Teddy, Sophie'ye sırılsıklam âşık."

Christian bir homurtu çıkararak saçlarını burnuma sürttü. "Sophie harika bir çocuk."

"Öyle. Ayrıca çok da güzel. Sarışın bir melek."

Christian durdu ve elini karnıma yerleştirdi. "Kızlar ha?" Sesinde bir miktar endişe vardı. Elimi başının arkasına yerleştirdim.

"En az üç ay daha kızın için endişelenmene gerek yok. Ben ona burada iyi bakıyorum, tamam mı?"

Kulağımın arkasını öptü ve dişlerini kulak memenin kenarında dolaştırdı.

"Siz nasıl derseniz, Bayan Grey." Ardından beni ısırdı. Bir çığlık attım.

"Dün gece çok hoşuma gitti," dedi. "Bunu daha sık yapmalıyız."

"Bence de."

"Ve çalışmayı bıraksan yapabiliriz de."

Gözlerimi devirince, kollarını bana daha sıkı sardı ve sırıttı.

"Yoksa bana gözlerinizi mi deviriyorsunuz, Bayan Grey." Üzeri örtülü ama şehvetli bir tehdit... İçim kıpır kıpır oldu ama çayırın ortasında ve çocukların az ötesinde olduğumuz için, davetini duymazdan geldim.

"Grey Yayıncılık'ın *New Yok Times* çok satanlar listesinde bir yazarı var, Boyce Fox'un satışları olağanüstü, şirketimizin e-kitap kısmı çok başarılı ve nihayet istediğim ekibi kurdum."

"Ve bu zor zamanlarda para kazanıyorsun," diye eklerken, Christian'ın sesi gururunu yansıtıyordu. "Ama ben mutfağımdaki çıplak ayaklı ve hamile halini seviyorum."

Yüzünü görebilmek için başımı arkaya yatırdım. Bana ışıl ışıl gözlerle baktı.

"Ben de," diye mırıldandım ve elini karnımdan çekmeden beni öptü.

Ruh halinin iyi olduğunu görünce, hassas bir konuyu gündeme getirmeye karar verdim. "Önerimi düşündün mü?"

Durdu. "Ana, cevabım hayır."

"Ama Ella çok hoş bir isim."

"Kızıma annemin adını vermeyeceğim. Hayır. Bu tartışma burada bitti."

"Emin misin?"

"Evet." Çenemi tuttu ve bana öfke saçarak baktı. "Ana, bırak artık. Kızımın geçmişin lekesini taşımasını istemiyorum."

"Tamam, özür dilerim." Kahretsin... Onu kızdırmak istememiştim.

"Böylesi daha iyi. Düzeltmeye çalışmaktan vazgeç," diye mırıldandı. "Bana onu sevdiğimi itiraf ettirdin, beni mezarına sürükledin. Yeter."

Ah, hayır. Bacaklarımı iki yanına uzatarak, kucağında döndüm ve yüzünü ellerimin arasına aldım.

"Özür dilerim. Gerçekten. Lütfen, bana kızma." Onu öptüm. Sonra ağzının köşesine bir öpücük daha kondurdum. Diğer köşeyi de işaret edince, orayı da öptüm. Sonra burnunu işaret etti. Burnunu da öptüm. Sırıttı ve ellerini arkama yerleştirdi.

"Ah, Bayan Grey, ben sizinle ne yapacağım?"

"Bir şeyler düşüneceğinizden eminim," diye mırıldandım. Sırıttı ve ani bir hareketle, beni battaniyenin üzerine yatırdı.

Şehvetli bir gülümsemeyle, "Hemen şimdi düşünsem?" dedi.

"Christian!" diye inledim.

Birden Ted'den tiz bir çığlık yükseldi. Christian bir panter zarafetiyle ayağa fırladı ve sesin kaynağına doğru koştu. Ben daha aheste adımlarla peşinden gittim. Christian kadar kaygılı değildim. Bana yolunda gitmeyen şeyin ne olduğunu görmek için basamakları ikişer üçer indirtecek türde bir çığlık değildi.

Christian, Teddy'yi kollarının arasına aldı. Oğlumuz teskin edilemeyecek şekilde ağlayarak buzlu şekerinin düştüğü yeri işaret ediyordu.

Sophie üzgün bir sesle, "Düşürdü," dedi. "Benimkini alabilirdi ama bitirdim."

"Ah, Sophie, hayatım, endişelenme." Saçlarını okşadım.

Ted, "Anne!" diye sızlanarak kollarını bana uzattı. Ben uzanınca, Christian onu hiç istemeyerek bana verdi.

"Sakin ol bakalım."

"Şeker," diye hıçkırdı.

"Biliyorum, bebeğim. Haydi gidip Bayan Taylor'ı görelim ve bir tane daha alalım." Başını öptüm. O kadar güzel kokuyordu ki. Minik oğlum kokuyordu.

"Şeker." Burnunu çekti. Elini tuttum ve yapış yapış parmaklarını öptüm.

"Parmaklarında buzlu şekerin tadı var."

Ağlamayı kesti ve elini inceledi.

"Parmaklarını ağzına götür."

Götürdü. "Şeker!"

"Evet, buzlu şeker."

Sırıttı. Benim, babası gibi değişken oğlum. Pekâlâ, en azından bir mazereti vardı. Daha iki yaşındaydı.

"Bayan Taylor'ı görmeye gidelim mi?" Güzel bebek gülümsemesiyle başını salladı. "Seni babanın taşımasına izin verir misin?" Kafasını salladı ve kollarını boynuma dolayıp bana sımsıkı sarılarak, yüzünü boynuma bastırdı.

Ted'in küçük kulağına, "Bence baba da buzlu şekerin tadına bakmak istiyordur," diye fısıldadım. Ted kaşlarını çattı, eline baktı ve Christian'a uzattı. Christian gülümsedi ve Ted'in parmaklarını ağzına soktu.

"Hımm... Tatlı."

Ted kıkırdadı ve Christian'ın onu kucağına almasını isteyerek uzandı. Christian bana sırıttı ve Ted'i kucağına alıp kalçasına yasladı.

"Sophie, Gail nerede?"

"Büyük evdeydi."

Christian'a döndüm. Gülümsemesi buruk bir hal alınca ne düşündüğünü merak ettim.

"Onunla çok iyi geçiniyorsun," dedi.

"Bu minik şeyle mi?" Ted'in saçlarını karıştırdım. "Nedeni siz Grey erkeklerini çok iyi tanımam." Kocama sırıtarak baktım.

Güldü. "Kesinlikle tanıyorsunuz, Bayan Grey."

Teddy, Christian'ın kolları arasında kıvranmaya başladı. İnatçı küçük adamım, şimdi de yürümek istiyordu. Ben bir elini, babası diğerini tuttuk ve eve dönüş yolu boyunca onu aramızda salladık. Sophie ise hemen önümüzde sekmekle meşguldü.

Nadir bir izin gününde, dışarıdaki garajda, üzerinde kot pantolonu ve kolsuz tişörtüyle eski bir motosikleti tamir etmekle meşgul olan Taylor'a el salladım.

Kapısının önünde duraksadım ve Ted'e kitap okuyan Christian'a kulak verdim. "Ben Lorax'ım! Ağaçların adına konuşurum..."

İçeri göz attığımda, Teddy çoktan uykuya dalmıştı ama Christian okumayı sürdürüyordu. Ben kapıyı açınca kafasını kaldırdı ve kitabı kapattı. Parmağını dudaklarına götürdü ve Ted'in beşiğinin yanındaki bebek monitörünü açtı. Ted'in yatak örtüsünü düzeltip yanağını okşadıktan sonra, ayağa kalktı ve parmak uçlarında, en ufak bir gürültü çıkarmadan yanıma geldi. Bu haline gülmemek imkânsızdı.

Koridora çıkınca beni kollarının arasına çekti. Dudaklarını dudaklarımdan ayırmadan, "Tanrım, onu çok seviyorum ama uyuduğu zamanlar bir başka güzel oluyor," diye mırıldandı.

"Sana daha fazla katılamazdım."

Bana yumuşacık gözlerle baktı. "İki yıldır bizimle olduğuna hâlâ inanamıyorum."

"Biliyorum." Onu öptüm ve kısa bir an Teddy'nin doğumuna ışınlandım. Acil sezaryen olmak zorunda kalmıştım, Christian'ın eli ayağına dolaşmış endişeli halini, küçük Nokta'nın sıkıntıya girdiğini, Dr. Greene'in ödün vermeyen sükûnetini, her şeyi hatırlamıştım. İçimden bir ürperti geçti.

"Bayan Grey, on beş saattir doğumdasınız. Pitocin'e rağmen sancılarınız yavaşladı. Sezaryen yapmamız gerek, bebek sıkıntıda." Dr. Greene son derece kararlıydı.

Christian ona, "Zamanı geldi de geçiyor bile!" diye kükredi. Dr. Greene onu duymazdan geldi.

"Christian, yavaş." Elini sıktım. Sesim, alçak ve cılız ve her şey –duvarlar, makineler ve gri önlüklü insanlar– bulanıktı... Tek istediğim uyumaktı. Ama önce yapmam gereken önemli bir şey vardı. Ah evet. "Onu içimden çıkarmak istiyorum."

"Bayan Grey, lütfen. Sezaryen."

Christian, "Lütfen, Ana," diye yalvardı.

"O zaman uyuyabilir miyim?"

"Evet, bebeğim, evet." Alnımı öperken, Christian neredeyse hıçkırmıştı.

"Küçük Nokta'yı görmek istiyorum."

"Göreceksin."

"Tamam," diye fısıldadım.

Dr. Greene, "Nihayet," diye mırıldandı. "Hemşire, anestezi uzmanına çağrı gönderin. Dr. Miller, sezaryen için hazırlık yapın. Bayan Grey sizi ameliyathaneye aktaracağız."

"Aktarmak mı?" Christian ve ben aynı anda sormuştuk.

"Evet, şimdi."

Ve birden hareket etmeye başladık. Hızla. Koridor boyunca aceleyle itilirken, tavandaki ışıklar birbirine karışıp uzun, parlak bir çizgi halini aldı.

"Bay Grey, sizin de ameliyata girmek üzere hazırlanmanız gerek."

"Ne?"

"Hemen şimdi, Bay Grey."

Elimi sıktı ve beni bıraktı.

Paniğe kapılarak, "Christian," diye seslendim.

Bir kapıdan daha geçtik ve hiç zaman kaybetmeden, bir hemşire göğsümün önüne bir paravan çekti. Kapılar açıldı, kapandı ve oda bir yığın insanla doldu. Çok gürültülüydü... Eve gitmek istiyordum.

"Christian?" Odadaki yüzlerin arasında kocamı aradım.

"Birazdan burada olacak, Bayan Grey."

Bir an sonra, mavi ameliyat kostümleri içinde yanımdaydı. Eline uzandım.

Fısıldadım. "Korkuyorum."

"Hayır, bebeğim, hayır. Ben buradayım. Korkma. Benim güçlü Ana'm korkmaz." Alnımı öptü. Ses tonundan bir sorun olduğunu anlamıştım.

"Sorun ne?"

"Ne?"

"Yolunda gitmeyen ne?"

"Hiçbir şey. Her şey yolunda. Bebeğim yorgunsun, o kadar." Gözleri korkuyla yanıyordu.

"Bayan Grey, anestezi uzmanı geldi. Epiduralinizi ayarlayacak, hemen ardından başlıyoruz."

"Bir sancı daha geldi."

Karnımın tamamı çelikten bir bant gibi kaskatı kesildi. Kahretsin! Sancıyı atlatırken, Christian'ın elini neredeyse ezdim. Yorucu olan bu kısmıydı; acıya katlanmak. O kadar yorulmuştum ki. Uyuşturucu sıvının yayıldığını... aşağı doğru yayıldığını duyabiliyordum. Christian'ın yüzüne konsantre oldum. Kaşlarının arasındaki çizgiye. Gergindi. Ve endişeli. *Neden endişeliydi?*

"Bunu hissedebiliyor musunuz?" Dr. Greene'in sesi, paravanın arkasından geliyordu.

"Neyi hissedebiliyor muyum?"

"Hissedemiyorsunuz demek."

"İyi. Dr. Miller. Başlayalım."

"Gayet iyi gidiyorsun, Ana."

Christian'ın rengi atmıştı. Alnında ter vardı. Korkuyordu. *Korkma, Christian. Korkma.*

"Seni seviyorum," diye fısıldadım.

"Ah, Ana," diye hıçkırdı. "Seni seviyorum. Seni çok seviyorum."

İçimde tuhaf bir çekilme hissettim. Daha önce hissettiğim hiçbir şeye benzemiyordu. Christian paravanın üstünden baktı ve rengi iyice soldu ama büyülenmiş gözlerle bakmayı sürdürdü.

"Neler oluyor?"

"Çekiyoruz! İyi..."

Birden kulakları tırmalayan, öfkeli bir ağlama sesi duyuldu.

"Bir oğlunuz oldu, Bayan Grey. Apgar'ını[17] kontrol edin."

"Apgar'ı dokuz."

"Onu görebilir miyim?" diye inledim.

Christian bir an görüntüden kayboldu ve hemen sonra kucağında mavilere sarılmış bebeğimle yeniden göründü. Yüzü pembeydi ve lapamsı beyaz bir madde ve kanla kaplıydı. Bebeğim. Nokta'm... Theodore Raymond Grey.

Christian'a baktığımda, gözlerinde yaşlar vardı.

"Oğlunuz, Bayan Grey," diye fısıldarken sesi gergin ve boğuktu.

"Oğlumuz," diye soludum. "Çok güzel."

Christian, "Öyle," dedi ve güzel oğlumuzun alnına, bir tutam koyu renk saçın altına bir öpücük kondurdu. Theodore Raymond Grey her şeyden habersizdi. Gözleri kapalı, biraz önceki ağlayışı unutulmuş halde, uykuya dalmıştı. Gördüğüm en güzel şeydi. O kadar güzeldi ki ağlamaya başladım.

Christian, "Teşekkürler, Ana," diye fısıldadı ve onun gözlerinde de yaşlar vardı.

17 Bebeğin hemen doğumdan sonraki fiziksel durumunu belirlemek için yapılan ve 1'den 10'a kadar derecelendirilen test. (ç. n.)

Christian çenemi kaldırdı. "Ne oldu?"

"Ted'in doğumunu hatırladım."

Christian'ın rengi attı ve elini karnıma yerleştirerek, "Aynı şeyi bir daha yaşamaya hiç niyetim yok," dedi. "Bu kez isteğe bağlı sezaryen olacak."

"Christian, ben..."

"Hayır, Ana. Geçen sefer az kalsın ölüyordun. Hayır."

"Az kalsın ölmüyordum."

"Hayır." Israrcıydı ve tartışma kabul edecek halde değildi ama bana bakarken bakışları yumuşadı. "Phoebe adını seviyorum," diye fısıldadı ve burnunu burnuma sürttü.

"Phoebe Grey? Phoebe... Evet, ben de sevdim." Ona sırıtarak baktım.

"İyi. Ted'in hediyesini kurmak istiyorum. Elimi tuttu, birlikte aşağı indik. Etrafına buram buram heyecan yayıyordu ve sabahtan beri bu anı bekliyordu.

"Sence hoşuna gidecek mi?" Endişeli gözleri benimkilerle buluştu.

"Bayılacak. Ama sadece iki dakika kadar. Christian, o daha iki yaşında."

Christian, Teddy'nin doğum günü için aldığı ahşap tren setini kurmayı yeni tamamlamıştı. Ofisteki Barney'nin trenin iki motorunu birkaç yıl önce benim ona hediye ettiğim helikopterinki gibi, güneş enerjisiyle çalışacak şekilde değiştirmesini sağlamıştı. Christian güneş bir an önce doğsun diye can atıyordu. Nedeninin trenle kendisinin oynamak istemesi olmasından şüpheleniyordum. Tren rayları odamızın taş zemininin büyük kısmını kaplıyordu.

Yarın Ted için aile içinde bir parti düzenlenecekti. Ray ile José ve Ted'in yeni kuzeni, Kate ile Elliot'un iki aylık kızları Ava'nın da aralarında olacağı Grey ailesinin tamamı geliyordu. Kate'le hasret gidermek ve anneliğinin nasıl gittiğini görmek için sabırsızlanıyordum.

Güneş Olimpik Yarımada'nın arkasında batarken, manzaraya baktım. Her şey Christian'ın söz verdiği gibiydi ve şimdi bakarken, ilk görüşümde hissettiğim sevinçli heyecanı duyuyordum. Kelimenin tam anlamıyla göz alıcıydı. Sound'un üzerine vuran alacakaranlık harikaydı. Christian beni kollarının arasına çekti.

"Ne manzara ama."

"Öyle," diye cevapladı. Dönüp ona baktığımda beni süzüyordu. Dudaklarıma yumuşacık bir öpücük kondurdu. "Güzel bir manzara," diye mırıldandı. "En sevdiğim."

"Yuvamız."

Gülümsedi ve beni bir kez daha öptü. "Sizi seviyorum, Bayan Grey."

"Ben de seni, Christian. Her zaman."

CHRISTIAN'IN TONLARI

ELLİ'NİN İLK NOEL'İ

Kazağım kaşındırıyor ve yeni kokuyordu. Her şey yeniydi. Yeni bir annem vardı. O bir doktordu. Kulaklarıma takıp kalbimi duyabildiğim bir steteskopu vardı. Nazikti ve gülümsüyordu. O her zaman gülümsüyordu. Dişleri küçük ve beyazdı.

"Ağacı süslememe yardım etmek ister misin, Christian?"

Kocaman kanepelerin olduğu odada büyük bir ağaç vardı. Kocaman bir ağaç. Bunlardan daha önce de görmüştüm. Ama mağazalarda. Kanepelerin olduğu yerlerde değil. Yeni evimde bir sürü kanepe vardı. Tek bir tane değil. Tek bir tane kahverengi, yapış yapış kanepe değil.

"Bak bakalım."

Annem bana bir kutu gösteriyordu. İçi toplarla doluydu. Bir sürü şirin parlak top.

"Bunlar ağacın süsleri."

Süs-ler. Süs-ler. Aklım kelimeyi söylüyordu. Süs-ler.

"Ve bunlar." Durdu ve üzerinde minicik çiçeklerin olduğu bir kabloyu çekip çıkardı. "Bunlar da ışıklar. Önce ışıkları yerleştirelim, sonra ağacı süsleriz." Elini uzattı ve parmaklarını saçlarımın arasına daldırdı. Taş kesildim. Ama parmaklarını saçlarımın arasında hissetmeyi seviyordum. Yeni annemin yakınında olmak hoşuma gidiyordu. Hoş kokuyordu. Temiz. Ve sadece saçlarıma dokunuyordu.

"Anne!"

Seslenen öbür çocuktu. Lelliot. İri yarı ve gürültücüydü. Çok gürültücü. O konuşuyordu. Sürekli. Ben hiç konuşmazdım. Hiç kelimem yoktu. Benim kelimelerim zihnimdeydi.

"Elliot, hayatım, oturma odasındayız."

Koşarak içeri girdi. Okula gitmişti. Elinde bir resim vardı. Yeni annem için çizdiği bir resim. Annem, Lelliot'un da annesiydi. Dizlerinin üstüne çöktü ve onu kucakladıktan sonra, resme baktı. Bu bir anne ve babası ve Lelliot'u ve Christian'ı olan bir evdi. Lelliot'un resminde, Christian çok minikti. Lelliot kocamandı. Kocaman bir gülümsemesi vardı. Christian'ın ise hüzünlü bir yüzü.

Babam da geldi. Anneme doğru yürüdü. Battaniyemi sıkı sıkı tuttum. Babam, yeni annemi öptü ve yeni annem korkmadı. Gülümsedi. O da babamı öptü. Battaniyemi sıktım.

"Merhaba, Christian." Babamın derinden gelen yumuşak bir sesi vardı. Sesini seviyordum. Hiçbir zaman yüksek değildi. Babam hiç bağırmıyordu. Şey gibi bağırmıyordu. Yatağa girdiğim zaman bana kitap okuyordu. Bir kedi, bir şapka, yeşil yumurtalar ve jambonla ilgili bir şeyler okuyordu. Hiç yeşil yumurta görmedim. Babam eğilince, küçüldü.

"Bugün neler yaptın?"

Ona ağacı gösterdim.

"Bir ağaç mı aldınız? Bir Noel ağacı?"

Başımla evet dedim.

"Güzel bir ağaç. Annen iyi seçim yapmış. Doğru ağacı seçmek önemli bir iştir."

O da saçlarımı okşadı. Taş kesildim ve battaniyemi sıkıca tuttum. Babam canımı hiç acıtmıyordu.

"Baba, resmime bak." Babam benimle konuşunca, Lelliot sinirleniyordu. Lelliot bana hep sinirleniyordu. Bana sinirlenince, ben de ona bir şaplak atıyordum. Bunu yapınca, yeni annem de bana sinirleniyordu. Lelliot bana şaplak atmıyordu. Lelliot benden korkuyordu.

Ağacın ışıkları çok güzeldi.

"Dur da sana göstereyim. Kanca küçük gözün içinden geçecek, sonra ağaca tutturabilirsin." Annem küçük sü... sü-sü ağaca taktı.

"Şu küçük çanla dene."

Küçük çan şıngırdadı. Sesi mutlu bir sesti. Bir daha salladım. Annem gülümsedi. Kocaman bir gülümseme. Bana özel bir gülümseme.

"Çan hoşuna mı gitti, Christian?"

Başımla evet dedim ve çanı bir kez daha salladım; o da mutlulukla şıngırdadı.

"Güzel bir gülümsemen var, canım oğlum." Annem gözlerini kırpıştırdı ve eliyle gözlerini sildi. Saçlarımı okşadı. "Gülümsemeni görmek hoşuma gidiyor." Eli omzuma kaydı. Hayır, bir adım geri çekildim ve battaniyemi sıktım. Annem önce hüzünlü gibiydi, sonra mutlu oldu. Saçlarımı okşadı.

"Çanı ağaca takalım mı?"

Başım evet dedi.

"Christian, acıkınca bana söylemelisin. Bunu yapabilirsin. Anneyi elinden tutup mutfağa götürebilir ve işaret edebilirsin." Bana uzun parmağıyla işaret etti. Tırnağı parlak ve pembeydi. Çok hoştu. Ama yeni annem bana kızmış mıydı, anlamamıştım. Bütün yemeğimi bitirmiştim. Peynirli makarna. Tadı güzeldi.

"Aç kalmanı istemiyorum, tatlım. Tamam mı? Şimdi, biraz dondurma ister misin?"

Başım evet dedi. Annem bana gülümsedi. Gülümsemelerini seviyorum. Peynirli makarnadan daha güzeller.

Ağaç çok güzel oldu. Ayağa kalkıp baktım ve battaniyeme sarıldım. Yanıp sönen ışıkları hep farklı renklerdeydi ve süs-le-ri de başka başka renklerdeydi. Ben mavileri sevdim. Ve ağacın en tepesinde bir yıldız vardı. Babam Lelliot'u havaya kaldırdı ve Lelliot yıldızı ağaca koydu. Ağaca yıldız koymak Lelliot'un hoşuna gitmişti. Ben de ağaca yıldız koymak istiyordum... Ama babamın beni yukarı kaldırmasını istemiyordum. Ve beni tutmasını. Yıldız ışıltılı ve parlaktı.

Ağacın yanında piyano duruyordu. Annem piyanonun siyah ve beyaz tuşlarına dokunmama izin verdi. Siyah ve beyaz. Beyaz sesler hoşuma gitmişti. Siyah ses çok yanlıştı. Ama siyah sesi de sevmiştim. Beyazdan siyaha geçtim. Beyazdan siyaha. Siyahtan beyaza. Beyaz, beyaz, beyaz, beyaz. Siyah, siyah, siyah, siyah. Sesi sevdim. Sesi çok sevdim.

"Senin için çalmamı ister misin; Christian?"

Yeni annem oturdu. Beyazlara ve siyahlara bastı ve şarkı başladı. Aşağıdaki pedallara da bastı. Bazen gürültülü, bazen sessizdi. Şarkı mutlu bir şarkıydı.

Lelliot da annemin şarkı söylemesini seviyordu. Annem çirkin bir ördek yavrusuyla ilgili bir şarkı söylüyordu. Annem komik ördek sesleri çıkarıyordu. Lelliot da komik ördek sesleri çıkardı ve kollarını kanat gibi açıp bir kuş gibi aşağı yukarı salladı. Lelliot komikti.

Annem güldü. Lelliot güldü. Ben de güldüm.

"Bu şarkıyı sevdin mi, Christian?" Ve annemin yüzü yine hüzünlü-mutlu haline döndü.

Bir ço-rabım var. Üzerinde kırmızı şapkalı, kocaman beyaz sakallı bir adamın resmi olan bir çorap. Noel Baba. Noel Baba, hediye getirir. Resimlerini görmüştüm. Ama bana daha önce hiç hediye getirmedi. Noel Baba kötü çocuklara hiç hediye getirmez. Yeni annem iyi, çok iyi olduğumu söyledi. Yeni annem bilmiyordu. Yeni anneye asla söylememeliydim ama ben kötüydüm. Yeni annenin bunu bilmesini istemiyordum.

Babam çorabı şöminenin üstüne astı. Lelliot'un da bir çorabı var. Lelliot çorabının üstündeki kelimeyi okuyabildi. Lelliot yazıyordu. Benim çorabımda da bir kelime vardı. Yeni annem heceledi. C-H-R-I-S-T-I-A-N.

Babam yatağımın üstünde oturuyordu. Bana kitap okuyordu. Battaniyemi tutuyordum. Büyük bir odam vardı. Bazen odam karanlık oluyordu ve kötü rüyalar görüyordum. Öncesiyle ilgili kötü rüyalar. Kötü rüya görünce, yeni annem yanıma geliyordu. Yanıma yatıyor ve yumuşacık şarkılar söylüyordu ve ben uykuya dalıyordum. Yumuşacık ve yeni ve hoş kokuyordu. Yeni annem soğuk değildi. Şey gibi... Şey gibi değildi. Ve yeni annem yanımda uyuyunca, kötü rüyalar gidiyordu.

Noel Baba gelmiş. Noel Baba benim kötü olduğumu bilmiyor. Noel Baba'nın bilmemesine memnun oldum. Bir trenim, bir helikopterim, bir uçağım ve bir helikopterim ve bir arabam ve bir helikopterim vardı. Helikopterim uçabiliyordu. Helikopterim maviydi. Noel ağacının etrafında uçuyordu. Piyanonun üstünde uçtu ve beyazların üstüne kondu. Annemin üstünden, babamın üstünden ve Legolarıyla oynayan Lelliot'un üstünden uçtu. Evin içinde, yemek odasında, mutfakta uçtu.

Babamın çalışma odasının kapısından geçti, üst kata yatak odama, Lelliot'un, annem ile babamın yatak odalarının içine uçtu. Evin her yerinde uçtu. Çünkü burası benim evimdi. İçinde yaşadığım evim.

ELLİ TON'LA TANIŞIN

Pazar, 9 Mayıs, 2011

Ofisimin eşiğinde duran Claude Bastille'i geçirirken, "Yarın görüşürüz," dedim.

"Bu hafta golf oynar mıyız, Grey?" Bastille golf sahasında galibiyetinin güvence altında olduğunu bilerek, kibirle sırıtıyordu.

Dönüp çıkarken, arkasından yüzümü buruşturdum. Çıkmadan söylediği son sözler yaralarıma tuz basmıştı çünkü bu sabah, spor salonundaki kahramanca girişimlerime rağmen, özel antrenörüm canıma okumuştu. Beni yenebilen tek kişi Bastille'di ve şimdi, golf sahasında yeni bir bedel ödetmek istiyordu. Golften nefret ediyordum ama işin büyük bir kısmı golf sahasında yapıldığı için, derslere de katlanmam gerekiyordu ve itiraf etmekten nefret etsem de, Bastille'in golfümün gelişmesine katkısı büyüktü.

Seattle ufuk çizgisine bakarken, tanıdık can sıkıntısı içime süzülüverdi. Ruh halim de en az hava kadar düz ve griydi. Tıpatıp aynı günlerim birbirine karışıyordu; kafamı dağıtacak bir şeylere ihtiyacım vardı. Bütün hafta sonu çalışmıştım ve şimdi ofisimin sınırlayıcılığı içinde, huzursuzdum. Bastille'le birkaç maçın ardından böyle hissetmemem gerekirdi ama hissediyordum işte.

Kaşlarımı çattım. Son zamanlarda ilgimi çeken tek şeyin Sudan'a gönderdiğim iki yük gemisi olması, can sıkıcı bir gerçekti. Bu da aklıma Ros'un sayılar ve lojistik verileriyle dönmesi gerektiğini getirmişti. Nerede kalmıştı acaba? Ne haltlar karıştırdığını öğrenmeye karar vererek programıma baktım ve telefona uzandım.

Ah, Tanrım! WSU öğrenci dergisinden ısrarcı Bayan Kavanagh'la bir röportaja katlanmam gerekecekti. *Ne demeye kabul etmiştim ki?* Röportajlardan nefret ederdim. Boş, kıt bilgili ve tembel aptallardan, boş sorular. Telefon çaldı.

Kabahat ondaymış gibi, Andrea'ya, "Evet," diye çıkıştım. En azından röportajı kısa tutabilirdim.

"Bayan Anastasia Steele sizi görmek için geldiler, Bay Grey."

"Steele mi? Ben Katherine Kavanagh'ı bekliyordum."

"Buradaki bayan Anastasia Steele, efendim."

Yüzümü buruşturdum. Beklenmedik şeylerden nefret ederdim. Asık suratlı bir ergen gibi davrandığımı bilerek ama umursamayarak, "İçeri buyur et," diye mırıldandım.

Pekâlâ... Bayan Kavanagh müsait değildi demek. Kavanagh Medya'nın sahibi olan babasını tanıyordum. Birlikte iş yapmıştık ve cin gibi bir yöneticiye ve aklı başında bir insana benziyordu. Bu röportajı ona jest olsun diye yapıyordum. İleriki bir tarihte, canım istediğinde karşılığını alabileceğim bir jest. Kızını da bir miktar merak ettiğimi ve armut dibine düşmüş mü görmek istediğimi de itiraf etmeliydim.

Kestane rengi uzun saçlar, açık renk ten ve kahverengi çizmelerden oluşan bir fırtınanın kafa üstü ofisime çakılmasının neden olduğu hengâmeyle ayağa fırladım. Gözlerimi devirip böylesi bir sakarlık karşısında hissedeceğim doğal sıkkınlığı bastırarak elleri ve dizlerinin üstüne yere kapaklanan kızın yanına koştum. Narin omuzlarını tutup ayağa kalkmasına yardım ettim.

Açık, parlak mavi mahcup gözler benimkilerle buluştu ve beni felce uğrattı. Olağanüstü bir renge –saf, toz mavi– sahiptiler ve berbat bir an için içimi görebildiği hissine kapıldım. Kendimi... çıplak gibi hissettim. Rahatsız edici bir düşünceydi. Şu anda kızarmakta olan masum, açık renk bir gülü andıran, minyon, tatlı bir yüzü vardı. Kısacık bir an, teninin tamamı böyle pürüzsüz müdür ve bir baston darbesinin ardından nasıl görünür acaba diye merak ettim. *Siktir.* Asi düşüncelerimin saptıkları istikamet karşısında telaşa kapılarak, onları hemen durdurdum. *Ne düşündüğünü sanıyorsun, Grey? Bu kız çok genç.* Kız bana bakarken, neredeyse bir kez daha gözlerimi devirecektim. *Evet, evet, bebeğim, bu sadece bir yüz ve güzelliği sadece tende.* O iri mavi gözlerin savunmasız, hayran bakışlarını dağıtmak istedim.

Gösteri zamanı, Grey. Haydi biraz eğlenelim. "Bayan Kavanagh. Adım Christian Grey. İyi misiniz? Oturmak ister misiniz?"

İşte yine o kızarıklık. Kendimi toplayıp kızı süzdüm. Kaba bir çekiciliği vardı, narin ve açık tenliydi, bir saç tokasının zar zor zapt ettiği kızıl kahve bir yelesi vardı. Bir esmer. Evet, çekiciydi. Elimi uzattım, ilk başta utanç dolu bir özürle kekeledi ve küçük elini avucuma bıraktı. Teni serin ve yumuşak ama el sıkışı şaşırtıcı derecede güçlüydü.

"Bayan Kavanagh rahatsızlandığı için beni gönderdi. Umarım sizin için sakıncası yoktur, Bay Grey." Tereddütlü bir ahenge sahip sesi alçaktı; çılgın gibi gözlerini kırpıştırınca, uzun kirpikleri o iri mavi gözlerin üstüne bir açılıp bir kapandı.

Ofisime pek de zarif sayılmayacak girişini hatırlayınca, olaydan duyduğum keyfin sesime yansımasına mani olamayarak kim olduğunu sordum.

"Anastasia Steele, Kate'le birlikte... Iıı... Katherine'le, Bayan Kavanagh'yla birlikte, WSU'da İngiliz Edebiyatı okuyorum."

Gergin, sıkılgan bir kitap kurdu, ha? İnce fiziğini şekilsiz bir kazağın ve kalçadan bollaşan kahverengi bir eteğin altına gizleyen korkunç kılığıyla, aynen öyle görünüyordu. *Tanrı aşkına, hiç mi giyim zevki yoktu?* Ofisimi gergin bir tavırla süzdü; keyifli bir alaycılıkla benden başka her yere baktığını fark ettim.

Bu genç kadın nasıl bir gazeteci olabilirdi ki? Vücudunda tek bir iddialı hücre bile yoktu. Baştan ayağı al al olmuştu, yumuşak başlı, narin... itaatkârdı. Uygunsuz düşüncelerimin saptığı yöne şaşırarak kafamı salladım. Basmakalıp bir şeyler mırıldanarak oturmasını rica ederken, tablolarımı inceleyen zeki bakışlarını fark ettim. "Yerel bir ressam," dedim. "Truton."

Tablolarımın seçkin ve incelikli zevkinde kaybolmuş gibi, hülyalı bir sesle, "Çok hoşlar," dedi. "Sıradanı sıra dışılığa yüceltmişler." Narin bir profili vardı; ucu kalkık bir burun, yumuşak, dolgun dudaklar ve seçtiği kelimelerle birebir benim duygularımı yansıtmıştı. *"Sıradanı sıra dışılığa yüceltmişler."* Keskin bir gözlemdi. Bayan Steele zekiydi.

Ona katıldığımı ifade ettim ve teninin bir kez daha al al olmasını izledim. Karşısına otururken, düşüncelerimi dizginlemeye gayret ediyordum.

Aşırı büyük çantasından bir tomar kırış kırış kâğıt ve bir dijital kayıt cihazı çıkardı. Dijital kayıt cihazı mı? *Bu şeyler VHS kasetlerle birlikte tarihe karışmadı mı?* Tanrım, eli ayağı birbirine karışıyordu; o lanet şeyi tam iki kez Bauhaus sehpamın üstüne düşürdü. Bu işi daha önce hiç yapmadığı her halinden belliydi ve izah edilemez bir nedenden, bunu eğlenceli bulmuştum. Normalde bu tür beceriksizlikler beni acayip öfkelendirirdi ama bu kez gülümsememi işaret parmağımın altına gizlerken, cihazı onun yerine çalıştırma isteğime karşı koydum.

Rengi gittikçe koyulaşırken, aklımdan, motor becerilerini bir binici kamçısı yardımıyla kontrol altına alabileceğim düşüncesi geçti. Uygun bir şekilde kullanıldığında en ürkekleri bile dize getirebilirdi.

Bu asi düşünce, oturduğum yerde kıpırdanmama neden oldu. Kafasını kaldırıp bana bakarken, dolgun alt dudağını ısırdı. *Siktir! Bu ağzı daha önce nasıl fark edememiştim?*

"Özür dilerim, bu işe alışık değilim."

Belli oluyor, bebeğim ama umurumda değil, çünkü şu anda gözlerimi ağzından ayıramıyorum.

"Acele etmeyin, Bayan Steele," dedim. Yoldan çıkan düşüncelerimi hizaya sokmak için bir iki dakikaya daha ihtiyacım vardı. *Grey... şunu hemen kes. Şimdi.*

"Cevaplarınızı kaydetmemin bir sakıncası olur mu?" diye sorarken, yüzü samimi ve heyecanlıydı.

Gülmek istedim. *Ah Tanrı'ya şükür.*

"Kayıt cihazını kurmak için girdiğiniz onca zahmetten sonra, şimdi mi soruyorsunuz?" İrileşen ve bir an kaybolmuş gibi bakan gözlerini kırpıştırınca, yabancısı olduğum bir suçluluk duygusuna kapıldım. *Pislik yapma, Grey.*

O bakıştan sorumlu olmak istemediğim için, "Hayır, sakıncası olmaz," dedim.

"Kate, yani Bayan Kavanagh röportajın ne için olduğunu açıkladı mı?"

"Evet. Bu yılın mezuniyet töreninde diplomaları ben vereceğim için, okul gazetesinin mezuniyet sayısında yayımlanacak." Bunu yapmayı ne halt etmeye kabul ettiğim konusunda hiçbir fikrim yoktu. Halkla İlişkiler'den Sam bunun bir onur olduğunu söylüyordu ve Vancouver'daki Çevre Bilimleri Bölümü'nün onlara yaptığım bağışa ek kaynak sağlamak için ilgi çekmesi gerekiyordu.

Bayan Steele gözlerini kırpıştırdı. Sözlerim şaşkınlık yaratmış gibi, mavi gözleri yine kocaman kocaman açılmıştı ve onaylamıyor gibi bakıyordu. Bu röportaj için hiç ön çalışma yapmamış mıydı? Bunu biliyor olmalıydı. Bu düşünce kanımı dondurdu. Nahoş bir durumdu; ondan ya da vaktimi ayıracağım herhangi bir insandan bekleyeceğim bir şey değildi.

"Pekâlâ. Bazı sorularım olacak, Bay Grey." Bir saç tutamını kulağının arkasına iterek, dikkatimi hoşnutsuzluğumdan uzaklaştırdı.

Kuru bir sesle, "Ben de öyle olacağını düşünmüştüm," diye mırıldandım. *Onu biraz kıvrandıralım.* Söz dinler gibi, kıpırdandı, sonra kendini topladı ve sırtını dikleştirdi. Öne eğilip kayıt cihazının "kayıt" düğmesine bastı ve önündeki kırış kırış notlara kaşlarını çatarak baktı.

"Böyle bir imparatorluk kurmak için çok gençsiniz. Başarınızı neye borçlusunuz?"

Ah, Tanrım. Bundan daha iyisini yapabilirdi elbette. Ne saçma sapan, yavan bir soruydu! Orijinallikten eser yoktu. Can sıkıcıydı. Amerika Birleşik Devletleri'nde benim için çalışan olağanüstü insanların olduğunu söylediğim cevaba sığındım. Güvendiğim insanlar, ki herkese güvenirdim ve iyi ücret verirdim, vs. vs. vs. Ancak Bayan Steele, basit gerçek şu ki yaptığım işte kahrolası bir dâhiyim. Benim için bu iş tereyağından kıl çekmekten farksız. Sorunlu, kötü yönetilen firmaları satın almak, düzeltmek ya da gerçekten harap durumdaysalar en yüksek teklifi sunana satmak. Mesele ikisinin arasındaki farkı ayırt edebilmekteydi ve her defasında olay, çalışanlara dayanıyordu. İş hayatında başarılı olmak için iyi insanlara ihtiyacınız vardı ve ben insanları pek çoğundan daha iyi yargılayabiliyordum.

"Belki de sadece şanslısınızdır," dedi usulca.

Şanslı mı? İçimden bir hoşnutsuzluk dalgası geçti. *Şanslı mı? Şansla hiçbir ilgisi yok, Bayan Steele.* Alçakgönüllü ve sakin görünüyordu ama bu soru? Kimse bana şanslı olup olmadığımı sormamıştı. Sıkı çalışma, insanları yanımda götürmek, gözümü üstlerinden ayırmamak, gerekirse tereddüde düşmek ve göreve uygun değillerse, acımadan kapının önüne koymak. *Yaptığım buydu ve gayet de iyi yapıyordum. Şansla hiç alakası yoktu.* Ah, canı cehenneme. Bilgeliğimle caka satarak, ona en sevdiğim Amerikan sanayicisinin sözlerini tekrarladım.

"Kulağa kontrol manyağı gibi geliyorsunuz," dedi ve son derece ciddiydi.

Bu da neyin nesiydi böyle?

Belki de o saf gözler içimi okuyabiliyordu. Kontrol benim ikinci adımdı.

Ona dik dik baktım. "Ah, her konuda kontrolün bende olmasını isterim, Bayan Steele." *Ve bunu hemen şimdi ve şuracıkta sizin üstünüzde de uygulamak isterdim.*

Gözleri irileşti. O çekici kızarıklık yüzüne bir kez daha yayılırken, dudağını yine ısırdı. Dikkatimi ağzından uzaklaştırmaya çalışarak, gevelemeyi sürdürdüm. "Ayrıca, muazzam güç, gizli hayallerinizde kendi kendinizi dünyaya her şeyi kontrol etmek üzere geldiğinize inandırmaktan geçer."

Yumuşak ve sakinleştirici bir sesle, "Muazzam bir gücünüz olduğunu mu hissediyorsunuz?" diye sordu ama narin kaşını kaldırarak, bakışlarındaki kınamayı da ortaya dökmüştü. Rahatsızlığım iyice artmıştı. Yoksa beni kasten kışkırtmaya mı çalışıyordu? Ya da beni öfkelendiren, soruları, tavrı ya da onu çekici bulmam mıydı?

"Kırk binden fazla insan çalıştırıyorum, Bayan Steele. Bu bana belli bir sorumluluk hissi ve güç veriyor. Telekomünikasyon işine artık ilgi duymadığıma karar verip işin o kısmını satsam, bir ayın sonunda yirmi bin kişi ev kredisi ödemelerini yapmakta zorlanmaya başlar."

Cevabım karşısında ağzı açıldı. Böylesi daha yerindeydi. Yutun bakalım, Bayan Steele. Dengemin geri geldiğini hissettim.

"Rapor vermeniz gereken bir yönetim kurulu yok mu?"

"Şirketin sahibi benim. Bir yönetim kuruluna rapor vermem gerekmiyor," diye cevap verdim. Bunu biliyor olmalıydı. Kaşımı sorar gibi kaldırdım.

Tepkimi doğru değerlendirerek, hızla bir sonraki soruya geçti. "İş dışında ilgi alanlarınız var mı?" Kızdığımı anlamıştı ve izah edilemez bir nedenle bu bana müthiş bir haz verdi.

"Çok çeşitli ilgi alanlarım var, Bayan Steele. Çok çeşitli." Gülümsedim. Aklımdan, oyun odasında çeşitli pozisyonlardaki görüntüleri geçti: duvardaki çarpıya kelepçelenmiş, dört direkli karyolaya kolları ve bacakları iki yana açık halde bağlanmış, kırbaçlama bankına uzanmış. *Kahretsin! Bütün bunlar nereden çıkmıştı böyle?* Ve işte yanakları yine kızardı. Savunma mekanizması gibiydi. *Sakin ol, Grey.*

"Peki bu kadar çok çalışıyorsanız, gevşemek için ne yapıyorsunuz?"

"Gevşemek?" Sırıttım. Bu kelime o küçük, ukala ağzından çıkınca bir tuhaf kaçmıştı. Kontrolüm altında tuttuğum şirketlerin sayısından hiç mi haber yoktu? Ama bana o samimi mavi gözleriyle bakıyordu ve şaşırarak, kendimi sorusunu düşünürken buldum. Gevşemek için neler yapıyordum? Yüzmek, uçmak, düzüşmek... Onun gibi kahverengi saçlı küçük kızların sınırlarını keşfetmek ve onları dize getirmek... Bu düşünce, yerimde kıpırdanmama neden oldu ama en sevdiğim iki hobimi es geçerek, sıradan bir cevap verdim.

"Üretime yatırım yapıyorsunuz? Özellikle, neden?"

Sorusu beni kabaca şu ana sürükledi.

"Bir şeyler inşa etmeyi severim. Bir şeylerin nasıl işlediğini bilmeyi severim, olayları neyin harekete geçirdiğini, nasıl kurulduğunu ve parçalandığını öğrenmeyi. Ve gemilere büyük sevgim var. Ne diyebilirim ki?" Yeryüzünün dört bir yanına yiyecek dağıtıyorlardı, olanlardan bir şeyler alıp olmayanlara ulaştırıyorlardı. Bunda sevilmeyecek ne vardı ki?

"Mantığınız ve gerçeklerden çok kalbinizle konuşur gibisiniz?"

Kalp mi? Ben mi? Ah, hayır, bebeğim. Kalbim uzun zaman önce tanınmayacak kadar vahşileşmiştim. "Mümkündür. Gerçi bir kalbimin olmadığını söyleyecek çok insan var."

"Bunu neden söylesinler?"

"Çünkü beni iyi tanıyorlar." Ona çarpık bir gülümsemeyle baktım. Aslında belki de Elena hariç kimse beni o kadar iyi tanımıyordu. Bu küçük Bayan Steele hakkında o ne düşünürdü acaba? Kız bir tezatlar yığınıydı: utangaç, huzursuz, bariz derecede zeki ve feci tahrik edici. *Evet, tamam, itiraf ediyordum. Kız baştan çıkarıcı bir parçaydı.*

Sıradaki soruyu ezberden okudu.

"Arkadaşlarınız, sizin tanıması kolay biri olduğunuzu söylerler mi?"

"Ben çok ketum bir insanımdır, Bayan Steele. Mahremiyetimi korumak için ne gerekiyorsa yaparım. Kolay kolay röportaj vermem." Benim yaptıklarımı yapaken ve seçtiğim hayatı sürdürürken, mahremiyet bir gereklilikti.

"Bu röportajı neden kabul ettiniz?"

"Çünkü üniversitenin bağışçılarından biriyim ve Bayan Kavanagh'dan bir türlü kurtulamadım. Halkla İlişkiler ekibimin yakasına yapıştı ve bu tür kararlılıklara hayranlık duyarım." *Ama gelenin o değil, sen olmana memnun oldum.*

"Ayrıca çiftçilik teknolojilerine de yatırım yapıyorsunuz. O alana ilginiz neden?"

"Parayı yiyemeyiz, Bayan Steele ve bu gezegende yeterince yiyeceği olmayan çok insan var." Ona poker suratımla baktım.

"Kulağa hayli insancıl geliyor. Bu, özellikle tutkunu olduğunuz bir konu mu? Dünyadaki fakirleri doyurmak?" Bana çözmesi gereken bir tür muammaymışım gibi, soran gözlerle bakıyordu ama o iri mavi gözlerin karanlık ruhumun derinliklerini görmesine izin vermem imkânsızdı. Bu tartışmaya açık bir alan değildi. Asla.

"Zorlu bir iş," Sıkılmış gibi omuz silktim ve aklımı açlık düşüncelerinden uzaklaştırmak için, kendimi güzel ağzını becerdiğimi hayal ederek oyaladım. Evet, o ağzın eğitilmeye ihtiyacı vardı. İşte bu cazip bir düşünceydi ve kendime onu karşımda dizlerinin üstünde dururken hayal etme izni verdim.

"Bir felsefeniz var mı? Varsa, nedir?" Yine ezberden konuşmuştu.

"Bir felsefem olduğu söylenemez. Belki rehberlik eden bir prensibim olduğu söylenebilir. Carnegie'ninki: 'Kendi zihnine tamamen hâkim olan bir adam, adil olarak hak ettiği her şeye sahip olabilir.' Tekil ve amaç odaklıyımdır. Hem kendimi, hem etrafımdakileri kontrolü severim."

"Yani bir şeylere hâkim olmak istiyorsunuz?" Gözleri iyice açıldı.

Evet, bebeğim, mesela sana.

"Onlara hâkim olmayı hak etmek isterim, ama evet, sonuçta istiyorum."

"Tam bir tüketici gibi konuşuyorsunuz." Hoşnutsuzluk tınısına bürünen ses, beni yine öfkelendirmeye başlamıştı. İstediği her şeye, her an sahip olmuş zengin bir çocuk gibi konuşuyordu ama kıyafetlerine daha dikkatli bakınca –Walmart ya da belki de Old Navy'dendiler– öyle olmadığını anladım. Refah içinde büyümemişti.

Sana gerçekten bakabilirdim.

Kahretsin, bu da nereden çıkmıştı şimdi? Gerçi düşününce, yeni bir itaatkâra gerçekten ihtiyacım vardı. Susannah'dan bu yana ne kadar zaman olmuştu? Ve burada durmuş, bu kahverengi saçlı kıza ağzımın suları akarak bakıyordum. Tüketimin kötü bir yanı yoktu ki; Amerikan ekonomisinden arta kalanı tüketim yönlendiriyordu.

"Evlat edinilmişsiniz. Bunun şu anda olduğunuz kişiyi nereye kadar yönlendirdiğini düşünüyorsunuz?"

Bunun petrol fiyatlarıyla ne alakası vardı? Ona yüzümü buruşturarak baktım. Ne saçma bir soruydu bu böyle? Uyuşturucu bağımlısı fahişenin yanında kalsaydım muhtemelen ölmüş olurdum. Ses tonumu korumak için çaba harcayarak, onu geçiştirdim ama kaç yaşında evlat edinildiğimi sorarak, beni zorladı. *Konuyu kapattır, Grey!*

"Bu bilgi kamu kayıtlarında mevcut, Bayan Steele." Sesim buz gibiydi. Bu saçmalığı zaten biliyor olmalıydı. Şimdi de pişman görünüyordu. İyi.

"İşiniz için, aile hayatınızdan fedakârlık yapmak zorunda kalmışsınız."

"Bu bir soru değil," diye çıkıştım.

Tekrar kızardı ve o lanet olası dudağı ısırdı. Ama özür dileme nezaketini gösterdi.

"İşiniz için aile hayatınızdan fedakârlık etmek zorunda kaldınız mı?"

Lanet olası bir aileyi ne yapacaktım ki?

"Bir ailem var. Bir erkek kardeşim, bir kız kardeşim ve sevgi dolu ebeveynlerim var. Ailemi bunun ötesinde genişletmek gibi bir niyetim yok."

"Gay misiniz Bay Grey?"

Bu da neydi böyle? Bunu yüksek sesle söylediğine inanamıyordum. Ailemin bile sorma cüretini gösteremeyerek beni hayli eğlendirdiği, dile dökülmeyen o soru. Buna nasıl cüret ederdi? Onu koltuğundan sürükleyerek kaldırıp masamın üstünde elleri bağlı halde becermemek için kendimi zor tuttum. Sorusunun cevabını almış olurdu. Ne kadar bunaltıcı bir kadındı böyle. Derin, yatıştırıcı bir nefes aldım. Neyse ki kendi sorusundan utanmış gibi göründü.

"Hayır, Anastasia, gay değilim." Kaşlarımı kaldırdım ama ifadem hâlâ duygusuzdu. Anastasia. Hoş bir isimdi. Söylerken, dilimin kelimenin etrafında yuvarlanışı hoşuma gitmişti.

"Özür dilerim. Burada... yazıyordu." Gergin bir tavırla, saçını kulağının arkasına itti.

Kendi sorularından habersiz miydi? Belki de onun soruları bile değildi. Bunu ona sorunca rengi attı. Kahretsin, gerçekten gizli bir çekiciliği vardı. Hatta işi güzel olduğunu söylemeye kadar götürebilirdim.

"Şey, hayır... Kate... Bayan Kavanagh, soruları o derledi."

"Okul gazetesinde birlikte mi çalışıyorsunuz?"

"Hayır. Kate ev arkadaşımdır."

Elinin ayağına karışmasına şaşmamak gerekirdi. Ona ciddi anlamda zorluk çıkarmak ve çıkarmamak arasında kalarak, çenemi kaşıdım.

"Bu röportaj için gönüllü mü oldunuz?" diye sordum ve itaatkâr bakışıyla ödüllendirildim. Gözleri irileşmiş, tepkim karşısında iyice gerilmişti. Üzerinde yarattığım etki hoşuma gitmişti.

"Görevlendirildim. Kate iyi değil," dedi yumuşacık bir sesle.

"Bu çok şeyi açıklıyor."

Kapı vuruldu ve Andrea girişte belirdi. "Bay Grey, araya girdiğim için özür dilerim ama bir sonraki toplantınıza iki dakika var."

"İşimiz henüz bitmedi, Andrea. Lütfen sonraki toplantımı iptal et."

Andrea duraksadı. Ağzı açık kalmıştı. Ona dik dik baktım. *Dışarı! Hemen! Burada küçük Bayan Steele'le meşgulüm.* Andrea kıpkırmızı olduysa da çabucak toparlandı.

"Tabii ki, Bay Grey," dedi ve dönüp odamdan çıktı.

Dikkatimi kanepemdeki ilgi çekici, bunaltıcı yaratığa çevirdim. "Nerede kalmıştık, Bayan Steele?"

"Lütfen, ben sizi işinizden alıkoymayayım."

Ah, hayır, bebeğim. Şimdi sıra bende. O güzel gözlerin arkasında keşfedilecek sırlar var mı öğrenmek istiyorum.

"Ben de sizin hakkınızda bir şeyler öğrenmek istiyorum. Ve bunun adil olduğunu düşünüyorum." Arkama yaslanıp parmaklarımı dudaklarıma bastırırken, gözleri dudaklarıma kaydı ve yutkundu. *Ah, evet, her zamanki etki.* Cazibeme tamamen duyarsız olmadığını görmek, memnuniyet vericiydi.

"Öğrenilecek pek bir şey yok," derken, yanaklarının pembeliği geri geldi. Sinirini bozuyordum. İyi.

"Mezuniyet sonrası için planlarınız ne?"

Omuz silkti. "Hiç plan yapmadım, Bay Grey. Önce finallerimi aşmam gerekiyor."

"Burada mükemmel bir staj programımız var," dedim. Kahretsin bana bunu ne söyletmişti? Altın bir kuralı çiğniyordum. Personeli asla, asla becerme. *Ama Grey, bu kızı becermiyorsun ki.* Şaşırmışa benziyordu. Dişleri yine dudağına kenetlendi. Bu hareketi neden bu kadar tahrik ediciydi?

"Ah, aklımda tutarım," diye mırıldandı. Sonra aklına sonradan gelmiş gibi, "Gerçi buraya uyacağımdan çok emin değilim," diye ekledi.

Nedenmiş o? Benim şirketimin nesi varmış?

"Neden böyle söylediniz?" diye sordum.

"Çok bariz değil mi?"

"Benim için değil." Cevabı kafamı karıştırmıştı.

Kayıt cihazına uzanırken yine kızardı. Kahretsin, gidiyordu. Aklımdan, öğleden sonranın programını geçirdim. Beni alıkoyacak hiçbir işim yoktu.

"Size etrafı gezdirmemi ister misiniz?"

"Çok meşgul olduğunuzdan eminim, Bay Grey ve gidecek uzun bir yolum var."

"Vancouver'a mı döneceksiniz?" Pencereden dışarı baktım. Bayağı uzun bir yoldu ve yağmur yağıyordu. Kahretsin, bu havada araba kullanmamalıydı ama ona mani olamazdım. Bu düşünce beni rahatsız etmişti. "Şey, arabayı dikkatli kullansanız iyi olur." Sesim niyet ettiğimden daha sert çıktı.

Kayıt cihazıyla uğraşıyordu. Kendini ofisimden dışarı atmak istiyordu ve izah edemeyeceğim bir nedenle gitmesini istemiyordum.

Kalışını uzatmak için, "Size gereken her şeyi aldınız mı?" diye sordum.

"Evet, efendim," dedi usulca.

Cevabı beni yerle bir etti. Kelimelerin o bilmiş ağızdan çıkarkenki hali... ve kısa bir an için o ağzın emrime amade olduğunu hayal ettim.

"Röportaj için teşekkürler, Bay Grey."

"O zevk bana ait," derken samimiydim; çünkü uzun süredir hiç kimseden bu kadar etkilenmemiştim. Rahatsız edici bir düşünceydi.

Ayağa kalkınca, ona dokunma hevesiyle, elimi uzattım.

"Tekrar görüşene kadar, Bayan Steele." Küçük elini benimkinin içine yerleştirdi. *Evet, bu kızı oyun odamda kırbaçlamak ve becermek istiyordum.* Onu bağlamak ve arzuyla... ihtiyaçla inletmek, bana güvenmesini sağlamak. Yutkundum. *Böyle bir şey olmayacak, Grey.*

Ben kalkarken, o da ayaklandı ve elini uzattı.

"Bay Grey." Beni başıyla selamladı. Ve elini hemen çekti. Fazla hızlı davranmıştı.

Kahretsin, bu şekilde çıkıp gitmesine göz yumamazdım. Gitmek için can attığı çok belliydi. Onu kapıdan geçirirken aynı anda hem sıkıntı hem ilhamla sarsıldım.

"Kapıdan sağ salim çıktığınızdan emin olmak için, Bayan Steele."

Ben böyle deyince kızardı. O enfes pembe rengine büründü.

"Çok düşünceli bir davranış, Bay Grey," diye çıkıştı.

Bayan Steele dişliydi. Çıkarken sırıtarak arkasından yürüdüm. Andrea ve Olivia şok halde kafalarını kaldırdılar. *Evet, evet. Sadece kızı geçiriyorum.*

"Paltonuz var mıydı?" diye sordum.

"Ceketim var."

Suratında yapmacık bir gülümsemeyle bakan Olivia'ya sert bir bakış atınca, lacivert ceketi getirmek üzere ayağa fırladı. Ceketi elinden aldım ve sert bakışlarımla oturmasını işaret ettim. Tanrım, Olivia asap bozucuydu. Uydu gibi sürekli etrafımdaydı.

Hımm. Ceket Walmart'tandı. Bayan Anastasia Steele daha güzel giydirilmeliydi. Ceketi onun için tuttum ve zarif omuzlarından kaydırırken, ensesine hafifçe dokundum. Temasımla birlikte benzi attı. Evet! Benden etkilenmişti. Bu müthiş hoş bir duyguydu. Asansöre doğru yürüdüm ve o yanımda huzursuzluk içinde kıpırdanırken, çağır düğmesine bastım.

Ah, bu kıpırdanmana öyle güzel son verebilirim ki, bebek.

Kapılar açılınca, telaşlı adımlarla asansöre girdi ve yüzünü bana çevirdi.

Veda olarak, "Anastasia," diye mırıldandım.

"Christian," diye fısıldadı. Ve asansör kapıları adımı –tuhaf, yabancı ama fena seksi– havada asılı bırakarak kapandı.

Pekâlâ, neyim var benim böyle?

Bu kız hakkında bilgi edinmeliydim. Hızlı adımlarla ofisime dönerken, "Andrea," dedim. "Bana hemen Welch'i bağla."

Masama oturup telefonu beklerken, ofisimin duvarlarındaki tablolara baktım ve Bayan Steele'in sözleri bir kez daha zihnime süzüldü. *"Sıradanı sıra dışılığa yüceltmişler."* Pekâlâ, kendini tarif ediyor olabilirdi.

Telefonum çaldı.

"Bay Welch hatta."

"Bağla."

"Peki, efendim."

"Welch, senden bir kişi hakkında bilgi istiyorum."

Cumartesi, 14 Mayıs, 2011

Anastasia Rose Steele

Doğum Tarihi ve Yeri:	10 Eylül 1989, Montesano, WA
Adres:	1114 SW Green Sokağı, Daire 7 Haven Heights, Vancouver, WA 98888
Cep telefonu:	360 959 4352
Sosyal Güvenlik No:	987-65-4320
Banka Detayları:	Wells Fargo Bankası, Vancouver, WA 98888 Hesap no: 309361 Bakiye: $683,16
Meslek:	Lisans Öğrencisi WSU Vancouver, Edebiyat Fakültesi, İngilizce.
Not Ortalaması:	4.0
Önceki Eğitimi:	Montesano Ortaokulu ve Lisesi
SAT puanı:	2150
Çalıştığı Yer:	Clayton's Hırdavatçılık NW Vancouver Caddesi, Portland, OR Yarı zamanlı
Baba:	Franklin A. Lambert Doğumu 1 Eylül 1969 – Ölümü 11 Eylül 1989
Anne:	Carla May Wilks Adams 18 Temmuz 1970'de doğdu. Frank Lambert'le evlilik 1 Mart 1989, 11 Eylül 1989'da dul kaldı. Raymond Steele'le evlilik 6 Haziran 1990, boşanma 12 Temmuz 2006 Stephen M. Morton'la evlilik 16 Ağustos 2006, boşanma 31 Ocak 2007 Robbin (Bob) Adams'la evlilik 6 Nisan 2009
Politik Bağlantı:	Bulunamadı
Dini Bağlantı:	Bulunamadı
Cinsel Eğilim:	Bilinmiyor
İlişkiler:	Halihazırda bilinen yok

İki gün önce elime geçtiğinden bu yana, Bayan Anastasia Steele'e dair biraz içgörü yakalamak umuduyla, bu kapsamlı özeti belki de yüzüncü kez didik didik ediyordum. Kahrolası kadını aklımdan bir türlü çıkaramıyor olmam, beni ciddi anlamda kızdırmaya başlamıştı. Son bir hafta boyunca, özellikle sıkıcı toplantılar sırasında kendimi röportajı zihnimde tekrar tekrar canlandırırken buldum. Kayıt cihazıyla uğraşan parmakları, saçını kulağının arkasına itişi, dudaklarını ısırışı. Evet, o lanet olası dudak ısırma beni her defasında mahvediyordu.

Ve şimdi de Portland'ın biraz dışında kalan, çalıştığı mütevazı hırdavatçı dükkânı Clayton's'ın önündeydim.

Sen aptalın tekisin, Grey. Burada ne işin var?

Buraya varacağını biliyordum. Bütün hafta boyunca... onu tekrar görmem gerekeceğini biliyordum. Asansörde adımı mırıldanıp binanın derinliklerinde gözden kaybolduğu andan beri. Karşı koymaya çalıştım. Beş gün bekledim. Beş lanet olası gün boyunca, onu unutur muyum diye bekledim. *Ve beklemek benim olayım değildi. Ne için olursa olsun, beklemekten nefret ederdim.* Daha önce peşine düştüğüm hiçbir kadın olmamıştı. Sahip olduğum kadınlar onlardan ne beklediğimi anlamışlardı. Şimdiki korkum, Bayan Steele'in çok genç olması ve ona sunacağım şeyle ilgilenmeyebileceğiydi. İlgilenir miydi acaba? Hem, ondan iyi bir itaatkâr olur muydu ki? Başımı salladım. Bunu öğrenmenin tek bir yolu vardı... Bu yüzden buradaydım, Portland'ın çirkin bir bölgesindeki bir banliyöde, park alanında oturuyordum.

Özgeçmiş kontrolü, zihnimde ön plana çıkan son madde dışında, kayda değer bir bilgi sağlamamıştı. Burada olma nedenim buydu? Neden erkek arkadaşınız yok, Bayan Steele. Cinsel tercihi bilinmiyordu. Belki de gaydi. Pek olası olmadığını düşünerek kendi kendime güldüm. Röportaj sırasında sorduğu soruyu, mahcubiyetini, teninin açık renk bir güle dönüşmesini hatırladım... Kahretsin. Onunla tanıştığımdan beri bu aptalca düşüncelerden muzdariptim.

Burada olma nedenin bu.

Onu yeniden görmek için can atıyordum. O mavi gözler aklımda, hatta rüyalarımda yer etmişti. Ondan Flynn'e bahsetmemiştim ve sapık takipçi gibi davrandığım için, bahsetmediğime seviniyordum. Belki de ona anlatmalıydım. Gözlerimi devirdim. Beni en son çözüm odaklı zırvalığıyla taciz etmesini istemiyordum... ve şu andaki tek meşgalem, bir hırdavatçıda satış elemanı olarak çalışıyordu.

Bunca yolu geldin. Bakalım, küçük Bayan Steele, hatırladığım kadar çekici mi? Gösteri zamanı, Grey. Arabadan indim ve park alanını ağır adımlarla aşıp, ön kapıya yürüdüm. Ben içeri girince, bir zilden elektronik bir melodi yükseldi.

Mağaza dışarıdan göründüğünden daha büyüktü ve neredeyse öğle saati olmasına rağmen, cumartesi günü için hayli sakindi. Peş peşe koridorlar tahmin edeceğiniz ıvır zıvırlarla doluydu. Bir hırdavatçının benim gibi bir insana sağlayabileceği olasılıkları unutmuştum. İhtiyaçlarım için daha çok internet üzerinden alışveriş ediyordum ama hazır buraya kadar gelmişken, birkaç malzeme stoklayabilirdim. Cırt cırtlı bant, ayırma halkası. *Evet.* Hoş Bayan Steele'i bulup biraz eğlenecektim.

Gözüme çarpması sadece üç saniye sürdü. Tezgâhın üstüne eğilmiş, dikkatle bilgisayar ekranına bakıyor ve bir simitten ibaret öğle yemeğini didikliyordu. Hiç düşünmeden ağzının köşesindeki bir kırıntıyı parmağıyla ağzının içine itti ve parmağını emdi. Aletim tepki olarak derhal harekete geçti. Siktir! Kaç yaşındaydım? On dört falan mı? Tepkim sinir bozcuydu. Belki bu ergen tepkisi onu bağlar, becerir ve kırbaçlarsam geçerdi. Ve illa bu sırayla olması da gerekmiyordu. Evet. İhtiyaç duyduğum şey buydu.

Kendini tamamen işine kaptırmıştı ve bu bana onu inceleme fırsatı verdi. Şehvetli duygular bir yana, çekiciydi. Ciddi anlamda çekici. Onu doğru hatırlıyordum.

Kafasını kaldırdı ve bana içimi gördüğü hissi uyandıran masmavi, zeki ve dikkatli gözlerle delercesine bakarak donakaldı. Onu ilk görüşüm kadar sinir bozucuydu. Sadece bakıyordu. Sanırım şok olmuştu ve bu iyi bir tepki miydi, yoksa kötü bir tepki mi emin değildim.

"Bayan Steele. Ne hoş bir sürpriz."

Nefes nefese ve al al olmuş bir yüzle, "Bay Grey," diye fısıldadı. Ah... iyi bir tepkiydi demek.

"Buralardaydım. Birkaç şey stoklamam gerekiyordu. Sizi tekrar görmek büyük keyif, Bayan Steele." Gerçek bir keyif. Üzerinde bu hafta daha önce gördüğüm biçimsiz şeyler yerine, dar bir tişört ve kot pantolon vardı. Uzun bacaklar, incecik bir bel ve kusursuz memelerden oluşuyordu. Bana ağzı açık halde bakmayı sürdürüyordu ve çenesini yukarı itip ağzını kapatma dürtüme karşı koymak zorunda kaldım. *Seattle'dan buraya kadar sadece seni görmeye geldim ve şu halin yolculuğa değdi.*

"Ana. Adım, Ana. Size nasıl yardımcı olabilirim, Bay Grey?"

Derin bir nefes aldı, tıpkı röportaj boyunca yaptığı gibi omuzlarını dikleştirdi ve bana müşterilere sakladığından emin olduğum yapay bir gülümsemeyle baktı.

Madem öyle, oyun başladı, Bayan Steele.

"Birkaç parçaya ihtiyacım var. İlk olarak bir miktar kablo bağı istiyorum."

Keskin bir nefes alırken, dudakları aralandı.

Birkaç kablo bağıyla yapabileceklerime inanamazsınız, Bayan Steele.

"Farklı uzunluklarda stoğumuz var. Size göstereyim mi?"

"Lütfen. Önden buyurun, Bayan Steele."

Tezgâhın arkasından çıktı ve koridorlardan birini işaret etti. Ayağında Chuck'lar vardı. İncecik topukluklarla nasıl görüneceğini merak ettim. Louboutin'lerle... Louboutin'lerden başkası olmazdı.

"Sekizinci koridorda, elektrik malzemelerinin oradalar." Sesi titreyince kızardı... Bir kez daha.

Benden etkilenmişti. İçimde umut yeşerdi. Demek ki gay değildi. Sırıttım.

"Önden buyurun," diye mırıldanarak, elimi öne uzattım. Önden yürümesine izin vermek, bana muhteşem poposunu izlemek için alan ve zaman bırakıyordu. Gerçekten de eksiksiz bir paketti: tatlı, nazik ve bir itaatkârda değer verdiğim bütün fiziksel özellikleri barındıran bir güzelliğe sahipti. Ama milyon dolarlık soru, bir itaatkâr olup olamayacağıydı. Bu hayat tarzı –benim hayat tarzım– konusunda hiçbir bilgisinin olmaması büyük bir ihtimaldi ve ben onu tanıştırmayı fazlasıyla istiyordum. *Bu sefer kendini aşıyorsun, Grey.*

"Portland'a iş için mi geldiniz?" sorusuyla düşüncelerimin arasına giriverdi. İlgisiz görünme gayretiyle, sesi fazla yüksek çıkmıştı. Bende gülme isteği uyandırdı ki bu hoş bir duyguydu. Kadınlar beni nadiren güldürebilirlerdi.

"WSU'nun ziraat bölümünü ziyaret ediyordum. Vancouver'da," diye yalan söyledim. *Aslında, buraya sizi görmeye geldim, Bayan Steele.*

Kızarınca, kendimi bok gibi hissettim.

"Şu sıralar orada yapılan mahsul rotasyonu ve toprak bilimiyle ilgili bir araştırmaya kaynak sağlıyorum." En azından bu kısmı doğruydu.

"Dünyayı doyurma planınızın bir parçası mı yoksa?" Dudakları yarım bir gülümsemeyle büküldü.

"Onun gibi bir şey," diye mırıldandım. Bana gülüyor muydu yoksa? Ah, eğer gülüyorsa buna memnuniyetle son verebilirdim. Ama nereden başlamalıydı? Belki de her zamanki mülakat yerine, akşam yemeğiyle. İşte bu, bir adayı yemeğe çıkarmak, tam anlamıyla yenilik olacaktı.

Boy ve renk çeşitlerine göre ayrılmış kablo bağlarına ulaşmıştık. Parmaklarımı dalgın bir tavırla, paketlerin üstünde gezdirdim. Onu doğrudan akşam yemeğine davet edebilirdim. Randevulaşır gibi. Gelir miydi? Ona baktığımda, birbirine kenetlediği parmaklarına bakıyordu. Bana bakamıyordu... İşte bu umut vaat eden bir görüntüydü. Daha uzun bağlardan seçtim. Ne de olsa daha esnektiler. İki ayak, iki el bileğini aynı anda sarabiliyorlardı.

"Bunlar olur," dedim.

Çabucak, "Başka bir şey var mı?" diye sordu. Ya süper ilgili davranıyordu ya da beni mağazadan bir an önce göndermek istiyordu. Hangisi olduğunu bilemedim.

"Maskeleme bandı da istiyorum."

"Evinizi dekorasyonunu mu değiştiriyorsunuz?"

Gülüşümü bastırarak, "Hayır, değiştirmiyorum," dedim. Çok uzun zamandır elime bir boya fırçası bile almamıştım. Bu düşünce beni gülümsetmişti. Bütün o zırvalıkları yapacak adamlarım vardı.

"Bu taraftan," diye mırıldanırken canı sıkılmış gibiydi. "Maskeleme bantları dekorasyon koridorunda."

Haydi, ama Grey. Çok fazla vaktin yok. Bir sohbet konusu aç. "Burada uzun zamandır mı çalışıyorsunuz?" Elbette, cevabı biliyordum. Bazı insanların aksine ben araştırmamı yapardım. Yine kızardı. Tanrım, bu kız cidden utangaçtı. Hiç şansım yoktu. Hızla döndü ve DEKORASYON tabelasıyla ayrılmış koridor boyunca ilerledi. Heyecanla peşinden yürüdüm. *Neydim ben, lanet olası bir yavru köpek mi?*

Maskeleme bantlarına ulaşırken, "Dört yıl," diye mırıldandı. Eğildi ve farklı genişliklerde iki rulo aldı.

"Şunu alayım," dedim. Daha geniş bantlar, ağız kapatmak konusunda çok daha etkiliydi. Ruloyu bana uzatırken, parmak uçlarımız kısacık bir an birbirine değdi. Etkisini kasıklarımda hissettim. *Siktir.*

Sarardı. "Başka bir şey var mıydı?" Sesi yumuşak ve boğuktu.

Tanrım, onun üzerinde, onun bende bıraktığı etkinin aynısını bırakıyordum. *Belki...*

"Biraz ip, sanırım."

"Bu taraftan." Koridorda çabucak ilerleyerek bana güzel kıçını seyretmek için bir fırsat daha verdi.

"İstediğiniz hangi tür? Sentetik ve doğal filament iplerimiz var... dolama... düz kordon..."

Kahretsin, dur. Oyun odamın tavanında asılı görüntüsünü kafamdan kovalamaya çalışarak, içimden inledim.

"Doğal filamentten beş metre alayım, lütfen." Daha kabaydı ve çekiştirdiğiniz zaman, daha çok hırpalardı... tercih ettiğim ip buydu.

Beş metrelik ipi becerikli hareketlerle ölçerken, parmakları titredi. Sağ cebinden bir bıçak çıkarıp kordonu tek bir hareketle kesti, düzgün bir şekilde sardı ve ucunu bir ilmekle bağladı. *Etkileyici.*

"Kız izci falan mıydın?"

"Grup faaliyetleri hiç bana göre değil, Bay Grey."

"Ne sana göre, Anastasia?" Gözlerinin içine bakınca, irislerinin irileştiğini gördüm. *Evet!*

"Kitaplar," diye fısıldadı.

"Ne tür kitaplar?"

"Ah, bilirsiniz işte. Her zamanki şeyler. Klasikler. Ağırlıklı olarak İngiliz edebiyatı."

İngiliz edebiyatı mı? Her iddiasına girerim, Brontë ve Austen seviyordu. Romantik kalpler ve çiçekler tarzı bir ilişki istiyordu. Kahretsin. Bu iyi değildi.

"Başka bir ihtiyacınız var mı?"

"Bilmiyorum. Başka ne önerirsiniz?" Tepkisini görmek istemiştim.

Ne mi önerirdi? Ne yaptığımı bile bilmiyordu ki.

Şaşırarak, "Kendin yap işi için mi?" diye sordu.

Bir kahkaha koyvermek istedim. Ah, *bebeğim, kendin yap hiç bana göre değil.* Neşemi bastırmak için kafamı salladım. Bakışları vücudumdan aşağı kayınca, gerildim. Beni süzüyordu! *Siktir!*

"Tulum," deyiverdi.

"*Gay misiniz?*" sorusundan bu yana o tatlı ve ukala ağzından çıkan en beklenmedik şey bu olmuştu.

"Kıyafetlerinizi mahvetmek istemezsiniz." Kot pantolonumu işaret ederken yine utanmıştı.

Karşı koyamadım. "Her zaman çıkarabilirim."

"Iıı." Pancar kırmızısına dönerken, bakışlarını yere indirdi.

Sıkıntısına son vermek için, "Biraz da tulum alayım," diye mırıldandım. "Tanrı beni kıyafetlerimin herhangi birini mahvetmekten korusun." Tek kelime etmeden döndü ve koridordan yukarı yürüdü. Ben de bir kez daha peşine takıldım.

Bana mavi bir iş tulumu uzatırken, nefes nefese, "Başka bir şeye ihtiyacınız var mı?" diye sordu. Utanç içinde, gözleri yerde, suratı al aldı. Tanrım, bana acayip şeyler yapıyordu.

Biraz gevşemesi umuduyla, "Makale nasıl gidiyor?" diye sordum.

Kafasını kaldırdı ve bana kısacık, rahatlamış bir gülümseme gönderdi. *Nihayet.* "Ben yazmıyorum, Katherine yazıyor. Bayan Kavanagh. Ev arkadaşım. Yazar olan o. Çok memnun. Gazetenin editörü o ve röportajı bizzat kendisi yapamadığı için yıkılmıştı."

İlk tanışmamızdan beri bana hitaben söylediği en uzun cümleydi ve kendisi değil, bir başkası hakkında konuşuyordu. İlginç.

Ben yorum yapamadan ekledi. "Tek endişesi, elinde sizin orijinal bir fotoğrafınızın olmaması."

Israrcı Bayan Kavanagh fotoğraf istiyordu demek. Reklam pozları ha? Bunu yapabilirdim. Böylece, enfes Bayan Steele'le biraz daha fazla zaman geçirme imkânım olurdu.

"Ne tür fotoğraflar istiyor?"

Bana şöyle bir baktıktan sonra başını salladı.

"Pekâlâ, ben buralardayım. Yarın, belki görüşürüz..." Portland'ta kalabilir, otelden çalışabilirdim. Heathman'da bir odada belki. Taylor'ın dizüstü bilgisayarımı ve birkaç kıyafetimi getirmesi gerekecekti. Ya da Elliot'ın. Tabii eğer birilerini becermekle meşgul değilse. Genelde hafta sonlarının en önemli uğraşı buydu.

"Fotoğraf çekimine razı olur musunuz?" Şaşkınlığını gizleyememişti.

Başımı evet der gibi salladım. *Sizinle daha fazla zaman geçirmek için yapabileceklerime inanamazsınız, Bayan Steele... Aslına bakarsanız ben de inanamıyorum.*

"Kate çok sevinir, bir fotoğrafçı bulabilirsek tabii." Gülümseyince, yüzü yaz şafağı gibi aydınlanıverdi. Tanrım, nefes kesiciydi.

"Bana yarın için haber verin." Cüzdanımdan kartımı çıkardım. "Kartım. Üzerinde cep telefonu numaram var. Sabah ondan önce aramanız gerekecek." Ve eğer aramazsa Seattle'a dönecek ve bu aptalca girişimi unutacaktım. Bu düşünce canımı sıkmıştı.

"Tamam." Sırıtmayı sürdürüyordu.

"Ana!" Sesin geldiği yöne döndüğümüzde, koridorun diğer ucunda rahat ama pahalı giyimli, genç bir adam belirmişti. Bayan Anastasia Steele'e bakarken ağzı kulaklarındaydı. *Kimdi bu pislik?*

"Şey, bir dakika izin verirseniz, Bay Grey." Adama doğru yürüdü ve pislik onu bir goril gibi kucakladı. Kanım dondu. Benimki ilkel bir tepkiydi. *O lanet olası pençelerini kızın üstünden çek.* Yumruklarımı sıktım ama Anastasia'nın onun kucaklamasına karşılık vermediğini görünce, birazcık da olsa yumuşadım.

Fısıltıyla konuşmaya daldılar. Kahretsin, belki de Welch'in bulguları yanlıştı. Belki de bu herif kızın erkek arkadaşıydı. Yaş olarak uygun görünüyordu ve obur bakışlarını kızdan ayıramıyordu. Onu bir an kol boyu mesafede tutup süzdükten sonra, kolunu omzuna yaslayıp durdu. Görüntüde samimi bir jestti ama bana bir mesaj gönderdiğini ve geri çekilmemi söylediğini anlamıştım. Anastasia ağırlığını bir ayağından diğerine verirken utanmış görünüyordu.

Kahretsin. Gitsem iyi olacaktı. Sonra kız ona bir şey söyledi ve uzaklaşırken, eline değil, koluna dokundu. Yakın olmadıkları, barizdi. İyi.

"Şey, Paul, bu, Christian Grey. Bay Grey, sizi Paul Clayton'la tanıştırayım. Ağabeyi buranın sahibidir." Bana anlamadığım, tuhaf bir bakış attıktan sonra anlatmayı sürdürdü. "O kadar sık görüşemesek de, Paul'ü buraya çalışmaya başladığım zamandan beri tanıyorum. İşletme okuduğu Princeton'dan dönmüş."

Erkek arkadaş değil, patronun kardeşiydi. Hissettiğim rahatlamanın boyutları beklenmedikti ve kaşlarımın çatılmasına neden oldu. *Bu kadın gerçekten içime fena işlemişti.*

"Bay Clayton." Sesim mesafeliydi.

"Bay Grey." Elimi gevşekçe sıktı. Azgın keçi. "Bir dakika. Şu ünlü Christian Grey değil, değil mi? Grey Şirketler Topluluğu'ndan?" Bir kalp atımlık zamanda, buraların kralı benim havasından, yaltaklanmaya geçiş yapmıştı

Evet, o benim, seni pislik.

"Vay canına, sizin için getirebileceğim herhangi bir şey var mı?"

"Anastasia hepsini halletti, Bay Clayton. Çok ilgiliydi." *Şimdi siktir git.*

Bir nefeste, "Harika," derken, gözleri iri iri, tavrı saygılıydı. "Sonra konuşuruz, Ana."

Kız, "Elbette, Paul," dedi ve herif, Tanrıya şükür, yanımızdan ayrıldı. Mağazanın arka tarafında gözden kaybolmasını seyrettim.

"Başka bir şey var mı, Bay Grey?"

"Sadece bunlar," diye mırıldandım. Kahretsin, zamanım tükenmişti ve onu bir daha görüp görmeyeceğimi hâlâ bilmiyordum. Aklımdan geçenleri değerlendirmesi gibi bir şansımın olup olmadığını öğrenmem gerekiyordu. Nasıl sorabilirdim ki? Yeni bir itaatkâra hazır mıydım? Hiçbir şey bilmeyen bir itaatkâra? Kahretsin. Sıkı bir eğitime ihtiyacı olacaktı. Bu durumun ortaya koyduğu ilginç olasılıkları düşüncünce, belli etmeden iç geçirdim. Tanrım, oraya ulaşmak bile eğlencenin yarısı demekti. Kız ilgilenir miydi acaba? Yoksa ben her şeyi yanlış mı anlamıştım?

Anastasia kasaya döndü ve aldıklarımı başını hiç kaldırmadan okuttu. *Bana bak, lanet olası!* O güzel mavi gözleri bir kez daha görmek ve ne düşündüğünü tartmak istiyordum.

Sonunda kafasını kaldırdı. "Kırk üç dolar ediyor, lütfen."

Hepsi o kadar mıydı?

Ona kredi kartımı uzatırken, satışçı havasına bürünerek, "Torba ister misiniz?" diye sordu.

"Lütfen, Anastasia." Adı –güzel bir kız için güzel bir ad– dilimden yuvarlanarak döküldü.

Aldıklarımı çabucak ve becerikli hareketlerle torbaya yerleştirdi Hepsi bu kadardı. Gitmem gerekiyordu.

"Fotoğraf çekimini yapmamı isterseniz, beni arar mısınız?"

Kredi kartımı geri uzatırken, başını evet der gibi salladı.

"İyi. Belki yarın görüşmek üzere." Öylece gidemezdim. Onunla ilgilendiğimi bir şekilde belli etmeliydim. "Ah ve Anastasia. Bayan Kavanagh'ın röportaja gelememesine sevindim." Şaşkın ifadesi karşısında keyiflenerek torbayı omzuma attım ve ağır adımlarla dükkândan çıktım.

Evet, doğru olduğundan emin olmasam da, onu istiyordum. Şimdi, beklemek zorundaydım... kahrolası beklemek... bir kez daha.

Hepsi bu kadar... Şimdilik.
Okuduğunuz için teşekkürler, teşekkürler, teşekkürler.

E L James

E L James, West London'da yaşayan eski bir televizyon yapımcısı ve iki çocuk annesidir. Çocukluğunda beri insanların âşık olacakları hikâyeler yazma hayalini kurmuş ama ailesine ve kariyerine odaklanmak için bu hayallerini ertelemiştir. En sonunda cesaretini toplamış ve ilk romanı *Grinin Elli Tonu* romanını okuyucularla buluşturmuştur. Aynı zamanda *Karanlığın Elli Tonu*'nun da yazarıdır.

ELLİ TON ÜÇLEMESİ

Romantik, özgürleştirici, eğlenceli ve kesinlikle bağımlılık yaratıcı... Bu roman dengenizi sarsacak, size ele geçirecek ve ebediyen sizinle kalacak

Grinin Elli Tonu

E L James

20 yaşında bir edebiyat öğrencisi olan Ana Steele, genç girişimci Christian Grey'le röportaj yapmaya gittiğinde son derece çekici, zeki ve sinir bozucu bir adamla karşılaşır. Toy ve masum Ana, bu adama duyduğu arzu karşısında şaşkına döner ve adamın gizemli doğasına rağmen ona yakınlaşma arzusuyla yanıp tutuşur. Ana'nın güzelliği, zekâsı ve özgür ruhuna direnemeyen Grey de onu istediğini kabul eder, ancak şartları vardır...

Grey'in sıra dışı erotik istekleri karşısında şoka uğrayan ama heyecana kapılan Ana tereddüde düşer. Büyük başarısına rağmen –çokuluslu şirketleri, uçsuz bucaksız serveti ve sevgi dolu bir ailesi vardır– Grey şehvete esir olmuş ve hükmetme hırsı olan bir adamdır. Çift, cüretkâr ve tutkulu bir fiziksel ilişkiye yelken açarken, Ana, Christian'ın karanlık sırlarını ve kendi karanlık arzularını keşfeder.

ELLİ TON ÜÇLEMESİ

Romantik, özgürleştirici, eğlenceli ve kesinlikle bağımlılık yaratıcı... Bu roman dengenizi sarsacak, size ele geçirecek ve ebediyen sizinle kalacak

Karanlığın Elli Tonu

E L James

Ruhu yaralı genç girişimci Christian Grey'in karanlık sırlarının yıldırdığı Ana Steele, ilişkilerine son noktayı koyup ABD'deki bir yayınevinde kariyerine başlar.

Ama Grey'e duyduğu karşı konulmaz çekimi hâlâ aklından atamamıştır. Grey yeni bir teklifle gelince ona karşı koyamaz. Nihayet her şey daha iyiye gidiyor gibi göründüğü sırada geçmişin hayaletleri birden ortaya çıkar. İlişkileri bir kez daha tehdit altındadır.

Grey içindeki şeytanlarla savaşırken, Ana da hayatının en önemli kararını almak zorundadır ve bu yalnızca tek başına verebileceği bir karardır...